还有多少尘封的历史未被解密

长篇小说

重机枪 II

秋林 著

北京理工大学出版社
BEIJING INSTITUTE OF TECHNOLOGY PRESS

目 录

占彪大声向全体士兵们说："与其一个班伤了五名打死五百个鬼子，我宁可一个人不伤只打死十个！"士兵们"刷"的一个立正，深深地感到了占彪的良苦用心，无不为之感动。

地动山摇的爆炸，大地颤抖。冲天火光中，铁桥上的火车笨拙地向上拱了一下，接着军火车厢更剧烈地爆炸，之后轰然落入塌断的桥梁缺口，一头扎进河里。浪花飞溅，河水突然受阻，水位陡然增高，从北面的两个桥墩间汹涌流过。

占彪示意彭雪飞退后，他继续大声道：“我是个当兵的，我不懂什么大道理，但我知道，如果我们中国人都拧成一股绳，鬼子早该被我们打跑了。都四个年头了，这仗早该结束了。”

占彪高喝：“奉高连长令，国军第 22 集团军第 45 军 125 师 81 团机枪连班长占彪，率抗日班保护机枪连装备，现已完成任务，武器装备无一缺损，如数归队。”

第十一章 胜利 / 217

毫无预兆地，松山对龟村说了句："松山屡败于占君之手，实在无颜苟活于世。你等要把部队安全带回去！"然后双膝跪地，不容大家有所反应，就举刀猛力刺入自己的腹部。

松山将战刀刺入腹中后，鲜血迅速染红了白手套……

第十二章 重机枪之魂 / 287

"恳请抗日班全体官兵，在任何情况下绝不要轻生！抗日班只要还剩一个人，就还有希望！要死大家一起死！重机枪抗日班全体官兵切切——占彪跪令！"占彪一字一顿地口述，声声字字含血含泪，闻者无不动容。

第七章　抗日班的根据地

占彪大声向全体士兵们说："与其一个班伤了五名打死五百个鬼子,我宁可一个人不伤只打死十个！"士兵们"刷"的一个立正，深深地感到了占彪的良苦用心，无不为之感动。

彭雪飞自己先一个立正，占彪和大家跟着一个立正。彭雪飞念道："经报，国军第22集团军第45军第125师第81团占彪一部在敌后英勇抗战，屡建战功，特此通令嘉奖。国民革命军第三战区司令长官顾祝同谨此。"……接着彭雪飞精神一振，又大喊一声："立正！"跟着就是整齐的脚根相碰声。"喜悉抗日军队占彪部与新四军第二支队密切配合，保卫首长，重创日军，成为沦陷区内一支勇敢尖兵，特通令嘉奖。新四军军长叶挺，第二支队副司令员粟裕此致！"

与山口联队的对决（一）

县志办的刘主任扶着眼镜也随着大家干了一瓶啤酒，这在他来说是有生以来第一次。深受这时的热烈气氛感染，刘主任有些义愤地说："最近几天我把抗日游击班的战斗事迹整理了一些发在网上，没想到很多人提出疑问，他们不相信这些事迹，说神化了重机枪，说日军没有那么愚笨，中国军队没那么神勇，说是天方夜谭、胡编乱造，甚至对能否用重机枪扫射鬼子都提出质疑，真不知道这些人在想什么。难道不承认有相当的中国人当时做过拼死的抵抗吗！难道只能是成营成团的国军被日军几分钟消灭，我们就没有反击的时候吗！难道我们的抗日只能是十个人打一个鬼子还得死一半人的模式吗！难道非得证明中国军队的愚笨，来为打了八年之久的抗战寻求安慰和借口吗？！"

满船的人都被刘主任这连串的"难道"所震撼，没想到总不吭声的刘主任居然这样激情。占东东拍了拍刘主任的肩："刘主任，别激动。正如你说的，这种人还为数不少呢。我个人以为，这种人说穿了就是有一种劣根性，用心理学的角度看就是自卑情结，表现为极端的自负、夸张的愤怒、敏感的自卫，只会嘴里空喊，虚张声势。其实这种人骨子里根本就是媚日恐日！"

得龙也点头道："很遗憾，确实存在这类中国人，他们连在文学创作中痛杀敌人的信心都没有。作为中国现役军人，我很为这种人悲哀。如果现在重开战场，这类人还会认为日本军队要比中国军队强，不会有勇气和自信去一对一地与敌人战斗的。”

郅县长赞同并补充道：“当年国军的大批中下级军官、士兵，还有八路军、新四军，不管他们是几分钟打死几百个敌人，还是几万人才打了十几个入侵者，最重要的是他们打了！彪爷爷他们当年要的就是这种精神。我们可能钱没有人家的多，武器没有人家的好，但只要我们有这种精神，虽败犹荣。我们死也要站着死，死了也要敌人怕我们！”

大郅听罢站起喝道：“我大孙子说得太好了！谁要是不相信我们抗日班，让他来找我，我要亲口告诉他，就在这里，就在这岸边，我们抗日班连续快拳出击，打了一路鬼子！”

听了这话，大家都不约而同地望向岸边：那条老堤坝还在，只是离湖边远了很多。

丽丽轻声问小蝶：“奶奶，过去问你打死过鬼子没有，你总不说。那天你们四个女兵呢，应该都向岸上开过枪吧？”小蝶怜爱地摸摸丽丽的头发回答：“奶奶这辈子都是给人治病了，按说是不该杀生的。你若克奶奶也是不杀生的，可是，如果杀的不是人，而是鬼，是野兽，就另当别论了。”

占彪在旁告诉丽丽：“既然是抗日，就是要消灭敌人。你不杀敌人，敌人就会杀死你。这样，中国就会亡国，老百姓便活不成了。是战争，逼得你奶奶这些当年的淑女们拿起了枪，向鬼子开了火。打死一个够本，打死两个赚一个。”

随着游轮向西行，突然传来小蝶的声音：“丽丽，前面那个小岛就是奶奶和你说的惊魂岛。”占东东收起不时翻看的地图，回头向大家说：“这就是当年钢班和山口联队的决战之岛。”

3

占彪先不管已经开了锅的南面战场，而是举起望远镜向东观察日军的汽艇。北河道上，聂排长也掏出一个单筒望远镜观察着，若飞看着能伸缩的望远镜稀罕不已，问聂排长：“人家都是两个眼睛的望远镜，你这个怎么是单眼的？”聂排长边观察边说：“我人是单腿的人，望远镜也是单筒的嘛。”

若飞调皮地说："那以后你拿筷子也用一根挑吧，哈！"若飞小小年纪，对冲过来的汽艇毫无惧色，足见对抗日班的信任。

日军共开来七艘汽艇，每艘汽艇上还是十几个日兵，七挺机枪远远地吼叫着。听到小岛上突然响起的剧烈枪声，领头的汽艇马上划了一个弧停下来。这时占彪看看北河道里停着的船队，突然一拍脑袋把身边的潘石头拉过来，在枪声中大喊："石头你快下去告诉聂排长，让船队向西划，绕到岛的西北面。我们从那里上船，免得漏网的汽艇把咱们的船撞翻。"潘石头一听马上明白了，抬脚就往山下跑，占彪喊着嘱咐："一定要保护好教导员她们！"潘石头流矢一般飞身向下传回了声音："彪哥放心吧——"

日军汽艇又开动了，但速度比刚才慢多了，试探着驶过来。距离还有两千多米远。占彪这才抓紧时间回过头，看着正面战场。

这时全队的第一个弹匣大都打完，重机枪由副射手上弹板，枪声没有停顿，轻机枪只是略有停歇便自己换上了弹匣。43挺轻重机枪居高临下形成扇子面一样的火网，把山口联队的三个中队紧紧罩在里面。长长的队列同时在沸腾翻滚，日兵乱成一团成片地倒下。

占彪单独下令盯住的几个细节大部分被贯彻，这成为决战胜利的基本保障。只见日军的四门步兵炮歪在地上，周围陆续有日本兵顽强地靠近，后面扛着炮弹箱的日本兵也努力向步兵炮靠近，但都在行至中途时在曹羽的"神枪"下倒下。机枪中队的12挺重机枪横七竖八地散落在田野里，每挺重机枪周围都是强子班枪下的一堆尸体。

三德班的任务完成得不怎么样。身高仅一米五五的山口大佐是个老兵，他在受到袭击前的一刹那突然闻到一股枪油味，这是大批武器放在一起的味道，他顿时打了个寒战，脑子里死亡的阴影一闪，腿一软坐在了地上，接着就是身边三个参谋副官的血喷了他一身，他却毫发无损，躲过了第一轮的扫射。三德倒是也打死了一些军官，但离得远看不清有几个杠，只要是三个星两个星的他就盯住不放，都是中尉、大尉一级的一线指挥员。

隋涛班的任务也完成得不太好，或者说才开始见效。日军每个小队都有三个机枪组和三个掷弹筒组，两个中队的轻机枪共18挺，掷弹筒18具。这几十个目标很分散，虽然在第一轮的扫射下能有一半丧失了还击能力，但陆续的反击已经开始。隋涛打完了两个弹匣后把三挺机枪分为一组，九挺机枪分三组火力寻找着鬼子的反抗点，一时间忙得不可开交。

各班的掷弹筒组表现最为突出，几乎每枚都轰响在敌群中，一倒一大片。只是掷弹筒才8具，数量太少了，要是人手一具效果就更壮观了。这让占彪想到以后要配备大量的掷弹筒。

占彪观察完战场开始发话了，第一句是："放低身形，赵本水把钢盔给我戴上！"第二句是："延伸火力，先打往南跑的！"这时大家的注意力还是放在眼前挣扎的鬼子，忽视了一哄而散、向东和向南撤退的日兵。训练有素的日兵临危不乱，撤退得很有秩序，完全按步兵操典动作，跑几步卧倒打两枪，再起身继续跑。这样除了第一波打击消灭的日兵外，果然有半数日军从不到四百米的挨打距离撤到了七八百米开外卧倒还击。山口跑得更快，这时他已蹲在东南千米外的田埂上了，周围陆续聚集了他的部下。身边还有人倒下，是小峰和正文、二柱子的重机枪在咬紧着四散的日兵，但掷弹筒双方都打不到了。

人被打时很少有往回跑的。这样，走在后面的炮兵小队和弹药运输小队便被扔在了路上。这伙日兵只配备自卫短枪，毫无远距离反抗能力。本来是曹羽自己负责这部分日军，这时有几组轻重机枪也扫了过去，曹羽高喊一声："不要把弹药打炸了！剩下的我包了！"

本来曹羽负责的炮兵小队和弹药小队已被他打得差不多了，这部分日军没有长武器，对小岛构不成什么威胁，他不想让别人帮忙，便喊了一嗓子，然后就用捷克机枪把弹药小队逐一点名。而且他还留心不把日军的弹药和炮弹打炸了，这样或许能抢过来点。

山口喘着粗气看着从河边到眼前铺了一地的尸体，愤恨地望着小岛。这支部队太可怕了，居然没有一支步枪，全部用的是机枪！而且枪法极黑极刁，准确率惊人。他向仅剩的一个联队参谋下令："向龟村联队长发电，速派人马支援，一定要把这伙重机枪围在这里消灭掉！"这个参谋马上向山口汇报："联队部和两个大队的电台均已被毁，还有前面吉岗大队的电台情况不明。"——那时的日军电台只配备到大队。

向龟村求援是山口不得已的做法。本来他对龟村要晋升少将心存不满，听说龟村曾被一支重机枪部队挟持过，他心底是幸灾乐祸的。而且他也知道龟村对由自己代替他来这个地区扫荡是很不服气的，所以这次扫荡任务他坚持自己联队完成，甚至连配给他的收编来的中国军队都没要。可他万万没想到自己也遇到了这支重机枪部队，而且被打得惨不忍睹。这时就别讲什么脸面了，再不求援如何能消灭这伙中国军队！

占彪的预期效果现在已达到，他们先把山口联队狠揍了一顿，然后从容地收拾狂妄的日军水上部队。7 艘汽艇两艘一排进入 1000 米后，小峰便下令二柱子、正文、大郅 4 个班回头布置阵地；进入 800 米后，4 挺重机枪开火了；进入 500 米，12 挺轻机枪开火了，4 具掷弹筒也开火了。小峰的意思先集中打一会儿船上的鬼子，然后再拆船。

大郅喊道："怎么回事，我瞄的是打头那艘船，这提前量也够啊，怎么都打后面的船上去了。"原来是汽艇发现有火力袭击后，就加速箭一般的飞驶过来。这次领队的是波田支队的一个中队长，他根本不相信那个报信的小队长的话，中国军队成神话军队了！真是灭自己志气长敌人威风，所以他想一鼓作气冲上来近距离作战。

小峰的策略被日军的突然加速破坏了，虽然汽艇上的日兵受到重创，但汽艇还是势头不减地冲了过来。这时河道里的船都已划走，只剩下小蝶的船刚接上互相搀着走下来的两名伤员，他们是被三八步枪打穿了肩膀和上臂。小蝶看到 200 米外的汽艇直对着自己而来不禁喊叫起来。小峰暴喝一声："拆船！"虽然晚了一点，但 4 挺重机枪的火力迅速击在油箱上把第一艘汽艇打炸了，火光一闪，艇上日兵狂叫着纷纷跳水逃生。接着第二艘也被打炸了，一头扎向北岸。最后面的三艘见状，趁火力都集中在前几艘汽艇上时，紧急调头返了回去。河道上还有打着转的两艘汽艇，显然船上已无活人。

意外出在第一艘着了火的汽艇上。汽艇虽然爆炸了，但其惯性还在，一团火直冲向小蝶的船，这回小蝶已是惊呼了，但她还是张开双臂护着两名行动不便的伤员。撑船的士兵全力把船横开，没想到着火的汽艇也跟着改变了方向越逼越近。小峰众人在岛上眼睁睁地看着一点办法也没有。

就在这危急时刻，从岛上一前一后流星般冲下两人，前面是占彪，后面跟着成义。小蝶大呼："彪哥——成义——救我们！"只听占彪大喝一声："快趴下！"然后，几乎同时和成义一起将手雷投在小蝶的船和汽艇间。隆隆两声轰响，气浪加上水浪把汽艇阻住了，火也灭了。看着浑身水淋淋站起来的小蝶，成义一个箭步跳上船去把她扶住，小蝶惊魂未定地伏在了成义的身上。占彪看船上的人都平安了，才回头向岛上的小峰狠狠指了一下。

几乎没让人喘息，南岸枪声大作，山口联队的绝命反击开始了。

与山口联队的对决（二）

曹羽又喝了一口酒说："那仗打得过瘾。我们以少打多，以小打大。山口可是一个联队啊，相当于当时国军一个加强团甚至一个师的兵力，15个中队让我们给一口口地吃掉了！"

三德也总结着："这场水战，我们是占了绝对的地利——芦苇荡掩护了我们，这个什么惊魂岛又让我们居高临下；再加上那个狗屁山口大佐让我们猫捉老鼠激得肝火太盛乱了方寸；嘿，更主要的也是最关键的是我们的彪哥指挥有方，淡定从容，当打则打，当撤则撤，见好就收……"说到这时被占彪打断："行了，行了，三德，仗是大伙儿打的，我一个人有啥能耐。"

聂排长笑着对三德摆下手："三德说的指挥有方这点是没错的。纵有千军万马，如果主将迂腐、指挥无能也是没用的。当年几百万国军不就是这种情况吗？要是按我们的打法还用打八年吗！"

成义则说出了自己的看法："这场水战是来不得半点犹豫的，彪哥也赢在了当机立断，从不打到打的判断都是正确的。"

三德继续着他的总结："刚才刘主任说有人说抗日班吹牛，说鬼子没那么草包，这从中国抗战总体过程上看是令人怀疑的。但我们心里知道，不是鬼子好打，而是我们会打。就拿这场水战来说，同样是伏击，彪哥却拿住几个关键的点，直接点了他们的死穴。我们并不是乱打一气，有专门打炮兵的，有专门打机枪手的，有专门打军官的，有专门打掷弹筒手的……这几点掐得死死的，打蛇打七寸，鬼子再神勇也没用，他不拉稀才怪呢。这就叫会打！"

满船的人最初都很严肃地听着，听到最后一句大家都哄然而笑，得龙边笑边不好意思地说："我爷爷经常动不动冒出一句惊人之语，这离休以后好多了呢。"

刘主任在大家的笑声中喊着："三德司令员所言极是，我们抗日班就是吹牛，也有牛可吹，我们有实实在在的事例，抗日班就是会打！"

占东东好奇地问小蝶："小蝶奶奶，您为什么管这个岛叫惊魂岛？我怎么没听我爷爷说过这个词呢？"

小蝶仍心有余悸地对占东东说："那是你爷爷身经百战没当回事，可我那时还没有丽丽大。你想想啊，一团大火向你扑来，在船上无处躲无处藏的，能不惊魂吗？要不是你爷爷和你成义爷爷出手相救，奶奶非死即伤，而且一定是烧伤，是个丑奶奶了。那你成义爷爷还能要我啊。"成义一听忙不迭声地说："你啥样我都得要啊，不敢不要。"游轮上老老少少都笑了起来。

曹羽在旁沉思着，显然思绪还在当年的战场，自言自语道："细节决定胜负啊，当年彪哥想得真细，仗打得很细腻，把握了所有关键环节。也不知道他怎么修炼了如此高超的指挥才能。"三德不无骄傲地回答："说彪哥身经百战还不至于，只是彪哥在家时天天给我们派活，还有当时抵抗土匪和军阀的骚扰袭击，我们村是做得最好的。从那时起，彪哥就开始指挥打仗了，连师傅都听他的。"

成义补充道："孩子们，你们不要以为我们只是运气好，任何成功都是离不开原来的积累的。当年村里只能凑够买20杆步枪的钱，彪哥却从枪贩子手里买回了5杆步枪加上一挺轻机枪、一挺重机枪和足够的子弹。当时村里百姓很有意见，后来却感谢彪哥的英明，因为附近的土匪一听我们村有重机枪谁也不敢轻易来。而我们这些师弟的枪法，就是这阶段练成的。我们以练武的方式练枪，你们谁见过举着重机枪练瞄准的？谁见过单人扛重机枪行走如飞的？我们都是从一里地外从打大缸到打坛子到打酒盅打出来的。"

三德突然笑道："其实我和彪哥学了不少心眼，那时一知道土匪要打我们村的主意，彪哥就让我们练实弹射击，结果土匪一听到重机枪的动静就打消了念头。这叫不战而屈人之兵。打鬼子的时候跟彪哥学的东西就更多了。"

得龙小声和占东东们嘀咕："原来我爷爷当这副司令是师出有门啊。"

正当波田的汽艇支队向小岛扑来时，富有战斗经验的山口捕捉到了这个情况。他心里暗喜，想水陆两面夹击占彪他们，看他们哪里逃。接着又一个让他兴奋的报告传来，他期盼的前面四个中队已经返回，不过他一看前来报告的两名领队军官心就凉了半截。堤坝上那队是一个准尉前来报告，第二队更惨，是由一个曹长前来报告。回来的队伍是挺庞大，但都是抬着尸体和伤员。第一队两个中队各剩下一半兵力，死伤近 200 人。第二队则只剩下 60 多人，死伤近 300 人。山口气急败坏地下命令，放下死尸和伤员，能战斗的全部参加攻击。这样加在一起山口还有 600 多兵力，都是嗷嗷叫着要报仇的“皇军勇士”。他把 600 多“勇士”分为三组：一组去抢夺步兵炮和重机枪；一组掩护加在前面四个中队剩下的共 20 具掷弹筒进入 500 米发射距离向敌方全力轰击；一组是冲锋部队，要攻到岸旁涉河冲锋。

山口联队士兵的反击是凶猛的，他们的 600 支三八步枪同时发射，其威力不亚于几十挺轻重机枪。小岛上顿时石迸枝飞，钢盔被击中的“叮当”声此起彼伏。多亏是身在高处占着优势地形，而且一直遵守占彪传授的“先保己后制人”原则，才没有大的伤亡。但还是陆续有四五名伤兵撤下来，好在都是贯通伤，有小蝶妙手灵药的现场处置。

以日军往常的凶猛发作经验，只要他们头上一缠上白布条，就几乎没有什么军队能够抵挡。可是今天他们错了，他们遇到的是一块“钢板”！再愤怒再狂呼甚至光着膀子往上冲，在占彪这伙人钢盔下射出的冷峻目光里，他们只能是一群猖獗、妄动的螳臂和蚂蚁。你凶，我比你还凶！

现在射击的目标更加具体了，刚才是几百米长的行军队列，这回是三伙集团靶子。虽然停下了十挺机枪，射手们在紧张地互相帮着压子弹，但火力却更加集中。

小宝和若克姐妹早就不听聂排长的拦阻上来压子弹，她们也看明白了机枪打仗时压子弹的重要性。她们压子弹的动作越来越熟练，效率越来越高，手指都红肿起来。

三德这时打得更来劲了，他的靶子也好找了，剩下的日军军官都挥着战刀狂热地驱赶着士兵，被三德一个个地敲掉。若飞戴着硕大的钢盔不时在三德身边探头帮着查找挎刀。后来，占彪安排她监视河里鬼子的汽艇，她举着聂排长的单筒望远镜认真地观察着，嘴里不断地讲着汽艇的动向。

隋涛九人也在坚持着任务的执行，占彪后来告诉他们，轻机枪可以盯不住，但掷弹筒一定要盯住，不然它的曲射对岛上的威胁是很大的。所以鬼子的掷弹筒组几乎一蹲下就被扫掉，气得鬼子吱哇乱叫。

由于掷榴弹不多了，岛上的掷弹筒组火力减弱。占彪便命令停了四组，也加入压子弹的行列。剩下的四组，仍旧稳稳地轰炸着鬼子聚集的区域。

尽管遇到顽强的阻击，日军还是不顾伤亡地向前推进着，他们几乎一步一枪地向前爬着。尤其是冲向重机枪和步兵炮的日军几乎疯了似的，让强子和曹羽的机枪都打红了，接连换枪。

占彪看是时候了，便向成义和刘阳抬手向后一挥，成义和刘阳两组人马立刻如狼似虎般跑向步兵炮。占彪命令："阳子你先收拾山口的联队部，然后再回头打正前方这股。成义你先打抢炮的那伙儿。"

山口观察着战场的形势，虽然死伤了不少下级军官，轻机枪和掷弹筒也没有发挥太大作用，但步兵线却是一直向前推进着。只要推到了一线，发起冲锋，自己的人数还是占优势的。而且对方的掷弹筒火力越来越弱，如果再夺过来自己的步兵炮和重机枪，这支重机枪部队就在自己手心里了。想到此，他命令指挥部向前移了一百多米，以鼓舞士气。

山口刚扎住部队，又让他意想不到的事情发生了。随着撕裂空气的呼啸，"轰"的一声，一颗炮弹在身后爆炸了。山口顿时一惊，他们还有步兵炮！没等他多想，"轰"的又一声，第二发炮弹在身边爆炸，周围的军官倒下一片，还有一块弹片削去了他的战斗帽，带去一大块头皮，让他血流满面。他忙喊着："分散，卧倒！"

与此同时，抢炮那股日本兵也挨了两炮，这四炮完全摧毁了日军的自信。山口抹去脸上的血，又看到一件让他意想不到而又倍感绝望的事——对方一支小部队居然从小岛的西侧悄悄上岸，正在拖着自己的四门炮！

同样意想不到的神情也表现在岛上占彪的脸上——是聂排长亲自领着二民、拴子和十几个划船的士兵自己上岸了！

原来聂排长领着船队隐藏在小岛的西北角，大家耐不住寂寞，便悄悄划过来点观战。聂排长看了半天，与鬼子的尸体掺在一起的四门步兵炮就在正对面离河边不到五十米的位置，还有那几十箱高爆弹和掷榴弹的弹药箱，都近在咫尺。他知道岛上面的炮弹不多，如果把鬼子的步兵炮和弹药夺过来，这仗就打得更有把握了，也绝了鬼子总想打过来抢炮的念头。所以他就做了抢炮的准备，把守船的 16 人编在四条船上，寻找着机会。适逢上面成义和刘阳的步兵炮发射了，他一发现鬼子被打蒙了，觉得这是大好良机，此时不上还待何时！一挥手，四条船便冲了出去。

占彪一看这情景，就马上命令全力掩护，让步兵炮和全部掷弹筒连续发射，轻重机枪全体打连发，如一阵钢铁狂风向日军掀起。日军全体官兵见状大惊，无暇顾及自己的步兵炮，不等下命令便开始后撤，一直撤到五百米开外躲开了掷弹筒的威胁。占彪深知这股狂风刮不了多久，只是为了保护聂排长他们而不得不如此，但愿他们能把炮和弹药在最短的时间内抢过来，自己的钢铁狂风才能继续刮下去。

现代战争的时间差往往决定胜负，这时候如果占彪的弹药打完而聂排长他们还在抢运，哪怕是一分钟，日军的几百条步枪也会把他们打成筛子。就在占彪无比担心的时候，日军西南侧响起了几挺重机枪的声音……

与山口联队的对决（三）

正在占彪的钢铁狂风已到强弩之末的危急时刻，西南侧的重机枪声把刚开始向聂排长反击的日军火力吸引了过去。强子一听便回头叫道：“是彭雪飞的机枪连！”当师傅的是能听出徒弟动静的。占彪心头一叹：这小飞是条义气汉子，不放心我们就跟过来策应，而且是帮到了点子上。但占彪希望彭雪飞造点声势就行，别再向前推进。如果继续向前推进，鬼子困兽犹斗，会把对自己的怨气撒到小飞头上，那这样就是平原交战，伤亡会很大的。

山口听到彭雪飞的重机枪着实吓了一跳，忙布置对南面的火力，但幸好这股重机枪没有向前推进。而且，这股重机枪的火力与岛上重机枪火力的强度和准头不可同日而语。

待山口回过神来时，聂排长他们已经得手，十几人如入无人之境疯狂地往返着，四门步兵炮已抬到船上，而且把日军五十多人的弹药小队背的所有八十多箱弹药都扛回船上。最后本来可以上船撤了，二民和拴子不顾聂排长的拦阻，又跑了一趟把前面的92式重机枪抱回两挺，被聂排长呵斥道:“你们知道什么叫见好就收吗！低点腰，快跑！”话音刚落便大叫一声，是一发子弹打穿了他的那只好腿。

占彪在上面叹道 :“这次聂排长虽然擅自行动，可也立了大功，又受了伤，将功抵过了。”

这时掷弹筒已打光了所有弹药，高爆弹只剩下两发。占彪命全体掷弹筒组和步兵炮组下去运弹药。

若飞知道聂排长受伤了马上哭了起来，但还没忘观察，拖着哭腔说:“那边来了两艘大汽艇，呜……”

小蝶在给聂排长包扎伤口，聂排长安慰身边不安的二民说 :“二民啊，你没准帮了我个大忙呢，这回小蝶能把我的两条腿治得一样长了，小蝶你……哈哈——啊！”

占彪观察下河面，日军开来两艘大号的汽艇，和另三艘汽艇停在一起，也在观察着这面，距离有一千多米。看来鬼子在研究是进攻还是撤退，显然他们也知道岛上有步兵炮。占彪命令成义:“成义，你和刘阳谁准头足些，把汽艇炸跑，最好能给我打中一艘。”接着，占彪又命令身边的潘石头:“去告诉下面，弹药不要都搬上来，一会儿就撤了。”

山口久经战斗考验，意志力非常强，他整理了一下队伍，刚才的进攻又损失了一百多人，让他气愤的是所有的少尉和中尉都阵亡了，所有的歪把子射手也都阵亡了。山口迅速分析着战场形势，没想到对方有步兵炮，最要命的是对方弹药要告罄的时候又抢了自己的炮和弹药，另翼还来了策应部队，看来这场决战不得不痛苦地认输。

但山口不会这样甘心认输的，他也看到小岛东侧又来了两艘大马力汽艇，对方要是撤的话只能向西行，前面不远就是一段空旷没有芦苇掩护的河道，要是在那里设好埋伏，就可以把他们堵在河里，等龟村的援兵到了再彻底消灭他们。山口命令余下的日兵混编成两个中队兵力，一个中队在这里包扎伤员保护联队部，一个中队佯做向西南方向对方的重机枪策应部队出击，其实是向西绕行去封锁河道。

这时，他过去最爱听的步兵炮又打响了，但今天却成了他最不愿意听的声音。看来是自己的弹药反过来在打自己，太让人痛苦和难堪了。不过这炮不是打向自己，是打向了那群汽艇。前两发打在汽艇群左右，后两发打翻了一艘小汽艇，再两发落在同一艘大汽艇上，大汽艇转眼便沉没了。剩下的汽艇救起落水的人马上向后撤去，在步兵炮射程外监视着小岛。

聂排长拼命抢来的弹药补充上来后，真好比是及时雨，又好比是雪中炭。尤其是高爆弹和掷榴弹的补充，对打垮波田支队和山口联队起了决定性的作用。占彪在岛上也看明了形势，面前的山口已无还手能力了，东面的汽艇暂时是不敢过来了。看到山口分兵去打彭雪飞，占彪心想山口这家伙纯粹是个笨蛋，啃不了岛上的硬骨头以为平原上好打啊，小飞也是块硬骨头啊。这回我还不跟你玩了，见好就收了。小飞听到这边结束战斗他们也会撤的。

占彪下令："小峰班和强子班掩护，其他全体人员携带装备分批撤退上船。注意戴好钢盔。成义别忘了给鬼子那十挺重机枪轰上几炮。"

这时，从芦苇荡里冲出十多艘小船，围向沉没的汽艇。其中两条船驶过来，远远喊着："占班长请留步，太湖刀帮吴七海和众帮主前来拜见。"看来又是土匪来打扫战场了。

成义和刘阳向山口又发射了 12 发炮弹后最后撤上船。二民还递给刘阳一份缴获清单。上面写着：高爆弹 6 枚一箱共 26 箱，89 式掷榴弹 24 枚一箱共 34 箱，7.7 毫米重机枪子弹 540 发一箱共 15 箱，6.5 毫米轻机枪、步枪通用子弹 600 发一箱共 20 箱。

占彪在小岛边迎住吴七海一行，没让他们下船。他们有七个人，个个都是江湖打扮，身挎腰掖着各式手枪。

吴七海介绍着："这位是苏南帮潘长海帮主，这位是马岛郭四纲岛主，这位是太湖大刀会吴祖德司令……我们七大帮派敬请占班长贵部留驻太湖，在太湖，我们七大帮派愿瞻占班长马首行事，愿听占班长调遣。"七人连连作揖。

占彪一听笑了："你们想什么呢，想让我当土匪头儿啊！好好想想怎么打鬼子吧。恕不远送了。"吴七海诺诺调头，领着捞起四十多条枪的船队，遥向占彪拜谢而遁。

船队和这帮土匪耽搁了一会儿，刚驶入一段无遮挡的河面，一百多名日兵便在南岸追了上来，陆续扑在岸边开火。占彪心中一紧，娘老子的，山口这小子太阴险了，原来想在这里等着我啊。船上的士兵虽然都已伏在舱内，只露出一排钢盔开始还击，但撑船的士兵是暴露在日军火力下的。

眼见占彪的船队在无遮挡的湖面上成了日军的靶子，日军后面突然一片机枪扫射声。又是在这危急情况下，彭雪飞正点出现了！他看到日军并没有理会自己而是向西狂奔便知有异，兜着鬼子的屁股尾随过来，在日军向占彪船队开火的同时也向日军开了火。日军顿时害怕起来，这可是背水作战啊！马上分出大部火力向彭雪飞还击。就在这刻不容缓之际，占彪的船队迅速通过了河面。

占彪的船在最后，离前方的芦苇丛只差几十米就进入安全地带。岸上日军的火力都集中到这条船上来了，占彪一怒把重机枪手按到船舱里，自己亲自操作狂射起来，准确的火力打得岸上的日兵好像在跳摇摆舞。突然撑船的士兵大叫一声腰上中弹，接着另一名划船的士兵也被打中了胳膊。无人划的船打着转停在芦苇荡外面，情况很是危险，成义、三德的船不顾危险拼命掩护。但见占彪向南岸的日兵扫射了一阵，又向北岸扫射了几下，利用重机枪发射的后坐力把船头摆正，对准了西面的芦苇荡，然后向船尾的东面一阵狂射，重机枪的后坐力把船缓缓移动，一直没入芦苇丛中。众人在芦苇荡中都看到了这一幕，深为占彪的灵活聪明赞叹，小宝更是含情脉脉。

脱离危险后，占彪默默地听着彭雪飞的枪声，突然他把小宝手里的冲锋枪拿了过来，冲着南面打了一个连发，然后静静地听着。不一会儿，南面也响起一支冲锋枪的连发，隋涛叫道："是我的那只，给老排长的那只。"在一片日式武器的喧闹中，冲锋枪的声音是很特别的。占彪想了想又向南面打了两个短点射，南面又回了两个短点射。接着枪声就渐渐稀落起来。章若克惊叫道："彪哥，你们这是密码吧？"占彪笑道："这是我俩的密码。"后来占彪和彭雪飞相见时验证了一下，关于这四"句"枪声双方的理解居然丝毫不差：

"小飞，谢谢你，我们安全了！"

"彪哥，不客气，你们多保重！"

"快撤退，别恋战！"

"知道了，马上撤！"当时彭雪飞已得到情报，龟村的大队援兵正往这里开来。

听到彭雪飞安全撤退后，占彪又着急地问小蝶伤员情况，小蝶汇报道："重伤一名，是赵本水，颈部被枪打了两个洞，失血多了一些，但没有生命危险了。"春瑶和大家说过，方圆十里八乡的百姓有句对小蝶医术的传说：要死的人只要遇到妙手小观音就不会死了。见赵本水没死，占彪和隋涛都放心了。小蝶接着说："轻伤员有 19 人，包括聂排长，都是贯通伤，伤口平滑，会很快恢复的。鬼子的三八枪这点挺好，挺讲人道的。不过，有 5 名是自己误伤的，以后还要注意了。"大家都很欣慰没有一人阵亡，但占彪马上问大家："有多少人钢盔被击中了？"各船马上统计出来，共有 26 人的钢盔中过弹，有的人还中过两次。占彪严肃地说："我们已有 26 人阵亡过了！"

占彪接着又严肃地说了句："我们以后不要有轻敌和恋战的情况，一不小心就会有伤亡的，回去后要好好总结。"占彪这是指小峰拆船时的轻敌和二民抢重机枪时的恋战，前者差点让小蝶葬身火海，后者已使聂排长受伤。不过在占彪心里，他对这场战斗是相当满意的，准备回去后好好表彰一下几个人。包括曹羽始终没让步兵炮出声，强子也没让重机枪发言，小峰拆了两艘汽艇，成义和刘阳用步兵炮炸了两艘汽艇，三德基本消灭了带星的鬼子军官，隋涛基本没让鬼子依仗的掷弹筒起作用，还有聂排长的出奇兵抢弹药等。

绕过日军车队西行不远，在岸边遇到了前来接应的国军上校关团长领的一个营。少将师长一是出于对占彪不仗义的愧疚，二是为了寻找章若克，便派出人马来接应。若克姐妹忙伏身在船舱中只露着钢盔，船头的三德笑着小声说："哈，若克你这回可抓不着我了！"气得章若克干红着脸不敢动。

占彪没有下船，向关团长简单介绍了情况继续前行。关团长一听山口已被占彪打残了，便试探着摸了过去，趁势烧了车队，一阵枪炮打得死伤累累的山口联队向东溃逃，多亏龟村前来接应，不然全军覆没。关团长打死了三百多个日军伤兵，缴获了大批武器，不过也被龟村和顽固的伤兵打死打伤五十多名士兵。后来被称为是国军首次以少胜多的浙南大捷，受到第三战区顾祝同司令长官和蒋委员长的通令嘉奖，上校关团长也被晋升为少将。

傍晚，船队行到了靠水镇的一个小湾旁。按占彪的计划要在这里下船，然后把船沉在这里，等用时再捞出。这里没有码头，下船时都要涉水二十多米才能上岸。小蝶指挥着大家把伤兵背过去，不让伤口见水。小宝等人在船上帮大家传运完装备，若飞先耍着赖要三德背自己过去，接着三德又把若克背了过去。成义见状便走到小蝶船边，小蝶乖乖地伏在成义背上。最后只剩下小宝一人站在船头，可怜兮兮的。成义推着占彪趟过来，逼着占彪背起了小宝，大家见此都哄笑起来。小宝把头深深埋在占彪肩上，任自己的脸和占彪的脸贴在一起。快到岸边时，小宝的热唇碰到占彪的耳朵，张口便轻轻一咬，险些让占彪晕了过去。

先上岸的二民领着几名在靠水镇有亲属的士兵骑着自行车进村，借出来十多挂大车，拉上装备和伤员，全队悄悄进入了前年伏击日军的山谷。行到当年被轰炸处，占彪领着众师弟向东山壁默立，聂排长坚持下车用瘸腿拖着伤腿站立默哀。看着同车小蝶和若克姐妹询问的目光，聂排长沉声说：“我们在这里流了血，我和瘸子班的人都是在这里受的伤。”

穿过山谷已经入夜，绕过山脚找到了地路的入口，里面传来瘸子班副班长刘力和贾林的喝问：“野火——！”走在前面的大郅班七嘴八舌地回答：“春风！长河！故乡！八阵图！蜡烛！……”一阵欢笑声。进了地路不远，小玉和春瑶便扑了过来，还有呜咽着的四德直奔三德冲去……

回到“天府”

游轮缓缓驶到了小蝶当年遇险处，丽丽让奶奶讲讲当时的情景，小蝶摇摇头说：“过去了就过去了，奶奶想的是当年小峰事后让你彪爷爷训得好惨，结果你小峰爷爷总觉得对不起我，帮我采了几年草药赎罪……”

大郅接话道：“那时你们小蝶奶奶权力可大了，总指使我去河里山上采药。”

小玉接茬儿了：“你这没良心的，让你干点活还嫌屈，那时要不是有小蝶，我们多少人都活不过来。就这儿的水战，那赵本水脖子都要断了都被小蝶救了过来。还有小彪那年那场病，要不是小蝶妙手回春，哪有俺大孙子啊！”说着她像搂孩子一样搂过郅县长，弄得一县之长一个大红脸儿，郅彪也在旁呵呵笑着，感激地望着小蝶。

聂排长在旁用不满的口气说：“别把小蝶捧天上去了，我这条好腿受伤了，她都没有达到我的要求。”这时游轮已绕过小岛，聂排长指着河南岸：“就在这儿，就在这儿受的伤。”

小蝶没理聂排长，犹自望着河水，似乎那天的枪林弹雨仍在耳畔。

占彪看看南河岸，向聂排长举了下酒碗，三德、大郅、成义和曹羽纷纷端起酒碗，三德说：“敬当年的聂排长，在这里立下奇功一件！”聂排长呵呵一笑，揽过二民和拴子说：“是他们立的功，我一个瘸子能干啥。”二民端着酒碗说：“这么多年了，俺二民再和聂排长道声不是，是我让您受了伤。”

看着聂排长与二民、拴子撞碗干杯，听着游轮上的老老少少的欢声笑语，占彪心头思绪万千，这幸福时光是当年拼死拼活换来的，这快乐时光是多么的来之不易。不仅仅是抗战岁月，还有抗战胜利后、解放后走过来的风风雨雨……

聂排长端着一满碗酒，向着占彪敬道：“老班长，俺敬你这些年一直在暗中保护着我一家老小，俺也对得起抗日班，解放后这么多运动都挺过来了！啥也不说了，都在酒里。”说罢举碗干了。

曹羽也举着酒碗刚要说话，小曼从旁上来抢过酒碗举着说：“彪爷爷，我替我爷爷说。”只见小曼单膝跪地，举酒过头，低头说道：“敬爱的彪爷爷，您做到了您当年所说的‘有我就有你！’，让我爷爷和我们家族渡过了重重难关，让我爸爸和叔叔们有了自己的事业，也让我上了大学，我代表我们全家向您老人家表示敬意！”说罢抬起头来，俊秀的脸上已是热泪两行。酒碗被占东东接过去。占彪拉起小曼说：“以后爷爷们老了，脑子也糊涂了，你们自己一定要自强，有事就找你东东哥。”

听占彪对小曼说以后有事找东东哥，大家不约而同地看着举手投足间皆有当年彪哥风范的占东东，他们都知道，最近这些年的沟通往来都是占彪和师弟们的儿子们在运作，现在占彪已有意让占东东这拨年轻人上手了。

这次的抗日班大聚会就是占东东一手策划操作的，由此也看得出占东东的能量和组织能力非同小可。小曼上前拉着占东东的胳膊说："东东哥早就是我们这拨人的头儿了。有人想打我家果园的歪主意，就是我一个电话叫来东东哥给摆平的。"年轻的一拨儿"哄"的一声又都举起啤酒瓶，"乒乒乓乓"地与占东东的酒瓶乱撞在一起。

老哥几个看着孩子们的亲密都在拈须微笑。成义向微笑的占彪说："彪哥，孩子们都长大了，我们的重机枪可以传给他们了。"

游轮上的和谐快乐的气氛让樱子沉思不已。看着抗日班的老老少少畅快地回味着当年痛打日军的往事，樱子虽然很坦然地倾听参与着，她知道这只是对历史的回顾，并不是狭隘的仇恨，但眼里还是偶尔闪过丝丝惧色。这时她的手机响了，她一接就惊喜地告诉大家："彪爷爷，武男大仓前辈定好明天的航班了，还有，那个战车兵家族一起过来。当然，我奶奶也就要过来了。"

占彪的卫队之行结束了，和山口联队的较量也结束了。回到天府后大家身心顿时放松，骨头架都散了，全体蒙头大睡一天。伤员自有小蝶照料，连占彪和小峰也大睡了一天。若克姐妹看到小玉和春瑶两个姐妹，高兴得两人洞里洞外看个没够。若克把自己在战场上画的素描挂在四面洞壁上，若飞则牵着四德采了很多野花。小宝抓紧把六条军规和唐诗口令传授给若克姐妹，若飞念念有词直到背下来为止。六个女孩儿嬉笑着，仿佛把春天带进了天府。刘阳没闲着，他在统计着新缴获的武器，入账收库。

到第三天的中午，江南抗日游击班在洞里的天廷召开了战斗总结会。

三德先上前隆重推出了大家已经熟悉了的章若克和章若飞姐妹，阵阵真诚的掌声又让姐妹俩频频鞠躬和敬礼，若飞最后还施了一个西式的拉裙曲膝礼，引来一片笑声。

强子和聂排长总结了大练兵考核成绩，全体士兵武器操作和体能在这次实战考核中都达到了考核标准，也找出了一些不足之处。如轻、重机枪的准度精度还须提高，掷弹筒和步兵炮的掌握还需要普及，还有这次手枪的考核没有来得及全部进行。

接着占彪对三天的战斗进行了正式总结，其中三个班被评为集体标兵，二十多人被评为个人标兵。

三个先进标兵班中，有既开车又封杀日军掷弹筒的隋涛班，有封杀日军机枪中队的强子班，还有一个是全班十人毫发无损的正文班。对正文班占彪重点做了点评。

半年多的训练中各班士兵都传承了各班班长的特点，如小峰班以“铁爪峰”的特点练出铁爪铜指，人称“铁爪班”；二柱子班个个力大如牛威猛如虎，人称“柱子班”；三德班个个都能甩镖飞刀玩两手；成义班突出文武双全，文化考核一直居首，人称“秀才班”……

正文善用膝肘，人称“铁拐太子”。他的班的士兵也都承袭了他的特点，人称“铁拐班”。他们的膝和肘运用得非常好，膝肘着地家常便饭，所以在战场上一直以膝肘移动，身形压得很低，隐蔽系数远比其他班高。三天战斗中每个班都有受伤的人，唯独铁拐班无一人受伤。而且他们班还有个特点，武器保养得好，战斗中注意枪管散热，战后射手们容易丢失的空弹匣一个不缺。

占彪大声向全体士兵们说：“与其一个班伤了五名打死五百个鬼子，我宁可一个人不伤只打死十个！”士兵们“刷”的一个立正，深深地感到了占彪的良苦用心，无不为之感动。

二十多个先进个人有勇打飞机和点杀日军军官的“猴王枪”三德，有激情拆船的“铁爪枪”小峰，有打哑步兵炮的“枪神”曹羽，有舌战土匪、抢敌弹药立下奇功的聂排长，有救治伤员的“妙手观音”小蝶军医，有监视日军汽艇的“千里眼”章若飞，有炮轰汽艇的“神炮手”成义，有击中山口联队的杀手刘阳，有划船快手侦察兵二民、拴子，有勇于诱引土匪的章若克，有及时快速为弹匣压子弹的小宝，有搬运弹药的大力士二柱子，有打仗不忘学习文化的潘石头……

小峰宣布，对受奖的集体和个人颁发奖金，刘阳和小玉现场发给每人一百元法币奖励，其他人都得到了五十元的战斗奖励，所有伤员也得到了一百元补贴。

接着占彪也对轻敌和恋战进行了批评，并强调，在将来的战斗中，大家要善于保护自已，一定要戴好钢盔。同时提出新要求：不管满弹匣还是空弹匣都放在胸前背后，起防弹背心的作用。

这时隋涛举手提了个问题：“彪哥，有一事我不太明白，我们在岛上撤退时，鬼子已经没有还手之力，为什么我们不再打一会儿或者上岸痛打落水狗？”占彪低下头重又抬起说：“对方已是满地死尸和伤兵的时候，我们再打就没劲了。不管好人坏人，死了都要尊重他们才是，要给他们留下时间留下一些人收尸。另外最主要的是，落水狗最容易咬人，我们要是上岸去追打，失去了有利地形的掩护，一定会有伤亡的。我不想大家受到无谓的损失，和鬼子硬拼不值得，我们的命要比他们值钱。”

话音一落，山洞里响起一片掌声。

占彪向大家摆摆手，又根据这次战斗的体会对整个抗日班进行了两点调整。第一点是火力要根据不同情况进行横纵组合。平时的火力就以班为单位，特殊情况下要把各班相同的武器集中使用。这样占彪把全体人员又横向建立了新的序列，有掷弹筒班、轻机枪班和重机枪班。要在班训练的同时对这种新的序列进行集中训练。

第二点是武器配备调整。占彪在这次战斗中看到了掷弹筒的重要作用，而一具掷弹筒比步枪轻很多。一个弹药袋装弹 8 发加上掷弹筒，整个作战系统比捷克轻机枪还轻很多。他要求把现在的 44 具掷弹筒都发下去。各班的轻、重机枪副射手把步枪换成掷弹筒，这样 8 个常规班每班 5 具掷弹筒，聂排长班和隋涛班各两具。其余人手里的步枪全部换上了轻机枪。从此钢班的个人装备三大件就以手枪、机枪和掷弹筒为主了，抗日班战斗力又跃了一个层次。

总结会结束时，章若克领着小宝等六姐妹为大家演出了一场叫《牵鬼三日》的抗敌小话剧，内容就是这三天的战斗，这是她们昨天排练一天的成果。三德、曹羽、成义和大郅被临时抓上场装成狡猾又笨拙的鬼子，精彩的表演和即兴的发挥引起阵阵笑声，连伤员们都忍着痛笑个不停。

接下的日子里，趁着日军在河汉中扫荡，占彪在山里开始了又一轮大练兵整训。经过这场实战，大家军事科目训练的劲头更足了，全都铆着劲儿苦练。强子和聂排长系统地指导大家练枪法，练武术，练单人转移重机枪，练单人换弹匣，练掷弹筒，练步兵炮，练用手枪白刃战，练弹匣压子弹速度，练负重越野。不到一周时间，轻伤员都加入了进来。当然，文化课也同时跟上，这回教员又得到了充实，章若克当仁不让地加入了教师队伍。

小玉和春瑶一起，参照日军的专用掷弹筒弹药袋把国军的手榴弹袋改装成放 8 颗手雷的弹药袋，一个人在左右腰后各挎一个弹药袋就是 16 枚手雷。然后又把机枪手的披肩下摆连上弹匣袋系在胸背上，前后可以放 8 个弹匣，成了特殊的防弹背心。小玉还就强子、二柱子的要求在裤子大腿外侧缝了两个弹匣袋，这样每个机枪手可以带 10 个满弹匣。聂排长由衷地夸着小玉，如此装备，打一场中小型的战斗都不用扛弹药箱了。

小宝则接受了另一个光荣任务，和若克一起把国军新军服的臂章和胸章原来的内容改成“抗日班”三个字，足足改了二百多套。这回隋涛的九人也换上了抗日班军装。

这期间，占彪让聂排长九人分批回去看望收留他们的当地老乡，九人有一半都入赘当了女婿。聂排长的小娘子也有喜了，比小玉还早两个月。接着，二民他们一批当地参军的士兵也分批回去看望父母，给家里都送去了一二百元钱。占彪告诉回家的士兵说：“只准你们在家待一天，第二天没有回来就是出事了。所属的班将前去营救，如果情况复杂，全体人马带着重机枪前去营救。”结果探亲士兵无一超假。

这几天占彪一直惦记一个日子，那就是正月二十六，是他和小宝的生日。其实，小宝也在暗暗地盼着这一天，1939 年的 3 月 16 日，和她崇敬又爱慕的彪哥一起过生日。

两人盼望的生日终于到了。

一大早，占彪去找鸡蛋，要按当地习俗煮好为小宝滚运气，他告诉小峰自己晚出操半小时。他知道小玉不参加训练，应该在放鸡蛋的洞内休息，便端着油灯轻手轻脚地去取。刚一摸到两个，就听洞角床上有人小声喊了一声“彪哥”，占彪心头一跳，怎么有点像小宝的声音呢。他回过头来问：“是小玉吗？”

“是我。彪哥，生日快乐。”分明是小宝的声音，占彪心头一喜，随之又莫名慌乱。他马上说：“小宝，我正要给你煮鸡蛋，一会儿滚滚运气。”

先下手为强

占彪和小宝过生日的第二天上午，靠山镇的日军为炮楼建成举办了一个落成仪式。炮楼里面分四层，有二十多米高。日军一个小队和皇协军一个中队围着炮楼正在放鞭，突然一阵劈头盖脸的枪声接着鞭声响起了，抗日班也来“庆贺”了。

头一天，就在抗日班全体战士为占彪和小宝祝贺生日的时候，袁伯上山了。他对占彪说:“给你们过生日是一方面，不过更重要的是刚得到情报，龟村要对这一带山区发动大扫荡了，正在调兵遣将，用不了一周时间就能动手。还有啊，靠山镇的炮楼终于修成了，明天鬼子验收开始入驻，再出来看你们就不容易了。”

听到这个消息，占彪决定先下手为强。他要趁龟村在附近几个县城集结兵力时先出动，把这个地区的局面搅乱，不能让龟村的扫荡计划轻易得逞。而且，占彪已经开始审时度势，在考虑从洞里走出来，建立自己的一片根据地了。

占彪他们所处的位置非常微妙，属于山区和平原的连接地带，东临沦陷区，东南和东北都有日军相对。南面与国军隔富春江相望，而日军一直在江边布防，总想打过江。西边和北面是新四军游击区，新四军游击区再往西又是国军的地区，再往北就是长江了，长江两岸也是新四军的游击区。占彪正处于日军、国军、新四军三者之间，这对日军来说是眼中钉肉中刺，对新四军和国军来说则是一道屏障。

自从见到国军的少将师长，得知自己的部队第22集团军驻在山西和河南一带。如果要归队须经过浙江、安徽两省和日军一直在争夺的津浦线，中间变数太大，路途也很远。于是，占彪和众师弟们商量后，做了一个重要决定，要留下来保护这一方水土，这里是抗战的最前线！占彪越来越坚定了在这里坚持抗战的决心，如果撤走就是逃兵。

占彪打靠山镇只是计划中的一部分。

他的重点是要打靠山镇南面县城和北面靠水镇的日军。他知道县城和靠水镇都有一个大队的日军，他嘱咐潘石头不要剪断日军电话线，让两地的敌人增援时，在阻击中重创他们。成义带着三个班迎向靠水镇，强子带三个班迎向县城，占彪领小峰和三德两个班攻打靠山镇。隋涛班和聂排长班作为机动部队守着卡车，听候调动。

五挂马车看到袁伯的烟火暗号后，优哉游哉地从北面进入了靠山镇，干掉了盘问的哨兵，分头穿镇而过，靠近了镇南的炮楼。在不到百米外，依着民房突然摆开队形，两挺重机枪和八挺轻机枪在鞭炮齐鸣中开了火，日军小队顿时死伤一半，余者拼命撤进了炮楼。对皇协军，占彪命令尽量吓跑他们，如果他们还击，就打他们的胳膊腿儿，都是中国人，别往死里打。一百多皇协军虽然没人伤亡，但在这惊人火力面前都变了脸色，见进村无路，便一哄逃向村外。

日军进了炮楼后，占彪不急于攻打，留给他们打电话搬援兵的时间。日军显然也得到了命令，死守待援开始节省子弹。没想到这炮楼刚开张就用上了，接受着战斗的考验。

这时镇子外不远的田埂后射来一阵弹雨，还传来一阵听不懂的喊声，小峰奇怪地说："这股皇协军挺邪的，敢还击啊，还会说日语，是鬼子吧。"成义用望远镜看了看说："彪哥，他们穿是的日军军装，但不是日本人，有二十多人。"

三德"哼"了一声："我听说日军里用了不少高丽人，杀中国老百姓比日本人还厉害。南京陷落时他们就是大屠杀的急先锋。这些会不会是……"

占彪看也不看地下令："用掷弹筒把他们做了！"小峰立刻令两个班十个掷弹筒集中向三百米开外的敌军小队打去，不到两轮，田埂后便没了动静，吓得其他皇协军落荒而逃。

这时小峰和三德组织自己班的轻机枪手，已对着炮楼射击口练起了点射，听着里面的号叫比着胜负。两个班的射击风格完全继承了各自班长的精髓，一组霸气十足，一组飘逸灵动。

龟村接到靠山镇的报告后，并没有轻举妄动。自山口联队被占彪重创后，华中派遣军司令部才开始重视第15师团长酒井直次中将和龟村大佐以前的报告。因为山口联队虽然建制大部都在，但却被零敲碎打地阵亡了一千六百多人，甚至惊动了大本营。他们很奇怪中国的正规军队都处在防御状态，而且一打就败，一打一跑，为什么这一小股国军却如此猖獗？！尤其是松山大佐汇报称1937年秋天，在山谷那次莫名其妙被歼灭两个多中队就是该部所为后，虽然不乏为自己开脱之意，却也让日军上层不敢轻视这次扫荡。

这次的春季扫荡，第15师团长酒井直次中将给了龟村两个联队让他指挥，这等于任命了他为旅团长了，只要这场扫荡顺利打下来，正式晋升为少将旅团长是顺理成章的事了。所以，龟村尽心尽力想打好这一仗。

虽然扫荡范围是浙西和苏南的新四军游击区，但龟村根本没把其他国军和新四军放在眼里，能当成对手的就是这支重机枪部队，他深恐这支部队再给自己造成什么麻烦，所以他谨慎地命令各据点只是严守，先让占彪尽情表演。他继续集结优势兵力，调集飞机和坦克、汽艇到位，只要保证这个占班长还在他们的包围范围内就行了。这也是他的一个合作伙伴的意思，这个合作伙伴就是与占彪多次交手的松山大佐。

松山上次在与占彪一系列较量的失败中差点断送他的军人生涯，派遣军司令部已经把他列入了退役名单，是挚友酒井直次中将的力保和他找到歼灭日军的罪魁祸首的报告又给了他一个戴罪立功的机会。在占彪大练兵和最近整训的半年中，他回到日本本土重新组建了一支特种部队，明确提出是和中国最狡猾最凶恶的敌人作战，从各个后备师团中招募了一批训练有素的下级军官，命名为“松山挺身队”。他参照占彪的规模训练了一支同等规模的精悍支队，人员也是一百多人，十人一组。每组也有着一挺 92 式重机枪，其余人全部配备 96 式轻机枪和掷弹筒，还配有两门 92 式步兵炮。并且完全机械化，拥有豆战车 10 辆、卡车 6 辆、摩托车 15 台和汽艇 3 艘，光为他提供后勤服务的战车兵、炮手、司机、技师和弹药小队就超过了 100 人。这次松山是要拼老命了，非要一雪前耻不可。

占彪等了一个多小时也没有见鬼子的增援部队出来，心想可能是这诱饵太小了吧，算了，不等了，他告诉小峰动手打吧。这时袁伯和村里的百姓都在为占彪担心，这么半天了是不是打不下来炮楼啊。

鬼子虽然不时被打入炮楼的准确子弹击倒，但火力一直在坚持着，还不时往炮楼下面扔着手雷。小峰见状和占彪说：“彪哥，要不我们回天府把步兵炮拉来吧，几炮就轰倒它娘老子的。”占彪没吱声，仔细观察着炮楼的构造，他把以前聂排长给他画的炮楼草图从图囊中翻了出来，反复和炮楼做着比较。他主意已定，就叫过小峰和三德来：“这种炮楼最薄弱的地方是后面，修得没有前面厚，料不好石料也碎，没想到我们就在它后面。看到没有，这炮楼后面正对着我们有个一米宽的门，两侧各有一个长弧形的枪眼，枪眼的两端几乎到了炮楼的半圈。如果我们用重机枪把枪眼和门之间的部分掏空拆掉，把门框也打烂，炮楼会不会……”未等占彪说完，小峰和三德眼里顿显兴奋神色，摩拳擦掌奔自己班的重机枪而去。小峰大声喝着：“轻机枪封住上面枪眼，掩护重机枪拆炮楼。”

接着，两条重机枪弹流开始怒吼，拆起炮楼来。他们先是分别拆，后来三德灵机一动，加入小峰的弹着点一起拆。但见灰尘爆起碎石一块块迸溅，门和枪眼之间的墙体逐渐被掏空，一侧已经打通。在拆另一侧时，炮楼里的鬼子好像已经察觉，努力向重机枪还击着，并在里面拼命向掏空之处放着各种物品想支住炮楼，但被三德一扫便荡然无存。占彪要三德别分散火力集中掏空，然后占彪拿过一具掷弹筒，调了又调向炮楼门吊射起来。在小峰和三德打通最后一块连接时，门也被占彪轰碎了。只见炮楼摇晃着向这边倾斜过来，里面传来鬼哭狼嚎般的绝望叫声。但炮楼歪了一下又站住了。大家同声叹息，看来是掏空的缝隙不够大。但这时占彪却看着炮楼笑了起来，顺着占彪的眼神望去，只见小峰也笑了起来，三德愣了一下一看也笑了起来，笑得比他们都响亮。原来里面的日军在刚才垫缺口时慌不择物，居然把两箱弹药塞在那里，明显不是空箱子，不然会被压扁的。占彪一指，命令小峰和三德：“要它们同时爆炸！”

结果可想而知，重机枪刚一发射两箱弹药几乎同时爆炸，这回炮楼向上晃了一下，便轰然塌倒过来，大地随之颤抖。接着便是一片欢呼，村里的几十号老百姓举着锄头和铁锹冲了上去，零星没死的鬼子惨叫着，一个小队的日军尽数被歼。炮楼和周围的铁丝网转眼被夷为平地。

成义和强子都派人回来送信，说日军没有反应，只是开了几炮，始终没有出兵。占彪站在房顶向四周观察着，心想鬼子怎么这么反常呢，狂妄的日军从来没有这样示弱过啊，居然置一个小队的同伙于不顾，一定要小心提防啊。

占彪沉思良久，忽然灵机一动，命令送信来的士兵：“马上回去传令，在尽可能离县城近的公路上实施破坏，不让鬼子的汽车、大车过来。”然后又命令潘石头：“马上传令隋涛，出两辆车给成义和强子两边送去破路的铁镐、铁锹和工兵铲等工具。”

镇里的百姓们一听要破路，有想参加的也有犹豫的。占彪向大家说：“鬼子就是利用公路来欺负我们，要想保护自己就尽可能地把路破坏掉，把路两边的田连在一起。鬼子的车过不来，咱们国家这么大，让他们拿步量吧。”小峰明白了占彪的意思，虽然破坏了公路对自己一方的机动性也有影响，但对日军的影响将更大。他举臂向众人说：“乡亲们，周围的鬼子都被我们看住了，大家放心破路，鬼子来了我们会提前通知大家的。”

这样，钢班分成了三伙破路队伍，对过往的几条公路分段进行了破坏。周围村庄的老百姓听说后奔走相告，聚集了越来越多的百姓来参加。占彪要求老乡们把路基刨去二公尺，然后回填田土，与周围的田地连成一片。在附近的一些河道上，小峰和成义还设计了一种暗坝，可使当地的平底木船通行无阻，而日军的尖底汽艇则寸步难行。

占彪看着一段段路被刨开，笑着和小宝、若克们说：“看来什么事都是往好做不易，往坏做容易啊。当初修路不一定多费劲呢，破坏起来如此简单。”小蝶在旁点头道：“我们当‘郎中’的就是这样，一辈子的好名声往往就被一个误诊病例给毁了。”

从下午到晚上，附近十里八乡的百姓们纷纷前来，到傍晚时达到高峰，足有上千人参加，场面十分壮观。占彪感慨不已，他深叹人的力量的伟大，老百姓力量的伟大。不过有个情况占彪后来才知道，就是小峰领的百姓拆路队中有人和小峰要工钱，说战前修路时政府每月发十元法币呢。小峰掏出自己新得的一百元法币说：“今天你们干一天就给你们一元钱。”很多人都挤上来要，小峰没有多余的钱，他们师兄弟的钱都放在一起，由刘阳统一掌管着。小峰班的士兵们没让班长为难，都把自己身上带的钱纷纷拿出给百姓，共发出去近一千元法币。

月明之时，桂书记和单队长闻讯赶来，全力支持占彪的破路行动。单队长打趣道：“占班长你成了桂书记肚里的蛔虫了，这可是桂书记最近一直想做的事啊。”桂书记赞赏着说：“我们做过一些‘破路’工作，这一带的老百姓都怕鬼子报复不敢动手。没想到你却把他们发动起来了。”占彪笑着说：“也是赶巧了，可能是我们今天把炮楼拆了给他们壮了胆吧。”单队长点头道：“还有你们过完年打垮山口联队的事也传开了。”

占彪一听，忙说：“那继续下去的破路事情桂书记您就接过去吧。”桂书记点头道：“抗战救国，责无旁贷！”

太湖匪患

让占彪没想到的是，桂书记这一接过去，就大干了三天。他动员了附近两个县的近万名民众，在“大扫荡”前把这一带的主要公路一律化路为田了。这三天成就得到了国军第三战区和新四军军部的通令嘉奖，桂书记不久被提升为县委书记。

在当天晚上的破路现场，彭雪飞急匆匆赶了过来，与占彪低语了一阵，占彪便马上下令部队撤回天府，悄悄地准备了一夜，第二天早上天蒙蒙亮就全体出发赶到靠水镇旁的河湾，捞起沉船向太湖而去。“天府”里只留下聂排长带着瘸子班守护。

原来，新四军出事了。新四军第二支队副参谋长胡法坚在收缴大刀会土匪武器时被土匪袭击中弹牺牲，而且，土匪还把胡法坚和几名新四军战士的尸体藏了起来，向赶来报仇的新四军谭营长叫板。支队首长了解到占彪最近在太湖声名远扬，便派谭营长和彭雪飞来请占彪出头，制伏这股来无影去无踪的土匪。这正合占彪心意。他本来就想趁龟村扫荡还没开始，闹一场后带全队跳出圈子。在外围做点漂亮活，让鬼子别再注意靠山镇一带，以保护“天府”家园。

出发前一天，小蝶特意为大家讲了溺水的急救常识。成义在听课时精神不集中，一直在研究鬼子的“98 式”步兵锹，被严厉的小蝶点名提问。好在成义聪明，大致回答出来抢救要点没有出丑。当时在旁的刘阳也拿起成义刚研究过的锹头看了一会儿，这鬼子真是邪门，为什么在锹头上钻俩眼儿呢。日军步兵圆锹和国军的工兵铲不同，它是锹头和木柄分离携行的，使用时才装配在一起。奇怪的是锹头上有两个平行的小圆孔，其作用一直让中国人不解。成义回答完提问刚坐下，刘阳便把锹头举在脸前，两眼透过小圆孔看着成义做鬼脸，远处的占彪和眼前的成义看着圆锹孔中刘阳露出的双眼，几乎是同时一拍大腿。占彪马上打断小蝶的讲课：“各班携带的工兵铲全部换成鬼子的小圆锹。原来是这样！刘阳再演示一下，把锹头倒过来拿着，看到了吗，这就是阵地战中的面部防盾。”果然圆锹上两个圆孔的距离正好是两眼的瞳距。成义不禁赞叹一声：“这‘鬼子’就是鬼啊！”

这次行动，小玉也挺着肚子跟着队伍同行，四德紧紧护卫相随。占彪和小宝想在太湖里给小玉找个安稳地方生孩子，不能生在洞里啊。同时也让十几名伤员天天见到太阳好好养伤。

根据成义建议，全队人里面穿老百姓便服，外边是国军军装，然后又统一背了50套日军军装。携带的武器除了正常配备外还带上了两门步兵炮和一具火焰喷射器。

胡法坚副参谋长的牺牲是非常意外的。太湖的土匪司令多如牛毛，但有代表有影响的只有两大股。一股由吴七海的七大帮派组成，多是散兵游勇地痞流氓，武器较好。一股是孙富的“太湖斧头帮”，大都由贫苦渔民组成，身强体壮船也多。两大股土匪互相防范互相争夺，吴七海上次拉占彪也是想抗衡孙富的力量。

本来孙富这伙儿和新四军早有接触，胡法坚一直想改造他们加入抗日阵营，这次胡法坚与孙富约好相见，为了表示诚意他只带着一个警卫班前往，但未料道在岸边等候时，被芦苇丛里一梭子机枪子弹扫中，当场牺牲。接着，七八船土匪打着枪冲过来，一班战士只有三名逃生。谭营长听说后怒发冲冠，差点枪毙了逃生的战士，随即带着两个连前去报仇。可是土匪们东躲西藏，冷枪不断，新四军又没有足够的船下湖，现在连胡副参谋长的尸体都没有找到。

抗日班的16艘船顺着西苕溪隐蔽着走走停停。占彪想要出其不意地出现在对手面前，不管对手是鬼子还是土匪。下午时分，船队正在一片芦苇丛中休息，突然一只渔船闯了过来，划船的是一个中年汉子和一个女孩儿。一路上经常遇到沿途的渔民，都是纷纷躲避。中年汉子一看满船的军人也是努力躲避，但因船划得较快，还是驶到了附近才划开。船上的小女孩儿羡慕地看着与自己差不多大的若飞和几个女兵。正巧隋涛班的船在外侧，隋涛向小女孩儿笑着招招手：“小妹妹，别害怕，我们是打鬼子保护老百姓的军队。”小女孩儿向隋涛抿嘴一笑，抬头向不语的中年汉子说：“爹，他们要是当年的红军就好了。”中年汉子边划开船边自顾自地说：“小孩子别乱说，哪里还有红军了，都投降国民党了。”

隋涛一听忙从怀里掏出一顶有着红五星的帽子，是红军的八角军帽，向小女孩儿挥一下："我们就是当年的红军啊，红军和国军两兄弟团结在一起打鬼子了。"隋涛的手下这时纷纷掏出自己身上的红军帽，连躺在船里的赵本水也硬着脖子，从裤兜里掏出军帽挥了下。

那中年汉子撑住船，看着船上这么多人手里的红军帽，面有喜色地说："你们真的是当年的红军啊，我一些本家兄弟都参加你们了，我要不是上有老下有小的也去了，红军是俺们穷人的军队啊。"小女孩儿也说："有个红军姐姐还教过我唱歌呢。"说着张口就要唱，被她爹喝住："秀娟！"若飞在旁听到轻声喊了一声"秀娟"和她做着鬼脸。中年汉子突然绷紧脸问了一句："你们是去打孙富的吗？"

靠过来的占彪一看对方神色忙接口道："怎么老乡，你认识孙富？"中年汉子看看周围，把船划过一些说："我姓顾，在家排行老二，大家都叫我顾老二。我们这一带渔民都见过孙富，他的斧头帮是为俺们渔民说话的，他们从不抢穷人，和那些土匪不一样。听说昨天在前面河边突突了几个新四军，好像还有一个大官，但我们都知道，不是孙富打的，是大刀会司令吴祖德干的，然后他们嫁祸孙富，想借新四军的手除掉孙富。"

彭雪飞急切地："你怎么知道的？你怎么证明不是孙富干的？"顾老二让彭雪飞的气势吓了一跳，愣了下神儿，这时秀娟伶牙俐齿地接过说："早晨遇到我们渔村的两个人，他们就是斧头帮的，说帮主被大刀会栽了黑锅，要大家回村避几天……"顾老二缓过劲儿来说："斧头帮的人有事就聚在一起，没事时就都回家打渔。我们都是乡里乡亲的，他们的话不会假的。再说了，斧头帮的人只有斧头，哪有会突突人的机枪啊。"

占彪听到这里问道："顾老二，你恨大刀会这帮土匪吗？"顾老二一愣，又马上咬牙切齿地说："咋不恨，比恨小鬼子都恨。他们杀人越货，欺行霸市，不仅祸害我们盐民、渔民，还到海上当海盗。要不是孙富被逼上梁山拉起渔民成立斧头帮，他们更无法无天了，我们就没法在这儿混日子了。前些日子，那个苏南帮的潘长海帮主还逼我家秀娟去做妾呢，这不我把她天天带在身边，真要遇到他们用强，我就和他们拼了。"说着他脚下一动，一柄斧头翻将上来，顾老二接在手中刚烈之气顿显。

占彪一指顾老二手里的斧头："看来你也是斧头帮的了？"顾老二脸一

红，大声说："我还不算，只是这家什儿顺手。我要不是秀娟她爷爷、奶奶、姥姥、姥爷都在，你以为我不参加斧头帮啊。说实话，孙富都给我带两次信了，让我入伙。"

若飞看着低头抹泪的秀娟悄声喊着："秀娟，莫哭，有姐姐在，姐姐会帮你的。"隋涛义愤填膺地大喝："秀娟，哪个是潘长海，带我去找他！"

占彪这时对顾老二说："看你也是条汉子，我相信你。这样吧。我们现在去找大刀会和什么苏南帮，你能不能帮我们把孙富给请来？"顾老二一拍胸脯说："好，我也相信你们。我可以找孙富手下把话带到，能不能来是他的事了。不过你们要是去打吴祖德和潘长海，我还有四艘大船可以助你们一用。"

占彪看看彭雪飞说："让你的警卫班乘顾老二的四条船去接谭营长，我们去三山岛把这些土匪的老巢挑了。今天夜里出发。"占彪还记得，上次吴七海说他们的巢穴在太湖的三山岛上。

顾老二突然问占彪："请问长官是什么番号和尊姓大名，我好和孙富有个交代。"

占彪淡淡答道："江南抗日游击班，我叫占彪。"

顾老二一听惊喜交集："你们就是……就是那个重机枪神风？——钢班！你就是那个大名鼎鼎的占班长！我就瞅你们满船的家什儿像，果然是你们啊！你们上次沿河一路把鬼子打得血流成河，把溪里的鱼都养肥了，哈！"

接着顾老二有些语无伦次地说："你们的事儿这一带都传遍了，鬼子的汽艇这些年一直横冲直撞，这回老实多了。只可惜你们顺带把那些土匪给救了。占班长，你知道吗？这一带老百姓有个顺口溜，叫……"这时秀娟抢着说："重机枪一响鬼子就跑，占班长一到鬼子就尿！"顾老二搓着手和大家一起笑了："没说的，孙富他一定会来见占班长的。"

不到两个时辰，谭营长和孙富先后赶到，登上了占彪的船。黑瘦的孙富一看就是典型的渔民，他愧疚地对谭营长、彭雪飞和占彪说："本来这次胡参谋长是命我们改编为新四军太湖抗日游击大队的，说要派给我们指导员，还要给我们三十条步枪、一挺轻机枪和五支手枪。你们看，这还是他上次给我的枪。"说着，他拍拍腰间的手枪。枪套上有个枪眼，被刘阳一眼认出，这是大郅结婚那次送给胡副参谋长的。先把不好的东西送人是他这管家的习惯。

孙富恨恨地说："都怪我走漏了风声，让吴祖德这个王八蛋钻了空子。他们怕我和新四军联手把他们赶走。我是怕你们不听我解释才躲起来的，别的长官我也没见过。"

谭营长听到这里，用手一拍孙富的肩说："好了，你们今后要是好好打鬼子，也算对得起胡副参谋长在天之灵了。你们现在有多少人手？"孙富答道："一共有 310 号人，胡副参谋长已经帮我分好了，共 3 个连 9 个排。"谭营长郑重地说："我代表新四军军部和第二支队正式任命你们为新四军太湖抗日游击大队。孙富为大队长。马上召集全队人马，跟占班长一起去太湖消灭土匪。"孙富脚一跺，喝了声"中"，船身一阵摇晃。

太湖古称震泽，又名五湖，为中国第三大淡水湖，湖面两千多平方公里，号称"三万六千顷，周围八百里"，太湖中有 48 座大小岛屿和 72 座山峰。交通线和航道密布，南邻沪杭线，北依沪宁线，仅与陆地相连的入湖河道就有三百多条。位于太湖西南被誉为"太湖明珠"的西山是太湖中的第一大岛。三山岛就在西山的南面，与太湖南岸的湖州遥遥相对。

午夜，占彪下令出发，沿东苕溪向湖州驶去。占彪的船队走在前面，谭营长的两个连乘着顾老二的四条大船远远跟随其后，再后是十来艘大小船只，上面是孙富的人马。孙富换上了军装，戴着钢盔混在小峰的班里。第二天天没亮便驶入太湖，早晨已接近三山岛。离岛越近，周围飞驰的小船就越多，呼哨声声。快到岸边了，太湖刀帮吴七海乘船迎上来，远远打着招呼。占彪回道："最近鬼子要扫荡了，我们送一批伤号到这岛上养养伤。"吴七海也看到了十几个伤员，虽然还有怀疑，但看看几十挺机枪的枪口，也就乖乖领船上了岸。

狡猾的吴七海以让别人休息为名，只让占彪领着各班班长等十几人去了他的客厅小叙。

谭营长、彭雪飞、孙富和顾老二跟着，小峰嘱咐了一番，便把隋涛和大郅留在了外面的队伍里。客厅里一屋子土匪头儿忐忑不安地迎着占彪，手都放在腰间手枪旁。

占彪一进屋就问吴七海："你们人齐了吗？"吴七海忙说："太湖七大

帮派都在这儿恭迎占班长，以后我们就听占班长的了。先把斧头帮灭了，这太湖就是我们的天下。”

占彪没理他，环视着满屋的土匪说：“那我就不和你们废话了。是谁袭击的新四军，站出来！”

众土匪大惊，吴七海忙问：“占班长……占班长，那几个新四军您认识？”占彪大喝一声：“死去的胡副参谋长是我的朋友！听到没有，给我站出来！”

三山岛（一）

一听被打死的新四军是占彪的朋友，七个匪首全都泄了气，瘫在椅子里，心想怎么惹上这主儿了呢。只听其中一人大喊：“没好儿了，拼吧！”就是那个吴祖德，可他话刚一出口，就被曹羽一脚戳在地上，门牙磕掉了几颗，再说话就漏风了。接着屋里屋外二十多个土匪的枪被小峰师兄弟们卸下，有反抗的都被放倒在地上，自然都是骨折或脱臼了。那可真是快如闪电，动如疾风，看得孙富和顾老二目不暇接。

占彪喝令发着抖的吴七海：“让你们所有的手下集合，缴枪！”这时还没等吴七海发话，隋涛和大郅提着机枪走进来：“彪哥，外面七伙土匪都被我们控制住了，缴获的枪支正在点数呢。”占彪满意地点点头，转身对谭营长和彭雪飞说：“剩下的事就是你们的了。我得去看看这小岛，得在这上面待一段时间。”

这时谭营长和孙富的人马陆续上岸，占彪把缴获的土匪武器全部交给了谭营长，谭营长转身交给了孙富。有一批出身贫苦的土匪想加入孙富的抗日游击大队，孙富一个没要，只好编入谭营长的两个连。

下午，几批船队出发了。谭营长和彭雪飞把胡法坚等几名烈士的尸体护送上船，押着吴七海、吴祖德、潘长海等七个匪首要送回支队审判。秀娟和若飞两个女孩儿拉着手向潘长海吐唾沫。

顾老二仍然婉拒了孙富要他当排长的邀请，说上有四老要在家里尽孝，以后可以用他的船为抗日尽力。但他磨不过秀娟的意愿，把女儿交给了“红军”抗日班，秀娟一手拉着隋涛一手拉着若飞向爹爹告别。

孙富的船队上还押着上百名遣返的土匪，准备到岸后就放他们回老家。后来听说行到湖中都被孙富的手下投到湖里去了，能活着游到岸上的就算他命大。因为那些土匪个个都干过丧尽天良的坏事，孙富对他们的惩罚一点不过。

送走各路人马后，占彪领着小峰、曹羽、隋涛等众师弟在小码头上久久伫立，远眺着湖中群岛、峰峦坞谷、湖湾人家、近山远水，真个把人带入“水抱青山山抱花，花幽深处有人家”的诗情画意之中。小宝等七女，更是雀跃地欣赏着这美不胜收的太湖美景。秀娟和若飞小声嘀咕着：“我以前怎么没有注意过太湖这么美呢？”小蝶则一时兴起喊道：“大郅、成义，陪我下湖去采点滋补草药。”

这时占彪头也不回地问了句：“阳子，土匪的财物清点了没有？”刘阳答道：“还没来得及清点，有七八处呢，但都封存了派人看守着，没让……没让新四军接近。”占彪回头笑了：“你这小子，比我还顾家。”

接着，占彪正色道：“现在听令。强子、二柱子，你们把岛上能用的东西也都查点一遍，包括粮食、蔬菜、水源、住处等，最后到小玉那儿汇总。小峰、三德、正文，你们分头看看这帮土匪的防御工事，看他们啥水平，然后布置我们的武器火力，注意防空的隐蔽。小宝和若克，你们去挑出岛上最好的住处，安排给小玉和伤员们。刘阳、曹羽、隋涛、春瑶、若飞、秀娟，我们分头去清点土匪的家底。”

美丽的三山岛因一岛三峰相连而得名，古称小蓬莱、笔架山。包括岛旁的泽山、厥山两座小岛，面积约 2.6 平方公里。三山岛位于苏州西南约 50 公里处，距西山和东山均隔 3 公里，有着得天独厚的自然地理环境，气候温和，冬暖夏凉，苍山碧水，湖光山色，宛若镶嵌在太湖西山前的一颗小珍珠，难怪土匪们把这里据为己有。

岛上有百多户忠厚老实的人家，对盘踞在这里的土匪敢怒不敢言。不用占彪强调，所有抗日班官兵上岛后均严格执行着六条军规，对老乡们礼让有加。需要和老乡征用的粮食、用具和房屋均现金交易，让老乡们惶恐之余倍感亲切。但对土匪们的财物，占彪是毫不客气地照单全收，这是占彪在打土匪前就想到的。七伙土匪各有自己的祠堂和地库，贮藏着他们这些年来搜刮抢劫来的五花八门的浮财。金条、银元、首饰和烟土，都汇总到刘阳那里，数量之巨令人瞠目，而最后的总数也只有刘阳和占彪清楚。其他物品有成匹的绸缎，成套的家具衣物鞋袜，成箱的日用药品，成捆的书籍，以及各类皮箱200多个。

这七伙土匪各自的镇帮之宝，也如数被占彪缴获。吴七海的是一架德国造的镶着宝石的纯金望远镜，价值不菲。潘长海的是一副古罗马航海罗盘，据说是世界上最早的罗盘。吴祖德的是一个碧玉马桶，发现时里面还装满了金元宝和碎银。其他还有一方不知道是哪个朝代皇帝的玉玺，一件镂金古衣，一把可以打普通手枪子弹还可以验毒的银手杖，一具能活动胳膊腿的画满经络和穴位的小金人。这几件宝贝在抗日班日后的岁月里都发挥了关键的作用。最早发挥作用的是那个小金人，成了小蝶行医问诊的标本。

还有一捆纸券被当成废纸扔在地上，刘阳拣起来看，是一些新加坡和香港的股票凭证，也不知是不是过期了，但还是收了起来。没想到刘阳这时的细心在“文革”时有力地帮助了谭营长和单队长等人的后代。还有一些个人用品，包括小镜子、折扇、金笔、金表、收音机、留声机等。小宝和若克看到留声机，要是以往早就扑上去了，现在她们只是默默地摸了下，她们清楚，这里每样东西的背后都藏着一个不幸的遭遇。

占彪把班部设在了吴七海的忠义堂里。潘石头动作很快，从岛上最高的北山峰瞭望哨架了一条电话线，然后再继续向小码头扯去。小宝和若克这半天做了很多工作，汇报说伤员们都安顿好了，各班的住处也拿出了方案，包括小玉的产房，还包括把大刀会的大厅改成学文化的教室。然后她们还把土匪们的家眷安排了一下，只有七个匪首在这里有家，加在一起居然养着二十多个老婆，大都是抢来的渔家女儿，待日后有机会就让她们回家。有两个有孩子的不愿意走，也给她们安排了单独的住房。她俩很诧异这小小的岛上居然有十座寺、庙、庵、堂，有春秋时的吴祀祠、娘娘庙，有唐朝以来的中峰寺、三峰寺和新南寺等。

小玉、强子、二柱子汇报岛上的粮食储备充足，光是土匪们的大米、面粉就够用一年的，再加上满湖的鲜鱼，吃都吃不完，这里真是鱼米之乡。强子还顺便找到了两处训练场。

小峰、三德和正文很满意土匪们构筑的防御工事，说土匪们明的暗的高的低的远的近的都想到了，现在已都安排了人手。岛上还有个可以退守的仙人洞。只是考虑是否在附近的泽山、厥山两座小岛各派驻一个班。

转眼已近傍晚，占彪正担心小蝶和成义、大郅采药未归，北山峰的瞭望哨打来了电话，是二民急切的声音："彪哥，从湖州方向开来三艘汽艇。成义的船正在往回返，只是他们速度太慢了，可能没有发现后面的汽艇。"

占彪一听，马上率大伙奔向码头，边走边下令："通知各班，全体脱下军装，尽可能不要让鬼子知道我们在这儿。如果鬼子发现了，就灭了他们，别留活口。"

三艘汽艇两前一后驶了过来，前面两艇上各有三四个日兵，架着一挺机枪。后面一艘汽艇上是十个人，人手一挺机枪，是松山的一组挺身队！

在集结兵力准备扫荡的这几天，松山已经开始认真操作了。他要求，关于各地的动向要一字不漏地向他汇报，所以太湖一带发现几伙船队汇集在三山岛又迅速离开的报告让他心里一动。龟村的手下说那里是和日军默契配合的中国土匪窝，有大股的土匪出入是正常的。但松山还是不放心，而是派去自己的一组挺身队，随波田支队的汽艇前来巡查。

前面的汽艇追上了一只不慌不忙划着的小船，上面有两男一女，船舱里都是野菱、浮萍、凤眼莲、睡莲等一些说不出名的浮水植物。鬼子看到满脸黑泥的女人喊着"花姑娘的不是"，便直奔码头开了过去，掀起的波浪险些打翻了小船。码头有一些渔民上了四五只小船纷纷躲开，其中还有一个小姑娘。

松山挺身队的汽艇停得稍远些，十挺机枪对着岛上，看着两艘汽艇的日军提着空塑料汽油桶上了岸。几个日军推搡着岸边的土匪模样的人，找到一个地库用钥匙打开，命两个土匪把汽油桶抬出来，灌满三个二十升的汽油桶，锁上地库送到艇上加油。那些渔民都在目不转睛地看着加油的过程。后面的一个胖鬼子问岸边的人："三白的，有？"三德嘴快，在旁接话："三白的，今天的没有。"其实三德也不知道三白是什么，就是爱逗的人张口就来。没想到那胖鬼子扬手就打了三德一耳光，然后上艇扬长开走，绕向岛后。

抬油桶的小峰踏了下原来没发现的地库，嘿嘿一笑："彪哥，这地下油库里有七桶汽油呢，好像还有两桶是煤油。看来这土匪和鬼子有一腿啊，鬼子这么放心在这里设了个加油站。"

看小蝶在船边用湖水洗着脸，撑着一只小船的秀娟叫道："小蝶姐，你真笨，你不瞅他不就行了吗？糊一脸泥多难受呀。"附近提着机枪陆续现身的强子他们纷纷笑了起来，小蝶反击道："得了吧，秀娟，你要是像我这样，哪能让潘司令挑中啊！"在大家又一起哄笑中，三德则在旁揉下脸咬牙切齿地说："娘老子的，什么三白、四白的，敢打老子！"三德当时是不敢显露武功的，挺着让鬼子打了一巴掌，但还是有本能的避让，没让鬼子打实。秀娟趁机转移话题："三德哥，三白是指'太湖三白'，太湖银鱼、太湖白鱼和太湖白虾。这附近的鬼子都吃馋了，见到我们就要三白。三德哥你别生气了，哪天我给你做一顿'太湖三白'。"

刚说到这儿，只听一阵马达声，一艘汽艇又转回来了，并直奔小蝶的船开去。汽艇上还是那三个鬼子，胖鬼子开着汽艇。一个鬼子看到小蝶洗完的脸哈哈笑着："漂亮的，花姑娘的，过来！"另一个鬼子用枪指着秀娟说："你的，过来的也！"

小蝶本来要跳上岸，船却被冲过来的汽艇撞得剧烈摇晃，只好扶住船帮。胖鬼子把汽艇停了下来，在小蝶的尖叫声中哈哈大笑。

小蝶身边的成义忍着愤怒扶着小蝶，艇上的鬼子一见，一刺刀向成义戳了过来。成义已经是忍无可忍，伸臂探过刺刀抓住枪身，两人一争一夺，两只船贴在一起。只见成义借着鬼子的劲儿飞身跳上了汽艇，两掌两脚便把两个鬼子如击打面袋子一样击倒。胖鬼子一见刚要掏手枪，脸上就被飞来的铁爪抛中，血肉模糊地栽到湖里。这回三德算是报了耳光之仇。

占彪看到终于动了手，紧张地想着对策。另两艘汽艇还没有发现这里的事情，最好是把汽艇开走。他喊道："成义，能把这汽艇鼓捣走吗？"成义应着："我试试。上来几个人换上鬼子的衣服。"三德和大郅跳了上去，扒下鬼子的衣服穿上，显然大家都明白要做什么。

成义看来是弄明白怎么开了，但控制杆推得太猛，汽艇"呼"的一下向旁一蹿撞翻了小蝶的船，小蝶惊叫一声被掀下水。成义大急，不顾自己不会水也跳了下去。三德这时接过汽艇也是"呼"的一下开起来，汽艇全速冲着岛外开去。远处另两艘汽艇见状，在暮色里尾随而去。

成义情急之下居然扑腾着游了几下，一把抓住了小蝶的头发，看来小蝶是惊慌中呛水而昏迷。成义脚踏到了湖底，几下子把小蝶扛了上来。自语着："要领，抢救要领……"这时秀娟喊着："快牵毛驴来！"

成义一板一眼地按照小蝶教的溺水抢救常识操作着，反复五六下后，小蝶便有了动静，咳嗽了一声。这期间，旁边围观的人也一直回忆着学到的溺水抢救常识，七嘴八舌地提醒成义，看到小蝶呼吸了，大家都长出了一口气。小宝和若克忙把小蝶抱起来，占彪喝道："强子，快点把小蝶背屋里去，注意保暖。"小蝶睁开眼，纤指一抬，指向湖面。

大家不约而同地望了过去。

三山岛（二）

洛杉矶到上海虹桥机场的空中客车上，头等舱的四人吧里充满着温馨亲切的气氛。舷窗旁的茶几边一面是一老妇一少女坐在一起，老妇雍容富贵，少女青春靓丽。隔着茶几相对的是一老一小两个美国男人，四人不时用英语交谈着。美国老兵腰杆挺拔，身着退役军服，看得出是空军少将军衔。机长不时过来关切地询问四人还需要什么。

午后的阳光中，硕大的飞机缓缓滑落在虹桥机场。美国老兵扶着老妇刚出现在机舱口，舷梯下面便一声脆喊："宝儿姐，我们在这儿！"接着一个苍劲的男人的声音："小宝！教导员！大卫！"舷梯上也传来一声脆呼："小峰！若飞！"原来从美国飞来的是小宝和当年被钢班救过的飞行员大卫，来接他们的是小峰和若飞。

小宝和大卫走下舷梯，已是老翁、老太的小峰和若飞神采奕奕地向小宝立正敬礼，小宝和大卫也回了很规矩的军礼，周围的旅客顿觉这几个人身份的不寻常。接着四人旁若无人地相拥在一起，小峰和大卫大力拥抱拍打着对方的后背，小宝和若飞华发相抵，含笑抹着泪花。

跟在后面的少女也抢着过去扶着若飞，边掏出纸巾递过去说："姨奶你怎么越来越年轻了呢？"小峰细细端详着少女说："真有三德和克克的模样啊，你叫什么名字？丫头。"少女歪歪头："您就是大名鼎鼎的小峰爷爷啊？没有我想象中的高呀。我叫晓菲，小峰爷爷。"晓菲回头把美国青年叫过来

用英语说 :“这是抗日班‘九龙’之一小峰爷爷和‘九凤’之一若飞奶奶。”接着向小峰和若飞一行人用汉语介绍 :“他是大卫爷爷的孙子麦克。”麦克向小峰和若飞深深鞠躬。这时一直跟在小峰后面的一个高个儿男青年过来，向小宝和大卫行礼:“宝奶奶好，大卫爷爷好。”晓菲看着他问道:“你是……”高个男孩儿自我介绍道 :“我叫大飞，你小峰爷爷的孙子是也。”小宝欢喜地拉过大飞端详着 :“哟，真是静蕾的胚子啊。”晓菲略怀不满道 :“你怎么叫大飞呢！”

若飞让大家上了停在飞机旁的挂有上海警备区车牌的两台车，司机把行李装好。小宝笑着说 :“我来回坐飞机，还是头一次享受进机场接客的待遇呢，还是副司令太太有面子啊。”若飞笑答 :“彪哥和三德从来不许我们搞什么特权的，这不是统战部的领导要接美国少将大卫嘛。”这时一直在后面的统战部领导米处长过来相见，然后引路开出停机坪。

小宝看着掠过的跑道告诉晓菲 :“菲儿，这就是我们那年拆飞机的虹桥机场。”然后她问小峰 :“特地没定浦东机场的航班，就是想来看看这里的变化，真是认不出来了呀。”

小峰豪气万丈地说 :“就是这里，只不过那时没这么宽的跑道，也没有这些楼。在那儿……”小峰告诉大飞慢点开，然后指指两条主跑道 :“就在那儿拆了二十架飞机，你三德爷爷为了给若克奶奶报仇，一人就拆了三架。前面那里是彭雪飞率新四军拆四架飞机的地儿。”

刚被成义救活的小蝶向湖面上一指，把大家吓了一跳，都以为还有鬼子呢。看到湖面上飘着很多根状叶状的植物，大家才明白小蝶是在可惜采了半天的草药，众人长出一口气。拴子和潘石头马上跳下湖捞上来一些。成义像打了一场大仗似的虚脱着站在那里，还不忘问秀娟 :“丫头，你说牵毛驴来干吗啊？”隋涛在一旁逗着 :“呵，秀娟，你说当时要是没有驴，还不如你自己一哈腰呢。”秀娟刚开始还一本正经地解释 :“成义哥，我说牵毛驴和你把小蝶姐放在腿上控水的意思是一样的，我们这里都这样做的……啊！你——！”她突然明白隋涛后半句话里有损自己的意思，追打着隋涛。

入夜后，派出接应三德的四条船还没回来，没想到三德和大郅却先一步悄悄开着汽艇回来了。三德兴奋地对占彪说：“这玩意儿挺好学的，开起来真过瘾。舍不得扔掉就又开回来了，趁天黑藏在岛下的芦苇荡里了。”占彪想想道：“既然这样，我们大家都去学学开汽艇，以后多弄几条和鬼子斗斗。还有，从明天开始，全队凡是不会水的都要学会！”在场的旱鸭子们都深吸口气。成义笑说：“我已经学得差不多了。”

三德忙吃了口饭，趁着月色教起大家开汽艇。占彪先令正副班长和隋涛班学习。三德俨然成了教官，按开汽车一样教着发动、起步、加速、转弯、急停、倒开、抛缆。隋涛汽车班九人学得不比占彪师兄弟慢。在给汽艇加了一次油后，大家都学得差不多了。刘阳说了声：“要是聂排长在这儿就更好了。”

突然三德大喝一声：“明月！”几乎大家同时发现湖面上飘来几条犹豫不前的船影。对方马上回答：“故乡！”然后对方就骂开了：“三德你害死我们了，把我们累半死，你却早回来了。”这时占彪突然命令大家俯下身：“低头！船数不对，怎么是五条船？！”

米处长在上海繁华的旅游胜地城隍庙请大卫和大家用完餐后，原本订好了航班飞杭州，但在小宝、小峰和若飞的婉辞下，包乘了一台豪华中巴向杭州驶去，他们是想沿着交通线寻找当年战斗过的足迹。

豪华中巴行驶在沪杭高速公路上。若飞悄悄问小宝：“小宝姐，有多长时间没见彪哥了？”

小宝想下说：“没有多长时间，大半年了吧。”小峰接道：“那还是去年冬天在刘阳的斜阳山庄，我陪彪哥待了三个月。我们在那里过的年，又给你和彪哥过了个生日。”

若飞笑着说：“还记得我和姐姐在天府给你过的生日呢。”小宝无限怀念地说：“那次过生日是 Rock 的主意，真幸福啊。”小宝后来知道了若克的英文名就一直叫了下来。显然小宝又想起了什么，脸突然红了。小峰也想起了什么，脸也红了：“那次你们过生日前刚打完山口联队那场仗，回来后彪哥给我留了面子，没点名批评我。”

晓菲一听马上盯住了：“小峰爷爷，你犯啥错误了没有批评你？”

大飞神秘地告诉晓非说："我爷爷那次用重机枪拆鬼子汽艇，动作晚了半拍，差点伤了小蝶奶奶。差点你就没有和你一样调皮的丽丽妹妹了。"

晓非向往地说："丽丽是成义爷爷和小蝶奶奶的孙女，好多人都说我们像，还得几天才能看到她啊，急死我了。"回头她对麦克说："过几天介绍你认识个据说是十分像我的中国美女。"麦克脸上顿时也现出一片向往。

统战部的米处长一直默默地坐在中巴车后面。他的任务就是陪同大卫退役少将，按说一个退休老兵也不用他一个处长相陪，但大卫的儿子是美国五角大楼负责亚洲事务的一位现役中将，关于其父中国之行的安全问题特意向中国大使馆打了电话嘱托，所以，中方不只是出了一位部委级处长相陪，还出动了十几名特警身着便衣在暗中保护。而他因为英语不熟练，又对占彪的抗日班不了解，仅保持着礼貌但有些无趣地当着听众。渐渐地，也被大家的谈话吸引住了，他自语道："我一直在想，用重机枪怎么能拆飞机和汽艇呢？"小峰回过头来说："米处长，战争时期很多不可思议的事情都会发生的，那时占班长领导我们不只是用重机枪拆飞机、拆坦克、拆汽艇，还拆过鬼子的炮楼。都是没法子的事，谁让我们没有炮呢。"

老人们聊得欢，小字辈也没闲着。大飞和晓非聊得很投入，尤其是晓非，聊起抗战历史来滔滔不绝。若飞还是像当年一样依偎着小宝，大卫和小峰坐在一起。小宝看到大飞惊诧的神色，不禁笑着对小峰说："晓非这孩子和她姨奶一样，非常好胜。"然后告诉大飞："你晓非妹妹在美国耶鲁大学读硕士，主攻东南亚历史，对中国抗战史很清楚的。"

大飞高兴地对晓非说："哦，怪不得。"晓非俏眼一翻说："我就是不学这专业也得弄清楚这段历史，我奶奶就长眠在这块土地上。"然后问大飞："你对这段历史的细节知道吗？"

大飞马上还一句："我爷爷和奶奶就战斗在这块土地上，当然……"小峰听到后狠狠地瞪了孙子一眼："可你爷爷和奶奶还活着……"小宝连忙问："大飞都工作了吧？"大飞答道："是的，在武警成都指挥学院当了三年教员。"晓非在旁一吐舌头，原来是军事专家啊。

"彪哥！我是小飞，快点叫小蝶过来，这儿有人快不行了。"那后面的第五条船上有人喊。

占彪一听是彭雪飞的声音，马上喊道："小飞，快划船靠岸。我们马上去叫小蝶。"

一个软软的女人被大家七手八脚抬上岸，小蝶披衣赶了过来。彭雪飞告诉大家说："刚路过前面不远的泽山岛时，这女人突然从岛上跳了下来，她显然会水，而且不让我们救，看我这脸和胳膊让她挠的。直到她快不行了才救上来。"小蝶忙上前摸了一下脉，抬起头来："成义呢，再给我来一遍下午对我做的，我看看标准不。"

占彪把彭雪飞让到班部，换了身衣服。两人坐稳，潘石头送上来热茶，占彪望定彭雪飞。彭雪飞笑了："彪哥想问我怎么又来了吧？呵，这回的事，得把你师弟们都叫来，而且今夜你只给我茶喝不行，要给我酒喝才成。"占彪打了彭雪飞一掌："你小子葫芦里卖什么药！"彭雪飞一闪身回了一招七连环："这可是你的招法啊。你快叫吧，有好事。"

占彪无奈只好到院子里打了一声呼哨。这和上次在三家子呼唤师弟替换隋涛九人的呼哨不同，是平和的召集声。众师弟从四处回着呼哨纷纷赶过来。这回大郅听了也颠颠赶来，曹羽也赶了过来。隋涛九人听到了呼哨却是一惊，怕占彪遇到什么危险，九人忙手提冲锋枪赶了过来。

彭雪飞一看小峰等师弟的便装笑道："最好你们都穿上军服。"占彪一挥手，大家又跑回去换上军装，扎上武装带。占彪好像有些什么预感，也换好了上士军装。

彭雪飞站在大家面前掏出两张纸来，郑重地说："今天我来宣布两项嘉奖令，一份是国军第三战区司令部的嘉奖令，少将方师长委托我代为宣布的；一份是新四军军部的嘉奖令。"

占彪和众师弟一听惊喜万分，这可是两家抗日大本营的认可啊。隋涛他们站在一旁也深为占彪们高兴。

彭雪飞自己先一个立正，占彪和大家跟着一个立正。彭雪飞念道："经报，国军第22集团军第45军第125师第81团占彪一部在敌后英勇抗战，屡建战功，特此通令嘉奖。国民革命军第三战区司令长官顾祝同谨此。"接着彭雪飞继续宣读："鉴于占彪等十一人之勇猛战绩，破格晋升占彪一人为上尉，晋升小峰、成义、刘阳、强子、正文、二柱、大郅、三德、曹羽、长杰（追认）十人为上士，以上任命公布之日起生效。”说着他从自己的公文包里拿出一包领章和肩章，小峰上前敬礼接过。

其实少将师长只知道占彪有十个班，不知道班长的名字，就只批了十个上士名额，但名字空着。彭雪飞是了解抗日班情况的，十个班长中聂排长已是少尉不需要动，隋涛是新四军过去的，接受国军赐封不合适，而曹羽虽然是副班长，但已与占彪师弟比肩，再追认一个逝去的长杰正好十人，所以曹羽和长杰的名字是他加上的。这次，占彪他们可都是连升三级啊。

接着彭雪飞精神一振，又大喊一声：“立正！”占彪等又是跟着整齐的脚根相碰声。彭雪飞大声读道：“喜悉抗日军队占彪部与新四军第二支队密切配合，保卫首长，重创日军，成为沦陷区内一支勇敢尖兵，特通令嘉奖。新四军军长叶挺，第二支队副司令员粟裕此致！”

公布完毕后，大家静默了一会儿，隋涛他们突然爆发出一阵掌声。接着房门大开，是二民、拴子等副班长们鼓着掌拥进来，然后是小宝等一群女兵，她们还扶着一个憔悴但不失秀丽的女子。她就是被彭雪飞救起的轻生女子。小宝指了下彭雪飞：“就是他救了你。”女子认真看了看彭雪飞，上前摸摸他脸上的挠伤，热泪夺眶而出，双膝一软，跪了下来。

深入到敌人后方去

中巴车沿着沪杭高速奔驰。快到嘉兴了，小宝总是向西望着，那边是太湖的方向。若飞深知小宝的心情，告诉司机到嘉兴下高速，沿太湖去湖州，再从湖州去杭州。小峰在旁也会心地笑了：“若飞呀，你啥时候学得这样善解人意了，我刚才就想说从太湖边走走呢。”

若飞边从包里掏东西边说：“等我们都相聚了，请示下彪哥，是不是去三山岛上看看。”正说着，一架单筒望远镜就已然在手里了。

小宝瞪大眼睛：“这不是聂排长的吗，还在你这儿呢！”若飞笑道：“怎么叫还在我这儿，这么多年了一直在我这儿啊。我看剧、旅游是离不开的，好多人想要我都没有给。一会儿用它看看三山岛。”这时若飞的手机响了，接起后是秀娟的声音："若飞姐，你还没到啊，宝儿姐累了吗？"其实秀娟和若飞同岁，比若飞还大三个月，可能是因为第一次见面就叫姐姐了，这辈子就叫了下来。

这一路上她们通了无数次电话了。若飞告诉秀娟，宝儿姐想到湖州看看，或者在那里住一夜。那边秀娟不干了："啊！你们要在湖州住，我和静蕾、阿娇就马上过去！"

小宝看小峰点点头便说："那就让她们过来吧，我们在湖州住一夜，不然到了杭州，我们还是要等强子和彭雪飞他们，武男先生也得后天才到。正好让麦克看看中国的太湖风光。"

大飞也附和道："让秀娟奶奶看看当年她加入抗日班的地方，那啥感觉啊。听说秀娟奶奶是把抗日班当红军才加入的呢。"

晓菲拍起手来："对了大飞，这次回来，我还有个愿望你要帮我实现哟，好吗，大飞哥？"大飞笑道："只要别让我去太湖里捞月亮就行。"

晓菲轻声地又故意让大家都听见："我想要顶当年的红军帽，秀娟奶奶、隋爷爷还有彭爷爷一定都有的。不管你用什么办法，一定要帮我弄着一顶。"

小宝看着若飞含笑不语，若飞拉过晓菲说："丫头，奶奶帮你要。没想到这孩子和秀娟一样，还有红军情结呢。"大家都笑了，麦克不明所以，但知道一定是好事，也跟着咧开大嘴一笑，被晓菲一瞪。

大飞接着问晓菲："'九凤'的情况你了解到什么程度了？看我能帮你做些什么？"

晓菲说："前六凤我了解得差不多了，现在就是静蕾奶奶、阿娇奶奶和秀娟奶奶这三凤了解得少些。"小峰慈祥地看看晓菲说："到了杭州你都会见到她们的，然后我们去靠山镇与你彪爷爷他们会合。"接着小峰又对小宝说："小宝教导员，现在很多人都以为你不在人世了。这回会给大家太大的惊喜的，尤其是小玉，真怕她承受不了呢。"

小宝感慨地说："'文革'以后这些年一直都没有告诉她，怕给她和大郅的生活带来麻烦。我何尝不想她啊。我告诉东东了，慢慢地透露些，让她有点心理准备。"

小峰感慨地说："我们这些师弟和这些士兵，多亏彪哥和您在暗中拼命保护，才躲过了战后的各种磨难，而且都混上了离休干部的待遇。我们的儿孙辈更是受益，现在只经过你在美国办的学校就出去多少个了。呵，小宝啊，我要代表全体师弟和当年钢班的战士感谢你呀。”

小宝佯作生气的样子说道：“你看你，我们都谁和谁呀，不都是一家人嘛，再说了，你们也做了很多工作嘛，还有隋涛、雪飞、三德、单队长、若飞、阿娇、秀娟……不都是为了我们这伙人鞠躬尽瘁啊。”

大飞接过话题说：“这次见到东东我想和他商量呢，把这些年来彪爷爷‘有你就有我’的做法和精神整理出来。抗战后的彪爷爷仍然有着‘重机枪’的风范，做着比抗战时期更艰巨的工作，发生了那么多惊心动魄、可歌可泣的事情，都可以写成书了。”

晓菲赞同道：“大飞哥，如果要写书算我一个啊，我们把爷爷奶奶一生的财富留下来。”接着她跳起来坐到小峰侧面的座位上，拉下小峰的胳膊说：“峰爷爷，不，小峰爷爷，您先给我讲点吧，我先收集些素材。现在离太湖这么近了，就从你们移师太湖开始。”

小峰笑道：“看来丫头你还是了解很多情况的，说起这事，还得从抗日班把太湖一带的土匪窝挑了说起。静蕾、阿娇和秀娟三凤都是在这个阶段加入我们的。”

这时，中巴车已经下了高速直奔湖州开去。随着太湖的越来越近，小宝、若飞和小峰的心情越来越激动。小峰对大飞说：“当年抗日班可有号啊，鬼子一听到重机枪响便先判断是不是钢班的重机枪神风。如果是抗日班的重机枪便退避三舍，那些土匪海霸更是望风而逃。”

晓菲接话道：“我知道，就在这三山岛上，彪爷爷一声大喝，七个土匪头都吓瘫了。”

大飞补充着：“兵不血刃，一弹未发就把国军和日军都无可奈何的太湖匪帮给收拾了，为新四军除掉了心腹大患。”

彭雪飞慌忙上前扶起女子，一时间竟然手足无措。小宝向大家介绍起刚了解到的情况来。

原来这刚烈女子名叫阿娇，是太湖西山岛上远近闻名的一枝花。大刀会司令吴祖德威逼，如果阿娇不乖乖跟他走就血洗全村。阿娇一咬牙，为了全村百姓和家里人的安全，跟着来到了三山岛。但吴祖德一用强她就要握剪自杀，三天前被吴祖德流放在没有人的泽山岛上，说三天后来接她，如果再不从就任她跳湖。当彭雪飞的船驶近泽山岛时，阿娇误以为吴祖德派人来接她，便毅然跳下太湖。众人皆叹，好一个烈女！

彭雪飞听罢，扶着阿娇轻声安慰着："阿娇，今后你就安全了，罪大恶极的吴祖德和那几个匪首已被我们新四军枪毙了，你好好回家侍奉父母，早点找个好人家过日子。"阿娇抬起头看着彭雪飞，轻声又坚定地说："我要和小宝姐小蝶姐他们在一起……我要在这里，等你！"大家都感动得几欲落泪，彭雪飞更是呆愣着说不出话来。小宝拉回阿娇对占彪说："我们先领阿娇回去休息了，你们好好庆贺吧，上尉。"说罢嫣然一笑，率八女而退。

小蝶临走时也对成义说："上士可不许官升脾气长啊。"成义刚才在抢救阿娇时让小蝶嗔怪得体无完肤，不是这不对就是那不标准，小蝶说："要不是你肺活量比我大，才不稀罕用你呢。"其实小蝶是在看成义刚才是怎么趁机"吻"她的。成义饶是聪明，可在小蝶面前总抬不起头来，唯唯诺诺地说："不敢不敢，你是上士的上士。"说罢看大家要笑，忙补充道："你是我们大家的上士。"在众人哄笑中，小蝶脸红而去。

占彪关切地问彭雪飞："鬼子扫荡有什么新情况？你们那边都准备得怎么样了？"彭雪飞沉重地说："这也是我这次来的另外一个大事。我们二支队首长和国军方师长都问到你的位置了，知道你已绕到鬼子后面，都希望你能弄点动静牵制一下鬼子。鬼子可能马上就要动手了。他们集结了两个联队的兵力，而且我们得到内部情报，松山又回来了，带着和你同样规模同样装备的敢死队，想找你决一死战。彪哥你一定要小心。"

占彪听彭雪飞说到松山便"哦"了一声："今天我就看那只汽艇上的鬼子不对劲，哪有十人全抱着机枪呢，原来是松山那老鬼回来了，还想学我，哼。"接着占彪对彭雪飞和围上来的小峰、成义等人说："我这几天一直琢磨着在哪儿下手，今天受这个打汽艇启发，我看我们就在鬼子的汽艇和铁路这些交通线上做点文章。我们要在鬼子占着的沪杭线，最好是沪宁线上，打翻它几列火车。"众人皆点头赞同，彭雪飞兴奋得一击掌："铁路是他们的动脉，如果能切断哪怕是一天，也会让龟村老实的，全日本全中国都能知道。"

占彪下令道："现在时间很紧，我们事不宜迟，明天天亮前就出动。把这艘汽艇开着，上去十个人装成鬼子。其余各班化装成渔民，全部乘船进入河汊。我们这两天先猎杀点汽艇，能抢就抢过来，不好抢就用枪拆了它。白天打完后，晚上趁黑回这里来休息。让龟村和松山调过头来打我们，破坏他们的扫荡计划。"

彭雪飞传达完嘉奖令后连夜赶回部队，占彪告诉他如果鬼子压力太大就从水路转移出来。彭雪飞笑说："我们是要跳出鬼子的扫荡区，但只能是继续向西、向北跳，不能像你这样，跳进鬼子家里面来了。"彭雪飞临走前去看了一眼阿娇。

天还没亮，小玉给大家饱餐了一顿，又带了一天的干粮。这回小玉的帮手也多了，还守着太湖，做的饭菜也越来越讲究了。尤其是秀娟简直就是一个烧饭高手，让官兵们大赞。

隋涛对称赞秀娟的人小声说："顾老二这回损失可大了去了。"秀娟没理他，对大家说："你们都平安回来啊，晚上给你们烧'太湖三白'。"然后小声对隋涛说："晚上就不许你吃！"隋涛逗了一句："那我晚上就不回来了。"秀娟一听，马上想到这可是打仗啊，不回来就意味着阵亡，眼泪就出来了，说话都有些哽咽："你，你再说，你再说！我让你吃还不行啊。"旁边的人都笑了，隋涛脸红得像喝醉了酒。

占彪把大郅班和刘阳班留在岛上，大郅班守外，刘阳班守内，以防零星的土匪回来捣乱。而且，刘阳也是想抓紧时间把财物整理好，然后全部装入各式皮箱中方便转移。小宝等八女全力照顾伤员并协助刘阳整理财物。这样去掉留守天府的聂排长和留守三山岛的大郅、刘阳三个班，再除去十九名伤员，实际出发人数只是全队的一半。

占彪这次还把隋涛的班拆开，分到出发的六个班中，确保各班都有两个会开汽艇的人。除了柱子班上汽艇外，每个班都划两条结实的船，土匪留下的船足够选择的了。占彪还安排汽艇上的柱子班里面穿便服，外面穿日军军装。其他五个班都在里面穿日军军装，外面穿便服。重机枪拆开支架，和轻机枪、掷弹筒、弹匣、钢盔放在舱底。占彪、隋涛和曹羽则上了汽艇，占彪穿了一套日军少尉的军装。

占彪的计划是向东，到龟村部队集结地的后面寻找机会。越向东河道越多，遇到日军汽艇的机会就越多。他先让小峰的铁爪班和成义的秀才班打头，正文的铁拐班、三德的飞镖班和强子的霸王班随后，待估计他们到了湖州岸边后，汽艇才出发追去。

汽艇转眼就追上前面的十条小船，船上的士兵看到汽艇上耀武扬威的“日兵”纷纷起哄，柱子班的士兵扬着昨天缴获的两支三八大盖喊着“八嘎牙路”而过。占彪心想手里的三八大盖太少了，不像真正的“皇军”，容易露馅。

船队进入西苕溪不远，便听到后面传来一阵汽艇的马达声。占彪向后面的船队挥挥手，船队马上靠向两岸摆开了战斗队形。是两艘鬼子的汽艇开了过来，但没想到他们看到前方有占彪的汽艇后便拐向了另一道河，给大伙儿气得直敲船板。

占彪领着船队继续前行，边走边观察河道。岸上时常有日军成队走过，这可真的是深入到敌后了，大家虽然有时说笑，但也都是壮着胆儿心头乱跳。

不能深入内陆太远了，遇到情况就不好脱身了。占彪看着地图指挥船队向左拐去，这样可以绕回太湖边。占彪告诉开船的隋涛：“前面不远应该是个三叉河口，我们看看能不能在那里守着肥猪待兔。”隋涛笑道：“彪哥，你是故意说错的吧，是守着大树待兔。”

这是两条河的合流交叉处，果然是伏击的好地方。占彪把旱鸭子们赶到陆地临河三个角的顶点，各布置了三挺轻机枪，重机枪则放在船舱里没动。汽艇和小船停在河口中间，等一会儿听到哪条河道来汽艇了，便藏在另两条河里。占彪要求伏击的人都戴上钢盔，并注意别误伤了对面的自己人。

等了不长时间，东面的河传来了动静，不过不是汽艇，声音很低沉，速度也没有汽艇快。二民的侦察船飞快地划过来远远摇着手，直奔占彪的汽艇划去。岸上的人都知道情况有变，果然占彪马上下达了就地隐蔽的命令。

出现在人们眼前的不是汽艇而是小火轮，而且是三艘，每艘后面拖着三、四艘驳船。小火轮甲板上都站有三四名日兵。每艘驳船上都码着几十根二十多米长的铁轨，上面也都有四五名中国船夫和装卸工。

水上游击战

湖州沿太湖岸边的太湖风景区游人不多，在望湖宾馆前的草坪上，几把太阳伞下，大卫和小宝、小峰、若飞相伴而坐，遥望着秀美的太湖。展现在大家面前的是一幅山水相依，层次丰富，“山外青山湖外湖，黛峰簇簇洞泉布”的自然画卷。麦克被这万顷湖光山色的壮丽所震撼，忙碌地用摄像机记录着。米处长虽然常陪客人来这里游玩，还是兴致勃勃地向大卫介绍着太湖的相关轶闻。小宝在旁翻译着，不时加入自己的见解。

大飞和晓菲则在宾馆前的广场上专候从杭州赶过来的客人。没等多长时间，一台大吉普后跟着两台小车鱼贯而至。从大吉普上下来五名穿西服的青年。接着，两台小车车门打开，开车的两名稳重的女孩儿先下来，有个还穿着绿色军装短裙。前面车里下来三位老太太，后面车上下来一老翁。

这时，小峰和大卫迎了过来，两人向那老翁敬礼。小峰道：“彭将军别来可好？”米处长在后面一听，啊，又来个将军！

彭将军就是当年的彭雪飞，他与小峰热烈拥抱了半晌，松开后互相打量下又重新来个拥抱。彭雪飞转头对扶着自己的女军人说：“大孙子，这就是你小峰爷爷，看，后面过来的就是你的偶像小宝奶奶，那个是章若飞奶奶。”这边话还没说完，那面五个老太太已搂在了一起。

阿娇和秀娟都把自己的孙女喊过去。阿娇对扶着自己的女军人说：“我孙女彭玲，老彭烦人，总管她叫大孙子，她在陆军总院当医生。”若飞看着彭玲的肩章说：“将门出虎子啊，丫头都是少校了。”秀娟的孙女挨个叫着奶奶，秀娟笑说：“我这孙女也是将门无犬子，她爷爷在铁路还没干够，让孙女做列车长呢。”列车长甜甜地笑着说：“各位奶奶，我叫隋静，欢迎各位英雄奶奶乘坐京沪特快列车。”

静蕾忙拉过大飞：“我孙子大飞，快点，自我介绍一下。”大飞一把将晓菲和麦克也拉过来一起做了介绍：“我叫大飞，是小峰和静蕾的孙子，在军校当教员。她叫晓菲，美国耶鲁大学硕士研究生，是三德爷爷和若克奶奶的孙女，也是我小宝奶奶的养孙女。这大鼻子小伙儿你们自己对号吧。”大家笑了，笑他直呼自己爷爷奶奶的小名，笑大飞和晓菲名字的巧合。静蕾、阿娇和秀娟忙拉过晓菲问长问短。

小峰和彭雪飞则沉静下来，遥望着太湖里的三山岛，那里有着不少他们关于靠山镇的故事。

占彪对打小火轮没有心理准备，而且数量这么多。他和隋涛、曹羽藏在另外一条河中的汽艇上观察着。曹羽低声说："这铁轨挺长的，差不多有三十多米吧。”隋涛回答："是二十五米。都是旧铁轨，这些起码够铺设两公里的，看来是在别的线路上拆下来的。”曹羽问："你怎么知道是二十五米长？”隋涛解释道："我爹是铁路工人，我小时候也跟着在铁路干过几天活。现在我还没明白，鬼子运这铁轨是制造炮和炮弹用，还是要在这附近铺轨？”

占彪打开地图看了一会儿，指着离湖州不远的长兴县位置说："这里标有长兴煤矿轻便铁路线，是不是和这儿有关？”隋涛听罢一拍大腿："我知道了，彪哥！长兴煤矿铁路线去年就被当地百姓扒了，我们二支队就在那儿一带活动过。鬼子有可能想借这次扫荡把铁路修好把我们的煤抢走。浙江就这个地方出点煤啊。”

占彪抬起头望着缓缓而行的小火轮船队，命令隋涛："把各班班长都聚过来，我们把这批铁轨都弄沉在这里。”

一刻钟后，占彪们的小船追上了小火轮。后面那艘小火轮上一群日兵看到了，还以为这几条小船是被后面的皇军汽艇押送着去运送什么物资。小船在小火轮船队的两侧划过，占彪怕小火轮上的鬼子搭话露馅，让汽艇加速追了过去。开过去不远，汽艇便横在河中打着手势让小火轮停下检查。小火轮缓缓停下时，两侧的小船刚好三四艘围着一艘小火轮。随着汽艇上一声“干”，几挺机枪准确地扫射着前面那艘小火轮甲板上的日兵和驾驶舱，而小火轮两侧小船上的船夫都一翻手戴上钢盔，又一翻手现出手枪，向后面两艘小火轮上的日兵同时开了火，一场短兵相接的战斗打响了。

按照占彪尽量减少伤亡的要求，各班把甲板上的日军都打倒后并没有马上登船，而是又扔了几颗手雷后才登上小火轮。小峰传令各班不要轻易进舱内追杀残余日兵，只向舱口里塞手雷招呼就够了。活捉鬼子对抗日班来说没有什么意义。战斗不到五分钟就结束了，三十多个鬼子尽数被歼。抗日班人员只有一人受了轻伤，而且是上小火轮时摔的。

本来三德、成义负责弄沉小火轮后面的驳船，后来了解到驳船都是征用的，有两个船老大也一直跟着哀求，便同意只要把铁轨扔在河里驳船可以自己划走。这回不用士兵们动手，各条驳船的装卸工把固定铁轨的钢绳都解开，十多艘驳船上的铁轨转眼都沉河里了。

这次缴获不多，只有3挺歪把子、18支三八大盖和7支手枪。三德倒是收集了5副望远镜。不过，有个船老大说最后面的小火轮上有面粉，强子班马上钻进去扛出来30袋“洋面”。

占彪催促大家抓紧行动，鬼子听到动静一定会马上来增援的。可是负责弄沉小火轮的小峰和正文遇到了难题：虽然把小火轮的驾驶舱、轮机房和煤舱都用手榴弹炸了，船却没有沉。有个船老大离开现场时留了句“用火烧”，于是他们便在船舱里放了火，小火轮会在机器和煤烧到一定程度的时候爆炸而沉。后来只炸了两艘，没爆炸那艘是正文点着火后把舱门关上了，舱里没有足够的空气助燃，火自己就灭了。正文这件糗事就成了笑话，经常被提起。

晚上在望湖宾馆的晚宴，仍然是米处长坚持做东。他知道若飞的老公三德退休前是上海海军基地副司令员，彭雪飞又曾是铁道兵部队的一个将军，所以对这个当年的抗日班群体充满了惊异和好奇。在大飞也要埋单的时候，米处长坚定地说：“只要是和大卫这一行有关人员的餐饮住宿费用，都由我们统战部负责。”若飞和小宝在一旁暗笑，这后几天人会越来越多的，看你米处长能挺到啥时候。彭雪飞知道统战部的经费是神秘又殷实的，便告诉大飞不用客气了。

开席后，彭雪飞与小峰酒盅一撞哈哈大笑，指点山河般的豪言壮语把大家吸引了过去：“哈，我一生给很多人授过军衔，可是新四军给国军士兵授军衔却是唯一的一次，也是我军战史上绝无仅有的一次。”远处朦胧美丽的三山岛让彭雪飞想起了当年那一幕。

席间彭雪飞看着大飞、晓非、麦克、彭玲、隋静几个年轻人在一起不时用英语交谈着，对小宝、若飞、小峰、阿娇、秀娟和静蕾感慨地说：“能看到我们幸福的第三代，真是多亏了彪哥对我们的保护，尤其是战后的艰难保护。等过几天看到更多的第三代，我可就分不清了，哈。”小宝略有嗔意地回答：“虽然我们都老了，但可不许糊涂啊。我对他们可是分得很清的。别看人多乱了些，但只要你认真看一眼总会认得清的。”阿娇接了一句：“我们这些人都是彪哥和宝儿姐一个个抢回来的，谁也比不上他们俩记得清啊。”

大飞听到这里，就回过头来说：“现在美军提出的零伤亡概念，我们中国的抗日班早就提出来了。”小峰点点头道：“是啊，你彪爷爷是相当认真的，时时提醒和培训我们注意防护。所以我们从猎杀汽艇战斗开始，就一直在创造着零伤亡的奇迹。”

说起猎杀日军汽艇，大飞向晓非介绍着：“知道隋涛爷爷他们吧，他们是抗日班里的工兵班，身手了得，鼓捣啥会啥。会开汽车，会开汽艇。猎杀汽艇的战斗，他们可是起过关键作用。”

晓非马上回过头来问：“秀娟奶奶，我啥时能见到隋涛爷爷啊？我还想请你们谈谈怎样在战火中明确了爱情关系。听说秀娟奶奶你那时总欺负隋涛爷爷，是不是女人一欺负男人就会擦出爱的火花来呢？”

晓非一本正经又颇显深奥的问话引起了一片笑声。若飞边笑边说：“晓非丫头，你的说法看来挺准的呢。那时你爷爷就经常被你奶奶和我欺负，成义被小蝶欺负，大郅被小玉欺负……哈，不过宝儿姐是不是欺负彪哥，俺们就不知道了。”

秀娟擦着眼角笑出的泪花看着晓非说不出话来，旁边的隋静悄声对晓非说：“我爷爷一会儿就到了。他今天给他的铁道兵老部下开职业病证明去了。”

占彪把船队又拉回三叉河口，刚布置好阵地，日军的两艘汽艇便从东面快速开了过来，他们是听到枪声后赶来查明情况的。占彪忙令隋涛把自己的汽艇闪开。一看到日军的汽艇进入伏击圈，小峰便一声令下，三面火力同时横扫，几乎没给鬼子反击的机会。汽艇开过去后就成了死艇，隋涛追了很远才追回一艘。另一艘因撞在岸上，推进器坏了，只好也点了一把火烧掉了。

占彪让三德班换上日军军装，上了缴获的汽艇，向大家说：“我们得想办法让鬼子的汽艇停住再打，争取再缴获两条，我们都坐汽艇转移。”

这时传来了小火轮的两声爆炸，众人一片欢呼。占彪一个手势，大家静了下来，从南面的河道上又传来汽艇的推进器声。成义这时灵机一动，在岸上向占彪大声说：“彪哥，你们全装成鬼子不太好，等动起手来他们知道你们是化装的会没有顾忌地还击的，不如捆住几个‘鬼子’在你们手里，这样他们说什么也不敢向‘自己人’开枪了。”

占彪会意地笑了一声：“你小子这招儿也太损了吧，成了比狐狸还狡猾的猎人。好的，和鬼子不讲他娘老子的客气，就这么干。”说罢，占彪和曹羽领着一半人都脱下了日军军装，端起了轻机枪，其他四五个“鬼子”被押坐在船头，三德更机灵，把自己艇上的三四个“鬼子”用飞抓绳围在一起，看上去更像俘虏。占彪又向岸上的小峰下令：“小峰、成义你们可以晚点打，我们打响一会儿后你们再打。反正鬼子不敢直接照量我们。”

这回日军来了三艘汽艇，也都是每艇上五六名日兵，前面两艘各架着一挺轻机枪，后面那艘居然还架着一挺重机枪。三艘汽艇进入河汊口自然也减了点速，拐过来一看到前面有汽艇马上就刹车转舵，在日军发现前面两艘汽艇上有自己人被俘时正愣神的当儿，占彪大喊一声“干”了，隋涛和三德两艘汽艇上的七八挺机枪便开了火，鬼子顿时东倒西歪了一大片。虽然反应很快马上开始还击，但果然未敢向捆着的“自己人”开枪。占彪们继续扩大着战果，残余的鬼子努力把汽艇靠向了两侧岸边的芦苇丛。曹羽和占彪相视一眼哈哈大笑，鬼子的汽艇几乎靠在了小峰他们的鼻子底下了。怕误伤自己人，占彪下令停止射击。

小峰那边靠上了两艘汽艇，成义那面靠上了一艘。看来鬼子是想上岸反击或者逃生。占彪在等着小峰们的枪声，可是半天还没有响起。正在占彪纳闷又心有期待之时，三艘汽艇上传来自己人嘻嘻哈哈的笑声，之后开了过来。原来小峰和成义看鬼子想上岸，就同时跃进汽艇里，三拳两脚就把惊魂未定的鬼子都掀在了河里。

占彪大喜，这样手里有了 5 艘汽艇了。他下令把原来的木船沉在这里，全体士兵换成日军军装上了汽艇，向东驶去。

龟村和松山当天晚上就接到了报告，在他们后方的水上运输线上，捞起了日军60多具尸体，1艘小火轮1艘汽艇被烧，2艘小火轮和4艘汽艇失踪或沉没，500根铁轨沉没，所携7挺轻机枪、1挺重机枪和49支三八步枪、14把手枪等武器失踪。

虽然事件重大，但龟村正在筹划第二天天一早就要开始的扫荡战役，自然无暇分心。松山倒是有些警觉，但他一直注意报告中只提及有轻机枪和手雷参战，没有提及重机枪，便仍然集中精力准备第二天要开始的疯狂大扫荡。

第八章 “还我河山”

扑上去的那个挺身队员根本抓不住绕在铁架里的引信，撞在铁架上坠入河里。另外一个挺身队员见此，腿一软，冲许工跪下。只有几秒钟了，已是无路可逃。

地动山摇的爆炸，大地颤抖。冲天火光中，铁桥上的火车笨拙地向上拱了一下，接着军火车厢更剧烈地爆炸，之后轰然落入塌断的桥梁缺口，一头扎进河里。浪花飞溅，河水突然受阻，水位陡然增高，从北面的两个桥墩间汹涌流过。

“我亲爱的女儿，爸爸去找你妈妈去了。我早说过，桥在我在，桥亡我亡！妈妈在那边也需要我的照顾，这样你也能没有牵挂地去打日本，为妈妈报仇。……爸爸去了，抗战必胜！此桥必复！（爸爸多么希望将来这座桥是女儿来修复！）又：爸爸走后不要找我，桥下就是爸爸最好的归宿。再：爸爸已觉此生无望，唯愿吾女得见天日。”

大闹长兴路矿

日军两个联队的清乡大扫荡终于开始了，龟村和松山举起了恶魔的屠刀。

松山面对眼前的公路目瞪口呆，他知道是占彪的重机枪部队先开始在县城附近破的路，但没想到占彪的号召力这么大，居然动员了这么多人把方圆几个县上百里的公路都进行了不同程度的破坏。把可以开汽车的大路改成了只能通马车的小路，把一部分路改成了田地，把直路改为弯路，把大桥改为小桥，把固定桥改为活动桥，还在河道设上了暗坝，这使日军的机械化顿时大打折扣。

龟村也是怒火冲天，大骂占彪的狡猾，下令部队对遇到的村庄实行“杀光、烧光、抢光”政策。一时间苏南、浙西一带四处黑烟，枪声不绝，扫荡的范围随着日军兵力的展开在逐步扩大。国军防区大踏步地后撤，新四军的主力部队和地方部队也大部跳出扫荡区外以避其锋芒，占彪的抗日班更成为深入敌占区的一支孤军。

为找占彪，松山费尽心机。他在靠山镇一带的山上展开地毯式搜索，而且见洞就放毒气，但始终一无所获。要没有刘阳在山谷歼敌时抢来的九套防毒面具，躲在洞里的聂排长九人难逃此劫。

占彪终于用重机枪了，让松山这只老狐狸回了头。

那是在猎杀汽艇的隔天后，占彪率部在三山岛练了一天游泳，略作休整，品尝了秀娟做的味道鲜美的“太湖三白”后，整队去袭击长兴煤矿铁路。休整的这天，还派出了小峰、成义、大郅和三德、隋涛、二民两个侦察小组找到了铁路现场，查清了日军情况。

还是天没亮就出发。这次乘的是五艘汽艇，仍是六个班全副武装的人马。汽艇到了湖边，藏在成义昨天选好的芦苇丛中。隋涛留下自己班的人守着汽艇，其余人马上岸后直奔刚修了五六公里的长兴铁路线。这条铁路线并不长，规划中要修不到二十公里。一个小队的日军押着东北来的三百多名中国铁路工人在这里施工。

占彪们一到工地后面的山梁就吃了一惊，今天的情况有变——在修好的铁路上多了两辆铁道装甲车，它们来回巡视着，可能在检查刚铺完的铁路效果。不知道这铁道装甲车的厚度和豆战车相比如何。好在成义把火焰喷射器带来了，这本来是想烧枕木用的。

按照事先拟定好的方案，战斗在晚上收工时打响，这样打完仗天就黑了，便于撤回岛上，而且这时也是鬼子最松懈的时候。

抗日班第一次开始这样漫长的潜伏，大半天的时间很是难熬。好在这里人烟稀少，再加上日军在这里修铁路，很少有百姓过来。潜伏的抗日班士兵便在山梁后面的树林里席地而坐，成义在组织大家用树枝在地上写着学过的字，还有的人在擦枪或睡觉。占彪则津津有味地看着《三国演义》。这次缴获土匪的财物里有上百本各类书籍，身不离书也是小宝对他的严格要求。

下午，三德、曹羽和隋涛身着便衣混进了工人中，他们在悄悄告诉工人们，一会儿有情况的时候大家要及时趴下，并接近了日军监工的一个伍长和两个士兵。

日军的兵力分布在施工营地和施工现场两处，战斗也是分两个战场打响的。占彪领三德、成义和强子三个班解决施工现场。小峰率强子、二柱子三个班去解决鬼子关押工人的营地，约好是小峰先动手。不然，要是施工现场先打起来的话，营地的日军就会负隅顽抗。

收工的时候，营地前回来一批怀揣短枪的“工人”，小峰和“工人”们走在一起，强子和二柱子化装成押送的日兵走在后面。

三十来名工人经过岗哨进入营地后迅速分散，后面的强子和二柱子走近哨兵时，两人同时使出一招犀利的岳氏砍掌，那可是断碑裂石的功力，直打得两个哨兵连声都没吭便倒在地上。这时小峰已领着大家迅速接近了营房、指挥所和厨房各处的二十多名鬼子。指挥所里的鬼子小队长看到小峰晃着膀子走进来，刚看出不对劲还没等掏枪就被小峰抬手一枪给毙了，接着一阵手枪旋风在营地里狂刮了起来。

抗日班的手枪训练是日常训练中的一个重要科目。在敌后的特殊环境里，占彪要求大家要和用重机枪一样的娴熟准确，所以聂排长、强子对大家的手枪训练也都是很下工夫的。

玩枪的有个规律，玩小枪的再玩大枪属于升级，得一步步掌握，但玩大枪的回过头来玩小枪却是事半功倍，很容易就掌握的。所以占彪九人的手枪玩得出神入化，算得上是百步穿杨的神枪手，抗日班的士兵们也都是先学的轻重机枪然后接触手枪的，枪法普遍都不错。今天算是对抗日班的手枪训练情况进行了一次实战考核。

只见三十多个枪手左手托着右手，很标准规范地左右前后上下指着目标变换着身形，发发子弹爆打在到处奔跑的日兵身上。大家比的不只是击中了敌人，而是比着是否击中了胸口和脑袋等要害。强子是军事教官，自有他的过人之处。他居然用的是双枪，左右开弓，枪响人倒。九兄弟里占彪、强子、刘阳、成义、三德和正文都练了双枪，强子今天是首开纪录，果然威风八面。

远处听到这股手枪风暴如爆豆般密集，转眼便没了声息。几名做饭的工人都看傻了，连饭香里都混着火药味。

占彪最喜欢这种一阵暴风骤雨接着就是鸦雀无声的打法，说明活儿干完了，而且干得利落、漂亮，现在该我们的了。这时工地上的三十多名鬼子一听营地瞬间而起又瞬间而止的枪声正在发愣，本能地向山梁这边的路基一侧靠拢着，准备整队撤回支援。占彪向三德打了一声呼哨，曹羽三人立马大喝："工人弟兄们快趴下！"说罢带头卧倒在地，大部分在路基另侧的三百多工人接连"扑通"倒地。

刹那间，鬼子身后的山梁上，一阵令人毛发直竖的机枪旋风就刮了过来。二十多挺机枪各有分工地扫向了各自的目标，鬼子几名军官虽然及时卧倒，但却被路基另侧近在十几米的三德、曹羽和隋涛的手枪点了名。

仗打到这儿是十分顺利十分漂亮的，但麻烦就出在日军的两辆铁道装甲车上。这专为保护铁路设计的装甲车不但有炮，而且四面都装有轻机枪。车里的鬼子见自己人都被打倒了，反倒放开了四处扫射起来，不管是自己的伤兵还是满地的工人乱打一气。但它的缺点也是很明显的，不能转身只能进退，车上的射击口比较大，没有可以旋转的炮塔，炮只向前打而且打远不打近。

本来可以不用重机枪就可以结束战斗的，占彪见装甲车如此猖狂，便向重机枪手们一挥手，六挺重机枪“呼”地突出架在山梁上。占彪抱过一挺喊了声“拆了它！”便亲自操作起来。六条火舌三条一组倾注在两辆装甲车上，轻机枪的火力也逐渐集中过来。这轻重机枪的合唱真是声震天地，气势撼人。准确的火力顽强地钻进装甲车的射击孔，装甲车顿时动静小了。

成义知道可以打哑装甲车，但不一定能打爆它。而且它前后灵活地运动，火力只能随着车动，形不成打豆战车的效果。现在重机枪只能打着它的侧面，一时半晌还不会有什么结果。也许它的薄弱之处也在车的后面。趁双方打得激烈之时，成义背起火焰喷射器，让自己的副班长做助手从山梁侧面摸了下去。

三德和曹羽、隋涛三人正在装甲车的另侧用刚缴获的三八步枪封锁着装甲车的射击孔，看到成义背着火焰喷射器过来大喜。忙扔起几颗手雷在两辆装甲车前炸起一片烟雾，成义趁机几步跳到第二辆装甲车旁，“呼呼”几下点喷，装甲车顿时变成火龙，一溜烟向后开去。鬼子慌不择路中，跑进第一辆装甲车旁的死角。三德见此，趁机跳着往射击孔里塞进了一颗手雷，“轰”的一声里面便没了动静。接着，开了很远的“火龙”也巨响一声爆炸了。

山梁上的士兵欢呼着扛着机枪走下来，又是零伤亡！满地的工人也站起来了，却有十几个人受了伤，死了两个人。曹羽忙喊过人来为伤者包扎伤口。不过，这些工人却没有被解救的喜悦。占彪把工人们集合在一起，告诉他们：“日本鬼子修铁路，是要把我们的煤、我们的萤矿运到他们的小国去。我们不能让他们得逞，我们要把这铁路彻底破坏掉。大家辛苦一下，把修好的铁轨拆下来，扔到附近的河里，或者埋起来。”

看工人们不语，曹羽又用东北话解释了一遍。乡音还是亲切，有位工头小声问道：“原来日本鬼子答应我们修完路后送我们回家，还发我们工钱。现在他们都死了，我们钱也没有，离家还这么远，怎么回去啊？”曹羽刚才也注意到了，日本鬼子对工人们不是太凶，中午饭也能吃得饱，几名日本工程技术人员对中国工头还算客气。

占彪听到马上说："工人弟兄们，我们都是中国人，是一奶同胞，我们会想办法给你们凑齐盘缠。现在天色已晚，我们抓紧先扒铁路，不然鬼子来了会报复的。"

铁轨建起来难，拆起来却很容易，这些熟练的工人三下五除二就一路扒到了营地，铁轨和枕木都扔进附近的河溪里，离河远些的地段就埋在地下。

成义这时也把抗日班60多名士兵身上的钱收拢在一起，有6000多元，给每名工人发了20元，足够他们回家的路费了。

在望湖宾馆的晚宴上，大家有着说不完的话题。酒桌上阿娇和秀娟甚是亲热。两人都是在太湖边长大的，湖州一带算是阿娇和秀娟的老家。两人还分别嫁给了都是新四军出身的彭雪飞和隋涛，而且隋涛还是彭雪飞的老部下。彭雪飞当排长时隋涛是他手下的班长，要不是为了报占彪救命之恩，隋涛是断不会离开彭雪飞的。因有这些背景，两人在解放后走得比别人近些。她们深知大家的命都是占彪保护下来的，所以在有了一定的条件和地位后，也按照占彪的指令，竭尽全力地保护历次政治运动中遇到麻烦的抗日班官兵，把占彪的"有我就有你"诠释成"有我们就有你们"。

身为省道桥工程设计院老院长的静蕾逗着她们俩："看你们俩的亲热劲儿，真可惜你们都是孙女，互相不能当亲家，要不让俺家大飞挑一个吧。"秀娟一听马上回头就喊："隋静过来下，让静蕾奶奶看能不能相中给她当孙媳妇。"在大家的哄笑中，包房外传来一嗓子："谁要娶俺家静静啊？得先过我这关。"

随着包房外一声吼，服务员侧身相让，一个身板依然挺拔的老者大步走进来，小峰哈哈笑着迎上去："隋涛你呀，多亏有秀娟养着你的胃，身板这么结实！"两人紧紧搂在一起。隋涛转头看到彭雪飞，就马上立正，规规矩矩地敬了礼。彭雪飞指了下大卫，隋涛端详了一下叫出："大卫！"大卫早上来等着拥抱了，两人也紧紧相拥。

然后隋涛来到小宝面前，敬过礼后眼角就湿润了。旁边的若飞伸出指头触了下隋涛的额头：“我的口琴呢，这么多年也不还我。”隋静在旁瞪大了眼睛：爷爷是当年铁道兵兵部后勤部的少将级部长啊，奶奶都不敢这样触他额头的。隋涛做势揉下额头顺手擦去泪水笑说：“多亏这些年你没和秀娟在一起，不然我得天天被你们俩修理。”然后又见过了静蕾和阿娇。

孙辈纷纷过来行礼自我介绍，大飞介绍完说：“隋涛爷爷，这里是不是可以说是您的铁道兵生涯的起始地呀？”隋涛拍拍大飞的肩说：“好小子，在研究我们的抗日班历史。没错，我们就是在这里把长兴铁路扒没影了，然后又带出了一伙儿铁路工人。”

抗日班的壮大

小峰打扫完营地的战场，缴获了一屋子炸药和几百个雷管，都是为铁路修路基炸石用的，还有几百袋粮食。接着小峰又递给占彪几份缴获的文件。占彪看了看，有铁路设计路线图，有煤矿开采图，有矿井设计图，还有一份好像是和工人有关的材料，他马上喊来成义。成义一看又问工头：“你们有没有能看懂日文的？”日本在东北多年殖民化教育，很多东北人都会说会认点日文的。那工头接过一看，颤抖着手向围过来的工友们说：“鬼子，鬼子太缺德了，他们，他们上面居然下令让我们铺完铁路后留下当矿工，不从者就地枪毙！哪有什么工钱，哪能让我们回家啊！”工人们顿时怒形于色，东北汉子的脾气上来了。

隋涛在旁说：“鬼子是看你们有一技之长，对你们假装客气。这活儿要是当地的农民会干，哼，连饭都不会让你们吃饱的，哪有什么工钱。他们是侵略者，是想让我们都老老实实地给他们当亡国奴，工人弟兄们，你们别太天真了。”

曹羽大声说：“我们不能说日本人中没有好人，就像说我们中国人中不可能没有坏人一样。但日本人从整个儿看是贪心的，黑心的，是狡猾的，他们才是良心大大地坏了。在东北他们还装点，哄着我们，还弄个满洲国撑个门面。可在这里，在他们全面和中国开打后就露出了真嘴脸，烧杀奸抢，无恶不作，他们拿我们中国人根本不当人，只是想占领中国的地盘，霸占我们的财富。”曹羽缓了口气接着说：“东北老乡们，我也是东北人，从奉天过来不长时间，我们都当了十来年亡国奴了。回去后你们要好好想想，不能再这样当亡国奴了！”

这时占彪下令：“把受伤的工人弟兄带上，把他们的伤治好后再让他们回家。”小峰对工人们说：“天已经黑了，你们抓紧吃饭上路，注意别让鬼子抓到。”

抗日班和工人们饱餐一顿后，几个大小工头带着各自的亲友分别走了，大部分工人还没有动地方，围在一起商量着什么。接着有两名大个子工人走出来拉曹羽到一边，前面的大个子工人说：“老乡，我们也想打鬼子，你们这儿收不收当兵的？我们这些人除了打枪啥都会。”曹羽笑了：“还除了打枪？不会打枪来干啥。”另一个大个子较稳重些：“他叫宁海强，会摆弄炸药。我叫赵俊凯，要不是张少帅的东北军早早进关了，我们说不定也在打鬼子呢。麻烦你老乡和长官通融一下……我们这些人要是都当兵，会不会给你们添累赘？”

小峰在旁听到有人会摆弄炸药，过来说：“可以留几个会爆破的工人。”他知道占彪不太愿意扩招，毕竟训练出一名优秀的士兵不是那么容易的。

占彪听到小峰和曹羽的汇报沉思不已。成义在旁小声说：“彪哥，这些工人都是摆弄机械的，本事要比我们这些种地的强多了，鼓弄枪炮上手会很快的。”

小峰则有些担忧地说：“我们才一百多人，一下子吃下这二百多人可别噎着啊。”

占彪一举拳头，看着大家眼里闪着光下令：“收下他们！现在我们出洞了，和过去的情势不同了。我们要消灭更多的鬼子，就需要增加兵力。曹羽和隋涛你俩目测一下留下自愿打鬼子的。”

曹羽和隋涛过来一统计，包括12名伤员，共有215名工人自愿当兵打鬼子，经目测个个合格。他们都是日军挑选过来的工人，自然体魄强健。要走的近百人大都是在东北有老婆孩子的，不得不回去。

占彪下令，让留下参军的工人把刚才发到手里的20元钱都送给回去的工人。占彪接着的又一个命令再次感动了这批回去的工人，占彪让他们随部队回到岛上，然后用船送他们越过太湖，从无锡附近的小站上火车回家。不然大家也都担心这些工人将如何走出沦陷区，如果明天日军发现这里的情况开始追查起来，这些工人的处境将会很危险。当然，占彪这么做，更是冒着暴露三山岛的危险的。

然后，小峰将参军的工人暂时分为两队，由曹羽和隋涛各带一百人，宁海强和赵俊凯当他们的助手。强子把刚缴获的一个日军小队的3挺机枪和42支三八步枪、16把手枪、3具掷弹筒发到新兵手里，等回到岛上把前两天缴获的7挺轻机枪、1挺重机枪和52支三八步枪、14把手枪分下去，也能武装大部的新兵了，回去以后再统一训练。强子嘴里嘟囔着："早知道这样，还不如把土匪的枪留下一些。"

成义用火焰喷射器把十几垛枕木喷燃了，在堆堆冲天火炬的映照下，三百六十多人的队伍扛着所有的炸药、雷管和粮食出发了。隋涛不忘让工人把扳子、老虎钳、撬棍、锤子、铁丝等各种机械工具带上一些，还把吊运铁轨的手推吊车也带上了几架，他是想将来在行军中吊运重机枪和弹药箱用。

成义班和正文班在前引路，故意顺着河溪趟了两段路。三德班和柱子班殿后消除行军痕迹。夜半时分到了湖边，五艘汽艇整整运了三趟才把人和物资运上三山岛。

松山和他的挺身队是在当晚的下半夜赶到长兴铁路线的，是重机枪的合唱让松山星夜前来。让所有的日军大吃一惊的是修好的几公里铁路在一夜间蒸发了！而且和铁路有关的器具也都没了踪影。看到几乎已被重机枪拆开铁板的装甲车，看到六十多具整齐摆放在一起的头东脚西的尸体，这一切不用说都是占彪的重机枪神风的杰作。松山挺身队的百名队员在心惊胆战之余又不禁振奋不已，对手已经不远了。

松山汇报的两个分析结果令龟村大惊失色。

第一，这伙重机枪抗日班是奔铁路来的，他们已经劫了一次铁轨，这一次又扒了铁路，现有的铁轨和枕木均无踪影，虽然用探雷器寻找到地下埋着的一些，但长兴铁路恢复近期是无望了。这说明他们的下次目标还是铁路！这令龟村出了一身冷汗，正在运行的沪杭和沪宁两线要是出了问题，会直接影响他的晋升的。第二，从现场撤退的脚印上看，这股所谓的"班"

级武装部队人数已大大扩张，足有四五百人，已达到了支那军队编制的两个连甚至一个营的标准。他们在一个河溪处乘船消失，看来机动性很强。这股精兵不可小视，在前面清乡扫荡的范围内也不一定能遇到。如果他们突然出现在后方任何一处，其精良的武器和勇猛的战术会令本来就很分散的驻军猝不及防的。龟村不得不连夜下令，从在前面扫荡的两个联队中各抽回一个大队，加上松山挺身队，在铁路线附近严加防范，寻找重机枪抗日班。这样占彪就等于调回了这次扫荡的两个联队三分之一强的兵力，为扫荡区内的国军和新四军减轻了压力。

松山对占彪下次的目标的分析是正确的，占彪在送回工人到沪宁线一个小车站的时候，就盯上了车站附近的一座铁路桥。

晓菲这时又挽起小峰的胳膊："爷爷，再给我讲点具体的事嘛，我知道这个阶段又和松山大干了一场，知道用重机枪拆了炮楼，破坏了公路，猎杀汽艇，拆了铁路，打了车站，又拆了飞机。可是我想知道，那时打车站您是怎么救的静蕾奶奶，静蕾奶奶又是怎么和您一见钟情的呢？"

小峰大笑："你这丫头，这问题谁能说得清啊，等回去问你静蕾奶奶吧。"

小宝对若飞说："这孩子和你那时候一模一样。"

若飞很自得地说："呵，我小时候也这么可爱吗？"说罢自己哈哈大笑起来，晓菲则在旁眨着大眼睛很一本正经地做可爱状，大家一看又都笑了起来。

这时大飞和麦克也用英语聊了起来。大飞告诉麦克："那时，交通线的争夺不光是公路，更重要的是铁路，还有水路甚至航空。"麦克大叫："没错的，我爷爷就参与了空中交通的争夺，结果被你们救了，也让我们有了今天的相识。"他看了看晓菲。

一直不怎么说话的彭玲过来给老英雄们敬酒，她问隋涛："隋爷爷，我听隋静说，您的工兵排里都是东北人啊？"隋涛点头道："没错，当时我的工兵排里东北的铁路工人居多。不过，南方人也有一些。"

小峰对彭玲解释道："我们抗日班的组成很特殊，一般军队的士兵组成大都以地域为划分，基层连队基本上是同一个地方的。但我们抗日班是由三部分人组成，一部分是东北的铁路工人，一部分是川兵，再一部分就是江浙本地人，是个南方人北方人都有的队伍。”

隋静接着问道：“那语言不同，性格不同，饮食习惯也不同，那时大家都合得来吗？”

小峰呵呵笑着说：“是啊，南方人和北方人区别很大的，但我们那时都是亲兄弟。”

大飞也来向隋涛敬酒，一个立正汇报：“报告隋爷爷，大飞正在整理抗日班的光荣历史，梗概已经清楚，只是缺少细节。我和晓菲的问题一样，比如当年小峰和静蕾在这里怎么相识的？某人女扮男装是什么时候被发现的？”众人大笑，隋静和彭玲笑在了一起，晓菲则擦着笑出的眼泪。大家在笑大飞从容地说着自己爷爷奶奶的名字。小峰则看看静蕾，两人含笑不语。

大飞则绷着脸又问：“还有，章若克奶奶和小宝奶奶第一次当女侦察兵的经历。”

若飞在旁一听大飞提起姐姐，便收起了笑容和小宝说：“其实那次我来当侦察兵更适合的，只是姐姐从小就想当侦察兵，我争不过她。”晓菲更是神往地捕捉着奶奶若克的点点滴滴。

小宝告诉晓菲和大飞：“没有那次侦察任务，若克的侦察才能就显示不出来，静蕾也就会和我们擦肩而过了。”秀娟在旁打趣道：“你们小峰爷爷好像早就知道静蕾是女扮男装，一见面就连搂带拍的。”又一阵哄笑。

由于三山岛突然增加了二百来人吃饭，泼辣的阿娇便代替了即将临盆的小玉，指挥着秀娟、若飞、春瑶三名小助手充当了火头军。聪明的阿娇把铁路工人里原有的做饭的人调动起来帮忙，大大减轻了压力。第二天，化装成渔民的二民等侦察员送回情报，大家得知大队鬼子已返回这一带。而且，二民还从船上亲眼看到了松山和他的武装到牙齿的挺身队。

占彪决定在三山岛上休整几天，先让松山四处转转，正好也要整训一下工人新兵。

曹羽和隋涛各领着一百新兵先看了老兵的训练，从队列训练到武术对抗，从军规背诵到文化考核，都让工人新兵们咋舌不已。接着，强子便带自己和柱子班二十人深入二百多名新兵中，每人带十名新兵突击训练步枪和手枪操作。没想到这批工人素质非常之好，接受枪械非常自然，一天工夫就掌握了步枪和手枪的使用，第二天就有人开始接触轻重机枪的操作了，而且学习拆卸枪械清障保养，几个回合下来，比老兵还要熟练。三天紧张的训练后，新兵都基本掌握了常规武器。到了晚上，又是小宝和成义、若克都给他们上军规教育和文化学习课。

占彪看到后，深为得到这批好苗子而欣喜。在第四天中午的干部会上，曹羽一走进来就郑重其事地向占彪敬了个礼说："报告彪哥，有件事想请示。"占彪示意曹羽继续说。曹羽看了宁海强和赵俊凯一眼说："要回东北的那一百来人这两天看我们热火朝天地练兵，又有四十多人要求加入我们，不走了。是不是留下？"

听曹羽说还有工人要参军，占彪忙问道："这批人条件咋样？"宁海强回答："其实这把子人是硬手，和赵俊凯一样，他们都会点武把操儿……"曹羽点头道："彪哥，我看了，条件都不错，大都练过功夫。"小峰过来问："怎么当初不想留下？"赵俊凯回答："他们想要是打鬼子应该先把家那边的鬼子打跑，打这里的鬼子救不了家乡人。呵，和我原来想的一样。现在我们想明白了，天下的中国人是一家人，天下的鬼子也都是一窝儿的。在哪儿打都是打。"

占彪点头应允道："只要是诚心打鬼子就收下吧。那就这样，曹羽你以这批人为基础，再从各班挑些打枪准的、练过武术的成立特务排，执行一些特殊任务，赵俊凯给你当副排长。"赵俊凯高兴地和曹羽握握手。

浒墅关车站（一）

然后占彪看各班正副班长都齐了，教导员袁宝、总务官袁玉、宣传干事章若克、军医庄小蝶也都在，他接着宣布："从今天开始，我们总名头不变，还是叫抗日班，下面的各班都改为排，每班充实二十二名新兵，原来的班长、副班长为正、副排长，下辖三个十人班，由老兵担任正、副班长。

各班的武器配备为一挺重机枪、三挺轻机枪、五具掷弹筒和十把手枪。人员分配是重机枪组四个人，三挺轻机枪两人一组，共六人，这六人里除班长外各配一具掷弹筒，全班每人一把手枪。差缺的武器等我们回天府后配齐。还有，分给聂排长的二十二个人先由小峰和强子排分别带着。”

占彪又强调道：“隋涛排注意挑选会爆破的、会开车的、会摆弄机器的人，俺也整个什么工兵排，让宁海强给你当副排长。”宁海强也兴奋地和隋涛握着手说：“我们有十来个会爆破的，还有几个会开火车的呢。”隋涛开心地说：“这回我们开汽车的开汽艇的开火车的都有了，就差开飞机的了。”占彪问到伤员们的伤势，小蝶在旁介绍：“其他伤员都归队了，只有赵本水一人还要静养一段。”

占彪又看着二民命令道：“二民挑出十多个人组成侦察警卫小队，和小宝、小玉、若克、小蝶这些女将，还有潘石头组成抗日班班部，除了完成侦察任务外，还要保证她们的安全。”二民精神抖擞地一个立正。赵俊凯和宁海强看到后觉得自己刚才没有立正，非常不正规，互相吐了下舌头。

最后占彪布置：“我们今夜出发送东北的工人回家，隋涛率老班人马分开两艘汽艇，小峰、强子、成义、三德、大羽、二柱子、正文、俊凯、海强与我同行，我们要侦察一下这沪宁线有没有下手的地方。”

占彪看看在场的小宝几个女孩儿，若有所思地说：“最好去个女的，好掩护。”章若克马上举手：“我去，我一直想当侦察兵呢。”小蝶也举起手，期待地看着占彪。

看到若克和小蝶都想当侦察兵，占彪笑下：“小蝶就别去了，还有这十几名受伤的工人得换药。小宝和若克去吧。”

第二天清晨，两艘汽艇横穿太湖，在太湖东岸的望亭镇附近靠了岸。这里离沪宁线很近，有个叫望亭的火车站。六十多名工人上岸后，占彪嘱咐他们分散走，在附近的两个车站上车。

藏好汽艇后，身着百姓服装的占彪一行拉开距离沿乡路向铁路线走去。占彪已在地图上研究清楚，这段沪宁线是在无锡和苏州之间，有三个小站，每站相距十公里左右。

众人走不远就遇到一个小镇，镇东五百米左右是一个小火车站，占彪告诉大家这镇叫浒墅关镇，车站叫浒墅关站。占彪让小峰和小宝、三德和章若克各分两组穿镇进入车站侦察，然后向南沿铁路线会合。

小峰与小宝走在前面，三德和章若克远远随后。镇里很平静，街道上没有多少人。刚要出镇去车站时，侧面的巷子里传来一群孩子的哄闹声。小峰看到一群大小不等的男孩儿在追打一个穿着学生制服戴着帽子的男孩儿，那男孩儿抱着饭盒护着头跑过来。在被打的男孩儿跑过小峰身边后，前面又有一群孩子手持砖头迎头堵了过来。小峰一看马上紧跑几步一伸手把男孩儿拉在身后，向前后围过来的孩子喝道："你们干什么？这么多人打人家一个。"孩子们顿时停住了脚步，七嘴八舌地说："他狗爸是汉奸，他是汉奸崽子！"

小峰一听这些话，就马上回头看那男孩儿。男孩儿看上去挺俊秀的，脸上流着两行泪，定定地看着小峰。那清澈的眼神让小峰顿生怜意，大人是汉奸关孩子什么事，当了汉奸能把孩子放在外面的一定是生计所迫。小峰一把抹去男孩儿的眼泪："小子，男儿有泪不轻弹嘛！别怕。"小峰回过头向左右的孩子们说："你们打他有什么用？有能耐去打他爸啊，去打小日本啊！"孩子们里有人发声喊："打大汉奸！"这些孩子们一扬手，砖头瓦块雨点般冲小峰和男孩飞了过来。小峰一转身把男孩儿搂在怀里，挺着让砖头瓦块落在身上。小宝站在旁边皱着眉没做声。若克远远看到，忙催三德去帮忙，三德笑笑说："他和小孩儿打架呢，上哪儿看这热闹去。"

小峰转过身来抖抖身上的灰土，对孩子们说："好了，打完了吧，快回去吧。以后不许再欺负他了啊。"话音未落，只见两块砖头先后偷袭过来，直奔男孩儿面门。这是两个半大小子拍过来的，很有些力道。

小峰有点生气了，左手一伸接住一块，顺势击向另一块砖头，"砰"的一声撞成两半。接着抬起右拳变掌为刀，击向左手接住的那块砖头，也是"砰"的一声，左手里的砖头被击成碎块，顺着左手指缝洒落在地上。孩子们一看都傻眼了，纷纷后退，大呼小叫着："功夫啊，铁砂掌！金钟罩！"小峰做出恶狠狠的样子说："告诉你们，我要把这功夫教给他，以后不许再欺负他了。"说着上前一步一跺脚："快回家去！"孩子们一哄而散，男孩儿清澈的大眼睛愣愣地看着小峰，嘴里冒出细细的一句："真的教我功夫吗？"小峰哈哈一笑，拍了一下男孩肩头："小子，回家吧。快点长大，中国人要有志气，可别当汉奸啊。"说罢一把将男孩儿推走了。

四人走近车站，小峰和小宝负责侦察站台两侧，三德和若克闯进车站的小候车室。

若克的表演才能这时得到了充分体现，她把三德当成家里的伙计，嫌三德不中用的样子，就直接和日本职员用日语对话，问清楚了白天有四趟混客路过。若克灵机一动问道："我们还要等亲戚，晚上才能到，晚上还有车吗？"那日本职员看了看眼前的女孩儿回答："晚上没有客车的，你不要来啊，危险大大的，都是军列的干活。"若克数清了车站里有三个日本职员和四个中国职员，还看到了刚才小峰护着的那个小子，在给一个穿着铁路制服戴着大檐帽的中国职员送饭，怪不得说他是汉奸崽子。

小峰和小宝在外面也侦察清楚了，铁路线是南北走向，西侧挨着车站的一溜儿房屋是办公室和休息室。东侧是一栋二屋木结构小楼，出出进进的日兵大概有 30 多人。挨着那小楼是货车线上的站台，上面有近百米长的简易仓库，仓库是只用三面木板围起的板墙。

若克一讲那个中国职员的装束，赵俊凯就说："日本人是站长，中国人是副站长兼调度，是干实活的。"这时他们已在车站南面的铁路上会合了，占彪正在设计如何扒铁轨。

赵俊凯向铁路左右看了看说："拆铁轨是没问题的，只是没有太多时间破坏路基。只拆铁轨鬼子修复也会很快的。"这时宁海强好像感觉到了什么，头俯在铁轨上听了听，向大家摆手说："快下去，是一个压道车过来了。"

压道车是一种用手压提供动力的简易铁路板车，赵俊凯告诉大家这车一般是铁路上紧急事故和巡查用车。遇到火车时可以抬下铁轨。说话间，巡道车过来了，上面有三个工人，脚边放两袋子工具，很快就过去了。

占彪打开地图看了一眼，抬头望去："前面有一座桥，他们是修桥去吗？我们看看去。"

铁路拐了一个弯，一座 200 多米长的铁路桥展现在眼前。铁桥不大但看上去很精巧，桥上从头到尾有着铁廓拱架，火车要钻进去通行。铁桥下有四个桥墩，横穿桥下的河溪通向太湖的方向。桥两侧有插着太阳旗的日军碉堡，两边都有哨兵站岗。那三个工人果然在桥上忙着什么。占彪从小宝手里接过望远镜看了半天，又看看地图，回头对大家说："我就相中这儿了，这里是沪宁铁路和京杭大运河的关隘，是水陆交通要道，往南离苏州 12 公里，离上海不到100公里，往北离无锡30公里。我们把他娘老子的桥炸了，最好再翻河里一列军火。”接着他指点着地图，要求大家分头去侦察附近的黄埭、望亭、枫桥、东桥等镇，只要探明有没有鬼子就行。傍晚到汽艇处集合，一起回三山岛。

夜里看到大家平安归来，秀娟把早准备好的“太湖三白”砂锅端了上来。小蝶和若飞、春瑶围着若克和小宝要她们详细讲当侦察兵的经过，若克没理她们，埋头急急画出了车站的草图递给占彪。小峰和三德围过来边看边赞：“人家才是个合格的侦察兵。”占彪看着一目了然的车站详图，认真地宣布：“从今天起，若克是侦察小队的副队长。”若克喜出望外地立了一个正。

吃罢夜饭，占彪把思考得差不多的作战方案拿了出来：“我们这次战斗，第一个目标是把铁路桥炸掉，第二个目标是消灭浒墅关车站的鬼子。周围的七个镇有四个镇有鬼子，一个镇是汉奸水警，兵力都不会太多，还有两个镇只有警察所几个巡官。我只担心从北面的无锡和南面的苏州坐火车来增援的鬼子。所以我们要速战速决，桥炸了就走。”

接着，占彪开始分配任务：“明天，哦，天快亮了，就是今天晚上出发，明天夜里开火。小峰排和三德排主打车站，隋涛排和成义排主炸铁路桥，强子排阻击无锡来敌，柱子排阻击苏州来敌，正文排向东警戒阻击可能来敌，曹羽的特务排跟着我。听清楚了吧？”众人纷纷立正接受任务。刘阳和大郅刚要说话就被占彪止住：“你们已把岛上摸熟了，换别人还得从头来，好好看家。”占彪又看看大郅嘱咐着：“小玉也快生了，你不许离开一步。”

占彪继续补充道：“隋涛、海强你们要带够炸药雷管，成义你们带上一门步兵炮，万一鬼子在碉堡里死抗就轰了他们。还有，这次老兵的钢盔都借给新兵戴。”

第二天早晨，占彪带着师弟们和隋涛、曹羽、二民、宁海强、赵俊凯组成了小分队先行一步，若克和小宝又嚷着跟了去。他们划着两条装着炸药的小船，来到浒墅关车站附近。占彪觉得晚上的硬攻会有伤亡，是下策。看看在白天能不能多了解点情况，同时也让大家了解一下地形。

天近晌午，占彪十几人分散着从浒墅关镇穿过走向车站。小峰和小宝、三德和若克两对侦察组还是走在前面。

若克从后面追上小峰和小宝说：“那男孩儿又给他爸爸送饭来了，看看能不能做点工作。”小峰回头一看，那男孩儿已望定小峰走了过来。小峰转过身迎了几步：“小子，还有人欺负你吗？”男孩儿怯怯地说：“没有了，谢谢你，大哥。”小峰拍了拍男孩儿肩膀：“叫我峰哥，你小子这么弱呢，像个丫头片子，一看就不能打鬼子。”男孩儿昂了下头说：“我叫许静蕾，谁说我不能打鬼子了，我可不是汉奸。”

若克在旁笑道：“静蕾？名字也像女孩家家的。小弟弟，昨天我在车站里看到你了。你爸爸赞成你打鬼子吗？”静蕾垂下头来，咬着嘴唇不做声。

小峰又用力拍了静蕾一下：“小子，能不能把你爸爸叫出来，我们和他商量一下打鬼子的事。”静蕾有点狐疑地看看小峰，又看看若克和小宝：“峰哥，你们，你们是新四军？”。

小宝冲着静蕾点点头：“我们是抗日的军队……”静蕾手指稍稍抬起指着小宝和若克：“那，那你们是女兵？”若克冲静蕾笑笑。静蕾上下打量着她们，然后指指车站旁的小餐馆：“你们在那里等着，我把爸爸叫出来。”

静蕾刚要跑去，三德便一下子挡在她面前，低声喝道：“不许出卖我们，当汉奸的下场是很惨的。”吓得静蕾往小宝怀里一钻，把小宝也弄个大红脸。静蕾定下神来说：“我和爸爸不是那样的人，你们等着啊。”说罢整整歪了的帽子便急急走进车站。后来静蕾常怪罪三德，说抗日班的人只有三德凶。

浒墅关车站（二）

小峰听秀娟笑他对静蕾连搂带拍的，忙辩解着：“那是习惯动作，拿她当小子呢。”静蕾在旁轻声接话道：“后来知道了也总是拍我。嘿，没办法，这辈子就是被他拍的命了。”

又一阵笑声中，小峰也在逗秀娟：“求你点事啊，秀娟，啥时候你那太湖三白再给俺们做一顿呗。唉，这些年了，就想吃小宝嫂和小玉包的菜饺子，还有秀娟的太湖三白。”隋涛接话道：“现在怎么吃也吃不出那时的味了，不知道是太湖里的三白太瘦了，还是秀娟的手艺退步了。”

大飞急忙汇报：“昨晚靠山镇那边小玉奶奶已经给大家包菜饺子了，东东、得龙、小曼和丽丽都尝到了。对了，还有个日本女孩儿，叫樱子的也跟着彪爷爷他们呢。”

晓菲听到还有个日本女孩儿，忙问小宝：“宝奶奶，那个樱子是咱们这里的人吗？”小宝摇摇头说：“听你东东哥说是当年在山谷里活下来的日兵的孙女。她爷爷也来了。”若飞接着说：“丽丽来电话说，和那个叫樱子的女孩相处得不错呢。”

小峰听到吃了一惊：“啊，不会这么巧吧，那我们可得会会，那天活下来的鬼子可不多啊。”彭玲小声问着阿娇：“奶奶，你说，那日本老兵会不会恨彪爷爷他们啊？”阿娇慈祥地笑着回答：“丫头，我觉得那老兵要是恨我们就不会来中国了。只有我们恨他们，他们不侵略我们，你彪爷爷哪能用重机枪突突他们啊。现在中日友好了，他们就是国际友人了。”说罢，看了看大卫和麦克。晓菲听罢一把拉过麦克：“虽然都是国际友人，麦克他爷爷是帮我们的，樱子他爷爷是打我们的。等我见到那个樱子，非得和她理论理论。”

占彪过来问明了情况决定做些预防，他让其他人围在车站四周，自己和小峰进餐馆，小宝和若克也进餐馆在旁监视。刚布置好，那男孩领着一个穿铁路制服稍有驼背的男人从车站侧面走过来。进餐馆后，男孩指指和占彪坐在一起的小峰：“爸，是他昨天帮了我。”男孩又指了下坐在旁边餐桌的小宝和若克。

那男人摘下大檐帽，警惕地看看四周，坐过来和小峰说：“谢谢你帮了我孩子，我姓许，都叫我许工。”说着拿出香烟递过来，小峰摆摆手：“我们都不会抽烟。”

占彪接过话说：“许工，你也是中国人。开门见山地说，我们是抗日军队，能不能帮我们打鬼子？”小峰在旁介绍道：“他是我们头儿。”许工点点头说：“谢谢你们对我的信任。我原来想过，全国都在抗战，不差我一个。但你们找到我，我会尽力的。我可不是什么汉奸。不过，听日本人说，不是和新四军达成什么协议和默契了吗，只要你们不动铁路线，他们也不打你们。”看着占彪气愤的样子，他马上接着说：“不知道你们需要哪些情况，需要我做什么？”说着点起了一根烟，深吸了一大口，眼见烟头闪烁，顿时下去一截。

占彪观察了许工几眼，说了声“好”，接着问道：“我们想把这个车站打下来，里面日军的人数和武器配备你知道吗？”许工显然早就做过观察，脱口报出：“这里有日军一个小队，一共54人，有20人守桥，南北桥头堡各有一挺机枪。34人在车站，有5挺机枪。晚上车站里的鬼子都集中在东面的小楼里住，西面的房子是值班室，有5个人站岗。还有几名日本铁路职员，他们和那些鬼子不一样，希望你们尽量不要……不要……”占彪点点头，然后又问：“我们还要把铁桥炸了，你能不能帮我们把炸药运上去，我看有工人可以上去检修。”

没想到占彪一说炸桥，许工脸色大变，“霍”地站起，一拍桌子大声说：“你们，你们要炸桥，那不行，绝对不行！”占彪和小峰一看他翻了脸，马上把手伸向腰间，静蕾扑过来拉住小峰说：“峰哥，不要，那桥是我爸爸修的，他是舍不得啊。”占彪长出一口气，许工抱着头坐下，低声恳求：“求你们了，不要炸桥，我共建了七座桥，都毁在战火里了，只剩下这一座了。要不是为了守这座桥，我是不会在这里给鬼子当什么狗屁站长的。”

占彪看看桥的方向，扭过头来说：“许工，我们理解你的心情，这桥就像你的孩子一样。但是，你也要想想，一车车的日本兵通过这桥，杀害我们的同胞！还有啊，鬼子通过这桥把一车车的中国财物运回日本，你这桥在帮谁呢？！”

小峰在旁说：“看你是个聪明人，怎么这么糊涂！桥炸了，等以后我们把小鬼子打跑了再修嘛。”许工马上接道：“你炸了日本人也会马上修复的，不是一样吗！”占彪眼睛一眯，明显一道寒光闪过：“那怎么能一样，都像你这么想那我们就不用抗战了，没准还得感谢大日本天皇了。告诉你，我们炸了桥虽然鬼子还能修上，但要让他们知道，中国人是不可欺侮的，我们不会屈服的！他修好，我还炸，一直炸到他们滚蛋！”

占彪这番掷地有声的话震撼着许工和静蕾，许工低下头来。过了半晌，他抬起头来望着桥的方向自言自语说：“我的孩子们啊，怎么都这么命苦呢，这是我的第一个孩子，1906年建的。以后哪儿还有机会再建桥啊，这仗不知打到何年何月。我的年纪也大了。”这时旁边餐桌上的小宝和若克已转过来，若克快言快语接道：“你是怕我们中国人打不过小日本？告诉你，抗战必胜！”静蕾拉着许工的胳膊说：“爸，我不想总被别人骂汉奸崽子了。爸，我也要像她们一样当女……当兵参加抗战。”

许工仰面闭了会儿眼睛，回过头来对占彪说：“其实我也知道，早晚会有这一天的。炸吧炸吧，不过，我有一个要求，请长官给个方便。”占彪示意他继续说，许工摇摇头下着决心说：“我请求，这桥我自己炸！”静蕾一听眼泪顿时涌出来，占彪等人惊愕得半天不语。

在望湖宾馆的团聚晚宴结束后，大卫和米处长去休息了。彭雪飞拉着隋涛回房间说话。小宝和若飞、静蕾、秀娟、阿娇相挽着在湖边散步。小峰领着几个孙辈儿女跟在后面讲着“细节”故事。静蕾悄声对小宝说：“宝儿姐，我有个小愿望一直想说又不敢说。”小宝笑说：“我猜猜，你是不是想要我去看这附近的一座桥？”静蕾红着脸笑着点了下头。

小宝嗔道：“看你，有什么不敢说的，建得好与不好不在人说，而是在自己的心力是否投入。尽心了即便是不能尽美也心安了。”静蕾摸摸自己的脸说：“呵，都是老脸了还知道脸红呢。宝儿姐，你说得真好，这番话让我也释然了。宝儿姐你真不愧是才女，是难得的识桥人啊。不怪我爸爸见你第一眼就把我托付给你了。”

秀娟提议：“那明天上午我们找艘游艇到太湖里转转，去三山岛转一圈，再去看看桥。下午回杭州。”身后的孙辈们一片欢呼。

刚过中午，从车站向铁桥开出那台压道车，上面有三个很地道的铁路工人，是隋涛、赵俊凯和宁海强，脚下放着装满炸药的工具袋。

占彪原来的计划是晚上偷袭，先化装成日军分别走近桥南北的碉堡，突袭消灭护桥的日军。如果有残余日兵固守碉堡就用步兵炮炸掉，然后再安装炸药，等有火车通过时引爆。

有许工帮忙当然要调整方案了。许工按惯例先向守桥的日军打了电话，派出工人检修铁桥。隋涛三人找到了许工说的铁桥的要害处，在南面第二个桥墩上面的长方形凹处。他们把两个工具袋扔在那里，然后把一根细铁丝垂入河里，铁丝连着可以燃烧五分钟的引线。只等晚上许工在桥下的船上拉下铁丝，点燃引线。五分钟的时间足够船划远了，即便桥头的日军马上发现，跑到这里翻到桥墩也得五分钟以上。按这个方案风险就小多了，也避免了不必要的伤亡。

安装完炸药后，隋涛三人仍在车站里监视着日军。占彪几人把站前的餐馆当成联络点和指挥所，静蕾和小宝、若克一直坐在一起。小峰问道："彪哥，我在想用不着我们抗日班全员出动就能做好这活儿的。"

一列混客开走后，许工晃进小餐馆。他说把三名日本职员骗走了，让他们随车去苏州参加晚上的舞会去了。若克奇怪地问许工："他们不也是日本人吗？你为什么要救他们呢？"许工摇摇头说："这三个人和那些杀人的日军不一样，他们是出来养家糊口来的。有一个人的女儿和我家静蕾一样大；有一个人是孝子，他的母亲双目失明；还有一个人懂点医术，经常给过往的患病旅客送一些药品。"说罢他瞄到若克刚给静蕾画的铁桥图，这是若克凭昨天看到的记忆画出来的。许工小心地从若克手里拽过来，如获至宝地连连说："好有功底，画得不错，送给我留个纪念吧。不过，有一点你没有注意。我设计的桥墩迎水面不是你画的椭圆状，而是船头的尖状，便于分水，可以减少河水对桥墩的冲力。"小宝接着话题说："许工，我觉得您建的这座桥细琢磨起来很有韵味的。"许工一听马上聚神道："那你说说看。"静蕾在旁说："爸，这两个姐姐都是大学毕业的，还是北大呢。"

小宝浅笑下说："早在《说文解字》中许慎就说过：'桥，水梁也。'说明中国的桥梁史源远流长，中国桥梁精湛的建筑技术和多样而优美的造型是世界闻名的。"许工听得连连点头，重新打量着小宝，大有刮目相看之意，占彪等人也移座过来倾听。小宝继续说："中国桥梁具有高度的艺术性，本身千变万化的形态使人们常用'苍龙卧波'描写梁桥，用'长虹横空'描写索桥，用'新月出世'、'玉环半沉'等描写拱桥。而桥身的各种装饰都和桥梁结合起来，寄托了人们的美好意愿和智慧。"若克听到这里和静蕾轻轻地鼓起掌来，许工眼里则放出光芒。

小宝话锋一转："看得出，您的这座桥不是只当桥来建的，而是当一座建筑来建的。从中国桥梁的总体美学特征来看，有着南北两大类特色。北方由于高山雄伟，平原辽阔，所建桥梁一般浑厚壮观、气魄宏大。南方则水网密布，河道纵横，所建桥梁一般轻盈灵巧、形态优美。您这座桥，正有着南方桥梁的特色。而且，我不知道说得对不对……”小宝指点着若克画的图说：“这桥上面的四段钢铁拱架，有点廊桥的味道。我知道廊桥大都是木制的，但能把笨重的钢架造出廊桥的感觉，的确是很有新意，给铁桥赋予了灵魂。这样就把附近的太湖、京杭大运河和周围的山山水水都巧妙地融合在一起，非常和谐。尤其在傍晚时看这座桥和周围景色的融合，正应合了古语‘天人合一’的哲思。”

听到这里，许工已是热泪盈眶，紧握小宝的双手，叹道：“真是才女啊！难道命该如此？三十多年了，桥断之时才有识桥人？！”静蕾小声解释：“这座桥是爸爸的处女作，虽然后面又造了几座桥，但他最喜欢的还是这座。妈妈说，爸爸喜欢这座桥胜过喜欢我们。”

若克低声问静蕾：“妈妈呢？没和你们在一起。”静蕾仰着头，连连眨着泛着泪花的眼睛：“妈妈是爸爸的学生，前年在上海被日本飞机炸死了。我，我怎么可能是汉奸呢！”说到这儿静蕾扶着帽子趴在尚在激动中的许工耳边说：“爸，你总说遇不到抗日军队，这回遇到了，有这么多好姐姐，还有峰哥，让我跟他们走吧。”

小峰则又拍下静蕾的肩：“小子，你长得太小了，像个丫头蛋子，再过两年吧。”静蕾一把甩开小峰的手：“你，峰哥你不许说话不算数，你说要教我功夫的！还有，你这两天拍了我多少下肩膀了，冲这，你也得收我！”

这时，还没等许工表示意见，突然从外面闯进来一名车站的中国职员，他有些惊慌地说：“许站长，上面来电话了，今晚有军列在这里过夜，要我们准备两个中队的饮水和蔬菜。你把大泽站长他们放走了，我们能招架得了吗？”隋涛此时也随后溜了进来监视着。

许工凛然站起，对中国职员大声说：“没事，今天发生什么事都有我顶着。一会儿你们三人也早点回家，让他们穿上你们的制服。不要问我为什么，我说你们听就是了！”

浒墅关车站（三）

突然得知晚上有军列停靠吃饭，占彪迅速分析着敌情的变化。将有两个中队的日军在车站过夜，应该是四百名鬼子，只多不少。车站易守难攻，如果打成攻坚战，消耗会很大。他马上改变了作战计划，向师弟们道：“我们的目标就是破坏沪宁线。把铁桥炸了，我们就达到了目的。车站里的鬼子太多我们可以不打，免得伤亡太大，弄不好脱不了身。不过我们争取在许工配合下，从车站里开出一列火车，开到桥上和桥一起报销。”大家纷纷点头。

于是，占彪重新布置任务，把小峰排和三德排主打车站改成阻防车站。考虑到强敌在侧，就又加上了强子排和成义排，共四个排布置在桥和车站之间。隋涛排主炸铁路桥并监视桥北碉堡，柱子排阻击苏州来敌并监视桥南碉堡，正文排向东警戒阻击可能来敌，曹羽的特务排在车站附近机动。占彪要求船只集中在铁路桥附近的太湖入口，炸完桥就全体上船撤入太湖。

占彪让小宝、若克和二民帮助许工给鬼子准备蔬菜，并要二民多找些当地烧酒，把鬼子灌醉些。二民接受命令后小声问道：“彪哥，酒里放点啥？”二民有过和桂书记、单队长在靠山镇麻翻过鬼子的经验。占彪摇摇头，随后和小峰、曹羽换上了车站职员服。隋涛三人还是养路工打扮，手拎小锤四处转。其他各排排长都回到湖边，去接应自己部下进入桥旁阵地。

天快黑时，从上海过来前往南京的日军列车进站了。看样子，车站的小队长和车上的两个中队长是早就相识的朋友，一见面便钻到东侧的木板小楼里喝起酒来。大队的日兵则下车在隔了两条铁轨线的东面站台仓库里大吃大喝起来。他们自己带着罐头，加上车站鬼子小队给做的饭菜，喝着中国的烧酒，连喊带唱的，居然连岗哨都没派。

这时，曹羽的特务排赶到，藏身在站前几个小餐馆里。其他各排也都奔赴自己位置，二民被派回专门管理汽艇和船队。占彪和许工站在西面车站调度室，开始琢磨起这趟军列来。

这趟军列一共是十五节铁皮闷罐车厢，隋涛三人从头到尾检查着车体。北面八节都是运兵的，车门拉开着，里面都有一两个日兵百无聊赖地守在车上。看来是四节车厢一个中队、三个小队，每小队一节，中队部占一节。南面七节的门紧紧封着，看样子都是军火。奇怪的是军火车厢和运兵车厢间有一节墨绿色的车厢，那里面的动静明显是有人，但门紧关着，里面的人都没有下来，只见有日兵往里抬饭菜。

占彪听隋涛汇报完，也仔细地观察着这节与众不同的车厢。许工也不解地说："最近快一周了，来回的车上常挂着这节很神秘的绿色车厢，轻易不让人靠近。"占彪自语道："这节车厢得弄明白，弄明白了我们才心里有数。"

章若克在旁听了主动请缨："彪哥，我去试试！"说罢她拉着静蕾提着两壶水就走了出去，占彪说了声："要小心啊。"然后命隋涛三人跟在她们身后。占彪很担心若克漂亮，会遇到危险，许工摇摇头说没事，这里是日军的占领区，他们多少还有军纪在约束着。

若克哼着日本歌从车尾向车头走去。"洒苦辣（日语：樱花），洒苦辣……"歌声吸引着各节车厢上留守的日兵，他们捧着饭盒蹲在车门口，看着唱日语歌的若克走过。有时若克还主动告诉日兵，自己是去前面的火车头给爸爸送茶水，调皮地看看里面。若克看清了日军的轻重机枪都在车上，还有几支步枪。看来日军只是背着步枪下了车，少部分人还没有背枪。

到了那节神秘的车厢时，若克的歌声更响亮甜美，戴学生帽的静蕾也跟着唱。看到四方的小通风窗里挤满的日兵脑袋，若克装作闻到臭味的样子说："你们就在车里面大小便呀，太臭了呀！"这时有个日兵要若克手里提的水壶，若克装作不乐意又不敢违抗的样子走到车门处，车门打开后把水壶递了上去，日兵蹲在车门口居然是用水洗手。若克这时一眼扫过去，以敏锐的观察力记住了车里有二十几人，车厢地板上有行军床，中间架着密密的两排轻重机枪。厢体边上竖着半人高厚厚的钢板，车厢上排的通风窗前还有高高的人字架。

听到汇报后，占彪心里一惊一喜，惊的是这节车厢里的鬼子很可能是松山挺身队。这是两个步兵中队以外的部队，而且是最凶猛的日军部队。看样子他们把这节车厢改造成了临时装甲车。喜的是可算找着机会再教训松山一把了。

事不宜迟，占彪马上让特务排的三十个人上来，然后布阵下令：“我们就弄这趟军列了。开桥上去，炸了它。我和许工商量了，隋涛、俊凯、海强和许工开个火车头从南面挂上这趟军列，小峰领一个会开车的弟兄到车北面的火车头上去，把车头断开。”占彪又把目光转向曹羽：“大羽，把你的特务排分好工，那八节运兵车厢每车上三四个人，我们要从车头顺车底钻到各自负责的车下，听到哨声后一起动手把车里留守的鬼子做掉，来个‘全车换防’。这个过程我们不许开枪，用拳脚，用匕首，要神不知鬼不觉。听清楚了吧，这是第一步，完成这步就成功了一半。那节挺身队的车厢归我和大羽，我们先不碰他们，在车顶监视他们。车开起来他们就无法施展能耐了。如果他们跳车就不管了，如果没跳车就送他们到桥上陪葬。”

许工抬起手打断占彪说：“当着仓库里的日军正面动手太危险。这里调火车头一般是从北往南过去，我想办法挂一列空车皮，在军列和仓库间的那条线路上过去，你们可以在这个时候动手。”占彪一击掌：“那太好了！”然后继续安排：“那我们就在空车皮开过的时候动手。隋涛，只要大家上车了你们就启动，不管车上鬼子还有多少。然后把火车开到桥边时稍减点速，我们把北面的八节运兵车断开，滑停在我们的伏击线附近，把车上的武器卸下，这块肥肉不能白扔了。另外，这些车厢也能阻止追兵。你们开上桥后把军火车厢和挺身队的车厢停在炸药上方，许工点着引信后，你们马上乘火车头开到南岸安全地区，再与柱子排一起下湖。”然后占彪看着小宝，叮嘱道：“小宝，你和若克、静蕾在后面跟着小峰，车一换防你们就从这面上车。小峰你要看住她们三人。”

由于计划周密，第一步都完成得挺漂亮。特务排大都是铁路工人，对火车非常熟悉，他们每人配备着手枪和军用精钢匕首，在空车皮慢慢开过军列和仓库之间时动手了，没有一声枪响便占领了八节车厢，纷纷关上车门。小峰穿着铁路制服，领着几个女孩，火车头上的两个鬼子守卫更是毫无防备地被小峰接连两掌劈在颈上垂下了脑袋，两名中国司机被小峰放了逃命而去。那个会开火车的特务排士兵建议车头随着一起开走。

占彪和曹羽对付那节神秘车厢的方案是把车门反扣上，让车上的日军下不来，跟着车头和桥一起爆炸。他俩穿着铁路职工制服，车里的日军没来得及反应，就见他们同时把车厢两面的门从外面反扣住了。曹羽还说了句日语："好好的米西，换到那边的线路。"

前后都有火车头的军列向着来时的南面开动了，小峰按照静蕾的提示在后面的火车头踏板上晃着信号灯，仓库里有个翻译官冲了出来喝问怎么回事，小峰又在静蕾的提示下大喊："调线、调线呢！"

火车刚开出站一公里，占彪便下令脱开了北面八节运兵车厢的联结。前面七节军火和挺身队的车厢继续前行。因为桥离车站也就两公里远，脱钩车厢滑行一段也就进入了伏击区。特务排都上了八节闷罐车顶，在用力旋转着刹车手轮，后面火车头里的小峰也在指挥会开火车的士兵停稳火车。占彪一声呼哨，强子、成义、三德和小峰的四个排拥过来，成义分配每个排各收缴两节车厢的武器。转眼间，八节车厢被"洗劫"一空，连鬼子的军毯、手电等日用品也被新兵们顺手带走，当然包括两个中队的轻重机枪，还有 18 具掷弹筒、20 多支三八步枪。随后，四个排又摆成狙击队形，占彪留下强子带队监视车站，带着小峰、成义和三德片刻没停，紧跟火车向桥边赶去。静蕾更是着急，要看铁桥最后的命运。

隋涛排已经将轻、重机枪布置在桥南北的碉堡附近，二民指挥五艘汽艇和几十只木船也靠近了离桥不远的岸边。占彪一行已伏在桥北岸，看着火车缓缓停在了铁桥上。

第二天早晨，一艘豪华游轮接上一批老少英杰驶入太湖。周围还有两艘汽艇护航。

游轮先靠上了三山岛。三山岛是苏州吴中区东山镇的一个行政村，村里的中年村长迎接着客人并做着介绍。今日的三山岛很是清雅繁荣，近年来又发现了旧石器时代古人类文化遗址和古乳类动物化石，更使三山岛增添了神秘色彩。

小宝提议到寺庙里看看，好客的村长立刻兴致大起。他滔滔不绝地介绍着岛上寺庙，但他看到这批人好像对岛上很熟悉，不用领路自顾自地走着，不禁收了声。只听小宝说："说起太湖流域寺庙文化，三山岛是最具代表性的了。"若飞笑道："我可是都拜遍了，不过常去的还是中峰寺和三峰寺，还有新南寺。"村长插言介绍着："'文革'时这些寺庙都受到了破坏，还好后来有位大善人帮我们修复了。”

小宝问村长：“大善人？善人就是善人，为什么要加个‘大’呢？”村长的话匣子又打开了，眉飞色舞地介绍：“这个帮助我们的人不留名不道姓，凡是村里遇到大事时总能得到他的捐助。50年代帮我们重盖了全村村民的房屋,60年代帮我们建起学校,70年代帮我们修缮寺庙,80年代帮我们修路,近几年还帮我们发展旅游业，送了五条游轮。这种不求回报的善行义举就是‘大善’、‘大爱’，所以我们村的人叫他‘大善人’！”小宝点头接着对村长说：“我知道了，你们一定在过去的什么时候帮助过他，他在回报你们呢。”

村长摇摇头说：“这些年我们村上一直在分析，老辈人讲，只能是当年抗战的时候这岛上驻过的一支国军部队，我们收养过他们的伤员。但他们当时就回报我们了，帮我们打跑了土匪，给我们粮食，给我们衣物，给村上的人看病，保护了我们村子在抗战时没被鬼子毁掉，而且用我们的东西都是付钱的，说还有挺多菩萨心肠的女兵呢。十有八九是他们。”

跟在后面一行人都听明白了，会意地互相看看。彭雪飞拍下隋涛的肩，感慨地摇摇头：“这彪哥啊……我们都不知道。”秀娟顺嘴问着村长：“当年岛上的‘洞庭红’橘和‘马眼枣’还有吧？”小峰转过头来对孙儿辈们笑说：“你们看，你们秀娟奶奶就喜欢吃。”晓菲不禁问道：“有马的眼睛那么大的枣？”村长忙答：“有啊，我们的马眼枣真有马眼那么大，大有二寸，鲜甜爽口，是世界罕见的。现在我们百年以上的古枣树还有不少呢。”

一行人到了拜壁峰。三山岛虽无高峻巍峨之态，却有层峦叠嶂之姿。逶迤铺展，舒缓起伏。此峰海拔不高，却是岛上最高处，石削壁立，谐名板壁峰,宛如一座天然的水石盆景。真可谓鬼斧神工,被誉为江南石景之最。

村长领着彭雪飞和小宝几个老太在峰下小棚里喝茶，小峰和隋涛领着孙儿辈们攀到拜壁峰前，豪气万丈地指向岛的东面：“当年就在那里拆的铁路炸的桥！”然后回头看看静蕾不在，小声对大飞说：“爷爷我就是在那里捡了你奶奶的。”晓菲和彭玲、隋静嬉笑逗着小峰：“小峰爷爷，您可是捡了个金元宝啊。”小峰转而正色道：“你们静蕾奶奶的父亲，也是在那里，与他的桥共存亡的。”

浒墅关车站（四）

碉堡里的日军马上打出一颗照明弹，看到身穿铁路制服的站长和穿铁路工人服装的宁海强在桥上和桥墩上忙碌着，一时不知所以然。两边的碉堡都出来一群日兵在吆喝着，许工用日语喊着回答。原本计划在船上引爆，所以引线是盘在桥墩垂向河里，这回是要把引线拉到桥上点燃。当宁海强把引线递给许工的时候，日军有看明白的了。但看明白的不是桥头堡的日军，而是从那节墨绿色车厢下钻出来的日军挺身队员。

这节临时装甲列车上有两组松山的挺身队员。他们这些天恪守着纪律，密切观察着铁路线附近出现的任何可疑现象，像猎豹一样寻找着重机枪抗日班。这些训练有素狡猾无比的挺身队员从若克一出现就发现了异常，若克眼神里的无畏和自信引起他们的警觉，松山曾说过，抗日班里有女兵。后来观察到若克和静蕾能出入车站办公室，又远远听到静蕾管站长叫爸爸便没有下车发难。但车门一被反扣上，他们立刻意识到了危险。请示松山，回电肯定地说，对手就是重机枪抗日班，让他们打起全部精神应对。按松山的指示，他们不动声色，观察到底，看看抗日班接下来都唱什么戏，要在最关键的时候出手，要打抗日班一个措手不及。

后面八节运兵车脱钩，火车减速缓缓开到铁桥上，这些使日军挺身队员顿时恍然大悟——抗日班要炸桥！困兽般的挺身队立即发动了，而且身手不寻常，他们居然在火车刚驶过的铁轨上陆续站了起来。这意味着在火车滑行时他们就纷纷从车厢底部跳下，藏身在枕木空隙里。同时，车门处一声爆炸，是绿色车厢里的日军把手雷系在车门把手处拉了弦，浓烟未散就接连从车门里呼呼跳出十几个日军，有的还穿着国军和新四军的军服。跳出来的日军身手利落，还有跳上车顶的，个个沉默，抱着机枪向火车头冲去。

这时，许工已经从容地点燃了引线，宁海强同时也把火车头脱了钩，火车头拉着一节军火车厢开动了，宁海强和许工分别向货车的左右扶梯跑去。

引信的火花迅速地移动，火车头也越开越快。占彪这时长出一口气，这场战斗可以兵不血刃地结束了。但接下的情景让大家目瞪口呆，静蕾脱口喊出惊天动地的一声："爸爸！——"

在升起的一颗照明弹亮如白昼的光线里，许工竟出现在了放置炸药的桥墩上方的桥面上。他没有随大家上车！只见许工张着双臂，站在炸药的正上方，转圈打量着这铁廊桥，听到静蕾的喊声后他仰天长呼："静蕾——我去找你妈妈了，你要打鬼子，报仇！——"

几乎同时，四处突然响起机枪声。日军挺身队员的机枪扫向了毫不躲避的许工，桥南碉堡的日军机枪也向冲过来的火车头开了火。另一方，两岸早瞄准碉堡的机枪打响了，占彪一行的几挺机枪向挺身队开了火，河边藏着的汽艇上二民的机枪也扫向了桥上。

许工身中数弹一头栽倒，日军挺身队员接二连三也被击中倒下，但他们没有一个退缩的，还是争先恐后连滚带爬地扑向引信，车厢上跑来的挺身队员竟然有直接跳下来的，挺身队员离引信只隔着五六节车厢的距离，看来他们会赶在五分钟前掐断燃烧的引信。碉堡周围的日兵向桥上跑了几步，看到引信火花后便跑了回去，南北碉堡里的两挺机枪盲目向外扫射着。

这时的挺身队员果真发挥了关键作用，桥上只有他们离引信最近。只要把引信掐断，这铁桥就保住了。这两组挺身队员居然还能冷静地分出人手向两侧还击。

占彪狂怒了，大喊一声"杀！"他咆哮着，端起机枪向桥上扫射。曹羽、强子、三德也呼喊着，疯了一般扫射着，他们不能让许工的鲜血白流！静蕾扑在小峰怀里撕心裂肺地哭喊着，拼命捶打着小峰。小峰只好扔下机枪，搂着静蕾用身体迎着日军方向。小宝和若克则蹲在地上相拥而泣。

按理说日军在明处，占彪们都在暗处，前仆后继的挺身队员都被准确地击中，引信迅速地在缩短着，可这时更危急的情况出现了。在桥正面扑向引信的挺身队员都被打倒后，两个狡猾的挺身队员从车厢背面绕了过去，在许工的位置处突然从车底钻了过来，如果扫射他们势必也能击中许工，但如果不打，他们就会扑在还有三四米长的引信上。在占彪刚要狠心扫射时，许工手中突然又冒出了颤抖的火花。他用尽了生命中最后的力气，挣扎着把身边垂向桥墩的引信从中间点着了。这下，引信的火花直接向桥墩烧去。

扑在原来引信火头上的挺身队员一刀砍断燃烧的火头以为大功告成，回头一看许工又从中间点起火，两名挺身队员绝望地号叫着，有一名奋不顾身地越过铁桥扑向引信。这段引信被宁海强绕在铁架上，使引信不至于落入河中熄灭。扑上去的那个挺身队员根本抓不住绕在铁架里的引信，撞在铁架上坠入河里。另外一个挺身队员见此，腿一软，冲许工跪下，只有几秒钟了，已是无路可逃。

地动山摇的爆炸，大地颤抖。冲天火光中，铁桥上的火车笨拙地向上拱了一下，接着军火车厢更剧烈地爆炸，之后轰然落入塌断的桥梁缺口，一头扎进河里。浪花飞溅，河水突然受阻，水位陡然增高，从北面的两个桥墩间汹涌流过。

爆炸过后，突然静了下来，桥北这边的碉堡早被愤怒的成义用步兵炮两炮炸开，桥南的碉堡也被二柱子趁鬼子集中精力打火车头时塞进了手雷。桥两岸的所有抗日班官兵都清楚地看到许工最后的壮烈行为，不约而同地向断桥肃立。静蕾冲着铁桥一把抓下帽子伏身长跪，满头秀发披散下来。大家都没被静蕾是女孩儿而惊异，小峰仍然守护着她，大手仍托着静蕾的肩。静蕾哭着诉说着："爸啊爸，我怎么就忘了呢，你总说，总说与桥共存亡。我，我怎么会忘了呢，女儿对不起你呀，对不起妈妈啊……"

占彪早就摔掉机枪，叉着腰一直望着被河里燃烧的车厢映着的断桥，胸口起伏着。小峰突然想起一事，放下静蕾，在身上掏出一封信，小心走到占彪身后说："彪哥，我可能做错了一件事。"占彪没有回头，喝道："说！"小峰低声说："是这样，许工下午给我一封信，让我明天交给静蕾，说是他对静蕾参军的意见。我，我是不是应该早点给静蕾。"

占彪一听，转过身一脚踢在小峰屁股上，喝了一声："你个猪脑子！"饶是小峰身强体壮，也差点被踢飞，占彪这也是气急了。小峰虽然现在是抗日班的二把手，可这时，他也默默地接受着师兄的惩治。每个人都知道，这肯定是许工的遗书，如果静蕾早看到，一定会想办法拦阻的。

静蕾发疯地起来夺过信，若克忙打开手电筒，成义忙道："铺地下看，别让鬼子打黑枪了。"静蕾跪在地上，颤抖着手，小心地展开，大家围着，遮挡住光亮。静蕾哽咽地读着纸上潦草但刚劲的字迹：

"我亲爱的女儿，爸爸去找你妈妈去了。我早说过，桥在我在，桥亡我亡！妈妈在那边也需要我的照顾，这样你也能没有牵挂地去打日本，为妈妈报仇。好好跟着他们，那个懂我铁廊桥的才女还有你那个峰哥，他们会照顾好你的。爸爸去了，抗战必胜！此桥必复！（爸爸多么希望将来这座桥是女儿来修复……）又：爸爸走后不要找我，桥下就是爸爸最好的归宿。再：爸爸已觉此生无望，唯愿吾女得见天日。”

静蕾的泪水打湿了爸爸的信，小峰拼命捶打着自己的头和胸，他在自责。从此，对静蕾愧疚的心情伴随着小峰一生。

小宝和若克扶起静蕾，这回知道静蕾是女孩儿了，小宝把她紧紧搂在怀里哄着说：“静蕾别哭，爸爸不希望你这样，他老人家去意已决，我们都很敬佩他！以后有姐姐呢，姐姐管你一辈子！”

这时，车站方向传来枪声，肯定是日军打不通电话，用枪声来联络桥上的同伙。按原计划，占彪他们此时应该全体上船撤退。如果没有许工的壮烈牺牲，就又是个漂亮的零伤亡，全身而退。他们都在等着占彪下令，越早走越安全。但让大家万万想不到的是，占彪回过头来恶狠狠地说出一句话：“跟我打回车站，把那里的鬼子都杀了，为许工送行！”

站在四周的抗日班士兵全都下意识地动了一下手中的武器，黑暗中顿时杀气四溢。许工壮烈的行为让大家无不为之动容，也无不热血沸腾，是该为他送行。

小宝这时搂着静蕾深深地看了占彪一眼。占彪明白小宝的意思，他在心底努力地提示自己：不要冲动，要冷静，要冷静。看着停在不远处的八节火车车厢和喘着粗气的火车头，一个大胆的战斗方案在他心里迅速形成。占彪问道：“大羽，你的手下开火车没有问题吧？”曹羽喊道：“有五人都会开火车，没问题！”

听到曹羽自信的回答，占彪心里有数了，他连珠炮似的下令：“小峰、强子、三德、成义、大羽五个排，跟我上火车，血洗车站！为许工报仇！鬼子人多，但我们有火车掩护，而且他们没了轻重机枪，活该被我们欺负。火车开到站，就在车上打，没必要就不下车，差不多就撤，再开回这里。要在每节车厢门口和两侧小窗向外扫射。隋涛排打扫这里的战场，看拉走的那节军火车厢装的什么，好东西就装船。柱子排继续监视南侧苏州方向援敌。正文排继续向东警戒，等我们的火车回来，马上撤到河边。潘石头把我的命令传达给他们。”多亏小峰把火车头带了回来，不然，这个战斗方案是无法实施的。

曹羽这时请示：“这八节车厢正好他们四个排每排两节，我们特务排除了在火车头的,其他人可以上车顶,视线更开阔。”占彪想想点头道:“那也好，每节车顶上两三个人，多带点手雷。戴好钢盔，全程卧倒不许站起来。”

小峰嘱咐二民保护好静蕾、小宝、若克,然后一挥手,五个排迅速上火车，向北面二公里外的浒墅关车站开去。占彪、小峰、曹羽在火车头上观察着前方，各个车厢里在紧张地布置火力。大都在两侧车门口各架上了一挺重机枪，每侧车门两边各站着一人端着轻机枪，每侧车厢下层的四个小窗上也都是轻机枪的枪口，每节车顶上也都架着两挺轻机枪。这列八节车厢的火车编队瞬间成了为许工报仇的愤怒战车。

火车开出了一公里，车灯里霎时照到了沿着铁路跑来的黑压压的日军，车站的日军少尉小队长和一名中尉中队长走在前面。占彪马上拉响长长的一声汽笛，这是要大家注意了有情况。占彪事先传下命令，听到一声长汽笛是要准备战斗，听到两声短促的汽笛就开打。

小峰和隋涛领着众年轻人在拜壁峰上遥望着太湖东岸，岸上一长列火车如一条长蛇缓缓通过。大飞拉着晓菲在旁轻声提醒说：“隋涛爷爷，多给我们讲讲那天拆桥的细节吧，我爷爷当时在后面的火车头上，您当时在前面火车头上……”隋涛深深地望着前方，又回到了过去：“那天日军挺身队凶着呢，一般人还真不是他们的对手。”

隋涛遗憾地接着说：“当时我们开的火车头都快到桥头了才发现许工没有上来。但我们马上就明白了，许工是在以身殉桥，这种壮烈是拦不住的。我都准备好了，如果那些狂妄的挺身队真把引信掐灭了，我马上就开着火车头打回去。”

小峰深思着说了句：“那时，我还犯了一个错误，被你们彪爷爷踢了一脚。”

显然大家都知道这里发生的故事,没有人笑得出来,都沉默地望着东方。大飞抿着嘴角肃穆不语，晓菲更是满眼泪花。

浒墅关车站（五）

与此同时，在拜壁峰下，村长招待小宝几人喝着茶。小宝好似无意地问着村长："如果你们找到了大善人，现在的村里还需要他帮助什么？" 村长忙说："现在什么都好了，不需要大善人再帮我们了。倒是有一点，大善人恐怕也帮不上的。就是大善人资助的学校啊，出去上大学的孩子们没有人愿意回来。这里没有啥吸引孩子们回来的事业，我们岛上要是有一些现代化企业和公司就好了，大学生才会有用武之地。" 小宝沉思着点着头。

一年后，小宝的国际连锁职业学院在三山岛上建了分校，注册了国际旅游学校，进一步吸引了国外旅游者和投资者的注意，促进了当地旅游产业的发展，并成立了相关实体和产业，三山岛出去的大学生纷纷回村参与经营和管理。而且刘阳的斜阳山庄也在这里开了一家分号，这些是后话了。

按照占彪的命令，火车开始缓缓减速，冲着日军开了过去。日兵纷纷闪在两边，这时火车也缓缓减速，把二百名左右的日兵左右切开，等火车与日兵完全平行时，随着两声短笛，八节车厢两侧车门轰然拉开，数十挺轻重机枪吐出了条条火焰。在如此近距离的机枪扫射下，日兵就如稻草捆一样，一片片倒下，连还手的机会都没有。但因车里的火力受到车门车窗的限制，车两侧是有很多的死角的。日军迅速组织起了反击，子弹打在车皮上叮当作响。好在日军只有步枪，很难对车里的抗日班造成威胁。火车没有停，边走边打，继续向前开着。火车开过后，两侧死角里的日军都长出一口气。可还没等这口气出完，火车又向后退回来。原来是占彪在车头观察到射击死角里还有日军开枪，于是下令再杀个回马枪，痛打落水狗。

剩下的一多半日军看出来离车越近越安全，于是，几乎都趴在路基上顽强反抗。有几个日军还跳起来，向车里扔手雷，还有几个身手好点的日军居然抓住了扶梯向车顶爬去。如果是遇到一般对手，很可能日军就能得手，可很不幸，他们遇到的是抗日班。他们扔进车门的两颗手雷被回敬出来，攀上车顶的日兵也被埋伏的特务排飞脚踹下。

火车又向前开去，车顶上曹羽喊着开打了。侥幸卧倒没死的日兵迎来一轮从车顶飞来的手榴弹轰炸。要说第一轮打击只伤了日军的皮毛，这次的回马枪可是伤了日军的元气，连追击都组织不起来了。这列愤怒战车就这样甩开了剩下的日军，喘着粗气进入了浒墅关车站。

站台上另一个中队在守望着，密集的枪声和手榴弹的爆炸震撼着他们的神经。日军中队长还气愤地枪毙了两个没有拿枪的日兵。日军步兵操典中规定，单兵武器要随身携带。那些轻重机枪手们腰里佩着手枪还说得过去，而步兵不带枪却是失职的。

醉意蒙眬的日兵都被吓醒了，这时，他们见原来的运兵车回来了都大喜过望，他们以为车回来了轻重机枪和各自的背囊行李也都回来了。但中队长深为铁桥那里的爆炸，尤其是刚刚响起的机枪声感到不安，看到只回来八节车厢他更是警惕万分。只见他抽出指挥刀对着贴着站台缓缓驶来的火车大叫着一指，昏暗的站台上日兵立即卧一排，跪一排，站一排，近二百多支长短枪虎视眈眈地对准了八节车厢的门和通风窗口。

愤怒的战车已驶进车站，八节车厢正停在仓库站台前，一个中队的日军尽在眼前。面对日军的几排枪口，占彪手拽着汽笛拉手迟迟未动。他知道这时只要车门一拉，就会灌进一批弹雨。虽然我们的火力猛，但不可能抵得过鬼子的二百多支长短枪。

穿着铁路制服的小峰和曹羽对眼前的情势看得很清楚，全体战士都在等着汽笛的命令，也知道占彪不想有伤亡的心思。小峰捅了曹羽一下，就拎着检车小锤下了车，两人若无其事地迎着日兵的枪口，用小锤敲着车轮和蒸汽缸，拼了命赌一把了。

看到火车司机自然的表情和动作，车厢里又都平静如常，日兵们都松了口气。不等中队长下令，前排卧着、跪着的日兵纷纷起身奔向自己的车厢，站着的一排日兵也陆续放下了手中的枪，因为跑向车厢的日兵也挡住了他们的枪口。

就在日兵们拉开车门的当口，震耳欲聋的两声汽笛拉响了。紧接着是一片轻重机枪的“突突”声，毫不留情的子弹如倾盆大雨挟着滚滚惊雷从车门倾注到站台近二百名日军身上，其间还夹杂着“为许工报仇”的喊声。

小峰和曹羽在汽笛拉响的第一时间缩身跳下站台，几颗子弹打在他们身后。他俩迅速地从车底下钻过，从另侧车门攀入车里，抢过机枪就扫射起来。趴在车顶的特务排战士也开始扫射和投弹，仓库顶转眼被炸了几个大洞，接二连三的手榴弹向里面投去。打得兴起，前面两节车厢小峰排的士兵索性从车厢里冲了出来，跳下站台藏在柱子后，这样视野更加开阔，扫射范围涵盖了整个站台。瞬间，站台上硝烟弥漫，日军又一次没了还手之力，只有零星的步枪声，之后也没了动静。但车厢里机枪的扫射却片刻没停，对着满站台躺着的日兵反复扫射着。

日军中队长是藏了后手的，一见果然有变，马上率一批人撞翻了仓库的简易墙，退进了紧挨着站台的二层小楼。这时占彪拉响了长长的汽笛声，意即见好就收撤出战斗。

小峰可是杀红了眼，他还在为许工的死深深自责着，他一声喊：“为许工报仇！”小峰班原来的九名老兵人手一挺机枪便冲向了二层小楼。占彪一看骂了一声，忙调来成义、强子几挺机枪，封住了二楼向外打枪的窗口。小峰虽然报仇心切，但还不至过于莽撞。他马上发现了这小楼整个都是木质的，高声喊着成义要来火焰喷射器，绕着小楼点喷了一圈。顷刻之间，小楼就成了巨大的火炬，仿佛是为许工送行的香火。同时，三德领人已跳到铁道西侧的车站办公室和候车室，听到电话机接连不停响着，三德拿起话筒喊了一声：“老子是抗日班！”然后嘴里“哒哒哒”、“突突突”地学着重机枪的声音。小峰接着赶来，把车站办公室和候车室也都付之一炬。

在占彪的汽笛催促下，火车又缓缓向回开动，战士们纷纷追着跳上车。尽管占彪总告诫大家不要动那些还剩一口气的鬼子，各车厢还是出人到站台上的死尸堆里快速抢了二十多支三八步枪和三十多把手枪。小峰看着小楼里的鬼子在浓烟烈火中号叫挣扎，也嘿嘿笑着，总算是出了口恶气。

这时铁桥的东面和南面都响起了枪声。东面的枪声随着一阵轻重机枪的合唱便没了动静，南面一阵枪声后紧接着传来一声剧烈的爆炸声，之后也没了动静，看来阻击得都很成功。占彪知道北面的敌援也会马上就到了，命令火车加速开往桥边。

果然，随着火车撤回，负责防守东面的正文排赶回汇报，是一股汉奸水警前来增援，被轻重机枪一阵扫射便打跑了。负责防守南面的隋涛则眉飞色舞地讲道：“太过瘾了，是鬼子的铁道装甲车开过来了，我们把火车头加速直接撞向了他们。”

占彪回头看看刚才乘的火车头，寻思着说：“哦，还带这么玩的啊……”二柱子赶过来打断占彪，继续开心地说：“还有啊，彪哥，你知道那节军火是什么？没有一杆枪，全都是弹药啊！几乎是给我们准备的，6.5毫米步枪和轻机枪子弹，7.7毫米重机枪子弹，8毫米南部手枪子弹，还配着成箱的弹板和弹匣！还有呢，成箱的89式、91式手雷和高爆弹！现在每条船和汽艇都搬上了十几箱还是装不下啊。”

小峰这时跑到静蕾身边，静蕾一看小峰过来，眼泪又决堤而出。小峰吐口气说：“小子，峰哥把车站都烧了，给你爸报仇了。”静蕾哑着嗓子说：“峰哥，我要亲手打死鬼子，为爸爸和妈妈报仇。”小峰忙安慰说：“有峰哥在，一定会让你亲手打死鬼子的。”

正待占彪要下令全体上船的时候，前面探路的二民急急赶过来报告：“彪哥，情况不妙，前面入湖的河口不知啥时候被三艘鬼子汽艇堵上了！每艘艇上十多个人，个个都架着机枪，一动不动。”众人一惊，只见占彪叹道：“看来，又遇到了一拨儿挺身队！现在，松山离我们不远了。”

占彪判断得没错，军车上最后发给松山的电报内容是：“果然是重机枪神风班，火力凶猛，他们要炸桥……”

为了寻找占彪他们，松山把十组挺身队分散开来。在沪宁、沪杭两线各安排两组巡路，在水网河汊安排三组巡河，他亲自带着三组机动巡查。这天他正在无锡附近巡查，接到了军车发来的电报，他就马上调令湖州附近的三组挺身队乘汽艇速从河道驰援；他自己则领着另三组挺身队从无锡乘铁道装甲车专列赶往；在沪杭线的两组挺身队也火速绕上海前往苏州。附近的其他驻军也纷纷赶往浒墅关一带。这一夜，整个日军华中司令部都惊动了，日本及各国驻南京和上海的新闻记者也都闻风而至。

占彪知道时间不多了，要在天亮前转移到太湖。然而，松山挺身队的三艘汽艇在前严阵以待，硬闯绝对不行。他看了看铁桥和两岸，抿了抿下嘴唇说：“我们只好把他们引进来打了！这伙儿鬼子本事大又不怕死，我们得换个打法。”占彪指着两岸的堤坝说：“夜里在河边的树丛里设伏意义不大，不能和他们的三十挺机枪对打。我们都到堤坝后面去，不用机枪，用掷弹筒炸翻他们。”强子点头道：“这样就不怕机枪的喷火暴露目标了。我们把掷弹筒设在堤后，把他们炸蒙了再上轻机枪，这样伤亡系数会大大减少。”占彪又指一下没塌的那段铁桥说：“不过小峰和三德排要用机枪，你们组织人到桥上去，别让鬼子的汽艇在桥下向东逃窜。”静蕾在旁一听，马上对小峰说：“我也要上桥，你不是答应我亲手打鬼子了吗，就在我爸爸造的桥上打！”占彪看看小峰说：“让静蕾上去吧，不过你要保护她的安全，再不许出错了。”小峰立正后把静蕾拉走，三德跟去。

二民领着船队有意吵嚷着向东穿过了铁桥，七个排在铁桥上和桥西两岸张好了口袋静静地等日军挺身队跟上。这次缴获的掷弹筒都用上了，在堤坝后面，抗日班的士兵将五十多具掷弹筒校好了角度。另外，按照占彪的吩咐，也在身旁架好了轻重机枪，以在情况必要时打点射。因重机枪不方便俯射，桥上仅架着十二挺轻机枪。小峰手把手教静蕾抱着一挺捷克机枪守在正中。若克硬逼着三德把手里的机枪交给了她，也上桥来陪静蕾。小宝则乖乖地跟在占彪身后，守在北岸。

三分钟过去，五分钟过去了，那三艘汽艇并没有迅速追来。大家都心急如焚，天眼看就要亮了。这时北面的浒墅关车站方向传来了装甲车的机关炮发射的声音。一直趴在铁轨上听动静的宁海强跑来，压着声音说：“占班长，北面车站至少进来两次火车了。”占彪忙问：“有没有往这边来？”宁海强摇摇头：“现在还没有。”占彪考虑了一下，喊隋涛过来，刚说一句，隋涛就点下头跳起，跑远了。两分钟后，那列八节车厢的火车开动了，隋涛带着赵俊凯和宁海强添煤加火，把火车提到了极速向北驶去，然后纵身跳下。

龙凤虎豹

随着火车头带着八节空车厢向浒墅关车站轰隆隆地驶去，终于引得日军的三艘汽艇开了进来，他们也怕目标跑掉。三艘汽艇小心地排成一前两后的箭头队形刚开到桥前，成义便立马打出一发在碉堡里缴获的照明弹，三艘汽艇立刻明晃晃地暴露在河中。只听桥上小峰喊了声：“让静蕾先打，为许工报仇！”所有人都没有扣动扳机，望向桥上。日军挺身队反应极快，前面的汽艇迅速成“之”字形向后退，后边的两艘汽艇则向前呈“八”字形靠向岸边闪开。静蕾的枪声响了，可惜一个弹匣的20发子弹都打成了三不沾，连河水都没有打到。占彪纹丝未动，全体埋伏人员都在耐心等着。小峰马上又给静蕾换上了一个弹匣。刚才是静蕾有点害怕使枪托，和肩没有贴紧，结果打飞了。这回静蕾找到规律，一咬牙把枪托死死扣在肩上，仍然对准后退的那艘汽艇，与日军挺身队向桥上反击的六挺机枪同时扣动了扳机。

日军每艘汽艇前方的两挺机枪扫向桥上，另外8挺机枪则监视着左右两侧。终于，静蕾发射的一条火舌舔到了一艘日军汽艇，上面的两挺机枪顿时哑了，还有日兵叫着落入水中。静蕾的眼泪顿时盈满了眼眶，她把机枪扔在一边哭了起来。她为爸爸哭，为自己报仇哭，为自己杀了人哭。小峰一把将静蕾按在身后，端起机枪开了火。看到静蕾终于打到了目标，众人都长出了一口气，桥上的12挺机枪和岸两侧的50多具掷弹筒不约而同地发射了。三面的火力网骤然如狂风暴雨，罩住了三艘汽艇。

日军的三艘汽艇虽然遇到突袭，但上面的30名挺身队员战斗力不凡，他们遇险不惊，回击的子弹很有质量和效率，他们的20多挺机枪密而不漏地把岸边用弹雨犁了一遍。顿时，日军的枪口火焰成了掷弹筒的目标。在铁桥上迎面而来的弹雨和两侧堤坝后劈头盖脸地发射来的掷榴弹打击下，200米宽的河面打成了沸腾的一锅开水，日军能够回击的机枪数量在迅速地减少。在挺身队员负隅顽抗时，两岸又毫不留情地打响了刚缴获的三八大盖的排枪。日军的三八步枪这点挺好，在夜里发射时，枪口是没有火焰的。

挺身队员已无还手能力时，两岸轻机枪也加入了扫射。挺身队员见大势已去，纷纷携枪跳水。成义的照明弹这时打了第三发，战士们都站起来端着三八大盖对着河中飘浮的身影点名。新兵们好不容易抓住这个机会，步枪、机枪、手枪轮换着不停地练着枪法。小宝、若克、静蕾三女站到了一起，也用手枪向河里射击着，换着弹夹拼命地击发，一直打到手麻。

在小峰召集大家全体上船的时候，车站方向传来惊天动地的一声巨响。刚开出车站的两辆装甲车被飞驰过来的火车撞成两团火球，后面紧随的松山挺身队专列也被撞出了铁轨。松山和30名挺身队员全部受伤。

是役，日军的两个中队和车站一个小队大部被歼，光车站小楼里就烧死19名。松山的挺身队被消灭了6组58名，仅在河里捞出两名奄奄一息的队员。还有3台火车头、3辆装甲车、20节车厢被毁，供给前线一个师团的军火爆炸，其中一车厢军火失踪。更让日军觉得造成恶劣影响的是沪宁线被迫中断三天，各地报纸均上了头条加以报道。侵华日军颜面顿失，旅团长龟村受到降职处分，松山再次回国养伤，这次的清乡大扫荡随着也不了了之了。

是夜，三德和二民指挥抗日班的汽艇拖起那三艘被打得千疮百孔的坏汽艇，上面装着军列上原来拿不走的全部弹药，又组织会水的士兵潜入水底抢捞出21挺96式轻机枪。然后全体官兵拼命划船，终于在天刚亮时，穿过大半个太湖回到了三山岛。

迎接抗日班凯旋而归的不只是秀娟、阿娇的炊事班做的热气腾腾的可口饭菜，还有小玉生了儿子的喜讯。巧的是，孩子出生时正是许工就义的时间。姐妹们都拥在小玉的产房里安慰着失去父亲的静蕾。小玉用微弱的声音说：“我们一共有九个姐妹了，九只凤凰啊。”

小宝此时伸出手来握住静蕾的手说：“从今以后，我们九凤就是同家姐妹，生死相依，同飞同落。”小蝶见状把手覆在小宝的手上，若克、若飞两姐妹也伸过手来，春瑶、阿娇、秀娟也扑过来握在一起，躺着的小玉努力地举着手说：“还有我呢，你们过来点，让我也和你们握在一起。”九女拥在一起，反复念叨着：“生死相依，同飞同落！生死相依，同飞同落！”

经过这一晚连续的三场战斗后，二百多名新兵接受了实战的洗礼。他们悟性极高，只经历一次战斗就积累了大量的实战经验，在随后的练兵中俨然成了身经数战的老兵，让占彪快慰不已。

在全抗日班的班排长大会上，占彪向大家又一次明确了抗日班的编制：全抗日班共十一个排，从一排到八排是占彪八个师弟为排长，九排是聂排长，十排是曹羽的特务排，十一排是隋涛的工兵排。每排有正副排长和三个十人班。抗日班班部由侦察分队十五人加小宝九名女兵和占彪组成，共二十五人。占彪强调说：“虽然可以编成三个连，但我们不设连。”

小峰接着宣布了各排的武器配备，原则上争取达到原来班的配备标准。

除人手一把手枪外，每班一挺重机枪，三挺轻机枪，五具掷弹筒。曹羽的特务排为每人一挺轻机枪和一具掷弹筒，二民的侦察队每人两把手枪，隋涛九人还是人手一支伯格曼冲锋枪。全体班排长听罢，马上都心算了一下，脸上无不露出惊诧的神色。这要是按原来班的配置，现在的33个班那可得配上重机枪30挺、轻机枪122挺、掷弹筒182具、手枪392把啊。我们有那么多的武器吗？怎么可能有这么多的装备？

占彪站起向班排长们说："大家不用担心，除了掷弹筒现在只有67具不够数外，别的都齐了。掷弹筒先每班两具用着，所差的等我们在以后的战斗中缴获配齐，弟兄们还得继续努力。"然后按占彪要求，全队在岛上投入大练兵整训中，练武术、枪法、爆破，学文化、练体能，准备迎接下次的战斗。

在三山岛盘桓了一阵后，大家恋恋不舍地登上了游艇。静蕾指挥游艇直接开向了浒墅关车站南面不远的一座铁桥。这座铁桥就是在50年代，把日军简易铁桥扒掉重建、由静蕾亲自设计的，静蕾终于完成了父亲的遗愿。

随着越来越驶近铁桥，小宝和隋涛的表情也越来越严肃，他们在缅怀许工，他们在赞叹铁桥，这简直是许工那炸断的铁桥的翻版。但桥的宽度增加了，从原来的单线铁路改为双线铁路。别人都没有看过原来的桥是什么样的，只能从现在的形状去感觉。而小宝是见过原来的桥的，顿时心中有着比较，几人无不觉得和过去那座桥相比，这座桥的线条变得很柔和。静蕾拉着小峰忐忑不安地望着小宝，在等着大家的评价。大飞在后面告诉晓非们，这是奶奶出任道桥工程设计院院长前的第一座铁桥设计。

小宝细细看着这座铁桥，轻吐了八个字："柔中带刚，舒展秀美。"隋涛眯着眼睛低声说："这些年常在这桥上过，这还是第一次在桥下我们当年的战场上看这座桥。"接着他又用力说出："静蕾，我也送你八个字：'钢筋铁骨，许工还在'！"

听罢，静蕾的眼角湿润了。她指挥着游艇在桥北靠岸，领着小峰和大飞到北桥头路边竖着的一座不起眼的小碑前跪下祭奠，众人都跟在后面鞠躬致哀。这纪念碑上刻着当年许工舍身炸桥的英勇事迹。静蕾起身凝望着已经变窄的河道，大飞告诉晓非说："我奶奶抗日的第一枪就是在这里打响的。”静蕾平静地说：“是啊，奶奶在这儿杀过鬼子，报了国仇家恨！”

若飞上前把静蕾从许工的纪念碑前扶走，静蕾突然想起了什么又跑回碑前说了一番话：“爸爸，您把我托付给宝儿姐和峰哥，您的眼光没错，他们做到了，做得很好！您和妈妈在那边放心吧。”小峰过来依然如当年一样拍拍静蕾的肩，无语地搂着她走开。两人走到小宝面前，同时深深地鞠了个躬。这时，阿娇、秀娟、若飞围过来，也要向小宝鞠躬。小宝忙闪身说：“你们这是干什么啊。”几个老太太相拥着手拉在一起，互相给对方擦着泪水。

大飞和晓菲、彭玲、隋静默默地看着奶奶们的姐妹情谊。大飞和她们说：“‘文革’时我奶奶被批斗，那些人就拿这座桥做靶子，说是日本鬼子站长的汉奸桥。当时奶奶都想自杀了，是彪爷爷派来了他的三个儿子占仲、占机和占枪组成的‘重机枪造反兵团’，把奶奶抢走了，一藏就是十年……”

全抗日班上下都喜欢上了小玉和大郅的儿子，这可是抗日班的第一个爱情结晶。占彪下令，大庆一天。大郅自是欣喜万分，小玉早早就喊着儿子的名字，叫郅彪！后来占彪在郅彪三四岁的时候就亲自开始传他武功。

小峰和小宝一直没离静蕾左右，让她也加入到轮流侍候小玉月子的行列中，同时开始对她进行各种训练，从而使静蕾迅速地从失去爸爸的痛苦中恢复了过来。

占彪这时把二民的侦察小队派回天府，让聂排长的九人班来到三山岛，接受了自己排的二十二名新兵。严厉的聂教官的到来，使全体新老士兵的训练又形成一个高潮。

九名女兵自从结拜为九凤后，彼此间更加亲密，还按年龄排了名次。大凤自然是小宝了，二凤为小蝶，三凤若克，四凤小玉，五凤阿娇，六凤春瑶，静蕾排上了七凤，因为八凤秀娟和九凤若飞比她还小。从此大凤小宝对姐妹们的呵护更加责无旁贷。

九姐妹结为九凤的佳话不胫而走，成义想到有凤岂能无龙？便提出了占彪九兄弟为九龙的说法，自然获得一致通过和认可。九龙的排名是按师兄弟的排行叫的，大龙占彪，二龙小峰，三龙成义，四龙刘阳，五龙强子，六龙正文，七龙二柱子，大郅虽然年龄大些，但因是顶替长杰，排为八龙，九龙是三德。成义还提出了曹羽为九龙之非常九加一的说法。后来是把占彪作为首领提了出去，其他八人加上曹羽为九龙。

占彪听到后提示着成义说："有龙岂能无虎？有虎岂能无豹？"成义茅塞顿开，便把聂排长九名瘸子兵称为九虎，把隋涛九人称为九豹。这九龙、九虎、九豹恰恰都是抗日班最早的老兵。从此，抗日班便有了九龙、九虎、九豹和九凤的说法，这四九三十六人便成了抗日班的核心力量，几乎都是各司一职的干部。后来隋涛的九豹还被大家加上了一个头衔，叫神行太保，是说他们又会开汽车又会开火车还会开汽艇的，能日行千里。

占彪的抗日钢班这一阵子不仅斩路拆桥，同时还打破了日军两个联队的扫荡行动，真可谓战果辉煌，影响巨大。国民政府军委会特向国军第三战区发来嘉奖慰问，顾祝同司令长官含糊其辞地接受了嘉奖。十天以后，已是第三战区国军中将的方师长派特务连长带一队人马送来了第三战区的嘉奖令。嘉奖令晋升占彪为少校，又将上次的十人从上士晋升为少尉。这次方师长还特地给小宝和小蝶送来了四套双排扣女兵军装。小宝马上发给静蕾、秀娟、阿娇，她们将新军装穿上，武装带一扎，小手枪一佩，英姿顿显。臂章后来也改成了抗日班。

特务连长同时带来了顾祝同长官的口信："占少校，司令长官还请您考虑：抗日班可以重新编入第三战区序列，由第三战区提供部队序列番号、电台、给养和军饷。但有一个条件，就是清除部队里的共产党员和新四军人员，断绝和新四军的往来。"

战火中的真情岁月

听到特务连长带来的第三战区司令长官顾祝同与新四军断绝关系的要求，占彪没有丝毫犹豫地回答："请转告司令长官，我们这里只有打鬼子的生死兄弟，没有什么党不党的。还有，打鬼子的军队都是我们的友军，上次我们水战要不是新四军在岸上帮我们，我们早就壮烈一大半了。另外，我们现在有国军序列番号，在继续完成保护机枪连装备的任务。”

这番话非常明确地婉拒了国军的要求。特务连长笑了下没有说什么，向占彪敬佩地致礼带人离去。藏了大半天的若克和若飞也解放了出来。

聂排长从天府过来时，按照占彪的命令带来了各班配备所欠缺的轻重机枪和手枪。天府还留有 8 挺重机枪（包括那 6 挺马克沁）和 10 挺歪把子做守卫装备之用。聂排长还带来了军装、钢盔、毛毯、工兵铲和小玉制作的弹药带等装备。尽管离标准配备还有差距，但现在每班的配备基本上齐了，火力也是超强的了。其他装备也大部配齐，新兵全部穿上了军装，小玉从垫肩改装的弹夹袋俨然成了作战背心。

焕然一新的军容和精良威猛的装备让赶来向占彪祝贺的谭营长和彭雪飞大吃一惊。彭雪飞惊讶地对占彪说：“这，这怎么一眨眼的工夫，彪哥你就从一个连发展成一个加强营了！”

谭营长钦佩地对占彪说：“这回打断沪宁线，新四军军部非常高兴，但因这次战斗没有新四军的参与不便发嘉奖令。粟裕司令员专门派我来向抗日班成功炸桥并配合粉碎日军扫荡表示祝贺和感谢。”占彪谦虚地说：“都是打鬼子，是分内的事，还感谢什么。”

谭营长不失时机地再次提出：“占班长，我们，我们合在一起干吧，我和雪飞给你当副手来。”占彪低头指指自己的“抗日班”臂章道：“那这三字还得改成‘新四军’，多麻烦啊。”谭营长一喜：“那好办，不改也行啊，算我们新四军二支队的独立营或者独立团都成，我们粟裕司令员会同意的。”

占彪哈哈笑道：“如果不改成新四军，那和现在不就是一样么？你们就当我们是独立营，下令我们也服从，怎么都是打鬼子嘛。”谭营长听此苦笑着，就不再说什么了，惜别而去。

几天之内，国军和新四军对抗日班都提出了改编要求，国军第三战区是来硬的，新四军第二支队是来软的，但占彪都没为之所动，抗命不从，坚持自己独立抗日的立场。让国民党和共产党皆为之头痛和遗憾，而抗日班的龙凤虎豹们皆为之骄傲。

接下来的日子里，日军加强了铁路沿线的保护，在浙西、苏南一带到处寻找重机枪钢班。他们万万没想到，抗日钢班的近四百人就藏在太湖中不起眼的土匪窝三山岛上。占彪本着见好就收一段的求生原则，隐蔽在岛上又开始了热火朝天的大练兵整训生活。大家在练兵中互相熟悉，加深了解，全班的兄弟情谊越来越深。

章若克还应占彪要求，连熬三天创作了抗日班军歌。歌词是小宝写的，只有四句：“同胞们，起来保卫我们的家园。弟兄们，开枪打击我们的敌人。用我们的鲜血浇灌中华大地，用我们的生命安佑子孙后代。抗战必胜！中国必胜！！人民必胜！！！”若克谱好曲后要求每次都要唱三遍，后面的三个“必胜”每一遍用一个。四句铿锵有力的旋律反复回荡在太湖的天空。从此，会唱四句军歌，会背六条军规，会说九句军令就成了抗日班战士必备的基本功。

听到大飞说起“文革”时期的事情，彭玲也讲道：“当时我爷爷也受到冲击，军区大院被军事院校造反派占领，奶奶被批为混进革命队伍的土匪，小老婆也被隔离，真是太荒谬了。还是占机叔叔带着一批抗日班子弟以另一派军事院校的名义把爷爷拉去批斗，藏了起来，才避开了风头。”隋静也崇敬地说：“那时‘重机枪造反兵团’非常神秘，不时给我爷爷的铁道兵里面送去人。还有三德爷爷的海军基地，保护了很多革命前辈。”

小宝笑着抹去泪花，对几位老伙伴说：“我们当年说过，要生死相依同飞同落的。除了若克，好在我们都挺过来了，后来又加上了莎拉。而且，我们还有这些小凤凰了。”说着，小宝拉过晓非爱抚着。晓非顽皮地说：“我知道，莎拉奶奶是你们九凤的非常九加一，就像曹羽爷爷是九龙的非常九加一。”

小宝拧了下晓非的脸蛋，笑道：“从小就和你讲这些事，你要不知道才怪呢。”然后期冀地望着天空说：“我们九凤就要团聚了，现在我们就出发回杭州与莎拉和春瑶相会。明天，明天就去靠山镇！小玉和小蝶已等在那儿了。”秀娟和若飞像小时候一样拍着手笑着：“一想到和她们要见面了，心里就开心得不得了。”阿娇和静蕾也默默地笑着，满眼幸福和憧憬。

相对安稳的一段生活迅速提升着抗日班全体人员的素质，同时也让抗日班的男男女女们的友谊和亲情越来越牢固，当然也包括他们之间爱情的发展。占彪这条龙和小宝这只凤的情侣关系在这期间终于有了突破。

在三山岛上的大练兵期间，小宝加大了文化学习的分量。在天府已经有一定基础的人，小宝要求他们看书了，他们有土匪抢劫留下的和天府里成义收集的共二百多本书。小宝把这些书摆在自己住处的外间建了一个小图书馆，每天晚上由若飞任图书馆管理员，给战士们办理借阅。

对占彪，小宝有着特殊的要求，一是要占彪通读更多的书，二是要占彪写读书心得。最近这段时间，占彪正在读《水浒传》，这是他读的第五本书。占彪读得很细，他边读边结合着刚读完的《孙子兵法》，联系现实，认真地思考学习着。

这天晚上夜幕刚降，占彪在吃饭前跑到图书馆来换书。进了图书馆见小屋没人，煤油灯也没点，看来若飞去吃饭了。占彪转身要走，突然和进来送衣服的小宝撞了个满怀。两人在最初相撞的时候都吃了一惊，在昏暗中向后退让着，但一发现是对方后，占彪一把就搂住了小宝，小宝也顺势倚在占彪怀里。他们身边平时总是围着一群人，平时很少有独处的机会，这也是占彪上次过生日以后第二次与小宝相拥。

拥在一起的他们体温迅速上升。随着占彪的爱抚，小宝身子软软的，呼吸越来越急促。她把头埋在占彪的脖子处，耳朵就在占彪嘴前。占彪心想，上次背她时，她就咬过我耳朵，让我差点晕倒，我也试试。然后一偏头轻咬住了小宝的耳垂吮了起来，顿时让小宝全身战栗不已。占彪看她总不抬头，小声恳求道："小宝，小宝，我，我想，我想亲嘴。"小宝听到，犹豫了一下，把头转来喘息着说："彪哥，不，不叫亲嘴，叫，叫亲吻。"说着，两片颤抖的芳唇便迎向占彪的唇。两人深深地吻在一起，一时间天地在旋转，两人都飘了起来。

听到若飞在远处喊着"宝儿姐"，占彪不舍地松开小宝的唇，两人相视一眼，又猛地互相抱在一起。小宝喃喃地说了句："小宝这辈子是你的。"然后推开占彪跑了出去。

战火中人的感情是更需要安慰和寄托的，是更加真诚自然的。与占彪和小宝一样，抗日班的龙凤虎豹都鲜活地寻觅着感情，激情在燃烧着，顽强又精彩地生存着。

小峰最初是以兄长加保护人的身份帮助和管教静蕾，教她枪法，还教了她一套咏春拳，总是“小子”、“小子”地叫着。后来，静蕾在小宝的要求下开始重点辅导小峰学文化，地位有了半师半徒的变化，从原来叫“峰哥”偶尔也叫成“峰儿”了。更敢喝令小峰把脏衣服脱下来给她去洗，也敢抢下小峰的酒盅不许他多喝，让小峰也成了内心幸福的被管教对象。

成义和小蝶被全体钢班公认为一对秀才郎中，两人没事时形影不离，不是上山下湖采药，就是抄药方写字读书。小蝶公开说自己的命被成义救过多回了，没办法，只好欠债还情，当牛做马侍候他一辈子了。聪明的成义跟小蝶学会了不少医术，后来居然成为钢班的二郎中。当然也还是免不了天天被小蝶欺负挖苦，每每这个时候，成义总如喝醉了一样。

三德和若克更大胆，可能是因为最开始若克就抓过三德那里的原因吧。他们经常去湖中游泳，三德后来的水性不次于二民他们了。不过第一次看若克游泳，三德被抓了个现行，说是偷窥。三德经常陪若克到没人的地方去画画，晚上也常去赏月。有次和姐姐一起住的若飞半夜醒来见姐姐还没回来，便哭叫着到处找姐姐，被大家逗个不停。若飞这天才红着脸明白，自己成了小姨子……结果若飞哭了好几天，半个月没有理三德。

曹羽和春瑶师兄妹被大家认为是最天造地设的一对。春瑶成了武术教官曹羽的助手，指点钢班弟兄习武，尽传戳脚精髓。春瑶的哥哥于顺水曾来过两次，送情报送茶叶，更是把曹羽看成了自己的妹夫，俨然一家人。

隋涛和秀娟两人完全验证着“一见钟情”的说法。从秀娟第一眼看到隋涛冲她笑开始，她就喜欢上这个兜里揣着红军帽的老红军了。尤其是见惯了百里水乡撑船人的她，没见过一个像隋涛这样能把汽艇开得飞起来的，对他更是心底佩服得紧。隋涛当然是非常“喜欢”这个会烧饭的伶牙俐齿的渔家姑娘，两人在互相“修理”中越走越近……

五凤阿娇，心系救她一命的彭雪飞。朴实的报恩心理，再加上彭雪飞威风凛凛的新四军连长的身份，使她义无反顾地爱上彭雪飞，光给彭雪飞做的鞋就有五双。彭雪飞在接触阿娇几次后，也喜欢上了这个泼辣懂情义的漂亮村姑，要不是新四军有当团长才能结婚的纪律，他早把阿娇接走了。

占彪对岛上男男女女的交往看在眼里，喜在心头。能让师弟们成家也是他当师兄的责任，欣喜之余，他看到刘阳、强子、二柱子和正文还没有着落，不免为他们着急。但让占彪更着急的是抗日战争的局势和进展，全国各地的抗战都打成什么样了？

秋风送爽，秋阳高照，当年的抗日班九兄弟和一批骨干在陆续赶往当年的战场集中。这批骨干，就是当年聚集在占彪周围的九龙、九凤、九虎和九豹等人。他们要纪念抗战胜利六十周年，他们要来一次"文革"第二次释兵后的首次也许是最后一次的全体相聚。

这次抗日班的大团圆是经占彪下令，由成义和刘阳精心组织的。具体事务的操作没有调用正在忙着的儿子辈，而是首次启用了占彪的孙子占东东和小峰的孙子大飞、刘阳的孙子刘翔。

过去的六十年里，政治风云多变，政策指向不明，占彪未敢动大家相聚这个心思，而且尽量减少大家的相互接触，不到必要的时候不沟通信息。对大家的帮助和指令都是暗中操作悄悄进行，占彪和小宝也不出头露面。所以很多人都不知他和小宝的生死，尤其是小玉和大郅仍在靠山镇，处于多方关注的敏感中心，就更没让小玉知道小宝尚在人世。占彪深恐苦心维系的格局会遇到意外，遭到破坏。

占彪的思维非常简朴而固执：那时，九兄弟一起出来当兵，就要保证九兄弟的生命安全；后来，抗日班成立，聚集了龙凤虎豹众多兄弟姐妹，就要保证抗日班这些人的生命安全；再后来，战争结束了已无生命之虞，就要保证龙凤虎豹这些人的生活无忧、平安如意。虽然后来是和平时期，没有了战争没有了枪炮声，但遇到的危险有时比战时还要严重，占彪付出的心思远比战时多。占彪就是用这种朴实、简单的思维指导着自己一生的作为，用这种淳朴的概念形成自己的精神力量。

随着近几十年国家的改革开放，中国政府对抗战时期的认识和政策逐渐明朗，尊重和肯定了抗战时期所有中国军人的贡献。占彪下了决心，在这纪念抗战六十周年的日子里让大家见见面，不然有生之年这样的机会不多了。

又一次整装出发

逐渐集中的人马形成了三个团队，一伙儿是占彪领着大郅、曹羽、成义、三德、小玉、小蝶，还有聂排长、二民、拴子和潘石头十一人在靠山镇集中。他们都带着自己的晚辈同行，包括大郅和小玉的儿子郅彪、孙子郅县长，占彪和小宝的孙子占东东，袁伯的重孙袁乡长，三德和若飞的孙子得龙，曹羽和春瑶的孙女小曼，成义和小蝶的孙女丽丽，聂排长的两个孙子聂云龙、聂云飞，二民的孙子东光，拴子的孙子权子，潘石头的孙子潘小梦，还有县委书记焦书记，县志办刘主任，山本的孙女樱子十五人，全体共二十六人。他们将在靠山镇等着其他两伙儿相聚。

一伙儿是小宝领着小峰、彭雪飞、隋涛、若飞、静蕾、阿娇、秀娟等八人在太湖三山岛集中。有若克的孙女晓菲，小峰和静蕾的孙子大飞，彭雪飞和阿娇的孙女彭玲，隋涛和秀娟的孙女隋静，还有大卫和孙子麦克，统战部米处长等七人，共十五人。他们将先回到杭州与第三伙儿相会，然后一起去靠山镇。

第三伙儿在杭州，是九兄弟中一直执管内政的刘阳，他还在接应其余陆续赶来的弟兄。

从敌人的报纸广播中，从彭雪飞和桂书记带来的口信里，从百姓的小道消息中，占彪和小宝想方设法收集全国抗战的信息，然后反复分析琢磨。

他们发现，从1938年秋季武汉和广州相继沦陷后，日军基本停止了对国军的大规模军事进攻。占彪分析，这是鬼子战线拉得太长了，后勤给养供应困难，没有能力做进一步大规模的战略进攻的原因，应该是进入了战争的相持阶段。日军这时也改变了对国民政府的态度，以政治诱降为主，让国民政府中总有人对日本存在幻想。令占彪震惊的是，国民党的二把手汪精卫被日本人成功地拉拢过去，在南京成立了又一个国民政府。而这时，日军回过头来将其侵华军队的主力用于对付共产党领导的、坚持敌后抗战的第 18 集团军和新编第四军。在这种压力下，占彪也没有贸然出击，继续在三山岛和天府两个根据地轮换住着，坚持练兵和学习。

到了 1940 年底，局势更让占彪们心急如焚。这期间，国军打了几场会战:南昌会战、随枣会战、长沙会战、桂南会战、昆仑关战役、枣宜会战等，但都打的是被动的败仗。而八路军却搞了个百团大战，消灭日伪军四万多人。

更让占彪难以理解的是，从 1939 年开始，国民政府不但不急于反攻收复失地，却在到处欺负抗日的八路军、新四军。基本国策从对外抗日转为对内反共，居然还提出了“宁伪化，不赤化”、“日可以不抗，共不可不打”和“专打八路军”的口号。一连串的反共事件接连发生，对八路军有什么“深县惨案”、“博山惨案”、“雪野事件”、“淄河事件”；对新四军有什么“平江惨案”、“夏家山事件”、“竹沟惨案”、“十二月事变”，等等。国民政府这种无力抗战又精于内讧的做法让占彪既失望又反感。这样的抗战何时才能打出头？！沦陷的国土何时才能收复？！急得占彪几次想把部队拉出去打鬼子，可是只自己这几百人，同庞大的战争机器对抗会有什么作用呢？

又到了冬天，占彪领着抗日班回到冬暖夏凉的天府继续整训。这时的抗日钢班已与过去不可同日而语了，个个身怀绝技，以一当十。这天是十二月的最后一天，突然接到了第三战区送达的作战命令，让占彪率部赶赴离天府不远的泾县附近袭击路过的敌军。全队上下顿时群情激昂，憋了一年多的力气终于有地儿使了。

第二天上午，小宝和小峰乘游艇去了浒墅关铁桥，计划中午在望湖宾馆吃过饭后便驱车到杭州。在杭州的刘阳则早早来到萧山机场迎接强子和二柱子、正文三人，他们还是在“文革”后双河农场第二次释兵至今才又相遇。强子是最后到的，刘阳和二柱子、正文喊着“强书记”相拥在一起。回到斜阳山庄的如归宾馆里，四人还是互相捶打着老泪纵横。

如归宾馆是斜阳山庄的产业，在国内几个大城市共开了四家。解放后就成立的斜阳山庄很低调，谁也说不清斜阳山庄总部的具体位置，有说在杭州的，有说在成都的，也有说在东北的，但占彪的九兄弟都清楚，斜阳山庄是抗日班的家底，斜阳山庄的庄主是刘阳。这里的具体情况只有占彪、小宝和刘阳知道，其他人都是知道一星半点儿。其实，斜阳山庄并没有在山上，也没有在哪个风景区里，而是建在了都市里——大隐隐于市了。

中国改革开放后，斜阳山庄逐步建起一些中小企业，包括陆续成立的如归宾馆和十几家制造企业。总经理大都由九兄弟和抗日班骨干的儿子辈——十八罗汉担任。占彪这次将大家召集到一起，还有一个更重要的事情，就是启动年轻有为的第三代力量，让十八罗汉们转入二线，辅佐孙儿辈把这些产业从儿子辈手中顺利接班，把抗日班的生存保障事业坚持做下去。所以，他要求每位兄弟都要带上自己最喜欢的最能干的孙子或孙女。

刘阳有三个孙子两个孙女，最聪明最精明的是二孙子刘翔和小孙女刘海儿。刘翔是由小宝送到英国的国王大学攻读的国际商务管理，然后在英国一家公司工作了两年后于去年归国的。回来后便参与了斜阳山庄的管理，频频与占东东保持着热线联系。刘海儿是学音乐的，弹得一手好钢琴，在杭州创办了一所很有知名度的艺术培训学校。刘翔和刘海儿分别陪着爷爷、奶奶到机场和车站接客人。

刘翔陪爷爷从机场接来了强子爷爷、柱子爷爷和正文爷爷，还有他们各自的孙女。

强子的孙女叫美英，是一名会计，给一家外企做财务总监。二柱子的孙女叫慧儿，是一所宾馆大堂经理。正文的孙女叫丹妮，是一家旅行社的副总。她们也都是由小宝资助在国外留学回来的。虽然过去都没见过面，但有着爷爷们生死契命的基础，刘翔与她们三女相见后，全无生疏，交谈甚欢。他们这些抗日班的孙儿后代，每个人都享受着这种默契和幸福感。老一辈的义气和情谊已在他们心中根深蒂固，早已有了心照不宣的团队感和家庭感。如有一人受到伤害，这些后代们会毫不犹豫地一拥而上拔刀相助的。而且，他们孙辈这代比同样团结的父辈们更多了些理性和知识。

刚到中午，如归宾馆又一次沸腾了，是刘海儿陪着自己的奶奶莎拉又接来了一批贵客。

去杭州车站接春瑶的人们回来了。迈着轻盈步子的刘海儿在前面引路，刘阳的老伴莎拉与春瑶互挽着走进客厅，身后跟着赵俊凯和宁海强。原来是赵俊凯和宁海强先去接的春瑶，然后一同赶来。老战友们激动地相拥在一起。春瑶知道小宝们在三山岛时悔道："宝儿姐她们都在那里啊，不如我路过时下车了。"

赵俊凯和宁海强领来的都是孙子，看来刘海儿已和他们打成一片了。赵继忠是赵俊凯的孙子，是中央美院的教师。宁远是宁海强的孙子，现在一家影视制作公司做制片编辑。他们俩都在北京，看来早就相熟。见过老一辈后，年轻人自然融合在一起。

刘翔在说笑中认真了解着同辈人的情况，感觉着大家的性格和特长。他知道，这次抗日班老兵相聚会给年轻人带来很多意想不到的变化，会让大家感到肩上担子的沉重，会让大家深刻体会和珍惜今天的来之不易，更会让大家更加认真更加郑重地设计自己的工作。占东东拿出的"Z集团"可行报告是超出爷辈和父辈们的想象的。

这样，第三伙儿人马聚集了刘阳、强子、二柱子、正文、赵俊凯、宁海强、春瑶、莎拉八名老兵，还有刘阳和莎拉的孙子刘翔、孙女儿刘海儿，强子的孙女儿美英，二柱子的孙女儿慧儿，正文的孙女儿丹妮，赵俊凯的孙子赵继忠，宁海强的孙子宁远七人，全体共十五人。

下午第二伙儿的小宝、小峰、彭雪飞、隋涛一路人马将从三山岛回到杭州，与刘阳、强子的第三伙儿人马相会。这是占东东精心设计的让大家分批相见的计划，免得同时相见爷爷奶奶们禁不住兴奋会发生意外。占东东和刘翔、大飞一直保持着沟通，掌握并组织着抗日班大团聚进度。

下午三点，小宝和小峰们的车队将会赶到。五点，要去机场迎接从日本来的武男、山本的妻子和日本画家战车兵的家族一行。占东东和刘翔频频通着电话，刘翔告诉大家，樱子正在赶来，也要到机场去接自己的奶奶和自己的偶像武男前辈。是得龙开车过来，而且，车上还有两个人迫不及待地要见小宝奶奶和大家。

抗日钢班又整装出发了。三百多官兵穿着刚洗过的军装，个个披挂整齐，士气旺盛。九凤包括断奶后恢复正常的小玉全都跳着脚要参加战斗，占彪只批了五名女兵随队，教导员小宝、军医小蝶、总务官小玉还有武术教练助理春瑶和司务长阿娇。小玉和春瑶、阿娇的任务是保证全班战士的伙食。聂排长留守天府，领着另八名瘸子班长和大郅排担负守卫天府的任务。聂排长的全排人马则由小峰带领出征。若克、静蕾、秀娟、若飞四名女兵在家。若克姐妹留在家里也是因为这次会与国军打交道，怕遇到方师长。静蕾这时已做了郅彪的干妈，替小玉照顾着孩子。秀娟则给留下的部队当炊事员。大郅排一直有一半人手驻守三山岛，这次除了要保卫天府外，还有替小玉养那十几头猪。四德则在小玉的强烈要求下，也加入了出征的队伍。

部队按照命令在新年的第二天出发了，就是 1941 年 1 月 2 日。绕过西天目山进入了安徽地界，经宁国来到了泾县，一路上遇到了大量的国军部队。

细心的成义数了下，有 40 师、52 师、79 师、108 师、144 师、新 7 师和 62 师，足有七个师的番号，应该有八万多国军集结在这一带。看来是个大战役啊，抗日班官兵振奋无比。

一路所遇各部国军无不惊讶地看着整装而过的抗日班，很多下级军官尾随一段路才作罢。首先让他们震惊的是常规武器装备，这支部队居然没有步枪！除了抬重机枪的，士兵们都是三大件——武装带上的手枪，肩上的轻机枪，背上的掷弹筒。胸前胸后特制的“作战背心”里披挂着八个机枪弹匣，腰上的两个掷弹筒弹药袋里装着十六颗手雷，还有的士兵在裤腿兜上也装有两个弹匣。更让他们震惊的是重火器的配备，三百多人居然有近三十挺气冷式92重机枪和一百多挺96式轻机枪。而且行军方式与众不同，国军的马克沁重机枪是五人一组，四人抬枪一人背水箱。抗日班是四人一组，居然两人抬着重机枪，另外两人背着弹药箱。后面有一个排还用运铁轨的小吊车轻巧地拉着两门步兵炮！

再让国军士兵们称奇的是这支部队的军容非常整齐，精神状态也好，看上去都是身强体健，满面红光，不像很多国军士兵满脸菜色。而且他们身上不仅背着那么多的武器，还背着军毯、刺刀、日式圆锹、水壶等装备，却显得很轻松，一看就是经过长期负重训练过的。还有几名戎装女兵一个赛一个的英姿飒爽，有个漂亮女兵还牵着一只威武的大狼狗。

时任第三战区 32 集团军总司令的上官云相是这次战役的全权总指挥，驻扎在宁国万福村。抗日班路过后，他得到各部队不少羡慕加嫉妒的反映，他也很感兴趣地详细了解了抗日班的情况，决定在这场战斗后，把这个什么传奇的抗日班改编为集团军司令部或者第三战区长官司令部的警卫营。听说他们过去拒绝过改编，立即下令，如果不从就强留。

第九章 “中国人不打中国人！”

大家都知道，用不了几分钟，他们将迎接鬼子大队骑兵和战车的反复践踏……此时此刻，数千国军官兵的脑海里，闪现的大都是“壮烈”和“殉国”等字眼。

这个结果看来是不可避免的，镇口的加藤中佐从开打时也就是这样认为的。他自信又得意地走出了磨房，很潇洒地抿着一个扁酒瓶观察着战况，身边围着一群副官和几个中队长。他们哪里知道，有一个人是可以改变这个结果的，也只有他一个人可以做到，那就是——重机枪抗日班班长占彪！

占彪示意彭雪飞退后，他继续大声道：“我是个当兵的，我不懂什么大道理，但我知道，如果我们中国人都拧成一股绳，鬼子早该被我们打跑了。都四个年头了，这仗早该结束了。”他不客气地对师长说：“抗战前，你们就打红军！现在抗战了，国共合作了，你们不守信用，还打新四军，干这些亲者痛仇者快的事！以后抗战结束了，你们是不是还要继续打啊？这中国人打中国人还有个头儿没有？！你们还让不让老百姓过消停日子？！”

说到此，占彪气从心来，怒发冲冠，不待师长争辩，便转头指向皇协军，严厉地说：“你们，不但不打鬼子，还当上了汉奸，帮他们打中国人，纯粹是中国人的败类！像你们这帮汉奸走狗，就应该掐折你们的腿！”

抗日班皖南抗命

在如归宾馆一个雅致的小客厅里，刘阳为大家摆了两桌精美的午宴。老的一桌，小的一桌。热热闹闹地吃过之后，春瑶指点着刘阳上着自己带来的茶。刚开始还是老的和老的坐在一起，小的和小的聊在一处。老的们有说不完的回忆，小的们有表达不完的亲热。可没过多一会儿，小的们都移座到老的们身边。是爷爷奶奶们天马行空的真情回忆，把孙子孙女们吸引了过来，和另外两伙儿的孙儿们一样，七嘴八舌地向爷爷奶奶验证数不清的问题。

赵俊凯的孙子赵继忠对宁海强的孙子宁远由衷地说："看爷爷们现在老是老了，但身上仍有一股威武的劲儿，可想当年是如何威风了。"宁远遐思道："就凭每人的精良武器就无法不威武，比我们拍电影的军队还要威武。"

正文的孙女丹妮远比爷爷爱说话，她拍着手说："抗日班的轻重机枪、掷弹筒、手枪和步兵炮别说是新四军眼馋，连国军都羡慕吧。"正文看着自己的孙女和强子们笑了："我家的人不管男女都喜欢军事，打仗的书打仗的电影没有没看过的。"

在座的年轻人听到后都笑了起来，刘海儿跳起来说："正文爷爷，我们都不怕打仗，假如时光倒流，回到抗战那会儿，看我们怎样表现，保证会帮爷爷奶奶们大忙的。"这回众人的笑声更大了。

这时刘翔的手机响了，刘翔接起："是大飞吗？啊，你们快到如归宾馆了？……"

这场战斗的枪声在1月6日的夜里打响了。

抗日班被安置在茂林东北方向的一座山梁上。占彪分析了各部队的驻防，看来是个伏击包围的口袋阵，是采取前堵后追的打法；而抗日班是兜底，后面再无部队，是最后的一道堵截线。越过这个山梁，往东北就进入苏南地区，向东南便是抗日班的天府。小峰和聂排长议论着，看来是把这块好钢用在刀刃上了。

但占彪却不这样想，他心里一直觉得有些不对劲，成义也一直在沉思着。成义对大家说："这场战役动用了这么多国军，应该不差我们这几百人，一直没弄明白为什么把我们从这么远请出来。"占彪看着地图突然想起个事，把隋涛叫了过来问道："新四军的军部是不是在这一带？"隋涛也看着地图说："1938年刚建军时是在皖南岩寺，然后不久就迁到了云岭。这三年来好像一直在那里。"占彪找到了云岭，离茂林这里才二十多公里。他自语道："这枪声是从云岭方向一路而来，是不是鬼子去打新四军叶军长去了？"隋涛听罢焦虑万分。

这次战役的军事会议只有团以上的军官才能参加，而占彪的抗日班充其量是个营级建制，还不够参加的资格，只能按传令兵送来的战斗指令行事。占彪对命令中把敌军有时称为叛军很疑虑，或许是皇协军一类的。而有皇协军就应该有日本鬼子在，就不怕没有鬼子打。

这枪声在前方由远至近足足打了七天，在1月14日才打到跟前。今天的枪声在前面一个叫石坑的村子附近打得很激烈，一直打到中午。占彪没有接到命令上前支援，便按兵不动严守着山梁。下午，国军看样子发起了总攻，从四面八方向村内进攻。

占彪紧皱着眉头听着动静，他在奇怪，反抗的枪声很零乱，鬼子的火力远不是这样弱啊，只有十几挺歪把子、鸡脖子的声音，不是说有近万人的敌军吗？那可是快三个联队的兵力，火力应该是上百挺轻重机枪还有很多步兵炮、掷弹筒啊。占彪想了想，把二民的侦察小队派了出去，到前面了解一下在包围圈的鬼子情况，成义自告奋勇也跟了去。

这时占彪的耳朵突然竖了起来，他听到了一支伯格曼花机关的枪声，是从里往外向这边突围的枪声。按说国军部队有很多配备冲锋枪的，但占彪听到的是单独的一支，不像国军，如果有冲锋枪就是一批，打成一窝蜂的动静。

占彪心里一动又把隋涛喊过来，要过隋涛的冲锋枪，对着前方上空打了一个长连发。隋涛顿时明白了占彪的意图，脸色大变，惊恐不已地凝听着回应。

没有回应，占彪又打了一个连发。对方有回应了，急急回了一个连发，紧接着又回了一个。占彪忙又打了两个短点，对方也回了两个短射。

占彪听到此，心头大怒，一把将手里的冲锋枪摔了。

这时成义和二民急匆匆跑了回来，占彪喝问："里面被围的是新四军吗？"

成义不知占彪怎么知道的，忙点着头："全都是灰布军装的新四军！都被打散了，成建制的部队几乎没有了。现在男男女女的有千八百人，正向我们这里突围过来，后面和左右两侧都有国军追过来。"

占彪悲愤莫名，怒喝道："难道，难道打了一周的仗，都在打自己人？八万人打一万人，这群王八蛋想干什么？还要不要抗日？"

隋涛这时已捡起冲锋枪向山下跑去，接着是隋涛那八名老兵拎着冲锋枪跟着冲出伏击位置，那九支冲锋枪一直配备给了九豹。再接着隋涛排的战士们也都站了起来做势要冲。

小峰这时大喊一声："都别动，听占班长命令！"成义也大喊："隋涛，先回来！我们一起想办法！"隋涛九豹收住了脚步，回头瞪着通红的眼睛望着占彪。

占彪他们不知道，这场战斗正是当年震惊中外的"皖南事变"！这是国民党第二次反共高潮的高峰，远比近一年来的国共摩擦事件要凶恶得多。

还是在去年，即1940年的9月，德、意、日三个法西斯国家订了军事同盟协定。日军为配合德军在欧洲的大举侵略，想抽调兵力南进向太平洋扩张，因此对国民党施加政治压力进行政治分化，使国民党顽固派感到越反共越能取得日本的谅解，越能减少日军对国民党统治区的军事压力。同时，英、美两国为其本身利益，为了抵抗法西斯势力的扩张，放弃了绥靖政策，加强了对中国国民政府的援助。因此，蒋介石认为当时的国际形势对他有利，是反共的良好时机，于是掀起了第二次反共高潮。他在1940年10月19日，命何应钦、白崇禧以国民党政府军事委员会名义，向八路军朱德、彭德怀和新四军叶挺、项英发电，强令在黄河以南的八路军、新四军于一个月内开赴黄河以北。11月9日，朱德、彭德怀、叶挺、项英复电何应钦、白崇禧，驳斥了国民党的无理要求，但仍答应将皖南的新四军部队开赴长江以北。12月28日，新四军召开军分委会议，决定一周后正式北移。当天国民党便得到了情报，蒋介石密令第三战区顾祝同、上官云相趁新四军转移时将其立即“解决”。上官云相被授予全权指挥后便紧急调集附近的国军部队，占彪的抗日班在12月31日也收到了命令。但他深恐部队中有人违抗命令不打中国人，便在调动部队时含糊其辞地说是叛军。

上官云相是年46岁，他从1919年保定军校毕业后一直率兵往返于各派军阀间打内战。1931年到1935年前他一直在围剿红军，被蒋介石晋为陆军中将。1935年末任驻黔第一绥靖区指挥官，因贪污筑路费被免去职务。“七七事变”后被重新起用，任第三战区江防军第11军团军团长。1938年3月，任第三战区司令长官部总参议；4月，还代表第三战区装腔作势地在岩寺点验新四军官兵；7月，任第32集团军总司令。其人阴险狡猾，极具心术，是个不折不扣的内战钻营分子。这次为了消灭当年的红军他不遗余力，短短几天内就安排好了七个师八万人的包围圈，而且新四军本来还有两条路线，但恰恰就选择了他兵力最集中的第三条路线，让他仰天长叹：“真是天助我也，新四军自寻绝路，自投罗网！”

考虑到一路的安全问题，新四军军部特地把在云岭两侧的铜陵、繁昌地区和浙西一带的战斗部队调回一部分，二支队谭营长所在营因兵强马壮被调回，编入军部特务团。1941年1月4日晚上，新四军军部分三路出发，有老一团、新一团、老三团、新三团、五团、军特务团及军直属队和教导总队共九千余人。但没想到出师不利，选了个晚上出发又遇到连日大雨，出云岭不远在过浮桥时刚过了千把人桥就断了，部队只好在隆冬涉水过河，弄得狼狈不堪，没走多远就在潘村停下休整。

这一休整就是两天，给了上官云相充分的调兵遣将的合围时间。1月6日，当新四军冒雨重新出发进入泾县茂林地区时，上官云相下令已从容布置好的国军七个师发起包围进攻。虽然新四军被打得措手不及建制大乱，但新四军官兵仍拼死抵抗，激战了八天八夜，一直打到了今天的14日。最后，因敌众我寡伤亡惨重弹尽粮绝不得不宣布分散突围。

占彪的抗日班面对的正是彭雪飞的机枪连，这时前去谈判的叶挺军长已被扣押，项英副军长带着新四军的军费已不知去向。彭雪飞拼命护卫着还有七百多人的军直属队和教导总队突围而来，多亏占彪敏感地听到了彭雪飞的冲锋枪声。

国军打新四军，中国人打中国人，这是占彪最不愿意看到的，也是绝对不能做的事情。外敌没有打跑呢，自家兄弟却相煎起来，有一千个理由一万个借口，也不该这样对家里人下手。他要尽自己的全力保护突围而来的新四军，保护自己的亲密兄弟彭雪飞！

占彪下令了："娘老子的，这个仗我们是不能打的。以后如果不是打鬼子，谁下令也不好使。隋涛，你继续发短点射，引导彭连长往我们这里撤退。小峰、强子、刘阳你们三个排，等彭连长们过来时向天空射击，在山梁右面那个低洼地撤开口子，让彭连长他们通过。其他排收队，我们在彭连长他们通过后佯做追击掩护他们走。"

这时枪声又激烈起来，彭雪飞的短点射不知是没子弹了，还是太嘈杂，听不到了，隋涛领着几个人边打着点射，边向山下迎去。占彪也在分析着，这枪林弹雨中能听到枪声，但判断在哪个位置也不太容易。这时占彪看到小玉身边趴着的四德，眼睛一亮："三德，小玉，四德认识小飞不？"

三德一听就明白了，大声回答："四德和彭连长挺熟的，我还专门领四德在他的连上住了三天呢，让它去领路吧。"说罢，拉起四德向前方一指："去山下跑一圈把人领回来！"四德站起身来全身抖擞了一下，小玉忙拍拍它的头，四德呜了一声便蹿了出去，转眼间便越过隋涛向山下掠去。

彭雪飞这时的处境十分险恶，谭营长虽然和他在一起，但全营已经打散了。只有彭雪飞的机枪连还维持着建制，这可能是九千新四军里唯一的一个成建制连队，不过也减员了三分之一，重机枪也都打得差不多丢没了。军部下达分散突围后，彭雪飞没有让连队解散，他看到军部直属队和教导总队都是机关人员，新四军的教导总队和蒋介石在南京的教导总队是不能相比的，他们都是非战斗人员，分散突围的命运不是被俘就是被杀，尤其他看到里面还有上百名女兵，怎么能丢下自己的姐妹！所以他带领全连坚持着护卫着这七百多名机关人员，左突右闯地打到了这里。

当突然听到占彪的冲锋枪声时，彭雪飞大喜过望，真是绝处逢生！他不敢相信地和占彪对上了暗号，他喊着告诉苦苦支撑的谭营长："我们有救了，占班长他们在！"谭营长一听自是欣喜万分，但他马上也喊了句："占班长怎么会在这里，他们也是国军序列的啊。"彭雪飞明白谭营长的意思摇着头大喊："占班长不会向我们开枪的！绝对不会！"

掩护新四军突围

在这最关键的时候，彭雪飞的冲锋枪果然没有子弹了，全连的机枪也基本没有子弹了。他在四处的枪声里仔细辨听着占彪那边冲锋枪的点射声。身后的国军部队正在潮水般地迅速压了上来，枪声越来越密集。远近到处是此起彼伏的喊声："光明正大打日本，有枪有炮有饭吃！""游击就是逃跑，叛军就是叛国！"但这些国军的子弹很少有往新四军女兵堆里打的，说明国军的下级士兵和军官还是有良心的，不然损失就更大了。

全队七百多号人马挤在一道山缝等待彭雪飞的号令，前面是一片开阔地，正对着一道静静的山梁，如果山梁上要是有埋伏，这里便是最后这股新四军的绝地了。彭雪飞虽然知道占彪在，但一时也没法确定是否就在这道山梁上。这时几声似狗似狼的叫声传来，彭雪飞几乎没有停顿马上大喊起来："四德！四德！"

一条大狼狗叫着冲了过来，机枪连的战士们纷纷欣喜地喊着"四德"。女兵们早已顾不上花容失色了，仍然相搀着瘫坐在地上。

彭雪飞大声下令："前面的部队是自己人，我们有希望了，大家快点跟这条狼……狗走。再坚持一下我们就冲出去了！"

占彪看到新四军露头了，手向天上一指，小峰和强子排向着天空和周围的山梁开始射击，机枪声响成一片。刘阳则指挥自己的排迎下山梁。

这批新四军见有了生的希望，拼着最后一股气力一群群冲过山梁口。

占彪命令隋涛排在前面引路，隋涛吩咐全排战士拿出一半弹匣和手雷分给冲过来的新四军战士。彭雪飞和谭营长押后赶了过来，和占彪紧紧拥抱，彭雪飞止不住眼泪："彪哥，我们，九千人啊，才十天，都打没了……"小宝、小玉、小蝶、春瑶扑过去，接应受惊吓的女兵，阿娇则跑到彭雪飞身边，默默地给他递上自己的水壶。成义这时在组织掷弹手在新四军身后炸出道道烟雾。

占彪咬着牙沉默一会儿，用力拍着彭雪飞的肩说："现在不是哭的时候，你赶快去领队，带抗日班五个排在前面开路，我率其他五个排随你的后面掩护。"

七百多名新四军全部通过山梁后，抗日班刚准备后撤，一个传令兵从山侧跑上来，向占彪一群军官口头传达道："师长命令你们把叛军俘虏押送回茂林集中。"看来远处的国军观察到这边的情况，以为抗日班把这股新四军全部俘虏了。

旁边的成义马上接话："回去转告师座，这伙叛军困兽犹斗，我们正在追击他们。"那传令兵重复了一遍，敬礼转身就走。本来这样就会很自然地把国军哄骗过去了，也方便下步的行动。但没想到占彪喝了一声："站住！"那传令兵吓了一跳，回过身来。

占彪怒气难遏地问道："回去问你们师长，为什么把新四军说成是叛军？！为什么不打日本人专打中国人？！"

那传令兵手一摊，小声回答："其实，我们，我们这些当兵的都在互相问这个问题呢。"成义一挥手："快回去吧，我们要追击叛军去了。"

冲出来的新四军疲惫不堪，还有不少伤员，小蝶还在处置几名马上需要救治的伤员。还有那些女兵，见到小宝们一下子就放松了，几乎走不动了。所以部队运动起来很迟缓，十分钟后才走出一里地。后面掩护的是刘阳排，刘阳在竭力组织着火力制造着空间地带，让追过来的国军后续部队避让止步。

正在占彪和谭营长、彭雪飞焦急万分的时候，那个传令兵又回来了，还多了一名少尉从后面追上来。那少尉亲手送给占彪一封纸令。占彪甩开纸，只见上面写着："现着你部立即停止追击，速随送信人回集团军司令部，另委重任，所俘叛军移交后续部队。不得有误，违者以抗命论处。上官云相即时。"

在如归宾馆的大门口，路过的行人看到了一场似乎癫狂的场面。候在门口的人和几辆汽车里下来的人不要命地相拥在一起，几十号人老的哭，小的笑，老爷子们抱着打，老太太们抱着哭。这得是什么样的感情什么样的思念啊，一定是个有名望的大家族吧。奇怪，里面还有两个外国人。而正在高潮逐渐平息，几个年轻人组织大家往宾馆里走的时候，门口又开过来一台汽车，车上冲下来两个女孩儿，后面小跑随着一名个子不高的上校军人，开车的一个女孩儿站在车门口愣着，看着又掀起的一阵癫狂。

是小宝小峰们和刘阳强子们两路人马会合了，是小曼、丽丽和得龙赶过来了。开车的女孩儿自然就是樱子了。

在宾馆大堂旁的咖啡厅里，大家好一阵子也平静不下来，大家都知道这如家宾馆是抗日班的产业，都像回到家里一样放松和自如。彭雪飞在彭玲的劝说下服了一片药，坐下来慢慢平静着心情，刘阳也在示意小峰、强子、正文、二柱子、隋涛，赵俊凯、宁海强等人先坐下。莎拉也把小宝让到正中的茶几旁坐下，小曼扶着春瑶、得龙扶着若飞、大飞扶着静蕾、隋静扶着秀娟和阿娇，先后围过来落了座，这时大家心情才平稳了下来。

彭雪飞一个个地看着当年的战友，期待着说："就要看到彪哥了，还差大羽和成义、三德、聂排长、大郅、小玉、小蝶了。"

熟知当年抗日班史实的丽丽为了放松大家兴奋的心情，端给彭雪飞一杯茶一本正经地说："彭爷爷，您是不是和彪爷爷用冲锋枪有那啥心灵感应啊？您再来点动静，彪爷爷一定能感应到。"大家都是知道占彪和彭雪飞间几次用冲锋枪的枪声联络的神奇传说的，无不会意地笑着。晓菲向麦克指点着丽丽说："你看，丽丽果然像我吧。"

丽丽的话勾起彭雪飞皖南事变时的回忆，感慨地说着："其实我和彪哥从没有约定过用冲锋枪打信号，可就是和彪哥那样心意相通，好像小时候在家乡对歌，一听就知道是对方的兄弟枪声。不然那天没准你们要把我们当鬼子打呢。"

小峰拍拍身边隋涛的肩说："看那天把隋涛急的，像家里着了火似的。"隋涛嘿嘿笑着，和彭雪飞大手相握在一起，无声胜有声。

“巍巍云岭一片雪，八千健儿不见还。”

这句诗，正是说皖南事变这一场“兄弟阋于墙”的悲惨事件。它让世界瞠目结舌，让日军偷笑了好久。蒋介石做了日本人想做却难以做到的事情，日军得多少次大扫荡才能损伤八千敢打敢拼的抗日将士啊。在战后，汪精卫之妻陈璧君被审时，怒斥“蒋介石才是真汉奸”不无道理。

这句诗，也是说九千新四军健儿损失了八千人，当时只有一千多人成功逃脱，参加了新四军的重建，加入了由原来的六个支队扩编为七个正规师的队伍中。

其实真正被打死的新四军并没有八千人，主要是当时被国军打散了，丧失了战斗力。其中大多是被俘，被蒋介石在上饶集中营等地关押多年，也有部分被诱改编到国军的。还有相当一部分，是从四处突围出去的。当时很多国军的下级军官和士兵是枪下留情的，毕竟都是中国人。只是新四军各部突围出去后的集结地点定得太分散，有苏南，有皖中，有苏北。甚至还有的部队非常不现实地定在了长江以北，本来过江就是难事，而且日军干脆夜里在汽艇上睡觉，加强了封锁，所以很多人辗转数月甚至经年才找到部队。

更有部分突围出来的人坚持在原地打游击，一直到1949年才与南下的解放军会合。多年后，有个不太权威的统计，“皖南事变”的九千新四军有一千多人战死，一千三百人突围归队，两千人被俘关押，两千人被诱改编为国军而被称叛变，两千人突围失散，五百人在当地打游击。

占彪掩护的这批新四军是四处突围的最大一股，也是上官云相追击的最后目标。上官云相没想到新四军能突围到这个程度，更没想到他安排的最后一道堵截线居然态度不明。所以他亲自给前面的师部打电话口述文字命令，逼占彪就范。

小宝传授的文化使占彪流利地读懂了上官云相的命令，占彪冷笑一声：“谢谢上官司令官的好意，还另委什么重任，还是镇压叛军吗？请转告司令长官，我们只打鬼子，不打中国人，恕难从命了。”言罢拂袖而去。

上官云相得到回复的汇报后勃然大怒，这已经是第六个下级军官不执行打新四军的命令了。本来他费尽心机，让平时与新四军和八路军来往的国军都参与这场战役，只要他们向新四军开枪了，只要他们手上沾上了新四军的血，自然就被拉下水，成了新四军、共产党的敌人了，比如素与新四军交好的108师，还有一部分川军等。而把经常和新四军联合作战的抗日班调过来更是这个目的。但上官云相没想到占彪这样决然地拒绝了他的命令，而且很明显地在掩护新四军的突围。他下令追击的国军部队把占彪的“狗屁”抗日班当新四军一样去打，它火力再强不也就是三百来人嘛，怎能抵得住我八万大军。

占彪看着狼狈而退的新四军，真有些不敢相信自己的眼睛。他疑惑地问彭雪飞：“新四军是很能打的，你们有近万人的部队，而且有北伐名将叶挺军长指挥，但这回，怎么一打就散摊子了呢？”

彭雪飞长叹一声：“别提了，一言难尽。我们连普通士兵都知道，叶军长根本没有实权，项英政委不信任叶军长，争权夺势的，都把叶军长气走好几次了。这次转移也不听叶军长的意见，走了这么一条最绕远最危险的线路，而且还是晚上出发，又赶上下雨。更主要的，现在还是国共合作的抗日统一战线，我们没有足够的防范准备，结果……唉！”

项英和叶挺的关系十分复杂，这是新四军历史和皖南事变中无法回避的事实。

叶挺虽然名为新四军军长，但因其是非中共党员，不能参加党的会议，无权阅读党的指示和文件。即使是关于新四军工作的指示，中共中央也是先直接发给项英，再由项英口头向他传达。对与军事作战密切相关的重大决策，项英都当成“党内机密”来处理，不征求叶挺的意见。所以叶挺无论是军事决策还是战斗指挥都处于无权的地位，他的军长职务形同虚设。尤其是项英以种种理由搪塞中央，在东进还是北上这个关乎新四军发展的战略大计问题上处处掣肘，对叶挺组织新四军北渡发展江北的战略持不合作态度，造成了1938年8月叶挺的第一次辞职。后来经中共中央的挽留相劝，叶挺同意回到云岭，就是抗日班在1939年2月23日当卫队那次战斗，掩护叶挺在周恩来陪同下回到云岭新四军军部。但位高功显的项英暗里依然故我，使叶挺在1939年再次辞职出走澳门，又被请回后还是有职无权。在这次转移中，项英依旧刚愎自用，不听从叶挺的建议，终于酿成了付出自己生命代价的惨败。

谭营长指指新四军杂乱的队伍说：“我们这批人文职人员比较多，有一大半是教导总队的学员，还有军部直属队的，被服厂的，卫生队的，宣传队的，全靠我们的机枪连掩护着冲到现在。他们虽然是文职人员，可都是优秀的中华儿女，是我们云岭的火种，还请占班长和抗日班鼎力相助。”

占彪抬手拦住谭营长的话说：“谭营长，你就不用多说了。保护兄弟姐妹，我占彪当仁不让！协助抗日军队，我抗日班义不容辞！我们马上出发！”

追击新四军的国军部队开始紧逼过来，并有子弹打过来。正后面是一个团的兵力，两翼也有其他师的两个团包抄过来，呼叫声和枪声响成一片，这阵势好像是在围猎。

上官云相和顾祝同深知，这批教导总队和新四军文职人员是新四军的精锐，是共产党的火种，所以催促着后续三个师从更大范围来追击合围。但国军遇到抗日班后还没有拼命往前冲的，毕竟他们都忌惮这个抗日班的威猛火力，也听说过“钢班”近乎神话的传说。

与抗日班后卫接触的国军团长更是心存敬意，因为到现在为止，抗日班的火力虽然凶猛，轻重机枪和掷弹筒织成道道火网，但一直没有冲活人打。国军官兵们都不是傻子，这让他们百感交集，迫于军令他们只好跟在后面佯追着，胡乱打着枪，一直到另一个团急于领功越过了他们。

刘阳的情急之“举”

大家听彭雪飞和隋涛提起了皖南事变，顿时脑海都是当时的一幕幕场景。正文慢悠悠地说：“那是我们的一场抗命之战啊。”

二柱子接道：“彪哥那时不但领我们抗日，也领我们抗命，从 1939 年开始，一直在抗命中生存。”强子回忆着：“想一想那时我们胆子也真大，不仅抗国军的命，也抗新四军的命，后来打的都是抗命的仗，一场比一场激烈啊。”

刘阳深思着说：“是彪哥领导得好，我们用抗命实践了中国人不打中国人的理念，既保护了自己，也沉重打击了敌人。说起来，要是没有那时的抗命，就没有我们的现在。真是抗命求生啊。”

美英和慧儿、丹妮围上来，美英央求着说："刘阳爷爷，你们给我们讲讲抗命的故事嘛。”大飞在旁插言："我们还想听当时刘阳爷爷情急之下发起的背女兵行动，怎么把我莎拉奶奶背成了奶奶。”

听孙儿们要自己讲当年抗命的故事，还要听当年情急背女兵的典故，刘阳笑笑，如数家珍地说："呵呵，抗命的事你们知道的就不少了，皖南事变时拒绝打新四军的事儿你们知道吧，拒绝给国军解围，改打虹桥机场的事儿知道吧，抗战胜利时抗命释放共产党在押犯知道吧，抗命不参加内战的大释兵知道吧，抗命派三德爷爷的汽艇分队运新四军学校、派隋涛爷爷的工兵连用汽车送新四军医院的事知道吧……”

强子的孙女美英连连点头，二柱子的孙女慧儿在旁抢说："知道是知道，只是知道大概，想听爷爷讲细点嘛。”刘翔钦佩地插言道："我最佩服彪爷爷的就是他在大释兵时候，把三德爷爷和隋涛爷爷派去了新四军，一步妙棋啊。到后来，三德爷爷是海军基地副司令，隋涛爷爷是铁道兵少将部长。”

晓菲接道："最近我也在系统研究抗日班的历史，我觉得抗日班还有一步更高境界的妙棋，就是在战后办起了双河农场和劳改农场。新中国成立后的抗命求生丝毫不逊于抗战时期，彪爷爷通过劳改农场在历次运动中保护了那么多的人。”

刘阳听罢，对孙子说："翔子，不要把抗日班的经历简单地看成是历史的游戏，那种胜负感太浅显了，容纳不下我们的。多想想我们付出的鲜血，长杰、许工、若克和袁伯，还有很多人，都献身在那个年代。”众人想起死去的人，皆沉默不语，感慨着战争让人们瞬间生死的两重天。沉默半晌后，强子说话了："阳子说得没错，抗命求生。这些年来不管战时战后，越来越体会到彪哥的用心良苦，他是以这些抗命来求得我们这些人的继续生存，而且是幸福无忧的生存啊。”

抗日班的后卫中间是刘阳排，小峰和强子排已向两侧展开。令刘阳心急万分的是走在最后面的二十几名女兵。她们个个像泥猴一样，蓬头垢面，强撑着向前走，一步步挪着。前面一个转弯山脚，传来小宝和小玉为走在前面的几十名女兵拼命加油的声音，刘阳也大声催促着掉队的这批女兵。

刘阳也知道，这群女兵已经是七八天没有休息好了，也真是难为她们了。这时他看到走在最后的那名身材不矮的女兵肩上还背着一个装着书本的袋子，旁边另一个女兵上气不接下气地说："莎拉，不行……就把那些账本，都扔了吧，反正被服厂也打散了。你这个会计，也尽到心了。以后，我们，从头再干。"

被称为莎拉的女兵摇摇头，声音嘶哑着说："正因为，被服厂没了，我就更应该，保存这些账目，是我们厂的历史见证啊。"刘阳听到这儿不禁认真看了莎拉一眼，虽然莎拉脸上都是尘土，但看得出来好像是个混血儿。这时莎拉也看着个子不高却一身正气的刘阳，脱口说了一声："谢谢大哥，你们帮了我们。"

还没等刘阳说话，突然后面枪声大作，这回的枪声很近，而且是真的打了过来。必须马上快速转过这个山脚，不然就会有伤亡了。刘阳这时情急之下，一把抓住走在身边的莎拉，向全排大喝："快，来人，把她们都背起来跑！不然我们都玩完了。"然后不由分说把莎拉连人带账本背了起来向前跑去。身边的战士们全愣了，不知该怎么背，已是千钧一发之际，这时强子、二柱子和正文三个排长冲了上来，每人扑向一个女兵背起来就跑。在他们的带领下，接着又冲出来二十多名战士，把手里的机枪交给身边的人，把后面的女兵都背跑了。

生死关头，莎拉难讲也不能讲什么矜持了，全身瘫软在刘阳的背上，女兵们都默默地伏身在抗日班士兵的背上。刘阳排一阵旋风转过了山脚，脱离了危险，接着追上了前面的大队女兵。刘阳大喊："别歇脚，背到前面去！"又一阵旋风，冲到了前面，追过了抗日班前卫。占彪在旁一看，低声对彭雪飞说："娘老子的，我早就该想到这招儿了。"然后放开嗓子下令："注意了，像刘阳那样，每班出六七个人，我们把全部女兵都背起来撤退！各班各排要跟在一起，不许乱，快！快！"

这样，后面的五个排，除小峰整排在开枪掩护，其余四个排各班有三四个人集中扛机枪，其余一百余人都如饿虎扑羊一样二话不说背起个女兵就跑。一百多个女兵瞬间就从后队变成了前队。彭雪飞和谭营长及众新四军男兵看在眼里，泪洒心头。

莎拉在刘阳的背上说话了：“大哥，你叫刘阳？”刘阳大气不喘地回答：“对，你叫莎拉，这名字这么怪。”

莎拉回答：“我是华侨子弟，从新加坡来的，小时候爸爸妈妈给起的洋名字。”刘阳想起她刚才保护账本的话，赞道：“好名字，莎拉也是好样的，账本是会计的生命，你做得对。”

莎拉高兴地抬起头来：“谢谢你，刘阳大哥，谢谢你这样理解我。不过，你咋知道这个理儿呢？”刘阳嘿嘿笑道：“因为我，我也是算账的。”

这一百多名战士背女兵的场景非常壮观，极大地调动和激励了男人们的英雄气概，一下子就提高了部队的撤退速度，三百抗日班健儿掩护着七百新四军火种，迅速与身后的数千追兵拉开了距离。刘阳的情急之举，不但救了这支部队，使之再无伤亡，而且也孕育了战后的段段佳话。首先刘阳和莎拉日后就有了故事，而且有二十多个女兵当时都问清了背自己的恩人名字，战后纷纷找了回来，结成了十多对战火姻缘。

刘阳的情急之举，也使三百抗日班健儿和七百多新四军火种暂时摆脱了“兄弟相煎”。半个多小时后，部队已进入宁国境内。在一个岔路口处，占彪令部队停下来稍事休息，喝水吃干粮。这时后面的追兵还是跟得很紧，相距不到两公里，危险依然相伴。

占彪打开地图，没有时间商量，也不想商量，向谭营长、彭雪飞，还有教导总队一个姓贺的和一个姓车的两名军官，讲着自己考虑好的建议：“按你们原来路线，要向东北方向经宁国过郎溪，进入苏南与那里的新四军会合。但前面有可能还有国军的堵截，也有遇到日军的可能，我们加在一起，千把人的队伍，目标太大，而且有女兵和伤员，行动迟滞。我建议，机关人员分兵向东南，去浙西我们的根据地天府休整，这段路比到苏南近多了，而且路线我们也熟。然后，战斗部队继续把追兵引向东北，掩护大部人员转移。”

大家都表示同意占彪的建议。占彪刻不容缓，马上安排小峰带刘阳、三德、正文、柱子、聂排长六个排及小宝小玉他们，护送六百名新四军文职机关人员和伤员立即出发去天府，安排成义、强子、曹羽、隋涛四个排随自己，护送以彭雪飞的机枪连为主的一百名新四军战斗人员去苏南。成义要小峰的六个排每班留下一半掷弹筒和一些实弹匣。这样，东北方向一路的四个排携有 42 具掷弹筒，重机枪共 12 挺，轻机枪 36 挺。彭雪飞的机枪连还剩下 1 挺重机枪、9 挺轻机枪、6 具掷弹筒、1 支冲锋枪和一些步枪。

小峰率队出发时，占彪嘱咐说："你们要保护好这些兄弟，不得有闪失。"然后又指下女兵们："必要时，还要背着她们撤。"小峰和刘阳们纷纷立正。小宝在旁也嘱咐占彪："彪哥，你们也要注意安全啊，小心前面有伏兵，不行就从太湖走吧。"说着向正东一指，占彪顿时心头一亮，点点头。

等撤往天府的这路部队出发后，占彪立即在路口旁的山梁上布置好了阵地，要多顶住追兵些时间，才能让小峰他们走足够远。占彪命令，要彭雪飞的机枪连在这段时间里全体休息。彭雪飞放心地领着一百多名新四军战士藏在山后个个倒地就睡，他们大都七八天没睡个好觉了。对占彪的信任，使他们即使枪声大作都不会醒过来的，连谭营长都倒身便睡。

追兵转眼拥了过来，但不得不停步在抗日班的轻重机枪加掷弹筒的凶猛火力圈外。占彪的火力圈设定在山前 450 到 500 米的 50 米环形地带，即使没有人进入，也向这个范围射击和轰炸，照打不误，谁要想踏进火力圈只能是自找苦吃。而国军没有曲射武器，向山上用步枪和机枪远距离射击几乎构不成什么威胁。

莎拉听孩子们提起当年刘阳情急背女兵的事，拍了一下手转移着话题："今天是我们抗日班的喜庆日子，别想那些太沉重的事情了。明天我们九凤就要相聚了，想死她们了。"

美英看上去有些内向，她小声对二柱子的孙女儿慧儿和正文的孙女儿丹妮说："我们几人的奶奶怎么不是九凤的成员呢？"

刘翔悄悄笑说："是啊，只有我们四人的奶奶不是九凤，三德爷爷一人占了两个名额，曹爷爷占了一个，隋爷爷和彭爷爷还抢走两个，我们四人的爷爷都老实，就没份了。"几人都笑了起来，惹得坐在不远处的刘阳和强子都转过头来。

丹妮接说："还是彪爷爷仁义厚道，在抗战结束前给我们的爷爷都介绍了奶奶，帮他们都成了家。刘翔，还听说刘阳爷爷和莎拉奶奶也是一见钟情呢。"

刘翔笑说："那是，他们是前世注定的，一眼就互相知道就是要等的人。而且他们认识时是1941年皖南事变时，所以奶奶就排入了九凤之非常九加一。"

二柱子隐隐听到了孩子们的议论，接着话题对刘阳说："呵，那时要不是彪哥抗命把她们救了下来，要不是阳子你灵机一动让我们全体背女兵，我们哪有老婆啊。"老哥几个开心地笑了起来。这时女孩儿们都凑到了一起，姐妹们相见恨晚，仿佛早就相识，尤其晓菲和丽丽更是惺惺相惜，几乎形影不离。

聊到情浓处，小曼提议："当年我们的奶奶们叫九凤，我们正好也是九人，我们也结成现代的小九凤吧。"姐妹们顿时响应，晓菲和丽丽忙着询问姐妹们的年龄排着顺序，排出了大凤小曼，二凤彭玲，三凤隋静，四凤美英，五凤丹妮，六凤刘海儿，七凤慧儿，八凤晓菲，九凤是刚大学毕业的丽丽。小曼看樱子在旁看得眼热，想起这几天樱子对大家的友好和亲热，一把便将樱子拉过来："我们大家欢迎樱子做我们的九凤非常九加一吧。"姐妹们鼓起掌来，樱子喜出望外连连鞠躬，十个女孩儿的小手搭握在一起。小曼一字一顿地说："从今以后，我们九凤就是同家姐妹——"众姐妹齐声道："生死相依，同飞同落！"女孩儿们整齐的誓言震撼了全场，老九凤们纷纷抹起了眼泪。大飞和刘翔们带头鼓起掌来。

然后小曼领着小九凤来拜见老九凤们，小曼一声："敬奶奶们！"自己扑通跪下，身后姐妹们齐刷刷跪下，包括毫不犹豫的樱子。小宝领着若飞、秀娟、阿娇、莎拉、静蕾、春瑶，忙着把孩子们一一扶起，小宝含着泪说："丫头们，你们都要好好生活，好好学习，要有你们爷爷奶奶们的那般情意，那般正义，那是重机枪的神，重机枪的魂啊……丫头们，也愿你们早日寻觅到属于自己的那份真情。"

刘翔在感动之中看了一下手表，提醒刘阳说："爷爷，接武男前辈的人该出发了。"

“引豺遇狼”（一）

追上来的国军越聚越多，官衔一个比一个大，从营长到团长又来了师长，谁也不敢轻易下令让自己的部下踏入硝烟滚滚的无情火力圈白白送死。让国军官兵称奇的是，对方的火力稍扬一点，就会击在不到百米的国军集结群中，但对方宁可浪费弹药也没有延伸火力。

四十师是第三战区中战斗力最强的部队，其师长接近火力圈观察了一会儿说：“妈的，这个钢班比鬼子的火力都凶，让他们猖狂一会儿，看他们还有多少弹药填坑。”而山上好像听到了师长这句话，突然不打了。

不待师长下令，一个团长忙组织部下向前冲。但部队运动到火力圈前，山上又打了过来，部队急忙后撤山上又不打了。有个勇敢的上士趁间歇领着几个士兵突进了火力圈，又是卧倒又是翻滚，应用着眼花缭乱的战术动作，但山上根本没理会他们。这个上士领那几名士兵“操练”了一会儿也觉无趣，再往上去无疑是以卵击石，无奈只好向回运动，而山上却停止火力，让他们安全地返了回去。如是折腾了半个多小时，国军也没有前进一步，师长只好静待两翼的部队围上来。

又过了快半个小时，侧面终于有国军其他部队的动静了，对方却收兵向东北方向撤退了。国军三个团围追过去，没想到新四军一改这几天的迟缓笨拙，变得非常机动灵活，在前面若隐若现地跑得非常快。

顾祝同和上官云相得知这股新四军向郎溪一带逃窜不禁大喜，因为在郎溪他还驻有两个团的兵力。上官云相马上电令这五个团前堵后追，务必把这股叛军歼灭，达到全歼新四军军部的目的，好向蒋委员长请功。不过，他很是头疼那个抗命的抗日班在里面打横，他们超强的战斗力和狡猾的战术让上官云相又恨又敬。

终于又传来了抗日班狡猾的动向，他们在向东北撤退的途中改向正东而去，进入了日军占领区。电报上说新四军残部好像进入了一个叫龙宝泉的镇子休整，请示是否继续围歼。

指挥所里，上官云相和顾祝同马上扑向挂在墙上的地图，看了一番后，俩人决定实施最后一击。好在这个龙宝泉还处在沦陷区的边缘，打完就撤回来，别打破了和日军平衡相持的局面。他们太想有个全歼新四军军部的完美结局了，但他们哪里知道，这是占彪为他们设计的一个圈套。这个圈套最初是成义想起来的，这个圈套的名字叫“引豺遇狼”。

杭州萧山国际机场，机场大厅流畅的线条体现着杭州的江南秀美特色。

下午三点，刘翔开着斜阳山庄的中巴来接武男和山本夫人及日本战车兵家属。除了小峰、强子和刘阳外，一起同来的有樱子，她来接从日本来的奶奶，当然也要迎接自己的偶像——合气道一代宗师武男先生。

原定是小曼和丽丽陪着樱子前来，可刚认完小九凤的姐妹们舍不得分开，结果小曼、丽丽和刘海儿、美英、慧儿、丹妮都跟着来到了机场。

彭玲在宾馆给爷爷奶奶们挨个检查身体，有服侍旅客经验的隋静给彭玲搭着下手，晓非则埋头整理这几天的资料。

到了机场贵宾室才发现，还有一群人也前来接机，有外交部、统战部、卫生部、商务部、总参和国家体育总局的官员，还有江苏和浙江两省的地方官员等。

日本客人一出贵宾出港口就被接机的官员包围了，大家互相介绍着身份寒暄着，鞠躬握手频频。小峰、刘阳和强子站在人群外边没有靠前。

樱子早就扑向她的奶奶，刘海儿六个女孩儿在一起嘁嘁喳喳地议论着各部门与客人间的关系。丹妮在旅行社工作，接触这方面事情较多，她指点着说：“卫生部来，应该是因为山本夫人。”

丽丽应道：“没错，山本夫人是东京最大的医院平谷医院的名誉院长，她的儿子也就是樱子的爸爸是世界最先进的医疗器械集团总裁。”

丹妮接着说：“外交部的不用说，是来处理战车兵的事情，并接待战车兵的国会议员儿子。总参的是因为战车兵的孙子是日本武官秘书，商务部的是因为武男家族是日本著名的那家与中国来往很多的汉和财团。国家体育总局的那就是奔全日本合气道联盟的资深顾问来的。统战部就不用说了。”

刘翔奇怪地问丹妮：“我这资料你们什么时候看到的？”

丹妮冲丽丽笑下，回答刘翔：“这几拨客人在日本出发时轰动挺大的，日本各大网站和媒体都有报道。只是我们国家的媒体一点儿没有介绍。”

刘海儿在旁向哥哥介绍着：“你不知道丹妮是北外学国际旅游的啊，日语是她的二外。”

看得出，武男在耐心地与中国官员相见，但却一直在找着抗日班的人。终于看到了人群外的小峰三人，他一眼就看出了习武之人的刚气，忙向小峰走过来，身后跟着自己的孙子。

武男细细端详着三人，哈哈笑着，说着半生不熟的中国话：“你的，第一次在山的上面比武时，输过我们一场。”

强子忙说：“没错，当时轻敌了。”

武男又对刘阳竖着大拇指说：“你的，快枪的这个，打败了全日本一流的快枪手。”

在撤退的路上，占彪和谭营长、彭雪飞、贺队长、车队长边走边分析着去苏南的路线。占彪对谭营长说：“你们上个月 28 号的转移会议刚开完，三天后第三战区就给我们下了命令，说明你们的一举一动尽在人家的掌握中。郎溪是进入苏南地区的最后一站，上官云相既然知道你们的计划就不可能不在那里布阵的。所以我们不该经郎溪去苏南。我建议走险路，我们向东进入日军占领区，经湖州渡太湖进入苏南。而且我们在太湖也有个三山岛的根据地，还有汽艇和船只。既然怎么都是打出去，莫不如打鬼子。”

谭营长和彭雪飞听占彪的建议虽然觉得进入敌占区冒点险，但也点头称是，尤其赞同占彪最后那句话。彭雪飞回头看看身后：“进入鬼子的地盘我们也能把他们甩开了。哼，真想狠狠地打他们一顿，解解心头之恨。”

在旁的成义慢吞吞地说：“我倒有个想法，他们不跟便罢，如果继续跟着我们，就把他们领到鬼子面前，让他们把能耐都使在抗日上。”

谭营长思索着说：“这招儿借刀杀人不错啊。”成义忙解释：“我可不是让鬼子杀他们，是让他们把劲儿使在抗日战场上。”成义想想又说：“最多是引豺遇狼，嘿！”

占彪逗了成义一句：“看来你把《孙子兵法》和《三十六计》都琢磨得

差不多了。”成义不满地说：“彪哥你都琢磨一年多了，小宝嫂还罚你抄了一遍，还不许我好好学学啊。”说着他拍拍斜挎的图囊包，原来这两本小册子随身带着呢。

隋涛也接话说：“自打我认识彪哥以来，彪哥的三十六计用了不少了呢。多少计了？谁查了？”强子回答道：“我数着呢，有十八计了。”

曹羽接着说道：“那还有十八计呢，以后彪哥都用用，让我们都开开眼，多学几招儿。”

这时占彪看着前面说：“好吧，我们说变就变，前面不远有一条河，我们不过河了，到那条河边上，我们顺河向东拐。”彭雪飞笑道：“原来彪哥早就设计好了呀。”占彪答道：“我哪能设计那么远，只是这地图被我背得差不多了。向东拐过去山就少多了，顺河不到五里地是个叫龙宝泉的镇子，镇旁有一道弯曲如龙的泉湖。”

这时天近黄昏，后面的追兵加快了速度。追到拐弯处，见占彪们往龙宝泉镇行去，略停了一会儿，显然得到指令后又追了过来，距离不到二里地远。

这个龙宝泉镇比一般的村子要大一些，河由西沿着镇北向东而行。占彪一行正顺着河道向镇前运动，河道在队伍的北侧一百多米远。

走近镇子，大家看到密布镇子上方的缕缕炊烟不禁都吸了口冷气，都明白镇上驻有不少军队，但肯定不是新四军了。如果是新四军，在这些天战斗中，岂能按兵不动。是国军的可能性也不大，因为这里已是日军占领区，国军最多是路过，不会这样安营扎寨的。

看来只能是日军。

占彪一行二百人离龙宝泉镇不到五百米了，队形和后面的追兵一样，四列纵队向前小跑着。成义上前和占彪说：“彪哥，里面最少是一个鬼子大队。”

彭雪飞忙问：“你怎么知道？”成义解释道：“镇口有两只狼狗叫，老乡的笨狗是叫不出这个动静的。听说鬼子只有大队长以上的军官才可以养狼狗随军。”

占彪令部队停下举起望远镜前后都观察了一会儿，说了声：“这伙鬼子挺沉得住气的，没准把我们看成是后面国军的尖兵连了。”

然后从容下令："全体掷弹筒手出队列右侧准备。前面的强子和成义排向镇口轰炸，后面的大羽和隋涛排向追兵前面轰炸，只打一发。同时，强子排，用十挺机枪向镇口打它半个弹匣。烟雾一起，我们全体以最快的速度向北，跑到河床边卧倒，藏好不许暴露。一百米距离，二十秒内到位，听清楚了吗？"

占彪在下令间，战斗队形已经迅速排成。

刘阳把武男大仓先生和他的孙子还有樱子的奶奶安排在如归宾馆。日本战车兵家族则由政府安排在其他宾馆，第二天他们将由政府安排去战车现场。

用完晚餐后，刘阳把两伙人马共三十多人，还有武田爷孙和樱子的奶奶请到宾馆楼顶宽敞的阳台茶座上喝茶。

夜色里爽风习习，星空下万家灯火。大飞和刘翔、刘海儿张罗着给大家上茶、上水果。

小宝身边围坐着若飞、春瑶、静蕾、阿娇、秀娟、莎拉几人，她们回忆着老九凤在一起的点点滴滴，盼望着早点与小玉和小蝶团聚。几人争着抢着，讲着，说着，煞是热闹。

樱子的奶奶非常和蔼，她告诉小九凤们："我的名字叫菊子。前些年，我退休后，樱子她爷爷给我起了个中文名字，叫邓凤菊。"女孩们听着樱子和丹妮的翻译，纷纷点头赞赏老人对中国的理解。菊子说："今生还能见到救命恩人，是我最大的心愿。"樱子从数码相机里调出一群人的照片来让奶奶看，菊子一眼就指定了占彪："就是他！他救了我，是他告诉我回家听归魂曲。我特地找人写了一部《归魂曲》的音乐，这次要送给我的恩人。"

樱子其实是想告诉奶奶当时占彪在救她的时候说的是"滚回去"而不是"归魂曲"的，她和占东东说奶奶一定会理解中国军人对侵略者说出这三个字的。但占东东和小曼、丽丽商量后，觉得还是别和山本夫人说破为好。事实的主体就是中国军人宽恕了日本女兵，至于形式，就不用太介意了，毕竟这么多年的美好感觉了。樱子想想也点头作罢。

武男大仓又和占彪通了电话，占彪问武男要不要在杭州等着相聚，武男坚持要到靠山镇旧地重游，看看当年比武的地方，也正合大家的心愿。

现在人已大部分到齐，第二天将全体开赴靠山镇。

武男这次来，本来很多弟子都要相陪，都想顺便接触下中国民间的功夫。很多日本高手都认为，现在体育比赛里的武术并没有代表真正的中国功夫，中国功夫在民间。但武男没有答应弟子们的要求，只带了自己的孙子武男拓哉照顾自己的起居。

拓哉是日本海军军校的青年教官，也是合气道黑带四段高手。他虽然理解爷爷对中国的认识和尊重，但自己内心深处还是很高傲的，觉得中国人没有日本人优秀。所以他对樱子和中国女孩的亲热甚至结拜很是不以为然。

他坐在离爷爷不远的角落里，品味着虽然没有茶道表演但味道丝毫不逊于日本的中国茶，视线一直不离爷爷左右。

“引豺遇狼”（二）

须臾间，抗日班和彭连长机枪连的48具掷弹筒，一半向前，一半向后，摆好了阵式，强子排前面的10挺机枪也对准了村口。占彪又等了后面的追兵逼到了400多米处，拧着脖子大喊一声“干！”

40多发掷榴弹呼啸而出，在10挺机枪的狂射中，炸响在东面的镇口和西面的追兵眼前，顿时在村口和追兵间腾起了团团烟雾。紧接着就是一阵旋风刮起，200多人呼地冲向左面的河道，连曹羽排的两门步兵炮也同步滚了过去。新四军也没示弱，在彭雪飞、贺队长、车队长的带领下，接连跟上仆倒，藏在河边。

烟雾散去，后面的国军团长一看新四军踪影全无，一定是进了镇子，便下令全线冲锋，要趁新四军刚进镇还没有站稳时追杀过去。机不可失，时不再来。转眼一千多国军士兵冲过了占彪们眼前，向镇子扑去。

看到国军士兵离镇口不到200米远了，村里还是没有反应。占彪心都提了起来。是判断错了吗？镇子里没有鬼子？但如果有鬼子，这个指挥官一定是个阴险狡猾的人。

占彪的猜测不幸应验了。这个镇里原来就驻有一个皇协军中队和一个日军步兵小队。这几天听到国军占领区传来激烈的枪声，日军在两天前又派来了整整一个日军骑兵联队藏在村里，观察着中国军队的自相残杀，准备伺机渔翁得利。这两天有陆续突围出来的零星新四军人员都被他们截杀了。

日军的骑兵联队没有大队一级编制，直接下设4个各拥有144名骑兵的骑兵中队，还有一个装备12挺重机枪的机枪中队和一个装备6门70毫米92步兵炮的炮兵中队，外加一个拥有6六台豆战车的战车中队，共7个中队1400多人。骑兵联队一般直属师团司令部，这个骑兵联队隶属于设在上海的酉尾寿造大将兼任司令官的第13军的第17师团。联队长加藤中佐是个狂妄且凶狠的好战军官。

戴着钢盔的抗日班一露头，加藤中佐便在望远镜中监视到了。他也看到了后面稍远些跟着的，戴着同样钢盔的一个团规模的大队国军。他不解这支国军尖兵连中间为什么还有一部分扛着武器的新四军人员，是俘虏吗？更不解对方试探敌情为什么要用一轮炮弹轰炸？并暗笑对方炮手的无能，一个人没伤着。烟雾散尽，面对潮水般冲过来的国军士兵，他无暇考虑太多，反正都是中国士兵，便命令早已准备好了的机枪中队把对手放近了再打，然后四个骑兵中队和战车中队、炮兵中队全部出动，打个集中兵力一举获胜的漂亮仗。

在国军冲到镇口不到100米的时候，镇口磨房里，加藤手中的轻机枪响了——加藤下令战斗的方式一贯是亲手打响第一枪。顿时，日军机枪中队的12挺重机枪贪婪地吐出了火焰。前面一个营的国军顿时撞到枪口上，瞬间便倒下了一大片。国军团长第一个反应是以为钢班真打了，接下来的第二个反应才是听到了日军的狂呼疯喊，知道遭遇上了日军。他一下子就明白了，这分明是中了钢班的圈套，居然把自己引到了鬼子的枪口下。

遇上了鬼子，很明显，这些国军士兵们有两种不同的表现。这几天打新四军时特别卖力的立刻蔫儿了，而打新四军时无精打采的全都一下子振作起来。虽然当场倒下一大片士兵，但剩下的马上都卧倒奋勇还击。团长大声下令，让后面两个营都散开，寻找有利地形隐蔽，让前面一个营的残部退下，等候后面两个团上来一起打。

但加藤根本不给国军这个机会，他让机枪火力继续延伸，然后一挥手，打算让四个骑兵中队和战车中队从镇子两侧冲出，来个饿狼扑食。加藤这时突然心头一动，有点不对劲，刚才的新四军哪儿去了？本能的感觉让他马上修改了命令，雪藏了两个骑兵中队和战车、炮兵中队，只冲出了两个骑兵中队，先观察一下再说。原来驻在村里的一个中队皇协军和一小队日兵他根本就没想用。

两支骑兵中队如饿狼下山般突然冲出，让国军阵脚大乱，这个地区几近平原，优势都让骑兵占尽。随着骑兵接近国军，日军机枪中队逐渐停止了射击，但这些训练有素的鬼子骑兵个个端着小马枪射击着，还有为数不少的轻机枪也在扫射着。骑兵的速度是阻挡不住了，尽管陆续有人马中弹摔倒，但骑兵的主体还是旋风般冲到后面两个阵营前，一阵怪叫，骑兵纷纷把马枪背好抽出马刀冲入国军群中，一场拼死混战开始了。

阳台上的人们大致形成了三大伙儿，小峰和刘阳这些老哥兄弟在交流着几十年来彪哥对大家的关照。小宝几个老姐妹在讲述着各自的儿孙情况。小九凤们则和日本客人在一起，看着樱子、小曼、丽丽表演起了合气道。

原来樱子在靠山镇这几天，经常和占东东们切磋演练合气道，小曼和丽丽居然和她学了起来，几天的光景居然有模有样地在合气道一代宗师面前比画起来。小曼和丽丽倒是没觉得什么，樱子可是相当的紧张。武男前辈可是全日本合气道为数不多的黑带九段，是全日本合气道联盟、国际合气道联盟、全国学生合气道联盟的首席教练顾问，日本国内的八百多个支部道场和一百三十万合气道弟子哪个不想在武男前辈面前接受指点啊。真是初生牛犊不怕虎，多亏是武男前辈主动问小曼和丽丽学到什么程度了，他们才有机会让前辈指点。她也不管身后的小曼和丽丽了，就当成是自已向前辈汇报。但是，拓哉在旁看着心里却很不快，虽然他已知道樱子是合气道黑带二段，但他觉得随便教给中国女孩儿，而且在德高望重的爷爷面前随意表演太不严肃了。不过他看到小曼和丽丽的招式后目光就没有离开。丽丽的动作应该说没有什么特别的，才学几天能演练到这样很不错了。吸引他的是小曼的招式，虽然和樱子是同样的动作，但总觉得哪里有些不对。是什么？

勇敢的国军士兵虽然在步兵与骑兵的缠斗中处于下风，但敢于拼命的精神还是很让占彪们感动，只见国军士兵不时有拉响手榴弹与横冲直撞的日军骑兵同归于尽的，还有宁挨刀砍也死死抱住马腿把鬼子从马上摔下来的……混战中，人喊马嘶，惨烈无比。

占彪一班人隐蔽得很好，鬼子骑兵也无暇顾及河边。看着国军被鬼子骑兵冲击着，占彪知道周围的人都在看着他，是不是出手帮助国军。占彪此时心中颇有自责，真的是自己把国军引到了饿狼嘴边的。看着国军士兵一批批被击中，他没有一点幸灾乐祸的感觉。倒是彭雪飞和教导总队那贺队长、车队长解恨地咬着牙根。

占彪虽然心里自责着，但他还是很冷静，侧过头，看着村里纷乱的人影，说："我们还要等一等再出奇兵。村里还有鬼子，最好等他们都出来，包括村口那个机枪中队。"然后又指一下混战的双方战场："而且，现在他们打在一处没法下手，即使我们这二百人冲进去也不起什么大作用。"

骑兵对于混战自有其整套的应对办法。只见日军骑兵的一波冲击如巨浪拍岸后马上向两侧绕出，这时村里的机枪中队又开始发言，然后骑兵绕回来又开始新的一波冲击。有时混战在一起时加藤这边军号一吹，所有骑兵同时向两侧闪开，把国军阵地又暴露给机枪中队，十二挺重机枪再次发威，然后骑兵又卷土重来杀入国军阵营。如此地反复绞杀，充分体现着骑兵联队配备一个机枪中队的良好协同作用。国军这个团近两千人转眼被日军两个中队的三百多骑兵冲杀得七零八落，伤亡惨重。

正待团长坚持不住接近溃退的时候，后面两个团听到前方的枪声匆匆赶了过来，排枪齐放，稳住了阵脚，离村庄相距近千米与加藤对峙着。

加藤这时看到又上来的两个团心里也是一紧，对方是三四倍于己的兵力，打还是不打？前面两个骑兵中队稍稍退回些，与国军对射着，也在等待加藤的命令。

村前磨房里，加藤哈哈大笑，他兴奋地向部下说："没想到又出来这些支那兵，这可是块肥肉啊，好不容易遇到这么多支那部队，而且是他们先用炮轰我们的。全体的，注意——"

国军这边，随队的师长在向前面的团长大发雷霆："新四军追哪儿去了？！怎么和鬼子打上了！"然后他紧急向第三战区司令长官顾祝同请示，回电倒是挺快，"速与日军脱离正面接触！回围逃脱新四军溃兵。"师长听后，嘴里嘟囔着："这时还不忘收拾新四军……"然后下令后队变前队，抬着伤员撤退。

但村里好战的加藤怎会让国军从容转身！随着国军士兵们的连声惊呼，师长抬眼看到村里涌出的大批日军傻了眼儿，几个军官忙举起望远镜。一个团长惊呼："又是两个骑兵中队啊！机枪中队也冲过来了。"另一个红脸膛团长低声骂道："妈的，他们还有六台豆战车！克星啊。那些马拉的是什么？啊！是炮，有六门呢！这鬼子也太狂了吧，还想推近打。"

这个红脸膛团长马上进言："师座，现在撤退是来不及了，我们是跑不过骑兵和豆战车还有炮弹的，可别又变成了大溃退，让鬼子追着杀，伤亡会更大。"师长急着反问："那你说怎么办？"红脸膛团长来不及再解释了，反应快的下级军官和士兵已在就地找地形了，现在一分一秒都是宝贵的。他回头大呼："一团、三团，全体以排为单位，每排以班为单位，品字形抢修简易掩体，各班准备集束手榴弹对付鬼子战车，机枪马上对准骑兵扫射。二团带着伤员继续后撤。"然后回头对师长说："师座您随二团后撤。我们起码也得且战且走，不然亏就吃大了。"

这时，日军的机枪中队疯跑着前进了五百米，刚刚跑过占彪部队前面，十二挺重机枪落地便开始扫射，动作娴熟快速。阵阵弹雨扫向五百米开外的国军阵地，压得国军抬不起头来。接着炮兵中队也拉了上来，六门步兵炮在重机枪后面开始架设，动作快的炮手已把炮弹发射出去了。六辆豆战车则一路马达轰鸣，带着六队骑兵从两侧如六把尖刀刺了过去。在距国军阵地二百米处，几十名骑兵跳下马来，在豆战车后支起了三十多个掷弹筒也开始发射起来。骑兵有意放慢了速度，在马上端着机枪、马枪齐放，加入第一轮火力打击中。

在日军强大的先手火力打击下，国军两个团被压制在不到千米的开阔地带，撤退的残余二团也没跑太远就被火力追上，不得不卧倒躲避。全体国军官兵都高度紧张，一个骑兵联队，一千四百个恶魔，正气势汹汹地倾巢出动，骑兵、战车、步兵炮、掷弹筒和轻重机枪，密切协同的立体进攻体系，让他们感到了可怕，意识到了死神的来临。

当然，这个国军师也在组织积极的抵抗。他们是蒋介石的嫡系部队，武器装备是精良的，单兵武器其实不次于日军。各班都有一挺捷克机枪，人手一支中正式步骑枪，重机枪全团就有八十多挺，各团的特务连还人手一只冲锋枪。不能说国军的反击没有威力，两个团二百多挺机枪和冲锋枪的反击也刮起了一阵钢铁旋风，冲在前面的日军骑兵被打得人仰马翻，但先机已被日军占尽，尤其是步兵炮和掷弹筒成梯次的狂轰滥炸，还有豆战车越来越近的凶猛火力，都是让人无法抵抗的致命打击。国军从最初的全力反抗到逐步的火力减弱，能够发射的机枪数量锐减，师长用来求援的电台也被炸飞，伤亡迅速增加。而大家都知道，用不了几分钟，他们将迎接鬼子大队骑兵和战车的反复践踏……此时此刻，数千国军官兵的脑海里，闪现的大都是“壮烈”和“殉国”等字眼。

这个结果看来是不可避免的，镇口的加藤中佐从开打时也就是这样认为的。他自信又得意地走出了磨房，很潇洒地抿着一个扁酒瓶观察着战况，身边围着一群副官和几个中队长。他们哪里知道，有一个人是可以改变这个结果的，也只有他一个人可以做到，那就是——重机枪抗日班班长占彪!

抗日班和新四军的援手

这场“引豺遇狼”的战斗打得如此惨烈是占彪万万想不到的，他本意是想把国军逼到抗日打鬼子上来，让他们把打新四军的本事都用到正地方，不管打好打赖也是抗日啊。然后，自己也能脱身与彭雪飞一起到苏南抗战去。但没想到把国军三个团引到了日军序列中配备最全最有威力的骑兵联队面前，几下子就被人家打得没了脾气，好像是羊人狼口了。其实占彪也在后怕，自己的二百多人刚才要是和这个联队正面打起来恐怕也是凶多吉少啊。

现在他不得不打了，也必须要打。不管是为了救国军，还是为了自己抗日，他要出手改变这种战局。但占彪一直在等几个状况，几个可以最大打击敌人的状况。

一是等敌人完全暴露在自己的火力下，二是等敌人最不防备的时候，三是等消灭敌人指挥所的机会。占彪心里想，只要等到两个也行啊。

第一个状况等到了，日军的炮步中队和重机枪中队阵地就在自己的眼皮底下。第二个情况也没问题了，日军埋头对付国军一直没发现近在咫尺的抗日班。而第三个情况等了半天也终于幸运地等到了——最初他也判断出镇口的磨房里有日军的指挥官，只是没有完全确定。这回一个两杠两星的中佐踌躇满志地走出磨房，身边还跟着一群得意扬扬的尉官。占彪毫不迟疑脖子一拧："干！"一个200人打1400人的以少打多的经典战例诞生了。

战斗分工是早就做好悄悄传达下去了的。曹羽的两门步兵炮负责打掉镇口的磨房，再配上一挺重机枪捡漏；48个掷弹筒12个一组专门对付日军的4个掷弹筒阵地；13挺重机枪、45挺轻机枪集中打日军的机枪中队和炮兵中队。第一轮打击如果顺利就进入第二轮打击，轻机枪和掷弹筒转为打骑兵，步兵炮和重机枪转为打豆战车。

随着占彪的"干"的吼声，两门步兵炮先开了火，由成义和强子亲自操作。两人的头炮都打偏了，在磨房的左面和后面爆炸了，但紧接着的第二炮一炮击中磨房，一炮击在门前的人群中。

加藤在第一炮后被周围争先恐后掩护他的军官压在身底，但第二炮就在身边爆炸，周围的人都飞了起来，他也眼前一黑昏了过去，脑子里最后的映像是那伙有新四军的尖兵连。

接着，曹羽的重机枪横扫过来，除了两只围着加藤转的大狼狗，磨房周围带活气的都被打得不动弹了。

在掷弹筒的对决中，满天飞来的48个"黑乌鸦"，将日军的36具掷弹筒覆盖。接着又是一轮轰炸，彻底让日军歇了菜。

日军的机枪中队和炮兵中队被完全激怒了！机枪中队有一个中队部、两个弹药小队和三个机枪小队，每个机枪小队有四挺重机枪。炮兵中队有一个中队部，一个观察班，一个弹药小队，三个炮兵小队，每个炮兵小队有两门70毫米92步兵炮。这两个中队加在一起足有300多人。是哪里来的无赖部队敢在背后和侧面偷袭的干活？用这么多的轻重机枪把大日本皇军的12组重机枪和6组步兵炮的优秀射手同时打死！

日兵们还不知道他们的机枪中队长和炮兵中队长都已经在磨房的联队

部被炸死，几个小队长拼命地组织第二批射手上前，下场当然是一样的，被目标明确的无情弹流愕然击倒。三百多鬼子因为只有手枪没有能力反击，再加上毫不隐蔽、前仆后继地去抢自己的步兵炮和重机枪，转眼间非死即伤，都躺在了步兵炮和重机枪附近。

没有了重机枪、步兵炮和掷弹筒的支持，日军的骑兵和豆战车马上停止了对国军的进攻。国军的压力顿缓，绝望的气氛一扫而光，战局一下子扭转了。数千军官和士兵们都先后直起腰来观察着这边，是这伙儿钢班和新四军又出来了！师长和几个团长奇怪不已，三百多抗日班和七八百新四军怎么就剩下这二百多人了？可就是他们这二百多人，冒着危险，以一当十，救了国军！

刚刚这一阵子，国军就死了十之一二、伤了十之二三。照这样继续打下去，如果没有抗日班把鬼子揽过去，后果实在是不堪设想。

看到抗日班的战果，国军官兵深感不可思议。他们不到五分钟的时间就端了鬼子的指挥部，让日军的重机枪和火炮、掷弹筒同时哑了，真神呢！而且他们隐蔽在敌人的侧后面，是最佳的突袭方位。更神的是，他们本来很凶的火力经过这几分钟战斗后又突然大增。原来他们又占领了鬼子的步兵炮和机枪中队阵地！

在拓哉眼里，小曼那和谐匀称的圆形身法太自然了，比起国内弟子来，她深富节奏感的流畅动作有着说不出的新鲜感。

合气道讲究气场，讲究内敛，可这位中国女孩儿的气场凝重中多了一份扑面的柔和，她的内敛中时而流露出舒展大方的动作。武男大仓早就注意到了小曼的动作，马上意识到小曼的中国功夫功底相当深厚，她把中国功夫的特点揉在合气道里，这点区别给合气道带来恰到好处的改变，使得被称为“爱的武术”的合气道爱意更浓，而且还有一种恩威并施的气势。

武男心里想让孙子和小曼过过招，却又不好明说，看了看拓哉。拓哉已提聚起功力站了起来，瞬间形成了气场。他端起一杯茶很自然地穿过人群向爷爷走去。他要在路过小曼的身边时，感受一下她有没有气场，是不是花拳绣腿。

拓哉的这些小动作没有逃过耳听六路、眼观八方的刘阳，他轻声提醒小峰、强子们："我们看看大羽小子的武功传下来没有。"不用再多提示，九兄弟当年的机警和默契还在，小峰们眼角一扫便看明白了，但都装着不知情的样子继续说着自己的事，却暗中关注小曼与拓哉的较量。

只见拓哉走近小曼，好像是很不经意的，霎时间，向正在演练的小曼身后横跨了一步。合气道强调要随时将外部的气和自身的气融合在一起，处处符合自然界变化的规律。能练到在不知情的时候与自然界的气场互动才是合气道的境界。这时小曼如果没练到火候，就会继续按原来动作撞到拓哉的。让武男和拓哉称奇的是，小曼好像身后长了眼睛，身形随着拓哉的一步轻盈地一闪，然后随着拓哉的后撤身形又跟了回来，看上去非常圆润自然。小曼能闪开是黑带一段水平，能随之而归，就起码是黑带二段的水平了。

小曼这时已看到身边的拓哉，顿时明白了拓哉的意图。只见她双手圆弧一划，也似不经意地把脚一伸，轻轻踏住了拓哉的脚。如果拓哉不动将似无物，如果一动便似千斤巨石。这是戳脚的基本功，戳脚不只是一戳之功，戳力加踏力才能出效果。拓哉一动居然被小曼牢牢踏住，没等他再发力，小曼纤手画圆绵绵而过，拓哉手里的茶杯到了小曼手中。小曼这时身形迅速移开，把点滴未溅的茶杯送到武男面前。

小峰们长出一口气，武男和拓哉却倒吸了一口冷气。这些当年抗日班的子孙看来是继承了爷爷们的功夫！小曼是女孩子就这样厉害，那么他们的孙子们呢？拓哉看到了大飞和刘翔在旁凛凛的目光，从此开始正视遇到的所有中国人。

为了不让武男祖孙感到尬尴，小峰们继续着他们的话题。彭雪飞向隋涛问道："那套工兵锹操不知失传没有，当年那场引豺遇狼的打狼战斗中可是威风八面啊。"隋涛回答说："只要是我带过的兵，没有不会的。"小峰接话道："'文革'时也用过一次，只是把其中最狠的戳式改成了拍式。"二柱子在旁嘿嘿笑着说："打了这么多次仗，那次是唯一的一次由我下令开拍，可惜拍的不是鬼子。"

日军的步兵炮和重机枪被打哑之后，占彪马上令曹羽进入日军的步兵炮阵地。曹羽端着捷克轻机枪带上持手枪的特务排，一阵风似地掠过百米开外的日军的炮兵和重机枪阵地，对地上还在蠕动的容易带来后患的日军伤兵当场一阵补枪，然后5人一组，操作起6门步兵炮。特务排的特殊要求，使他们训练了对所有武器的掌握，自然也包括步兵炮。

随后，在考虑如何派兵进驻重机枪阵地时，彭雪飞主动请缨："彪哥，这个机会给我们吧，让我们多杀点鬼子出口气，这些天我们都窝囊死了。"占彪听罢马上应允。彭雪飞向自己的50名新四军战士一挥手，纵身领先飞一般地奔跑过去，贺队长和车队长紧随其后。他那风驰电掣般的奔跑速度让成义等人不禁叫好。

新四军机枪连战士一冲进重机枪阵地，就按成义喊的提示，用鬼子的尸体垒起掩体来。转眼间，6门步兵炮和12挺重机枪又开火了，只不过换了主人，打击的对象变成了国军阵前的日军骑兵和豆战车！

这样，占彪的步兵炮从两门变成了八门，重机枪从13挺变成了25挺，抗日班的火力陡然大增。夕阳下的华夏大地，由刚才的痛苦呻吟变成了现在的激情咆哮。

对这瞬间变换的战局感到难以置信的，还有那四个中队的日军骑兵。他们不相信一下子失去了配合默契的重武器保障系统，不相信自己的中队长都魂丢命丧……他们在暴怒之下，发疯般地掉转枪口，挽回马头，把悬在国军头上的毁灭之剑指向了抗日班。六辆豆战车扭过头来和四个中队的骑兵一起咒骂着，狂喊着，在各自小队长的率领下，从三面向背水而战的抗日班发起冲锋，他们要为联队长和中队长们报仇。

按照占彪事先的布置，进入第二轮的打击是轻机枪和掷弹筒开始打骑兵，步兵炮和重机枪再打豆战车。占彪夺过一挺重机枪边打边补充调整着："隋涛排对付从东面迂回的骑兵，强子排负责南面的，成义排负责西面的……掷弹筒分三面发射！全体轻机枪抽空上刺刀！"那时日军的96式轻机枪是可以上刺刀的，占彪看来是想到了最坏的混战准备。然后又喊了一声："步兵炮，都给我娘老子的打准点，全体重机枪先掐癞蛤蟆脖子！"占彪的几嗓子使原来就很沉着的钢班将士更加冷静。

冲过来的豆战车因为是运动着，时常还来点之字形，加上步兵炮是曲射，要吊角度还得计算提前量，打了半天没有一发炮弹打中豆战车，倒是把附近的骑兵炸了不少。所以豆战车是越打越近，虽然有四辆被重机枪掐了脖子，炮塔僵歪着，但冲势不减。如果任它们冲到阵地上，伤亡会很大的，战车后的五六百名鬼子骑兵也开始抽出军刀要冲锋了。

国军那面的几个团长纷纷向师长请战，要求配合抗日班，起码把鬼子引过来点。红脸膛团长急着说："现在日军已对抗日班形成了包围之势，如果我们现在两个团全线从外面压上对日军来个反包围，抗日班在里面中心开花，或许能重创甚至包圆这个联队。"但师长摇摇头说："让他们先打一会儿，不然我们围上后鬼子要狗急跳墙肯定是先打我们，咱们先顾好自己抓紧包扎伤员。"命令下达后，很多国军士兵看不过眼了，主动向鬼子骑兵开枪配合，有一个连的士兵跳出阵营端着机枪向前边冲边打着。但鬼子根本没理他们，径直向抗日班疯狂冲去。

悲愤与伤感的一个胜利

这时，抗日班的25挺重机枪、8门步兵炮都在集中精力对付豆战车，对付骑兵就靠45挺轻机枪和48具掷弹筒了。轻机枪让冲在前面的骑兵人仰马翻，掷弹筒让后面的骑兵马翻人仰。

尤其是守在最前面的曹羽，他手中的一挺捷克机枪玩得出神入化，真是百步穿杨，弹无虚发，大有一夫当关之势。更加骇人的是，曹羽打一会儿便喊上一嗓子："我乃抗日军人曹羽，谁敢与我决一死战！"声如巨雷，听得远处的国军官兵血脉贲张，大有当年张翼德大战长坂坡之"范儿"。曹羽身边还有两挺备用机枪供他换着打，两个战士忙着给他上弹匣换枪管并兼观察员，随时告诉排长哪里有鬼子军官。大家都注意到了，别人前面的日军骑兵是连人带马都放倒，而曹羽是专打马上的人，冲到他前面的战马都是空马。

虽然骑兵大批被打掉，但情势随着豆战车的驶近变得危急起来，豆战车已进入百米范围，最前面那辆居然不到50米了。成义手里的步兵炮也是一直没有吊中目标，这时他看豆战车这么近了也没法吊射。被逼无奈之中，他灵机一动，把手里的步兵炮口放平，直接对准豆战车，轰地一炮，顿时就打得它里外同时爆炸。成义见自己一炮成功，忙大声喊着："大羽，平射，直接打！"

曹羽听后，扔下手里的机枪，忙令手下的6门步兵炮改成平射，自己也操作起一门来。

抗日班平时也训练步兵炮曲射，但实弹训练太少，所以并不怎么熟练。刚才打了半天，提前量的计算上不尽如人意。但一改成平射，如此直面目标，又这么近，没理由打不中。几乎同时，8门步兵炮都击中了面前的目标，后面的5辆豆战车一起瘫痪，全都不能自理了。众人一阵欢呼，25挺重机枪和8门步兵炮，立即在瞬间转入了屠戮日军骑兵的战列中。

突然加强的重机枪火力使已到近前的骑兵连人带马都似被棒击般一片片倒下，但还是有一股三十多个骑兵挥着马刀从东侧冲到隋涛阵前。隋涛九豹的九支冲锋枪打倒了十几名后，隋涛对着冲到阵前的二十几名鬼子骑兵，一声令下："弟兄们，练练咱们的工兵操！"

全排三十多人随即长身而起，每人从身后拔出日式步兵圆锹，一手握着手枪，一手挥锹，与鬼子打在一处。这种日式步兵圆锹上有两个小孔，被成义研究出是面盾后，隋涛就在全排练习武术时，让小峰在七路连环手的基础上专门编练了一套霸气十足的步兵锹加手枪的工兵搏击操，今天在这里实战演练上了。

只见他们时而用锹与马刀相格，时而锹劈马腿人腿，时而把锹罩在脸上举枪射击，不到三个回合，便把一批空马赶出了阵地。占彪和强子在旁看着暗笑，原来只是想在阵地战时以这个面盾加钢盔作为静态防护，没想到让隋涛这么用上了。

仗打到此，胜负已分。抗日班和新四军的近百挺轻重机枪有层次地在阵地前组成了一道铜墙铁壁，也可以说是一道高压电网，令日军不能逾越，触之即倒。八门步兵炮和几十具掷弹筒，远近呼应着，摧毁了骑兵进攻的持续性和集团优势，加上日军已失去赖以猖狂的火力支持，再有多少后续骑兵都是无异于自杀的命运。

日兵也已经看清了形势，机枪中队被消灭了，炮兵中队被消灭了，战车中队也被消灭了，指挥部也被打掉了，掷弹筒也被打掉了，四个中队的骑兵被打倒了三分之二，剩下二百多骑兵互相看了看便开始四散逃窜。占彪已把火力从堵截变为追逐了。

这时，几个日兵黑着脸跳下马来，视死如归地在砍下几具死尸的手，并从腋下割下他们身上戴的军牌，看来死者是他们的同乡或是亲属。占彪下令不许向那几个人开枪。日军在战场上有收尸的习惯，但在来不及的情况下就砍下死尸的一部分回去火化。通常是步兵砍行军的脚，骑兵砍挥刀的手。几个日兵旁若无人地操作着，在静下来的枪声中感觉到了对方的宽容，上马前向占彪方向纷纷深鞠一躬。

国军也看明白了，抗日班精湛的军事素质远高于日军，而且占了天时地利，以及后发制人的良机。师长下令部队向前移动，一个团长不满地说："这时才上前，算什么了，我可没脸再打他们了。"红脸膛团长哼了一声说："人家不打咱们就不错了。"国军各营连士兵满怀敬意和愧意，缓慢地移动着脚步，一些士兵开始迫不及待地在日兵尸体堆里收捡战利品。

这时，东面从镇口传来了动静，是那个驻镇子的皇协军出动了，有二百多人，后面跟着驻镇子的日军小队和骑兵联队部的日兵约一百多人。

小曼和拓哉短暂交锋后，樱子好像察觉到了什么，她退到小曼身边刚要询问，这时武男从座位上站了起来，慈祥地说："孩子们，过来，我和你们一起练练。"说罢走到前边表演起来。

樱子大吃一惊，这前辈在国内只要一下场就是上百万上千万日元的出场费啊。小九凤们纷纷下场，排在武男身后一招一式地学了起来。樱子瞪大眼睛仔细看着，果然是名师风范，不同凡响。

拓哉在旁也是一阵吃惊，爷爷从战后就为自己立个规矩，从不在日本以外的地区演示合气道，说是山外有山。可是，今天怎么破例了呢？

好奇的麦克看着合气道的表演问大飞："这是中国功夫还是日本功夫？我看着怎么和中国的太极拳差不多呢？"大飞笑道："很多年以前应该是一家的功夫。流传到各地就各自发展起来自成一派了。中国同一种功夫在中国东西南北都有不同的流派。"

在大家的掌声中，武男收了势，和小曼聊了几句，得知她是当年会快摔的曹羽的孙女，脸上露出难怪如此的笑容。武男深知，并不是小曼学合气道学得怎么好，而是她本身具备的武功在练习合气道时的自然体现。

他对仍有不服神色的孙子说："看看她我就知道占班长的孙子的功夫了，等见到占班长孙子时你再请教。"樱子补充道："我和占东东他们交过手，他们个个深不可测。"拓哉严厉地冲樱子说："闭嘴！"樱子低头"哈意"了一声，但仍倔犟地说了句："还用找占东东啊，这里就有好几个九龙的孙子呢。"她是指小峰的孙子大飞和刘阳的孙子刘翔。

成义看着镇口冲出的皇协军和日兵感觉很奇怪，现在骑兵在四散奔逃，他们来接应，不等于送死吗？他马上组织一批掷弹筒再等皇协军往前点，专门吊射后面的鬼子。正待成义下令发射时，后面的鬼子喊了一声都撤了回去。原来他们是为了把磨房门前的死伤人员抢回去，包括受重伤的加藤中佐。刚才成义专门安排了一挺重机枪监视镇子，镇口一有人出来就一个弹夹扫过去，他们一直没得机会。这次把皇协军推出来做掩护，终于成功抢回十几名死伤的军官，然后和最后一批骑兵穿镇而逃。但一批掷榴弹还是隔着皇协军飞了过去，镇口又被犁了一遍，几个撤得慢的鬼子飞上了天。为了保护百姓的生命和财产，占彪他们早就有纪律，不许破坏百姓房屋，炮弹没有再打进镇子。

有一个中队的皇协军进也不是退也不是，都趴在那里。占彪站起，指向他们摆下手，大喝："你们！过来！"皇协军中队长思前想后，他早就看到这支部队的厉害，那机枪和炮弹就像长了眼睛一样的准确，哪里敢贸然打枪。刚才那一顿炮弹炸在身后，说明对方没想伤害自己，这还是看在中国人的面子上啊。那些皇协军当兵的也都看明白了，还未等中队长下令就有人站了起来。中队长只好硬着头皮率队站起，灰溜溜地向前靠过来。

西面，国军也在向前靠拢过来。

彭雪飞红着眼睛，重机枪一转枪口，对准了国军师长和身后的几个团长，贺队长和车队长手里的重机枪也刷地对准了国军，所有新四军战士的轻重机枪都瞄准了国军部队。占彪马上看了谭营长一眼，谭营长下令："彭连长，听占班长的，统一行动。"

这时的抗日班一点儿没有放松警惕，所有人员都手握武器，曹羽的步兵炮看似无意，但都平对着国军。掷弹筒手都手执掷弹筒蹲在地上。一百多名轻重机枪手都没有站起来，继续卧在机枪前。隋涛的工兵排最夸张，个个用日式步兵圆锹挡着脸部，露着眼睛紧盯着国军。谁都能看明白，如果现在国军要和抗日班、新四军打起来的话，吃亏的还是国军。此时的战场，余烬犹在，硝烟渐渐散去，宁静得令人窒息。

占彪上前一步，他看看左边的皇协军，又看看右边的国军，再回头看看新四军，不禁百感交集。

第二天一大早，战车兵家族寻"亲"心切，早早乘车去了靠山镇一带。小宝和刘阳两路抗日班人马准备中午出发，下午赶到靠山镇。小宝还在设计如何让小玉平安顺利地接受她还活着的现实。

上午十点左右，郅县长和焦书记在进入县区的公路口处迎接战车兵家族，然后把车队带到了埋战车的现场。战车坑好像成了出土文物现场，周围几十米围着黄色的胶带，禁止闲杂人等入内。战车坑里，翻在里面的战车向上的侧面已清晰地露出来，炮塔上的白色号码"122"仍然醒目。

家属们先一排排站在坑边默哀致意，日本电视台的记者扛着摄像机忙前跑后的，还时常冲着镜头解说一段，好像在直播。随来的日本工程专家要求中方工程人员配合将战车坑四周扩大挖掘，然后把战车保持原来姿态吊出来，免得里面的骨骼散了架子。

将近中午，战车被平稳地吊出来，轻轻移放在平地上。日本军械专家戴着白手套，向战车敬了个礼，缓缓打开战车舱盖。随着舱盖的打开，一个触目惊心的情景出现了，一只手的骨骼伸了出来，五指白骨还紧紧抓着一只画笔，一张发黄的画纸飘了出来，上面大大写着两个字"战争"，字上面被打上了一个大大的叉，全场人员都待在原地。

一个日本的军事专家细细地看着另一个战车坑，他自语道："如果不是侧翻在坑里，造成舱盖别在坑壁上，他们会爬出来的，就是当俘虏也比闷在里面被活埋好啊。战争真是无情，战争也在制造着各式各样的奇迹。"

正在这时，占彪和曹羽、成义、三德和大郅等五名抗日班的老战士赶到了战车坑现场。他们的出现，让现场出现一阵骚动。在场的日本客人都知道了，就是他们，亲手活埋了这个战车和战车的驾驶者。所有日本人望着占彪们，眼神是复杂的，其中不乏仇恨。其实日本人知道这场战斗的中国军人还健在，也非常想看看当年的“凶手”，但又不知道该如何面对，也就没好意思提出来。没想到这些“凶手”主动来了。

最初，很多人都劝占彪不要过去看他们，毕竟仗是我们打的，战车是我们埋的。但占彪考虑下说：“一是人家老老少少的远道而来都是客人，二是那个日本画家看来是个有良知的人，他曾帮我们修过牛车，而且他对这场侵略战争有认识，刚才郅县长在电话里不是说他给战争打上了叉，我们应该尊重他。”来到现场时，战车里两具战车兵的遗骸已经搬运出来。

占彪带队，五人上前向遗骸稳稳地立正，敬了个礼，这是军人对军人的尊重，态度很坦然。然后和战车兵的哥哥和妹妹互相鞠着躬，国会议员的儿子也过来相见，占彪对他们讲了下和死者原来见过面的事。这时日本电视台记者过来采访，张口就问：“你们对活埋死者有愧疚的心理吗？”占彪听翻译说完后马上回答：“单纯从个人、从人类来讲，任何活着的人对因自己死去的人都应该有愧疚的心理，人类之间应该和睦相处，兄弟相称，不应该互相打杀的。作为战争中的军人，都应该愧疚，当然也包括当年杀了很多中国人的日本军人。不过我对这场战争，有着更多的愧疚心理，愧疚我们打得不够好，打了八年之久才把闯人我们家园的强盗打跑！”

对“同室操戈”的不齿

他先向国军师长和团长敬了个礼，然后指指各方大声说：“我们都是中国人，为什么不能一起打鬼子呢？是我们打不过他们吗？”他感慨万千地指了指满地的鬼子尸体。

这时彭雪飞跳出鬼子尸体掩体，冲着国军和皇协军喊道：“我是新四军连长彭雪飞，你们打啊，打啊！你们不打鬼子专打新四军，算什么能耐！”

贺队长和车队长两人也冲出来大喝：“你们还是不是中国人？还有没有中国人的良心！”皇协军从来就有个约定，不和国军正面接触，专打老四和八路。国军师长不置可否地没理彭雪飞三人，眼睛看着占彪。

占彪示意彭雪飞退后，他继续大声道："我是个当兵的，我不懂什么大道理，但我知道，如果我们中国人都拧成一股绳，鬼子早该被我们打跑了。都四个年头了，这仗早该结束了。"他不客气地对师长说："抗战前，你们就打红军！现在抗战了，国共合作了，你们不守信用，还打新四军，干这些亲者痛仇者快的事！以后抗战结束了，你们是不是还要继续打啊？这中国人打中国人还有个头儿没有？！你们还让不让老百姓过消停日子？！"

说到此，占彪气从心来，怒发冲冠，不待师长争辩，便转头指向皇协军，严厉地说："你们，不但不打鬼子，还当上了汉奸，帮他们打中国人，纯粹是中国人的败类！像你们这帮汉奸走狗,就应该掐折你们的腿！"说罢，占彪对自己的部队向皇协军一指。"哗啦啦"一片响声，四五十挺轻机枪对准了两百多皇协军的下半身。

那中队长忙举手哭辩："长官，长官，请息怒，我们也是混口饭吃啊！再说，皇军占领区的土匪强盗横行，也需要有人管理治安呢。"占彪大喝："你他娘老子少给我辩解，现在，我命令你们！立正！马上把枪全放下！全体向后——转！跑步——都给我滚！"

由中队长带头，二百多号皇协军随着占彪的口令，利落地扔下满地的枪,狼狈地向后转,然后没命地跑去。曹羽擦着他们的头皮打了一弹匣子弹，强子追着他们的后脚跟也打了一弹匣，把他们连滚带爬地赶回村子，饶了他们的命。

国军师长上前一步作势要讲话，占彪根本没理他要高谈阔论的兴致，转头指着在遍地抢着战利品的国军士兵对师长说："请师座先下令，不要让他们急着捡战利品,先把阵亡的国军弟兄的遗体收好。我们补充点弹药就撤，剩下都是你们的。"红脸膛团长脸更红了，抢过身边警卫的冲锋枪向天上打了一个连发，身边的副官们马上向四处喊，传达着占彪的要求。

至此，这场战斗结束。占彪抗命不打新四军转而打鬼子，以一当十，创造了一个二百人半个小时内重创一个配有战车中队、炮兵中队、机枪中队的骑兵联队的奇迹！而且，就在三个团的国军眼皮底下取胜的。让他们不得不相信有关钢班的传闻都是真的。顾祝同和上官云相更加坚定了要在日后把这只钢班完全收回来的决心。

在国军收殓尸体的时候，强子和隋涛排迅速打扫了一遍战场。他们除了补充了足够的弹药外，把鬼子所有的轻重机枪和掷弹筒都带走了，其中包括混在一起的国军的捷克机枪和冲锋枪。那 12 挺重机枪送给了彭雪飞，并全连每人配上一把手枪。抗日班带走的有 27 挺 96 式轻机枪、22 挺捷克机枪、18 支冲锋枪和 36 具掷弹筒，再加上 6 门步兵炮。

成义排追着汉奸到加藤联队部搜了一下，居然缴获了三部鬼子没有来得及带走的有报话对讲功能的电台，这比上次在靠山镇缴获的那台要先进和轻便多了，还都配着手摇发电机。再有一个意外的收获是加藤那两条大狼狗，而且是母狗，它们被拴在一个屋子里忘牵走了。成义当时就笑了："牵走，都送给三德和四德吧！"士兵们闻之大笑。

当然，国军的收获也很丰厚：鬼子骑兵的四百多支马枪、皇协军的二百多支步枪、三百多把手枪、几十挺歪把子、大批弹药和一百多匹大洋马，还有战车里可以拆卸下的六门战车炮和十二挺重机枪。

这时天已大黑，抗日班和新四军先行一步，占彪向国军师团长们敬礼道别。新四军在前，钢班警惕地端枪随后。

此役，师长虽然折兵八百放跑了新四军，但第三战区认定该师也歼灭了日军八百骑兵，重创了日军一个骑兵联队，算是将功抵过了。那时国军与日军的双方战死比是五比一甚至更高。

加藤联队遭到的重创令日军开始了疯狂的报复。面对日军的严密封锁，占彪一行昼伏夜行，辗转一周之后，才赶到了湖州的太湖边。在接头的地方，遇到了正在等候的三德和二民。原来他们当天转移得很顺利，出发不久就遇到带船前来接应的单队长的县大队，所以就没率队去天府，而是直奔太湖。路上还陆续收容了分散突围出来的一百多名新四军战士，现已把七百多名新四军安全转移到了三山岛上。

在去三山岛的汽艇上，三德告诉了占彪一个令大家震惊的事情："大郅排前天偷了天府里的 6 挺 92 式重机枪跑了。"

面对日本记者的提问，占彪的回答竟让所有在场的人都为之一惊。日本记者马上追问："阁下认为如果当年你们打好了，能用几年结束战争？"

占彪看了看远处的高山峻岭，看了看身后的战友，非常自信地回答:“我们中国这个家太大，孩子也多，如果要是都团结起来一门心思打强盗，快则六个月，慢则用不了十二个月，就能诛灭来犯者。”

日本翻译颤抖着把这些话翻译了过去，在场的日本人无不为之震撼，眼前的中国老兵是不是疯子？另一位日本记者马上拟了个标题《中国老兵狂言：一年打败日本》，准备发往国内。占彪知道日本人心里的反应，强调了一句：“我不是乱讲，我本人，和我这群老兵心里是有这个底的！”

占彪接着又对日本电视台的记者和蔼地笑了下，主动说：“我再说说这战车，你们是不是觉得我做得残忍？你们都还年轻，我希望你们了解一下当年的情况。”占彪向前走了几步，站在一个稍高的地方指着周围说:“那时，这种战车还是很厉害的，这一带农民的房屋都被这种战车推倒，它追在手无寸铁的农民后面打，不光打人，还打农民的猪、牛和马。我们中国军队那时没有这种战车，也没有炮来阻挡它，没有别的办法，我们只好挖个坑阻止它做坏事了，不然它会让更多的平民死亡的。我想，如果有别的国家的战车，开到你们家门口，就要拿炮打你们的人烧你们的家，你们也会这样做的吧。”

最后，占彪对家属们说：“我们来这里，是听说了当年的战车兵是反对战争的，我们来向他表示敬意，也向他表示感谢。感谢他在临终前能告诫后代不要战争，我们的想法是一样的，不想成为国家和政治的工具，要过上自由和平的日子。”

占彪没有讲什么大道理，用从容、自信、朴实的语言，让日本家族中的很多人低下了头。那位日本记者把文章标题改了一个字:《中国老兵豪言：一年打败日本》。

在战车坑现场，旁边的成义听着占彪对战车兵家属和日本记者的一番话自语道：“是啊，如果当年中国人团结起来一致对外，日本鬼子哪是我们的对手。”三德笑着接道:“也就不会害得大郅非得偷枪了。”大郅一听急了:“我偷枪，你还偷情呢！”

曹羽笑着插话道:“算了吧，你们俩谁都好不到哪儿去，都是先上车后补票，哈。”

几位老兵旁若无人的爽朗笑声，虽然不无战胜国的骄矜，却也让在场的日本人和电视里的日本人看到了中国老兵的自信和风范。

在三山岛上分开一周的战友们又相会了，八百名死里逃生大难不死的新四军官兵们洒泪相拥，贺队长和车队长在一阵阵的惊喜中，发现了更多的部下。莎拉领着十几名女兵代表红着脸找到刘阳表示谢意。强子、二柱子、正文等人也被自己背过的女兵找到，对上了号，这时他们才认真地互相打量着对方，曾经有过了“肌肤之亲”的患难之举让他们彼此间亲近了许多。

皖南事变后，新四军反应很快，不到一周，中共中央就在1月20日发布了重建新四军的命令，要把原来的六个支队扩编为七个正规师。谭营长和彭雪飞接到命令，要他们赶在25日正式成立前赶到江苏盐城。他们当晚便领着八百名新四军战士出发了，女兵们只好与帮助过自己的抗日班官兵互相留了姓名，匆匆而别。漂亮的莎拉送给刘阳一个空账簿本做纪念，临别时不经意地问道：“刘阳哥，打完仗你要做什么去？”刘阳实在地回答：“回老家种地，好好过日子。”莎拉道:“办个农场也是很有意思的，我爸爸就有一个。”刘阳不假思索地说：“到时候莎拉帮我办个农场吧。”莎拉也爽快地回答：“只要我们都不死，我就来找你。”刘阳忙接道：“那我们都好好活着，我等你。”

依依惜别的场面，让占彪和师弟们更加难受，老八大郅为什么要偷枪出走呢？偷枪干什么去了？他们不是心疼这几挺重机枪，是心疼他们的拜把子的兄弟关系。大郅是老八啊。

全班干部都知道这件事了，唯独瞒着小玉。她还以为占彪派大郅出去采购粮食去了，开心地和四德一起把那两只母狼狗驯服了。呵，还取了它们过去的主人加藤的名字叫小佳和小藤，新名字也很快被接受。小玉向大家宣布：以后四德不愁没有儿子，三德也不愁没孙子了！

晚上送新四军上船时，谭营长和彭雪飞带着内疚的神色把占彪、小峰和成义拉到一旁，彭雪飞诚恳地说：“彪哥和抗日班是新四军的亲兄弟，我们也不该有什么事情瞒着彪哥。大郅是共产党员，他是‘江抗’派过来的，任务就是想办法弄点重机枪。但他一直没有这么做，这次，很可能因为我们吃了这么大亏，为重建新四军，上面逼得太紧了。彪哥，你放心，我和谭营长回去后，一定劝他回来。”

“江抗”是新四军一支队第六团在苏南与当地抗日武装合编的抗日军队，全称叫“江南人民抗日义勇军”，人们俗称为“江抗”，是当地抗击日军很活跃的一支新四军武装。占彪听罢便道：“如果是送给新四军了，那就算了，新四军打鬼子能用上是好事。”

小峰一听可不干了：“要拿就当面拿，干吗偷偷摸摸的，彪哥给新四军的武器还少了吗？”成义接说：“不是谭营长他们二支队的，可能‘江抗’不知道我们和新四军的关系。”说到这里成义顿了一下，半开玩笑地说：“不过，二支队没像‘江抗’那样吧？”

彭雪飞一听成义这样说，马上急了，说道：“我彭雪飞对天发誓，彪哥对我们大恩大德，不是新四军，胜似新四军，我们是自家兄弟啊。”说罢怕占彪不相信，他回头看了看，大喊一声：“隋涛呢，过来！”他知道狡黠的成义指的是隋涛九兄弟。

隋涛正在和以前的战友一一告别，听到老排长召唤马上跑来。彭雪飞大声问道：“隋涛，你是不是共产党员？”隋涛立正答道：“本人1935年入党，现已六年。”彭雪飞跟着说：“你以党性保证，你以良心说话，你来抗日班是不是新四军派进来的？”隋涛不解地看看占彪和谭营长，胸一挺说：“即便谭营长处分我们，我隋涛一人顶了。我还是那句话：第一听共产党的，第二听占班长的。共产党和占班长都领我打鬼子，我是听定了的。”看到隋涛以为谭营长还在批评他不听调遣，没有指派就擅自离队，大家都笑了起来。成义释然地上前打了隋涛一拳：“我们快送谭营长他们上船吧！”

没想到，第二天早晨就有哨兵来报，大郅回来了。

大郅的收获

聂排长没有和占彪他们去战车坑现场，一是他腿脚不灵便，二是他不愿意向鬼子遗骸敬礼。占彪先说了，要以军人对军人的身份敬个礼的。在村口，聂排长和小玉、小蝶在等着占彪们回来。

看到占彪几人下了车，却没有大郅，小玉忙上前问道：“俺家大郅疯哪儿去了？”

曹羽看到小玉关切的神色，逗道：“给新四军送枪去了，不一定回来了。”其实大郅是被现场的日本记者留下了。记者得知大郅是当地县长的爷爷后，想写一篇《县长的爷爷就是埋日本战车的老兵》的报道，想采访一下郅县长。老一代的采访完了，想了解一下现代中国人对战争的看法。大郅刚开始不愿意留下配合，被焦书记劝说才留下。

小玉一听曹羽提起大郅当年偷枪的事，忙说着感谢话：“唉，俺那不争气的大郅，还多亏你们当时起哄，他才被彪哥原谅了。”三德接道：“我们再怎么说好话也比不过你的苦肉计啊。”大家的笑声中，小玉一抬手示意大家静一下，她小声说：“今天告诉你们吧，那是小宝给俺出的主意。”一提起小宝，小玉又要哭，她嗔着占彪说：“彪哥啊，你咋没把小宝护住呢，你们当时那么好，那么般配……”

事情果然如彭雪飞说的那样，大郅当年加入抗日班时说被鬼子抓去修炮楼是说了谎。他那时已参加当地红军一年多了，红军改编为新四军第一支队后他当上了班长。支队首长知道靠山镇一带藏有国军一个连的机枪装备后，便派家在靠山镇的大郅打入抗日班，伺机把国军的机枪偷出来。一直以来，一支队给他下了几回偷枪归队的命令，他都没有执行，他实在不忍也不敢伤了大家的心。这回皖南事变，新四军吃了大亏，支队长向他下了死令，新四军重创之下要重新组建，再不带回重机枪将开除他党籍，还要他把自己那个排也拉过去。出于对国军的义愤，他一怒之下偷出6挺重机枪，领着全排跑到了苏南一支队驻地。而当时天府里还有很多武器装备。

到了一支队后，大郅自然受到英雄般的欢迎。支队长高兴之余，看到大郅排还有三挺重机枪和九挺轻机枪，便要以此为基础扩编为机枪连，让大郅当连长。没想到大郅说什么也不干，只说自己任务完成了，还要回抗日班。支队长没理他，笑笑说明天再做工作。但让支队长没想到的是，大郅居然当天晚上留下6挺重机枪率队不辞而别。大郅当时和全排士兵说明白了，想留下的就留下，想继续跟占班长干的就走，全排竟然无一人想留下。然后大郅就领着全排人马到处找小股的日军，想缴获六挺重机枪后再向彪哥请罪。

在沪杭公路上，大郅排足足守了两天，打了三个小型运输队，最后终于等到了运送重机枪的运输队，六辆卡车被他拆翻。车上居然是箱装的 12 挺重机枪和 36 挺轻机枪，还有 80 具掷弹筒等武器装备。

大郅是让自己排的三个班长把自己绑着来见占彪的。抗日班全体干部都赶过来看如何发落大郅。大郅低头向占彪说：“彪哥，是我不对，愿打愿罚我都受着。只是，我大郅和全排弟兄对彪哥和抗日班没有半点二心。”还没等占彪说话，小宝、小玉领着三条狼狗冲了进来。

小玉进来就哭喊：“你，你……你郅大顺怎么能做出这事啊，你对得起彪哥吗？对得起宝儿姐吗？你……你就这么走了，不管我和彪儿了吗？哼，你回来干什么？你走！你走得远远的！我和彪儿不要你了！四德，赶他走！”

新来的小佳和小藤也是很通人性的狗，它们知道四德的主人是小玉，自然也对小玉服服帖帖的。四德可是知道大郅和小玉的亲密关系，怎么驱赶也没上前，但那两条狼狗可没客气，“呼”的一下扑了上去，大郅直着腰杆闭着眼挺着让狗咬。小佳一口就撕开了大郅的裤子，多亏是冬天，不然咬下的就是一块肉了。看到另一只狼狗朝大郅的咽喉扑去，众人皆大惊失色，小玉立马傻了。

这时，离得最近的小峰闪电般一个戳脚就踹了过去，正中狼狗颈部，那狗惨叫一声飞出好远，伏地挣扎着。众人齐声为小峰的霸王脚叫好，连曹羽也在旁点头。但四德这时不干了，冲小峰狂叫一声就扑了过来。对于四德之怒，三德是明白的。当年小峰杀了四德“全家”，这回又伤其“爱妾”，再不能饶小峰了。对四德，大家是不能像刚才小峰的踢法的，都知道四德犹如三德和小玉的命根子。小峰看三德笑而不管，喝一声：“三德，你等着……”说着从旁边枪不离身的隋涛手里抢过冲锋枪，以枪代棍抵挡起四德来，看得大家一阵哄笑。四德听到大家都笑了，也识趣地收了势。看着混乱的场面，成义摇头晃脑吟出一句：“大郅洪福齐天，得佳人苦肉计相助……”众人更是一片哄笑，看到占彪还在绷着脸，大家不由得静下来，看占彪如何发落。

其实大家都原谅了大郅，理解他对新四军的守诺，而且还立功“赎罪”，缴获这么多轻重机枪回来。占彪走到大郅身边，伸手为大郅解绑说："彪哥知道你的心意，你对新四军的信义，跟我们对高连长的信义是一样的。只是以后有事说出来，我们大家一起想办法。"大郅知道占彪原谅了他，一个立正说："彪哥和各位兄弟请放心，我大郅绝不是那不忠不义之人。这次我都想好了，弄不回来那些枪我就不回来见你们……"这时占彪打断他，拎着虚绑的绳子吃惊地说："这是谁绑的啊，负荆请罪就这么装模作样啊？"又一阵笑声里，小玉扑过来，拳头如雨点般捶打着大郅："你还敢不回来！你……你要是弄不着枪呢？你要是出事了呢！"

刘阳这时挤了过来，给了大郅一拳道："你小子弄回来的武器还都是新式的呢。"作为抗日班的军需官，刘阳自然对敌我双方各种武器的更新换代格外留意。中国政府主要靠美援支持，但日本的武器研发却一直跟着战争的脚步。刘阳扬着手里的一张纸对大家说："大郅弄回来的12挺重机枪是92式维克斯重机枪，也是气冷的，射击精度非常高，发射速度比原来的92式高了100发，达到每分钟550发。而且高平射转换速度特别快，最过瘾的是30发保弹板换成了100发弹链。"大家没想到，在后来与松山的决战中，正是这12挺防空性能良好的重机枪打下了鬼子的一架架飞机。

接着，刘阳看了一眼手中的纸，又兴奋地介绍："大郅弄回来的轻机枪有26挺是刚亮相的99式轻机枪，换成了7.7毫米子弹，和重机枪子弹一个口径，还配了狙击瞄准镜！威力大增啊。"刘阳抬头看看大家，点点手中的纸说："另外那10挺也是新鲜玩意儿。妈的，鬼子真缺德，看缴获的中国7.92毫米子弹太多，又特意研制出一种智式轻机枪，专用中国的子弹，许多部件和捷克式通用，性能比捷克式好得多，而且也用上了30发弹匣，比捷克式多10发，枪长比捷克式短。"

曹羽一听笑了："可能是专为我设计的吧。"小宝在旁接话道："这批缴获的日军资料里提到，他们说的这个'智'实际是支那的'支'，说智式轻机枪专门装备支那的皇协军、和平军与治安军等投诚部队。"

刘阳伸手拦住大家的议论："还有呢，大郅带回的30杆步枪和10箱手榴弹也是新式的。步枪是99式，口径7.7了，也能打重机枪子弹，枪身只比小马枪长一点，三八大盖可是没法比的。还有那98式手榴弹，别看是木柄的，投得可远呢。威力半径从6米增加到7米，而且是延迟加碰撞并用。

我们打车站时，鬼子扔车厢里的要是这种手榴弹，我们就惨了。”

大郅憨笑着说：“步枪和手榴弹都不想带的，实在是运不了，后来一想，我们不稀罕，新四军可是稀罕啊，就挺着带回来一些。”强子在旁大喝：“你这该死的老八，还想着偷枪给新四军啊！”大家都会意地笑了。小玉这时看看这个看看那个，总算放下心来。她挽住了小宝，两腿却还打着晃。看到这些，小宝在旁也是长出了一口气。

小宝的心情看似轻松，但实际上还是沉重的。她也是共产党员，当初彪哥是为了保护老百姓才接她和小玉上山的。后来，桂书记也给她布置过任务，要她与抗日班打成一片，争取将这股抗日力量引导到新四军队伍中去。小宝欣然接受这个任务，因为觉得共产党和占彪没有什么矛盾的地方，占彪和他的师弟们也都是劳苦大众，抗日也是他们共同的目标。而且，教他们学文化，看着他们进步，也是在体现着自己的价值。但后来桂书记提醒她不许谈恋爱，其实就是不许她喜欢占彪，这让她有些无法接受。小宝认真地想过，她深刻地了解占彪，知道他不会做坏事，知道他不会打共产党打中国人，知道他会为保护师兄弟和老百姓竭尽全力甚至献身，这和共产党的主张和她加入共产党的初衷没有什么相悖的。她决定，绝不做对不起占彪和抗日班的事情。因此，这时候的她，更加急切地想与占彪结合到一起，她生怕日后会有什么自己抗拒不了的变化。但占彪对小宝却有着对女神般的尊重，他怕自己配不上小宝，他怕与小宝的进一步亲热会亵渎感情，他怕战争没有结束而自己会发生意外。种种想法使占彪在和小宝的感情发展中总处于被动的状态。而占彪的这种心理，直到皖南事变后抗日班转移到三家子村根据地的一天，才为小宝所深知。

这个阶段，占彪已把抗日班根据地逐步拓展，常驻地点已开辟了四五个，曾以九龙换九豹的三家子村也成为抗日班的基地之一。全班常分三部分开活动，刘阳、强子、三德排常驻三山岛。三德自从会水以后，争着把他们排变成了汽艇排，专管水上交通和水上战斗，号称抗日班的小海军。成义、聂排长、大郅、正文排常驻天府。小玉在天府不仅养了一群猪、一群鸡，还养了一群四德的后代。小蝶也把被小峰踹得濒死的小藤救了过来，和小佳一起与四德建立起一个家族。小峰、隋涛、二柱子排常驻三家子村。隋涛排人手一支冲锋枪，在三家子附近没有破坏的公路上全员训练汽车驾驶。

缴获的三部电台也开始使用，太复杂的电报功能还不会用，也麻烦，但报话功能已让成义和小宝研究出来，编了一套让外人听不懂又幽默诙谐的暗语。九凤也分了三伙儿带着电台跟着部队。

占彪则带着曹羽的特务排和二民的侦察小分队在几个基地间巡视往来。这几天，在三家子检查部队训练成果，小宝和春瑶跟在一起行动。中午，炊事班把午饭送到了林中的训练场。饭后，小宝拉着占彪在附近的树林中散步。走来走去发现了两棵并排的参天大树，在远处小宝就指着这两棵树称奇，说好像是情侣树。等走到近前，小宝惊奇得几乎叫了起来，原来是连根树！两棵粗大的参天大树长着一个根，右边的一棵在是地面分叉处先横卧了一米多然后向上，形成一个U形，正好两树中间可以两人并肩坐下。小宝仰头看了很久，被这棵连根树感动着。她拉着占彪坐在大树下说：“彪哥，我太喜欢这两棵树了，你是右边这棵，我是左边这棵。”说着从兜里抓出几枚马眼枣递给占彪：“是秀娟在三山岛上采的，特别甜。”占彪接过枣也握住了小宝的手说：“不对，我是左边这棵大点的，男左女右嘛，我要好好保护你的。”

小宝顺势把头倚在占彪肩上，任占彪拥搂着。她嘤嘤地说了一句：“彪哥,你能一辈子这样抱着我吗？”占彪毫不犹豫地点点头。小宝故意说了句：“宝儿不信。”占彪又是毫不犹豫顺手把腿边的精钢匕首拔出来，“宝儿不信我就在自己身上做个记号。”小宝一把抱住占彪的胳膊连说：“我信，我信，宝儿信了！”接着小宝又顽皮地一笑：“好吧，在你身上做个记号吧。”言罢她指了下左边的大树。

抗日班的新任务

占彪一看小玉提起小宝又要哭，忙逗着说：“小玉啊，俺抗日班弟兄和你们九凤哪个不般配啊。你们说说，大羽和春瑶、成义和小蝶、隋涛和秀娟、小峰和静蕾、刘阳和莎拉……还有三德和若克、若飞，是不是都挺般配的啊。”

三德摇摇头说：“也有不般配的，我就配不上若克，个子一般高，人家那么漂亮，那么有文化，唉……”曹羽笑道：“可不是嘛，一点不般配。不过咱们说了不算，一点没耽误你们早早就……就结了硕果啊。”

三德虽然也和大家说笑着，但明显看得出，他一想起若克就心情沉重。多少年过去，三德仍然心有愤恨，“如果当时不是为了给国军解围，如果不是投降鬼子的国军认出若克，她绝不会走得那么早。”

这时占东东和聂云龙、聂云飞赶过来，接老人们回屋休息。东东接过话题说了句：“古往今来，中国人有多少次都是坏在自己人手中。不管什么事，总是这样。”

成义点头道：“要不是彪哥抗命，坚持按自己的方式为国军解围，我们的损失将会更大。”

占彪一愣，“嘿”的一声明白了，对着大树当胸处闪电般往返两刀。看上去，这来回一甩毫不经意，但刀光闪过后，大树上划出一道横沟，去是刀尖下挑，回时刀尖上挑，划成了 V 形沟。看着这十几公分长的“一”字，占彪低声说：“我这叫一心一意。”小宝抱过占彪的头吻了脸颊一下，占彪刚要转过头来寻吻，小宝又推开他，夺过刀，在“一”上刻了同样长度的一竖，费了半天劲刻完后，小宝指着成了“十”字的刀痕说：“加上了我就是十全十美了！”占彪回头感动地看着小宝，两人互相凝视着，呼吸急促地嘴唇越来越近。小宝闭上了眼睛，占彪轻轻吻住了小宝，两人张开双臂拥在一处……

“我要光明正大地娶你。我不只要宝儿的身子，还要宝儿的心。”占彪看中小宝的，不只是漂亮，还有小宝的知识和为人。小宝听占彪这样一说，真切地感受到了占彪对自己的感情，这让小宝更加感动，任何人任何事物都再也无法挡住她对彪哥的爱了。她把占彪的头抬起来，低头深深吻住，手里把占彪胸前的衣服打开，然后把自己赤裸的胸紧紧贴在占彪同样赤裸的胸膛上，手伸到占彪后背紧紧搂住，侧过脸在占彪耳边说：“彪哥，看我们的心跳在一起了，我们今生今世永不分离。我就是你的，你什么时候想要就拿去，谁也管不了我。”

占彪听小宝说出“谁也管不了我”这话忙问：“宝儿，谁拦着你了吗？袁伯会不同意吗？”小宝摇摇头犹豫了下说：“我是共产党员，组织带过话不要我和你好，你毕竟还是属于国民党的军队啊。但我不会听这些，我也会和彪哥一样抗命。”占彪听罢，拥紧小宝，恨不能把小宝融化在自己怀里。他沉默了一会说：“宝儿，那我们就晚点结婚，等打完仗，国家和平了，我们找个山清水秀的地方，过自己的日子。”小宝抬头道：“那太好了，我们什么都不要，只要能在一起。”说罢，红着脸，又和占彪胸贴胸地抱在一起……

占彪笑了下，说：“正好，先让这些师弟们都有了着落，我也就放心领你走了。”

占彪和小宝都怀着对爱情的神圣憧憬，坚守着自己。突然有一天，小蝶找到小宝，悄悄地告诉她，抗日班又有人“偷情”了，并且结下了“硕果”。是九兄弟里最小的三德，对象自然是若克了。三德和若克的感情比别人来得直接，因为他们最初相识就比较“直接”，若克一把抓住了三德的要害。但男欢女爱的事情他们还没敢想，只是有着朦胧的吸引和神秘的渴望。若克喜欢三德的聪明和机灵，喜欢三德的勇敢和正义，还喜欢三德的绝活飞抓。三德喜欢若克的美丽大方，喜欢若克懂文化会画画，还喜欢若克像美人鱼一样的游泳。

小宝一听急得够戗，怎么也像小玉一样先有了呢。可占彪一听却笑开了颜，这年头师弟们解决一个是一个啊。然后占彪也给三德办了一个隆重的婚礼。

这是抗日班的第二个婚礼，当然大家不知道若克已经有喜在身。对于姐姐的婚事，小若飞说不出来为什么不太高兴，在婚礼过程中不时流泪，大家都在逗她在替娘家人哭，舍不得把人嫁出去。占彪则在婚礼上暗地向其他师弟们竖大拇指：别看三德小，主意却最正，早早娶了婆娘，大家快努力啊。弄得师弟们个个脸红脖子粗。

在 1941 年秋天，若克继小玉后也光荣地为抗日班增加了第二个小战士，小宝给起名叫小德。若飞撅着小嘴，她不止是小姨子了，还当上了小姨。

若克的儿子小德转眼已半岁了，这期间，若克很为自己没有参加战斗而着急。抗日班的小战斗一直没断，大都是以排为单位的出击，所以更需要事先的周密侦察，二民的侦察分队忙得不亦乐乎。身为副队长的若克不顾还没给儿子断奶，向占彪申请了好几次，终于获准出山了。

这是 1942 年的 5 月，鲜花盛开的月份。

这次的侦察任务有一定难度，而且范围挺大，是要侦察杭州一带各县日军驻军兵力和县城内的街道情况，这是占彪为了帮国军解围而做的准备。看来是要打一场大规模的战役了。

战斗任务又是第三战区布置下来的。电台已经会用了，第三战区还给了抗日班一套被成义分析为过时的密电码。占彪看到电文第一个担心是没有了，肯定是打鬼子的命令，但占彪接着的反应是愤怒。他马上拟电发了回去，只有两句话："这么打我不干，我们这伙人怕死！"

当时的情况是，在4月18日，美军16架轰炸机轰炸日本东京、横须贺等地，返航中国衢州机场，给日本造成了精神和战略上的重大损失。日军为报此仇，并防止盟国空军再利用浙赣铁路沿线的机场进攻日本本土，决定打通浙赣线，占领或破坏铁路沿线的中国机场，并掠夺武义、义乌、东阳等地的萤石矿，在浙赣发动了所谓的"铁道作战"。中国政府把这场战役称为"浙赣战役"、"金（华）兰（溪）会战"，是抗战期间浙江境内规模最大的战役。

日军共调集了7个师团共14万兵力，由5个中将率领，于5月15日拂晓，分左中右三路，在东起奉化、西至富阳约150公里的战线上，向浙赣铁路两侧展开猛烈进攻。中路是号称侵华日军"急先锋"的日本第15师团长酒井直次中将，指挥着五十余架日军飞机轮番对中国军队的驻地狂轰滥炸。对于这场战役，中国军队早做了数年准备。当时第三战区以4个集团军32个师约26万兵力设防于浙赣铁路沿线。1942年4月中旬又从第九战区调来3个军在赣伺机配合。防守金华的是在"皖南事变"中打过新四军的79师，防守兰溪的是63师。

战斗打响以后，日军攻击很猛烈，尤其50架飞机与日军紧密的立体配合，使各处国军阵地纷纷告急。第三战区想尽各种办法阻止日军的进攻，包括命令日军占领区内的忠义救国军（国民党游击队）和占彪的抗日班立刻制造麻烦，拖住日军后腿。顾祝同给抗日班下的命令竟是攻打杭州！

对这样的命令，占彪只能抗命，我们军人是勇士但不是莽汉，我们抗日是自卫但不是自杀。杭州是日军固守的大城市，和上海、南京、武汉一样有着重兵防守，我们一个营的火力再强也只能是杯水车薪。想牺牲我们一个营去制造混乱，是不拿我们当人的命令。不是想拖日军后腿吗？我们可以通过其他形式来完成。所以占彪把目光转向了各县城。占彪把部队集中在天府，马上派出侦察分队分成四五个组，分头到各县城侦察。若克和春瑶负责去靠山镇南面的县城去侦察，因为那里还有春瑶哥哥于顺水的配合。

若克是抱着儿子小德从天府下山的，她说这样掩护更方便，也顺便给儿子喂奶。三德、曹羽和若飞一直把若克和春瑶送到山脚。三德万万没想到，这是他与若克今生的最后一别。

谁也想不到若克发生意外的起因竟是她的那件毛衣。县城北门的哨兵是四个鬼子六个皇协军。本来抱着孩子姑嫂相称的若克和春瑶已经通过了检查，但皇协军的一个头儿突然注意到了若克穿在里面的天蓝色毛衣，一般老百姓怎么会有毛衣穿呢？而且这个农民媳妇像在哪儿见过。他望着若克走进城门的背影转头说："哎，你们还记得战地服务团那些漂亮的女演员吗？"旁边的几个皇协军眼睛立刻亮了起来："那是，没的说的，一个赛一个的漂亮，可惜都被那些长官们分了。"

原来，这伙皇协军是投降日军的国军。抗战以来，日军俘虏了大批国军，在或者当劳工或者当汉奸的选择面前，大多数人都选择了当汉奸。尤其在去年的中条山战役后，在蒋委员长的默许下，众多成建制的国军部队成团成旅成师地投降了日军，伪军人数已超过日军在华军力，成了中国战场上的一个奇异的现象。这些正规的国军自然有机会看到过若克的表演了。一个反应很快的皇协军立刻明白了，端着中正式步枪向若克追了过去，边喊着："站住，这不是能歌善舞的战地演员吗！"另一个皇协军背着中正式也跟了过去，喊道："这么年轻就有崽子了，是哪个长官把你肚子搞大的，在台上装得挺像回事的，哈哈哈！"其实那个头儿并不是想抓住若克的，因为他们有命令，不许和国军作对，只打共产党的部队。这演员说起来也是国军的啊，但已来不及止住部下了。

没想到能在鬼子这里遇到自己曾经慰问过的国军，若克心里一阵悲愤。她想，自己最好装傻硬不承认，但那个皇协军后一句话让她出离愤怒了。若克站住回头瞪住第二个皇协军，眼里喷出被侮辱的怒火，这就等于承认了身份。

第一个皇协军追上后持枪站在一旁，第二个近前来伸手就要摸若克的脸，刚一抬手才看到若克眼里的怒火，这目光有愤恨有不屑，有怒其不争，有哀其不幸，灼得他的手顿时止在空中。若克一手抱着小德，另一只手腾出来狠狠地掴了他一个响亮的耳光，银牙一挫迸出铿锵俩字儿：“败类！”若克这时掴过去的耳光是练过功夫的劲道，而且出手如电，那皇协军根本没时间反应，结结实实挨了一下，眼冒金星晃在那里。城门那里皇协军的头儿喊道：“算了，回来吧！”可已经晚了，两个鬼子端着上了刺刀的三八步枪跑过来对准若克和春瑶，问被打的皇协军：“什么的干活？”那揉着脸的皇协军吞吞吐吐地说：“她们，她们，良民的不是！”

话音刚落，一个鬼子的刺刀就冲若克怀里的小德挑了过来……

要说当年侵华日军禽兽不如的罪行真是罄竹难书，要打仗你和中国的士兵打啊，他们却一直对老百姓耍威风。尤其是不知从什么时候，养成了见小孩就用枪挑的恶魔行径，挑起来还甩给另外同伙的刺刀，挑来扔去地玩。若克见日军的刺刀挑过来大惊，急得一转身，刺刀便划在她左肩膀上。若克再一次愤怒了，恨得她聚起全身力气后腿狠狠撩起，脚跟结结实实戳在鬼子裆部，那鬼子惨叫一声，扔掉步枪蜷着身子滚在地上。这一脚若克其实只学到三成模样，这要是春瑶的一脚，对方会无声而倒。要是曹羽十成功力的一脚就更没的说，对方发出的就是骨盆的粉碎声了。

这边春瑶一看动了手，毫不迟疑一手推开另外那个鬼子捅过来的步枪，一手对着他的眼睛就是一个反掌。这手反掌一甩是有名堂的，她的食指和中指屈起与拇指相抵，指节形成两个坚硬的突起，叫二龙指，直杵对方的两个眼睛。师哥曹羽一直提醒她在对方实力高于自己的时候出手就要用狠招，别给对方反击的机会。鬼子个子不高，眼间距还短，一下子双目内眼角中招。接着，春瑶一个戳脚把他小腿踹断了，这个鬼子两声惨叫，一手捂眼一手抱脚也滚在地上。

第十章　铁血抗日班

在鬼子的号叫中，三德的右手也拍在刀柄上，指挥刀深深插入，把鬼子中队长牢牢钉在地上。……曹羽上前一把拉回要跟着日兵冲进去的三德，只听占彪大喝："为若克报仇，干！"刹那间，所有的掷弹筒、步兵炮、轻重机枪同时发射，从天而降的炮弹把最后一间教室工事翻了个底朝上，一百多日兵与砖瓦泥土混在一起化为灰烬。

占彪高喝："奉高连长令，国军第22集团军第45军125师81团机枪连班长占彪，率抗日班保护机枪连装备，现已完成任务，武器装备无一缺损，如数归队。"

高连长也立正回礼："军人之诺，一诺千金！你们实现了'只要我不死，就要把这批武器交到我手里'的承诺，我代表……代表中国的老百姓感谢你们！你们对得起川中家乡父老！你们……你们是真正的军人！"高连长虽然也高喝着，但声音是颤抖的，尤其说到"川中家乡父老"时明显带着止不住的哽咽。

章若克的壮烈牺牲

城门还有两个鬼子看得莫明其妙，好好的，怎么两个端枪的日本皇军一转眼被两个女孩儿打翻在地？马上吹着哨追过来，春瑶忙接过孩子拉着若克就跑。没想到刚跑了百米远，对面一伙十三人的鬼子巡逻队也吹着哨迎头围来，“砰砰”就是两枪。春瑶身形一闪，拉若克拐进旁边的小巷。县城里的街巷春瑶是熟悉的，毕竟在这里生活过。但后面的鬼子追得很紧，他们看清是两个女孩儿后，大喊着：“花姑娘的，抓活的。”那两个哨兵一直在前面追堵着，只差十几步路。春瑶抱着孩子面不改色地跑着，但若克的胳膊上还在滴着血，孩子也吓得直哭着。在拐过一个巷口后，若克突然停住脚步靠在拐角，边喘息着边从包儿子的被里摸出手枪。她们俩只带了这一把手枪，子弹刚推上膛，那两个日军哨兵就闯出巷口，若克抬手对着他们的胸口就是两枪，两个鬼子翻倒在地。若克学着绿林好汉的样子吹了下枪口，“嘿，老娘又赚了几条命。”若克曾和大家算过，自己参加的几场战斗至少打死十个鬼子了。

春瑶这时把孩子往若克手里一放，一个箭步跳过去，捡起一支三八大盖蹲在巷口向追来的巡逻队开枪。才打了两枪，春瑶大叫：“哎，怎么两枪倒了五个呀？穿糖葫芦了！”接着春瑶把弹仓里剩下的三发子弹都打光，又马上捡起另外一支枪，朝着狭窄的小巷瞄准。春瑶自语道：“他们听到五发子弹都打完了，应该起身追过来啊。”话音刚落，便见卧倒的鬼子跳起追了过来。

这是春瑶在听聂排长的战术课时学到的，要善于计算自己和敌人的弹匣子弹数，判断双方的战术动作。三八枪的弹仓是五发子弹，对方会在换弹仓时有所动作的。鬼子没想到区区两个女子不但手枪步枪全会玩，还会和他们玩换弹仓这套老兵战术。结果在误以为对方换弹仓时跳起后突然受到四发子弹的袭击，又被击倒了三名。最后剩下两名鬼子忙又卧倒数着，对方还有一发子弹呢，半天没敢动。这时春瑶扔下枪和若克已跑出好远，若克还顺手摘下鬼子的三颗手雷。看看后面没有追兵了，春瑶为自己亲手打死鬼子而兴奋着，若克还在提醒春瑶注意观察日军的驻防，开展侦察任务。春瑶说再过一条街就到静园茶庄自己的家了，家里有哥哥于顺水在，会很安全的。

但她们把日军想得太简单了，根本没意识到危险已迅速地在向她们靠近。县城里驻守着日军一个中队和皇协军两个中队（连），杭州附近这几个县城兵力基本上是这种配置。鬼子中队长反应很快也很狡猾，他一听报告说北城门哨兵有两人被打成重伤，便立即下令出动两个日军小队和一个皇协军中队全城搜捕。这几天“铁道作战”刚刚开始，一队运地雷的军火卡车路过县城还没走开走，千万马虎不得。首先他要求部队三步一岗五步一哨地封锁了城中央的十字大街，把敌人限定在田字格里，发现一个格里有情况，另三个格全体压上，以前他这个方法屡试不爽。目标很快被锁定，是在西北格中，鬼子中队长率领第三个小队亲自前往。

春瑶没想到要穿越的大街被封锁，而且大街上还有十几辆蒙得严严实实的卡车，还有随车押运的一小队日兵警惕地守在车旁。过不去大街就回不了静园茶庄，而敌人在她们不知晓中已渐渐围拢过来，后面的两个鬼子，其中一个是伍长，很有经验地一直顺着若克的血迹和孩子的哭声跟过来，他拼命要捉住这两个敢开枪打大日本皇军的中国丫头片子。

县城里枪声一响，守在城外接应的战士便赶着马车跑回送信。三德和曹羽一听，马上拔出枪就要走，占彪又叫上了成义一同前往。成义提出大家都化装成日军开着卡车去支援的方案，占彪二话没说：“就这么办！”

隋涛率部下开着六辆卡车，拉着成义、曹羽和三德三个排一溜烟开到北门。门口已没有日军了，那几个皇协军已奉命关闭城门，不让里面的人出来。这时城里枪声不断，还传来几声爆炸声，最后传来一声巨响便没了动静。卡车上的日兵们急了，同时跳下来列队要进去增援，如果城门不开这架势就要攻城。皇协军一看这阵势，赶紧乖乖地把门打开放行。

三个排的日兵进城后，那个皇协军头儿颤着嗓子给自己的中队长打电话说："我说老排长啊，今天怎么总觉得不对劲儿呢？先是两个国军战地服务团的丫头把两个皇军打残废了，刚才又开进来皇军一个中队，那个杀气腾腾呀，吓死人了。"那皇协军中队长马上问："金班长，你少自己吓唬自己，再杀气也不会冲着咱们了。难道你觉得这个皇军中队和别的皇军有啥不一样吗？"那金班长说："对了，你这一问我才明白，他们一抹儿是重机枪、轻机枪、掷弹筒，我说杀气从哪里来的呢。"中队长马上岔了音儿地问："你再说一遍，重机枪？他们怎么个编制？有多少人？"金班长这时也渐渐地醒悟了："他们，一个小队只是三十多人，不是皇军的五十多人，是、是国军的编制！三个排！妈呀，他们是那个……传说中的那个……重机枪钢班！咋办老排长，人家都进城了，咱们没戏了，快收拾收拾走吧。"

曹羽拍拍三德的肩膀说："若克是一块当女兵……女侦察兵的料，要是不出意外，她也许是个女将军。那时她和春瑶说过的，她亲手打死的鬼子不下一打。"

成义望一眼县城的方向，回头对曹羽说："加上地雷运输车炸死的鬼子，若克消灭了至少两打鬼子。"占东东举手道："没错，后来我和晓非详细研究过，若克奶奶从水战打响第一枪后，历经了降匪、拆桥几次战斗，算在若克奶奶名下的歼敌数量应该是三十名左右。而且若克奶奶成功地完成了近十次侦察任务。"

三德恨恨地说："要不是皇协军闻风而逃，我非得找出那几个站岗的汉奸，亲手杀了他们，为若克祭行。"

知道若克和春瑶在县城和鬼子打起来，尽管占彪和三德们拼命赶来，但还是晚了一步。

春瑶抱着孩子拉着若克一直在西北的街区里跑着，从这个巷子穿到那个巷子，可鬼子总会追上来。她们曾试着想躲进哪个院子，可是这枪声一起，家家的大门都关得死死的，就是敲也得敲一阵子，而且她们也怕进了哪家会给哪家带来危险。

这时，若克的手枪备用弹夹已经打完了一半，产后的身体渐渐不支了，鬼子的包围圈也越来越小。若克喘着气说："春瑶，我够本了，打死十多个鬼子了。不能再这样跑了，我也跑不动了。你有武功，能保护孩子，我是不行了，你快把孩子抱走，我引开鬼子。告诉三德，让他照顾好孩子和若飞。对了，让他……我要是那个了，就让三德娶了若飞吧。还有，让我儿子认宝儿姐做干妈，让宝儿姐费心了。"看春瑶要争辩，若克眼泪都流了下来："春瑶，你也明白，再这么跑咱们俩……咱们仨儿都保不住的。克克姐求你了，你要对我好就把我儿子保住，快走！"然后若克不由分说，塞给春瑶一个手雷，自己朝刚跑过来的街头的拐角跑去。春瑶跺着脚站在那里，咬着嘴唇望着跑开的若克。

若克刚跑到街头拐角，便迎头撞上那个紧追不舍、低头找血迹的伍长。在伍长的惊愕中，若克手中的枪几乎顶着他的肚子打响了。接着，若克又向伍长后面的几个鬼子扔了一颗手雷，闪身拐向通往大街的胡同。爆炸声中，春瑶则哄着孩子跳进一家宅院，没炸死的鬼子呼喊着，打着枪，向若克追去。

若克顺着刚才跑过的巷子向大街跑去，她是想穿过大街把鬼子引远一些。她记得大街上一排卡车，自己还有一颗手雷炸它一辆车，然后趁乱跑过大街。这个想法她和春瑶刚才说过，但刚才看街上鬼子太多就没做，这回无论如何也要拼命了。

到了巷口若克一探头，见卡车有十多米远，她已经没有力气把手雷扔那么远了。靠在墙上缓了一口气，在后面越来越近的枪声中，若克一咬牙把手枪掖在腰里用外衣挡住，然后把手雷窝在手心里踉跄地走了出去。

若克刚一出现，卡车旁的一排日军就向她举起步枪，她冲着他们一笑，用日语打着招呼。在日兵的疑惑中向卡车走近了四五米，然后好像虚脱的病人一样双手抱膝蹲下，向日兵苦笑下。也是真累极了，等几个日兵离开卡车过来时，若克右手尽力贴地一挥，拉断引信的手雷越过日兵滚进了卡车车底，正好停在油箱旁边的车轮下面。

手雷延时有七秒钟的时间，一伙儿日兵扑向了若克，一伙儿日兵迟疑了下扑向了手雷。扑向若克的日兵却扑了个空，若克用尽平生力气滚爬向街对面。扑向手雷的日兵争先恐后地撞在了一起，手忙脚乱中火光一闪。

如果只是一辆普通的卡车，若克会很完美地逃脱，算是打了一个漂亮的战斗，因为她已滚到对面的巷口，卡车油箱的爆炸不会影响到她的。但这卡车里是军火！

如果这军火是子弹一类的也不会伤到若克，因为她距车有十米远，伏在地上双手抱头就隐蔽得足够了。可没想到的是，这是一车地雷！卡车油箱的爆炸引爆了一车地雷，巨响震动了整个县城，方圆十五米内被夷为平地，卡车下面炸出深达两米的一个大坑。

这个车队是给参加“铁道作战”的日本第15师团长酒井直次中将运送的地雷，供他们在打通铁路后沿线埋设以保护铁路之用。地雷的型号是“93式”防步兵反坦克地雷，共六车一千二百枚。这种圆形的铁盒地雷是二战时期日军倚重的阵地防御武器，它要比国军的地雷威力大多了。

县城的守备中队长和押运弹药的日军小队长并没有惊惶失措，因为卡车完全按照军火运输条例，各车停放相距在二十米左右，所以没有引起连锁爆炸。他们在滚滚浓烟中逐一查看着周围的十几具尸体，从中发现了身穿天蓝色毛衣的若克，中队长小心上前观察。奇怪，别的尸体都是血肉模糊，这个女人的尸体却看上去一点外伤都没有，是个又年轻又漂亮的女人。难道是她，从北门一路过来打死五名、打伤九名皇军？！难道是她，毁了皇军一车地雷，又令十三名卫兵在爆炸中殉难？！

这时，有小队长前来报告，说皇协军不知为何在分路撤往城外。抬眼看去，原来跟随在日兵队列中的皇协军也在陆续向南跑，全然不顾周围皇军的阻拦，这在平时是不可思议的举动。他心里忽然升腾起一种感觉，好像小时候家乡闹地震前，一些动物的异常表现带给人们的恐慌，心里阵阵发紧。突然，身边的小队长疑惑地向北一指，他回头一看，不禁神色大变。

回到房间里，看占东东正张罗着铺着一张桌子。小蝶和小玉围着东东说着什么。

占彪和曹羽、成义、三德坐在聂排长身边，大郅也在郅彪和袁乡长的陪同下赶了回来。说郅县长和焦书记安置完战车兵家族马上赶回来。

聂排长这时和三德打听着若飞的情况，当年聂排长是抗日班最大的，若飞是最小的，这一老一少处得相当好。三德略有愧疚地对聂排长说："若飞常说，解放后对聂排长关心太少，总觉得不好意思呢。"聂排长哈哈一笑："这个丫头心里有我就行啊。你们在上海离我们四川那么远，有占班长的关照就成了。唉，她们姐俩要都在多好。"

成义这时和占彪小声说："我们那时有个疏忽，也应该给大家评功，像聂排长出奇兵抢炮，像若克舍身引爆鬼子地雷……也发个一、二、三等功奖状啥的。"

占彪听成义说到当年应该给若克评功，他看着大家说："若克当年的功劳不只是炸了一车地雷，也不只是保护了春瑶和孩子，她的功劳等于打下了一个县城，没有她在县城里的起事，我们也不会那样毅然决然地杀进去，消灭了二百多个鬼子，解放了县城。"说到这里，占彪站起身来又一字一句地说道："不过，即便拿十个县城来换若克的命，我们都不干！"

这时全屋的人都静了下来，分明感受到当年占彪指挥抗日班战斗的威猛气势，更感受到了他对抗日班官兵股股的家长情怀。

为亲人报仇雪恨

神色大变的日军中队长看到二百米外有一支队伍，四人一横列的数排手端轻机枪的皇军，威风凛凛地大踏步走过来，后面还有两三排人执着掷弹筒，随时就能蹲下发射的架势，再后面是两人抬着的三挺重机枪。

这是哪个部分的？松山大佐的挺身队？早撤回国了啊。而且，日本人哪有这么多集中在一起的高个子。想到挺身队他念头一转，是打败挺身队的……他不敢想了，吉野大队、龟村联队、山口联队、加藤联队一个个番号闪过，是他们都惹不得的重机枪神风钢班？！他恍然明白了皇协军为啥望风而逃，心里大骂中国人就是不可靠，遇到灾难都自顾自地跑了。同时他也清楚自己一个中队才有三挺重机枪、九挺轻机枪、九个掷弹筒，虽然还有押运军火的一个小队，哪儿是这伙儿军人的对手。看眼前过来这伙儿人，轻机枪就有十多挺，而左右两侧的街道好像也传来重重的脚步声，看来他们是从北向南拉网过来的啊。中队长分析到此，作出决定，喊道："他们不是自己人，是那个支那重机枪钢班，全队边打边撤回驻地！进入工事打击敌人。"他必须回到驻地的工事才有一线生机，那里有通讯设备求援，还有重机枪阵地。

可一直在观察日军的占彪怎会给他从容撤退的时机，占彪在判定什么时候鬼子认出来什么时候开打，同时也在警觉地寻找若克和春瑶。这时已走到离日军一百五十米的距离了，看到日军中队长喊叫着要跑，便痛喝了一声："干！"前面七八挺轻机枪抢在日军动手前开火了，一阵弹雨铺天盖地洒了过去。这是成义的排，刚一打响，成义就向两边一挥手，全排三十多人闪进街道两侧民房里一多半。前面只留下卧倒的八挺机枪，而且是四挺先打连发，另四挺点射着跟进，这样就错开换弹匣时间，不会中断火力。墙根七八具掷弹筒也接连发射了。其他人则在旁边的小巷穿门跨院向前迂回移动。

日军的还击也很激烈，街上所有日军都卧倒，使用着自己的武器。他们不敢相信，在大白天的县城大街上会受到这样猛烈的袭击。在街区里的日军也都不假思索地从四处纷纷跑向枪响处，前赴后继奔向死亡。

占彪早就要求大家在这种场合不许耍个人英雄主义，不能像书里那些英雄好汉们手执双枪，不闪不躲地如入无人之境。真正的英雄要做到既能保存自己又能消灭敌人，要活着笑到最后。所以，占彪在城外就要求大家轻易不要打容易自损的巷战，要把敌人轰到一起再集中消灭。

本来大家一直按计划打得很理性，先下手为强，已经把眼前的七十多个鬼子扫倒了一半，活着的也被机枪火力压住，只待掷弹筒稳稳地清理他们就行了。但没想到占彪这个规矩被他自己破坏了，因为他看到了前面死尸堆里的一抹天蓝色！

占彪一看到尸体堆中的那抹天蓝色，心里便突然一阵绞痛，他不敢相信自己的眼睛，那是若克的毛衣啊！占彪大吼一声，惊天动地喊出："章若克——”让另条街道的三德听得心都要碎了，他深知师兄这种喊声意味着什么，眼泪顿时哗哗流出。接着，占彪抱着一挺机枪就向若克冲了过去，边跑边喊着若克的名字边扫射着残敌。成义在后面一看，马上大喝：“全体冲锋，为若克报仇！”几乎没有停顿，成义带着三四名身手快的士兵冲到占彪左右机警地打着点射掩护着。这时，三德和曹羽排也从两侧的街道呼啸着合击过来，几十挺机枪的弹雨狂风般泼洒过来，七十多鬼子当场毙命，每人都身中数十弹。只那日军中队长和两个小队长连滚带爬地逃了回去，一路留下掩护他们的日兵尸体。

占彪扶起若克大声喊着：“成义，快过来，看有救没！”三德疯了一样扑过来，他突然愣在若克面前，把手里的机枪扔在地上，张着颤抖着的双手，脸部的肌肉纠结扭曲着。他不敢接受这样的事实，早上刚刚分手的若克怎么会躺在那里？孩子呢？这是梦吧！

三德愣了好一会儿才扑上前来，抱起若克哭喊着，拼命拍着若克的脸，晃着若克的肩，长呼着：“克克你睁开眼，克克你醒醒，你不会扔下我和小德自己走的，是吧！还有若飞，你的妹妹！是吧！求求你了，千万别走啊……”成义向三德喊道：“快送若克去小蝶家的‘济生堂’去，找小蝶的爷爷！”三德闻言，抱起若克就跑，身前身后全排人端着机枪开路断后。可占彪和成义都清楚，若克已死了多时了。

曹羽这时也疯了一样，他飞快地四处巡查着，口吐惊雷般吼着：“春瑶！春瑶——”他的一排人也分散各处查找着春瑶。

占彪站起身，咬牙切齿地下令：“封城！血洗鬼子！”成义挥手一指，自己的三个班箭一般奔东门、西门、南门一路扫射着而去，北门早已被隋涛接收。对日本人的第二次血洗开始了。

似乎是感觉到大家心情的沉重，已是久经风雨的海军副司令员三德也站了起来走到占彪身边，向大家说：“都过去了，都过去了，不管是打仗还是运动，都过去了。以后我们都好好地活着，多活一天就多赚一天。呵，我们都多赚了六十多年，算算赚了多少天了？”

三德轻松的口吻马上得到了大家的共鸣，都是见过阵仗世面的老兵，自是波澜不惊了。小蝶和小玉说："这丽丽不在屋清静不少啊。"曹羽也对成义说道："晚上能看到武男了，不知他那合气道这些年有啥长进。"大家闲聊中，成义拉着占彪坐下，占东东递过一杯茶来让爷爷平静下来。大家心里都清楚，若克的死最自责的是占彪，所以他在当时下了血洗县城日本人的命令。

曹羽已经找到春瑶，他把她搂得紧紧的，很久没放开。春瑶哭着，抱着孩子赶到小蝶家，跪在若克的遗体边，自责地一把把薅下自己的头发。春瑶的哥哥于顺水也赶了过来，心疼地护着妹妹。

日军守备中队的营地还是设在县中学里。

在地雷车爆炸后，分布在县城各处的日兵都听说了重机枪钢班进城的消息，腿脚快的就跑回营地，慢点的都被机枪扫了。在县里做生意的、跑铁路的、搞航运的日本人，也纷纷拉家带口地躲进营房，上次的血洗县城他们记忆犹新。

在三德、曹羽发疯的时候，成义稳住神儿，把三个排的九挺重机枪调到学校四周，把鬼子营地严密地封锁住了。这时占彪已传令抗日班全体下山，小峰率其他几个排开车进了县城，把鬼子营地团团围住，又架起了几十挺轻重机枪，聂排长还带了两门步兵炮。大家都知道了若克壮烈牺牲的噩耗，无不万分悲痛，急着要把营地里的鬼子消灭。占彪拦住了要进攻的小峰们，说等三德来了再动手。让他出点气，不然会憋坏的。

在"济生堂"，三德把在他怀里哭得几次昏死过去的若飞交给了小宝和小蝶后，便率全排怒气冲冲来到学校外。他知道今天害死若克的鬼子中队长还活着，一定要亲手杀了他，为若克报仇雪恨。

鬼子这些年来已把教室改成了工事，窗户和门口都挡上了沙袋，教室的墙面上都掏出错落的枪眼。从日军反击的火力上看，这里面还有一百多个鬼子，藏在有四间教室的工事里。

三德到了现场后，闷着头直奔步兵炮操作起来。他将步兵炮平射，一炮就把教室炸出个大洞，里面的鬼子吱哇乱叫。曹羽过来操作起另外那门炮，两人交替着向教室发射着高爆弹。占彪要其他人都别上手，静观三德报仇。

只有想逃跑的日兵冲出来时，才一阵机枪扫在地上。

十几炮打了过去，三间教室已成一片硝烟火海，日兵的火力基本停息。正当三德把炮口对准最后一间教室时，突然从里面传出来小孩的哭声。三德听到后迟疑了下，仍然把炮口对准教室准备发射，这时占彪喊了一声："三德，里面有女人和小孩。"三德怒喊着："若克不是女人吗?！我要把他们全都炸死！"成义在旁提醒道："三德，若克是我们大家的妹子，但，我们的第四条军规……"六条军规的第四条是"孝顺老人，保护妇女儿童"，三德岂能不知。只见三德低头扶着炮身大哭了几嗓子，然后抬头向教室喊道："里面的鬼子听着，是男人的话，就把女人和孩子放出来！"成义也帮着用夹生的日语喊道："里面日军官兵听着，把你们的女人和孩子放出来，我们会给她们一条生路！给你们三分钟时间，不然我们就开炮了！"

没到三分钟，里面络绎走出十几个穿着和服牵着孩子的女人，中间还夹杂着几个老头。这支队伍刚走出教室，后面跟着冲出来十几个端着刺刀的日兵，领头挥着指挥刀的就是那个中队长。他们看到周围密不透风的重机枪阵，知道今天难免一死，绝望地号叫着冲向三德。

三德一看，没有丝毫犹豫，跳起来就迎了上去，他没有拔出腰间的手枪，双目喷火，徒手对刀。那中队长拼着全力大叫一声，向三德当头劈了下来，只见三德向旁一闪欺身一进，左手搭着鬼子持刀的手腕向旁一引，接着一调屁股，一脚戳在鬼子前腿的迎面骨上，冲上来掩护的曹羽听得清楚，骨头一声脆响，那中队长便前仆在地。这时，三德手里还抓着鬼子的持刀手腕，又一脚把鬼子掀个仰面朝天，握着鬼子手腕，把指挥刀用力一翻，竟直插在他的肚子上。在鬼子的号叫中，三德的右手也拍在刀柄上，指挥刀深深插入，把鬼子中队长牢牢钉在地上。后面十几个端着刺刀的日兵眼睁睁看着这一幕，根本来不及反应，回过神来又都跑回工事内。曹羽上前一把拉回要跟着日兵冲进去的三德，只听占彪大喝："为若克报仇，干！"刹那间，所有的掷弹筒、步兵炮、轻重机枪同时发射，从天而降的炮弹把最后一间教室工事翻了个底儿朝上，一百多个日兵与砖瓦泥土混在一起化为灰烬。

接着，全县城的老百姓起来了，日本人的商社和工厂又被百姓们一抢而空，一烧而光。大街小巷里，到处都是日本男人的裸尸。

若克的葬礼在第三天举办。刘阳花了五百银元买了一具上好的棺木，入殓时，九挺重机枪及三德排的十八挺轻机枪齐射了一个弹板，为若克送行。周围的日军据点闻声无不感受到抗日班的森严威慑。小宝肿着眼睛，抱着若克刚满半岁的儿子正式当了干妈，她哭着把小德的名字改成了克克。

这一带一直是日本第 15 师团长酒井直次中将的地盘。酒井直次通过老朋友松山与占彪的多次较量，早就知道这个国军小部队的棘手，也知道众多联队都栽在占彪手下。这次县城被攻，他第一时间就收到了急电报告。但他远在二百多公里以外的金华附近，正在指挥“铁道作战”，主力部队都随他而去，杭州一带兵力不多，各县城据点勉强自保，他只好命令留守部队不急于收复县城，固守自己辖区，严防抗日班再趁机闹事。因为占彪消灭了他一个中队，还截获了他一千多枚地雷，他恨得牙根痒痒。他发誓，等打完这仗，再回去和什么“钢板”、“铜板”的算总账。

第三战区顾祝同长官也收到了占彪攻下一个县城缴获大批地雷的电文，但他还是命令占彪攻打杭州和其他县城以制造更大影响，并命占彪将前线国军急需的地雷运送金华。

占彪和大家分析，这次是因为乔装为日军，而且有若克和春瑶在里面起事才把县城顺利攻下，再攻打别的县城这招儿就不好使了。如果硬打起攻坚战，伤亡大不说，即便是都攻下来甚至打下来杭州，对浙赣战役有什么作用呢？日军可以像现在一样对这个县城一样不理睬，等他们大军回师一攻，我们还不得撤出来。所以占彪决定还是抗命不打杭州，也不打其他县城了，要打在酒井直次的痛处。他把注意力放在了参加“铁道作战”的日军补给线上。沪杭铁路和沪杭公路成了他关注的目标，占彪要出击掐断酒井直次的命脉！

三路出击

打蛇要打七寸，占彪分析酒井现在最担心的应该是部队弹药给养的补充。仗已打了一周了，双方争夺激烈，国军坚持防守，伤亡惨重。新昌、永康、武义、东阳、诸暨、浦江、义乌一个个城镇失陷，日军对金华、兰溪已呈合围之势。但日军的给养也到了每日一补的白热化状态。此时若能掐断酒井的给养，将是对国军的莫大帮助，或许能达到解围的目的。为了达到这个目的，占彪把抗日班分成三路，分别出击。

第一路是小峰、曹羽、三德、正文排去袭击沪杭铁路。沪杭铁路是1938年1月由日军修复的，现由日本的华铁会社经营着。占彪要求小峰炸断一座铁桥即可，掐断日军从铁路运送给养。铁路桥要是断了，够鬼子修段时间的。

第二路是占彪亲率聂排长、强子、刘阳、大郅排去沪杭公路打伏击。对公路，占彪准备多处掐断，不只是打沪杭间的公路，也打杭州到金华间的公路。同时尽可能大量地销毁他们的军用物资。

第三路是给金华的国军运送地雷，用最直接的方式支援前线的国军将士。因路上情况复杂，除了隋涛排开车外，由成义、柱子排一路保驾。六辆载运地雷的卡车被若克炸了一辆，加上三辆护驾车共开了八辆卡车。地雷还剩下一千枚，刘阳从中留下了五十枚做研究。

三路人马都配上了短波电台，刘阳要求除了带好正常的一米顶部天线外，还带上了四点四米偶极天线，使报话距离从七公里扩大到六十公里，电报距离从十五公里达到五百公里。

出发前，占彪再次痛心地提起若克的牺牲，强调了抗日班战士的自我保护。还特别将九凤的安全落实到了人头：曹羽负责春瑶，三德负责若飞，隋涛负责秀娟，成义负责小蝶，大郅负责小玉，小峰负责静蕾，占彪则负责小宝和阿娇。

小玉的儿子郅彪和若克的儿子克克暂时寄养在小蝶家中，小蝶爷爷要给受到惊吓的克克调养一下。县城则由春瑶哥哥于顺水的地下抗日保家卫国队接管。占彪嘱咐于顺水只负责百姓正常生活治安，抗日班不在的时候，如果有日军回来了，就转入地下，不要和他们硬拼。

小峰的第一路炸铁路桥进行得不太顺利，日军有了上次沪宁线被炸的教训，对铁路桥的守卫很严密。占彪电令小峰如果不能马上炸桥，就先扒铁路，不让他们通车就行，然后再找机会炸桥。扒铁路做得很痛快，因为各排里都有铁路工人。但扒铁路日军基本能做到当天修复，影响不大。曹羽动了点脑筋，他的特务排里也不乏爆破人才，终于炸翻了一列军火列车，惊天动地的连锁爆炸响了半天。后来占彪来电，如果不能马上炸桥，就专炸火车，别再做扒路轨那种费力不见效的游击队活儿。这也是占彪在对付公路时总结出的经验。因为扒公路就是很辛苦，士兵们累个半死，鬼子当天就能修好通车，反倒害得很多修路的民工被打被虐。所以占彪决定只打过路的汽车队，不干扒公路的活儿了。

刚开始，占彪打得中规中矩，先在路上设置障碍，让车停住再打，打得冒烟起火后再冲上去消灭押运的日兵。大郅排因在公路上打过伏击，有了一些经验一直冲在前面。后来越打越经济。占彪把四个排的兵力不远不近地交叉布置在公路两侧，每排以树木和石碑为界，负责 100 米长的公路，也不用费心设路障，不管它车队多长，押车兵力多少，车进来就打就拆，在谁的地段打爆了打趴了算谁的功劳。4 个排的火力有 12 挺重机枪，36 挺轻机枪，掷弹筒这回每班 5 具配齐了 4 个排共 60 具，而且还用上了大郅新缴获的 92 式维克斯重机枪和带狙击瞄准镜的 99 式轻机枪，再加上都是经过训练的专业“拆车手”和“狙击手”，更有占彪的命令要大家往狠里打、往死里打，如此伏击，什么样的车队能闯过去？！什么样的押运兵力能闯过路旁 200 米的开阔地，能躲过密集的掷弹筒轰击？！对见势不妙把车扔下溃逃的日兵，占彪也不追，大有王者之师的“范儿”。

有次遇到了大型车队，足有五十多辆卡车，占彪打爆打燃了二十几辆后一声令下就没影了，日军归拢了后继续出发，走了不远遇到了第二次打击，是占彪转移到前面把刚才的一幕重演了一遍，结果日军还是全车队覆灭。

整整两天，日军后方的铁路线、公路线上，枪声阵阵，爆炸声声，黑烟滚滚，酒井直次的前线各路部队硬是没有得到一点给养，逼得日军第 13 军司令部不得不从水路和空投紧急向“铁道作战”的部队运送给养。但速度就慢多了，数量也少了，使日军放慢了进攻的脚步，国军也得到了喘息。

这是第三天的下午，一上午也没有鬼子车队过，看来是被钢班打怕了。占彪刚领着部队布置了一个新的阵地，就见到从前方返回一个日军车队。对每天从前线返回的车队占彪几乎没有打过，因为回来的车队不是空车就是喷着红十字标插着红十字旗的伤兵车。占彪对大家提过要求，不许贪财，不许恋战，不打近战，不打医院。日军似乎也掌握了对手的宽厚仁德，回来的车队不用探头探脑观察，而是大胆地一路疾行。

这个车队有四辆伤兵车，四辆军车，双方都互相看到了，抗日班按惯例没有动手。可没想到在车队开过去后，最后的军车里扫过来一弹匣机枪子弹，大郅排两名大意的战士挂了彩。大郅气得大叫：“奶奶的，打了这么多天没有伤亡，让我破了抗日班的零伤亡纪录，给我打下来。”占彪也很生气，鬼子真是给脸不要脸，便对大郅说声：“你们排干了它！”

因为重机枪都是设在由北向南的车队油箱这一侧，从南回来的车队油箱在对侧，大郅排打了半天那四辆军车也没有被打爆的。这时别的排都没上手，眼看车队又开远了些，聂排长和强子上阵了。聂排长边说：“你们死心眼啊，这时候就别抠司机了，打它轮胎嘛。”他们一上手，四辆军车都歪在了路上，大郅排被提醒后，结果把前面的伤兵车轮胎也打爆了。大郅一挥手，全排士兵端着机枪扫射着冲了过去。占彪看看不放心也提着手枪跟在后面。

车上还不到一个日军小队，挑衅的日兵很快都被歼灭，有几个日兵看上去还是孩子。余怒未消的士兵们围向伤兵车，掀开篷布往里看着。占彪在后面喊了一声，让大郅不要让士兵乱来。可士兵们突然发现一个女兵，胳膊上戴着红十字袖章，看来是个护士。几个士兵一把就把她拽了下来，几下子就把她衣服扒光了。车厢里传来一个鬼子伤兵声嘶力竭的喊声，好像不让伤害那个护士。其实士兵们并没想咋样，只是想羞辱一下总奸污中国妇女的日军，让他们知道自己国家女人被欺负的感觉。

那个日本护士全身赤裸躺在地上，绝望地闭上了眼睛。这时占彪走过来喝了一句：“别闹了！”接着，占彪对士兵们说：“鬼子和我们的区别就是他们是畜生我们是人，都回去吧。”说着，捡起一条毯子扔在那护士身上说了句：“滚回去！”

转过身的占彪边往回走边说：“娘老子的，小日本的女人和小孩都敢来中国撒野……”

第三路的成义来电报了，是小蝶发过来的，这边是小玉收的。她们在电文后面都有一两句自创的电文，如果日军截获了电文想破译，这后几句干扰就会费尽他们的心机。成义汇报，车队已开过建德离金华不远了，还说看到远处的日军飞机在空投弹药箱，看来是被占彪逼的。

占彪很担心第三路的行动，因为他们很容易与日军相遇，所以他派了谋略过人还能说点日语的成义带队。成义自然要求隋涛和自己排战士换上了日军的服装，自己当上了日军中尉，但他没让柱子排换装，而是将他们雪藏在一个车厢里，以便一旦遇到国军时方便出头。

快到晚上时，成义来电："跟上一条大尾巴，十二个方盒子。是打是甩？"占彪回了一句让发报的小玉摸不到头脑的话："祝贺扩编！"一小时后，成义来电："扩编完毕，金银不缺。"

原来成义率车队开往按第三战区指定的一个村镇，一个小时前还发电核实了一下，没想到车到镇边时发现已被日军占领了，村边公路上还停着一列卡车。这时如果停车，日军一过来说话肯定会露馅，成义决定继续向前开，紧贴着日军的十二辆卡车开了过去，但让成义大惊的是这个日军车队居然跟在后面开了上来，接成了一队。他令隋涛开快一段，鬼子的车也紧跟着快开。成义在过一个弯道时回头观察了一下，每辆卡车上只有两名司机，而且居然没有警卫部队，看来是把我们的警卫部队当成他们自己的了。前面还有十几公里就是国军驻守的镇子了，把鬼子领到国军堆里动手还不如自己解决。

成义动手了，他在车里安排了二十四名"日兵"，像鸡下蛋一样一对对跳下车分候在行驶的车队两侧。等最后一对下车后，隋涛马上停车。全部卡车停稳后，后面每辆日军卡车的左右车门几乎同时都跳上去一个端着手枪的人。日军司机几乎没有反抗，顶在脑袋上的黑洞洞的枪口实在是来得太快了。二十四名日军司机中只有五名不识时务者被当场击毙。这时，隋涛一挥手，排里跃跃欲试的开车"新"手们上岗了。成义问清了日军司机都是工人后，便把他们放了。刚入夜，八车弹药，四车大米，五车地雷，三车士兵共二十辆卡车浩浩荡荡开进了国军 21 军 146 师防区内。电文中的"金银不缺"是指没有阵亡和受伤的。

成义当夜发报："成功送货到家乡人手中。"这里的家乡人占彪是明白的，146 师是川军。

看到占彪平静下来，曹羽笑对占彪说："今晚我们可是三路汇合，赶上我们当年的三路出击了。"成义也拉着占彪走向占东东的桌子，悄声对占彪说："看看你大孙子怎么忽悠小玉。"

随着靠山镇和杭州的两路抗日班人马即将汇合，小宝和小玉两个至情姐妹重逢在即。但大家都担心早就以为小宝不在人世的小玉会受不了这个特大的刺激，一直在想办法让小玉接受这个现实，可是一直没有什么好办法。有时暗示小玉世事的复杂，小宝有可能还活着，小玉想也不想就说："我宁可死了也要换小宝活着。"

杭州的大队人马已从杭州出发，晚上就要到了。占东东情急之下想出个办法，他想利用自己正在研究的《周易》诱导小玉奶奶，让她变被动为主动地接受即将出现在她眼前的小宝。

占东东在桌子上铺开了一张太极图，正和二民、拴子、潘石头，还有郅彪、聂云龙、聂云飞、东光、权子、潘小梦等人说得起劲："跟你们讲，这西方文明有《圣经》，我们东方文明有《周易》。周易八卦是我国最古老、最有权威又最神秘的一门学问，是中华民族智慧的结晶。"二民的孙子东光说："东东哥，你别把我们绕迷糊了就行，讲通俗点。"

小蝶拉着小玉过来赞赏着说："这里的学问真是不少啊，东东真聪明。"小玉问道："能测出过去的事情吗？"占东东点点头说："玉奶奶您就问吧。"

小蝶抢着先问道："那东东你能测测我们抗日班当年的一些事情吗？"占东东点点头说："应该能，只是我功力尚浅，可以测测看。"小蝶想了下问道："东东你测测当年若克牺牲的情况，我们至今不知道若克是怎么死的。"

只见占东东把一枚古代铜钱放在小蝶平摊的手心里，然后东东接过闭目握了一会儿，又在掌上电脑上点了一会儿，最后长吁一口气说："五月鲜花风浪摧……"刚开个头就被打断，是三德，他说："若克就是五月的鲜花，盛开在原野上……"

虹桥机场（一）

第三战区令146师独立工兵第八营的黄营长前来点验这批地雷，老乡见老乡，成义和年方二十一岁的黄营长一见如故。黄营长是永州工兵学校军官训练班毕业的，已是当时国军中有名的爆破专家。看到这批地雷后，黄营长赞不绝口，说相当于国军使用的威力很大但数量很少的四号甲雷，而且体积小多了。

黄营长告诉成义和隋涛："这批地雷是有区别的，共有四种引爆方法：第一种轻压即爆，是炸步兵用的。第二种重压才爆，是炸车辆马匹的，可调压力范围在六十五公斤至九十五公斤之间。第三种是用绳索拉发的，第四种是电发的，都是预埋伏击用的。"隋涛如饥似渴地边听边记，自己的排是工兵排，不会埋地雷起地雷哪成。但黄营长叹道："只怕是这批地雷不能好好派上用场啊。"成义忙问何故，黄营长不无遗憾地说："现在各部队都调上前线了，我们工兵营没有步兵掩护是很难完成任务的，因为我们要埋设地雷的区域都在敌我之间的危险地带。我上次在梅埂带一个工兵排五十多人去埋地雷，结果被鬼子发现，全排只回来三个人。"

成义想了想对黄营长说："我们有三个排可以晚撤回去几天，帮你们工兵营把这批地雷埋下去，不然我们冒死跑这么远送地雷就太不值了。"黄营长一听大喜："那可太好了，我听说过你们钢班的传说，个个都是英雄好汉，看你们的装备就能看出一二。有你们掩护，我们就不怕了。"隋涛当即接上一句："我们也可以和您学学埋雷技术。"黄营长起身道："没问题。我马上向师长汇报去。"

第二天黄营长兴冲冲赶来，轻松地说："师长同意了，正在制订计划。这几天，日军后方有我们的精锐部队把他们的给养线打断了，我们能从容布阵了。"接着他又悄悄说："你们拉来的八车弹药可为我们师和我们军解决大问题了。你们还有二十台车，师长都舍不得放你们走了。"当天，成义、隋涛和二柱子三个排拉进黄营长驻地，临阵学艺，全体恶补了一天，初步掌握了埋雷起雷技术。当然隋涛排学得最认真，这可是工兵的看家职能。

这天下午，占彪接到成义和小峰的电报。成义电文："前线打得很激烈，日军全靠四五十架飞机狂轰滥炸并空投物资支援，川军成排成连阵亡，国军步步后撤……今夜涉河于兰溪前下蛋。"小峰电告："我部现已炸毁两列火车，并于上海附近松江处终于炸断铁桥一座，请示是否返回。"适时正有一群日军飞机在东面天空中飞回上海方向，占彪凝望良久。

占彪打开地图，看到小峰的位置在上海的近郊，其西北不远就是虹桥机场。占彪用手指点着虹桥机场，对围过来的聂排长、强子、刘阳和大郅说：“机场应该说是老虎嘴上的须子，谁敢去拔？所以是他们防备最严密也最松懈的地方。我们再让酒井中将上点火！”不久，静蕾递给小峰一封占彪发来的电文：“速侦虹桥鸡窝，我与你会合，准备明晚吃烧鸡。”

占东东正在给当年若克之死起卦，他对接话的三德说：“三德爷爷，卦上说‘五月鲜花风浪摧，姐妹同枝情续连，水上戎马尘未落，龙飞凤舞行沧田。’这前三句我能解：首句说的是若克奶奶的死因，是死于爆炸气浪。我原来也分析过，若克奶奶全身只有肩上被刺的刀伤，不至于致命，但人离卡车只有十米远，正在地雷爆炸的气浪范围内，再加上一路流血筋疲力尽，被气浪一摧油尽灯枯而逝。”小蝶听罢点点头：“和我估计的也差不多，若克全身经脉皆断，只能和巨震有关。”

曹羽仿佛还沉浸在当天的惊心动魄中，低头说：“要不是那天若克把鬼子引开，把生的希望留给了春瑶，我们哪有今天啊。”成义看着曹羽和三德也回忆着：“那天彪哥和你们俩都像疯子一样，把城封了，杀了全城的日本人……东东，后面的几句呢？”

占东东继续说道：“第二句是说三德爷爷娶了若飞奶奶我就不多说了。第三句说三德爷爷当了一辈子海军，退休后还能做番事业。第四句，第四句我可有点说不明白了。”三德接过话说：“看来这卦真准啊，龙飞凤舞是指我和若克、若飞的四个孙子孙女，得龙、晓菲、得凤和得武。”

众人皆惊占东东的卦算得准。小蝶推了小玉一下，小玉摇摇头说：“算得再准有啥用，人死不能复生。”成义在旁缓缓地说：“生死相依，生生相循，能求死就能求生。”小蝶迟疑着问占东东：“东东，你这卦能问生吗？死去的人在哪里？还能生还吗？”

占东东忙摆手：“不可不可，除非特别心诚的人才可以起卦试试。”

小蝶又忙推下小玉，小玉不相信地问东东：“孩子，你这卦可以问人能不能活吗？”东东道：“小玉奶奶，这卦象认人，诚心可以感天泣地的，或许能有奇迹。不过，算活算不活的，玉奶奶也别怪东东啊。玉奶奶你算哪位啊？”

小玉幽幽地说：“我还能算谁，我要算袁宝，我的宝儿姐……”

三德一听要打鬼子机场，几天来一直在沉默的他爆发了。这几天他参加打铁路只是机械麻木地跟着，自若克走后他一直在寻找一个爆发点。能抱着重机枪突突鬼子，痛痛快快地为若克报仇，才是他的心愿。打机场是谁也不敢想的事，足够调动和唤醒三德。所以三德特地要静蕾给占彪发了电文，申请打机场让他当前锋，意思就是让他多打，放开打。占彪当即回电："任命三德为夜袭总指挥，其他人等全力配合！"

当天下午，三德便领着二民去机场侦察，两人赶着挂毛驴车几乎绕着机场走了一大圈。从天亮一直转到大晌午头。虹桥机场是1921年建的，占地面积很大，是长条形的。机场里面只有两条跑道，一条是主跑道，一条是滑行道，东南角是停机坪，停着十几架明晃晃的飞机，远远看去像儿童玩具。从机场里的住处看得出，穿日军军装的是警卫部队，有两排住房，大约有一个中队。穿军便服的是地勤人员，也约有一百多人。在机场西南角有一处是皇协军的营房，估计也有一个中队左右的兵力。

机场的四角及两侧边线中间共建有六个塔楼，上面都架有蒸锅似的探照灯。塔楼间两侧还有四个碉堡。塔楼和碉堡外侧四周围着两道铁丝网，铁丝网外足有五百米的开阔地，两道铁丝网间也有二百米开阔地，真可谓铜墙铁壁，水泄不通。

机场北侧有一条公路直通上海，离市中心仅十三公里。傍晚时分，三德和二民顺着公路向市内走了一段，不到三公里处有一所学校，十多间教室都变成了营房，估计有一个大队的鬼子驻在这里。如果有情况，这里的援兵在十分钟内就能赶到，包围机场。看来日军把保卫机场计划得很严密，大有万无一失之势。

将近半夜，三德和二民才回来。这时占彪率领夜行军已到离三德不到五公里的一个小村庄隐蔽，怕汇合在一起目标太大了。三德用报话机直接和占彪汇报着侦察到的情况，小峰也在旁边听着。但两人用四川话里的当地乡音讲着，比四川话还难懂，小宝她们好像在听外语。这是占彪怕有敌人侦听而采取的一个手段。占彪问三德的袭击计划，三德早已想好，胸有成竹地说："我们的打击目标有警卫部队，地勤人员，停机坪，碉堡，塔楼，还有来支援的鬼子，共六个目标。我想我们现有八个排，用两个排钻过铁丝网各打一侧的塔楼和碉堡，争取第一时间就把塔楼打掉，然后一边一门步兵炮把碉堡打掉，接着这两个排冲进去堵门打击警卫部队和地勤人员的宿舍，这个活儿我和大羽排来完成。剩下的事就是打援和炸飞机了，打援可让聂排长和阳子排去，炸飞机让小峰和强子排上。对了，正文的铁拐排可以先帮我们把铁丝网打开，然后留在外围警戒，截杀逃跑的鬼子。彪哥手里再留一个机动排，大郅排给你留下。说完了。”

占彪禁不住夸了声：“行啊，三德子，作战计划制订得不错，你小子是做了万一我们不到的准备。好吧，你咋定咱们就咋打了。不过阻击援敌那伙要加强些，注意不同来路敌人的增援。刘阳有五十枚地雷，咱给它用上，多封它几条路。还有，作战时间要在半个小时之间，不许超过半个小时。”

三德问道：“我们晚上八点开始接近机场，十点发起攻击。这个时间可以吗，彪哥？”

占彪鼓励他说：“可以，三德子你就放手指挥吧，彪哥给你做后盾。”三德忙说：“行了彪哥，这样就行了，剩下的事我不管了，我要突突鬼子去。对了，二民过晌午头的时候去接你们，给你们领路。”占彪欣慰地笑了，看三德嘴上说不想指挥，但还是进入了总指挥角色。

作战方案下达，各排都在研究细节。正文排在找掐断铁丝网的工具，小峰排在研究用什么炸飞机，刘阳则和成义来回发电文，学会了地雷的用法。

在大家都在准备战斗的时候，兼任司务长的九凤们却遇到了意外。她们最近一直为吃饭发愁。因为这次出动是从天府紧急出动的，没有带上足够的干粮，在县城出发时也只是补充了两天的干粮，最近这几天每天都得筹粮。在向老百姓买粮的时候，老百姓都愿意帮新四军，不理国军。只有报号说是重机枪钢班，老百姓才大吃一惊，欢天喜地倾囊相助。但又出现一个问题，在付钱的时候，老百姓都不愿要法币了。

这时的法币越来越贬值，连蒋介石和各战区奖励一名将士的时候都张口就是一百万。占彪和刘阳为了不让弟兄们吃亏，把这几年发给大家的军饷——每人上万元的法币都给他们换成了大洋。然后又怕银元揣在士兵身上叮当作响，就都存在刘阳那里。刘阳给每人做了一个小存折，据说这战时小存折后来还被收入了军博。

就在抗日班坚持付钱的为难中，有位乡绅提出了用子弹换粮食的办法。后来刘阳和小玉就采取了这个方法，再后来有时给乡亲们几把手枪、步枪和手榴弹什么的，还有要烟土的。结果当年管事的乡绅到解放后成了地主，抗日班还有个罪状就是给地主还乡团提供军火。

在大家好容易吃饱饭后，又一个意外出现了，但也算得上是好的意外。

天近黄昏，正当占彪四个排在二民的引领下向虹桥机场运动，路过一个村庄时，传来了激烈的枪声。占彪听了会儿说："这是中国人在打中国人呢。攻打村子的一方有捷克和中正，不是国军就是皇协军。另一方不用说就是新四军了，机枪还不少呢。"刘阳点头道："一听他们只打点射就知道了。是不是彭连长他们啊？"

果然是彭雪飞，他已是重建的新四军一师的一个团长了。彭团长的旅长是过去的谭营长谭再道。今天打仗的是原来县大队的单队长，他将上次扔河里的六挺重机枪等武器都捞了出来。县大队升级为正规部队，他现已为彭团长手下的营长了。

攻打新四军的是国军的忠义救国军一个营，营长叫许雷，他和日军及皇协军关系都不错，互不相犯，专打新四军游击队。这次他也得到第三战区的命令，骚扰日军后方为前线解围，但他没敢去打鬼子，却得知这附近有支上百人的淞沪抗日游击队，便率着超过淞沪游击队四倍的一营兵力胸有成竹地前来扫荡。让他万万没想到的是，单营长前一天带着一营的新四军正规部队刚与淞沪游击队会合，而且彭雪飞便率着团部警卫连当晚也开到这里。新四军的武器火力相当的强，双方刚一交手，许雷就大吃一惊，遇上正规四大爷了！但他仗着自己装备精良，又占了先机，拼命地组织进攻，想吃掉这部分新四军。而彭团长和单营长也早就想除掉这个为霸一方的祸害，正撞到枪口上了。彭团长马上命令单营长组织抵抗，自己的警卫连雪藏着准备反击。彭雪飞清楚自己的部队虽然轻重机枪配备足够，轻机枪已达到每班一挺，但子弹并不充裕。他不想在国军身上浪费太多弹药，不然等遇到鬼子时便"囊中羞涩"了。

正在双方相持的时候，占彪在双方的侧面出现了。强子排用十挺轻机枪向天上一个长连发，交战双方顿时静了下来。强子大喝："我乃国军江南抗日班，交战者何人？"

虹桥机场（二）

双方听到是钢班来了，皆大喜过望。

国军营长许雷想，虽然没有和大名鼎鼎的抗日班接触过，但毕竟是国军序列啊。彭雪飞一听端起冲锋枪一个点射大喊："彪哥，小飞在此！"接着，部下纷纷喊着隋涛、大郅、三德等人的名字，还有人喊着四德。

占彪高声喊道："中国人不打中国人，你们都别打了，今晚跟我去打鬼子。"

许雷在远处一听顿觉不妙，新四军和这个钢班这么熟啊，肯定是不能帮自己了。他又想起第三战区去年的通报批评，说国军这个抗日班居然在皖南战役时违抗命令，帮助新四军突围。妈呀，连顾祝同司令长官的命令都敢抗，这钢班肯定是不会帮我打新四军的。想到此，他马上布置准备撤退。

这边，单营长一看许雷阵脚松动，马上由守转攻，彭雪飞的警卫连也反击了出去。枪声又是大作。许雷大喊："抗日班，你们身为国军不打新四军，我要向蒋委员长报告！"说罢率队溃退。单营长他们紧追不放，许雷的逃跑方向正是虹桥机场的方向，狡猾的许雷是想把新四军引向日军集中的地区，也想来一招引豺斗狼。况且，机场还有一个皇协军中队能接应他，那中队长是他过去的部下。

彭团长、单营长与占彪相见自是十分欣喜，占彪祝贺新四军有了长足的发展，戏说着："小飞团长，这回有资格当姑爷了。"和小宝一起跑过来的阿娇顿时脸色绯红。

彭雪飞笑答："反正有人等着我，先不急。"说罢话头一转："彪哥，你这是去哪里？帮我们把这股顽军消灭了吧？"占彪拍了下彭雪飞的肩说："团长大人，不是我抗命，你应该知道我的，国共间和打鬼子无关的事情我不介人。不过我也朝那个方向去，我在你后面陪你走一段。你快去领你的部队吧，别拉太远了。"彭雪飞应声而去后，二民领着聂排长和刘阳排也分路向市内的公路设伏而去。

这时已是夜里九点多了，三德们早已进入阵地，只等占彪们赶到，但等到的却是一大群乱七八糟的散兵。许雷也奇怪，以前这一路上有很多地方驻扎着日军，怎么都没遇到，难道都去金华打什么“铁道作战”去了？没有了帮他拦住追兵的人，只好跌跌撞撞地逃到了机场，·找他的皇协军中队长，他知道前线再忙，机场也会有足够的警卫部队的。在快到机场的时候，奸诈的许雷竟让部队悄悄拐了弯，让新四军径直冲向了机场。

彭雪飞率领新四军是从机场的远端进入的，他们马上包围了皇协军中队，没想到皇协军有一半的人去城里没有回来，几十名皇协军被单营长迅速地吃掉。这时战士们发现了远处停着的飞机，才意识到打进了飞机场。

新四军的介入不算破坏了三德的计划，这时三德和曹羽排已钻过铁丝网，埋伏在塔楼和碉堡前，占彪的口哨声让三德们知道部队已到，新四军的出现等于发了开始战斗的信号。而且新四军先把日军的火力吸引了过去。

日军塔楼的探照灯都突然照在新四军出现的地带，碉堡也开火了，新四军被打倒一片。这时大家听到三德学四德的一声狼叫，便一齐动手了。素有猴王枪之称的三德临时改变了打法，他没有像对面曹羽那样用机枪把探照灯打坏，也没用步兵炮轰炸碉堡。他居然命令几个身手敏捷武功高强的战士爬上了塔楼解决了鬼子，把探照灯完好无损地夺了过来，转过来专门照射飞机和营房，给冲进来的小峰排指引目标。而这侧的两个碉堡他早已潜伏好人手，一打响便从枪眼里塞进了手雷。塔楼和碉堡解决后，新四军压力顿解。然后三德和曹羽排对着营房和地勤人员宿舍就是密集的火力封锁，日兵顽强地向外冲并猛烈地反抗，一批批徒劳地倒在机枪和掷弹筒的旋风中。占彪带着强子和大郅排随着小峰排冲进机场，直奔停机坪。

这时彭雪飞才看明白，原来抗日班的作战计划是攻打虹桥机场，早已布置得滴水不漏，自己是误打误撞进来的。占彪跑过他身边，指着单独停在不远处的一组四架飞机喊道：“小飞，这四架给你们了，赶快动手。”单营长一挥手，新四军扑向了那四架日军战斗机。

占彪们冲向的停机坪上，停放着晚上才返航的 20 架日军战斗机和轰炸机，小峰设计的是用手雷炸，但效果不大，还伤了自己人。占彪下令先用重机枪拆拆看。三个排的九挺重机枪一溜摆开，都是排长副排长亲自上手，连占彪也抱了一挺。对准飞机的发动机、螺旋桨、油箱和驾驶舱就是一阵定点扫射。那时日军的飞机很不结实，近在咫尺的重机枪火力就像打纸壳玩具一样痛快。远远的，三德率人扛着自己排的3挺重机枪跑过来，喊着："给我留一架，别打没了。"三德过来后，架好一挺92维克斯重机枪就打起了猴王枪，他是一挺同时打3架。重机枪左右摆动，喷着火焰突突地抖动着，副射手不间断地续着弹链。三德边打边狂呼着："若克，三德给你报仇来了！——若克，你走好！——"

20架飞机转眼被打得千疮百孔，相继爆炸，烈火熊熊。三德伏在重机枪上大哭，占彪站在一旁任他哭着。单营长那边也用手榴弹加汽油打燃了那4架。这时，城里方向也传来阵阵地雷的爆炸声和轻重机枪的扫射声。看来，日军的增援部队很配合，刚好留给了聂排长和刘阳布雷的时间。

占彪向小峰示意，小峰马上拍拍三德问道："三德排长，我们撤不撤？飞机都打完了。"三德这时才收住声，大手胡乱抹着泪问占彪："彪哥，我们是不是该'见好就收'了？"

收队后，刘阳向占彪和彭雪飞汇报着战果。日军守备部队180人和90名地勤人员当场被打死大部，残余突围时被正文排消灭，那个皇协军中队被打散。日军增援部队先被地雷炸，然后被机枪扫，再被掷弹筒炸，直到后半夜才到达机场，具体死伤数目不详。我方共伤亡三十余人，新四军牺牲了一个连长，死伤21人，抗日班轻伤9人。占彪看着缴获了大批枪支弹药的新四军，对彭雪飞说："小飞，祝贺你们新四军打下了虹桥机场！"彭雪飞不满地嗔怪："怎么能这么说，是你们早就设计好了这个计划，还不告诉我，彪哥你不对。"占彪真诚地对彭雪飞说："打仗啊，我认为，谁伤亡大谁就是头功。不告诉你不是不相信你，就是怕你们有伤亡嘛。"

这场夜袭虹桥机场的战斗毁了日军24架飞机，还气得酒井直次中将鼻血长流。更主要的是，虹桥机场上空彻夜的火光让全上海的民众彻夜未眠，极大地鼓舞着中国人民抗战的勇气和信心，其政治影响非常之大。沪上大批爱国青年、学生、工人纷纷要求参军打鬼子，当月就有上千人出城加入了新四军。第二天，上海租界的《密勒氏评论报》、《译报》、《大美晚报》等中外报纸都报道了新四军火烧虹桥机场的消息。前线作战的国军闻之无不振奋，而且直接受益。因为当天日军飞机就少了一半，只有停在杭州机场的27架飞机前来参战。酒井直次恼羞成怒，下令对金华守军施放毒气。

占东东一听小玉算的是小宝，看上去很是无奈，他对小玉说："玉奶奶，我都算过多少次我奶奶了，没用的。不过，您和我奶奶的感情是任何人不能比的，那我就再试试吧。"

小玉把铜钱平放手心举起，闭上眼睛，无比虔诚地念念有词。良久，把铜钱递给占东东。东东握住一会儿，又用掌上电脑算出卦辞，东东突然眼睛一亮，看着卦辞表情越来越激动，小玉忙问："东东啊，怎么回事啊？"

占东东俯身向小玉跪下："玉奶奶，有希望啊，您再求求，只有您求才好使呀。"占彪在旁和成义对望了一下，两人微微一笑，配合地瞪大眼睛，做出吃惊的样子。

小玉忙又接过铜钱平举，闭上眼睛嘴里念叨着，眼泪从眼角溢出。占东东又握了一会儿，大喜过望地喊着："玉奶奶，您也太神了，我以前怎么没出现过这样的卦象呢！您听：'宝玉劫，域外生。时机到，落日圆'。"

占彪在旁忙问："孙子你快解解，这什么'宝玉劫'都是啥意思，怎么扯《红楼梦》上去了。"小玉也急着催："彪哥你别打岔。孩子你快说说，我怎么没听出来什么呢？"大郅、小蝶和全屋的人都紧张地听着占东东的解卦，屋子里静得连针落下的声音都听得到。

占东东站起来兴奋地说："这可是小玉奶奶的真诚和爱打动了神灵，给我们显示了这样让人不敢相信的卦象。你们听听这卦：'宝玉劫'，是说我宝奶奶和玉奶奶都受到了磨难；这'域外生'，是说我奶奶好像在国外还活着；'时机到'，是说我奶奶时机一到就会回来的；'落日圆'，是说宝奶奶回来是先和玉奶奶相见，是在一个晚上太阳落下的时候团圆。"

小玉喃喃自语着："不可能，不可能，我不信，我不信……"小蝶在旁边安慰着小玉："宁可信其有，不可信其无啊！你再算一卦，什么时候时机成熟，什么时候你们才能团圆？"小玉忙抢过铜钱又念念有词一会儿，占东东起卦道："玉奶奶，不会吧，你是求越快越好了吗？"小玉忙说："是啊是啊，恨不得马上相见呀。"占东东向爷爷高兴地报喜："爷爷啊，大喜啊，玉奶奶给我们救来了奶奶，奶奶还活着，而且这卦象上说：'今日想有今日有，明日想无明日无。'那就是说今天晚上就能看到我奶奶喽！"

小蝶忙拉起小玉说：“你把宝儿姐求回来了，今晚就回来了，我们快收拾收拾呀。”小玉好像梦游一样，跟着大家张罗起来。

上午，连续两夜参加布雷的成义正在领着隋涛、柱子排在一个村子里休息，他仰望着空中少了一半的日军飞机，为战友们骄傲。这时，他看到从南京方向飞来五架运输机，在两架战斗机的护航下在上空盘旋着。

黄营长的工兵营及周围的国军分别吹着号让大家隐蔽，突然成义灵机一动，喝令全排再把日军服装胡乱穿上，从老乡家背出两袋面粉，在门前的打谷场上画了个大大的方框，告诉战士们往方框里洒面粉时不许露空地。黄营长们刚开始在旁看得莫名其妙，见成义把老乡家漆着红漆的大号锅盖往白面粉框中间一放顿时明白了，众人皆举头看日军飞机的反应。哈，果然成功了，五架运输机接连摇着翅膀俯冲下来，冲着日本膏药旗把弹药食品药品一箱箱投了下来，全村一片欢呼。

黄营长上前用力捶了成义一下：“俺老乡就是聪明，把鬼子都戏弄了。我还没得空问你呢，你昨晚在那个三岔路口鼓捣了半天，在布什么阵呢？”

原来成义、隋涛们这几天在黄营长的点拨下迅速掌握了埋设地雷技术，剩下的就是自己怎么发挥了。成义他们什么真假雷、连环雷、三角雷、上下雷、兄弟雷越做越熟练。尤其成义学东西一贯是举一反三，一通百通，大有青出于蓝而胜于蓝之势。

成义笑着对黄营长说：“那个三岔路口旁有个小高坡，我们演示了一下，如果鬼子大队走到那里，一定要停下，决定往哪条路走。这时，应该有个骑马的军官到高处瞭望下的，我和隋排长在那里埋了一个重压雷，起爆重量调到 80 公斤，是一只马蹄和人的重量，炸死个中尉也是好的。”黄营长点头赞道：“你们是爱动脑筋，好样的。这次还得谢谢你们呢，你们不但掩护我们顺利地设了几十个地雷阵，还上手帮我们埋了上百枚地雷。其实没告诉你们，第三战区给我们师长下的命令是就地销毁这批地雷，是你们把这批地雷救‘活’了。等战役结束后，我要给你们请功。”成义摆摆手说：“我们都是在黄营长指导下做的，真要炸死个把个鬼子，也都是你们工兵营的功劳。”

“上校”班长

被占彪抗日班几番骚扰的酒井师团长已不堪折磨。县城被占，地雷被劫，铁路被炸，公路不通，现在机场又被炸，令他们变得心浮气躁。酒井在5月28日晨用毒气攻下金华后，立即驱师向附近的兰溪进攻。没走多远，部队便遭遇地雷阵，死伤甚多，追击部队被迫停止前进。

上午7时左右，酒井急命第15联队河野中佐派出一个工兵分队清除道路上的地雷，结果不断传来工兵被炸死的报告。最让酒井中将气愤的是，验明这批地雷竟是日军的“93式”地雷。让他想起前几天占彪在县城截获的那批地雷，如果真是这样，说明占彪的抗日班居然把地雷运到了这里。

上午10时左右，河野中佐向酒井报告地雷已全部清除，酒井听了报告仍不放心，命令骑兵卫队在前边开道，步兵尖兵分队跟进，其后是师团本部。情报参谋间濑淳二、第13军总部参谋古谷金次郎走在师团本部前面，酒井和其副官走在中间，后面是参谋长川久保和作战参谋吉村芳次等人。行进中，骑马的酒井被日军官佐们簇拥在中间。此时，机关算尽的酒井以为自己如同进了保险箱一样，非常安全，所以下令把师团本部的三名随队军医都打发到各部队，处理被地雷炸伤的伤兵去了。

到了上午的10时45分，酒井的大队人马行至兰溪以北一千五百米处称为一里坛的三叉路口时，走在前面的骑兵和步兵小队安全拐弯通过，骑兵分队和后续部队都停下闪在路边，等待请示走哪条路。酒井听到下级的请示后想观察一下，便一扯缰绳策马走向右侧的小高坡，结果没走几步随着战马左蹄踏下，只听“轰”的一声巨响，酒井连人带马腾空而起，接着又被重重地摔到地上。全体日军都呆在当地，这么多人，怎么就不偏不倚，把最高长官炸了？！

酒井的战马当场被炸死，酒井本人左脚被地雷炸碎，左腿炸成肉泥，血流不止。日军官佐们疯了似的四处找军医，但最近的野战包扎所都在数公里以外。过了几十分钟后，军医部长才匆匆赶到。他赶紧为酒井检查，处理伤口和包扎。这时，酒井脸色苍白，已完全昏迷，嘴里还嘟囔着“钢班，占彪的，死了死了地……”军医部长又连续给酒井注射抢救药剂和输血，并做人工呼吸，但都为时已晚。恶贯满盈的酒井中将因失血过多，于14时13分毙命。日军上下哀叹：“日军现任师团长阵亡在作战第一线，自陆军创建以来还是首次。酒井直次成为日本自建立新式陆军后，第一个毙命在中国战场的陆军中将师团长。”

当时日军对外严密地封锁了酒井直次中将被炸死的消息。直到当年9月，浙赣战役结束后，日本陆军省才对外公布。1942年9月28日，中共的《新华日报》也刊登了《兰溪五月之役毙敌酒井直次中将》的消息。而最遗憾的是国军第21军第146师独立工兵第八营黄营长，他在四十年后才知道这个消息。

成义当然也不知道，他和隋涛埋的这颗地雷，本期望炸死一个中尉，却炸死了一个中将，但他在归队后却听说了国军这次战役失败的消息。成义后来很是不解，在日军给养供不上的情况下，在击毙敌方一个主要指挥官的情况下，在敌方飞机损失一半的情况下，在国军士气高昂的情况下，最高统帅居然发出了“不适宜在金兰决战”的命令，要二十多万国军主力仓促间转移到衢州一带，使这场战役又同国军绝大多数的战役一样变成了溃逃。致使当时必保的衢州、玉山、丽水等地的空军基地尽失，让日军报了当年4月18日美军十六架轰炸机轰炸日本东京、横须贺等地返航衢州机场之仇。无怪乎后世人们总结：国军有一流的士兵、二流的士官、三流的军官、四流的将军、末流的统帅——他五流都不够！

成义是夜里不辞而别的。师长几次表示了要把他们留下，而且有硬留的倾向，已在设定撤退方案时把二十辆卡车都列入了计划。他曾说抗日班三个排的精良武器和战斗力相当于他一个营甚至一个团。让成义马上动身的是占彪的一个电报，说若飞病危，让小蝶速回抢救。这样，成义便给黄营长留了封信，夜半发车，轻车熟路，二十辆卡车拉着白天抢到的一批日军空投物资一气驶了二百多公里，天亮前回到了县城。

中午时分，小峰、小宝和刘阳这路人马从杭州起程赶往靠山镇。大飞、刘翔和占东东频频通着电话，布置着一路的各种琐事。还有三位孙辈正在赶来，刘翔在电话里告诉他们直接去靠山镇。丽丽和小曼低声说："我咋没对上号呢，还有哪位爷爷奶奶的孙辈没来呢，不是都到了嘛。"

豪华客车里，小宝和若飞们知道了东东用周易八卦哄小玉的事情都笑个不停，纷纷夸着东东脑子转得快。彭雪飞点着头说："彪哥这大孙子和他一样的聪明。"小宝擦着眼角说："就要见到小玉了，我这心里头也是跳得凶啊，我要是像她一样，突然知道对方还活着，恐怕我的承受能力还不如她呢。"

目不斜视的拓哉和樱子坐在一起，一副大丈夫的姿态。麦克一直跟着晓菲坐，一路用英语交谈着，向晓菲提着数不清的问题。丽丽在旁也用英语和麦克聊着。

在穿过一条公路时，若飞突然指着一棵大树叫了起来："宝儿姐，快看呢，那棵大树还在呀。我们打完机场回来的路上，我就靠着那棵树晕了过去，一睁眼，在小蝶家躺着呢。五十多年了，这树怎么还没老！"

彭雪飞对小峰说："想起来，彪哥真是的，我们都碰到一起了都不告诉我们去打机场。那仗打得才叫过瘾，重机枪居然把飞机也拆了。"隋涛也遗憾地对刘阳说："可惜抗日班的第一次埋雷被你抢去了。"刘阳笑道："别不知足了，你们在兰溪炸死鬼子大官儿，更过瘾啊！"

在打完机场撤退的路上，若飞走着走着，一头栽倒在路边一棵大树下。三德一把抱起她狂呼着。他再受不得惊吓了，若克已经走了，若飞要是再有意外，很难想象三德会变成什么样子。占彪虽然急令成义和小蝶速返，但他没有硬等，全队直驱前几天打下来的县城，把若飞送到小蝶的爷爷那里。等小蝶赶回时，若飞已经无恙了。原来是姐姐走后，若飞悲惊交集，又经紧张战斗，疲劳过度，急火攻心而晕倒。

抗日班全体进驻县城后，占彪决定暂时不走了。为什么我们自己的城市让鬼子住，我们却要躲到乡下去呢？等敌进时我再退吧，住一段是一段。但没想到这一住就是两个多月。因为日军的"铁道作战"在打下金华、兰溪后，又继续西进打向了衢州，一路忙于掠夺，把上万条铁轨和武义、义乌、东阳等地大量的萤石矿运往东北和日本，一直到9月份才回师。这段时间，日军占领区出现了一个奇特的让国共都吃惊的现象，在1942年居然有一个县城被国军打下来并占据着，县城从6月到8月被“解放”了两个多月，县城的天又是明朗的天。

那时，二民的侦察分队已经做得有模有样了。方圆几百里，中队以上的日军都在他的监视之下，各县城都设上了内线，再加上电台和电话等通讯手段，日军有什么风吹草动都在占彪的掌握之中。至于各村镇据点的鬼子根本就不用理，他们也不敢来碰钢班的钢钉。

两个多月里，抗日班在县城里过得很滋润，军事训练和文化学习掀起一个接一个的高潮。九龙强化着战士们的武艺，在七路连环手的基础上，戳脚翻子和岳氏散手成了每名抗日班士兵的看家本事。隋涛的九豹领着全排和抗日班的班排长们玩熟了汽车后又练起了日军留下的摩托车。聂排长的九虎每天在城外主持实弹射击和军事演习，那实战的气势和机动性，更使附近县城和据点的日军望而却步。

九凤的成绩更大，小宝教导员领着小蝶、静蕾、春瑶、若飞等才女教授的文化课，不但使抗日班将士基本达到了小学程度，进入中学课程，她还分派九凤把县城的妇女们组织起来成立了识字班，完全按照共产党发动群众那套做了起来。

有一天，小宝随小蝶去学校废墟，那里还住着一批日本商人和侥幸没被打死的日军伤兵，看到那几十名日本人对小蝶的恭敬和感谢也有些感动，她领悟到坏人还是可以改造的。所以她把这几十名商人和伤兵集中在一起，试着作了一次中华文化讲座。没想到这些日本人听后还要求小宝继续讲，对于中国，他们知道得太少了，而且了解得也很片面。这样，小宝连着给日本人上了一个月的课，教日本人写汉字，教日本人了解中国的渊博文化，教日本人了解古时中日两国的关系……日后这些日本人不管在战时和战后都成了中国人民的朋友，他们时常回忆起小宝对他们进行的启蒙教育。

小蝶的成绩也不小，她要为每个班都培训一名医护兵。每次33名医护兵培训时，俨然一个排级规模，大家都喊小蝶为卫生排军医排长。后来这些卫生兵成了抗日班“零伤亡”的有力保障，他们也都和小蝶有着亲密的师生情。战后有一部分人转业从医后，更是与小蝶来往密切，时常讨教。

最有趣的是小玉把四德和它的家族都训练成了肃奸能手，它们分别在四个城门协勤站岗，盘查行人。占彪要求县城开放，出入自由，每天进城的百姓很多。四德及其后代们雄赳赳地蹲在城门边，也不知为什么，总是能够准确地把想混进来的汉奸特务一一给揪出来，吓得附近的日军再不敢派人来刺探军情了。

谭旅长、彭团长、单营长都率部队来小住过几次，每次都如同大休整，满载而归。这是因为抗日班在这段时间通过掐断公路线和日军空投，缴获积攒的军火装备和各类物质实在是太多，富得流油，刘阳的账簿上记得满满的。

国军也派人来过，来人是占彪救过的关团长，他现已是少将旅长了。第三战区长官虽然对占彪抗命不打杭州有贬责之意，但鉴于抗日班在浙赣战役中切断日军补给线、炸毁机场、攻占县城、运送地雷等卓著的战绩，特派已是少将的关旅长前来授衔，中心任务是把占彪的人马拉入第三战区序列。

关旅长一到，便与占彪称兄道弟地连喝了两天酒，占彪也敬他是个国军汉子，朝夕相伴。刚开始关旅长还谎称是顺路过来看看，第三天，酒醒了的关旅长正经起来，召集了抗日班军官大会，代表国民政府正式破格晋授占彪从少校为上校，成为国军乃至世界军队中唯一的一名上校班长。下属十一名排长从少尉晋为上尉，十一名副排长晋为少尉，并正式发给军饷和给养。但占彪以应该“发给更需要的部队”为由，婉拒了枪支弹药和法币等给养，等于还是没有被直接编入第三战区序列。不过军装占彪倒是要了八百套，为了近四百名官兵换洗之用。关旅长从始至终没劝占彪一句，他知道占彪的为人，这事是劝不得的。而且，他也不愿在与占彪的情谊上掺进额外的东西。

两个月里，县城成了抗战时期的世外桃源和沙漠绿洲。夜不闭户，路不拾遗，军民时常联欢，集市红火热闹，一派歌舞升平，三万多县城居民安居乐业。8月下旬，占彪得知日军要撤回搞什么秋季大扫荡，便主动地撤离县城。全城居民空巷相送，他们无不坚信，这样的抗日军队很快就会打回来的。

还枪之旅

豪华大客路过市里的时候，把山本先生接上了车，樱子在给大家做着介绍。小峰、强子、刘阳瞪大了眼睛，原来还有一个山谷里留下的“活口”啊。二柱子和正文说：“头两批肯定没活口了，不然我们的洞口哪能不会被发现。他应该是第三批进入山谷的，我们只用掷弹筒，他们发现不了洞口的。”

山本兴致勃勃地和小峰们交流起那天的战况来，讲起了很多当时枪林弹雨里的细节，武男和拓哉听着樱子的翻译，越听越吃惊，尤其是拓哉，不时看向老人们，眼里多了一份敬畏。

大客越接近靠山镇，大家的话题越多。隋涛对围过来的孙辈们讲起给高连长送枪的事，说：“这辈子开汽车走得最远的一次就是从浙江横穿安徽去河南了。我们五个排，除了自己的武器，还带着给高连长的一个机枪连的装备。我那工兵排每车三人换着，不分昼夜地开着十辆车。遇到国军喊口令，我们就回答‘路过’。碰到日军喊口令，我们就在车上，近百挺机枪一路扫射过去……”隋涛闭上眼睛，陶醉在那过去的风云岁月中。

听隋涛介绍当年还枪，这可是抗日班最根本的任务，大家显然都很清楚。但丽丽的一个调皮问题还是把大家问住了。她举手问道：“隋爷爷，我想知道，你们送枪时事先知道要带回多少川兵吗？为什么和送回去的武器数量一样呢？是巧合吗？”丽丽这一问，很多人都不明白什么意思。大飞笑着说：“你们研究过抗日班的历史吧，占彪爷爷送枪时把高连长这拨川军带出来共155名。而送还的武器件数呢，你们注意加一加啊：6挺马克沁重机枪，5挺捷克轻机枪，120支中正步骑枪，9把手枪，还有15具掷弹筒，一共多少？”

晓菲答道：“正好155啊！一件武器换回一名川兵，这也太巧了吧！”众人皆奇怪这数字里暗合的命运。

这时，大客突然停住了，原来通往靠山镇的路上有两台小轿车挡在路边，不用说是前来迎接的车辆了。大客上的抗日班老兵，个个瞪着眼睛伸着脖子，看车上下来的是哪位兄弟。

接下的几年里，抗日班与日军的数十次的“扫荡”和“清乡”进行着周旋，不打便罢，一打必胜，其间自然有很多精彩的战斗。后来日军再扫荡时，甚至故意先放风让抗日班知道，等抗日班撤离后再实施扫荡。那些皇协军对抗日班更是避之唯恐不及，和这支有着共党味道的国军实在是难以抗衡。

转眼已是1945年春天了。这段日子里，占彪对战局和形势越来越失望。按理说，世界大战打起来了，反法西斯联盟建立，美国、英国、苏联也支援中国了，日军也向南太平洋分兵了，可是这中国的仗怎么越打越没动静了呢？从1942年到1944年基本上没有什么大的战役，只打了鄂西会战和常德会战，而且都是人家打起来了才被动地接招。倒是新四军、八路军，积小胜为大胜，一直在敌占区艰苦地反击着，却也牵制了日军大半兵力。得知常德会战中，国军一个师8000官兵与40000日军苦战16个昼夜，几近全军覆没。为此，占彪率全体战士默哀致敬，同时也对敌后小米加步枪的新四军、八路军的顽强和勇敢钦佩不已。

这时，占彪发现一个奇怪的现象。在敌后战场，常常出现日军赶走了国军后，共军立刻进来填补真空的事。而那些地方，如果日军不进攻，新四军和八路军碍于国共统一战线划界抗战的约定是不能随便进入的。日军消灭或驱逐了当地的国军，则刚好帮共军打掉了负担，可以名正言顺地进去打游击，这时日军想再把共军赶出去，可就没那么容易了。共产党一旦落地生根，便注定要让日军永无宁日。而国军也确实不争气，在国际反法西斯斗争即将胜利，中国抗日军民已经进入战略反攻的时刻，国军仍是不堪一击，使日军想占哪里就能占哪里，要做什么就能做什么。1944年4月，日军发动了豫湘桂战役，他们想摧毁美军设在中国的空军基地，贯通中国大陆南北交通，并想吸引美军在中国大陆决战。在日军临死前的一搏中，国民党军先后丢掉了河南、湖南、广西和福建等四个省，遗弃美军六个空军基地三十余处机场。连美国总统罗斯福也被激怒了，把视线投向了延安，拟拨出五个师装备送给共产党抗日。

更让占彪和师弟们气愤的是，国军投敌当汉奸的将军和兵力越来越多，五十多万军队跟随这些叛逃的将军当了汉奸。而日本人则利用这些伪军去保卫其占领的地区，以对抗共产党游击队，再加上汪靖卫政府的兵力，致使中国的伪军总数超过了日军兵力。不可思议的是，一些国军在投敌后仍然领着重庆的军饷，用非沦陷区人民的血汗钱帮日本人杀中国人。这是国民党在抗战期间创造的战争奇观，国民党军队也因此成为整个二战盟军中的异类。

这年春天刚过，占彪听说了川军的第22集团军在河南被击溃，其中就有自己原来的部队。情急中他决定远赴河南还枪。

熬了七八年了，就是为这一天，这是一件无时不在占彪和师弟们心底的大事。虽然按抗日班现在的装备来看，过去机枪连的区区装备已不算啥，但完成这个保护装备的任务，实现亲手还到高连长手里的这个承诺，是占彪九兄弟执著坚守的。

这里，有着男人的坚持，有着军人的神圣，也有着江湖的忠义。占彪九兄弟无不默契相知。所以当占彪一提出要去还枪，师弟们个个抬腿就要走。

准备了三天后，还枪队出发了，前行河南寻找高连长。占彪带着小峰、成义、曹羽、三德和隋涛五个排，四台摩托在前面开路，后面开着十辆卡车，拉着高连长留下的一个连的重机枪装备。同时，他们还要把前不久救下的美军飞行员大卫交还给盟军。

大卫是美国驻华第14航空队第32战斗机队第116战略侦察队的中尉。1943年，美国援华志愿航空队“飞虎队”改编为美国空军驻华特遣队，然后又扩编为美国陆军第14航空队，频繁利用中国空军基地起飞，轰炸在华日军和日本的海上运输线及远在台湾、越南及日本本土的战略要点，直接支援了中国的抗战和美军在太平洋战场的对日作战。大卫是在1月份执行一次轰炸任务时，被日军击落跳伞逃生的。那天，他和同伴驾驶28架野马式P51飞机，从江西赣州出发，经两小时多飞抵上海上空，向虹桥机场射击投弹。日军则起飞了90多架飞机与他们激战。大卫驾驶的飞机中弹起火，他坚持飞到浙江境内，在手和腿都被烧伤的情况下不得不弃机跳伞，正被成义排所救，马上接回靠山镇由小蝶妙手疗伤。

大卫见到小宝和小蝶两位会说些英语的美女后，展开了疯狂的求爱攻势，他说陈纳德将军都追上了中国女记者，自己也要追个中国女兵。占彪得知后，只是嘿嘿一乐，成义可有点毛了。他一看小蝶故意跟大卫亲密地说英语，还在换药时“肌肤相亲”，便直拍脑袋，这不是“农夫与蛇”嘛。所以，他迅速与美军陆空辅助勤务战地总部取得了联系，催着把美国大兵送回去。

由于占彪有着精确的地图指引，再加上日军已龟缩各县城和据点，还枪车队绕来绕去，走得很顺利，两天便转出了安徽。但没想到进入河南境内不远就遇到一个意外，车队遇到了一条左右望不到头的巨型反坦克壕沟，不得不停下了。后来得知，国军修的这条反坦克壕沟竟然长达 482 公里。看来和抗战前耗巨资修建的被称为“中国马其诺防线”的“吴福线”和“锡澄线”两条国防工事的命运一样，根本没派上用场。隋涛令宁海强领着工兵排放了几块炸药，几声爆破后，工兵锹一阵狂舞，一个下坡一个上坡转眼横贯壕沟，车队油门一吼便都穿了过去。

真正的意外发生在车队刚开出壕沟之后。只见对面田野里，突然呼啦啦冲出来几百名老百姓。他们手里举着锄头、镰刀、铡刀，还有的手里挥着中正步骑枪，甚至还有捷克机枪，只是没有子弹，全当棍子使了。

占彪一看，马上命令曹羽的特务排把机枪放下，跳下车围在车队左右。等老百姓拥过来后，曹羽几声大喝也止不住，特务排不得不动手了，三下五除二把老百姓手里的武器都扔了一地，个别不要命的都端着胳膊捂着下巴疼得惨叫着蹲在地上。老百姓一看遇到了惹不起的硬茬儿，便一哄而散。从几个受伤农民的嘴里得知原因后，抗日班全体将士无不愕然。

原来，1944 年河南闹过一场大饥荒。当时无论重庆政府，还是河南军政当局，不但没有向老百姓提供任何救济，反倒是横征暴敛，一如既往，名目繁多的税收纸条能把老百姓的门给贴满了。而且，国军中与土匪勾结、绑票、拉兵和与日军做投机生意等现象极为普遍。更甚的是，国军把几十万、上百万河南农民赶到一起，让他们用马车和手推车运送粮食，修筑公路，开挖反坦克壕沟，加高堤坝。对于这样的劳役，农民不但得不到工钱，还得自备饭食。从 1940 年到 1944 年的 4 年中，驻河南的国军与日军一仗没打，却把老百姓压迫得喊出了“宁要小日本，不要刮民党”的呼声。结果在三十万国军面对六万日军的“一号作战”望风而逃时，长期受压的农民凶猛地攻击起了国军。他们用农具、匕首和土炮武装起来，解除了五万至十万名本国士兵的武装，还杀了一些国军士兵，然后欢迎日军。虽然事情已经过去，但农民们尝到甜头，已经养成习惯，遇到小股的国军，他们还是照劫不误。

占彪听罢良久不语，命令把受伤农民包扎好都放了。他和师弟们及全体士兵都在深思，这样腐败的政府，这样无能的军队，何时才能把鬼子打跑啊，国民政府实在是让人失望。

终于遇到了国军部队，辗转找到了高连长。曲着残疾左臂的高连长看到占彪泪如泉涌，他一一和老部下们单手拥抱说："多亏把你们留在那里，不然你们说不定活不到今天。"

原来川军因为不是嫡系部队，在战斗中不是打前锋就是打后卫，每次战役都是川军损失巨大。而且，川军和一些杂牌军只要被打垮了建制就取消，不像中央军等嫡系部队，人打没了还可以按原建制重建。

现在高连长的一连人都打没了，他和一些零散的伤残川兵被收编在其他部队，任了一个虚职的团部上尉参谋。见到占彪的上校军衔他真是百感交集。他心里非常清楚也非常感动，占彪之所以坚持叫班，不叫连不叫营，就是在尊重他当年的任命，结果成了独一无二的上校班长。其实，他在听说江南有一个装备精良、作战勇猛的钢班时，就感觉到是自已连的占彪班，后来当第三战区派员来让他给占彪下令归属第三战区时验证了他的判断。但他以"将在外君命有所不受"为由，表示无法下这样的命令。

这时，三德排已把原来机枪连的全部装备卸下车，6 挺马克沁重机枪，5 挺捷克轻机枪，120 支中正步骑枪，9 把手枪摆了一溜儿。曹羽特务排的 30 人，个个如猎豹一般，手提机枪压住四角，隋涛的工兵排，人手一支机关枪，每 3 人守着一辆车。

还枪仪式开始了。占彪领着小峰、成义、三德三个排的士兵向高连长列队致礼，占彪高喝："奉高连长令，国军第 22 集团军第 45 军 125 师 81 团机枪连班长占彪，率抗日班保护机枪连装备，现已完成任务，武器装备无一缺损，如数归队。"

高连长也立正回礼："军人之诺，一诺千金！你们实现了'只要我不死，就要把这批武器交到我手里’的承诺，我代表……代表中国的老百姓感谢你们！你们对得起川中家乡父老！你们……你们是真正的军人！”高连长虽然也高喝着，但声音是颤抖的，尤其说到“川中家乡父老”时带着止不住的哽咽。

松山的战书

人们期待已久的抗日班大团圆就要到了，各路人马无不紧张地盼着这一天。不断的惊喜、接连的兴奋，让老战士们焕发了青春。在孙辈眼里，他们仿佛个个年轻了20岁还不止。

自从1945年释兵后，抗日班一直没有相聚过。解放后，占彪陆续把战友们保护在双河农场，那也只是一部分人。而且，大家只是分别遇事相见，单线联系，然后匆匆而别，就连占彪都没有见全过自己的弟兄。

靠山镇这路由占彪领着大郅、曹羽、成义、三德、小玉、小蝶、聂排长、二民、拴子和潘石头等11名抗日班老战士，杭州来的这两路由小宝率着小峰、强子、刘阳、二柱子、正文、隋涛、赵俊凯、宁海强、若飞、春瑶、静蕾、阿娇、秀娟、莎拉和彭雪飞等16名老战士。占东东为了避免大家一起相见时的混乱，又一次采取了分批相见加以疏导的方式，即把靠山镇的11名老战士分批请出来在路上相迎。

小宝们的大客在离靠山镇5公里处，首批两辆小车迎了上来。在小宝们期待的眼神中，从第一台小车上款款走下来的是小蝶，九凤们在大卫的带领下尖叫着拍着座椅。然后是成义从车上下来，小峰、刘阳们也在车上敲着玻璃呼喊着。成义和小蝶也急急冲上了大客，和大家一一相拥而泣。孙儿孙女们在旁，无不为这热烈的场面感动得一塌糊涂，大家又一次真切地感受到了爷爷奶奶与抗日班的深情厚谊。丽丽和晓菲这些女孩儿都抹着眼泪，占东东、大飞、刘翔这些男孩儿也都红着眼圈。另外那台小车是焦书记和郅县长，他们和抗日班老战士匆匆相见后，迎向了随后的省市及相关部委领导的车队。

车队又行了一公里停下了，第二批迎候的两辆小车里走出了三德和曹羽，两人也上了大客与众人相见亲热着。武男与曹羽更是握手不放。

第三批前来迎接的是聂排长、二民、拴子和潘石头。人们又是一阵欢呼，若飞扑到聂排长身边哭个不停。这时，占东东把小宝接上一台小车，如此这般地安排着，由东光、权子和潘小梦护送而去。

就这样，等车开到村口翘首伫立的占彪面前时，大家在车里都已相见了。包括孙辈们也都随着自己的爷爷奶奶出场，很快就打成了一片。大客稳稳停在占彪和小玉、大郅面前，大家纷纷下车，在小峰的口令下，列队向占彪行着标准的军礼，然后占彪和大家一一相见。

晚风中的靠山乡荡漾着阵阵欢声笑语。

闻讯赶来的中校团长一看抗日班这阵势就明白了，原来江浙一带让鬼子闻之色变的、被国军传得神奇的百战百胜的钢班，竟是高参谋的手下，是川军。这时，各营连的一些川兵也纷纷赶来，渐渐聚起了一百多人，大部分都是伤残兵。突然，一名川兵在听到“川中家乡父老”时随着高连长的哽咽哭出了声，紧接着一百多个川兵汉子都接连抱头痛哭。

占彪忍住悲怆，向高连长的顶头上司——那个中校团长走去。中校团长向占彪上校一个立正，占彪回了个礼说：“本来高连长已不带兵，我们可以把这个连的武器带走。但我想和团长做个交易，还希望你成全。”那中校团长这时也深为川兵的情意所感动，回答道：“请上校吩咐，只要是卑职力所能及的，定予照办。”占彪看看周围的川兵说：“我想用这一个机枪连的装备，换你们团里的高参谋和受伤的川兵。我要把他们带走，送回家乡。”占彪此言一出，全场顿时鸦雀无声。川兵们无不抹去泪花，激动、兴奋地互相望着。

中校团长回头看看自己的副团长和参谋长，又看看众多川兵渴望的目光，下了决心，一把握住占彪的手说：“非常理解，非常理解。你们是真男人，真汉子。就这么定了，只是，再给我们留下些弹药。”这团长心里也明白，武器就是战斗力，就是本钱。而且，兵少了还能吃空饷，其实他一直愁着这些伤残兵会影响部队的机动性。占彪等于给他卸掉了一个包袱，还凭空得了一个机枪连的装备。

川兵们欣喜万分，奔走相告，高连长转眼集合了150多人，这里有三分之一不是伤兵也混了进来。团长睁一眼闭一眼，让跟占彪走的川兵把武器留下。占彪不但留给团长一些弹药，还让每班拿出一个掷弹筒，多给了他15具掷弹筒，团长大喜，各营都可以成立一个掷弹筒小队了。小峰则命令抗日班5个排的150名战士把自己的手枪都转给了新加入的川兵。小蝶和成义迅速检查和统计着这批川兵的伤残情况和人员组成，还好，伤情都已稳定，只是多少留下些残疾。人员共155人，其中有1个上尉、4个中尉、7个少尉和16个上士。

正当占彪和团长辞行准备送大卫到战区司令部时，小宝手拿电文匆匆跑过来。看到小宝的神色，占彪不免一惊，第一次看到小宝这样惊慌失措。果然是家里留守部队发来的电文："据内线情报，松山又回来了，正在纠集龟村、山口、加藤，各率一部准备对靠山镇一带发起报复扫荡，袁伯已被他们抓走，松山刚刚送来战书，要与抗日班决一死战，请彪哥定夺。"

占彪读罢电报当即决定，托付团长将大卫送到司令部，抗日班和川兵立即上车，杀回靠山镇！

占彪与弟兄们相见后，便把目光投向了客人们。占彪先和大卫互致了军礼，然后打量着武男大仓，两个当年互相敬佩的对手没有再行军礼，而是以武林规矩相见。只见他们相对同时向左出步走了半圆，又向右返身走了半圆，接着便哈哈大笑四臂相执在一处。身边的拓哉暗中一惊，爷爷的合气道双圆技法很少有人知道，居然在中国也有人会！樱子更是大吃一惊，合气道从来都是向一侧如大江滚滚而去，武男前辈怎么逆流而上，而且和占爷爷如此相似相通！

才是下午三时左右，靠山镇里炊烟渐起，袁乡长开始指挥人手紧张地准备晚上的抗日班英雄团圆宴。占彪谢绝了省市县三级领导要在城里设宴的美意，坚持在靠山镇吃农家宴。各级领导也只好从之，要焦书记、郅县长尽好地主之谊。

老兵们先在袁伯大院的旧址上休息。望着靠山镇遗址，强子长出一口气，对刘阳说："这都是和松山大决战时打的，没有一间好屋，都打平了。"刘阳同样感慨地说："是啊，我们两个排在这里整整守了三天两夜，那枪声和炮声仿佛还在耳边啊。"

小丽这时和小曼正在给狗群照相，阵阵笑声传来。看着狗群都很规矩，大家惊叹："它们的长相和做派都有四德的影子啊。"这些四德的后代们与老战士们仿佛心灵相通，摇着尾巴走过来和大家亲热着。小峰伸手摸向一只狼狗的头说："当年的七匹狼可是立了战功的。在和松山的决战中，四德又一次功不可没。"没想到那狼狗抬头一看是小峰，马上喉咙里低哼一下冷冷地走开了。小玉笑道："看来它们对人的好和恶也是世代相传啊。小峰啊，你当年杀了四德一家，它们还记仇呢。"众人皆笑。小玉又对成义说："成义，其实那场决战里的奇兵中，四德也应该算上一员大将吧。"小峰马上举手："我赞成！"

占彪在河南完成交还机枪连装备的任务后，日夜兼程向浙西天目山脚下的靠山镇赶去，要保护自己的家园。归途的三天里，占彪让小宝和天府里的小玉密切保持着电台联系，也逐步弄清了家里的情况。

自松山上次在沪宁线被炸后，又回到日本"卧薪尝胆"了几年，他对占彪恨之入骨，把占彪当成他人生中所遇到的最大的敌人和对手。尤其在知道挚友酒井直次中将也是被占彪运去的地雷炸死后，更是念念不忘为自己和酒井报仇。他看到国民党在豫湘桂战役中溃败，皇军一举占领了河南、湖南、广西、广东和贵州等省的部分地区后，尽管国际形势不是太妙，他仍觉得这是个机会，要和占彪来个决战。这是他所能全身心投入的最后一次机会了，胜败在此一拼，以雪八年来四五次较量皆惨败之耻。

三天前，占彪得知松山下战书时，成义在旁就说："松山这老儿看样子已经准备好了。"这次松山果然是有备而来，而且是准备充足。首先，松山在选将上做足了功夫。他与过去败在占彪手下的龟村少将、山口大佐和加藤中佐逐一沟通，众人雪耻之念一拍即合，并得到了驻扎杭州的日军第6军十川次郎司令官首肯，四将每人从自己的部队里率一个精锐大队赶来，专对靠山镇一带的抗日班举行一次铁壁合围式的精兵扫荡。这次松山可谓用心良苦。

在兵力配备上，除了龟村和山口带的两个配有重机枪中队的步兵大队外，加藤带的是一个骑兵联队，配有一个有六门92步兵炮的炮兵中队、一个重机枪中队和四个骑兵中队。松山则细心组织了一个特种大队，包括一个有着六辆97式坦克的战车中队，一个有九门38式75毫米野炮的炮兵加强中队，一个山地野战中队和一个配备着毒气弹、燃烧弹、火焰喷射器的特种兵中队。此外，他还向十川次郎司令官申请了一个拥有六架飞机的航空兵中队配合。这样一来，这次扫荡的总兵力达五千人，相当于一个旅团。真可谓气势汹汹，志在必得。

在战术上，松山采取了连环铁壁合围，即在方圆四五十里范围内分三环从四面八方拉成大网，步步为营，同时推进。他用一个步兵大队配战车中队为内环包围圈，一个步兵大队配炮兵中队为中环包围圈，最外面是骑兵联队为外环包围圈，他自己手里捏着特种兵中队和山地野战中队为机动部队。这次更让松山心里有数的是，他探明了在县城给日本人上课的那个小宝老师是占彪的心上人，而袁伯是小宝的父亲。所以，他在动手前就骗袁伯到县里送粮草，进而将其扣在手中，让袁伯的随从送回战书。他还探明了抗日班在天府的地点，知道抗日班有只凶猛的大狗看守洞口，为此他还借了杭州宪兵司令部的有着十二只大狼狗的军犬队随行。“哼，大军压境，这一次，谅抗日班再神勇也插翅难逃。”

在占彪赶回来的三天里，松山的计划在一步步落实。他的三层大网见人就杀，见村就烧。遇到抵抗也不追击，稳步地向中心点靠山镇收拢，不管是老百姓还是游击队都往靠山镇赶去。到了第三天的中午，松山终于发现了情况，连环铁壁合围有了效果。

原来占彪的意思是留在家里的六个排隐藏在天府中按兵不动，等自己回来后再里应外合。但占彪听小玉汇报靠山镇里聚集了两千多名老百姓，还有一直在掩护老百姓转移的县委桂书记和县大队后，便马上电令强子和刘阳的两个排带着电台开十辆卡车去靠山镇，想把乡亲们迅速接入洞中。没想到，老奸巨猾的松山通过侦察机得知抗日班下山后，急令山地野战中队和特种中队驱车赶到天府山脚，断了抗日班回山的路。

占彪忙电令强子、刘阳在靠山镇突击挖地道保护老百姓，固守待援。聪明且狡猾的松山不拘泥于原有计划，见到抗日班的踪影后，马上变阵从拉网合围变奔袭包围，四面的日军变箭头直奔靠山镇紧紧围住。刚一接触，强子和刘阳两个排的几十挺轻重机枪火力便令松山大喜，终于网到了大鱼。暮色中，得意的松山站在天府山上俯瞰着靠山镇，以前那个占班长就是站在这个位置打我的，这回该我打你了！但占彪的厉害使松山没有轻易对靠山镇继续发起进攻，他一边命令特种兵中队和山地兵中队在山上找洞口，一边从容地对靠山镇摆兵布阵。

松山令内环包围圈把战车和重机枪摆成一圈封住靠山镇所有出口，野炮三门一组分三处对准了村内目标。中环包围圈设在一公里外，外环的骑兵包围圈设在二公里外，里三层外三层地把靠山镇围得水泄不通。松山和龟村们带着玩弄猎物的兴奋，期待着明天早晨的飞机轰炸。在他们眼里，对占彪的快乐报复即将开始。松山哪里知道，他们仅围住了占彪的两个排，才不到五分之一的兵力。

排兵布阵

占彪飞车回来的路上，成义让十辆车的外圈士兵都穿上了日军服装。遇到日军时即摆出一副押送国军俘虏的架势，遇到国军时便里圈外圈士兵一换位，又变成押送日军俘虏的架势，这样一路没有废话，畅通无阻。

同时，占彪下令，把 150 名川兵都分到了各班，每班 10 名，班里每名抗日班士兵负责照顾一名川兵。这样每班增加了一倍人，分为了两个班，由正副班长各带一班。如此，小峰、成义、三德、曹羽和隋涛 5 个排都由过去的 32 人扩大到了 62 人，每排从 3 个班变成 6 个班，成了加强排。高连长和 4 名中尉跟着班部。高连长诚恳地对占彪说：“现在你的军衔最高，各排的排长也都是上尉，我们这批人完全听从你的指挥。你要继续当好这个抗日班的班长，放开手脚干，保护好这批川兵的种子。还有，不要把这批川兵当成累赘，他们能在几次的恶战中生存下来，说明他们都是好样的。

他们个个是战斗骨干，轻重机枪都玩得不错。”占彪听后，在颠簸的车上郑重向高连长敬了个礼：“占彪得令，坚决完成任务！我要以我的脑袋保证，保护好抗日班全体官兵，打败鬼子平安回家。”

车队离靠山镇已经越来越近，占彪在刘阳、二民和小玉的不断报告中，基本弄清了松山的兵力和布阵情况。成义分析道：“既然松山老鬼能动用侦察机，那他明天一早就会派飞机来轰炸的。今天夜里他不会冒险进攻，只能是防备我们突围。”刘阳汇报，已经用那十辆卡车设成路障封住了镇口，现在正和县委桂书记组织全体人员突击挖地道和防空工事，村里有足够的工具，还有几次都没修成的炮楼所留下的大量建材。

占彪思考着，拿出了自己的作战方案：“我们外面的这五个排今夜与天府里的四个排内外夹击，把山上的两个中队打掉。然后明天分头撤向外围，把日军分散吸引开，再设下埋伏，在运动中逐一打击他们。”

成义补充道：“如果松山盯住靠山镇不放，我们就来个反包围，与强子、刘阳也来个内外夹击。”占彪凶狠地接着说：“这回，我们把以前缴获的地雷都带上，让步兵炮、卡车、汽艇都上阵，和松山大干一场。他不是想决战吗，那就来它个娘老子的决战，老子应战了！”

在老兵们相见的高潮渐过后，已见过一次面的山本挤了过来，再次向占彪深深鞠躬，樱子扶着噙着眼泪的奶奶小步踱了过来。菊子细细端详着占彪，嘴里自语着：“是你，忘不了你的眼神……”接着热泪夺眶而出，向占彪说了句：“恩人，邓凤菊前来感谢您赋予我的生命和灵魂——”说罢仆身长鞠。占彪已听东东说过樱子奶奶把“滚回去”听成“归魂曲”了，哂笑着，把菊子扶起说：“希望我们能这样友好往来，我也不说‘滚回去’了。”菊子听到这三字后顿时激动不已，樱子忙着翻译道：“奶奶，他说让您以后多听听‘归魂曲’呢。”菊子听罢手忙脚乱地捧上一张《归魂曲》CD 给了占彪。

众老兵和武男等人都在旁感动地看着这一幕，大郅则向后退着没好意思上前。当年是他排里的士兵扒光了樱子奶奶。成义则沉思着说：“彪哥能做到人性的宽容，但当年松山却把袁伯作为人质，做人的气量真就是不一样。”

尽管占彪知道敌众我寡，但抗日班的气势依然不减。和日军对阵这些年来形成了抗日班的强者气势，这是全国抗战格局中罕见的。

这种强者气势使占彪先走了一步险棋，他领回来的车队大胆地从靠水镇旁驰过，进入天府的山谷之路。这几天日军向靠山镇的频繁调动，让靠水镇的日军看到这四辆摩托车和十辆日式卡车的车队通过时没有丝毫怀疑。

车队从天府北面顺着山谷之路从容驶入，稳稳停在山壁蜀路洞口下。已等候在洞口的二柱子排按占彪指示迅速用吊篮运下了6门步兵炮，然后又为武装新来的川兵运下15挺重机枪、45挺轻机枪、75具掷弹筒、155把手枪和足够的弹药。

这还是自7年前山谷歼敌后首次启用这个洞口。很多抗日班的士兵们，这些年一直不知道还有这个洞口，看来这次占班长是动真格了。

新来的155名川兵迅速武装起来，还是按每10人一挺重机枪、3挺轻机枪、5具掷弹筒、10把手枪的比例分发的。川兵每人原来的手枪又都还给抗日班老兵，重新领了新手枪。这些武器大部分是在袭击酒井的给养线时缴获的，那可是给几个师团的给养啊，但占彪打伏击时基本都炸了，只截留了一小部分。川兵们被这精良的武器和充足的弹药震撼了，无不精神大振，个个像换了一个人。

占彪看着兴奋的川兵们想了下，喊来小蝶问："新来的弟兄们有多少像聂排长的？"小蝶一愣后恍然答道："彪哥，有67名腿受过伤的，但留下残疾腿跛的只有29人。"占彪点头对高连长说："我们连里那批伤兵组成了个瘸子排，由聂排长带着呢，干脆让他们都编在一起。"高连长答道："占彪你就下令吧，他们在一起完成适合他们的任务，也便于管理和发挥。"聂排长率刘力、贾林等九虎赶来向高连长报到，并热烈欢迎瘸兵战友，带着这29名瘸兵加上1名中尉吊回洞里。占彪又令曹羽排的30名川兵调出，重新补满4个排里瘸子兵的空位。特务排还是32人，待以后精选扩大。最后占彪考虑了一下，又命小峰的加强排也连吊带攀进入洞中。占彪令聂排长留守天府，小峰指挥大郅、二柱、正文4个排从山顶打下来，时间定在一个小时后的午夜时分。

一个小时里，占彪在靠山镇和天府之间做好了两道埋伏线。一道是三德的加强排，伏击靠山镇外围回头来支援的日军；一道是曹羽、成义和隋涛排，伏击从山上被轰下来的日军。三德是喜欢用绳索的专家，他想到靠山镇最先来的援敌应该是骑兵，那成群的战马硬冲过来也挺可怕的，便从卡车上找到一捆铁丝，在骑兵必须路过的树林里拴上了绊马索，高一点的树间还按鬼子骑兵的头部位置也拴了一些。隋涛专门安排了两个班，在打响后去地下车库搬运汽油桶，这一路奔驰带的备用油也用得差不多了。曹羽则按占彪命令，用8门步兵炮，寻找着日军围镇的炮兵阵地。

午夜时分，战斗打响了。但不是小峰先打的，而是谁也没想到的四德它们。

战车兵的家族代表这时也来到大院里，武男过去和他们寒暄着，樱子把爷爷奶奶请了过去，日本人坐在一起说着话。

丽丽这时找到三德，和三德比着个儿说："三德爷爷，问您两个问题好吗？一个问题是为什么您的孙子得龙哥和孙女晓菲姐都比你高？第二个问题是那些狗狗为什么对晓菲和得龙服服帖帖的？"若飞在旁插言道："可也怪，我当年怎么溜须，四德它对我也没对小玉好。难道这也有血统关系？得龙和晓菲身上有他们爷爷的味儿？"在大家的笑声中，晓菲故意气着丽丽喊声"德德"，一只威猛的大狗乖乖地跑过来靠着晓菲的腿。三德笑笑没有回答丽丽的问题，拍拍德德的脑门说："这代狗里它最像四德了，也是这里的狗王。"看着大家这样怀念着四德，三德感动地说："我替四德的在天之灵感谢大家了。"

刘阳笑对成义说："当年你设计的十面埋伏里，四德的狼阵也应该算是一阵吧。"大家纷纷点点头，小峰抢着说："当然要算了，我当时都管四德叫小祖宗了。"

曹羽仍如当年一样大叫："别提那十面埋伏多过瘾了，多少年后，想起来还开心地睡不着觉呢。"

松山占了天府山头后到处搜洞，特种中队遇沟沟缝缝的就往里扔毒气弹。杭州日军宪兵司令部的12条大狼狗在山上到处狂吠，把天府洞里的四德气得咆哮不已，但小玉不许它乱动，以免暴露目标。四德的家族现已有7只成年狗了，只只壮如牛犊。虽然四德已近8岁，但狼的寿命和狗差不多，是12至15年，所以他仍属于壮年期，而且更加聪明和凶猛了。4只后代远比它们的母亲凶狠，因为身体里流淌着狼的血，被小玉依次起名为五德至八德。当三德在山脚设伏时，四德就感觉到大主人回来了，而且距离不远。这时小峰正在布置大家准备出击，他要新来的川兵与聂排长的排留守洞中，众川兵一听翻了脸："拿我们不当兵吗？"小峰解释道怕他们不熟悉地形，川兵们纷纷说："我们认识鬼子就够了。"小峰非常感动，只好同意一起出击。这时，四德趁乱悄悄领着它的团队溜到了山脚洞口。

看守山脚洞口的是聂排长的一个班，四德们常在他们脚下走来走去，他们也没太在意。这时四德先把小佳和小藤派了出去。这两只母狗一出洞便把那12只狼狗吸引过来，山脚狗吠声一片。突然吠声大变，令山上的日军都毛发竖立，是四德领着4个儿子咆哮的声音，它们勇猛地反击了。两群狼狗如龙旋风般搅在一起，吸引了山上全体日军的注意，月色里他们都看清了对方是六七只对己方的12只，应该是胜券在握，便都围拢过来看热闹。包括正在山脚一顶大号军用帐篷里喝酒的松山、龟村、加藤、山口等人也闻声而出。这时看热闹的日兵已聚起有近200多人，其他300多人分布在四处。狼狗的战况使山顶上的日军居然以为下面有情况，都向下运动着。如果这动静是人引发的，他们会提高警惕，这是特种兵的素质所在，而恰恰这是动物之战，便使这两个特种中队的日军放松了警惕。小峰正是利用了四德给他的时间，领着四个排的队伍快速钻出洞口在山顶上展开。这时小峰嘴里念叨着："四德，我的小祖宗啊，当年多亏留你一条小命，今天你当了先锋算是帮了我个大忙。"小峰原来是做边打边冲出洞口的准备的，伤亡是免不了的。这回四德们把日军吸引过去真是奇功一件，让小峰有时间有场地了。小峰灵机一动，想可以先不动枪啊，他小声命令掷弹筒全体准备，他的加强排和另外三个排共七十五个掷弹筒，瞬间分成三列支在了山顶上。几十挺轻重机枪也在紧张地纷纷找着自己的位置。

四德们的战斗很艰苦地进行着。首先是被小峰踹过一脚伤了元气的小藤败下阵来，接着是很认宗的小佳也夹起尾巴躲闪着同门的追咬。剩下五匹，四德和它的后代们一对两或一对三。这时加藤认出了自己的两条狗，喊着它们的日语名字，小佳、小藤喜出望外，跑到过去的主人前寻求保护。四德一看，大发雷霆，突然爆发，把嘴里的狼狗脖子撕开，那狗一声惨叫，揭开了军犬队溃败的序幕。四德领着五德、六德、七德、八德越战越勇，对方体力渐渐不支开始游走，这时，只有四德们能听懂的三德和小玉的口哨激励声吹响了总攻的号角……没过多久，三德远远看到四德尾巴摇了起来，长出一口气说："四德打赢了！"而此刻在山顶上，小峰作出了一个大胆的决定。他看到掷弹筒隐蔽在山顶上，是日军看不到的角度。而且，山下正是人喊狗叫的,根本听不到掷弹筒的发射声。干脆就命令只用掷弹筒轻，重机枪先不开枪，免得枪口的火焰引来日军的反击。

狼一般尾巴较短且总是垂在后肢间的，只有一个时候才扬起，那就是撕咬被征服猎物的时候扬起借力。这时，频频发威的四德居然把三只母狼狗赶进了洞里，它又转头对着加藤身边的两只"爱妾"严厉地叫了两声。小佳和小藤便起身颠颠跑过来，加藤喊了几声不起作用，气得他拔出手枪对着自己曾经的爱犬"砰砰"两枪。

随着两只狼狗的倒地，小峰的铺天盖地的掷榴弹也落地了。而此时，四德们已被小玉的急促口哨喊回了洞里。

日军就这样被漫天的掷榴弹炸得晕头转向却找不到对手，有个别山坡上的日兵感觉到是山顶来的袭击，但未等喊出口就被炸飞了。抗日班的老兵们都是熟练的掷弹筒手,每分钟能发射二十发。七十五具掷弹筒的时间里，七百多发掷榴弹密如篦发，生生把山上犁了一遍，留下漫山尸体。

十面埋伏，为最后的决战

当日军照明弹打起后，小峰立即停止了发射。松山气得大怒，和加藤冲着山顶及四周的黑影大骂："占的，你的军人的不是，搞偷袭地干活！"

他忘了他自己就是偷袭的高手。两个中队长在山脚整理着残兵，都报告损失了三分之一的兵力。

虽说轰炸停息了，靠山镇方向的一个骑兵中队看到山脚的爆炸，还是全力赶过来接应。刚冲进这片树林，骑兵的前端仿佛遇到电击，号叫着翻滚在一起，松山和龟村们脱口而出“不好！”话音未落，骑兵队旁几十米处三德加强排的六挺重机枪和十八挺轻机枪吐出了火焰。窝在一起的一百四十多名骑兵整个儿人仰马翻。松山脑皮一紧，他直觉危险还在临近。果然，接着松山身边刚集结好的两个中队残部又迎来了一批掷榴弹的猛烈轰炸。这回看出来了，不是山上发射来的，而是前面百米处隐约一群晃动的钢盔。再接着，又一处战场打响了，是那三处野炮阵地。日军怕村里的抗日班突围，先下手向村里打了几炮，但阵地一暴露，转眼就被随之而至的八门92式步兵炮炸得七零八落，这是曹羽守了很久后的杰作。松山看着自己身边的两个特种中队和骑兵中队、炮兵中队就要损失殆尽，顿时急了，不得不把原来想在后几天才用的杀手锏使了出来。

松山的杀手锏是袁伯，他把袁伯拥在一群日军佐官中，用手电筒照着大喊着：“占彪的，你的认识？开枪啊，打炮啊，打你的岳父老泰山呀！”

枪炮声顿时静了下来，传来了小宝压抑的喊声。聪明的袁伯选择了沉默，他知道占彪无论如何都会拼命救他的。

虽然占彪和小宝有心理准备，从河南回来的路上他们还一直在商量如何营救袁伯，也分析了松山会如何对待袁伯，成义也猜到了松山会把袁伯押到战场上，但一旦面对这个场面，众人心里还是一下子紧紧地揪了起来，不待占彪下令，抗日班所有官兵都停止了射击，包括曹羽的步兵炮。

占彪咬着牙关，半跪在地上，从一听到松山的喊话他就一动未动，静默在那里。周围的兄弟们也都肌肉绷得紧紧的定在那里，分明是一群雕像，如钢似铁，冷冷的。

袁伯在大家的心目中太重要了，这不只是因为袁伯是小宝教导员的父亲。抗日班的每名老兵都体会过袁伯的关照，而且在几次关键的战斗中袁伯都起到了重要的作用。袁伯最让大家佩服的是他的人品，袁伯对共产党、国民党一视同仁，既不亲近也不疏远，他只想着如何保护好村里的百姓，甚至与日军曲意周旋。他运用中国的传统文化和世故面对战乱，是一方水土的精神领袖，他是个脊梁挺着的真正的中国人，一个真正的男子汉。

松山看到占彪的部队半天没有动静，大笑了起来。声声干笑在夜空里特别刺耳，掩盖着自己靠挟持人质来遏制对手的空虚。

回应松山的是十几辆卡车的发动声。在一批掷榴弹的掩护下，抗日班乘车转移了，转眼无踪。松山和龟村们这时才明白，围在靠山镇里的抗日班只是占彪的一小部分。山口和加藤马上组织人马追击，松山看着各部停放的汽车居然完好无损，沉思起来。

在抗日班的车队上，占彪终于说出话来了，他低声愤恨地说："娘老子的，没想到松山老鬼把袁伯当成挡箭牌了，真无耻！"成义冷静地分析道："这也说明松山心虚得很，不得不出此下三烂的招法。"小宝紧扶着车厢板，抬手抹去眼泪，对占彪说："彪哥，我们该怎么打还怎么打，松山现在不敢把我爹怎么样。"

占彪冷静下来，先和刘阳报话："阳子，你那里丢金子了吗？"刘阳回答："金子一块没丢，只是用了四两银子。"占彪一听放心了，没有人阵亡，只伤了四个人，忙嘱咐着刘阳说："这次是一场恶战，你和强子要顶住，注意多进地道，保护好乡亲们，你们要争取一块金子不丢。"刘阳答道："刚才你们打的时候，我们趁机在村口和外围摆上了牛粪，多亏我们存在这里给桂书记的牛粪和干粮他们没来得及取走。村里的地道足够用，原来的就能把乡亲们藏起来了，现在我们把防空防炸的工事也修好了，村口还挖了几个癞蛤蟆坑。彪哥你放心吧。"还是占彪去河南前几天的事，桂书记带话希望补充他们一些弹药，刘阳给了他们二百枚地雷和一批弹药存在靠山镇，这回派上用场了。

接着，占彪又和小峰通话："小峰啊，我得表扬你了，用起脑子来不比成义差。"原来的计划是小峰从山上打下来，但小峰用掷弹筒也达到了目的，而且日军被炸蒙了，没有发现他们。如果硬冲下山，不但暴露了自己，也会有伤亡的，便一枪未发藏在山顶。这是小峰战后多次炫耀的自己最成功的应变战例。小峰回答："嘿，和我们钢班的小诸葛是不能比的。对了，刚才四德们战斗的时候，聂排长派人出去保护四德，顺手把鬼子的电台摸回来一台。我们下一步……"占彪听罢下令："你的加强排还从蜀路出来，我们在那里接你们。聂排长负责带大郅、二柱和正文排，留做伏兵听候命令出击。还有，把电台带出来。”

在山谷洞口，小峰先出洞下来，告诉占彪带出来两部电台，有一台是在靠山镇比武时缴获的，一直没太用。还带出一批地雷和弹药正在吊运。占彪和高连长们交流了一下感觉，高连长和川兵们直呼“痛快！过瘾！”排长们也都不请自到，这也是多年战斗中形成的习惯，自动前来汇报和领取任务。占彪向高连长汇报说：“这些年我们就是这么打的。”几名川兵中尉兴奋地说：“我们国军要是都能这样指挥打仗，小鬼子早被打跑了！”

占彪看看一直跟在身边有话要说的成义道：“看来你对原计划又要加什么点子了吧？”成义不好意思地笑了：“知我者，彪哥也。”然后轻吐了四个字：“十面埋伏！”

占彪听罢眼睛一亮，向众排长一招手，小峰、曹羽、赵俊凯、三德、隋涛、赵本水、宁海强、二民、高连长及三名中尉都围了过来。占彪向大家严肃地说：“这次松山是铁了心和我们拼了，袁伯在他们手上，靠山镇被他们围着，天府的秘密看来松山也知道了。他们以五千人对我们五百人，必有一场恶仗。现在镇里是强子和刘阳两个排加上桂书记的县大队，情况十分危急，所以，我们要尽快把松山引出来各个击破，为靠山镇解围。我们这路是五个排，除曹羽特务排都是加强排，加上二民的侦察分队共有三百号人马。下步具体的打法成义先说说。”这种情况下，成义从不谦逊，马上稳重地布置道：“鬼子共动用了四个大队，刚才这一仗，松山的山地兵、特种兵、炮兵和加藤的一个骑兵中队被我们重创，估计他们再行动时会以龟村、山口和加藤三个大队为单位。我们这路正好有三部电台，也分成三队，再加上靠山镇和天府两路的配合，给鬼子布置个十面埋伏。”

众人一听，全都摩拳擦掌，凝神听成义的具体部署。

成义吸口气说：“十面埋伏我们已完成了两个了，就是刚才三德的绊马索伏击骑兵和小峰的掷弹筒山顶伏击山地兵。我说说后面的吧，看我们能不能做到，能不能做好。不过，我先声明，我们可不是硬凑十个埋伏啊。”

大家都笑了，三德拍了成义一掌：“你快说吧，别卖关子了。”

成义一缩肩化开了三德的掌力，侧头对三德说：“那就先说你吧。三德你的小海军速速回太湖把五艘汽艇开过来，在这附近的河里设下埋伏。鬼子不知道我们有汽艇，你们一定会打松山个措手不及。而且，有了汽艇也方便我们机动转移。”三德听罢又拍了成义一掌：“哈，打完骑兵再来个汽船埋伏！我自个儿就算两面埋伏了。”

成义目光一转，对隋涛说：“工兵排的拿手好戏一定要算上一面埋伏，地雷能带多少就带多少。”隋涛一抖手里的机关枪算是回答了。

这时成义看了一眼靠山镇的方向，说：“鬼子一定要用癞蛤蟆进攻的，刘阳和强子应该在村口挖几个战车坑设道埋伏……”众人一听，皆想起上次活埋豆战车的事来，不禁都打了个寒噤。成义没有停顿，继续看着靠山镇的方向说道：“山脚的地下车库那十一辆卡车是支奇兵，在适当的时候出击，也算是一道埋伏。还有我们这里的蜀路——”说到这儿，成义抬头指了下山壁洞口：“这也是我们一张牌，需要的时候就从这里杀出一支奇兵，又成为一道埋伏。”

听到这儿，曹羽说道：“都说了七面埋伏了，快说说后面的，有没有我们特务排的事。”成义笑了下说：“你们把步兵炮玩好比啥都重要。再有一道埋伏是设在县城和靠山镇的河道上，我们把别的桥都拆了，只留下一座石桥，在那上面的水库坝上伏击鬼子的骑兵。”

看着大家默默数着还有几面埋伏的样子，成义笑指了一下天空：“最后两面埋伏是天上的，我们在靠山镇和天府山头都要设下重机枪防空阵，鬼子的飞机一定会来的。不准备好我们会吃大亏的。”成义一口气说到这里看着占彪。

占彪点头道：“你这小子把我们这些牌都用上了。听好了弟兄们，这些埋伏我们串起来用，反复用，机动灵活点，打了就撤，减少伤亡。三德为水路，用汽艇和小船和鬼子周旋，一定要打他个措手不及。小峰和曹羽一路，成义和二民跟着我一路，我们一路走一路埋伏。隋涛的工兵也分三伙人马，跟我们三路开车走，你们埋地雷一定要做好记号，不许事后伤了老百姓。二民的侦察分队要注意监视附近日军动向，几个县城和据点问题不大，他们都是中队和小队的规模，主要是大股支援日军的动静。还有，大家要注意别误伤了袁伯，估计松山少不了用刚才这损招儿。”

小峰这时插话道：“今天晚上是不是摸进鬼子帐篷把袁伯救出来？”曹

羽一听马上双掌一击："彪哥，晚上行动救袁伯吧。"占彪点头道："晚上我们见机行事。"

含着泪花的小宝这时在旁说道："这次敌我力量相差过于悬殊，是不是该通报一下第三战区和新四军彭团长，我可以给他们发明码电报。同时，我要给哥哥发个电报，让他从上海方面调动关系放了我爹爹。"占彪略想了下冲小宝点了头，小宝忙着向各方开始发报了。

天已将亮，隋涛的手下士兵给所有车辆都加满了油，三德排的两辆卡车先出发了。接着是小峰、曹羽的四辆卡车，然后是占彪率成义、二民的四辆卡车，分头驶向不同的方向，十面埋伏的大网向松山张开了。

占彪在紧锣密鼓地布置十面埋伏。松山也不是等闲之辈，不然，龟村的军衔比他高也不能听他的。松山没有管死伤大半的山地野战中队和特种兵中队，也没过问只剩下三十多人的骑兵中队，而是先去检查了炮兵中队。九门野炮虽然被曹羽的步兵炮炸翻了，死伤二十多名炮兵，但野炮却完好无损，而且一个炮兵中队共一百二十八人，还有足够的炮手可以上阵。

接着，松山发电，要求飞机明天除定点轰炸靠山镇外，还要轰炸天府山头。他知道了抗日班还有一部分没有围住，要在附近寻找其他抗日班部队，给予轰炸打击。他看明白了，占虎没有把汽车打坏，就是想让自己去追击，哼，老子才不会上这个当的。只要围住靠山镇，抗日班的其他部队就不会离开太远。所以，松山决定不去追赶占彪的外围部队，第二天也先不打下靠山镇，而是把敌人吸在自己身边。然后，松山命令加藤的骑兵联队和受重创的山地中队、特种部队连夜开进十公里外的县城，一是休整一下，二是等抗日班围上来后进行外环包围。同时，他打电话给第六军司令部，不动声色地被十川次郎司令官训斥了一顿，但仍顽强地要求附近四个县城和七个据点驻军派出兵力组成新的第三环包围，允诺最多借兵三天结束战斗。松山这回是绝对不敢轻敌了。请兵的结果是令他满意的，四周的驻军又组成了一个大队来助阵，如此又形成了三层包围圈，总兵力达到了六千人。狡猾凶狠的松山非要实施原来制定的连环铁壁合围计划，对手变阵了自己也变阵。

第十一章　胜利

靠山镇顿时开了锅，地面的物品接连都飞上了半空，缸片、房梁、磨盘、树干，纷纷从空中落了下来。巨大的爆炸引起了几处大火，转眼又被炸灭，接着在别处又生出新的大火。……瞬间，在地上的大炮和天上的飞机的蹂躏下，靠山镇的上百间房屋没有一间完整的了，全镇几乎都翻了个底朝天，彻底成了废墟。

对这样一个弹丸小镇动用这么多的大炮和飞机，可能是日军战史上第一次，这牛刀可是用大了。他们没有人怀疑，在这样猛烈的火力下，不会再有活着的人。

和占彪几次交手，每次都一败涂地，尤其是这次决战更是惨败。松山其实心里很清楚，这样扔下武器运送伤兵的做法和投降没有什么区别，兵败了精神也败了……再想到那个袁村长死在自己手里，无论如何占彪是不会放过自己的。算了吧，自己了断吧！毫无预兆地，松山对龟村说了句："松山屡败于占君之手，实在无颜苟活于世。你等要把部队安全带回去！"然后双膝跪地，不容大家有所反应，就举刀猛力刺入自己的腹部。

松山将战刀刺入腹中后，鲜血迅速染红了白手套，他脸上的抽搐逐渐停止了，但身体却一直没有倒下……

最后的决战（一）

清晨，阳光灿烂。

没有往日的炊烟，靠山镇一片寂静，空气仿佛在凝固。房屋、树木，都似乎闻到了大战之前的血腥，静默得可怕。

强子和刘阳带领着六十多名士兵守在工事里，等待着即将到来的炼狱之火。

镇上的乡亲们知道这场劫难在所难免，便在夜里把村里的鸡鸭猪都杀了，让保卫他们的战士们吃得饱饱的。

前夜，刘阳和强子已经按照占彪的指示，做了很多准备工作，包括在村口抢挖战车坑，并布置了重机枪防空阵。忙碌中，刘阳悄悄给莎拉写了封信。虽然彪哥们在外围会全力解救自己，但刘阳和强子们还是做了最坏的准备，毕竟是被鬼子重兵团团围住了。信写得很简单，刘阳写道："莎拉小姐，如果你说的战后帮我建农场是算数的，我拼命也要熬到那时候！如果我没有熬到那时候，还请你不要见怪，来世再给我一次机会。"后来莎拉看到这封信的时候泪流满面，促成了刘阳和莎拉第一次勇敢的拥抱和接吻。

桂书记的县大队负责安置百姓，经过一夜的扩容改造，地道里藏好了本镇和逃难的两千多名乡亲。县大队也是六十多人，他们一直在拼命地轮番向镇南挖着一条地道。镇南三百米处有条干涸灌渠通向五百米外的小河，如果地道挖到灌渠处，乡亲们便可顺着灌渠爬向小河，河水只有齐腰深，完全可以蹚过河去，逃之夭夭。或许正因为有这条河拦阻，日军在这里的兵力比其他三面稍微少些，只前后布置了两个中队。桂书记告诉强子和刘阳，不要为县大队和百姓分心，专心对敌。

松山已把靠山镇里的抗日班当成了瓮中之物，不慌不忙地开饭，军官们的小灶里飘出狗肉的香味。十二只大狼狗只剩下四只，被四德掳走三只，其余被咬死的三只、咬残的两只，加上小佳、小藤，被龟村分到各个中队改善生活了。七张狼狗皮被几个将佐留下。

吃过狗肉后，松山下令炮兵中队的残部进入野炮阵地，他要亲手掀开今天大战的幕布。

聂排长听起大家议论起和松山的最后决战，也是激动不已，他指点着天府山头说："我们在山头架起了天罗……"强子接口道："我们在村头设下了地网……"

在众人的笑声中，刘阳面带感激之情对大家说："要不是聂排长事先预警，我和强子两个排六十多号人马早就壮烈了。"聂排长犹如当年一样嘿嘿笑道："别总嘴上说漂亮话，把你们那仙女似的孙女们嫁俺孙子几个就有了。"

众人又是一阵大笑，其实抗日班的儿子辈早就开始内部通婚了，看来这孙子辈也少不了内部联姻。

占彪这时转回话题："当时没想到这场战斗是我们的收山之战，不然也不会留了很多后劲儿没使了。"正文在旁接道："是啊，当时连弹药都省着用呢。"

彭雪飞在旁感慨地说："最后这一战堪称是抗日班乃至中国军人抗战的经典之战，据说被编入日本自卫队教材中当反面战例了。"

刘阳不以为然地说："其实他们八年中每次和我们的战斗都可以当反面教材了。"

成义听刘阳说完，笑道："知道吗？日军最恨的就是你们的地网，把战车埋了起来，让他们防不胜防。"刘阳则摇摇头说："很侥幸，战车坑没有被炮弹炸中，不然就没那效果了。"

小峰在旁仍然很严肃地说:“别提了，当时我们为你和强子担心得要命，你们却在村里征起兵来。那些学生兵真可爱，能文能武的，我们要继续打下去，他们的作用会越来越大。”

强子用大手捋下已稀疏的头发说：“当年抗日班就是由铁路工人、高连长带回的川兵和临阵加入的学生兵三股主流力量组成的。”

刘阳点头怀念道：“可不，他们这批学生兵很有活力，也有思想。”

强子已按占彪的命令在镇口布置好了重机枪空中伏击阵，两个排的六挺重机枪和十八挺轻机枪对着空中稳稳地架好。每挺机枪的射击区域严格划分，飞机如从镇子上方低空飞过，必要沐浴方圆近百米范围的弹雨。

刘阳分析过，昨晚三处野炮阵地都被曹羽炸翻，威胁主要就是飞机了。这时全村只有抗日班这两个排人马暴露在地面上，其余人都藏身在地道中。

刘阳正在等待聂排长从山上观察哨发出空袭预警时，报话机里传来聂排长急促的喊声，满口的四川方言:“阳子，快，快隐蔽，鬼子在鼓捣炮呢，三个炮阵地都有一群鬼子在耍着。飞机你们先别管了，交给我们。”刘阳知道山上的观察哨上有两架德国蔡司 8×30 军用望远镜，能把近三千米外的靠山镇拉到聂排长眼前三百多米的距离。

反应迅速的刘阳二话没说，回手就操起一面铜锣“当”的一声，过了一会儿又敲了一声。这是刘阳向全体战士和全村人规定的暗号，单声是进洞隐蔽，双声是可以出洞迎战，连声是向前出击。刘阳试过，就是在枪炮齐鸣的时候，这锣声也会顽强地传入人们的耳中。

隐蔽的锣声敲响后，再加上强子的大嗓门，六十多人几乎一个动作，携枪挟弹进入身边的地洞。也就是十几秒钟的空儿，战士们刚把武器弹药撤进自己的防空工事，刚才他们准备射击的位置就纷纷落上了炮弹。这可真是千钧一发啊，险得强子直吐舌头。士兵们皆抚着胸口暗叫老天保佑。

这是松山的炮兵中队发威了，他们在为昨夜殉国的皇军报仇，要毁灭这个给他们带来厄运的村庄。在九门 38 式 75 毫米野炮不间断地摧毁村里的一排排房屋时，五架三菱 97 式轻轰炸机在一架立川 98 式直属侦察机的引领下从东而来，飞到靠山镇上空，盘旋了一圈后，便依次俯冲轰炸。靠山镇顿时开了锅，地面的物品接连都飞上了半空，缸片、房梁、磨盘、树干，纷纷从空中落了下来。巨大的爆炸引起了几处大火，转眼又被炸灭，接着在别处又生出新的大火。……瞬间，在地上的大炮和天上的飞机的蹂躏下，靠山镇的上百间房屋没有一间完整的了，全镇几乎都翻了个底朝天，彻底成了废墟。

包围靠山镇的数千名日军都直起身子观看着这一幕。

对这样一个弹丸小镇动用这么多的大炮和飞机，可能是日军战史上第一次，这牛刀可是用大了。他们没有人怀疑，在这样猛烈的火力下，不会再有活着的人。

远在外围的占彪他们都捏着拳头，屏息听着隆隆的炮声，小宝在报话机前带着哭腔念叨着："你们要挺住，要挺住呀……"成义也在狠狠地咒骂着："这松山老鬼，真他妈的狡猾，给他把汽车都留下了也不来追。"

聂排长这时望着已被浓烟和火海笼罩的靠山镇，跳着跛脚大骂："娘老子的，连护航的战斗机都不带，太欺负人了。有种的来我这里，让你们也知道一下瘸排怎么欺负人！"骂声顺着报话机传了出去。

没想到这五架飞机好像听懂了聂排长的召唤，又扔下一轮炸弹后，排成一字形，向北面的天府山头飞来。聂排长一见大喜："哈，就愁他们不飞过来呢。阳子，你们先继续隐蔽，鬼子的战车可能要进村，有情况小玉会和你说，我要斗斗鬼子的飞机了。"然后把报话机扔给小玉，急忙拐着腿，连呼带喊地冲入身边的重机枪阵地。

松山见飞机去轰炸天府山头，便下令停止炮击，镇子四周的日军重机枪中队开始扫射了。轻重机枪的子弹打得已变成废墟的镇子又是阵阵硝烟，声势很是壮观，但镇子里一点儿反应也没有。日军们三五成群毫不隐蔽地站着，相互用眼光传递着肯定的信息：一定都被炸死了！

不过松山可不这样看，如果这么好打就不是什么钢班了。他没有贸然让步兵们发起冲锋，而是略等了两分钟，又让野炮轰炸了一气，这正是给对手从地洞返回地面的时间。如果按正常情况，炮声歇了，掩蔽的部队会马上返回地面阵地。刘阳听着这第二轮炮声恨得咬牙切齿，多亏自己没有敲锣让大家出洞。因为他没有听到村子周围的地雷爆炸，便沉住气多藏了一会儿。他记住了成义和占彪说过的一句话：和松山老鬼玩，就不能按正常出牌。

这时，松山的目光转向了战车中队，他还要谨慎地派战车出动前去试探。一个战车小队长英勇地喊了声："看我去支那人的镇子里走个来回。"便钻进自己的战车向镇北口驶去，后面跟着两辆战车和一个小队的日兵。

震耳欲聋的枪声和战车的马达声中，大部分日军都没有注意天府山头的情况。这时，突然，一直用望远镜跟踪观察的龟村大喊一声："不好！飞机撞上鸟群了！"松山顿时转头一看，只见刚飞过天府山头的五架飞机有两架已经爆炸，喷着火光摇摇欲坠，另有两架低低地拖着黑烟，只有第一架完好无损，昂头向上拉着。松山大惊：如果是鸟群同时撞了四架飞机，那得多大鸟群？如果是被打下来的，那……

随着轰轰两声飞机坠地的爆炸，天府山头沸腾了。机枪手们欢呼着，有人在喊："聂头儿，我才打了一个弹板呀。"聂排长嘿嘿笑着："你奶奶的，才一个弹板，你知道我们可是四个排十五挺重机枪，四十五挺轻机枪，两千多发子弹啊！"

这场空中伏击可真是欺负人，本来聂排长设计的空中伏击范围是二百米分为四个区，每排负责一区，但一看五架飞机大摇大摆地一字形顺序飞过来，把那架侦察机都甩在了后面，聂排长心中大喜，这可是稍纵即逝的战机啊！他马上岔了声地大喊："改了改了！大郅、正文、柱子，我们全体瞄第三区！集中打第三区，听到没有，快变角度，开枪时别动地方，一扣到底！来了，来了，开火——"四个排早已架好的轻重机枪在聂排长的呼喊中迅速集中对准空中五十米的范围，憋着一口气，一个弹板打出去。五架飞机也擦着山头在树林一般的枪口上呼啸着掠过。

说来也巧，这次占彪的还枪之行，大郅缴获的那十二挺防空性能极佳的92式维克斯重机枪没有带，正好是刘阳和强子带出去六挺，山上留了六挺。这款用着一百发弹链的重机枪成了防空的大功臣。还有那各排配备的三四挺打7.7毫米子弹的99式轻机枪也发挥了很大作用。就是这批性能良好的防空武器，无情地欺负了它们过去的主人。

飞在最前面的是日军轰炸机大尉中队长，他是挟着轰炸靠山镇的流畅快感，想把剩下的炸弹一次投在天府山头就返航。所以，取消了正常先飞一圈的飞行观察，直接摆成了连续轰炸队形。当飞在最前面的他，突然看到机头前方山头上一片似林非林的静止群时顿生不祥之感，再定睛一看，大叫一声“八嘎！”但此刻为时已晚，他的反应只能是喊叫一声，然后弹也没投就自己爬高，后面四组飞行员的耳朵被中队长一声惊叫震得嗡嗡响，唯一的反应是顾不上投弹便冲了过去。

五架飞机呼啸飞过后，正当聂排长和大郅、二柱子和正文们相视无不失望时，聂排长“奶奶的，提前量足够啊——”的话音刚落，战果就出现了。正如松山看到的一样，第一架飞机拉升之后逃脱，第二架和第三架受了重伤冒起黑烟，第四架和第五架爆炸着像断了线的风筝般落了下来。副排长刘力和贾林等九虎跺着跛脚，向空中远远的绕山飞一圈的第一架飞机喊着：“过来呀，有胆子再过来一点！”那架失职的侦察机更是慌慌地晃飞在远处。

聂排长和大家一番狂呼后，嘿嘿地下令：“大郅、二柱子、正文你们三个排速速撤回地路，依令进入地下车库，等候占班长出击命令。”

松山抓起望远镜向天府山头望去，当时日军的望远镜是六倍，但也看清了有人影在闪动。松山心头一阵乱跳，如果这四架飞机是抗日班打落打伤的，他将难以向十川次郎司令官交代。在对方没有空军的情况下，一下子损失这么多架飞机是不可思议的。松山恨恨地转头，对着靠山镇，拔出指挥刀一指，狂叫：“炮弹的给——”

九门野炮又轰鸣起来，掩护着三辆坦克战车接近了村口。

最后的决战（二）

知道聂排长们打下了敌机，村里的抗日班士兵大为振奋，从昨天被围住的惊恐情绪里逐渐恢复了镇定。伏在村口工事里的强子和刘阳，看着日军战车缓缓驶近，刘阳观察着说：“看来鬼子的武器研制很快啊，这款战车比我们那时拆的豆战车要结实多了。”强子哼了一声道：“按彪哥的话讲，多大的癞蛤蟆掉井里也蹦不出来。”

日军的坦克虽然不及美军和苏军的坦克优越，但对付没有坦克的中国军队是占尽优势的，而且更新换代很快。1945 年的这款 97 式坦克经过 95、

96式改进后要比1938年的94式豆战车强出好多倍。装甲厚，马力大，装备好，再用重机枪拆可要费些工夫。

驾车的日军战车小队长是很有经验的车长，他一路用机枪反复扫射着前方的路面，以防埋有地雷。令他奇怪的是中国人惯用的地雷哪儿去了，难道这股支那部队连地雷都没有？看来是高估他们了。到了村口，看到两辆卡车横在路口，倚着卡车前堆着一人高渗着水的泥土堆，卡车车厢里也装满了泥土。日军小队长不禁哈哈大笑，没见过这种掩体呢，能挡得住我大日本皇军的战车吗？前面的土堆不正好给战车碾上卡车建了个台阶吗？战车碾过卡车后在里侧顶着卡车便可推开泥土了嘛。他为自己的聪明得意着，令另一辆战车与他并排停好，向土堆和卡车扫射了一会儿，然后一齐发力轰着油门驶向两辆卡车。

随着战车的轰鸣，让后面的战车和日军小队目瞪口呆的事情发生了。战车并没有按预想的冲上土堆，却在土堆前一头扎入地下没影了。小队长一掉入这个四五米深还有积水的壕坑，就大声号叫着，他顿时明白了卡车前的泥土就是挖这个坑的积土。打开舱盖，更让他毛骨悚然的是前面的洞壁是向内斜挖进去的，壕沟两侧和正中有三根柱子支着斜壁，如果柱子一倒这斜壁必然塌下来，卡车前的土堆将随之落下，将他们埋葬。看着旁边的战车在扭动挣扎，他绝望地大喊着阻止，但为时已晚。那扭动的战车还是把中间的柱子刮倒了，小队长顿觉泰山压顶，眼前一黑忙缩入车里，还算他反应快，没被埋在战车外面。

自两辆战车掉入壕沟陷阱，刘阳就压着强子和手下人别动，不用开枪不用扔手榴弹，看后面的好戏。果然不久，一声惨叫伴着一声轰隆巨响，壕沟塌了，两辆战车被埋入地下。

第三辆战车一见不妙，车尾向路边一甩想调头回撤。只见车尾火光一闪，惊天动地般，一个地雷爆炸了，战车内的榴弹、穿甲弹、机枪子弹爆成一团。跟着的一个小队日兵慌乱中开着枪跳向路边寻找掩体，火光连闪，地雷一个个引发，转眼间一个小队的日兵都血肉模糊地不动了。受伤的日兵躺在地上顽强地向后方报告军情："两辆，战车，被活埋了——"

这些都是刘阳的设计，是十面埋伏的一部分。他设计把陷阱挖成易塌的斜井，用中国大地的愤怒埋藏侵略者。他又把地雷埋在路两侧，正路上居然一颗未埋以迷惑敌人。这样竟一弹未发，打了个漂亮的战车伏击战和地雷埋伏战。

松山和身边的龟村少将、山口大佐用力地眨着小眼睛。不会吧，三辆战车和一个小队皇军这一会儿工夫就玩完了？龟村向松山不满地呵斥："还发什么愣，赶快派人挖战车啊！"

松山是在发愣，他有点头晕，自己带来的山地兵、特种兵、战车兵和航空兵接连受到沉重打击：怎么总是我？这占彪何德何能，把老天和大地都调动起来织成了天罗地网！听龟村一喝，他马上清醒过来，命令野炮和掷弹筒集中轰炸村口，并派出一个中队沿地雷爆炸完的路线进攻。

在聂排长的及时提示下，刘阳又一声锣钻入地下躲开了炮击。这轮轰炸停止后，聂排长告诉刘阳先别出来，果然松山又故伎重演，在算好抗日班进入阵地的时间又轰炸一通。好险恶的松山，气得强子直骂："一定要把鬼子的炮兵搞掉。"等刘阳敲双声锣进入阵地时，跑得快的日军已冲到村口不到五十米的地方了。两挺重机枪和九挺轻机枪开火了，其他的武器都分散布置在村子的另三面。但这些火力也足够了，前面的日兵地如遇电击般纷纷倒地，后面跟着的日兵也纷纷卧倒还击。

细心的刘阳注意到有的日兵手里拿着工兵锹，想了下便吩咐大家说："大家注意，带工兵锹的鬼子先不要打，放他们过来挖人。"强子又补充道："一手拿锹一手拿枪的也给我打！"日军中队长很快发现了这个规律，只拿工兵锹的士兵居然得到关照。他迅速命三十几个日兵只拿工兵锹连滚带爬地赶到了埋战车现场拼命挖起来，战车里仅有的一点空气不知能维持里面的战车兵活多久，每分每秒都是宝贵的。这时形成了战场上很奇特的一个情景，对阵的一方任其在眼皮底下作业不打，但对远方的敌人照打不误。

松山看在眼里，更加坚定了占彪就在村里的判断。只有占彪，才能做出这种尊重死者的事情来。真是一个令人可敬又可怕的对手。他哪里知道，占彪的重机枪精神已深刻影响着抗日班每个人的言行。

日兵没受任何干扰争分夺秒地挖到战车，小队长的战车里三个人获救，另一辆战车里的三名战车兵已窒息而亡。小队长知道了抗日班枪下留情容他一命，不知道是该恨还是该感激。后来，战斗结束后，地下的战车被拖出来时，他把自己关在战车里待了一个小时。出来后坚决地宣布退役回乡，说已经死过一次的人不怕任何处分。

作为对抗日班手下留情的回报，松山中午停战了一个小时，让村里的人吃个安生饭。桂书记找到强子和刘阳，问要不要县大队参加守村战斗。强子还是让县大队先照顾好乡亲，作为预备队随时根据情况再参战。刘阳考虑下说：“桂书记，能挑出十来个乡亲过来帮我们压子弹吗？”桂书记笑说：“其实老百姓好多想参战的呢，尤其被鬼子圈进来的一批浙西临时中学的学生。迟大队长你去挑几个过来。”单队长升为新四军正规部队后，迟玺被桂书记留下来担任新的县大队队长。

迟玺转了一圈后，居然带回六十多名浙西一中的男学生。这批男生都是十六七岁的光景，都说自己是男子汉，不让谁参战谁都不乐意。这样，刘阳便为两个排的每个战士配了副射手，正好是每名士兵带一名学生。士兵们把自己的手枪让给学生们佩戴上自卫，然后突击传授了压子弹、打枪、投弹等简单操作。没想到这回强子和刘阳排也成了加强排，因为学生们在战斗后没有一个要走的。

下午刚到一点，松山便开始四面同时向靠山镇进攻。

他开始施加压力让外围的抗日班部队集中过来，然后再出动加藤的骑兵联队围抄。而十川次郎司令官觉得飞机被中国的步兵打下来是个奇耻大辱，便如同打个战役一样又派出了两架立川98式直属侦察机、十六架三菱97式轻轰炸机和十二架零式战斗机参战进行报复，帮助松山打赢这场堪称为日中精英较量的战役。

对靠山镇和抗日班的又一场艰难考验降临了。

小玉这时和姐妹们相见完，一把揪住占东东嗔道：“你奶奶呢？在哪儿呢？我就说你这卦哪有这么灵嘛，害得我空欢喜一场。”

占东东忙闭上眼睛嘴里念念有词，然后突然大睁眼睛问小玉：“玉奶奶，你们最后一次见面是在哪里？应该是从那时接上才对。”

小玉几乎没有迟疑地说：“我们最后一面？是在那片抗日林啊，就是我们抗日班分手时栽的那片树林啊！栽完树大家就都没影了，我的宝儿姐啊，没想到那是我们的最后一面。”

占东东忙说："玉奶奶，您先别哭，宝奶奶一定在那里等你呢。快点去找吧，看太阳要落山了，'时机到，落日圆'啊。还有，玉奶奶你慢点跑，你见到宝奶奶时不能太激动，要像没事一样，要像没分过手一样，要像你们刚刚栽完树一样，不然会把宝奶奶吓跑的。"

占东东边跟着小玉跑边嘱咐着，郅县长忙追过来搀扶着，后面大队人马都会意地笑着慢慢跟了过去。

刘阳一看到两架侦察机在上空盘旋，就知道还会有敌机来轰炸。受聂排长的战绩鼓舞，强子又摆出了早晨的重机枪空中埋伏阵准备好。至于四周攻击的步兵，有地雷能阻挡一阵子的，刘阳干脆把村边一圈的士兵都撤到村里，免得被炸增加伤亡。刘阳又提醒山上的聂排长先转入洞中，这一上午又是打飞机又是埋坦克的，鬼子怎能不报复。

占彪的三路人马一上午的斩获也颇丰。最初他为松山不来追击感到诧异，后来他知道了加藤的骑兵联队集中在县城等待出击，也知道了四周县和据点出兵合围，就明白了松山不来追击的用意，便索性不靠近靠山镇，利用松山主力啃着靠山镇这块硬骨头的机会甩开膀子清理外围。

四个县城赶来的日军都是一个中队，他们怕皇协军打国军不出力，便都把一个中队的皇协军留守县城，这也是松山的要求。七个据点也都是出动一个日军小队。虽然这样凑到五个多中队，总兵力超过一个大队，但从四面各自而来，布署得很分散，给了占彪各个击破的机会。

外围的战斗是三德的加强排先打响的，因为他是直奔太湖，最早遇到了赶来合围的一个日军小队。这仗打得让新来的川兵出了几年的窝囊气。两边人数差不多，但日军小队只有 3 挺歪把子和 6 具掷弹筒；三德这边重机枪就有 6 挺，还有 18 挺轻机枪，30 具掷弹筒，再加上隋涛排开车士兵的 6 支伯格曼冲锋枪，一交手日军便被打得稀里哗啦。鬼子溃逃，三德也不追，乱窜的用机枪点杀，卧着的用掷弹筒点炸。

战斗一结束，路边便跑出了共产党的区小队，队长亲眼目睹了久闻大名的钢班的无比神勇，和三德说能不能顺便看看前面的鬼子据点，三德应允，把卡车开到了据点炮楼下面。车上的轻重机枪掷弹筒刚一摆开，炮楼里的皇协军便知道遇到了重机枪钢班，随即打出了白旗，皇协军中队长点头哈腰地出来欢迎国军钢班。三德进了据点搬了几桶汽油，便把据点交给了区小队，并告诉队长说附近的据点和县城都只剩下皇协军，让他们上报新四军，赶快乘虚而入。

占彪根据外围的情况迅速改变了阵法，又把小峰、曹羽的一路与自己和成义这路人马合为一路，重新做了分工。八辆卡车由曹羽、隋涛、小峰和成义四员大将各率两辆，组成四队出击，以炮兵、地雷、重机枪、掷弹筒确立各自的特点，遇到日军四队人马便左右或前后冲过去夹击。

占彪的打法也是相当欺负人，看到日军目标后，车队马上散开围过去，占据有利地形。先是一顿步兵炮，然后再是一群掷榴弹，最后轻重机枪远远地扫过去。基本上不和日军近距离接触就打得日军伤亡大半，丧失了战斗力。正待日军为迎接抗日班冲锋做好了困兽犹斗的准备时，占彪已率队扬长而去。四组卡车如此旋风般吞噬着一路路日军，一上午打垮了三个小队和两个中队，其中一个中队还挨了两次打。隋涛几次表扬日军："没想到我们扒的公路这么快都让鬼子都修好了，虽然修得不咋地，还好没太影响我的速度。真得谢谢鬼子了，不然跑断腿也打不着这么多路鬼子。"

中午吃饭休息时，高连长们对没有利用刚才几次可以全歼日军的大好形势有些不解，有位中尉说伤其十指不如断其一指，占彪解释说："再往下打就会有伤亡了，与其伤我十指断其一指，我宁可一指未伤伤其十指。八年前，我们在山谷被炸，我是永远忘不了的。"高连长回想起这两天一直是零伤亡，不禁抚着自己的伤臂点头不已，叹道："这几年还没打过不伤人的仗呢，我们川兵死伤太多了。"

下午要比上午难打了，因为日军的合围逐渐缩小，剩下的两个中队和三个小队已两两凑到一起。他们已得知有两个中队和四个小队都被钢班打得死伤遍地，生怕自己也遇到这个命运，便拼命向松山靠拢，汇入大队中。这样一来，靠山镇周围聚集的日军达到了四千多名，队形非常密集。

最后的决战（三）

松山期待的第三环合围网已破烂不堪，只是增加了近三个中队的兵力而已。占彪也逐步地向松山靠近。占彪端着望远镜望着已进入视线的靠山镇，只见六架战斗机掩护着八架三菱 97 式轻轰炸机陆续飞来，开始报复轰炸天府山头。占彪下令道："现在强子和刘阳压力很大，我们先来个炮战伏击给他们支援，让鬼子的密集阵营开开锅。"然后他令小峰排和赵本水带一半工兵排去县城附近设伏打加藤的骑兵联队，令成义排和曹羽排逼近靠山镇设步兵炮阵地，令隋涛带另一半工兵排在炮阵前方布雷，又用电台报话，让聂排长把天府里还有的八门步兵炮也拉出山脚布阵，并通知刘阳在镇里准备掷弹筒阵，三方炮群听口令统一开火。

聂排长一听要布炮阵，又是亲自出马，让刘力和贾林等九虎在山头当观察哨。步兵炮在山头是打不到靠山镇的，只有从山脚再向前推进千八百米才进入最佳距离。八门步兵炮架好后，大郅、柱子和正文三个排在周围又组成了重机枪空中埋伏阵。

成义排在曹羽确定好炮兵阵地后也架起了重机枪空中埋伏阵，大家都想和聂排长比一比，打它几架飞机下来。这时小宝向占彪报告说，刘阳来话，强子排已和敌机开始交战了，肯定是打着飞机了，但不知道战果如何。大家放眼观察，六架零式战斗机有两架已经起火并一头扎到远处，空中留下了两个白色的降落伞飘荡着。还有两架拖着黑烟而遁，剩下两架发疯似的爬升到高空。

日军的零式战斗机是很优秀的，转弯半径小，爬升速度快，二战初期让盟军的空军吃尽了苦头。后来盟军通过缴获了一架"0 战"才研究出它的两个致命弱点，一是它的俯冲速度不快，如果和它缠斗上，只要一俯冲就会摆脱它。二是"0 战"为了减轻重量，没有任何装甲保护飞行员和油箱，油箱连自封装置和灭火设备都没有，击中后很容易起火爆炸。抗日班侥幸也抓住了"0 战"的这两个弱点，在它俯冲的时候集中火力打，而且打上了就冒烟。

日军在轰炸天府山头的时候因为吃过了苦头，八架轰炸机拉起很高，胡乱投着弹。但六架零式战斗机对村庄的顺带扫射却很大意，日军没想到村子里也设了防空埋伏阵。结果强子的空中埋伏不费力地击中了四架，刘阳在报话机里喊着："鬼子飞机被我们打跑了，我们和聂排长打了个平手。"

成义这时拉着二民跑过来对占彪说："彪哥，让二民出去把跳伞的飞行员抓住，用他们来换袁伯。"占彪立刻看了一眼二民，二民心领神会，一个立正，二话没说就领着自己的侦察分队开一辆卡车而去。成义喊着嘱咐道："二民，你们换摩托车，汽车目标太大了。"

这时，小宝按刘阳的吩咐让所有五部电台都处于了一个波段，小峰、三德、刘阳、天府小玉就都可以同时听到占彪讲话。占彪下令："大家都注意了，我们要集中给松山下蛋，聂排长负责镇北面和东面，曹羽负责镇西面和南面。你们专打鬼子下蛋的、鸡脖子和剩下的三只癞蛤蟆。阳子的掷弹筒负责轰炸进入距离的步兵。现在进行试射，山顶小玉做好落点校正。还有，不要打镇北松山的指挥所，那里有袁伯。"

趁着大家在试射，三德报告道："我们已经找到了五条大鱼，晚上便起程，保证明天早晨到阳子南面钓鱼。"这是在说，已经安全找到五艘汽艇，晚上出发赶到靠山镇南面的河道设伏。占彪要求大家在报话时尽可能地用一些暗语。小峰也发来了报告："已堵住马群的来路，赵本水摆好了歪脖阵。"大家会意地笑了，赵本水自从水战时脖子被子弹打穿后，就落下个歪脖的毛病。隋涛的工兵排共三个小队，而且经常分开，由隋涛和宁海强、赵本水各带一个小队。这歪脖阵就是一种地雷埋设阵法，可以诱敌深入后首尾齐炸。

小玉的校正弹着点的声音从电台里传来："村南的落点向东平移 50 米就是大群目标，村西的落点再向北 20 米就够到了野炮群……"她这是复述刘力和贾林等人的观察结果，逐一报出去后，大家谁打哪个方向的谁就自己调整。而聂排长则没有电台，完全是靠自己目测了。好在山脚洞口有部电话，聂排长在中间留几个人接力喊着也能传达占彪的命令。

正在攻打靠山镇的松山一干军官，在枪炮中凭着军人素质注意到了零星落在镇子周围的炮弹，但大都以为是村里抗日班偶尔的反攻，谁也没想到，也没敢想到是别处发来的炮弹。看着又有几颗零散的炮弹打中了镇子周围日军的重要位置，松山心里阵阵发紧，这怎么有点像炮群试射的感觉呢。

老兵们跟着小玉向防风林走去的时候还在议论决战情景，一回忆起来都刹不住车。而且，大家都早知道小宝的情况，并无小玉那般激动，还都沉浸在决战一刻的心潮澎湃中，所以都慢慢地跟在后面，只有小玉一路颠颠地小跑着。

曹羽边走边击掌道："那两天打得是过瘾，尤其是几次集中炮轰敌营，我们把炮筒都打红了，隋涛领着全排战士排队向炮筒上撒尿……"众人一阵笑声。

大郅接话道："人家不是特别任务排嘛，特别的爱给特别的你嘛。"众人大笑，丽丽嗔道："大郅爷爷还挺时尚的呢，都啥时候的歌了。"

说起曹羽的特务排，小峰赞道："大羽的特务排真是全能排，啥枪都能打，啥活都能干。后期战斗中，凡是打炮的活儿几乎让他们排包了。"

小玉非常不解，后面的兄弟姐妹们为什么对要见到小宝都不太在意，自己屏住呼吸在前闷头连走带跑着，急得郅县长和占东东连连拦阻。

在现在的靠山乡北侧有一道防风林，是这一带的一道风景。这片林共五行，每隔四五米一棵，长约一公里，一千棵左右碗口粗的笔直大树成了靠山乡的一道天然保护屏障。

这是当年占彪大释兵前，组织全班战士为新建的靠山镇栽下的。占彪要求每人栽了一棵，当时被称作抗日林。

小玉在孙子郅县长的劝说下，好不容易放慢了脚步，走进了暮色里的抗日林，她喘息着聆听着辨认着。实然前面不远传来小宝的声音："小玉，快来帮我找找我们的姐妹树，我怎么找不到了呢？"当年她俩是并排栽的，小玉当时顺口称为姐妹树。小玉一听忙颤着嗓子回答："宝儿姐，就在前面不远，拴着红绸子的。"小宝远远回答着："小玉你替我拴了吗？"小玉边赶过去边说："年年清明都是我替你拴，你啥时也得替我拴啊。"小玉生怕惊跑了小宝。占东东在旁边暗笑自己的计划成功了。

身后传来三德的大嗓门："小玉啊，我和若飞栽的兄妹相随树呢？"接着是静蕾的喊声："小玉姐，帮我找找我和小峰的夫妻树。"秀娟也赶过来喊着："隋静快来看，这是你爷爷栽的歪脖子树，还说是我贪吃把脖子吃歪了。"在大家此起彼伏的喊声里，小玉和小宝自然地走到一起，姐妹俩抱头无语，潸然泪下。东东和郅县长在旁默默地看着这人这树，渐渐地，大家都围拢了过来，众人沉默着，无不感慨着岁月的无情。

作为一个职业军人，松山的直觉是准确的。看着零落的弹着点，他警觉地向外围举起了望远镜，嘴里嘟囔着："不会的，不会的。"这边占彪看各炮群调整得差不多了，便冲着报话机，脖子稍拧，淡淡一句："干吧！"

几秒钟后，松山被彻底震撼了，噩梦终于应验。外围而来的十六门步兵炮的集团威力，加上村里的三十多具掷弹筒的扇面轰炸，转眼覆盖了村四周的日军阵地。往日的这时，升起的是落日中的炊烟，但今天，升起的却是愤怒的烈焰和硝烟。

转眼间，九门野炮被再次摧毁，两个重机枪中队十几挺重机枪好像被炮弹盯住接连被炸翻，还剩下的三台坦克也被炸得东逃西窜不敢停下，进攻村庄的步兵退潮般被炸了回来。

痛苦中的松山还是很镇静的，起码吸引整个抗日班的目的达到了。他马上命令加藤的骑兵联队立即从县城出击，然后组织处在第二环包围的山口大队返身攻击抗日班两个炮阵地，同时呼唤轰炸机前来轰炸。但不到十分钟他的镇静便不复存在，因为他的反击在占彪面前根本无济于事。

首先是进攻抗日班炮兵阵地的两个步兵中队，刚进入重机枪的千米最佳射程便遇到了迎头痛击。在武器占优的情况下，占彪并不提倡近战，不存在不勇敢，而是如何保护自己又能消灭敌人。虽然远隔千米，但经过严格训练的重机枪手打得同五百米距离一样的稳准狠。而且正因为距离远，少有敌方的火力威胁，重机枪手们打得非常从容，可以超常地发挥。山口大队长吃惊地发现自己的部下竟被阻在千米之外，很少有能闯过火力线的。日军仗着人多，不顾一切向前冲，但越是集团冲锋，重机枪的威力越是明显。偶尔有小股日军侥幸闯进来，到了五百米范围便遇到了地雷和掷弹筒的密集打击。而此时步兵炮丝毫没有留情，继续不间断地向敌群轰击，几千人的日军聚集在狭窄地区，炮一响就炸倒一大片。

高连长看得惊心动魄，对占彪感慨地说："这些年鬼子打我们就是这么打的，成连成营甚至成团地被他们打掉。不管是我们国军还是八路军，再拼命，再勇敢，这血肉之躯也抵不住枪炮。每当那个时候我就想，什么时候我们能调个个儿！哈，今天终于看到了。"

打到第五分钟的时候，又有六架零式战斗机掩护着八架三菱97式轻轰炸机飞来，山顶早就观察到，及时通知了各方。靠山镇里和两处炮兵阵地，都只留下两挺重机枪对付步兵，其余所有轻重机枪迅速摆好了空中伏击阵。山上的九虎也在刘力的组织下架起了机枪阵，虽然他们只是一个排的六挺重机枪和十八挺轻机枪，火力算是最弱的，但他们的制高位置却使他们发挥最重要的作用。这样，四处重机枪防空阵形成了交叉火力网，有着充足弹药的重机枪林不停地射击，让日机始料不及，都在高空盘旋着。占彪让步兵炮停止了发射，免得发炮的烟雾给轰炸机指引目标。同时命令大家盯住轰炸机，不管多远都打，让它们没有俯冲投弹的机会。

这时地面上抗日班的位置是四个点，而日军却是整个的面，点面交织在一起，日机在高空试投了几枚，结果都落在自己的士兵中。六架零式战斗机急了，两架一组疯狂地直冲步兵炮阵地俯冲下来。结果其中两架被山脚下大郅、二柱和正文排的重机枪阵击伤，另外四架皆被成义、曹羽、隋涛排的重机枪阵击落。因为成义别出心裁地让掷弹筒也加入了对空发射，被重机枪击伤的飞机又迎头撞到掷榴弹上当空爆炸。八架轰炸机一看此状便一哄而散，连那两架侦察机也盘旋在高空远远地遁去。

打到第十分钟的时候，松山接到县城的加藤中佐来电，说刚出城门便遇到了地雷阵伏击，损失了一个多小队的骑兵，加之天色已晚，只好收兵回城了。此时，隋涛的工兵排没闲着，在隋涛组织下，士兵集体往发红的炮筒上浇尿，使曹羽和聂排长很快地再度发威，领着步兵冲到前面的97式坦克附近，打起火了两辆。

十分钟的光景，松山再难镇定自若，偏偏这时十川次郎司令官又转来驻上海的第13军司令部的命令：对上海满铁会社运营课的袁先生之父只可友好利用，不可伤其性命。松山咆哮了，冲着微笑不语的袁伯大声叫骂起来，拔出东洋刀向空中虚劈不已。

夜幕降临，占彪因目标不清，也停止了炮击，但他迅速调阵，把火炮阵地转移，让聂排长回山上控制好北面，命大郅、二柱和正文排携八门炮迂回村西，成义、曹羽和隋涛包围了村东，村东是松山最可能逃窜的方向。只有南面空着，留给明早赶到的三德。这样就把松山来了个反包围，逼得日兵四处挖着掩体。

最后的决战（四）

看到小玉自然接受了小宝还活着的事实，大家都欣慰地笑了。小玉一手紧挽小宝，生怕一松手就跑了，一手则指着占彪说："彪哥，你，你，宝儿姐活着回来了，你，你咋没啥反应呢？你快点来拉住她这只胳膊！"小蝶则向老九凤们一使眼色，老九凤们一哄而上拥住了小宝和小玉，接着小九凤们和占东东们也纷纷从四面跑过来拥住自己的奶奶，再外面占彪大手一划拉，九龙、九虎、九豹们站成一圈，像老鹰护小鸡一样把老老少少围在正中，一种责任感和呵护感激荡在他们心头。

小玉掐着自己的胳膊，怀疑自己是在做梦，又顺手掐着别人，若飞大叫："玉姐姐你手下留情啊，俺可不是大郅呀。"小玉转头找到占东东，一把抓住说："东东啊，我是不是在做梦？我怎么觉得你们都知道小宝还在世呢，是不是只我一人不知道啊？"众人一看小玉自己说破了，都善意地笑了起来。这回小玉才彻底明白，才回味着小宝真的还活着的事实，她脚一软，一屁股坐在地上哭了起来。

小宝也跟着蹲下，边抹着兴奋的眼泪，边捧着小玉的脸看个不停，终于看到至亲的妹妹小玉了。占彪上前拉起小玉，沉声对小玉和大家说："我们抗日班战士的骨头是硬的，命也是硬的。我们这些人的情在，命就在！"小峰也附和着："抗战时那么苦我们都挺过来了，'文革'时那么难我们也挺过来了，我们重机枪的魂是不死的。"

看小玉还是哭个不停，三德在旁转移着话题："小玉啊，这地儿是不是你在决战那天夜里放鬼歌的地方啊？"听三德说自己放鬼歌，小玉破涕为笑。

小宝和小蝶、春瑶、阿娇、秀娟都会意地笑了，看来四面楚歌是她们的杰作了。若飞却有些不满地说："当时我和三德排在汽艇上呢，静蕾和小峰排在县城前打骑兵，让我们错过了放鬼歌这个事儿。"

隋涛在旁也感慨地说："十面埋伏加上天罗地网，成义再火上浇油来个四面楚歌，任鬼子有三头六臂也难逃厄运的。"曹羽接着说："不过最过瘾的是我们夜里偷袭敌营，虽然没有把袁伯救出来，却也把那些年学的功夫都用上了，见人就下狠招，招招式式都能置人于死地。"

强子一听曹羽讲夜袭敌营过瘾，大嗓门接着喊道："更过瘾的是我们伏击加藤的骑兵联队，刘阳临阵变招先送给我一个中队鬼子，然后他把后面的鬼子炮兵中队和机枪中队都给收拾了。"三德接说："刘阳的水淹骑兵堪称巧用兵的典范，让加藤大亏血本。后来我在海军建设中常提到这个战例。"

听到众人的褒奖，刘阳在旁不以为然地嘿嘿两声，显然也陷入了快意的回忆中。成义也沉浸在当年的快意中："彪哥的瓮中捉鳖比最初的山谷之战都过瘾，成就了我们钢班八年中的开头和结尾两场漂亮的大战。"正文点着头说："要不是成义让我把八门步兵炮丢下，松山也不一定乖乖入瓮，这招儿硬是把松山骗了。"

占彪长吐一口气，思绪跳得更远："打仗总要死人的，这场决战，袁伯和桂书记以自己的生命换来了我们大家的安全。"小宝和小玉听罢相偎得更紧了。

占彪迅速了解各部伤亡情况，还好，金子一块没丢，让占彪的心顿时放了下来。银子可花了不少，十九两！主要是零式战斗机扫射时受的伤，大多是大郅的兵。山上的九虎也有两人在日机报复轰炸时坚持观察而受伤，靠山镇里受伤人数达到七名。三德、小峰两路和占彪这路却无一人受伤。占彪派车把小蝶和大郅排的伤员送回天府调养，同时再运出一批弹药，尤其是步兵炮的高爆弹，以补充部队。

松山这时也在调整部队，龟村和山口都吃惊，损失如此之大，两天里四个大队共阵亡日兵近千人，伤一千六百余人。炮兵中队一、二组正副炮手全部阵亡，而且炮弹所剩无几。两个重机枪中队重机枪被炸坏大半，人员伤亡三分之二。坦克战车被击毁五辆，仅剩一辆。飞机被击落八架，击伤六架。各县城和据点打道回府的伤亡还没有计算在内呢，估计那两个中队和四个小队六百多人也得损失三分之二兵力。松山望着统计上来的数字不禁心里发抖，他不敢相信自己的眼睛，也不敢如实向第6军十川次郎司令官汇报。而且他还在为十川次郎要求把飞行员尸体找到的命令发愁。

松山在他的帐篷里召开了中尉以上军官的作战会议，龟村、山口等军官沉默了很久。龟村少将收住踱来踱去的脚步说："这个占班长几百人的火力等于我一个旅团了，真是不可思议。是不是他们的兵力增加了？"山口大佐也思索着说："他们的打法太奇特了，不是国民政府军的人海战术，也不是八路军、新四军的近战打法，甚至他们还敢打飞机敢打战车，让我们的部队很不适应。明天我们不能这样打了，再这样下去我们的士气都打没了。"一名中佐也说道："而且他们不恋战，不贪财，不抢战利品，还有汽车运兵的机动性，我们很难盯住他们。"另一个少佐也总结着："现在我们重机枪比他们少，他们配备的轻机枪和掷弹筒也比我们多，还有成群的步兵炮，一对阵，明显他们胳膊长我们胳膊短，这仗没法打。我们来中国好几年了，可别在这里翻了船。"这时松山腾地站了起来，众人皆惊，怕这个有着东京背景的家伙发火。只见松山站起后伸着脖子在仔细聆听着什么，众人都静下来跟着凝神听着外面，突然众人皆脸色大变，随着松山一窝蜂跑出帐篷。这时，夜风轻拂，月光如洗。他们隐约听到东面，不，西面也有，北面都传来了唱日本歌的声音。是日本人都耳熟能详的《红蜻蜓》、《荒城之月》、《桃太郎》、《樱花》、《四季歌》、《拉网小调》……这乡音在中国的夜空里显得格外的婉转凄凉，哀怨无边。

日兵数千人的阵营里死一般的寂静，挖工事、烧尸体的声音都停了下来。听得出来歌是日本人唱的，虽然唱的声音不大，但很标准很地道，让听者不可能不想起自己的家乡和亲人。松山这时胸膛一阵起伏，他对周围的军官们艰难地说出四个字："四面楚歌！"

这"四面楚歌"是成义的又一杰作，他看到小蝶回天府送伤员，便要她把缴获土匪的三台手摇唱机随弹药车带过来，挑几张日本唱片。成义诡秘地和大家说："'十面埋伏'哪能没有'四面楚歌'呢！"

小蝶包扎完伤员，带着手摇唱机又要随弹药车回前线，她的观点是：

军医必须在前线。小玉见状也闹着要领着五匹狼下山，她拉着聂排长的胳膊撒着娇说，都在山洞里憋了两天了，聂排长只好放行。小蝶回来后，便和小宝、小玉、春瑶、阿娇、秀娟两人一组在抗日班和四德们严密的保护下，分头各去一面摇着唱机放起唱片来。若克在世时常悄悄和姐妹们玩这些唱机，九凤们用得很熟。

大多数日军军官不懂“四面楚歌”的含义，但他们知道这时的歌声有着瓦解士气的可怕效果，有略懂中国文化的脸色变得更加难看，那就是明天项羽要自刎于乌江了。龟村也是脸色铁青，马上令自己的一个中队长派出三个小队去袭击歌声处。不一会儿歌声里传来狗叫声，松山暗叫不好，他们把那些凶猛的狼狗配到了部队，很远就能发现偷袭部队的。果然，一阵急风暴雨般的重机枪和掷弹筒声传来，不到一分钟就没了动静，接着又传来日本歌声。中队长满脸恐怖的神色跑回来报告，三个小队受到已埋伏好的支那重机枪沉重打击，大部阵亡，仅数人生还。气得龟村失常地发起狂来，拔枪对着中尉就是一枪。看来“四面楚歌”的攻心效果把龟村弄得快崩溃了。有两三个军官为了不听到歌声，捂着耳朵号叫着也唱起歌来，周围的士兵也都随着唱了起来，可是唱着唱着，这些日本兵就唱到刚听到的歌了，甚至附和着远处传来的歌声合唱起来。结果又引起一阵军官们无力的呵斥。

歌声里冲进一名惊慌的中尉，他语无伦次地报告了又一个令人崩溃的事件。原来就在刚才开会的时候，指挥部的十几个帐篷都遭遇到了武功高手的袭击，所有的帐篷都被划开，帐篷里的人和门口的哨兵都无声息地死去，并且身上都无外伤，大都是脖子断了。

松山又一番大怒，马上下令统计死者。不一会数字出来了，死者多达二十七人，而且基本上都是军曹以上的军官。松山听到报上来的一个个熟悉的名字欲哭无泪，大都是他带来的亲信啊。他缓缓地扭头看向这间帐篷角落里的一个睡袋，一个大尉参谋立即跑过去解开睡袋，不放心地看了看里面被堵着嘴捆着的袁伯。众军官顿时明白，袭营者是为了解救此人。龟村见状，怒斥松山：“你早有预防，怎么不提醒各部加强警卫呢？”众军官也面面相觑，这等对手出人军营如入无人之境，简直太厉害了吧，我们还有安全吗?

这时，又有一个少尉冲过来喊了一声“报告”，把松山和周围的军官都条件反射似的吓得一惊，松山声色俱厉地喝道：“又发生什么事了？”这少尉硬挺着脖子喊道：“报告长官，支那抗日班送回八具皇军飞行员尸体！”松山瞪大小眼睛又喜又惊：这，这占班长也太厚道了！不过应该是十人啊，被击落的两架轰炸机是双人驾驶的。他紧盯着少尉问：“你可看清楚了，是真是假？”少尉立正道：“我看是真的，每具遗体上都有军牌，军装虽然大半烧毁,但看得出是飞行服。”山口急着问:“抗日班的人呢？”少尉犹豫下说:“没走，在等我们回信。他们说还有两个活的，是那两名跳伞的帝国飞行员，要与我们换那个支那村长。”众军官不约而同地看看一旁的袁伯，又齐齐地转头看着松山和龟村。他们的眼中答案是毫无疑问的，一个支那小村长换两名活的八个死的飞行员简直不成比例，山口大佐叹口气说：“他们要是换我们撤兵，我们也得同意啊。”

这时松山吩咐少尉：“告诉他们，我们同意交换，明天上午在靠山镇交换。”少尉得令而去。龟村在旁不满地说：“为什么不现在交换？难道还要让我们大日本帝国的天之骄子再受一夜凌辱吗？”松山忍不住爆发了：“我们都是军人，是优秀的帝国军人，你们怎么就这点承受能力，受点挫折就乱了阵脚，怎么就不会动动脑子呢！”说着，他指着袁伯挨个看着众军官喊道：“这个人，他是我们的挡箭牌，如果没有他在我们手里，我们这里的指挥部早被炮击了！如果今晚我们把他交给钢班的占彪，他们没有了顾忌，马上就会趁夜里发动进攻，炮击这里的所有皇军！我们要把这块挡箭牌用到最后。”

决战第三天的枪声在清晨的村南打响。但不是按占彪布置的三德的汽艇包围村南后打响的，而是县大队打响的。这时三德的五艘汽艇离靠山镇还有十多分钟的航程。

桂书记领着县大队夜以继日终于在下半夜挖到了灌渠下面。几经试探，洞口与灌渠挖通了。迟玺来不及多想，便组织乡亲们出逃，趁天还没亮能逃出去多少算多少。

这条干涸的灌渠有半米多高，人们只能在里面蹲行爬行才不会被村南监视村子的日军发现。灌渠通向二百多米远的河边，河道不宽，水也不深，蹚过河后就可分散逃入不远的山地。等强子和刘阳知道时，乡亲们已爬出几百名了。强子急忙从村东西调来部分兵力增援南街口，密切监视村南日军，以防不测。刘阳也及时向占彪发电汇报。

村南的日军有两个中队，他们的宿营地在灌渠的正东依河而驻，距灌渠不到二百米。日军听了大半夜的“四面楚歌”，乍一听到灌渠方向传来小孩的哭声还以为在家乡的梦境中。机警的日军中队长马上派一个小队长速去巡查，一个小队的日兵前行不到五十米便遇到几挺轻机枪的伏击，十几名日兵倒下。是桂书记带人跳出灌渠迎头而击。他们必须跳出来，灌渠里正爬着上百名村民呢，如果日军冲过来，就是一群待宰的羔羊。

最后的决战（五）

日军中队长看到灌渠里冲出游击队，马上命令整个中队全部压上，带着两天战败的沮丧和恼怒，向六十多名县大队游击队员打起了密集的排枪。毫无隐蔽的县大队很不幸，一轮弹雨过后十多名战士倒下，包括为了保护老百姓而拼命向前冲的共产党县委书记桂书记。他留下的最后一句话是：“快组织乡亲们，撤回去……”

接着的一轮枪声便没有日军的戏了，是强子和刘阳开火了。强子硬是在日军和灌渠间用重机枪撕出一条死亡线，鬼子再也接近不了灌渠，也顾不上向老百姓开枪，处于仓皇自保中。老百姓趁机迅速撤离了灌渠，前一半人直起腰冲过了河，后一半人撤回了洞里。刘阳他们听到了县大队的战士在哭喊桂书记的叫声，轻重机枪和掷弹筒火力变得异常凶猛，不到十分钟就把日军两个中队逼退到河边，日军只有退到五百米外的河边才能脱离开掷弹筒的威胁。

接着又是一轮剧烈的枪声，让村东的松山听得心惊肉跳，也让这两个中队的剩余日兵在人生的最后时刻感受到大喜到大悲的可怕落差。原来剩余的二百多日兵刚退到河边，身后的河道便传来了马达声。清晨的朦胧中，五艘汽艇飞驶而来。

日兵们大喜，都站了起来，可以登上汽艇摆脱抗日班魔鬼般的火力追踪了。然而让他们万万没想到的是，汽艇上的六挺重机枪、三十多挺轻机枪就近在咫尺，同时向他们射出了屠戮的弹雨！

松山看到面前勉强逃脱的一名中队长和身后仅剩的十几名伤痕累累的军曹，又一次勃然大怒。龟村更是气急败坏，这两名中队长都是他的侄子，士兵中有很多是他家乡的族亲。汽艇伏击使他死了一个侄子，两个中队也几乎全军覆没。他二话不说，召集起自己的另两个已经损兵折将的中队向村南奔去，要赶快封锁村南，不能让抗日班跑了，其实他是想收尸和救治伤员。龟村走了不远，又回头不由分说地把袁伯牵走。

松山已看清形势，白天一到，外围和镇子里的抗日班里外开花，自己将会很难受。这回他务必先拿下镇子。所以镇南的枪声一响，他就快速地反应，让三面同时开始进攻，配合镇南的战斗。同时命加藤联队从县城出击，从外面来个再包围。

这时天色已亮，强子返回村里组织火力，顶着松山三面的进攻，刘阳和迟玺则抓紧利用村南的日军被打跑的这会儿，把两千多乡亲直接从村口转移走了一大半，三德的五艘汽艇成了运送百姓过河的桥梁。最后，刘阳让担当副射手的学生们也撤退，没想到学生们没有一个要走，都很坚决地表示从此参军当兵了。

又一批老乡刚刚过河，三德看到气势汹汹的一队日军毫不隐蔽地走过来暗叫奇怪，用望远镜一看就失声叫道："不好，他们又拿袁伯当挡箭牌了。"若飞在报话机里向占彪的报告也变了声，刘阳也马上停止了转移老乡。

狡猾的龟村押着袁伯直奔河边三德的汽艇，龟村身后紧跟着剩下的那台97式战车和端着十多挺99式轻机枪的机枪队。这时三德的猴王枪只能打些边边角角的鬼子，日军越来越多地藏身在袁伯身后的范围里。

在占彪连声的"不惜任何代价保护袁伯"的命令中，三德只好令汽艇向上下游分开撤退。龟村很得意这块挡箭牌的作用，又重新包围了靠山镇。接着他又押着袁伯向镇里走去，他居然得寸进尺，想利用袁伯一举攻进镇里。

袁伯这回可不干了，利用自己退走汽艇还好说，可利用自己攻进镇里杀害老百姓，那是绝对不行的。袁伯蹲下不走了，被几个日兵硬架了起来向前移动。眼看要触到地雷了，刘阳无奈，只好喊着袁伯向左拐或者向右行，能听懂汉语的鬼子依言而行，一路插着小旗。在袁伯的挣扎中，日兵渐渐地接近了镇南口。

正在刘阳安排袁伯进村后的解救方案时，一件震撼交战双方的事件发生了。

只见快到村口的袁伯一头冲开日兵的推搡，向左后侧刚绕过去的地雷阵奔跑过去。刘阳震惊地叫了起来，狂喊着袁伯。大家都看明白了，袁伯不想给日军当“向导”，他宁可在奔跑中踩上地雷！

龟村一见马上向后跑去，他知道如果没了人质，他们就是重机枪的活靶子。他边跑边下命令：“不许丢了人质，赶快抓住他！”四周的日兵醒悟过来，七八个日兵向袁伯扑去。就在一群日兵快要抓到袁伯时，一声巨响伴着烟雾在袁伯脚下腾起，八九个身影飞向空中。

刹那间一切静止了，镇口的战士们几乎呆住了，他们不敢相信自己的眼睛。几百名日军也集体愣神了，看着渐渐散开的硝烟。只有龟村和他的随从们拼命向后跑着，躲在了 97 战车后面。紧接着的场景龟村不用看也知道，抗日班会发疯的。

看到袁伯舍身就义，刘阳和三德果然“疯”了，村口的轻重机枪如火龙一样横扫着眼前的鬼子，打得鬼子四处乱跑，纷纷踩响了地雷。三德的汽艇也毫不隐蔽地杀了回来，向岸上的日军喷着烈火，掷榴弹成群地落入敌阵。愤怒的几十挺轻重机枪的连发长射让龟村挺不住了，在战车的掩护下仓皇后撤，带来的两个中队大都留在了村南的土地上。多亏松山从村东又派来两个中队接应，使龟村和几个副官逃脱了被全歼的命运。

村南再一次打开包围，刘阳带队冲了出去找到袁伯的尸首，小心包裹好和桂书记放在一起。小宝听到爹爹舍身护村壮烈牺牲的噩耗，喊了一声“爹爹”便昏在占彪怀里。

占彪咬着牙，狠狠地说：“今天要不杀了松山为袁伯报仇，我占彪誓不为人！”占彪暴怒地下令抗日班所有步兵炮、掷弹筒，向日军全面轰击。没有了袁伯被困在敌营的顾忌，抗日班的愤怒令靠山镇周围的日军阵营几乎成了地狱。充足的炮弹和集团的轻重机枪火力使日军迅速减员，冲到村边的日兵不是踩到地雷，就是遇到从天而降的死神。日军也在奇怪，这回的炮弹怎么不怕伤到村里的人，抗日班真的是急了。

愤怒又不失冷静的刘阳这时迅速把剩下的乡亲们让迟玺的县大队从村

南带走，然后又按占彪的命令全体退出了靠山镇，乘三德的汽艇转移去迎击加藤的骑兵联队。六十多名学生兵一出村，便在四个日军中队满地遗留的武器中配全了两个加强排的轻重机枪和掷弹筒，带上了足够的弹药。学生兵们都捡来了新手枪，把老兵们的手枪还回，刘阳临走前又把剩下的地雷都埋设在村边，露出几个枪口布下了空城计。

松山听龟村讲了当时情景后也是目瞪口呆，心中的不祥之感愈发沉重，袁伯的死不只是他和第13军司令部无法交代，也不只是换不来飞行员了，关键的是使松山犯了真正勇士决斗时不光明正大的大忌。如此一来，抗日班和占彪一定要拼了命的。漫天轰炸中，他换了一副新的白手套戴上，用旧手套擦拭着自己的东洋刀若有所思。

龟村在旁心有余悸地说："部队损失太大，三天的弹药量已打得差不多了，野炮的炮弹只剩下十几发，赶快求援吧。"松山咬咬牙说："我们动用了五个多大队六千名皇军了，还被打成这样，还有什么资格再求援！现在我们去掉伤员还有两千多名兵力，再加上加藤的骑兵联队，我要和占彪拼了，他不死我就死。"接着他下令："电催加藤骑兵联队不惜一切代价尽快从外围包抄，致电航空兵中队继续轰炸，起码出动侦察机观察抗日班动向。"

目前松山在被占彪包围的情况下是很被动的，他的军事方案制订得挺好，但都被占彪打乱，没有达到效果，结果兵力没有展开，却越来越集中，形成了挤在一起挨打的被动局面。如果这时他的第二环第三环起作用，对占彪来个反包围，局面会大为改观。加藤中佐也清楚这点，听到松山的命令后，马上率队出击。他一定要出出前两天晚上莫明其妙地损失了一个中队加一个小队的窝囊气，手里还有三个骑兵中队和剽悍的炮兵中队、重机枪中队，再加上各剩下一个小队的一直想复仇的特种兵和山地兵残部，包围只有数百人的抗日班应该不成为什么问题。加藤率队冲出了城。

加藤这次没有从小峰封锁的县城北门出城，而是从城南出城，反绕过县城，再向北奔靠山镇而来，杀气腾腾的上千名骑兵马蹄声急扬起漫天灰尘，让白昼无光，天日不见。

加藤的骑兵联队当然以擅骑为长，所属的炮兵中队和重机枪中队也都是驮马阵容，速度不逊作战部队。加藤虽然握有重兵，心里却有着一丝不安。这种感觉在过去是从没有过的。按说抗日班的规模只他一个骑兵联队来对付就绰绰有余了，甚至让松山的部队全部撤走，由他单独来剿灭也是不成问题的，可这不安却总缠绕在心头驱之不散。

小峰看到加藤从城南绕出，忙驱车前往拦击，但加藤却不理睬抢路而去。占彪命令小峰不用追赶，跟在后面就行，等三德、强子和刘阳拦住他们时再前后夹击。小峰忙命赵本水把埋下的地雷起出。昨晚共埋了30枚炸了9枚，要都起出来，免得日后伤了老百姓。然后悠悠地兜在加藤后面做了一个反包围。这时大家都已知道了袁伯和桂书记的牺牲，都咬着牙磨刀霍霍。

三德和刘阳、强子们是在县城和靠山镇间的一条河上拦住加藤的，这是成义的十面埋伏中设计好的伏击地点。三德先开着汽艇把近五六十里的三座小木桥都拆了，只留下上游一个小水库旁一座百多米长的石桥供加藤通行。而刘阳的加强排就守在不到二百米长，与桥平行居高临下的水库堤坝上。六挺重机枪、十八挺轻机枪和三十具掷弹筒将把这座桥变成了死亡之桥。强子加强排也是同样的火力，布置在河对面正对桥头二百米处，准备不放一个鬼子过桥。三德的五艘汽艇则藏在下游的芦苇丛中伺机配合。一个三面重机枪口袋阵围着石桥静静地敞开了口子，恭候着猎物钻进来。

在松山的道道急电催促下，加藤无暇考虑太多便率队来到水库石桥前。本来他应该随第一个骑兵中队上桥，生性多疑的他领着联队部慢下了脚步，毕竟他还是注意到了几座小桥被拆毁。直到第一个骑兵中队顺利通过，他才命令第二个中队就是炮兵中队上了桥。长长一列驮马拉着六门步兵炮，驮着炮弹箱走上了石桥。接着，他又让驮着十二挺重机枪的机枪中队跟随过桥。正待炮兵中队走到桥北端，后面的机枪中队也上了一大半的时候，加藤隐约听到无数铁器相磕的动静，这时他心头一凛眼前一花，在龙宝泉村挨炸的感觉瞬间又出现了。

彭雪飞叹口气说："可惜了能文能武的桂书记和大仁大勇的袁伯，马上抗战就胜利了。"强子接话道："袁伯的牺牲让我们憋足了劲儿，阳子的放水淹敌也算是给袁伯和桂书记出了口气。"

三德击下掌说："原来没注意阳子这么鬼呢，这场战斗阳子的聪明是一个亮点啊。不但打垮了加藤的炮兵中队和机枪中队，还大演了一场关云长水淹七军……从此令俺刮目相看也。”刘阳笑指三德：“看你，老了也不忘贫嘴，真是从小看大。”接着看着成义说：“还不是成义设计得好，这十面埋伏一场比一场出彩。”

彭雪飞又叹口气说：“可惜呀，要不是国军挡了我们半宿，我们也赶上包饺子了。不过我们就是早赶到，依彪哥的性格也不一定能让我们上手。”占彪笑下未置可否，他回忆着说：“当年的松山其实也是很狡猾的，可正是因为他的狡猾才把他引入山谷。他犯了低估中国人和聪明反被聪明误的错误。”

成义赞同道：“本来他想引我们入瓮，以为中国人都没他聪明，结果正是搬起石头砸自己的脚，给自己选了块绝地。”小玉提及这些事还是不解气：“那天我第一次扔了那么多手榴弹，为袁伯报仇！为若克报仇！”

三德接着话说：“小玉你以后还扔过手榴弹吗？”大家都笑了，都明白三德是在说小玉这次投弹是最后一次也是唯一的一次。笑声中小玉嗔道：“贫嘴三德，就是改不了。唉，不过你要是改了就不是三德了。”

最后的决战（六）

加藤喊着“不好”，但为时已晚了！

只见石桥旁与桥同长的堤坝上突然冒出六十多顶钢盔，晴天中炸响一声霹雳。随着一阵滚雷，分布均匀的几十挺轻重机枪面对石桥上的皇军旋风般刮起了无情的重机枪钢铁神风。一群群的掷榴弹也落入了还没过桥的骑兵群中。而先过去的正在桥头整队的一个中队骑兵还没在震惊中清醒过来，就遭到强子排同样强大的密集火力的直接打击。狂风暴雨的火力中到处都有人在喊着“为袁伯报仇！”

占彪的九兄弟中，刘阳和成义都属于爱动脑筋的人。刘阳总结过占彪的常用战术，先发制人和见好就收几乎是占彪的制胜法宝。这两件制胜法宝使抗日班造就了零伤亡的奇迹。刘阳这些师弟们早已耳濡目染，接连应用在战场上。

不知道强子或者别人守在大堤上是否能如刘阳一样，看到后面跟着一个炮兵中队和重机枪中队后马上改变了计划。原来的作战计划是刘阳和强子联手封锁住石桥，不让一个鬼子过桥，日军一上桥就打。刘阳的变阵是因为他看到了第一个骑兵中队后面的炮兵中队，这六门步兵炮显然要比一个骑兵中队重要，如果步兵炮要是在河南岸布起阵开了火，那可是极大的威胁。所以宁可先放过前面一个中队，冒着给强子造成压力的风险，专等步兵炮上了桥再动手。这样一来，还给强子送去了一个中队的可口伙食。

当然，风险是有的，因为桥头与强子的阵地只有二百米距离，如果日军炮兵中队上桥迟缓，先过去的骑兵中队向前行进会很快发现强子的。如果这个中队站稳展开，会造成河两岸夹击刘阳的局面。但是，这两个如果都没有发生。炮兵中队在加藤的催促中几乎驱赶着前面的骑兵上了桥，而且随后的重机枪中队也迅速跟上了一半。而过桥的骑兵中队更是绝，他们刚过河就开始整理起队形来，三个小方队站在那里等着加藤过河，集中得不能再集中了，让在战壕里的强子他们忍不住偷笑。

在突如其来的打击中，桥上布满了加藤一个炮兵中队和一半机枪中队的尸体，一批批跳到河里的士兵也非死即伤，桥面上铺满了步兵炮和重机枪。过河的一个骑兵中队被强子迎头痛击，更陷在进退不得的困境中。加藤大怒之下不失指挥者的勇猛，他在组织人马向堤坝反击的同时组织骑兵直接涉河，抓紧支援对岸的骑兵，不然那个中队也要被射杀殆尽。

聪明的刘阳这时看到下游近千米开外一批鬼子骑兵居然平安地过了河，用望远镜观察河水只到马脖子处。接着大批骑兵也在准备下河，看来加藤是不想走这里的桥了。这个距离虽然重机枪能够到但还是远了些，目标范围也广，对鬼子的威胁不大。正在刘阳焦急万分深恐拦不住鬼子时，身后水库里爆炸了一枚下面日军发射过来的掷榴弹，河水溅了刘阳一身。刘阳回头喝令重机枪手打掉掷弹筒时，心头突然一亮，他看到了水库三个大闸门的手轮。

这时，武男和山本已和战车兵家族礼貌地寒暄完毕，在拓哉和樱子的陪同下回到抗日班老兵之中。听到老兵们回忆和松山的决战，武男忙让樱子详尽地翻译过来，丹妮也帮着翻译着知道的情况，占东东也在旁不时回答着樱子的询问。对曾经的长官松山大佐的结局武男是非常想知道的，尤其是想从当年的决战当事方嘴里得知。

彭雪飞突然想起一事，向占彪问道："后来听说你们对陷入山谷绝境的松山提出的最后通牒很有创意，是不是成义想出来的？"占彪笑答："成义是我们抗日班的小诸葛，小名成秀才，不是他提出来的还能是谁。"

武男忙问通牒的具体内容，占东东告诉樱子说："通牒是正常的，让松山放下武器，放伤员一条生路。但成义爷爷有一句话摧毁了他们的意志：就是先放出来一批日军，等山谷里打完了再进去收尸。"

加藤看到自己派出一个小队骑兵试探着平安过了河，心里窃喜，还是自己灵活多变的战术躲开了抗日班的伏击。接着，他命令全队骑兵同时过河，支援松山要紧啊。在他骑着自己有着皇家血统的纯种大洋马刚刚涉过河心的时候，几个河里的骑兵指着上游绝望的尖叫让他气愤，不就是那边有重机枪嘛，隔这么远怎么会这样惊慌失措，真是丢尽了大日本皇军的脸。而当他也扭头回望，只一瞥便也同样声嘶力竭地号叫起来："八嘎——快快地，快快地上岸！"接着自己手忙脚乱地拼命策马冲上了岸。原来上游的河面上一道一米高的浪潮远远席卷而来！一米高，已是淹没马头的高度，而日兵的人头基本没有高过马头的！逃了命的加藤回头一看，河正中上下两百米宽还有三四百名骑兵一步步艰难的跋涉着，转眼被升高的浪潮吞没，冲得七零八落。刘阳远远用望远镜观察着，向占彪报告了四个字——"落花流水"。

原来是聪明机灵的刘阳看到了那三个水库大闸的手轮，马上掩护几个大力士把三个水库大闸同时快速摇起。他在电台里向占彪汇报时大喊："彪哥，俺要当把关云长，水淹七军了！哈！"水库虽然不大，但突然提起的大闸还是有着大坝决堤的效果，一泻而出的河水淹了近两个中队日军骑兵。虽然淹死的不是很多，但是，望着狼狈不堪的部队和上百匹没主的战马，加藤几乎绝望了。好在已先过河的与被打剩一半的那个中队会合，又组成了一个中队，还有两个小队身手不凡游泳过来的特种兵和山地兵，这回他们也有空马骑了。心硬如铁的加藤继续向靠山镇疾驶而去。临走前令河南岸过不来的近一个中队去攻打水库堤坝，把步兵炮和重机枪夺回来，然后返回县城。可他走以后，剩下那个中队的枪声只响了十几分钟便无声息了。

加藤留下的这个中队的命运他是想不到的。这个骑兵中队先是进攻夺炮，却被堤坝上的刘阳部用缴获的步兵炮炸得找不到北，还没缓过神来又被隔岸强子部的重机枪打个半死，接着顺河刚撤又被横刺里冲过来的小峰部的两辆喷火卡车打得瘫痪，无奈向下游逃窜时又被驶过来的三德部的汽艇打得休克，最后在四面合围中剩下的十几名日兵集体跳了河。这些日兵的跳河自杀，由此揭开了这场战斗中日兵陆续自杀的序幕。

赶过来站在岸边的小峰和强子及汽艇上的三德对勇敢跳河的日兵再没有痛打落水狗，在几十挺轻机枪的枪口下任几名会水的没有武器的日兵游走。河中央一名日军少尉看到两岸如森林般沉默的枪口，边游边向岸上大骂起来，湿漉漉的脸上说不清是泪水还是河水。

加藤带着一个中队又两个小队的四百多名日军终于赶到交战战场，后面的小峰等四个加强排也随后按占彪的要求，继续由小峰的两辆卡车追踪加藤，刘阳和强子排乘着三德的汽艇带着缴获的六门步兵炮和十二挺重机枪绕向天府北面的靠水镇。

占彪让三德去靠水镇是有原因的。二民的情报系统探明，这里原来驻有一个日军小队，松山在大部队路过靠水镇时留下了两个中队，这个棋子一直没动用，看来是有着险恶的计划的。成义分析松山很有可能想用请君入瓮这招儿，把钢班从南面轰进山谷之路，然后靠水镇的日军在北面封口。占彪说:“想得挺美，那我们就来个将计就计，反引他们入瓮！”成义大赞，真是英雄所见略同。

这时，加藤率骑兵按松山令已向村西包围，占彪令大郅、二柱和正文部以乱了阵脚之态从村西向天府山脚撤退，同时占彪率村东的曹羽、成义、隋涛部的六辆卡车以救援之态也向山脚运动。大郅一路到了山脚后，把地库里的十一辆卡车开出六辆，占彪这路的六辆卡车紧接着开入地库中加油、补充弹药。大郅与后到的小峰的两辆车会合，与加藤的骑兵周旋起来。加藤这次是拼了命的，自己的一个骑兵联队最后只领过来一个中队，而且炮兵中队和机枪中队没等发挥作用就交待了，实在是痛心疾首。他打跑了镇西的抗日班，与镇西的日军会合，向松山请示后，令特种部队用掷弹筒向镇子里发射了足够全村人毙命的毒气弹，便乘胜向北追击。

松山这时见镇子里面没有动静，料想镇中的抗日班一定被毒气消灭了。又得知镇西抗日班溃退了，而且途中扔下了八门步兵炮，不禁心头大喜。松山清楚，任何军队不到溃败之势是不会把炮扔下的。他马上传令开始执行他的围歼战术。成义分析得一点不错，松山是想把抗日班请入山谷之路。既然当年抗日班曾在这里消灭近千名日军，今天就在这里消灭抗日班作为祭奠。然而，这只是松山的一相情愿。

空中的侦察机报告村东村西的抗日班汇合在一处了，正在与骑兵纠缠着。今天航空兵只派出了侦察机助战，十川次郎司令官也被占彪的重机枪打怕了，本来南太平洋吃紧，飞机还准备去参战，别都在这里损耗没了。

松山见此良机全线发动，速令剩下的两千多名日兵离开靠山镇，返身追击抗日班的八辆卡车，并令特种兵和山地兵残部再次进攻天府山，只留给抗日班山谷之路一条出路。同时急令雪藏在靠水镇的两个中队抢堵北山谷口。

占彪此时也紧锣密鼓地发了一串命令。这时，小峰率领大郅、二柱、正文部各开两辆车互相呼应着打击加藤的骑兵，掩护着占彪的部署。一时间汽车开着，重机枪追逐着，犹如猫捉老鼠般，转眼把加藤的一个骑兵中队打掉大部，让刚出了一口气的加藤又郁闷起来。

但随着松山大包围圈的逐步缩小，八辆卡车的活动范围也逐渐缩小，最后好像走投无路，一头开入山谷之路。松山暗笑：终于被我请君入瓮了。指挥刀一举，全体部队向山谷口堵去。松山时不时也提醒自己要小心，但他一想到能把步兵炮扔了的军队一定是溃败之军，便深信无疑地全力进攻。扔掉步兵炮的主意是成义出的，起到迷惑松山的作用，反正不给鬼子留炮弹，就先让他们帮我们扛着吧。此招果然让松山上了当。

早在山壁蜀路洞口接应的聂排长九虎，他们在小峰八辆车进来后便隐蔽在洞口“天台”上，按照占彪的计划向南北山谷口发射起密集的掷榴弹，把两面的日军挡在山谷口外。小峰先安排两辆卡车带几挺重机枪向已堵在北山谷的两个日军中队做突围状，待聂排长的掷榴弹把烟雾造足后，便迅速返回西山壁下，四个排一百五十多名士兵直接在汽车上攀绳而上，最后只剩下八辆空卡车停在山谷里。这时聂排长九虎的九具掷弹筒则继续不间断地发射，造着突围的气势，也给入洞的四个排补充弹药和充分的转移时间。此时，松山则不急不躁，稳稳地封住南北出口，并催促特种兵和山地兵小队占领山头，从山壁上方控制山谷。看你什么钢班的什么重机枪神风往哪里跑。

这时，小峰加强排快速从地路赶到地下车库，又发动了两辆卡车，与在这里休整的曹羽、成义、隋涛的六辆车会合待命。大郅、二柱、正文部稍休息一会儿，便领着四德们从天路而出，扫荡山上的两个日军特种兵和山地兵小队，临行前正文传达着占彪的命令，要大家带上大量的手雷。三德、刘阳和强子三部也在靠水镇附近上岸，悄悄完成了对北山谷口日军两个中队的包围，他们都通过加藤的骑兵补充了足够的弹药，还带着缴获的步兵炮。

短短的一刻钟，占彪好像在下着一盘令人眼花缭乱的棋，不动声色运子如飞地排兵布阵，转眼之间又摆成了对松山余部的反包围态势。占彪看看都准备好了，便向聂排长发出停止射击的命令。这个命令各路人马都听到了，马上同时展开了行动。

松山的下场

樱子把成义当年的最后通牒翻译给武男，拓哉在旁听到一下子站了起来。武男手轻轻一抬，拓哉仿佛受到无形的压力，不得不又坐了下来。成义无疑看到了拓哉的动作，加重了语气冷冷地说："那时的松山真是内外交困，走投无路了。五六千人马被我们打到那个份儿上，决战他是认输的。最后他魂断山谷，是他罪有应得，咎由自取。"

一直憨笑着的二柱子嘿嘿笑着说："他要是知道我们后来又用他们换来了战俘和政治犯，那魂儿就更不守舍了。"强子抬脚跺了下地说："只是便宜了龟村那老儿，逃得太快了。"

聂排长九虎一停止轰炸，南北山谷口都有一个中队日军冲入，边打着枪边跳跃着接近那八辆空车。松山在山谷外听到里面是空车的报告后心头一紧，那八车人呢？都插翅飞了？龟村、山口和加藤忙举起望远镜向四周观察，镜头里只看到燃烧的靠山镇冒着缕缕黑烟很是平静，留下监视靠山镇的一个戴着防毒面具的小队，打着旗语报告镇里的敌人没发现有生还的。松山考虑了一下后，便亲自进谷检查卡车，现场看一下才能作出正确分析。为了保证自己的安全，他又令身后跟进了一个小队的日军。

松山自进入山谷便心中狂跳不止，不明的恐惧感阵阵袭来。是怕地雷吗？山谷里已有自己的兵到处走动着。是怕谷顶轰炸吗？山顶已被特种兵和山地兵占领了。两面的山谷口还都有自己的重兵，按说应该是安全的，但多年养成的直觉还是令他心慌意乱，回头看看跟在身后的龟村们，这几名身经百战的军官也都狐疑着试探前行。尤其那个直觉很强的山口，几乎把不祥之兆写在了脸上，放慢脚步跟在后面。

松山硬着头皮走近卡车后，一眼就看到第一辆车的雨刷器上夹着一张白纸，令人取过后见上面是女人的俊秀大字："地府之路，松山之墓！"这是跟着小峰的静蕾按成义在电台里的指令写的。松山定睛一看心头乱跳，脸色惨白，他知道战争中的游戏规则，如果看到了对方的留言便一切都晚了。松山绝望地狂喊着命令部队马上撤出山谷。

但正如他所料，南山谷口外突然传来狂风的重机枪合唱声，夹杂着阵阵步兵炮和掷榴弹的密集轰炸。未等松山跑到南山谷口，一个中尉跑来报告："不知道在哪里又出来八辆钢班卡车，分四路围住了皇军全力攻打着，每路都是六挺重机枪、三十多挺轻机枪和几十个掷弹筒，我们顶不住啊。"松山不由分说地大喝："拼命也要顶住，不能进入山谷，这里是死地！"话音未落，山谷外的日军已自发地如潮水般涌进。在挨打的情况下，谁看到安全的地方不进呢。刚缴获的八门步兵炮也丢在外面，还搭上了九门 38 式 75 毫米野炮。

松山无奈只好审时度势，看到北山谷口一直没动静，便令部队快速从北山谷口冲出，他心里祈求着："上天啊，天皇啊，保佑我们大日本皇军的数千名臣民，安全通过……这个……地府路，千万别让占彪在北面再打响啊。"还好，好像他的祈祷起了作用，北山谷口已有部队撤出了，这时南山谷口外的部队见状更加迅速地撤进来，山谷里人喊马叫，拥挤不堪。

此时让松山绝望的声音终于响起来了，北山谷口外同样声势的重机枪开唱了，而且也有着步兵炮的轰击。是占彪看到松山的大部队都被赶进山谷后才电令三德的北路打响，不然，松山是不会老实进谷的。刘阳把刚缴获的一个炮兵中队的六门步兵炮都摆开来，由强子、三德部的老兵操作着。新缴获的十二挺再加上三个排原来的十二挺重机枪和近百挺轻机枪，只一个照面就把北山口的两个中队和涌出的日军打回了山谷里。这回南北山谷口都被钢班封住,松山的两千多人马都陷在谷中,占彪终于完成了引君入瓮。

松山万万没想到自己设计的“请君入瓮”变成了这等局面，这个占彪实在是太可怕了。在南北山谷口被重机枪封死的情况下，他把希望寄托在枪声大作的山顶，那两个小队的特种兵和山地兵如果能站住脚，还可以坚持固守。如果山顶再被钢班占领，这山壁下面八九百米的山谷之路可就成了名副其实的死地了。似乎在验证松山的担心，又一个恐惧成了现实。山顶的枪声停歇了，传来一阵阵狼狗的暴吠声，接着从山壁上空陆续跳下来十几名日兵，嘴里还喊着“妈妈”和什么人的名字。看来是被逼到绝路的特种兵在跳山自杀，但奇怪的是，没有一个喊什么“天皇万岁”的。看来到了人生最后关头，还得是妈妈和亲人最重要。

下面的上千名日兵都看到了这一幕，阵阵寒意在蔓延着。如果说昨夜是夜晚版的四面楚歌，那么现在就是白天版的四面楚歌。接着，他们不得不接受的杀戮开始了。从山壁上方扔下来黑压压的一群群手雷，在无处躲无处藏的满地土黄色军装的人群中爆炸着。大郅、二柱子和正文三个排的战士从容地向山壁下投了近五百颗手雷，足足轰炸了十分钟。大郅一人投了一箱 91 式手雷，小玉也愤恨地投下十多枚。大郅投一颗喊一嗓子：“为袁伯报仇！”

松山等军官勉强藏身在西山壁下向内凹陷之处，身前用日兵尸体摞成了掩体。南北山谷口仅十多米宽的山口路面上，也前仆后继摞着一人多高的尸体堆,在山谷口外成群重机枪的火力下,日兵已放弃了冲出谷口的努力。

空中的日军侦察机无奈地看着这场屠杀，虽然马上向第 6 军十川次郎司令官越级做了汇报，而且十川次郎也立即命令附近联队前往救援，但周围的日军都已被松山征调来了，最近的援军也有半天的路程，远水解不了近渴。

好在侦察机报告了个好消息，说西面有两支大队级规模的部队快速接近，还有一个小时的路程。只是这消息还没令松山振奋一分钟，侦察机又报说是新四军一个团和支那国军一个团在跑步前进。这消息更加重了松山们的绝望。

原来是彭雪飞前天夜里收到小宝的明码电报后马上向师首长请示，师首长一听是抗日班有难，马上首肯让彭雪飞火速驰援。昨天上午集结了全团部队，中午就跑步出发了。彭雪飞选了一条穿越国军统治区的近道，然后再来一个夜行军，今天早晨就能赶到靠山镇。但没想到昨天晚上在向国军借路时遇到了麻烦，这是国军一个旅的防区，说必须请示上司才能放行，结果反复交涉到夜半才同意放行。这时，彭雪飞又不敢走了，副团长和团政委都提醒他别中了国军的埋伏，他们拖这么长时间是不是在调兵遣将呢？皖南事变的教训太沉重了，彭雪飞也不敢拿全团一千多号战士的生命开玩笑。

国军的少将旅长这时才出面，彭雪飞一看是那个关团长，抗日班曾经给他们解过围，而且，后来彭雪飞也和他打过几次交道。两人一见，彭雪飞忙说明原委，关旅长一听直怪罪彭雪飞："彭团长你怎么不早说是去帮占班长啊，看你多耽误事，这回我们不但要痛快地让路，我们也要出动一个团去帮占班长。"这样新四军一个团是三个营一千八百人，国军一个团是三个营加特务营两千四百多人，脚前脚后奔靠山镇而来。关旅长随即向第三战区司令部发了电报做汇报，才知道第三战区也接到了抗日班的电报还在研究是否增援呢。

松山此时不只是陷入困境，而且是内外交困。在身边一批下级军官不满的斥责中，一个小队长反握指挥刀走向前来大骂松山瞎指挥，让皇军遇此大难，松山大佐难辞其罪，说罢一刀剖向自己的肚子拧了两下倒在地上。龟村、山口和加藤面无表情不置可否地站在一旁，他们也在为自己的性命担忧，这种强烈的濒死感觉还是入侵中国后第一次遇到。接着，身旁又有数人号叫着剖腹自杀。

好像是一声令下，南北山谷口和山顶上同时停止了进攻，日军们都惊奇地感觉着抗日班号令的统一。他们哪里知道占彪手里居然有五部电台在灵活地指挥着部队。

硝烟稍散，活着的日兵都在观察着自己的周围。满山谷里呻吟遍地，血肉模糊。龟村和山口迅速判断，死伤者应在十之五六左右。抗日班为什么会停止进攻呢，是没有手雷了？不管它了，赶快救治伤员，抓紧喘息。这时南山谷口传来阵阵喊话声："抗日班占班长下令，松山老鬼出来受死！"

越来越多的日军听懂了抗日班的通牒，很多日兵都在想，是不是松山一人领罪抗日班就会放过我等残兵呢？松山突然觉得周围看着自己的众多眼神好像都不对了。他强打精神，看着遍地的伤员和死尸下令："向外传话，久闻占先生宽容厚道，可否让我们把战死者和伤员转送出去。"没过一会儿，抗日班回传："占班长允许一名士兵带一具尸首或一个伤员出谷，但不得携带任何武器。剩下的人继续决战。另外还可以多出来一些没有受伤的，准备山谷里战斗结束后再进谷收尸。"

松山听着前半句时还颇有自得，这个简单的占班长很容易被利用的。听到后半句时，他不禁刷地拔出战刀来，气得直喘。龟村、山口和加藤等人也大怒不已，都拔出刀来挥舞一阵，但心底却升起凛凛寒气。

生气归生气，但松山还是为自己的士兵着想，不想让更多的人因他丧命在这地府之路，他知道占彪是个言出有信的人，要利用这个机会转移自己的部队。他马上传令搬开谷口的尸体，组织伤兵出谷。当日兵们知道可以扶着伤兵或者背着尸体出去，而剩下来的还要在这里挨打，便纷纷去找可以使自己出谷的尸体和伤兵。虽然要放下枪，但心里都安慰着自己，这和投降是不一样的，而且弹药基本耗尽，有枪也是无用的。

随着大批日兵相搀着、背着、扛着的络绎而出，枪械丢了满地。松山突然发现每个没受伤的日兵都准备好了要出去，死伤者是超过一半人数的，足够分配没有受伤者人手一尸或伤兵撤出的。剩下的士兵都已找好了对象，排着队等候着。松山突然明白了，到了最后居然没有一名能留下来和自己继续战斗的官兵，这太让人感到悲哀了。他颤抖着整理着戴在手上的白手套，呼吸一声比一声沉重起来。

和占彪几次交手，每次都一败涂地，尤其是这次决战更是惨败。松山其实心里很清楚，这样扔下武器运送伤兵的做法和投降没有什么区别，兵败了精神也败了……再想到那个袁村长死在自己手里，无论如何占彪是不会放过自己的。算了吧，自己了断吧！毫无预兆地，松山对龟村说了句："松山屡败于占君之手，实在无颜苟活于世。你等要把部队安全带回去！”然后双膝跪地，不容大家有所反应，就举刀猛力刺入自己的腹部。

松山将战刀刺入腹中后，鲜血迅速染红了白手套，他脸上的抽搐逐渐停止了，但身体却一直没有倒下。周围所有的日军，包括刚才骂松山的一群下级军官，皆立正向不倒的松山敬礼。旁边的加藤看到后，身嘶力竭地喊了声“松山君等等我！”也举刀剖腹，以谢一千四百人的骑兵联队全军覆灭之罪。

至此，松山与占彪的较量以松山的出局告终。

龟村看到山口也有意要剖腹谢罪，忙大喝：“不可！够了！我们要都向天皇谢罪，谁把这些伤兵带回去啊？赶快通知占……占先生，松山已经以死谢罪了。”

这时，刘阳、强子和三德部看到山谷里的日军从南山谷口大部撤出，便从北山谷口向内推进。他们听到松山自杀的消息后便没有再射击。龟村和剩下的一批军官看到远处几十名个个手端机枪雄赳赳走近的抗日班将士，心里都很清楚，要么也剖腹，要么就被打死。但至今军官们没有一个化装为士兵而逃生的。龟村看看个子矮小没主意的山口，又看看身边早已搭好对子搀扶着伤兵的佐官、尉官们，无奈地挥挥手，走到松山尸体旁，拉到背上就向南山谷口走去。山口一见，也把加藤的尸体背起，与众尉官跟随而去。剩下的那台97式战车，几个战车手也将其付之一炬。

胜利之后

出了南山口，龟村们暗吃一惊，只见十四门步兵炮一字排开对准着山谷，九门野炮已被他们缴获整齐地摆在一起。几十挺重机枪呈环形围着山口，小峰、成义和隋涛部上百号士兵站在两侧，手里都端着轻机枪和冲锋枪。整齐的国军着装，完备的武器装备，威严的气势，顿时令日军低下了头。如今，不可一世的大日本皇军成了待宰的羔羊。

抗日班并没有太为难出来的伤兵，也没有搜身，大部分日兵的刺刀还都佩戴着。出来的日军没有溃散，而是沿着通向县城的公路自动排为四路纵队，好像在等着后面上来的将佐的指挥。但出来的将佐尉官都被成义扣在一起，足有五十多名。成义说原来讲好的只放士兵走，只有几个扶着伤兵的少尉被成义放走。看到最后从山谷出来的扛着松山和加藤尸体的龟村一行，占彪率众人迎了过来。

北山谷口的三德、刘阳和强子部也兜后围了过来，在山谷里打扫战场收集机枪，忙着把鬼子留下的上百挺机枪和几十个掷弹筒吊运天府洞中，后来刘阳又收集了上千支三八步枪和马枪，也送进洞内。聂排长在山上不时汇报着赶来的新四军和国军的距离，占彪已让小峰和二民分别前去接应。

占彪看着松山的尸体半天未语，回头命令隋涛开过两辆摩托车给龟村，分别装上松山和加藤的尸体。这时前面的日军队伍一片大乱，是彭雪飞带着一个团的新四军从西面杀了过来，打了一会儿才明白怎么回事，彭雪飞命令部队边把日军包围在一起，边开始打扫靠山镇一带战场。他跑过来见占彪说："怪不得这回鬼子这么好打，原来是被你们放出来的呀。"接着他又对占彪说："你们怎么和鬼子讲上仁慈了？"成义在旁解释道："我们用这个方法让松山口服心服地承认失败自杀了。"

占彪接着解释说："这条山谷之路里死的人太多了，我不想把这里变成地府、地狱啥的，杀气太重了。将来这一带会不得安宁的。所以，只要他们放下武器就给他们一条生路。反正他松山彻底出局了！"

彭雪飞一指眼前这批日军军官："他们这些人怎么处理，放回去太便宜他们了！"占彪沉痛地说："原来讲好了用鬼子飞行员换袁伯的，没想到袁伯不想被他们利用，主动踩雷了。"彭雪飞一听袁伯牺牲了大吃一惊，但听到说换人，眼睛一亮："对了彪哥，我们还可以用他们换人啊！杭州监狱里还关着我们在皖南事变时逃出来的一批新四军呢，还有去年被鬼子抓到的地委书记，还有一批地下党，可能还有盟军的战俘……"这时国军那个团也到了，马上也开始打扫战场，也同意拿鬼子换战俘。第三战区司令部马上拉出关押在杭州西湖监狱的一批国民党特工人员，还有近百名从南洋转来的盟军战俘名单。

十川次郎司令官收到龟村的紧急电报后，尽管是十二万分的不愿意，但也无奈地立即释放了杭州监狱里关押的三百多名政治犯和一百多名盟军战俘。占彪开出的条件是他抗拒不了的——两名飞行员，一名少将，一名大佐，一名中佐，两名少佐，三名大尉，九名中尉，二十六名少尉，四百名皇军士兵，六百名伤兵。

在龟村率众军官向占彪、彭雪飞和国军团长敬了礼离去后，刘阳这路处理完山谷里的事后也赶来了。一听说把龟村放了，强子和三德喊着“龟村老儿，是你害了袁伯，免你死罪，活罪难逃——”便追上去，要把龟村的腿掐折或者把眼睛剜出来，吓得龟村闻声开着摩托车而逃。小宝这时才知道袁伯在村南壮烈牺牲是龟村逼的，也恨得玉齿咬碎。

占彪和彭雪飞隆重地把袁伯和桂书记葬在村南，小宝和小玉都哭得几次昏死过去。1949年，袁伯的儿子袁方把父亲的尸骨取去火化，带去了台湾。

这场中日决战打了整整三天，以松山的惨败而告结束。新四军趁势解放了四座县城，摧毁了十多个据点，国军也把自己的防区向前推进了二十多公里。

当时占彪不屑于统计和上报什么战果，日军天天烧尸，所以也没有具体歼敌数据。国军第三战区认为抗日班是和新四军合作打的这场仗，还在生气是抗日班让共产党趁机占了那么一大片地盘，所以不予嘉奖和宣传是在意料之中的。

新四军也是因为抗日班是国军，还牺牲了县委书记和一半县大队战士，也没有当成什么胜利去看待。而日军当时正处于南太平洋战场节节败退中，看中方没有庆祝什么大捷，便就势没有公布这次战况。

但成义和刘阳用另一种方法统计过，就是国军、新四军和抗日班三方当时都各收缴了两千多日兵的武器装备，日军应该是六千人之数，除去换战俘和伤者的一千人，应该打死了五千鬼子兵。至于互换战俘，那是战争双方的默契，更都不会张扬的。

打完这场战斗后，占彪放开了手脚，保护重机枪装备的任务已经完成了，再无负担。他想以自己的能力加入到全国反攻日军的战斗中。接回的一百五十五名川军子弟兵都表示不做抗战的逃兵，要坚持到抗战胜利再回家，迅速成了抗日班的各级战斗骨干。接着，陆续又有几百名工人、学生和农民加入抗日班，原来的十一个加强排迅速扩充为十一个连，整个抗日班由将士一千一百多人发展为团级规模，在浙西和浙东间开辟了一块自己的地盘，一块国军、共军和日军都承认的地盘。就在占彪又练了半年兵想放手一搏大干一场的时候，当年 8 月 15 日，日本投降了。

占彪和松山的决战则成了抗日班对日的最后一战。

日本宣布投降后，抗日班上下自是一片欢喜。国军和新四军纷纷出动，开始大反攻，争相在四处接受日伪军投降，收缴日伪军武装，解放敌占区。占彪此时则按兵未动，只要求部队继续帮助靠山镇重建家园，同时也帮助三山岛、三家子村等驻扎过抗日班的地方百姓修房铺路。刘阳把缴获土匪的大烟土都换成了砖瓦木料，一个崭新的靠山镇出现在青山碧水间，只是向西挪了点位置。老靠山镇的废墟搭着抗日班的简易营房，整齐地架设着几十顶日军的军用帐篷。其余的废墟被小玉和大郅当做了养猪场和四德们的家园。

8 月底的一天，占彪正在村头指点郅彪和克克练功，彭雪飞带着警卫员开着摩托车疾驶而来。占彪笑迎上去，逗着说："小飞，这回把小鬼子打跑了，你什么时候迎娶阿娇啊？"彭雪飞眼中喜色一闪，但又急急地说："我倒是想啊，可是看这局势说不定国共还得打起来呢。小弟这回又有事相求了。彪哥，这回还得您老人家出马不可，湖州的那个龟村老儿说死也不降，说要降只降占班长的钢班，说国军新四军都没有打败过他。"

武男和拓哉听到龟村只向打败过他们的钢班投降缴械，不约而同地点点头。武男先说道："日本人欣赏能打过自己的人、能打败自己的人。人被打服过才能俯首，才能言和。"

但拓哉接着口气很强硬地说出了一番让全场震惊的话："中国不是胜利者，充其量只能算不屈服者。"

他等樱子翻译过去后继续说："我也研究过日中战争，这场战争中几乎每次战役都是日军发起，中国军队几乎没有主动地发起过战役，中方的所谓战役都因日军进攻而引发。八路军、新四军地区也是被迫进行的反扫荡反清乡的反抗。而且，中国的国军和八路军、新四军都是守着自己的所谓防区和根据地不动，被动地防守。抗战八年很少有你们解放的地区，只有不断失陷的地区。所以，我只能承认中国人不屈服，不能说中国人打败了日本人。”说罢，拓哉站起身来向占彪行了个歉意的鞠躬。

等樱子滔滔不绝地翻译完，大家的神色都变得凝重起来，目光里包含的不是简单的愤怒和不满。抗日班的老兵都是过来人，抗日班的子弟也比同龄人对抗战认识得深刻，大家都知道拓哉说的事实是客观的。该怎么对待拓哉占些理的狂妄，大家的目光都集中在了占彪身上，这时占东东不待爷爷说话先表态了。

阿娇听说彭雪飞来了，忙拿着亲手做的鞋和小宝、小玉跑过来：“飞哥，这回抗战胜利了，这是我给你做的最后一双鞋了。”原来他们以前曾说过，阿娇要一直给彭雪飞做鞋直到抗战胜利，然后就成家过日子。阿娇这话里也有催促彭雪飞快点来接她的意思。当了团长的彭雪飞脸红过耳，接过鞋来换上，这也是他和阿娇的习惯，必须当面新鞋换旧鞋。

这时小峰、成义、曹羽和刘阳等人也闻声而至。最近这几天大家常常在一起议论，打完仗了干什么。也想听听外面的消息，研究一下当前的局势。

占彪看到刘阳突然想起一事：“对了小飞，我先说个事，你能不能帮我找到那个莎拉，让她来看阳子。不然，我就不放阿娇给你。”彭雪飞、刘阳和阿娇三人都羞红了脸，小玉以过来人的会意搂着阿娇。彭雪飞忙转移话题说起正事：“彪哥，这回还得您老人家出马不可，湖州的那个龟村说死也不降，说要降只降占班长的钢班……”

占彪听罢，望望成义，对彭雪飞说：“不会只是这么简单吧，是不是龟村在玩什么花样。”彭雪飞急急地说：“现在国军在全国划了十六个受降区，没一个是给八路军和新四军的，他们还命令日军和伪军不许向我们缴械。这不，国军这几天正忙着去大城市受降，我们新四军只好抢一些中小城市和县城了。可这龟村总拖着时间，还在旁边的长兴煤矿里忙着修工事，想顽抗一把，是有点奇怪。”成义思索着说：“是不是他们想在投降前把煤矿炸了啊。”

彭雪飞继续道：“还有个事也请彪哥帮忙，我们上海的地下组织传出情报，日军在突然宣布投降后，上海很多财产没来得及转移走，最近在向浙江一带转移，想藏起来，可能走的是水路，三德的汽艇连能不能出动，帮我们在太湖里搜索下。”

占彪点点头告诉潘石头召集各连连长开会，然后拿出地图研究起来，成义把缴获的长兴煤矿开采图和矿井设计图也找了出来。等各连连长们到齐后，占彪看看大家说："弟兄们，抗战胜利了，这仗也没什么打头了，这回可能是我们抗日班的最后一次军事行动了。所以这次我们全都出动，要把赖着不走的小鬼子们都赶走。大家一定要打好，而且更要注意安全。抗战胜利了，绝对不许有伤亡。听到没有？”众人齐刷刷昂头立正。

占彪开始下令："小峰、强子、成义、阳子、大羽、隋涛、柱子、正文你们八个连跟着我明天凌晨出发去湖州。聂排长连和大郅连看家守备。三德连今晚就出发，开那五艘汽艇去太湖一带巡查。彭团长趁天没黑先回去做好接应，我们明天早晨八点左右到。”

凌晨时分，全副武装的抗日班八个连的新老战士乘着二十一辆卡车出发了。车行不远，三德来电："刚在太湖的长兴境内的岸边缴获十七艘鬼子汽艇，都是空的。看守汽艇的鬼子一问三不知，只知道拉的都是箱子，也不知道都搬哪儿去了。”

占彪在成义连的卡车上和成义分析着，成义缓缓道："我有点感觉，鬼子藏东西和长兴煤矿的修工事有关，我们是不是先去长兴看看。”占彪令司机发出了停止前进的喇叭声，各连连长纷纷跳下车跑了过来。

占彪下令："大羽的特务连和隋涛的工兵连随我去长兴转一圈，成义和刘阳也跟着。小峰领大队继续向湖州。”

长兴县位于浙江省北部，三面环山，一面临太湖，和安徽的广德、江苏的宜兴接壤，离湖州不到二十公里。这里有新四军苏浙军区司令部，但长兴的煤矿在和广德的交界处，一直在日军的控制中。隋涛连的战士大都是当年的铁路工人，就是在为长兴煤矿修铁路时被解救参加抗日班的，旧地重游心中自是十分感慨。月光下，他们沿着公路开着六辆卡车进入矿山地区，远远看到一大片卡车停在矿山脚下。

受降

占东东听到拓哉的一番话，上前一步对拓哉说：“很不幸，如果从纯粹战争的角度来说，你说的都是事实。这场战争有很多值得我们中国人反思的地方。”武男和拓哉一听樱子翻译完占东东这句话都很吃惊，拓哉已做好了在场的中国人强烈抨击自己的心理准备。

占东东转身对大家说：“抗战时期，我们做错了很多事，浪费了很多时间。正如拓哉所说，我们中国军队，除了中国远征军的行动外，很少同日军主动地打过，很少有主动发起的驱逐性的战役。我们只局限在日军进攻时的反抗，被打以后的抗争。所以我们那时的战争叫抗战，叫抗日战争。”占东东看看焦书记和刘主任，他俩也默默地点点头。

占东东走到占彪面前说：“爷爷，那时，我们的军队数量优于日本军队，而且中国士兵的常规轻武器也不比日军差。所谓的小米加步枪、大刀长矛只是一小部分地方游击队的装备，我认为不能只用这个概念来代替中国所有军队的装备，尤其在战争中期我们就得到盟国的支援，相当的部队装备甚至要比日军好。中国人本来能打赢，而且能速赢，但我们却打得很苦，打得太久。”老兵们知道这番话是事实，纷纷点着头。

占东东又转身对大飞、刘翔、小曼们继续说道：“我们打得苦打得久的原因是中国人的不团结、不作为。当时没有强有力的政府和英明的政府领袖。甚至刚打了一年，国内敌对势力就开始研究如何利用日军削弱对方，典型的如皖南事变。而且国军内部之间也是如此，典型的如台儿庄战役汤恩伯部坐视川军王铭章师覆没。结果抗战八年，大部分时间和精力都耗费在内部争斗中，而与日军却默认现状，对峙共处。你不犯我，我不犯你，你若犯我，我必撤退，让我们的爷爷奶奶躲在山洞里生活了八年。还有一点是我个人的分析，当年中国人的气势被遏制住了，很多中国人的精神被一开战的淞沪战役和南京大屠杀所击溃，中国人个体的勇敢、善战、智慧、人格被淹没在势不如人的大环境中，体现出更多的是麻木、无能、低劣和自私。这些都是当年我们的缺点，是我们不可回避也不应该回避的事实。”说到这里，占东东回头对拓哉说：“我们正视当年中国的缺点，承认中国的失误，是中国当年的缺点和失误被日军利用，钻了我们的空子，才打了那么多年。所以我要告诉你，拓哉先生，如果中国人认真地打，全力地打，团结地打，中国人不只是不屈服，而是能打赢，必打赢，而且根本用不了八年！呵，不信，抗日班的例子明摆着呢。”

拓哉听完樱子的翻译后，盯着占东东看了一会儿，站起来鞠躬示敬，说道：“你，和你的爷爷们，是令我尊敬的人。”

占彪指挥车队直接开了过去，有着重机枪神风和战胜国的自信，再不用躲藏了。车前大灯明晃晃地照着守卡车的日军司机。看着从驶来卡车上迅速跳下的个个头戴钢盔手执机枪威风凛凛的国军勇士，日兵个个呆若木鸡，任由曹羽连把他们包围起来，隋涛连的人马旋风一样检查着卡车，把没有心思反抗的日军司机集中在一起，让他们把手枪扔在一起。清点后共有近五十名只会摇头的司机和二十九辆空卡车。

占彪和成义商量了一下，把日军司机留下，命令把卡车全部开走，隋涛和大羽连的士兵几乎都是司机。全队上车后，好像是满足于缴获了这么多辆卡车而去。开了不远，占彪便领着曹羽、成义和刘阳跳车悄悄潜回。由隋涛指挥着三十五辆卡车散开，仍然包围着这片地区。

看来这批日军司机的确不知道部队的任务是什么，只管开车运一些箱子。他们议论了一番后，摸索着向矿井方向走去。

天已蒙蒙亮了，在这伙儿司机走到一个废弃的矿井附近时，就听到前面传来日兵的吼叫，接着是一阵密集的枪声。他们凑前一看，是押车的日军宪兵队把刚才搬运木箱的一个中队皇协军和原来在这里守矿井修工事的日兵都打死在矿井周围，看来是在灭口呢。带队的宪兵中佐一见这群狼狈的司机大喊着：“谁让你们违抗命令过来的？你们看到了什么？”然后不等司机们解释，便向宪兵队一挥手，几十名宪兵调转手里的百式冲锋枪和二式冲锋枪就把这批司机扫倒在地。百式冲锋枪和二式冲锋枪号称二战打得最准最有威力的冲锋枪，产量都不大，只装备特殊部队。在这种新式冲锋枪密集扫射后，根本用不着检查还有没有生存者。

接着，那个中佐向一个宪兵少尉一挥手，那少尉按下了手中的手柄，矿井口顿时一片隆隆的爆炸声，一直深入地下。这是一个斜井，地面上塌陷了很长一条。那少尉炸完矿井，便把白色的宪兵队头盔掀下扔在地上，接着在头上扎上一条白布条。那几十名宪兵纷纷效仿，几十顶头盔滚在地上。他们都扎上了白布条，那个少尉大喊一声，把手中的二式冲锋枪顶在身边一个宪兵的头上，然后那个宪兵举枪顶在下一个宪兵的头上，如此循环直至有一名宪兵把枪指到了少尉头上。那个中佐和一个中尉没有加入，默默地站在一旁。

这时那少尉瞪着通红的眼睛疯狂地号叫着，喊了一串话，最后一声令下，几十名宪兵同时扣动了扳机，没有一个失误的。排枪声过后，一群人同时仆在地上，有几把冲锋枪一直打光子弹。那中佐和中尉上前向满地尸体敬了个礼，然后那中佐俯身在一部电台上很平静地说了几句，那中尉还拿个罗盘读着，好像在报告方位。最后那中佐对着电台打了一弹匣子弹，接着他俩扔下枪脱下军装，里面是日本株式会社职员制服，头也不回地向东走开。

就在他们走出十几米后，突然愣在当场。在升起的朝阳里迎面抱臂站着一个不怒自威的国军上校，身边一个端着捷克机枪的彪形大汉是个上尉，左右也各有一名端着机枪的上尉现身。

看着两个穿着便衣的日军军官愣在那儿，成义边走过来边用日语对那中佐说："杀人灭口，怎么还留一个呢？"中佐看看中尉，两人顿时明白刚才的一幕幕已被对方看在眼里。曹羽在旁大喝："快说，你们把中国人的财宝藏哪儿了？"

两个日军军官看到远处几个方向都有逐渐驶近的卡车，互相看看，然后绝望地用力点下头，接着低下头咬住了自己的衣领。成义已掠到他们身边，但还是晚了一步，两人马上抽搐着倒在了地上。隋涛听到这里的枪声，已命部队合围了过来。占彪忙命曹羽组织部下不要靠近，只在附近警戒搜索。这时，刘阳在中佐身上搜出按着两个手印的一纸文件，上面赫然写着："今验收：八十五箱金条，一百零八箱中国古玩，五箱美元，其他珍品二十箱，检查无误。交接人：中佐武藤章夫，中尉今朝吾二。"他们果然把这些宝藏刚埋藏在地下。

占彪无语地看着遍地的尸体和塌陷的矿井，成义忙打开矿井巷道分布图研究着。突然他指着图纸和占彪说："彪哥，我们这里是二号废井，是出煤的斜井，右面二百米处还有个供矿工上下的副井，是个竖井，图上注明竖井在五十米深处有一条通风巷道是和这里的斜井相通的。我和阳子下去看看那个通风巷道。"

三人找到竖井，刘阳几下就弄明白了吊笼的用法，因为没有电，只能使用备用的手摇轮。他俩找了几盏矿灯，成义扒了几个鬼子的军服，把自己的衣服换了下来，刘阳也换了，逗着成义："成义你小子，就怕小蝶说你身上脏……"占彪转着手摇轮把他俩放了下去。

等了半个时辰也没动静，这时曹羽和隋涛跑过来，占彪命他们去清点鬼子的二式和百式冲锋枪。又等了半个时辰，成义和刘阳才发出信号，占彪忙大力转着手摇轮。吊笼上来后，只见两人满脸兴奋，脚下还放了两个箱子。

成义汇报说："这小鬼子真狡猾。他们从斜井那边把东西运进这个通风巷道，在中间堵上了。这样，那边井口一炸塌，就等于把东西封在通风巷道里面了。不过，他们没想到里面还有几个皇协军没出去。可能知道鬼子会杀人灭口，他们从里面往这边扒了半天也没出来，都憋死了。不过我们从这边往里挖可省了事。"刘阳打开箱盖，黄灿灿的一箱金条展现在占彪眼前："彪哥，怎么办，都运出来还是先藏着？"

占彪拿起一块金条端详一会儿说："这都是国家的财产，我们不能独占的。不过现在局势不明，拿出来给谁都是打中国人，还是先藏着吧，等啥时候遇到能为老百姓着想的政府再献出来不迟。"说到这里，占彪踢了一脚沉甸甸的箱子问："这一箱有多少货？"刘阳答道："比我们缴获土匪的那些要好，十二两足色黄鱼，一箱八十根。"占彪低头算了一下说："过几天我想解散抗日班了，离别时我想给我们的士兵每人一根，再弄上来点吧。不过，里面的一定要藏好啊。"

听到占彪要解散抗日班，成义和刘阳没有太吃惊，这早在他们意料之中，没有鬼子打了，彪哥绝对不会去打新四军的。成义指着二百米外正在武装百式冲锋枪的重机枪手们说："彪哥，我们这样，把换下来的重机枪都拆了装箱带走……"占彪未等成义话说完，便手一抬说："快去吧！"刘阳也听明白了，换下的重机枪是用不着拆零装箱的，成义是想用重机枪换金条掩人耳目，这里有金库的消息知道的人越少越好。

曹羽清点了缴获的冲锋枪，有48支，其中二式冲锋枪有18支。现在每连有9挺重机枪，每挺重机枪配有4人，这4人是没有轻机枪和掷弹筒的。48支冲锋枪能换出12组重机枪手。隋涛谦让着说自己原来还有9支冲锋枪，先给曹羽的特务连换，自己的工兵连换三挺就行。这样把12挺重机枪都拆零装箱抬上成义开过的一辆卡车上，12箱重机枪子弹和弹板也搬了上去。等成义、刘阳和曹羽拼着自己的武功底子把24箱重机枪换成了金条时，已是汗流浃背了，其中还换了两箱较轻的美元箱。他们把重机枪和子弹箱都摆在通风巷道的出口，以迷惑将来的挖掘者。

成义和刘阳最后一次下井是要把通风巷道口炸毁，刘阳说为了这些宝藏再重挖一个矿井都值得，炸就炸吧。但地下的爆炸声响了半天也没见他俩上来，占彪望着井口正在着急时，成义和刘阳却在他身后出现了，吓了他一跳。原来这对机灵鬼在巷道里发现了一个通往前面山壁的通风口，从那里爬了出来。说着成义用目光指着前面不远的一块山石，告诉占彪："彪哥，就那块山石的下面，刚刚够一个人爬出来。从外面一点看不出来。"占彪和成义、刘阳不动声色地细细把周围环境记了下来，并远近找了几处参照物做坐标，成义匆匆画在纸上。装着26箱"重机枪"和"子弹"的30多辆卡车队出发了。

车队到了湖州时，龟村正在和小峰、彭雪飞他们相持着。一看占彪到了，身后还跳下那么多手持百式和二式冲锋枪的士兵，他和身边的一群军官无不为之震撼，二话没说便列队出来受降。成义分析龟村拖延时间，可能是在掩护长兴的藏金行动。彭雪飞带着新四军一个团开进了湖州，接管了日军一个旅团的所有装备和仓库。

占彪没有进城，只装了几十桶汽油，便直接带车队和汽艇返回天目山脚下自己的地盘。浩浩荡荡的50辆卡车、22艘汽艇让隋涛连和三德连全员愉悦上阵，把抗日班千八百人轻松地机动转移，隋涛连和三德连成了名副其实的工兵运输连和水军连。

从这时起，占彪开始着手解散抗日班的释兵准备了。让第三战区各部门官员大惑不解的是，这个抗日班以国军正在裁军的借口主动要求裁军，这可是绝无仅有的。况且，国军的裁军是想裁掉杂牌军，像这样有战斗力的部队怎么舍得裁掉。同时新四军也加大了工作力度，包括谭旅长也捎来苏浙军区和新四军军部的邀请，希望抗日班组成新四军的一个独立旅。但占彪对国共两方面的期望皆不为所动，仍在悄悄准备着释兵解散。他令刘阳为全抗日班官兵完善原来的档案，尤其是联络方式，要把亲戚朋友都写个遍，并为释兵后的士兵们安家立业做着物质准备。刘阳日夜在统计着抗日班的财产，计算着分配数量。在他有一天和占彪说着要是有个莎拉那样的算账帮手就好了的时候，彭雪飞来电了。彭雪飞要占彪把阿娇送到长兴县新四军苏浙军区，并说要给刘阳个惊喜。临了，强调抗日班的军官尤其是隋涛的九豹都要过去。占彪笑了，这小飞果然是要用莎拉换阿娇啊。

这天是1945年9月18日，应占彪要求，把送阿娇的地点改在了三山岛上。占彪顺便要检查一下为三山岛村民修建的房屋情况，而且也方便阿娇的父母亲友和乡亲们来送她。因为是在送阿娇“出嫁”，抗日班的特务连、工兵连、水军连和侦察分队这次都出动了，各连排长以上军官都随队参加，当然九凤们更是雀跃欢欣。

解散抗日班（一）

晚上的英雄团圆宴摆在了老靠山镇袁家大院的遗址上，是袁伯的重孙、小宝的侄孙袁乡长一手操办的。袁乡长早和小宝有联系，只是守口如瓶。为了这次的团圆宴，大郅早早就杀了两头猪，秀娟和阿娇又按当年的习惯上手了。院子里整整摆了十桌酒席，说是农家菜，却远比城里的宴席朴实丰盛，吃的鸡鸭鱼肉蛋海鲜野味蔬菜水果样样不缺，喝的烈性老白干啤酒红酒清酒香槟葡萄酒果汁饮料也准备得很齐全。在摆席时经晓菲和麦克稍做改动，多出来个摆有凉菜拼盘沙拉面包水果的自助餐台，和一个摆放各种饮品的酒吧台。春瑶和小曼还准备了几道饭后茶。

眼看宴席都准备好了，在幕后总指挥的占东东却迟迟没有下令开宴。他告诉有些着急的省市领导说几个晚辈正在赶来，即刻就到。市委柴书记善意地提醒说:“既然是晚辈,就别让这些长辈等他们了。”占东东摇摇头说:“这几个晚辈的爷爷都牺牲了，我们必须要等的。”

说话间，三辆轿车的灯光划破夜空驶进靠山镇，在潘小梦的摩托车引领下一直开到大院旁。前面的铁青色悍马车里下来一位中年人，领着二十多岁的司机；第二台黑色劳斯莱斯车里也是走出一中年人和开车的儿子；第三台琥珀色阿尔法跑车里下来一个年轻人。几人看来和占东东很熟，说他们在上海参加一个展览会开幕式后就开车直接赶来。两个中年男人领着自己的儿子急急抢到占彪面前，旁若无人，纳头便拜。

占彪扶起他们，又摸摸三个年轻人的头，很是亲热。接着两个中年人又领着儿子见过了彭雪飞、隋涛和三德。省委统战部的一个副部长轻声告诉旁边的米处长和柴书记说：“这几个人真是值得等啊……”他和身旁的人小声介绍着：“前面那父子是上海警备区谭司令的儿孙，儿子叫谭勇。谭司令在‘文革’中被造反派扔进井里淹死，老婆自杀了，他的四个孩子流落街头，突然失踪。谭司令平反后，这个小儿子谭勇成了新加坡知名的房地产商，听说最近谭勇让他的儿子接班呢。第二个中年人叫单小平，是香港一家置业集团的总裁，他的父亲是我军一员战将，是抗美援朝时立下赫赫战功的单师长，‘文革’时被拉到地方批斗虐待致死，他的儿女也一夜之间失踪。现在我明白了，都是被这个占班长救走抚养大的。第三个年轻人不知道是哪位。”

不过他们马上从相互的称呼中听清楚了，第三个年轻人是占彪九兄弟中唯一牺牲的任长杰的侄孙，米处长听到大家叫他任磊，就小声说：“会不会是北京那个很牛的网站运营商任磊啊？”顿了一会儿，米处长又沉思着说：“一路上一直听他们讲着他们的彪哥，果然令人起敬，长杰牺牲时没有结婚,这是把他弟弟的孙子培养出来了。占班长这人真是了不起,义盖云天,实在是可钦可敬呀！”

在月光和临时的灯光照射下，郅县长和焦书记站在前面主持了英雄团圆宴。二十七名抗日班男女老英雄，二十八名英雄后辈，十多名美日外宾，二十多名各级领导，还有二十多名村里的老战士和乡亲，一百多号人，把袁伯的场院坐得满满的,中间留出了空地,与当年在此地比武的格局差不多。武男一直在给拓哉轻声复述当年的比武情景，身边的战车兵家族的国会议员和武官秘书也饶有兴致地听着。

市委柴书记虽然不太习惯没有麦克风，但也喊着做了热情洋溢的讲话。然后在雷鸣般的掌声里，占彪站了出来。他端着一盅酒说道："本来不想讲什么的，如果要说我就讲三个意思吧，也就是敬大家三杯酒。"说着他走到武男身边，看似闲聊，但十足的中气却让全场都能听清："我说，我们要欢迎美国和日本的朋友，过去我们和日本、美国都打过仗，是有仇的，这事不用藏藏掖掖。但我们今天是朋友，是友好的，是和平的，所以我们欢迎，真心实意的欢迎。我不希望把我们那代人的仇恨，再传到他们身上……"说着占彪指了指拓哉、樱子、麦克还有眼前仰头倾听的丽丽、小曼。拓哉和麦克在占彪点到时马上起立致礼。

多年之后，占彪一直在夸奖彭雪飞做了一件功德无量的事情。因为三德接来的彭雪飞，他不只带来了莎拉，还带了满满两汽艇女兵！这些女兵里有当年皖南事变情急之中强子、正文、二柱子等人背过的女兵，还有年初占彪用龟村的死伤残部换出来的杭州监狱的"女政治犯"。莎拉的女伴们是为了送她而来，那些换回来的"女政治犯"是为了感谢没见过面的恩人来了。彭雪飞为了把这件功德做得自然而不露痕迹，还带来了几名感恩的"男政治犯"。

占彪在得到三德的电报通知后，便转开了脑筋，他和成义、小峰、小宝、小玉、小蝶密谋了好一阵子。等三德的汽艇靠岸时，湖边码头站在前面迎接的是精神抖擞的强子、正文、二柱子，九虎中没有婆娘的刘力、贾林，还有九豹中除了隋涛外的八豹，高连长和四个中尉及二民、拴子、潘石头、赵俊凯、宁海强等人。占彪明确和他们下了命令，一定要抓住这次机会娶到自己的婆娘，并且要九凤们全力配合。彭雪飞见到了阿娇，刘阳见到了莎拉，自是欣喜万分，强子、二柱子和正文也被当年背过的女兵拉着问长问短，还有二十多名女兵被九豹等人热情地招待着。九凤们负有红娘的使命，风风火火地穿梭在其中。

彭雪飞的婚礼占彪给订到第二天，当天晚上先开了一个热烈而隆重的庆祝抗战胜利和纪念"九一八"联欢会。会前有一个英雄报告会，占彪安排了九虎中的刘力、贾林、高连长和四个中尉上去讲，因为他们都是有残疾的人，占彪是想先把他们推出去，抢占“先机”。高连长他们愁着不知道说啥，主持联欢会的小宝出了主意：“你们就讲三个内容，一是讲小时候淘气和做农活的故事，二是讲负伤的战斗情景和疗伤过程，三是讲想念家乡和爹妈。不用多讲，说出来就行。”高连长们一听如释重负：“谢谢小宝教导员，要是讲这些，我们是有话要说的。”几人讲下来，台下的女兵们都哭得稀里哗啦。然后是九豹和二民等人上台，九豹的老红军背景和对占彪的感恩相报更得女兵们青睐，二民等人的侦察兵经历也打动着大家。待强子要上台讲的时候被小宝拦下了：“呵，你们三条龙就免了吧。”大家都看到了强子、正文和二柱子三人和他们背过的女兵已心有默契，小宝要把时间多留给需要展示的人。

接着便开始了联欢，抗日班表演武术、学习文化的小节目一个接一个，九虎又亮出了传统节目水兵舞，只是换上了高连长和九豹们。女兵们也纷纷被小宝们请上了台，或唱歌或跳舞。这批被日军关押的“犯人”有的是皖南事变时就被关押的，还有的是在上海和杭州开展地下工作时被捕的，还有几名是上海党的外围组织读书会的成员被捕后关押不放的。她们被交换解救后一直在接受审查中，半年中一直没有分配工作，弄得心情很郁闷。来到救命恩人面前，她们都很开心快乐，有如见到亲人。

最后一个节目是情景剧，由小宝、小蝶、小玉九凤们组织表演，叫《英雄勇救女战士》。小蝶她们要与在场的观众互动，把当年背女兵的情景再现，没想到这场剧给男男女女的关系来了个突破。先是彭雪飞带着几人把锅碗瓢盆一阵乱敲模仿枪声，又学着当时国军的喊话，真实地体现出当时身陷重围的危急紧迫。然后是刘阳自己演自己，情急之下背起莎拉就跑，他们情意无限地学着当时的对话，莎拉激动地回味着当时的情景，泣不成声。接着九龙带头，把自己的九凤背起在台上飞跑，然后是强子们背着当时救的女兵也上台了。这时小宝要求来的女兵都要被救一回，参与到剧情中，九豹、高连长、二民们早早过来与女兵们互相确定谁背谁。一阵乱点鸳鸯谱后，女兵们都红着脸与这些阳刚勇士有了亲密接触，女兵们如果满意，便如小猫一样勇敢地把胸贴在男兵背上，很少有女兵撑着胳膊挺在男兵背上的，有两个女兵撑了一会儿，便也缓缓地伏下了。第二天，在彭雪飞的婚礼上，这些男兵女兵基本上都一对对坐在了一起。

彭雪飞和阿娇的文明婚礼举办得很热闹，三山岛上张灯结彩，喜气洋洋。附近西山岛上阿娇的父母和亲友来了一船人，他们无不为阿娇感到兴奋和骄傲。拜天地时拜到父母高堂，彭雪飞向西南的湘西方向深深一躬，激动地喊道："爹，娘，你家彭老二娶婆娘了，你们好好等着我，等我把媳妇带到你们跟前尽孝。"阿娇也盈盈地跟着一拜，嘴里嘟囔着："爹，娘，没见过面的媳妇过门了，你们二老放心吧，从今以后有我来照顾雪飞。他要是不听话，我就去找你们二老告状……"彭雪飞嘴里佯做生气，脸上却笑开了花，呵斥道："怎么现在就想着怎么告状了呢，那可不行啊。"隋涛在下面告诉大家，彭雪飞兄弟五个，他排行老二，只他胆子最大，早早出来参加了红军。作为陪嫁，占彪让刘阳送给阿娇十多件戒指、耳环、手镯、玉佩等首饰，还有两根金条。新四军由谭旅长带队来了一批首长，占彪热情地与他们相见。但在婚宴时，这些首长突然接到命令返回驻地，并要求彭雪飞第二天早晨也要返回。晚上彭雪飞入洞房前和占彪透露了情况，因在同国民党谈判中做出重大让步，新四军的部队和地方党政干部在十天内做好准备，将从 9 月 30 日起全部撤到长江以北。当晚占彪和大家分析了局势，觉得国共双方都摆开了继续打下去的架势，必须要加快释兵的速度。

莎拉马上给刘阳当助手，参与理财分配等财务工作，从此为抗日班当了半个家。占彪郑重提出，这回莎拉来找刘阳，两人如此情深意长，还有强子、二柱子、正文，也有自己背过的女兵朋友，要借彭雪飞和阿娇的喜气，明天为已成对的九龙们举办婚礼。众人一片欢呼，九凤们都红着脸埋下头笑个不停。小玉则说道："彪哥你和宝儿姐也一起办了吧。"占彪则摆摆手："我和小宝要单独办，把弟兄们都安排好再说。"小宝也说："等我给你们当完司仪，你们再给我办。"莎拉听罢便去做强子、二柱和正文三人女友的工作，果然一做就通。

第二天又是一个喜庆的日子，占彪和小宝主持，举办了九对新人的集体婚礼，三山岛上更加轰动。秀娟的父亲顾老二和已是新四军副团长的"斧头帮帮主"孙富赶来参加婚礼，小蝶的父亲、春瑶的哥哥于顺水也都从县里急急赶来。九龙九凤们含着泪带着笑互相祝贺着。晚上，处处新房无限缠绵，只有成义和小蝶、小玉陪着占彪和小宝说话，掩不住笑意的小宝轻声逗着小蝶："一看就知道你们俩也先上车后买票了，你看他们那几个，都猴急成那样，明天都得黑眼圈……"占彪和成义相视一眼，哈哈大笑起来，小蝶则羞红着脸扑过来拧着小宝。小玉开心地补充着："嘻，俺又多了个同盟军。"小宝搂着难为情的小蝶："走，我们快点做工作，还有二民他们没着落呢。"

21日也是一个喜庆的日子，这是第二个集体婚礼。

这批从监狱里体验过生死的"女犯"，更加珍爱生命，珍惜生活，她们在头天晚上没等小宝、小蝶、小玉们深说，便同意了和抗日班的战士回家过日子。她们这些年实在是太累了，而且未来对她们又是那样凶吉莫测。这次喜庆的队伍更加庞大，高连长和他的四名中尉，刘力和贾林，九豹中除隋涛和赵本水外的七只豹，二民、拴子和潘石头，赵俊凯和宁海强等19对新人牵起了手。赵本水是因为脖子歪，再加上也没有剩下的女兵了，黯然落选。

第二天，占彪便带着队伍从三山岛返回了靠山镇。要抓紧准备了，不然有可能走不成，因为国军会在新四军撤走后马上占领这个地区。留在家里的士兵们从看到娶回这么多女兵的快乐中很快转到即将回家的快乐中。当然，战友离别的滋味也不好受。

在靠山镇的废墟上，抗日班召开了释兵准备大会。11个连排着方块队形在袁家大院静静地站着。虽说日军投降了，但全体官兵还都带着自己心爱的武器，轻、重机枪和掷弹筒成列摆在队伍前。大家心里都明白，以后不一定还有用武器的机会了。按说再不打仗了，大家应该高兴，但莫名的惆怅压在大家的心头，每个人都表情严肃地听着占彪讲话。

占彪站在袁伯家被炸去半截的院墙上向1100名官兵训示着，嗓门低沉，但很响亮："全体抗日班的弟兄们，谢谢你们跟着抗日班坚持到了胜利。现在，日本鬼子投降了，抗日班完成了使命，但我们不会加入中国人打中国人的内战，在刚刚结束的战争中，他们曾经是并肩作战的兄弟啊！我们怎能去打自家的兄弟呢？我们要放下手里的枪，该读书的读书，该种地的种地，侍候父母，养育后代。今后，不管到什么时候，我们抗日班都是一家人，虽说大家天南地北的，但我们要互相联系，互相照应。遇到什么难处挺不住的时候，记得你们身后还有抗日班！还有你们彪哥！"后面这段话让很多人眼睛顿时湿润起来，九凤们更是止不住眼中涌出的泪水。占彪继续说："我对大家还有一个要求，也是最后一个命令：你们一定要把我们抗日班的军规、军歌、口令和七路连环手都传下去，要把子孙后代都培养成重机枪汉子！听到没有——"全体官兵齐刷刷抬起右腿,带着戳脚的力道轰然立正，踩起遍地尘烟，齐声喊"是"。然后小峰宣布：七天后是占班长和小宝教导员的婚礼，结束后大家将走上和平之路。

一周的释兵前期工作开始，占彪、小峰、成义、小宝几人仔细设计和安排着善后事宜。

小宝和成义发给每人一个小本子，前面几页写着抗日班全体连排长以上军官的名字和地址。成义要求大家，互相把本班本排本连及认识的战友的名字和地址都记在后面。几天里大家东走西串，每人的小本子都记满了几百个名字和地址。在后来的岁月里，这个小本子成了很多人的命根子。然后，成义又发给大家每人一枚经过特殊打磨的7.92毫米马克沁重机枪子弹,留做纪念,并作为以后沟通相认的信物。遣散安家费刘阳准备得很充分,把每名战士的军饷小存折都兑成银元，每人发了两套便装和一套行李，另外再给每人一个小包，里面是一根金条和二十块银元的路费。抗日班的九凤等二十多名女兵也按阿娇的标准每人发了戒指、耳环、手镯、玉佩等首饰,把缴获土匪的首饰都分光了。

在此期间，成义和刘阳频繁出门，他们化装成老板去杭州和苏州跑了好几天，还有一天由若飞领着去了一次上海。后一天晚上他俩带着正文、二柱子开出两辆卡车,不知去了哪里,隔天中午才回来。小峰和强子、曹羽、大郅几人也忙了几天，把全抗日班所有的武器都运进天府，只给每人留下一把自卫手枪。最后一天,占彪领着小峰和曹羽、强子进了天府待了大半天。那天大郅因和小蝶去山里给高烧的郅彪采药没有参加。三德则用汽艇把留在三山岛上的武器装备也都运了过来，送进天府。

一周的释兵准备很快就过去了，占彪和小宝的婚礼在新建成的靠山镇如期举行。虽说占彪和小宝要求从简，但师弟们不同意，自是十分热烈和隆重。十一个连的抗日班官兵以排为单位，在三十三家农舍各放了三桌席，九龙、九虎、九豹、九凤和二民的侦察分队则集中在新建的袁家大院，这里是婚礼主会场。小蝶和小玉为婚礼的司仪，主持得不比小宝逊色。本来占彪不想惊动新四军那边的，可是阿娇要回来，彭雪飞也跟着来了。秀娟这次是婚宴的主案，阿娇给她搭下手。“太湖四珍”摆满桌子，是银鱼、白壳虾、鲚鱼和大闸蟹，比“太湖三白”多了一道太湖大闸蟹。“九月团脐十月尖”，这时正是吃蟹的好季节，秀娟老爸顾老二领着一帮渔民送来十多船太湖大闸蟹，个个肉肥黄厚，都有一斤多重，足有三千多只。说是要“蟹蟹”(谢谢)抗日班在抗战八年期间保了一方平安。隋涛围着老丈人转，让渔民们非常羡慕，顾老二自是十分自得。这样，各排的宴席加上袁家大院的一大桌共摆了一百席，被成义设计成了百蟹（谢）宴。

解散抗日班（二）

占彪让各排把靠山镇全村各家的一家之长都请到了席上，也有着答谢和告别之意。

占彪和小宝拜完天地后，马上领龙凤虎豹到各排敬酒。喜庆中有凝重。大家都知道，这婚宴其实也是抗日班的散伙宴。见到占彪和小宝过来敬酒，士兵们纷纷敬礼，接着不是唱起军歌就是背诵六条军规，气吞山河的气势里不乏悲壮，士兵们都洒着泪，笑着喝下杯中酒。

跟着占彪四处敬酒的彭雪飞并不知道抗日班要解散，但却发觉了士兵们的惜别情绪，被弄得莫明其妙。他以军人的敏锐还发现，抗日班从来是枪不离身，可现在只看到他们腰间的手枪，全班近百挺重机枪、三百多挺轻机枪和五百多具掷弹筒都哪儿去了？走遍各排也没看到哪个院子里有步兵炮和野炮。不过，对武器他并没太放心上，因为他从龟村那儿就受降了一个旅团的装备，新四军现在不缺枪炮。除了给彪哥贺喜，这次他主要就是奔抗日班的五十辆卡车和二十二艘汽艇而来。他和谭旅长都向新四军军部做了保证，一定利用和占彪的交情弄来抗日班的卡车和汽艇，帮助新四军第二天开始向江北的大转移。

成义注意到了彭雪飞敬酒时的心神不定，还听到彭雪飞问隋涛和三德卡车和汽艇的数量。他悄悄牵下彭雪飞衣角问：“小飞团长又有啥事求彪哥啊？先和我说说，帮你参谋下。”

彭雪飞一听，忙端起酒和成义碰了一下，抬手饮尽，“成义呀，难怪都说你是抗日班的小诸葛，啥事都瞒不过你。”然后拉成义到一旁小声讲道：“成义，这事你一定要彪哥帮我啊。我们明天开始就要向江北撤退了，最难办的是我们有个医院，有二百多名行动不便的重伤员连马都骑不了，还有医疗器械和设备也不方便带走。如果三德的二十多艘汽艇能帮我们走海路，就可以把医院直接搬运到我们山东根据地。再有一个难办的是这次地方党政干部的撤退，他们因暴露了身份，必须要把家属带走，拉家带口的，靠步行过江实在困难。如果隋涛的五十辆卡车要能上手，真是帮了我们的大忙。”成义狡黠地看看彭雪飞：“不只是伤员和家属吧，小飞团长。”彭雪飞脸顿时红了，嘿嘿一笑：“你这个小诸葛太刁了，当真人不说假话，还有一个小型军工厂的设备。别的，武器弹药都我们自己扛了。呵呵。”

成义严肃起来说：“小飞团长，我也当真人不说假话，我们明天有个行动，如果没有这个行动，应该是没问题的，等会儿和彪哥说说，看他什么意见。”

趁着敬酒间隙，成义向占彪做了汇报，但这次占彪没有马上表态，一直到敬完酒回到袁家大院。占彪和小宝落座后，让成义把隋涛、三德、刘阳叫了过来。占彪看看旁边的小宝对几人说：“问你们一句话，国民党和共产党这次再打起来，你们觉得谁能赢？”

三德把手里的蟹一挥说：“我看国民党打不过共产党。”刘阳接着说：“国民党虽然代表政府，但贪污腐败是他们的致命弱点。再加上蒋委员长的独裁小气，自私无能，任人唯亲，现在他们越来越不得民心，不得民心者失天下。”

隋涛叫了声好说：“没错，共产党就是为老百姓劳苦大众谋利益的，八路军、新四军是老百姓的子弟兵，国民党再有多少军队也都是乌合之众，共产党一定得天下。”小宝举了下自己的粉拳晃了下，表明了赞同大家的观点。

占彪侧头看看成义，成义沉吟着说：“共产党是深得人民大众拥护的政党。他们有信仰，意志坚强，非常团结，一盘散沙的国民党是打不赢他们的。”

这时占彪话题一转，又问：“再问你们一句，新四军要我们的运输连和水军连帮助他们把医院和干部家属撤退到江北，你们什么意见？”

敬酒的占彪环视大家一圈后，举起杯说：“愿意看到我们的后代，能这样友好地坐在一起、再也不打仗的，跟我喝了这第一杯酒。”说罢一仰头干了杯中的酒。武男、大卫、山本、菊子和麦克听樱子和晓菲翻译后，毫不犹豫一饮而尽，接着那个日本议员也跟随着干了杯中酒，拓哉和武官秘书迟疑下也端起了面前的酒，与樱子举过来的酒杯相碰后也一口喝了。全场都屏息看着这个场面，接着响起一片掌声。

占彪又斟满一杯酒走到政府官员的两桌前，看着焦书记和柴书记说：“第二杯酒敬我们的党和政府，是党和政府肯定了我们这批抗战老兵，是党的落实政策使我们成为国家和人民尊重的离休干部。这杯酒，感谢共产党和各级政府。”在武男和大卫询问的目光中，占彪和大家又干了第二杯酒。晓菲小声告诉大卫：“二十年前，在彪爷爷多年的争取下，政府正式认定抗日班的所有士兵是抗战时期参加革命的，开始享受离休干部待遇。”大卫十分吃惊地说：“二战结束六十年了，他们二十年前才……享受……才被承认是英雄？！”

这时，占彪走到了场地中央，举起第三杯酒向大家环敬了大半圈：“还有个意思是想问问大家，虽然我们希望和平，但我们不要忘了历史，不要忘了死去的弟兄，不要忘了我们这些年是怎么走过来的……小峰，问问大家忘没忘我们的军规。”

小峰听到占彪的命令立马站起身来，端着一杯酒大声喝道：“抗日班六条军规第一条——”老战士们皆喝道：“服从命令，不许擅自行动！”小宝等九凤的声音格外悦耳，其中加入了晚辈们的声音，声势顿涨。让米处长等政府官员吃惊的不仅是抗战老兵还能背出军规，而是他们的儿孙们都能张口就来。他们不知这是抗日班著名的“四、六、九”，就是四句军歌，六条军规，九句军令。抗日班的老战士们尤其是龙凤虎豹是当传家宝往下传的。

大家把六条军规刚背完，小宝拉着若飞站起来走到场中，两人对视一眼便唱起了抗日班班歌。大家一听到若克创作的四句军歌，顿时都眼中噙泪，跟着唱了起来。小玉等九凤都起身拥在小宝身边一起唱了起来：“同胞们起来保卫我们的家园，弟兄们开枪打击我们的敌人，用我们的鲜血浇灌中华大地，用我们的生命安佑子孙后代。抗战必胜！中国必胜！！人民必胜！！！”小宝们唱到第二遍的时候，晓非拉着小曼和丽丽也跑到奶奶们身旁，接着其他的小九凤都上去了，全场人的合唱如涛声阵阵。樱子也滔滔不绝地给武男和爷爷奶奶们翻译着，日本议员和武官秘书及拓哉都严肃认真地听着。

歌声一落，占彪向大家说：“只要我们没有忘记过去，我们虽然不打仗了，我们虽然手里没枪了，但我们的精神头儿就在！不管在什么情况下，我们仍然是重机枪那伙人，我们永远是战斗着的。”说罢把第三杯酒与大家同饮了一半，留了一半洒在了地上。

成义和刘阳表情比较平静，言外之意是可去可不去。隋涛和三德看上去很吃惊又很振奋，两人都扔下手里的大闸蟹站了起来，大有立即接受任务之势。三德是个闲不住的人，如果回家务农恐怕真是待不住。隋涛本来就是新四军的人。看着大家的表情和动作，占彪心里明白了。大家都看着小宝。小宝爽快地说：“我看应该帮新四军，他们是运送伤员和家属。而且我有个想法，不知当不当说。”言罢，她看着占彪。占彪爱怜地说：“那你说吧，一定是有道理的。”小宝不好意思地笑了下：“还没说就夸奖上我了。”大家都笑了下，期待着小宝的下文。小宝看了下关切地瞟着这边的彭雪飞说：“我是共产党员，桂书记是和我单线联系。他走后我就和党组织断了联系，现在也不知道算不算在党。但我对共产党的主张是坚决拥戴的，我是把共产党和好人划为同一个概念的。彪哥虽然不是共产党员，可我觉得他就是一个好人，一个比共产党员还共产党员的共产党员。我的意思不知道你们听明白没有？”

成义笑道：“听明白了，小宝嫂的意思是拥护共产党，更爱身边的共产党。”这回连占彪也笑了。小宝嗔怪地打了成义一下：“听我说嘛。你们刚才都说了，如果中国再打起内战，共产党能赢。但我们虽然都解甲归田了，可还有国军在，将来不知能否男耕女织平安度日。所以我的意思就是：隋涛和三德这次不但要去帮新四军，而且要顺其自然，如果形势所迫，你们……可以加入新四军！”小宝的话让众人听得愣住了。大家都知道彪哥是不愿意加入什么新四军和国军的，现在小宝居然打破这个原则毫无顾忌地说出来。几个人都在发愣的同时迅速思考着。过去思考这类问题从没跳出这个圈子，如果跳出来重新思考，众人皆有心里一亮的感觉。隋涛和三德眼里顿时射出精光。占彪也缓缓地连连点头。

当夜，隋涛连和三德连便开始准备。占彪吩咐把隋涛排里的川兵和江浙兵都换成赵俊凯特务连里那批铁路工人兵，毕竟是向北走，这批东北兵离家近了，而川兵却离家远了。三德连的战士没有动，还是原班人马——汽艇可不是人人都会开的。

谭旅长收到彭雪飞拍来的电报大喜，连夜赶来致谢。原来他和彭雪飞商量实在不行哪怕借来一个汽车排和一个汽艇排也成，没想到占彪慷慨地答应出动了两个整连，甚至连十几辆摩托车也将随队出动。这让整个江南的新四军如虎添翼，脚下有了轱辘了。

谭旅长和占彪一见面就开起了玩笑："本来想参加你和小宝的婚礼，可是实在是囊中羞涩，只好让小飞代贺了。不过还是心里放不下，赶着黑来补个礼了。"占彪也哈哈笑道："你不但不给我上礼，还得我回你礼。刘阳，上酒来。"刘阳应了一声，把谭旅长的警卫排和彭团长的警卫班安排在厢房里摆上了酒席，同时给占彪这屋又摆上了八仙桌，占彪和新娘子小宝被谭旅长按在主位，谭旅长和彭团长左右落座，三德和隋涛过来在下首相陪。阿娇、秀娟、若飞滴溜溜转着传上了几道菜，看得谭旅长直眼热。他对占彪指着彭雪飞说："我说占班长，你这人办事不公平，凭什么小飞摊着了九凤，俺老谭差啥呀？"小宝笑吟吟端起一杯酒接过话来："谢谭旅长前来道贺，您的心上人我们九凤会给您留心的。"阿娇、秀娟、若飞在旁吃吃笑着。占彪也跟着把酒盅端了起来，站起来郑重地说："谭旅长、彭团长，我这两个连可就跟着你们去了，还望谭旅长、彭团长多加关照。"三德和隋涛也随之站起立正。谭旅长豪气地大笑："你的人手都是精兵强将，我哪敢亏待呀。你要是不逼他们回来，我就让他们混个营长团长的干干。"让彭雪飞吃惊的是，占彪这次没有婉拒谭旅长的试探，嘿嘿一笑，和谭旅长碰下杯，一饮而尽。后来，三德连被编入新四军第一师，成立了海防团，三德当上了团长。隋涛连则编入了新四军第三师扩为工兵营，隋涛为营长。不久，第三师进入东北成立了铁道兵部队，隋涛也升为铁道兵的一名团长。

早晨，谭旅长带着自己的马队和占彪先行辞别，他们没想到这一别就是六年，再次相见是在异国他乡的朝鲜了。送走谭旅长后，占彪领着全体抗日班官兵来到靠山镇南面，隋涛的工兵连已连续三天挖好了一千多个树坑，二民的侦察分队也把树苗运到位，摆在树坑旁。

小峰振臂传令："各连注意，全体立正——"占彪上前一大步，高呼着："为了纪念抗战胜利，为了呼吁国家和平，为了纪念我们抗日班，我们每人，在这里栽下一棵和平树，千秋后代，永志纪念！"小峰接着下令："各连散开，以班为组，每人栽一棵，半小时结束战斗！"转眼间一千零八十棵小树成林而立，象征着重机枪钢班仍然存在于这块土地上。士兵们纷纷互相拥抱，洒泪叮嘱着。彭雪飞和阿娇也合栽了一棵树，他好像明白了，成义所说的行动就是全体栽树吧。

栽完树后，彭雪飞马上率领隋涛连和三德连开着五十辆卡车到了靠水镇，和泊在那里的二十二艘汽艇会合后，浩浩荡荡出发了。临出发时，占彪与隋涛九豹一一告别，然后扶着三德的肩久久不放。秀娟和若飞赖在小宝、小玉、小蝶怀里不走，几乎哭昏了过去。彭雪飞看到这场面对占彪连连说着："多谢彪哥，我可是在师长面前拍了胸脯的，就知道彪哥不会不帮我们。你放心吧彪哥，我会保护好他们的。彪哥，大恩不言谢，我彭雪飞将来定会拼死相报。"两人四只大手相握，占彪无语胜有声。

接着，抗日班大释兵揭开了序幕，战友们分别的时候到了。占彪率小峰、成义、刘阳、强子、正文、二柱子七龙和小宝、小玉们站在村口，与一批批的战友分别，全镇的百姓也都提着鸡蛋、水果前来相送。先是送远道的川兵和东北兵，聂排长九虎和高连长等一百五十名川兵分县村结伴而走，大郅领着二民这批靠山镇的老兵分头赶着马车送大家去车站。然后是本地的学生兵和江浙兵自行离开。

释兵的场面既十分悲怆，又情意绵绵。每送走一拨，村口都是久久握手拥抱的人群，这些大男人，这些重机枪手们，这时都成了儿女情长的泪人。占彪看着每一个人，仿佛要把大家刻在脑子里。不到中午，一千多人马烟消云散，一代江南抗日健儿销声匿迹。

下午，小峰、成义和曹羽就引爆了天府洞里的弹药库。天府洞里传出了阵阵巨大的爆炸声，天府山头浓烟直冲云天。爆炸声如惊雷，如霹雳，方圆百里闻者皆惊。

爆炸声也把抗日班释兵的消息传遍了大江南北。国军和新四军马上得知，是抗日班全体释兵遣散，枪支弹药武器装备都原地销毁了。

之后，占彪带着小宝和克克、小峰和静蕾、成义和小蝶、刘阳和莎拉、曹羽和春瑶以及强子、正文、二柱子和各自的妻子一行最后向靠山镇挥泪而别。离别之际，小玉一直倚在小宝肩上，哭成了泪人。

占彪一行先去了县城，曹羽和春瑶将留下住段时间后回东北生活，小蝶则领着成义回家向爷爷和爸爸辞行，二民、拴子、潘石头都跟到了县城相送，于顺水晚上设宴招待了抗日班英雄们。到了第二天一早，占彪七对夫妻和克克一行十五人租了两挂马车赶赴杭州，曹羽、春瑶、于顺水、二民等人相送十里开外才被成义劝回。

一行人赶着两挂马车走了大半天到了杭州后，在刘阳和成义的引领下，找到西湖边的一座不太起眼的幽静小宅院。院门开处，相迎的是刘阳属下家在杭州的两个班长。原来这里是刘阳和成义前两天用金条买的宅院，占彪要在这里留下一个联络基地。小蝶和静蕾抢先进了房间，嚷了起来："哇，我们的东西都先搬过来了呀。"只见三十几个皮箱整齐地堆满了屋子，刘阳早把抗日班的家底儿运到了这里。

大家忙碌着安排着住处，搬运着物品，收拾着屋里院内。占彪则静静地站在院里树下，凝望着碧波荡漾的西湖。成义提了几把椅子出来，陪占彪坐下，又让小蝶送出茶来。小宝也拉着克克陪着占彪静静地坐着，欣赏着眼前的西湖。成义咳了一声道："彪哥，这轰轰烈烈的八年过去了，心里面咋有种失落呢，空荡荡的。"占彪长叹了一口气，说："你说得没错，确实心里有些空落落的。我们这些年虽然不是领着千军万马，但也呼风唤雨，保卫一方，大碗酒大块肉的，好不快活。"小宝轻启朱唇，悠悠地说："彪哥，现在不正是这些年我们一直想要的吗？终于得到了这份安宁。"占彪眼里无限柔情地望定小宝："是啊，我们再也不用提心吊胆了，再也不用躲进山洞了，再也不拿重机枪杀人了……我们都要好好珍惜这份安宁。小宝，陶渊明有诗云：结庐在人境，而无车马喧……采菊东篱下，悠然见南山。俺们回家好好种地，生儿育女……"这时已是夕阳斜照，小宝在院里转来转去，在夕阳余晖中眺望美丽的西湖，受刚才占彪咏陶渊明诗的影响，不禁脱口喊出：

“斜阳万里，湖抱山庄！”耳尖的刘阳顿时叫道：“小宝嫂，这名字太好了，我和成义都想了好几天了也没想出名字，这里就叫‘斜阳山庄’了。”成义笑道：“看你美的，还用了你的‘阳’字。”

解甲归田

靠山镇的英雄团圆宴正式开始。百十号人觥筹交错，一派和平友好的气氛。席间，市委柴书记灵感一闪，向省委副书记请示，趁美国和日本友人在，还有这么多抗日老战士相聚，其中还有几个军区的老将军，再加上有日本战车等实物，干脆就在市里举办个抗战胜利六十周年纪念大会，以配合国家和省里的纪念活动。省委副书记打了几个电话，又令人与大卫和武男等日本客人分别沟通，宴会结束时，省委副书记在讲话中宣布三天后在县城举办二战结束纪念活动。占彪悄声告诉焦书记：“或许三天后能送政府点礼物。”占彪这句话迅速传遍了县市省三级领导，众领导都想不出这个抗战老兵能给政府什么礼物。

当晚，政府官员和客人都被安排到县里宾馆住。老靠山镇的袁家大院留下的都是抗日班的人了。喧闹激动了大半天的人们静了下来，大家都像做了一场梦一样，散坐在桌旁互相默默地打量着。

占彪缓缓站起身来，向大家压了下手说：“你们都别动，让我好好看看你们……六十年了，我们都活过来了。”说着他一个个看过去，走到谁面前谁就和自己的孙辈站起来，占彪细细看着，仿佛要把对方刻在心里。

二民不失当年侦察特色，警惕地收回巡视远处的目光站在占彪面前，孙子东光在忙着尽保安公司的职责，没在眼前。二民对占彪感激地说：“彪哥，‘土改’那会儿，多亏您及时邮来催靠山镇村民还建房款的信，证明了我们是用借的钱盖房买地，不然我们靠山镇的村民一大半都得划成富农，那命运就不知道是啥样儿了。”占彪看看不远处的成义说：“这可是成义的主意，我们那边一搞‘土改’就想到你们，让你们都成了中农。呵。”

旁边是聂排长，他领着聂云龙、聂云飞两个孙子站起，占彪抬手把聂排长按着坐下。聂云龙也感激地说："彪爷爷，我代表我们聂家全族一百二十七口谢谢您。我爷爷从'镇反'到'肃反'，从'三反五反'到'四清'，一直得到您的保护。到'文化大革命'实在挺不住的时候，您又把我爷爷抢走了，不然我爷爷哪能活到今天。"

占彪又走到小峰面前，两人双手紧握摇着，相对不语。静蕾在旁说："彪哥，别的不说了，但静蕾不得不佩服您在'反右'运动中的敏感，要不是您紧急通知抗日班封口，我们这伙人里至少要有三十个右派。"

挨着小峰的就是曹羽一家，占彪和曹羽也是相握不语，春瑶似有不满地说："彪哥你偏心，前十多年没和我们联系，一直到'大跃进'才想起我们，大老远的到东北给我们送粮票……"占彪笑道："那是阳子的斜阳山庄的功劳，好在我们抗日班不太分散，在东北、江浙和四川三地，要是遍布全国就不好送了。"小曼补充着："'大跃进'时期中国饿死了几千万人，彪爷爷要不派人北上，差点就没有我了呀。"刘阳领着莎拉和刘翔、刘海儿站了起来，占彪没有和刘阳握手却握向了莎拉："谢谢你莎拉，没有你阳子也当不好我们抗日班的大管家的，你受累了。"刘翔和刘海儿惊奇地看着自己的奶奶居然会害羞地看着刘阳说："还好以前就做财务，多少能帮上他点忙，但做得还不够好，现在很多新鲜事儿都跟不上了。"刘海儿接着话题说："那时要是有手机就好了，彪爷爷您就用手机指挥打仗多过瘾呀。"

在一片笑声中，占彪站定环顾了大家一圈说："弟兄们，我们都活着相见了，我非常开心。我开心的不只是大家都活下来了，更开心的是我们手里虽然没有枪了，但我们的重机枪的魂儿还在，而且传下来了。要知道，我们在战后的六十年比战时的八年艰苦多了。从我们释兵归乡后一个接一个的运动弄得我们很紧张也很害怕，尤其是'文革'那几年，逼得我们不得不重新出山，甚至不得不又拿起了重机枪——保护弹药库、制止武斗、抢人藏人、培养后代、上访要政策。"占彪说到这里，大家纷纷点着头。彭雪飞、隋涛、聂排长、三德、曹羽、成义、小峰、强子、刘阳、二柱子、正文、赵俊凯、宁海强等人脸上一片凝重，无疑他们都参加了当年"文革"里的另类战斗，谭营长的儿子谭勇和单队长的儿子单小平更是眼中泪光闪闪。

占彪接着说："这些年里，弟兄们做得很好，我们的第二代培养得也很合格，算得上是乱云飞渡过来了。趁我们现在还不老……”说到这里，他向老战士们用力举了下钢臂铁拳，老战士们纷纷举了下铁拳响应，三德则使出招牌动作，双手胸前一握嘴里突突了几下。

占东东、大飞、刘翔、任磊、小曼、晓菲、丽丽们马上给予爷爷们鼓励的掌声。占彪用力点着头感谢孙儿辈们的捧场，接着说：“趁我们还没老得进棺材，我们要支持第三代做起来，接过第二代的班。多用点什么现代啦，科技啦，要做得更好。我们管不了太多，起码要管好自己，继续保障我们抗日班千八百名战士的子孙后代，让他们幸福平安。”

彭雪飞坐在旁边一直沉思着，小峰打趣道：“小飞，你是不是想起在三山岛给你办的婚礼了？”成义笑道：“是不是还在为那时释兵没有告诉你耿耿于怀呢。”彭雪飞摇摇头说：“没有，我是在想如果彪哥那时要是加入了新四军，现在会是什么结局呢？”

占彪咳了一下问大家：“你们都说说心里话，会不会觉得彪哥当年领你们走错了路？不如跟国军去台湾，不如加入了共产党新四军？”众老兵都七嘴八舌地说起来。刘阳抬抬手说：“让成义代表我们大家说说吧。”

成义当仁不让，呵呵笑下说：“好好，我说说。彪哥，说实话，你这个问题我们每个人这一生都问过自己无数次了。”这时成义中气大增，声音洪亮：“但我想，我和大家都首先肯定一点，那就是从来没有后悔过。这是我们的情之所在，义之所在。至于这几条路，包括我们的释兵回家，不能说哪条路是对哪条路是错，走哪条路都说不定啥时上天啥时入地。我觉得，走错没走错，这个形式是次要的，只要我们走得问心无愧。当年我们不打中国人，只这一点，就够我们一辈子坦然。而更重要的，我们的一生无论怎样过，无论走哪条路，是要看有没有那点精神，在我们这伙人里头，就是那股重机枪劲儿，重机枪魂。我们活得坚强，活得有力，活得厚实，活得精彩！脚下的路再坎坷我们也走得有滋有味，没有这股重机枪的精神，脚下的路再平坦也没啥大意思。彪哥身上就有这股精气神儿，我们大家都有这股重机枪精神！对不对，弟兄们？”

成义讲到这里，老兵们纷纷站了起来，互相你一拳我一掌地表示赞叹，小宝们眼里早噙着泪花。这时四周响起了阵阵掌声，夜色中他们的孙儿辈们陆续现身，他们是想偷听爷爷们自己在一起时说些什么。老兵们并没有吃惊，看来他们早就知道附近有“埋伏”。

成义的这番话让孙儿辈们听得热血沸腾，占东东和大飞、刘翔、得龙等人默默地举掌相击，晓菲和丽丽同声喊道：“我们要继承重机枪的精气神儿！”

全场老少一阵释然的哄笑，笑声划穿夜空，如串串重机枪子弹声，深深地远远地传开去。

占彪伸手止住了大家的笑声：“这就是我让弟兄们把自己最得意的孙子孙女领来的原因。东东你们这几天要抓紧研究，拿出马上可以操作的方案来。然后，我们这几个老骨头这两天要把鬼子当年留在这里的金库找出来，算是送给政府的礼物，也是时候了。”

四川双河镇，脱下军装的占彪师兄弟七人轻装回来了，他们把汽车和箱子藏在了镇外。领着媳妇刚一进村，顿时引起全镇轰动。占彪先领师弟们去了师父墓地，接着去了长杰家，向长杰的父母跪了一地，不胜欷歔，自不必多说。然后去了三德家替三德请安，最后才回了各自家里。家人和乡亲们并不在意占彪们讲他们的抗战，只注意他们领回的如花似玉的婆娘们。大家还都以为克克是占彪的儿子。

在后来的日子里，小宝、小蝶、莎拉、静蕾，还有其他姐妹，都争先恐后地生起儿子来。说也奇怪，她们头胎居然个个生儿子。小蝶戏言，可能是他们的爸爸都是打重机枪的，阳刚之气太盛。与此同时，占彪相中了镇外的一块依山傍河的河滩荒地，七兄弟把这块没人要的荒地连山带地围起来，然后在远来的莎拉亲属指导下办起了农场。开荒种果树，垒墙养鸡猪。小宝还给起了名字，叫双河农场。

占彪们的农场办得有滋有味的。第一年是基础建设，收支持平，第二年开始便有了收益。占彪当初就说农场是给镇上乡亲办的，所以，有了收益后全分给了全镇村民。到了1949年新中国成立的时候，双河农场已办了四年了，经过不断地扩大发展，已经初具规模。

村里的乡亲们没想到占彪几人硬是把废地弄成了宝地，他们养的猪比普通的肥，养的鸡比村里的鸡能下蛋，种的红薯也比一般的个头大，全村乡亲都跟着受了益。其实这正是集体化的好处，占彪兄弟们的财产土地都是公有的。这几年是占彪小宝们最幸福的时候，日子过得和和美美，心情也天天乐陶陶。他们非常低调地生活，经过战争的洗礼，他们深知生的可贵，能和自己亲爱的人在一起已经很满足很幸福了。

这四年间，小宝给占彪一口气生了三个儿子，分别取名为占仲、占机和占枪。小宝逼着占彪，趁着年轻也能养得起就多生几个。其他几个师弟头几胎也都生的是儿子。

占彪们回来后也很为乡亲们着想，他不但为乡亲们分忧解难，处理一些大事小情，还把师傅留下的地都分给了没有地的乡亲，过去教过的徒弟们又都聚在占彪周围捡起功夫练起来。小宝、静蕾、莎拉等人时常教镇上的孩子和妇女识字，而小蝶又成了这一带百姓的救命观音。经过战争考验的占彪，又让成义在附近村和县里及至省城都建立了眼线，这么多年，睁着眼睛睡觉，都已经习惯了。

正在占彪和师弟们过着衣食无忧、其乐融融的生活时，“土改”运动开始了。占彪开始为抗日班的官兵担心。全国的农村都开始了阶级等级的划分，有房有地有钱的人要划为地主和富农，成为阶级敌人。抗日班官兵可都是带着一块金条和一把银元啊，回家后当然要买房置地了，一定会有人遇到麻烦的。在入冬后一个飘着雪花的晚上，终于有人找上来了。从此，掀开了重机枪手们战后更加艰辛更加激情四射的岁月。

早餐时占东东公布了日程安排：当天下午全体出发去湖州，然后明天早起上去长兴煤矿寻找金库，后天再回市里参加抗日战争胜利纪念会。最后抗日班老少将全体移师上海，参加一个更加重要的活动——第四届全国民营企业博览会。

上午趁老兵们休息闲聊的时候，占东东率领年轻人们，在郅县长、袁乡长、东光、权子和潘小梦等几位据守靠山镇的老兵后代引领下探访天府山洞。来到靠山镇不去天府里转一圈他们是不甘心的。太阳升起，将近三十人的队伍轻装出发了。樱子也背好数码相机换好运动鞋和小曼们挤在一起前往，她没想到拓哉也热情高涨地跟了上来。她奇怪地问：“你怎么对中国人的态度变化这么大？是什么原因呢？”丹妮在旁也把这句话翻译给了占东东。

拓哉想了想说：“我们都清楚，任何民族都有不同的阶层，都有这个民族的精英分子，我这次就是遇到了中国人中的精英。他们这批人是我接触到的最优秀的中国人，我和他们之间有很多可以沟通和交流之处。”

樱子仍然问道：“不过，我觉得你当初可不是这样认为的。你认为中国人的素质整体上不如日本人。”拓哉哈哈大笑：“不错，我现在也是这样认为的。日本人十个鸡蛋里有九个是好鸡蛋，一个是臭鸡蛋；中国人十个鸡蛋里有一个是好鸡蛋，九个是臭鸡蛋。我不怕占先生他们知道我的观点，我为能遇到中国十分之一的精英而庆幸。”

占东东看看拓哉，调侃着说道：“我对你的‘臭鸡蛋’观念不反对。我承认我们中国人的整体素质确实还和现代文明社会有着差距。不过，拓哉先生，你要知道，即使是按你的算法，日本人总人口是一点二八亿，十分之九的精英应该是一点一五亿人吧，而中国总人口是十三亿，十分之一的精英还有一点三亿人，比你们日本的精英总数还多了一千五百万！”大家听到后都善意地笑了。拓哉听完樱子翻译后停顿半晌，说：“呵，我也承认，占先生的话很有道理，这个回答也正说明了精英之所以精英。”言罢也和大家坦然地笑在一起。

因天府的地路已被炸毁，只有从天路进入。但天路的入口当时也被炸封，郅县长和东光清理了半天才找到，众人鱼贯而入。到了洞里，几十根手电筒的光柱代表着大家目不暇接的眼神。大飞和得龙以自己的经验观察着地面判断着，“这是一个班的铺位！看，这小厅地上的印儿，这是每班一挺重机枪、三挺轻机枪、五具掷弹筒的位置。”细心的美英小心地查看着洞壁：“看这洞壁上的灯里还有油呢！”赵俊凯的孙子赵继忠作为中央美院的教师，马上以自己独特的观察看到了洞壁上用刺刀刻的标语，还有一幅刀刻的一群战士人头画。他用手电细细地辨认着：“这写的是‘还我河山，守土抗战！’这画儿看来是照着人刻的，很有个性特点啊。”身后闪光灯一闪，是晓非在拍照，麦克用两支手电筒给她打着灯光。晓非说着：“这一定是我若克奶奶画的。”宁海强的孙子宁远感叹地说：“下次我们拍抗战题材可以到这里取景了，多真实的抗日场景。”樱子则紧跟着占东东也在不停地摄像，大家陆续进入了洞内的天庭。可以看出这里被当年释兵时地路的爆炸气浪造成的冲击：当做椅子的树墩翻滚在四角，壁上的油灯和墙上的素描画散落地上。潘小梦把带来的汽灯挂在四周，东光把几支手电筒拧去灯罩，摆在前面的石台前。大家七手八脚地把洞里大致恢复了原样，好像他们就是这里的主人。

第十二章　重机枪之魂

“小峰副班长，就凭你的教导员和两个连长都是共产党员，谁敢说抗日班不是共产党领导的？”谭军长和小峰喝了一口酒后，又转身走到强子面前说：“强子连长，就凭你们几次武装了我的机枪连和县大队，还当教官，谁敢说我们不是一家人！”谭军长接着又踱到二柱子面前说：“还有，在我们新四军大撤退到江北那当口，雪中送炭送给我们一个汽车连一个汽艇连三百多号人马和装备，谁敢说抗日班将士不是我的兵！”

最后，他抓起酒瓶往自己茶缸里咕嘟咕嘟倒了两下，向占彪举起，声音低沉地说：“占班长，敬你！只凭你在皖南事变时救了包括我和雪飞在内的新四军八百四十八名子弟兵，抗日班就是我们自己的军队！我岂敢不给抗日班开证明？不给抗日班将士开从军证明，我谭某人还是不是人！”言罢一饮而尽。

“恳请抗日班全体官兵，在任何情况下绝不要轻生！抗日班只要还剩一个人，就还有希望！要死大家一起死！重机枪抗日班全体官兵切切——占彪跪令！”占彪一字一顿地口述，声声字字含血含泪，闻者无不动容。

这时占彪发话了：“孩子大了俺也管不了了，既然让这些崽子们当了董事会，咱们就得听人家的了。”占东东一听大喝：“全体抗日班新兵起立，立正——敬礼！”随着占东东的口令，第三代俊男靓女都腾地站起，一片整齐的脚后跟相碰声，齐刷刷的标准军礼。看来他们早有沟通和默契，以抗日班新兵自勉了。

从军证明

“挖财宝，分土地！”“发动群众，土地还家！”“打倒恶霸斗地主，农民翻身得解放！”上千人的会场里，聂排长和他婆娘跪在台上的十几个人之中。台上的基干民兵拳、脚、鞋底、棍棒、枪托、皮鞭一齐上，打得地主们皮开肉绽、口鼻吐血，惨叫哀号之声不绝于耳。聂排长挺着脖子刚想说话，台下人群在积极分子的带领下又发出一片震耳欲聋的口号声，淹没了聂排长那微弱的辩解。接着，台上的基干民兵立即对聂排长又一轮抽耳光和拳打脚踢。这时，台上的主持人正喊着宣布判处一个个地主死刑，一个大汉从台侧悄然走到坐在中间的区长身后，这时台上台下一片喧闹，人们都亢奋地红着眼盯着死有余辜的地主们。

占彪拍拍区长的肩，指着聂排长说：“这人是抗战的功臣，他用重机枪打死过至少一百个鬼子，两条腿都被鬼子打折过。他用军饷买点地养家糊口，罪不至死吧。”

看着那区长和周围几个各村的“土改”工作队队长的询问的目光，占彪轻声说着，但眼里却射出了寒光，“我是贫下中农，是他当年并肩作战的战友，我愿以脑袋证明他是清白的！”那区长还想问明占彪的身份，支吾着：“那你是……”成义绷着脸过来说：“你别问了，他的官肯定比你大。”区长又问：“他不是国民党兵吗？”成义反问道：“你说一个共产党员任教导员的部队是什么部队？”旁边一个土改队长脱口而出：“当然是共产党领导的部队了！”区长看看占彪身后的几条一看就知道是军人的大汉，对身边那队长说：“把你村的地主带过来我问问。”那队长忙跑到台前把聂排长拖过来。

聂排长眼睛被打肿了，门牙被打掉了，带着难逃一死的绝望坐在地上喘着粗气。区长问道：“你是重机枪手吗？”聂排长听到这话，全身一震，一直低着的头缓缓抬起，突然看到了占彪，看到了占彪身后的成义、小峰、强子、二柱子，只见他不知从哪儿来了一股劲儿，突然站起身来，双臂一振，绑着他的绳索尽落。然后拐着瘸腿向占彪来个标准的立正，嘴像孩子般委屈地歪着，眼泪哗哗地流了出来，右臂努力上抬想行军礼，但始终没有抬上来，他的胳膊被捆得太紧，已麻木了，全身一放松，双腿一软，晕倒在地。

这时占彪的眼光越过仍然沸腾的人群凝望着远远的天边，周围的人都被这一幕震撼了，那队长嘟囔着：“斗了这么多天没见他一滴泪……”区长看了占彪一眼，扭头对那队长说：“把他送回去吧，好好改造。”占彪回过头来伸手与区长握了下：“谢谢你，区长同志。”那区长低声说：“我也打过重机枪。”顿了一会儿，区长又对占彪说：“抓紧给他开一张团以上的部队证明吧，不然，躲过‘土改’也躲不过‘镇反’……”

占东东抚着石台感慨不已，就是在这里，爷爷和抗日班弟兄度过了两千多个不眠之夜。突然，占东东一抬头大喝：“小峰连——”洞里刚才的鼎沸顿时静了下来，片刻迟疑后，只听大飞一声呼应：“小峰连在此，向占班长报到！”

占东东又喝：“三德连——”得龙拉着晓菲站到前面与大飞并排一个立正：“三德连到！”接着占东东以占彪的口气按当年抗日班编制一个个点起名来，这些晚辈俨然也都会意地以当年爷爷的身份进入角色。

“成义连——”丽丽也一个跨步上前立正，脆声喊着“到！”

“刘阳连——”刘翔和刘海儿同声应答立正。

“强子连——”“到！”美英细小却勇敢的声音。

“曹羽连——”小曼以东北人的豪气应了一声。接着，赵继忠也应了一声：“副连长赵俊凯报到！”

“大郅连——”郅县长早就在听候，上前一步喝声“到！”

“正文连——”丹妮上前立正，还敬了个礼“正文连在！”

“二柱连——”慧儿标准的身材标准的立正，“到！”

“隋涛连——”隋静上前标准的列车长敬礼，“到！”宁远也立正回答“副连长宁海强到”！

“聂排长连——”聂云龙、聂云飞兄弟俩异口同声上前报到。

占东东听着抗日班的十一个连都齐了，头也不抬继续喊道：

“长杰连——”任磊迟疑下也上前喝了声“到！”微颤的声音里掩饰不住兴奋和感动。

“侦察分队——”东光和权子、潘小梦同时上前齐声喝着“到！”

“谭营长在吗？”谭英上前：“谭营长在此！”

“彭连长在吗？”彭玲带着少校军医的干练答道“彭雪飞机枪连在！”

“单队长在吗？”单良喊道：“县大队前来报到！”

“袁伯在吗？”袁乡长最后答到：“袁伯永在！”

占东东环视挺立在眼前的抗日班后辈，改用英语下令：“据袁伯通报和二民情报网证实，美军援华第 14 航空队飞行员大卫中尉因飞机受伤迫降，现被日军松山大佐的特种兵部队包围，我们抗日班十一个连全体出动，在新四军谭营长、彭连长和单队长的配合下，解救大卫，并帮助被松山关押的武男少佐及受伤的山本等人的伤兵车平安回国，立即出发！”

众人齐刷刷一个立正，轰然而诺：“坚决完成任务！”洞里激起一阵阵回音，嗡嗡作响。

麦克和拓哉早被这番点名气势震撼，听到这里，两人不由得鼓起掌来，樱子则被占东东的“任务”中顾及着爷爷而感动，含着泪花全程摄下了这段让人热血沸腾的动人场景。

回到四川的七兄弟按占彪的要求不露富，低调务农，村里成立的农会人员都是占彪的徒弟们，所以七兄弟家里有三家被评为中农，四家被评为下中农。长杰家和三德家却因占彪的悉心照顾，家境较好，差点被评为富农。七兄弟建起的双河农场因是无人要的荒地，再加上所得的收益都分给了全村百姓，一直被双河镇的村民们和县乡政府认定为公益性质。七兄弟夫妇几乎就是镇里的雇工，小蝶为乡亲们看病又都是义诊。县里派来的土改工作队也没挑出什么毛病。

四川的冬天很少见到雪，但1950年的雪却早早下了起来。这天晚上，三个披着雪花的男孩蹲在农场门口被成义领进来。大点的有十一二岁，两个小的才五六岁。知道面前的人姓占后，三个孩子齐刷刷一起掏出一枚重机枪子弹，黄澄澄的子弹摊在孩子们肮脏的小手心里格外刺目，占彪和成义们大吃一惊。稍大点的孩子哭着递给占彪一团揉在一起的纸。成义小心展开后看了一遍，沉重地读道："占班长，老聂无能，卫国却保不了家。贾林和刘力已被枪决，老聂自身难保，我们三人所遗儿子还拜你收养，大恩不言谢，来生再随鞍前马后相报。"占彪和小宝听罢皆愕然半晌，在孩子们陆续的哭诉中听明白了，聂排长被划为地主，天天被批斗，相距不远的贾林、刘力相继遇难！

聂排长的地主定得很牵强。他最初被划为富农，后来农会看村子里地主太少，不够上面要求的比例，便将他"提升"为地主。贾林的父亲被划为地主，75岁的老人卧床多年行将就木，农会居然把贾林拉去替父挨斗，结果现场群众有人喊地主崽子该杀，几个民兵不由分说当场就把贾林给枪毙了，可惜了贾林的一身功夫。

刘力则是为了救被批斗的父亲，被民兵活活打死了。

抗日班里的东北兵大部分跟随隋涛转入铁道兵部队，小部分回到城市当了工人，而曹羽据说也当了工人，回东北后就没了消息，"土改"自然没有他们的份儿。而分散在江浙和四川的抗日班官兵却与声势浩大的革命运动首次直面接触。经过对局势的分析，占彪下令了，这是他抗战胜利五年后第一次如当年般下令："阳子和小宝、小蝶、静蕾、莎拉你们五位去杭州斜阳山庄，会合大郅、小玉和二民，尽快了解那边五百多名弟兄们的情况，并想办法与三德联系，看他在哪儿备战打台湾呢。小峰、成义、强子、柱子，我们五人马上去救聂排长，还有查看这边的二百来名弟兄。正文和几个弟妹看守农场，把这三个孩子保护好。我们收拾一下马上出发！"成义嘱咐正文道："这几天每天晚上你要守在镇里电话前，我们两路都在晚上六点到八点那个时间给你打电话沟通各方的情况。还有，正文你想办法打电话了解隋涛和小飞还有谭营长他们都在哪里，是不是都去朝鲜打仗了。”这时候抗美援朝已经开打了几个月了，隋涛上个月来过电话说正在东北集结，他已当上了铁道兵的副师长。而三德在新组建的海军里大显身手，已当上了一个小舰队的副司令，常年驻防在上海。

天府洞里气壮山河的点名后，占东东手一压，让大家都坐下。他感慨地说：“六十年前我们的爷爷们就是这样真真切切活过来的，可能比我们刚才还有阵势。六十年前，爷爷们哪能想到今天啊。”大家都沉默着，与占东东的心情一样，感慨万分。丽丽首先打破沉寂，说：“要是爷爷们挺不过来，就没有我们今天这伙人了。”晓菲马上接上一句：“我上哪儿去认这么多哥哥姐姐呀。”大家哄地一笑，真是一对调皮丫头。

笑声缓解了大家的沉重，也把大家拉回了现实。

大飞沉思着说：“各位，只遗憾爷爷们在这洞里整整待了八年。如果当年全国都如抗日班这样，用不了一年，鬼子早被我们打跑了。”

谭英这时发话了：“占彪爷爷的‘有我就有你’是抗日班最有魅力之处，战争后期的零伤亡让所有军队羡慕，也创造了战争中鲜见的奇迹。”

得龙由衷地赞道：“抗日班的军事素质是没说的了，再加上精明的头脑和精良的武器，所以能战无不胜！”

占东东接道：“弟兄们，你们说得没错，但只凭这些是远远不够的。”

“镇反”的全称为“镇压反革命运动”，是1950年3月至1953年11月在全国范围内进行的清查和镇压反革命分子的政治运动。“镇反”不同于土改运动，它的范围不只是农村，也包括了各个大中小城市，是新中国成立初期与抗美援朝、土改运动并列的三大运动。

占彪的近千名抗日班官兵属国军复员退役从业者，不属规定“镇反”范围，但却很容易进入“镇反”扩大化的范围之内。占彪经区长提示认识到了局势的危急，也受区长提示找到了一线生机。他在安顿好聂排长回村后，马上派成义去东北找隋涛，同时又派刘阳去找三德，速速为全体抗日班官兵开出从军证明来。

在刘阳和成义分头去开证明的时候，占彪和小宝两路人马仍在四川和浙江到处了解抗日班官兵在“土改”中的状况。小宝在与占彪正式结婚后，曾很深刻地考虑过自己的将来。她为自己明确了两点：一是要永远与彪哥在一起，二是要保护彪哥，为彪哥多想事。角度多了，思考就多了，责任也重了，小宝变得越来越成熟。

靠山镇的地主当然以袁伯的弟弟袁叔为大，但袁叔却躲过了这一劫。谁也没想到，保护袁叔没被枪毙的是四德，而四德也用它的生命保护了小玉。

占彪们得到四德的消息后无不欷歔。小宝也怕自己嫁给国军军官的身份给小玉们带来麻烦，再也没回过靠山镇。小宝通过二民给叔叔传过叮嘱：“将来遇到多大的困难也不许轻生。”

处理完靠山镇和三山岛的事情后，小宝和小蝶、莎拉开始分头按地址走访浙江一带的抗日班士兵。这一走访可着实吓了她们一跳，了解到的几十名抗日班士兵的家里几乎都被评为了地主，富农都少。有一天，小蝶还领回来一个四岁的男孩儿，是大郅连一个排长的儿子，这个排长和贾林、刘力的命运一样，在替父陪斗时被打死，留下了没有人管的孩子。占彪这路人马在四川了解到的情况也不容乐观，凡占彪接触到的抗日班家庭大都被评为地主，被斗被净身出户，占彪几天之中也收养了四名抗日班孤儿。

占彪心痛万分，抗战时千方百计保持零伤亡的记录却在和平时期被破坏了。而且“镇反”运动也在开始宣传。斗地主都这么狠，对当年的国民党兵的斗争可想而知。他心急如焚地盼着刘阳和成义的消息，终于刘阳打来了电话。

刘阳是在厦门找到三德的。可是已加入共产党的三德明白，解放军的海军刚组建不到两年，要开抗战时期证明必须找到原来的老部队。接到刘阳的电话，大家焦急不已，只有寄希望于成义了。可隋涛的铁道兵是解放战争后期在东北成立的，也存在着和三德同样的问题。

眼看年关已到，成义终于打来电话，也说隋涛的铁道兵开不了抗战时期的证明，必须找原来序列的团级单位才有效。但后来的一段话，令占彪不得不亲自出马了。

成义的小诸葛称号不是白封的，他见隋涛这儿不成并没有打道回府，他知道中国军队大部分都在东北集结，轮流入朝参战，便费尽心思找到了驻防安东（现丹东）的彭雪飞。已是副军长的彭雪飞负责军里的后勤补给。他是抗日班最后的一线希望了。

彭雪飞见到占彪手下大将自是如见占彪般的亲热，在军机要处工作的阿娇也领着儿子前来相见。得知成义的来意后，彭雪飞沉吟着说："如果是给几十人甚至百八十人开证明我就做主了，但要是千八百人开证明这动静可是不小，还是要和谭军长打个招呼的。"没想到身在朝鲜的谭军长得到消息后哈哈大笑，他在电话里和彭雪飞说："他占彪占大班长不是牛吗？几次三番地让他加入新四军他都不干，现在要开证明来了。让他本人来见我再说吧。"

彭雪飞和成义一起给占彪打电话说："彪哥，你就来一趟吧，小飞都想死你了。谭营长就是这个性子，他能让你来就一定会满足你的要求的，不然他哪敢让你亲自来啊。"

为了保护抗日班千八百名兄弟，让占彪做什么都行，小宝更是催他赶紧出发。小宝已经感觉到即将到来的"镇反"将比"土改"惨烈，她要占彪为他自己也开份证明。小宝深知占彪的性格，他的一生绝不会要人保护偷生的，所以她要事事为占彪先想到。

占彪领着小峰、强子、二柱子日夜兼程从四川赶到安东与成义会合，彭雪飞让占彪五兄弟穿上了志愿军军服，带着一名师政治部主任亲自相陪，开着两辆吉普车就跨过了鸭绿江。

入朝作战（一）

占东东展开些说道："有五千年历史积淀的民族能生存下来，最主要的是骨子里的东西。就是因为大多数中国人骨子里有那种'民不畏死，奈何以死惧之'的无畏血性，那种'天行健，君子以自强不息'的吃苦耐劳精神，那种为民族为兄弟'舍生取义'的侠义忘我精神……抗日班当年的龙凤虎豹和全体官兵，都具备中华民族的这些特点。而且，很多时候这些骨子里的东西是看不到摸不着的，很多国人在特定的环境中才能被激发出来。”

刘翔这时补充道：“这种骨子里的东西在抗日班还有个体现，就是‘中国人不打中国人’。”

占东东笑笑说道：“抗日班这条军规没错，我觉得一概不打，也有点绝对化了。如果那时我们遇到一个汉奸正在领鬼子来这天府洞里抓抗日班的伤兵，打死这个汉奸，就能保护几十个伤兵的生命，鬼子就找不到天府，这时你们说打不打？”这时，占东东又指指拓哉、麦克和樱子说：“还有一点，我们这句话还要跳出民族的狭隘圈子，中国人不打中国人，那么外国人就可以打吗？这也不对，外国人中也有该打的和不该打的。同样是日本人，拓哉和樱子是讲和平懂友情的，我们是朋友是兄弟，不但不能打，而且要互相帮助。而要是遇到当年侵略中国的日本鬼子，我们那是照打不误的。我们是要记住历史，记住我们吃过亏，挨过打，是要在历史中找出经验教训，找出我们没有用一年而是用了八年才打跑鬼子的原因，但绝不是要延续什么世代仇恨，我们这代再没完没了地打下去……”樱子这边快速地给拓哉翻译着，拓哉突然上前一步说：“不对，我不同意！是朋友也得打！”

只见拓哉狡猾地笑笑用英语说：“我爷爷曾经告诉过我一句中国话，叫‘不打不成交’，当年要不是和占班长比武，何来六十年朋友之谊！我们今天能坐到一起吗？所以嘛，朋友之间也得打……”说罢，拓哉自己先哈哈笑了起来。占东东们一听才明白，纷纷跟着笑了起来。

到了军部，谭军长已在简易作战桌上开了几听罐头相候。看到彭雪飞领着占彪等人进来，谭军长举着老白干喊着：“来来来，我们先来几口！”占彪用茶缸倒上酒，说：“谭营长，真没想到，现在保护我的部下比当年战场上还费事。就怕充你手下的兵会给你带来麻烦。”

谭军长嘿嘿一笑，挨个儿看着占彪带来的师弟，叫着大家的名字，然后先对身边的成义说：“成义连长，就凭抗日班打那几场硬仗，杀了数千鬼子，抗日班就是我们的军队！”与成义碰了杯后走过来对小峰说：“小峰副班长，就凭你的教导员和两个连长都是共产党员，谁敢说抗日班不是共产党领导的？”谭军长和小峰喝了一口酒后，又转身走到强子面前说：“强子连长，就凭你们几次武装了我的机枪连和县大队，还当教官，谁敢说我们不是一家人！”谭军长接着又踱到二柱子面前说：“还有，在我们新四军大撤退到江北那当口，雪中送炭送给我们一个汽车连一个汽艇连三百多号人马和装备，谁敢说抗日班将士不是我的兵！”

最后，他抓起酒瓶往自己的茶缸里咕嘟咕嘟倒了两下，向占彪举起，声音低沉地说：“占班长，敬你！只凭你在皖南事变时救了包括我和雪飞在内的新四军八百四十八名子弟兵，抗日班就是我们自己的军队！我怎敢不给抗日班开证明？不给抗日班将士开从军证明，我谭某人还是不是人？！”言罢一饮而尽。彭雪飞和那个师政治部主任及成义听得直糊涂：那折腾占班长过来干嘛！谭军长看到彭雪飞的神色岂不明白，他哈哈大笑拉着占彪走出军部，领着占彪一行走到军部旁边一个山洞仓库前一脚把门踹开，里面的情景让占彪们大吃一惊。

近百米深的山洞里如林成片的高射机枪列满一地。彭雪飞一看就明白了，这是他刚督运来的一百挺苏制 12.7 毫米德什卡高射机枪，谭军长还是不忘过去的茬儿，这还是要让占彪加入解放军啊！

谭军长这时诚恳又严肃地对占彪说：“占班长，我们六年没见了，但你这小子当年可是威风八面，我是打心眼里钦佩你的，这是掏心窝子的话。现在是抗美援朝保家卫国时期，国家请回了大批复员退役军人来和美帝国主义开战。你们抗日班个个都是训练有素的英雄好汉，用重机枪就打下了那么多鬼子飞机。现在祖国需要你们，看看占班长你能不能下令，请出一批重机枪手来保护我们的铁道兵和公路线。不用都请回来，一挺高射机枪请回四名射手，这一共是一百挺高射机枪，请回四百名射手就行。先说明，这和开证明没有关系，你派不派兵我们都要为抗日班官兵正名的。而且，这次你找不找我，我都要找你联系的，哈！”

占彪见谭军长记着抗日班的件件功绩也是十分感动，他瞟到成义也在微微点头，便转身对谭军长伸出手来：“好吧，我尽力召集部下为打美国鬼子尽力，只是打完这场战争后，要让他们转业还乡过上安稳日子。”谭军长一听大喜，一手紧握占彪的手一手用力拍着占彪的肩说：“占班长一言九鼎，这回我可不愁了。你也清楚，我要是从战斗部队里抽出这么多重机枪手会大大影响一线部队的战斗力的。彭副军长，给占班长办个军官证，高机团团长！好招兵买马。然后快安排师政治部开证明，抗日班全体官兵都是我新四军第二支队八团三营战士。”彭雪飞在旁侧头想了一下说：“老营长，这八团三营的番号不正是你当年想让抗日班过来准备的番号吗？你还记得呢！”谭军长没接茬，接着又指着小峰和成义们补充一句：“他们四个，都是抗日班的连长，都给我开上军官证，都是高机团的营长！看他们往哪儿跑。哈哈……”

占东东一行动起想找当年武器的念头，他们知道，有些武器没有炸掉。当年释兵大爆炸主要是弹药，有一部分性能良好的重机枪、轻机枪、手枪和百式、二式冲锋枪等武器没有舍得炸掉，被占彪、小峰、曹羽、强子四人藏在附近的支洞中，小峰曾和大飞讲过藏武器的洞口位置。占东东回头看看跟过来的人，还有任磊、谭英、单良、拓哉、小曼、樱子，便让刘翔和小曼、樱子在洞口保持联络，然后领着大飞、得龙走在前面，其他人跟在后面。既然拿拓哉当朋友了，也没有背着他。赵继忠和宁远则忙着在大厅里拍照，聂家兄弟也在寻找瘸子排的驻地，丽丽和晓菲还有其他小九凤们则在蜀路的入口处。

占东东进洞后走了不远就向后传话，遇到斜坡，拉开距离。斜坡很陡，呈四十五度角，好在不长，但走到坡端，山洞却更加倾斜，近乎垂直向下。在手电筒照射下，有差不多三十米高才是洞底，洞底一半是石地一半是深潭，看来就是条死路了。大家都奇怪，武器藏在哪儿呢？

占彪得到证明后，马上向谭军长告辞回国紧急发放。同时，召集旧部参加抗美援朝。看着谭军长有些担心的神色，占彪笑笑对谭军长说：“谭军长要是不放心，就先把小峰留下吧。”谭军长嘿嘿道：“打了这么多年交道，还是你占彪了解我啊！好，小峰先任高机团代理团长，你们可要快去快回，可别让小峰当光杆团长啊。”

占彪和成义怀揣大把的从军证明回国，在路上做好了分工。成义直接返回四川，与正文负责为四川的二百来号兄弟发放。二柱子去沈阳找曹羽，负责东北的一百来号弟兄。占彪领强子去斜阳山庄和刘阳、大郅、小宝汇合，负责江浙一带的五百兄弟，并集中征召参战官兵。

占彪和强子风风火火赶到杭州，刘阳见到证明如获至宝，和强子先把自己连分布在杭州、上海、南京继续读书的学生兵发放证明，然后又请出四十多名学生兵配合大家一起发放。同时，挑选家境险恶、周围环境不利的老兵向他们发出征兵令。抗日班官兵接到通知没有一个退缩的，四百名重机枪手很快召集到位，彭雪飞派出的接兵干部当场给他们穿上了志愿军军服。这些当地人眼里的地主、富农崽子们大张旗鼓地重新披挂上阵。这时，人们才相信，他们原来真的是共产党的兵。抗日班老兵心里都清楚，这是彪哥在拼命保护他们。这次的入朝参战等于给了他们重生的机会，使他们安然躲过了“镇反”运动,他们的父母也得到了些保障。感激是无力的，只有为彪哥好好挣个脸，在朝鲜打出点名堂。四百名血气方刚的重机枪手不到两周便集合到一起，随强子连长赶到安东，小峰和二柱子已等在这里。二柱子在沈阳却没有找到曹羽，只好回到安东。两周刚过，四百名重机枪手在小峰、强子和二柱子率领下跨过鸭绿江。让谭军长喜出望外的是，这批重机枪手功夫都没扔下，刚接手苏制12.7毫米德什卡高射机枪不到三天就打响了第一战。

天生对武器偏爱的小峰没有干等苏军顾问的到来，转眼自己成了教官，他在朝鲜的两周，早把德什卡琢磨得透透的了。好在这批重机枪手的军事素养也非常过硬，第二天下午，一百挺高射机枪便都打出了实弹。第三天一大早，高机团便接到了任务，谭军长命令他们掩护主力部队向前运动。小峰完全按照当年打松山一样布的天罗阵，他要求重机枪手们坚持打鬼子的经验，还是“守着打”，即在划定空域里不管有没有敌机也照样打。这些见过阵仗的抗日班老兵们面对几十架美军战机的轮番进攻没有皱一下眉，反而是以渴望的心情，还有潜意识里在国内受屈发泄的心情勇猛地投入了战斗，他们又成了当年生龙活虎的钢班战士。

美军没想到遇到这样密集的防空火力,“触电”后仓促逃去。小峰的“守着打”战术一举成功，一仗打下九架美军飞机！其中有六架是小峰、强子、二柱子三人打下来的。全团沸腾了，谭军长大赞：真是招之即来，来之能战啊！小峰们拍着德什卡高射机枪也大呼过瘾。可让谭军长乐极生悲的是，他辛苦筹建的高射机枪团刚一亮相就击落了九架美军战机，其成熟强悍的战斗力惊动了志愿军总部，旋即被总部相中，划为直属部队，直接配给了铁道兵部队。然后又从苏联买了二百挺德什卡高射机枪，扩编成三个直属高机团，不归谭军长管了。小峰、强子和二柱子各率一团，四百名重机枪手都成了高射机枪的主射手和班排长。后来，他们带着高射机枪跟着铁道兵征战朝鲜各地，为“打不烂、炸不断的钢铁运输线”提供了坚强有力的保障。四百名战士还是抗日班那股劲儿，打起仗来就是与众不同，结果人人立功，被中朝军队称为天罗团，在日本的联合国军总部里都挂了号。抗美援朝战争结束后，他们再次复员，以“最可爱的人”的身份回到家乡，基本都安排了工作，过了几天安生日子。

占彪本来也想到朝鲜带兵参战，但马上遇到了比去朝鲜参战更重要的事情。在“土改”、“镇反”和接着的“三反五反”运动中，国内的抗日班官兵陆续遇险。所以，占彪一直让小峰带队参战，强子和二柱子也都当上了团长。谭军长因高机团被总部划走，也就没有太催促占彪入朝参战。占彪留下成义、刘阳、正文、大郅等人，忙于到处救火。

尽管争分夺秒，但还是慢了半拍，江浙一带的抗日班官兵有三十多名在送去证明前被抓捕，有十一人被处决。占彪们一直为死去的和关起来的弟兄们奔波着。死去的要安排好他们的亲属，有儿女的要领养走，关着的要为他们申诉、递材料。每捞出一个都得跑好多次，每个捞出的人都被折磨得骨瘦如柴。多亏了占彪远赴朝鲜开的从军证明挽救了弟兄们。

成义和正文在四川也遇到了这种情况，回来的弟兄们大都用金条置房买地，都不同程度受到“土改”和“镇反”的双重冲击。川兵住得分散，由于交通不便，延误了些时间，成义最后统计，已有十三名弟兄被当成地主或地主子女被杀，“镇反”初期有近百人被捕，当时就枪杀了十五人。成义和正文疯了似的到处投递从军证明，把大家一批批解救出来，先出来的人又配合成义去解救其他弟兄。到了秋末，终于把剩下的一百多人安顿好。

接着成义又开始组织大家跑民政局，到指定医院做伤残鉴定，办理《革命残废军人抚恤证》。一直忙到年底，占彪让他去黔东和湘西一带寻访隋涛九豹的老家。成义是在隋涛入朝参加第四次战役的前夜找到他的。匆匆分别时，九豹都曾委托成义去他们的家乡看看，几人和彭雪飞都是从当年的湘鄂川黔革命根据地当红军出来的，隋涛和彭雪飞还是一个县的。他苦笑着对成义说：“当年我们县里上千人参加了红军，没想到一出来就没有回去过，或许家里人都以为我们死了。那里太偏远，现在打电话也不通，写信都没地方寄。”成义笑道：“怪不得这些年彭雪飞这么罩着你，原来你们是同乡。”没想到成义这一去遇到了一连串意外，包括隋涛的家庭、彭雪飞的亲人甚至彭雪飞本人也都需要占彪的保护了。

“找到了！”只见打火机照亮了洞壁下面一块很大的凹进去的空地，摆放着密密麻麻的轻重机枪，周围是一圈一米多高的弹药箱围着。占东东跳过去，捞起一挺捷克轻机枪，抖下灰尘检查了下，插上弹匣，冲着水潭就是一个连发。震耳欲聋的枪声引起洞里人们的欢呼声。

大家纷纷操起抗战时的武器，在大飞和得龙的指导下，试着身手过着瘾。拓哉更是每样武器都打了一个弹匣，他恨不能把百式和二式冲锋枪带走几支。这时郅县长传来话，蜀路的洞口已打开。占东东要大家把武器放回原处，忙攀爬上去沿蜀路出了洞口，大家齐聚在天台，望着这条山谷之路，想象着当年抗日班九兄弟是如何在这里消灭鬼子的。突然下面传来说话声，大家探头一看，原来是焦书记领着抗日班的爷爷奶奶们，都在这天台下打量着这山谷。

占东东看着仍然意气风发的爷爷奶奶们，突然想到一个点子。

入朝作战（二）

占彪一行人一入朝就遇到了铁道兵三师，隋涛的部队。这时的朝鲜战场经过五次战役后进入了阵地战时期。美军凭借空中优势，对中朝军队实施了“空中封锁交通战役”，即“空中绞杀战”。这场绞杀战打得非常激烈，美军调动上千架飞机对我方的桥梁、铁道、隧道口、公路、铁路的交叉点等难以修复的地段进行破坏，以切断中朝军队后方供应。志愿军的铁道兵、空军和高炮部队开始了顽强的“反绞杀战”斗争。隋涛的铁道兵三师正是在小峰高机团的掩护下担负清川江以南至渔波、肃川一段四十公里长的铁路线抢修任务。强子和二柱子的高机团在其他地区掩护另外的铁道师，占彪这次没有遇到。

占彪一行赶到的时候，正是绞杀与反绞杀最激烈的日子。隋涛师长带着已是团、营长的九豹、赵俊凯、宁海强把占彪的吉普车围了起来。秀娟和小宝、小蝶都穿着军服搂在一起抹着泪。成义则没有耽误，马上拉着小宝、小蝶深入铁道兵各团营，向一百多名隋涛连的抗日班老兵通报各自家里的情况。不久，小峰领着高机团由抗日班老兵组成的连、排长也赶了过来。

成义和小宝又向高机团的抗日班老兵介绍他们家里的情况，小峰紧跟着小蝶，佯作无意地没事就问几句静蕾在上海学习的事。占彪则单独把隋涛和秀娟叫到一旁。

隋涛一看占彪的神色便知有异，占彪沉重地点点头，和隋涛讲了家里的变故。隋涛听罢痛心疾首，恨道：“怎么会这样呢？怎么会这样呢！我父亲他从我们小时候就教育我们诚信从善，怎么会成了历史反革命！老子在这里保家卫国，他老人家还在劳改遭罪，我这儿子可咋当的啊。还有我那不争气的弟弟，等我回去非把他毙了不可。”秀娟知道了自己家里还好，爸爸顾老二仍然当着孝子侍候着四老，是响当当的贫农。隋涛悲伤之余知道战事在身，只好把家事放在一边了，他哽咽地对占彪说：“彪哥，谢谢你把我老母接到农场……我心安多了。”然后大手抹了下眼泪，忙着给在海岸地区的谭军长打起电话。

电话终于打通了，占彪向谭军长汇报了彭雪飞的大致情况，谭军长听罢怒不可遏，说三天后将换防路过这里再议对策。占彪便等在这里，与成义一起观察这激烈紧张的反绞杀战斗。

占东东看到抗日班老兵们都在山谷里旧地重游，心生一念，向下面喊道：“爷爷奶奶们，你们想不想重游天府啊？”

进洞重游天府，当然这是每个老兵的愿望，但占彪知道洞口都已炸毁封死，而且大家都是七老八十的了，怕有个闪失，也就没往这上想。占东东这一喊点燃了老兵们心中的火，纷纷表示想上去看看，连年近九十的聂排长也跃跃欲试。大家都看向了占彪。

占彪抬头问着："东东，安全上有把握吗？"占东东答道："只有一个吊篮坏了，其他三个都完好。里面我们也收拾了一下，就从这里进出，应该没问题的。"占彪看看大家，也兴奋起来，向上喊道："东东那你就安排吧。"

占东东回身把洞里的青年人都喊过来，天台上站了十多人，大部分人都拥在洞口。占东东兴奋地说："弟兄们，我们的爷爷奶奶要重游'天府'，这是他们的梦想，也许是他们的最后一次。我们要想办法让他们在这里好好纪念，要体会到不一样的感觉。都出出主意吧，抓紧时间。"孙儿辈们一片议论，七嘴八舌地出着主意。小曼先开口了："过去爷爷奶奶们在这里生活那么艰苦。我想能不能让他们在这里美美地吃上一顿，把今天的晚宴移到这里。"彭玲道："听奶奶说，释兵最后那顿饭是百蟹宴，今天我们再摆个百蟹宴吧。"大家齐声叫好。

赵继忠接着出着主意："我看丽丽刚才找到了当年他们的服装，能不能让爷爷们重新披挂上，我给他们每人画张速写。"樱子举起手中的相机："我给他们每人照张天府纪念照。"得龙接着说："最好把重机枪搬上来几挺，一起合影。"丽丽补充道："那我们也穿上当年的国军军装，我看奶奶们的军装都挺漂亮的，还有武装带。起码我们小九凤穿上，奶奶们一定很开心。"刘海儿举手道："过去爷爷奶奶们在这里的生活是枯燥的，我要给他们现场演奏小提琴。我听到靠山镇里有小孩拉小提琴的声音，东光帮我借来。"潘小梦高兴得叫了起来："这主意太好了，不止小提琴，还有电子琴呢。我还会吹小号，东光和权子都会吹口琴，还是听说当年若克奶奶和成义、刘阳爷爷吹口琴，东光们才学的呢。"聂云龙抢道："爷爷当年的水兵舞我们也学过，我们哥俩可以表演一段，要不我一会儿教会你们，挺简单的。"这时拓哉听着樱子的翻译，用英语说道："我也要表示对老兵们的敬意，给大家唱段日本小调吧，樱子可以伴舞。"麦克一听也说："我也唱一段美国歌剧吧，晓菲和我一起唱没问题吧！"郅县长一击掌："那我们最后来个抗日班军歌大合唱！"

隋涛的家在大庸，其他八豹的家分布在德江、思南、永顺，吉首、桑植等地。成义和正文从重庆出发，三个多小时后就到了隋涛和彭雪飞的家乡灵阳镇。隋涛的父亲被打成历史反革命，刚被判了二十年，差一点被枪毙。母亲又是地主又是反革命家属，弟弟是城里干部，和家里划清了界限。成义得知情况，心里很沉重。彭雪飞家也遭了殃，他家是土家族中的彭姓望族，这次“土改”，爷爷受惊吓而死，爸爸被枪毙。哥哥和三个弟弟都曾被乡亲们推举，当过国民党时期的保长、甲长，于是被判为历史反革命在押，好在没有血债，而且帮解放军打过土匪，才没被马上枪毙。家族里还有当过国军的人，互相都受了牵连，以致整个家族有二十多人都在被管制中。母亲领着三个孙儿艰难地生活着。了解完情况，成义直接找到县委书记和县长，又找到了当地驻军。成义直接把电话打到了彭雪飞在安东的军部。彭雪飞得知家里情况后欲哭无泪，但战事紧张，便派师政治部两名干事专程回乡处理，还把阿娇的两根金条带给母亲，解决无房无地的生活困难。在当地驻军干预下，大庸市县乡三级政府都下令复查彭、隋两家情况。县里派一名副书记亲自陪成义和正文来到灵阳镇，彭雪飞的四个兄弟被放了出来观察改造。隋涛父亲由二十年徒刑改为三年劳改。这期间，成义和正文也找到了九豹的赵本水等人家里。这几人家里还好，他们家里都是下中农和贫农，在分到土地的快乐中又增添了亲人尚在人间的喜庆。隋涛家里的情况占彪决定先不通知他，但成义在离开湘西时，把隋涛的母亲接走了，安置到双河农场由小蝶照料着。占彪没想到阶级斗争这样无情，连在党在军的同志都逃不过，便下达了寻访三德连和隋涛连全体士兵家庭的命令，占彪师兄弟又投入到紧张的寻访中。转眼又忙了大半年，在占彪们还没有缓过神的时候，又一场政治风暴迅猛地扑了过来，“三反五反”运动开始了。这风暴第一个回合就拍向了彭雪飞，把堂堂志愿军副军长当成大老虎揪了出来。

刚过完 1952 年元旦的第二天，彭雪飞急电向占彪求援，他被师政治部主任举报私藏金条，列为军区的大老虎，急需占彪的证明来解脱。师政治部去看望彭雪飞母亲的两名干事这次立了功，其实他们并不是有心检举，只是在师政治部主任让大家交流情况时顺便说了出来，说现在有金条也不好花，彭副军长给他母亲的两根金条原封不动地带回来了。他母亲虽然年岁大了却很明智，留下也一定会被贫下中农没收的。这师政治部主任一听这等事便如获至宝，详细了解情况后，连夜向军区首长检举。军区据此便把彭雪飞列为大老虎。本来军区要派人到占彪的家乡双河镇去外调，但彭雪飞知道占彪不在四川，便给占彪打电话，希望他来部队说明情况，不然，军区有关部门天天在深挖他还有多少根金条。占彪接到电话后，立刻赶往安东。成义分析小宝的证明可能更重要，于是把成义、小宝和小蝶也带上了。果然，军区打虎队重点和小宝谈话，证明了彭雪飞的金条是共产党领导的抗日班用打土匪缴获的金条送给阿娇的陪嫁礼，抗日班的女兵都有这份待遇。成义事先统一口径，只谈女兵陪嫁金条，不提释兵每人一根金条，避免节外生枝，再给三德和隋涛连的战士们惹上麻烦。不过看打虎队的感觉好像不太甘心，那个师政治部主任还总问有没有别的旁证。几个人分析，最有分量的证明应该是谭军长的。占彪决定再去朝鲜，亲自去找谭军长，让他在证明上签字，顺便看看小峰的高射机枪团和隋涛的铁道兵师，另外也想当面告诉隋涛他家里的变故。这回，成义又发挥出他的机灵劲儿，四处出击，居然找到了当年的单队长，如今也是师长了，而且是抗美援朝战场上的一员虎将，战功显赫。这时正率部回国轮休。单童师长与抗日班有着别样的感情，一看到占彪和成义就嚷着要喝酒。知道占彪要去找谭军长，马上给四人办理了入朝证，派了吉普车。临别时，单师长还气愤地说着：“说彭雪飞是大老虎，我用我的脑袋担保，那是不可能的！”

在占东东一帮年轻人的小心呵护下，抗日班老兵被陆续吊入了天府洞，包括大卫、武男和山本。抗日班的老兵们如同回到了孩提时代，个个可是轻车熟路，好像回到了家。大家首先扑向了自己的铺位，小宝、小玉、小蝶老九凤们的欢笑不亚于刚才小九凤们的动静。兴奋的老兵们没有注意到除了占东东领着几个小九凤在陪着他们，其他的孙儿女们都不知去向。

雪亮的汽灯下，占彪和大家无不万分感慨，大家看看这里，摸摸那里，一把鼻涕一把泪——都是笑出来的。若飞看着洞壁上若克留下的素描画，忙喊着晓菲：“快点收起来带回去，那是你奶奶画的，你爸爸手里只有一张。”刘阳叹道：“我们那时，这洞里从没有这么亮过呢。”小峰嗅嗅空气说：“觉得空气也没有现在新鲜——咦，看来我们在外面听到的是枪声啊，这些小子们找对了地方。”占彪斜看了占东东一眼，占东东点了下头。

隋涛的感慨有着更多的内容，他和身边的赵俊凯、宁海强说道：“我们这些铁道兵一看到洞就心跳，隧道是和灰尘和硝烟同在的。”赵俊凯点头接着说：“多亏彪哥管我们，让占枪这一代人帮我们这些患职业病的铁道兵都获得了残疾军人待遇。”

抗日班的铁道兵大都在六七十年代复员转业，这些老兵都患有不同程度的矽肺病，肺功能都受到损害，但他们转业时都没当回事，政府也没有管他们。1983 年大裁军，铁道兵划入铁道部改成工程局后，隋涛就开始四处奔波，为这些老铁道兵一个个解决残疾军人待遇问题，有的还涉及提高残疾等级的事情。后期占彪令占枪十八罗汉也上手帮助隋涛，跑民政部门，跑职业病院，终于为抗日班的老兵都办成了四级因公残疾军人待遇，每月能得到一千多元抚恤金。彭雪飞在旁感慨道：“我们彪哥在战时是训兵、用兵，养兵三部曲，在战后是释兵、护兵、富兵三部曲，真让人打心眼里敬佩……”

这时占东东的手机响了，虽然信号不太好，但还是能听出樱子的声音：“东东哥，快来帮帮我，我爷爷站在天台上就是不动，我怕他……”

抗日班数百老兵因占彪的到来士气大振，修铁道的和护铁道的都掀起了一个高潮。隋涛和小峰也希望占彪能亲自指挥，再听彪哥拧着脖子喊“干”。占彪摆摆手说：“你们打你们的，我和成义给你们当顾问。”没想到占彪一行首先是小蝶发挥了顾问作用。由于缺乏充足的蔬菜水果补给，再加上长期夜间抢修过于疲劳，很多铁道兵战士都得了夜盲症，多次出现偏差，战斗力大大下降。隋涛一看小蝶来了，高兴地说：“小蝶，你快给我们想想办法吧。一群‘瞎子’前边一个‘睁眼的’，喊着一二一还磕了碰了的，这哪儿像抢修部队呀！吃了不少维生素 A 和鱼肝油，都不见效。”小蝶检查了一批，指着几名战士说：“他们马上也要看不见了，现在是干眼病，发展下去就是夜盲症。要是春天就好了，遍地都是荠菜，吃两天就能缓过来。”当晚，小蝶和小宝把一碗碗的芥菜大酱汤端到了患夜盲症的战士们面前。连喝两天后，这些战士便逐渐好转，夜里又生龙活虎地战斗了。隋涛们连夸小蝶果然是妙手观音。

成义也当了把顾问，他只在夜里跟了铁道兵一夜，就出了一个好点子。下半夜时，他不知从哪儿弄来一盒白漆，搬来一箱道钉在每个道钉头上蘸白漆点了一下，运到铺轨的现场一试，大获成功。本来就有准头的战士们看着显而易见的白头道钉，三锤定乾坤的技术马上施展出来，隋涛和战士们大喜过望！占彪也是在跟了激烈的地对空战斗一天后，晚上为小峰和隋涛在战术环节上出谋划策。占彪先肯定了小峰的预设埋伏、固定掩护、机动掩护、分层火力等打法，然后提出了自己的建议，令高机团团长小峰和铁道兵师长隋涛连声叫好。不过，占彪的建议先是从批评开始的，“过去我们在靠山镇的时候特别强调零伤亡概念，现在你们俩手下已经牺牲了十六名弟兄，这点我要批评你们。现在美军不分白天夜里都来轰炸，敌机一来大家就往隧道里跑，跑不及的就卧倒挺着挨打，这样不行，总会有伤亡。我建议在铁路沿线依山挖防空洞。顺铁路往隧道跑，敌机正好顺铁道俯冲，如果是横往两侧跑，敌机是没辙的。还有，小峰的高机阵地虽然有防空洞，但是枪和洞分离。如果把防空洞和高机阵地修在一起是最好的，情况不对转身就弃枪进洞，陪他们死犯不上。”小峰和隋涛们频频点头。

占彪接着说道：“至于战术，我只提一点，就是要加强机动性。比如在通过的军列上挂平板车厢，架上高射机枪，不用担心隧道高度，军列也就不至于只指望两侧的固定掩护干挨打。还可以把高射机枪架在卡车上追着敌机打，等等。记住，我们越机动敌人就越被动。”小峰和隋涛们听罢，连声叫好。占彪看看大家顿了下，放低了声音神秘地说：“呵，还有个打法，能不能成功明天我要自己试试。”

入朝作战（三）

这是占彪二次入朝的第三天早上，是个周日。小峰分析今天应该是美军攻击最猛的一天。按照占彪提议，隋涛和他的三个团长赵俊凯、宁海强、赵本水与高机团小峰做了充分准备。在清晨最后一列军火开来时，两架敌机出现了，追着列车俯冲。铁道兵再不用奔跑，不慌不忙地躲进了侧面连夜挖好的防空洞中。而侧面山头一个固定掩体里，占彪、成义、小峰三人各执一挺德什卡高射机枪摆成了品字阵。小峰做为团长，平时很少上枪操作，这回彪哥上阵，小峰自然也要跟着露两手。远处又有飞机声传来，小峰喊道："前面这两架是 P-51 野马战斗机，它们来试探侦察来了，后面的动静是轰炸机，是四架的动静。"话音未落，已有高射机枪对着野马战斗机打响，在掩护军火列车通过。接着，果然是四架轰炸机露头了。占彪和成义已开火进入战斗状态。这趟军火列车上小峰也布置了四组德什卡，突然的齐射让四架轰炸机没敢俯冲下来。等敌机盘旋一圈再次俯冲下来时，铁路沿线分布的二十辆卡车上的高射机枪开火了。美军的四架轰炸机和两架战斗机转眼被击落一架击伤两架，剩下的仓皇而逃。小峰高兴地喊着："彪哥，你这一'机动'效果太好了！50% 的击中率，呵，过去最好时是 30%。"接着他抓起步话机喊道："各连注意，各连注意，请大家做好准备。敌人大规模报复袭击马上到来，大家要总结刚才的经验，就按刚才的法子打！"这时机群的嗡嗡声来到上空，24 架战斗机刮着旋风冲了下来。40 公里的铁道线上，10 个高机连各自为战，机动灵活，敌机掠到哪里，哪里便喷起冲天弹雨。地面上移动的高机群让美机顾此失彼，防不胜防。转眼间，七八架敌机起火，两架直坠地面爆起冲天大火。激战正酣时，天空又响起更沉重的嗡嗡声，是随之而来的一批轰炸机过来了，举着望远镜的小峰马上报出数来："哇！32 架！看来鬼子是急了。哈，老 B、B-29 轰炸机也出来了！6 架老 B！他们……他们不应该是奔我们来的吧。"B-29 轰炸机是整个二战中最杰出的重型轰炸机，被称为超级空中堡垒。当时能打下一架 B-29 是很不容易的。

一直也观察着总体战场的占彪突然一惊，但他惊的不是 B-29 出来了，也不是敌机群达到 56 架，而是铁轨上明晃晃地出现了一台压道机！上面插着八一军旗，高昂着一挺高射机枪，上面三个忙碌的人影居然是师长隋涛和两个团长赵俊凯和宁海强！师政委急得在报话机里语无伦次地向小峰喊着："谁也劝不住啊，隋师长说了：'彪哥在这儿，我们都是战士！'他还说：'这就是我给你讲过的重机枪钢班那个劲儿'。"小峰回道："郎政委，放心吧，隋师长不会蛮干的。"回头对占彪喊着："这小子昨晚让我调 9 挺高机给他，没想到他们九豹亲自上阵。"看到这个情景，占彪心头一热，眼睛发潮。隋涛啊隋涛，还是当年那股劲儿。骨子里的东西是藏不住的，总要择机迸发。

占彪马上让小峰传令，全团近百挺高射机枪全力掩护隋涛。占彪三人手里的机枪严密监视着空中能对隋涛造成威胁的目标。铁路两旁藏在防空洞里的铁道兵都不顾危险出来观战，看自己的师长和团长如何空战。一些战士生怕自己的师长吃亏，把自卫机枪都架在战友肩上参战。

看到铁轨上的目标，两架 F-86 战斗机前后俯冲过来，等快到机关炮射击距离时，赵俊凯举着红旗跳下压道机跑向路边移动的卡车，美机飞行员稍一犹豫，隋涛手中的德什卡突然抖动起来。卡车上的一挺高射机枪也同时开火了，是第三个团长赵本水！而旁边分散的另外七辆机动卡车上是九豹中都已是营连长的七豹。看来隋涛是有心领着抗日班老兵向老班长汇报。在九挺高机的伏击圈里，龙卷风般的密集弹雨令两架战斗机同时爆炸。全师的铁道兵这时才知道传说不虚，顿时一片欢呼。隋涛是吃透了占彪的机动性，用压道车吸引敌机进入防空圈。另外两架敌机也被周围的高机组打冒了烟。隋涛见好就收，掀下压道车乘卡车又机动到别处。周围的铁道兵还在欢声不绝，毕竟能打下飞机这可是全铁道兵部队第一份。

一直在密切观察机群的成义这时大喊：“彪哥，它们扔铁疙瘩了！”占彪收回眼神，脖子一拧也喊道：“该我们的了，按原定计划，干！”美军轰炸机群看地面火力这么凶，也没敢飞太低，早早就开始投弹。占彪、成义和小峰的高射机枪按事先策划，朝着同一个目标怒吼了。

占彪设计的目标很别出心裁，他看到敌机扔下的炸弹越扔越大，一扔就是密集的一串，所以他建议：在正常打击同时，安排专人专打刚扔出的炸弹，如果在空中打爆炸弹，用他们自己的炸弹代替高射机枪，会是什么效果呢！现在他和成义、小峰三个神射手开始试验这个打法，三枪集中打一点——飞机肚子的投弹口。

那时美机轰炸是先由侦察机确定目标和方位，试探和发现防守阵地，然后由战斗机进行一番打击，压制住地面的防空火力，最后由轰炸机释放重磅炸弹。对下面这四十公里铁道线他们一直是很从容地进行轰炸，要是轰炸隋涛后面的清川江大桥和清川江以北地区，他们不会这样肆无忌惮，因为那里有高炮团守卫，还有米格 -15。对轰炸只有高射机枪守卫的铁道线虽然每次总有战机受伤，但每次都能炸断一段。不过今天情势与往常大不相同，地面上多了很多移动的高射机枪，列车上也有火力发射，连铁轨上都敢放上一组高机巡逻，甚至还有一些铁道兵在铁路旁举着机枪反抗。这让美军大感新鲜，中国人是不是被我们打昏了头？但转眼间，十架左右的战机被击落击伤，有着绝对空中优势的空对地打击出现这样的伤亡率，这在以前是不可能的。可这才是一照面，真是不可思议。而让美军更不可思议的是占彪的三挺机枪火力群，在轰炸机进入释弹阶段后，让他们经历了过去从未经历过的恐怖。

三名重机枪神枪手随着占彪的指挥凝神开始操作，枪打得很稳，不慌不忙的。旁边的战士们心中暗叹，姜还是老的辣，同样的枪，看人家打的手法就不一样。三人刚开始操作，打了三四架后没啥反应，占彪边打边总结，喊着："不要按飞机的提前量，再缩小一点，平抛嘛！右面的B-29，贴近肚子，干！"小峰哈哈大笑，重复着："成义，贴肚子干！"成义脸一红，悄悄看一眼在旁助战的小蝶。B-29投放的炸弹一般不是普通炸弹，有集束炸弹、子母炸弹、穿甲炸弹和凝固汽油燃烧弹，如果占彪的计划成功，就不是一般的动静。在占彪们三挺高射机枪的凝神坚持下，奇迹创造了！这架B-29投的是集束炸弹，只听天空中霹雳一声巨响，然后又十多声爆炸，眼见在一大朵绽放的菊花云里，那架B-29被拆成三截抛了出去，本来要炸响在地面的炸弹在空中显示的威力比在地面大大地提高。小蝶高兴得跑出防空洞口和战士们一起喊了起来。沉着的占彪没停歇，马上喊道："继续打！往这边来的这架老B，干！"老道的小峰和成义也丝毫没受打炸一架的影响，还是稳稳的操作着。打得发红的枪管似乎要把火带到空中，这架B-29投的是凝固汽油弹，一声巨响后被一团大火包住，接着又是一声巨响而解体。还剩下的四架B-29都吓得腾空而起，其他几十架美机也都纷纷拔高，即使是高射炮也打不成这令人恐怖的空中开花啊！剩下的美机无心恋战，盘旋一圈落荒而逃。

静默了好一会儿，四处爆发出欢呼。一个师的铁道兵和一个团的高射机枪手都跑出防空洞，手里不管有什么都向天空抛着，20辆安然无恙的卡车猛按着喇叭。隋涛和小峰手下马上报来战果：击落敌机12架！击伤敌机18架！击中率超50%，40公里铁轨完好无损。

占彪叉着腰站在山头，回头和小峰、成义击掌相贺。小宝和小蝶在旁喜笑颜开，这可是她们这几年很少见的开心笑容，仿佛又回到了靠山镇。

占彪看在眼里，心里揪揪地痛。

晚上谭军长乘火车撤回，被等在铁道边的占彪拉到庆功宴上，谭军长喝着酒拍着占彪的肩高兴地说："就知道你小子在这儿铁路不会断的。哈，怎么样，打顺手了就在这儿过年吧。"占彪说："谭军长，你能让你的爱将小飞过个好年就行啊。"然后，占彪向谭军长详细汇报了金条事件的情况。谭军长听罢，又是一阵哈哈大笑："彭雪飞这小子真有福气，又得媳妇又得金条的。"说着他看了看小宝和小蝶，小声对占彪老调重弹："占班长你不公平啊，你那九凤我一个没摊上，当初还以为和那个画画儿的女兵有戏呢，唉。"小宝在旁说："谭军长要信得着小宝的话，您的爱人就包在我身上了。"谭军长一听，认真地说："小宝你可是在党的人，说话要算话啊！"小宝点点头应道："争取给谭军长找一个上海姑娘。"谭军长高兴之余，对占彪说："彭雪飞的事没啥大问题，我回头打个电话，要我写个证明也成。我可不能让我的爱将受什么委屈。"小宝沉吟着说："谭军长你也说我们都是在党的人，根据我对党的了解，'三反'运动的事你只打个电话写个证明还不能彻底解决问题，这也是彪哥我们一起来找你的原因。"说着她让小蝶找来纸笔，写了两行字递在谭军长手中。谭军长借着汽灯皱着眉头看了半天又想了半天，把头重重一点低喝一声："就这么办！"

半个月后，占彪和彭雪飞包括谭军长都盛赞小宝的两条妙计，小宝的第一行字是："把师政治部主任提干。"谭军长三天后让师政治部主任当了副师长。第二行字是："调彭雪飞入朝参战。"一周后志愿军总部调几员猛将充实前线，彭雪飞是其中之一。这样，彭雪飞的大老虎帽子才不了了之。入朝后的彭副军长自是指挥老部下打了几个漂亮仗，出了几口闷气。

早春二月，占彪们处理完彭雪飞的事情马上回到斜阳山庄，在江南一带继续搜寻抗日班遇难弟兄的孤儿，小宝要把他们都带回双河农场。已经找到了十几个孩子，都集中在了斜阳山庄。正待起程，若飞突然从上海打来电话，带着哭腔要彪哥来上海救她父亲。占彪急着问怎么了，若飞说在电话里不好说。占彪二话没说，马上率小宝、成义、刘阳、正文和大郅连夜来到大上海。孩子中有两个生病的，小蝶和莎拉留在了山庄照顾。

占东东接到樱子电话忙跑出蜀路，看到山本老人站在天台北端凝望着山谷北口一动不动。樱子和她的奶奶在旁和他说什么，山本都不语。占东东在旁顺着山本的视线看过去，看来那里就是当年他冲锋的地方了。想了想对樱子说："我们的对话你都翻译给爷爷听。"然后他问樱子："樱子你父辈有几个子女？"冰雪聪明地樱子会意地答道:"我有两个叔叔，一个姑姑。我叔叔他们兄妹三人关系特别好,也特别孝顺我爷爷奶奶。"占东东又问:"樱子有几个表兄妹？"樱子又甜蜜地搂着奶奶回答："我有四个哥哥，两个姐姐，还有一个妹妹一个弟弟。而且他们大都有小孩了，我爷爷有九个曾孙，六个曾孙女了。我奶奶当年是护士，所以我家人都很健康，有空我把我们的全家福发给东东哥看。"占东东这时手一指对面的山壁脚："樱子你知道那个位置吗？"樱子答道："我知道，彪爷爷的一个机枪连就在那里被日军飞机扔的炸弹炸死大半，彪爷爷他们九人侥幸逃命……"

山本老人缓缓转过身来,冲占东东点点头,对樱子说:"道理上我是懂的，我们是侵入者，人家在自卫。只是感情上有点难过，你爷爷的哥哥和同街的很多亲友邻居都莫明其妙地死在这里。现在我才明白，这山谷之路从这里看几乎没有死角，不管从南面还是北面都躲不过重机枪子弹的，只有这洞口下面打不到，但几颗手榴弹也不会留下活人的。唉，我认识的街坊在中国战死九人，有七人是死在这里……都是爷爷儿时的伙伴。"接着，山本又转过身来对占东东说:"谢谢你孩子，我知道我的生命又延续了六十八年，我会珍惜我后来得到的幸福和我的亲人的。走吧，我们进去看看你爷爷他们当年怎样住在这里的。"

占东东领着山本和大卫到了天府大厅，正赶上大飞和得龙抬上来四挺轻重机枪，有马克沁重机枪、捷克式轻机枪和日军的 92 式重机枪和 96 式轻机枪。老兵们都激动地围了上去，巧的是拿上来的捷克轻机枪正是当年曹羽用的，枪托上刻个"羽"字。曹羽已穿着军装举着这挺机枪在照相。山本看着日式 96 式轻机枪说："我当时用的是 11 式歪把子机枪，还没有用上这款较先进的呢。"樱子说:"这支重机枪部队当时就淘汰歪把子机枪了。"拓哉和武男说:"他们还有 94 式重机枪、99 式轻机枪和百式、二式冲锋枪呢。"

大卫在旁清醒地分析："如果当年中国军队都如这支重机枪部队，中国战场上的战争早该结束了。日本军队最短一年最长三年就会被中国人打败。

这才是真正的中国主流，真正的中国军队。”武男听樱子翻译完后，接过话来说：“只可惜我们很多日本人没有意识到这点，从战时到现在有些人总盯着中国的一些表面现象，认为中国人愚昧无知，软弱可欺，以为一些浮躁、浮浅的中国人就代表了中国，而忽视了大部分深沉、坚忍、自强的真正的中国人——”说着他手划向了洞内的这些人。

这时，洞口一片欢笑，出洞的孙儿们陆续从蜀路天台返上来，他们带回来的东西让老兵们喜出望外，郅县长还把四德的后代狗王德德带了上来。

自杀救援队

这是占彪和小宝第一次来到上海滩，成义和刘阳在大释兵时和若飞来过一次。见到若飞后，小宝抱着三德和若飞的儿子爱抚着，若飞强颜欢笑地讲道：“刚解放时三德告诉过我爸爸，共产党警告自己的干部，说上海是个大染缸，要当心资产阶级糖衣炮弹的腐蚀。所以我爸爸就特别注意和客户的接触，不敢多赚他们的钱，老老实实做太平生意，而且绝不请客送礼，连根烟都不敢上，怕腐蚀了人家，万一哪位干部出了什么毛病，罪就在咱身上了。可是现在，‘五反’没搞几天，就把我爸爸关了起来，逼我爸爸承认行贿、偷税漏税、盗骗国家财产。三德在厦门也几次和市政府打了招呼，但也不起作用。我现在就担心爸爸也挺不住寻短见。我要是照顾不好父母，怎么对得起死去的姐姐呀。”说到这里，若飞泪如雨下。

占彪几人经过商量，决定双管齐下，成义和小宝去店里找举报职工弄清情况，占彪、刘阳、大郅和正文去章伯伯的关押地。成义这时对占彪说：“彪哥，我看这是全国性的运动，先从大城市开始，各县也会开展的。让小蝶回次家吧，通知济生堂和静园茶庄做好准备。”占彪点头应允。成义和小宝进行得还算顺利，他们很快找到了店里那位举报的职工，弄清了情况。原来有次给三野进的四百个机油滤清器，章老板只发走三百个，其实另一百个是应三野要求发给不同地点的下属部门，根本不存在盗骗。职工想当然地认为章老板把另一百个滤清器转手卖了，算是盗骗国家财产。成义严肃地告诉那职工，运动后期要核查，查出不实问题也要蹲大牢。那职工一听忙找工作队把举报信收了回来，并联络全体职工做了一份老板没有盗骗的真实情况证明。穿着军装的占彪和刘阳是以志愿军高机团的名义找章老板核实购买汽配情况，军官证都是货真价实的。章老板满面憔悴，一副心灰意冷样子。占彪心头发紧，他想起了神采飞扬的若克和她那一抹天蓝色。看着煞有介事拍着桌子的工作队员，看着低着头“编造”自己行贿的章老板，占彪心里翻腾不已，这唱的是哪出人生大戏啊！审了一会儿，占彪让刘阳打点水来，副队长忙出去张罗，刘阳马上跟了出去缠着他打听大上海的好玩去处。

占彪对章老板一改刚才严肃的神情，走上前向章老板敬了个礼，急切地说：“章伯伯，我是三德的战友，我叫占彪。”章老板一听大吃一惊，眼里蓦地闪出生的火焰，他不敢相信自己的耳朵：“你，你就是那重机枪……”占彪打断道：“章伯伯，我是来告诉您，店里的职工已经在撤回检举信，您老人家一定要坚持住，一定要看开，我们会保护您的。”章老板仰起头，眼里顿时泛着无助的空洞。占彪安慰道：“章伯伯您放心，共产党、毛主席是不会总让下面这些人这样胡搞的，早晚要还你一个清白。您还有孝顺的若飞和三德，还有可爱的外孙子，遇到问题我们大家一起面对，总会过去的。”一听到占彪说起外孙子，章老板眼神顿时鲜活起来：“告诉若飞放心吧，我还要出去带孙子呢。”

看着占东东指挥着孙儿们热情地准备着天府晚宴和抗战联欢，占彪、小宝这些抗日班老兵们反倒静了下来，他们团团坐在一起，沉浸在幸福之中，也沉浸在回忆之中。

成义先感慨道：“我们在这里抗战八年虽然苦了一些，但精神上是快乐的。可遗憾的是，战后六十年有一半时间我们在沉重中度过，那可是我们最好的时光啊。”

隋涛跟着叹道：“有时想一想这些人这些年是怎么过来的，真是为他们心酸，精神上的压抑比贫苦对人的摧残还要严重。”

小宝接着说：“回到中国，每次一出火车站，广播里不停地告诉旅客：

不要相信陌生人，不要相信老乡，不要随意借用不认识人的手机，不要相信帮你买车票的人，不要相信帮你提拿行李的热心人，以免上当受骗。听到这些真是觉得不可思议，人与人之间充满了欺骗和防范，没有正直，没有诚信，这不是回到了什么年代的问题，而是中国从来就没有这样的年代！”

占彪从这时开始深刻体会到，人遇到肉体的痛苦与生活的痛苦还好挺，就怕是精神上的痛苦。能让人崩溃的，能让人几天就想自杀的就是精神上的摧残。抗战时山洞里的条件哪有这招待所好，有阳光有空气有饭吃有床睡，可那时人们可以忍受困难，这时却不想活下去了。联想起从“土改”到“镇反”再到“三反五反”，自己战友的一批批自杀和被杀，让占彪明白，人生还有着远比战争可怕的东西，而这可怕的东西正是他多年想绕过去不想遇到的东西。不久后，章老板从完全违法户改成了半守法半违法户，被放出来交代问题。若飞感谢占彪说：“彪哥，宝儿姐啊，看来俺们的重机枪还是好用的呀！”三德来电话让若飞做几个好菜送彪哥，但占彪一行并没有离开上海。他们遇到了3月份上海资本家自杀的高峰。在沪的私营工商户仅在3月13日至23日10天时间里，就有60人自杀。“五反”工作队把跳楼的叫做“空降兵”，把投河的叫做“潜水艇”，把服毒的叫做“做美梦”，统统称为畏罪自绝于人民，毫不痛惜。

小宝和占彪说：“上海有16万私营工商户，按报纸初期公布的有70%是违法和半违法户，那就是十多万人。如果按现在公布的35%要定案处理的比例还有4万多人呢，我看现在的势头还会有很多自杀的。”占彪恨恨地说：“不管这些生意人犯了多大错，罪总不该死吧。个别犯了国法的可以逮捕枪毙，但不能这样成批成批的逼人自杀啊。战争中我们保护下来的中国人，不该这样被自己人逼死，何况他们都是国人中的精英啊。我们要留在这里做点事儿，能做多少算多少。”然后他吩咐道：“把在上海读书的抗日班人员都集中起来，由成义带队监督楼顶。再调二民召集靠山镇一带的抗日班弟兄，由刘阳带队沿黄浦江巡逻。”

占彪的一声令下，抗日班旧部又召集起近100多人，成立了自杀救援队。成义率队两人一组，共30多个小组，以解放军在楼顶架设高射机枪选择防空阵地为由到处登楼查看，发现有想跳楼的就用解救章老板的经验劝阻并救出，或者干脆就说破坏防空有敌特嫌疑押走后再放走。刘阳与二民租了 20 多条小船游弋在黄浦江上，三德留在上海的几艘汽艇也被刘阳利用上了，只要有投江的总是第一时间赶到将人救起。在上海读书的静蕾也参加了刘阳的行动组。抗日班的自杀救援队从 3 月底一直做到 5 月中旬，当时上海盛传有一支民众自发组织的自杀救援队，就是指抗日班这些战士不分昼夜的努力。后来占彪看到驻军为了防止商人自杀也在四处设岗，后才撤兵。这期间抗日班共劝阻了近 200 人跳楼，救起了 30 多名投江的，送到外地暂避的 20 多人。至于服毒和上吊的就没有能力顾及了。运动结束后，上海政府公布的自杀人数只“空降兵”就 1300 多人，如果没有占彪这支救援队，跳楼自杀的人数要突破 1500 人。心细的成义和刘阳坚持救人救到底的原则，把每个遇救的人员情况都详细记录下来，随时和他们的家属保持联系。可想而知，30 年后，这些死里逃生的民族资本家遇到抗日班子弟进入商海后会给予什么样的支持。占彪在 6 月份撤离上海。小宝没忘对谭军长的承诺，把静蕾班上的一个才貌双全叫胡岚的女孩儿介绍给了谭军长。两人一见钟情，谭军长张口就叫女孩儿岚岚，那女孩儿也对谭军长敬佩有加，相处不久就结了婚。

离开上海后，成义又去了一次县城，他不是为接小蝶而去，而是为因“镇反”被抓的春瑶的哥哥于顺水而去，有人诬告这个县委副书记是大特务。成义用上了一张从彭雪飞那里开回来的空白证明，证明于顺水是当年新四军建在县城的联络站长，才将于顺水保了出来。这些从军证明能不能总是好使有效呢？在接之而来的又一场运动——“肃反”运动中接受了考验。

成义看到站起身在地上来回走了几步的占彪说：“彪哥，我们是不是有点悲观啊？”占彪停住脚步答道：“对于我们什么苦都吃过的人没有悲观不悲观一说，只是要如何对待现实。我是这样看的。”这时占东东们都注意到了爷爷们的议论，纷纷围拢过来。占彪看看还在四处研究抗日班遗址的大卫和武男两伙人，转头对大家说道：

“首先我要大家清楚一点，我们抗日班弟兄和后代今日相聚，是喜事儿，是开心的事儿，对于其他方面，我们可以探讨，但做到心里有数就行了。好吗？”大家互相看看纷纷点着头。

“大家要明白，我们经过的历史确实是沉重的，我们这代人和我们的儿子这代是不幸的，好在我们的第三代赶上了好时候，他们是有机会的，他们是有希望的。我们，知足了！对于历史的过错和现在存在的问题，我们过去有勇气面对将来也一样有勇气面对，没有趟不过去的河，没有爬不过去的山！”占彪的话简短明了，让全体老少顿时振奋起来，一片掌声。占东东就势宣布抗日班天府纪念活动开始。

双河劳改农场

抗美援朝胜利结束，彭雪飞刚从朝鲜战场上撤回，便急不可待地带着阿娇请假回乡，特意绕路四川来看占彪。一名披着硝烟的副军长来到双河镇，自然引起市县乡的隆重礼遇，当地副市长和县委书记亲自相陪来到双河镇。一见面，陪同彭雪飞的副市长和县委书记上前向占彪郑重敬礼，弄得占彪不知所措，人家可都是这里的父母官啊。彭雪飞笑问占彪认不认识这两位，在占彪反复打量时，成义在旁大笑起来，与他们拥抱在一起。

彭雪飞笑着告诉占彪：“他们两位是皖南事变时被你们救出的新四军教导总队的贺队长和车队长，在龙宝泉大战加藤时，他们都上阵当了我的机枪手。我们四九年大军南下路过这里留下的干部。我也没想到他们干到市长和县长，成贺市长和车书记了。”车书记激动地握着占彪的手说：“一点儿也不知道恩人们就在我们县里，实在对不住占班长。……”

回到双河镇，几路人马陆续带回来四十多个抗日班子弟，大部分是孤儿，年龄大都五六岁，男孩居多，占彪和小宝立志要把他们抚养成人。小宝回来便张罗办学，要想把孩子们培养成人一定要办学。九龙中除了三德和大郅的孩子由自己带着，其他七兄弟的孩子和村里的孩子也有 20 多人，只靠过去的单独教学是不行的，占彪和小宝都想尽量走规范的路数，加入政府办的小学序列，小宝便去县教育局申请。彭雪飞和阿娇走后不到一周，小宝的办学申请就批了下来，双河小学诞生了。

接着，隋涛率部远赴厦门，修建铁道兵承建的第一条铁路鹰厦铁路，也绕道来看望在这里的母亲。母子相见抱头痛哭。秀娟也和小宝、小蝶们相拥而泣。隋涛母亲表示在这里生活得非常开心，一下子有了这么多孝顺的儿子和儿媳，再也不想走了。

一个军长和一个师长相继来双河镇，使占彪众人在当地更有威望更加神秘。双河农场增建了成排的宿舍和校舍，相继办起了猪场、鸡场、渔场、林场，还有豆腐坊、酒坊、油坊、竹器加工厂。村子里和占彪们学武术的徒弟们都被安置进来，白天工作，早晚练武。

1954 年开春，双河小学开学。以克克、占仲、占机、占枪等一班抗日班子弟为主的八十多名学生开始上课。小宝和小蝶当了校长和副校长兼老师，强子、正文、二柱子的女兵婆娘们教小学都是称职的。静蕾和莎拉的孩子也都跟着小宝在双河小学读书。看到各地都在让儿女与父母划清界限，小宝先让孩子们明白“百善孝为先”的道理。占彪就说过，抗日班子弟绝对不许出现儿子打老子的事儿，即便是长辈错了也不许不尊重。然后又进行勇敢诚实教育、善良友爱教育、荣辱廉耻教育，让孩子们有了谦让、助人、遇事动脑筋的传统美德。其他的课程开设了算术课、常识课、音乐课，还开了英语课。体育课也占了很大比重，当然就是家传的武术课了，孩子们从小就会功夫，尤其是九龙、九虎的儿子们，一个比一个厉害。占彪还叮嘱小宝：“一定要让他们知道重机枪，把我们的重机枪魂传下去。”

这当口儿，小峰们从志愿军转业了，四百名抗日班战士也都转业回到了各自的家乡。小峰、强子和二柱子以团职待遇分回到县里安排工作。

县委书记车书记二话不说就让小峰当县武装部部长，他知道小峰当年是抗日班的二把手。对强子和二柱子，他说了几个位置，让他们自己选。强子问车书记有没有和农村有关的工作，车书记想了一下说：“最近省里下令要在我县成立个劳改农场，要把成都在‘镇反’和‘三反五反’中判刑的一批反革命分子和贪污犯、不法资本家送过来改造。但这工作没啥意思没人爱干。”小峰们回到双河镇把情况介绍后，占彪做了个决定，就是只做劳改农场的场长，而且就设在双河农场。车书记很是惋惜，但还是任命小峰为县公安局副局长兼劳改农场场长，副处级待遇。强子和二柱子为副场长，正科级待遇，并拨了八个管理人员工作编制让小峰自己选兵点将，还配了一个排的解放军负责警卫工作。在谈到办劳改农场经费时，车书记为难地说："这个劳改农场，省里让自己解决经费，可县里财政紧张，只能保证你们的工资，别的就得靠你们自己了。我可以答应你们劳改农场三年的创收不上缴。对了，再给你们一台吉普车一辆卡车，但不管油啊。"

占彪的观点一直是低调平安的生活，坚持不涉及政治，当官掌权更不是抗日班的追求。而且他和成义、小宝都认为共产党的干部做起来很有风险，今天你整别人明天就可能有别人整你，弄不好会影响抗日班全队。而做劳改农场符合低调的感觉，对开发双河农场也是个掩护，更主要的是占彪想利用这个招牌把各地在运动中遇险的抗日班官兵掩护在这里"劳动改造"。

第一批劳改犯是秋天时押送来的，共 34 人。人未到档案就先到了，占彪和小峰、成义研究了半天。其中有 12 人是国军起义军官，5 人是不法资本家，其他的是贪污犯。看他们的判刑原因，帽子都很大，但具体事情含糊不清。刑期最低 10 年，最高 15 年。国军起义军官解放后大都被复员，"镇反"时的命运大都是枪决，这 12 人看来都在解放军内和政府地方担任职务而网开一面，判的是历史反革命罪。只有一个叫樊刚的国军上校判的是反革命暴动罪，但没有判死刑，挺让占彪们奇怪。贪污犯个个都是解放军和政府机关的共产党员，主要都是受贿罪。那 5 个不法资本家的罪恶看来也是令人发指、板上钉钉的罪行。

"你们这里有谁在抗战中打死过鬼子？站起来。"占彪话音刚落，面前的 30 多人腾地站起来一大半。12 个历史反革命站起来九个，17 个贪污犯站起来 15 个。

占彪摆摆手让大家坐下说："我先问问，哦，历史反革命，你们都在哪儿打死过鬼子。"9 个历史反革命分别立正，报出原国军番号和军衔，讲述何时何地与日军交手及打死日军数目。

在抗日班天府纪念活动上，是年轻人的天下。他们为爷爷奶奶们表演了很多节目，也为爷爷奶奶准备了丰盛的菜肴。在一阵阵高潮之后，彭雪飞拉着谭勇和单小平走到场地正中。彭雪飞清了清嗓子说道："彪哥，抗日班的弟兄们，我彭雪飞不提大家如何帮我了，我只代表我的老首长谭营长，我的老部下单队长，向你们致以深深的谢意。我领着他俩的后代唱一首新四军军歌吧……千言万语都在歌里了。”说着，彭雪飞右手举到额前，敬着礼唱了起来。

“光荣北伐武昌城下，血染着我们的姓名；孤军奋斗罗霄山上，继承了先烈的殊勋。……东进，东进！我们是铁的新四军！东进，东进！我们是铁的新四军！”身后谭勇和单小平也随着唱着，两人唱着唱着，哽咽起来，分明是想起了当年在街头被占彪救回的情景。谭英和单良也走上前来，虽然他俩不会唱新四军的军歌，但也和父亲们紧紧站在一起。大飞悄悄站到晓菲身后，伸手捅了下晓菲，把一团东西塞到她手里。晓菲似有感觉，带着期望的眼神抬起手来，果然，是一顶红军军帽！她开心得揽过大飞的头在他脸上亲了一下，然后马上把军帽戴上，一个头闪五角星的红军女兵出现在大家面前。

彭雪飞唱完军歌后，怀念地说：“今天占枪他们都不在，还记得第一次看见他们的情景，也不知道是怎么回事，我一下子就都和他们的妈妈对上号了。”彭雪飞长叹一声，继续说道：“要谢还应该谢你们的儿子们，他们十八罗汉，保护我们大家平安过关，功不可没啊。”

隋涛接道：“是啊，占枪他们也帮了我不少忙。这些孩子特别懂事、特别聪明，都是小宝姐培养得好。在改革开放后的经商大潮中，他们这批人都打开了局面，个个都有了自己的事业。”三德接着彭雪飞的话题道：“小飞和彪哥间的默契实在让人叹服，从冲锋枪的枪声到汽车喇叭声总能沟通。”成义笑道：“人家从小对歌时就甩大鞭子听响……”

这时丽丽几个女孩儿在传着晓菲的红军军帽，轮流戴着照相，忙得不亦乐乎。

占彪听完了劳改犯们的陈述，站起身来，来回走了几步，然后面对这些人只说了一句话便走了出去：“从现在起，你们要在这里好好做‘人’！”众劳改犯们都瞪大了眼睛，他们分明听出了占彪口中说的“人”的着重语气。

双河劳改农场里四人一间的住处让劳改犯们不敢相信自己的眼睛，不限量的米饭蔬菜让他们大吃了三天，报纸和书籍随便看，二胡、笛子和象棋随便玩。劳动都是正常的劳作，而且人尽其才。原军工厂的项工被小宝请去当了数学老师，两个留美归国人员也被小宝和小蝶请去当英语老师，他们成了人们尊敬的程老师和雷老师。在这里，劳改犯们真正感受到了作为“人”应得的尊重。

劳改农场走上正轨后，二柱子副场长开好介绍信，领着成义和正文出门了，他们去杭州监狱去捞人，那里关押着三名以“现行反革命”判刑的抗日班士兵。成义费尽心思，设计了中央有个新四军抗日班专案组，全国各地凡涉及抗日班专案，一律要同案集中改造，以便深挖案情。成义以此借口把三人捞了出来，堂而皇之转到双河劳改农场进行坦白改造。二柱子、成义们几番来回，把各地被关押和管制的抗日班人员都转了过来。还把隋涛在教养中的父亲也转了来，老两口团聚在农场开心地生活。其中一次小蝶也出动了，和强子用车拉回来被管制的一对患病的母子。当樊刚被领进一间温馨的单间时竟愣在当地，与抱着儿子的妻子相望无语热泪长流。原来樊刚在国民政府败退台湾时，押运四辆卡车的黄金去机场赴台，那时要求赴台不许带家眷，而他新婚一年的妻子正处待产痛苦中，樊钢只好让妻子女扮男装，让部下抬着混在队伍里，但前方的路又被炸，不通车了，解放军追兵又至。多方困境中他一咬牙命令部队步行撤向机场，把黄金拆箱让每个士兵都揣满衣兜带走部分，他守护着待产的妻子把剩下的黄金交给了追杀过来的解放军。当时算他为起义人员，安排复员，然后他租了几间房开了个小旅社养活妻儿。没想到“镇反”时他还是被逮捕了，去抓他的时候他要求给点时间安置正在生病的妻子和弱儿，却未获同意。他便和抓他的民兵打了起来，四个民兵受了伤，因此他被称为暴乱分子。要不是献黄金有功，早就被枪决了。

这期间，占彪与专攻土木工程的程老师多次勘察附近地形，程老师拿出了两套劳改农场和双河学校的建筑草图说：“有两套方案，按照你的要求，都是可容纳一千人的劳改农场和一千名学生的学校，但规模不同，一套是五十人干一年的方案，一套是一百人干一年的方案。”占彪看了看说：“我想要一套二百人干一年的方案。”程老师眼睛一亮：“那我可要设计一块绿洲！”占彪抚掌大笑：“好，我们共同建设一块劳改绿洲！不过，要设计好防止外面人往里进的设施啊。”程老师心头涌起热潮，熬了两天两夜，第三套方案摆在占彪们眼前。这位建筑专家这回是完全领会了占彪的意图，从安全、实用、隐蔽、发展等几方面考虑，很多设计超出了占彪的想象，但又符合占彪心愿。大家围在一起兴奋地评点着方案中的特色。程老师感动之余说：“呵，我还有个第四套方案，是在现在的方案基础上进行的升级方案。不过，还是等这里通上电的时候再说吧。”

转眼春去秋来，正在双河劳改农场热火朝天的建设中，1955 年 7 月 1 日，全国的“肃清反革命”运动开始了。要说 1951 年的“镇反”运动是镇压社会上的反革命分子，1955 年的“肃反”运动就是肃清革命队伍中的反革命分子，范围更大，涉及的层面更多。全国各地的批斗会似雨后春笋般开起来，各地纷纷传来消息，抗日班的从军证明多半不好使了。

“肃反”运动中最先出事的是高连长。高连长本来没有刻意隐瞒当过国军连长的历史，只是没人问过，这回痛快说出来后，在县里成为一大新闻。当时，不管大范围还是小单位，“肃反”指标都是百分之五。二十多人的种子站按百分之五的比例揪出高连长一人后，大家都松了口气。

事情发生在连续批斗高连长的第七天。头一天，革命群众把高连长的妻子和儿子拉到现场要划清界限，八岁的儿子说什么也不打爸爸。尖嘴猴腮的“肃反”工作队长一怒之下，当场给了高连长两耳光，儿子一把推开队长，搂住爸爸脖子。高连长忙在孩子耳边说：“爸爸不和他们玩了，那颗大子弹你还记得吧，在碗架柜最下面抽屉里，你拿着它去双河镇找占彪叔叔……记住，长大后要做个好人。”第七天，押送反革命分子的马车队刚出县城，被反绑着的高连长趁民兵不备跳下马车，一气攀到了三十多米高的山壁顶端，只见他仰天大呼：“老子当国军也是抗日，错在哪儿了？老天你开开眼吧！”然后高连长回头看着围上来的“肃反”工作队员和民兵，看着那个骂声不绝的尖嘴工作队长，高连长嘿嘿冷笑一声，用尽力气提高嗓音对他说：“当初我们在国军的时候我那么照顾你，现在你却往死里整我，我到那边也不会放过你！”说罢，高连长全力长吼一嗓子“重机枪连——”就跳了下去。高连长的妻子痛哭一日后也从山壁上跳下，与高连长死在一起。高连长的儿子第三天便找到了双河镇。

第四天早上，五名气宇不凡的解放军驱车来到这个县城，把五个军官证摔在县“肃反”工作队领导小组的几个头头桌上，其中一个个子不高的军官低声但威严地说了一句：“啥都别说了——我们要厚葬高连长！”这个矮个子军官正是三德，是师级首长，他是舰队调回上海抽空来双河镇探家，赶上这档事儿。另外四位团级首长是占彪、小峰、强子和二柱子。这时成义和正文由高连长的儿子领着在县城外高连长夫妇遗体前旁若无人地开始收殓，两个在现场宣传的民兵忙调兵前来驱赶，结果调来了县长和县公安局长毕恭毕敬地领着五个首长前来……占彪几人悲怆之中突然惊异地发现这里酷似当年日军轰炸他们的山谷，只是那时死的人是日本人，是被中国人炸死的；这时死的人是中国人，是被中国人自己逼死的。成义思索着长叹一声：“我们的老连长刚强无比，临死还抓个垫背的。”大家都心如明镜，知道那个“肃反”工作队长是被高连长设计除掉的，真是恶有恶报！厚葬完高连长夫妇，七师兄弟领着高连长儿子回到双河农场。刚一进农场大院，一路不语的占彪就喊着成义：“快他妈的过来，给我起草不许自杀令！”

抗日班的新命令

说到了经商办企业，老兵们似乎调动了另一根神经，顿时七嘴八舌地议论起来。晓非和丽丽不时提醒着爷爷们，要边吃边唠。

强子说道：“彪哥刚才说得对，我们庆幸这个国家和政党有勇气面对错误，有决心纠正错误。1979年，是最让人开心的一年。不然也没有我们的第二次大释兵，也就没有后来的全体经商了。”占彪喝了一口酒，叹道：“经商和打仗是一个理，也是一样的不容易。好在大家克服了一个个的困难，都闯出点名堂来了，为我们的儿孙们留下了一份基业。”曹羽挥着手里的大蟹爪说：“苦我们能吃，困难我们能克服，就讨厌遇到什么黑社会、贪官啥的，仗势欺人，巧取豪夺的。还好我们是一伙子人，那些年占枪他们净忙着帮抗日班企业打黑了。”

占东东听到这话，豪气地站起，说道：“爸爸他们十八罗汉保驾护航的任务我们这辈儿会接过来的，打黑除恶我们会照打不误！我们第三代的打黑组已经在行动了，而且，我们比他们十八罗汉更有优势，因为我们有女将了。”重机枪打黑组的事迹和靠山保安公司的故事将另文讲述。

听到占东东自信的语气和有女将参加打黑组的话，全洞里的人听罢都轰然笑了起来。占彪大喝 :“为我们抗日班的美好未来，干杯！”老兵们在天府里度过了一个最快乐的日子，丰盛的菜肴让老兵们对酒当歌，孙儿们的表演让老兵们心花怒放……

“恳请抗日班全体官兵，在任何情况下绝不要轻生！抗日班只要还剩一个人，就还有希望！要死大家一起死！重机枪抗日班全体官兵切切——占彪跪令！”占彪一字一顿地口述，声声字字含血含泪，闻者无不动容。围在旁边的小宝、小峰、小蝶们个个心里滴血，眼中滴泪，执笔的成义几次擦干眼睛才写了下去。不到十天，抗日班所有人员都收到了占彪的“跪令”。他们无不在绝望中看到了一线光明，在心灰意冷中感受到雪中送炭般的暖意。为了抗日班的荣誉，为了尊重自己的生命，大家都在咬着牙坚持着重机枪精神。占彪的“不许自杀令”下达得非常及时而且有效，“肃反”中抗日班近二百人被斗，只有高连长一人自杀，要比“土改”和“镇反”及“三反五反”时少多了。

好在中共中央在运动后期发现了“肃反”扩大化的倾向，及时下达了“不杀少捕”的指示，这样才没有造成红军时期的“肃反”和斯大林式的肃反悲剧，但是也“肃”出了一百三十多万有各种“政治问题”的反革命分子。1957 年春，肃反运动接近尾声。大批的反革命和坏分子被逮捕判刑、劳动教养和机关管制，只抗日班就有一百三十多人，有一部分是从高机团转业分配到地方工作的。小峰、强子、二柱子三位劳改农场的场长责无旁贷，带着从杭州监狱捞出的三人，从 1956 年下半年开始就分头出击，以成义设计的同案犯集中改造的专案组身份四处捞人。“专案组”这个称呼在那时是十分可怕和神秘的，所以，到各地监狱捞人没有太大麻烦，何况全国各地监狱无不人满为患，恨不得多转出去几个。

小峰们用了半年多的时间，把“反革命分子”一批批“押”了回来，还包括他们无人照料的儿女。一时间双河劳改农场热闹起来，最后清点共捞回来一百八十五个抗日班官兵和二百多个孩子。这里还有小峰从各地带回来的因父亲是地主、富农被管制混不下去的抗日班官兵五十多人。双河劳改农场的职工一下子达到了二百多人，双河小学的学生也达到了近三百名。当年浴血相知的战友们在这种情况下团聚，大家无不为之庆幸。从今以后再不用夹着尾巴了，要在这块绿洲上开心地生活和工作，做一个真正的人。

正在大家心情愉悦地投身于农场建设中的时候，小宝和成义正在进入到又一轮的紧张分析之中，让占彪不得不又发出了“封口令”。

天天读报的小宝和成义在1957年4月28日看到头一天的报纸，两人便紧张地找到占彪：“彪哥，又要开始整风了。”占彪看到报纸上赫然的大字标题：《关于整风运动的指示》。

小宝细看内容，皱着眉头说：“要‘百花齐放、百家争鸣’，发动群众向党提出批评建议，‘知无不言，言无不尽；言者无罪，闻者足戒；有则改之，无则加勉’……似乎挺有诚意。”成义思索着说：“每次运动面对的阶层都不一样，先是对农村地主、城市商人、旧政府人员、军队中不纯人员，这回是对知识分子了。知识分子大都是性情中人，书生意气，恐怕是在劫难逃。”

过完“五一”十多天后，小宝向占彪汇报说：“‘肃反’时普及了批斗会，这次整风又发明了大字报，全国铺天盖地地贴呀。这白纸黑字的，真替他们担心。总觉得有些不太对劲，为什么这报纸上都是开座谈会的消息，从中央统战部到各省，都在开座谈会，好像在动员大家发言，动员知识分子对政府提意见。而且这面可越来越宽了，从国家机关到民主党派，从文化界到各大学甚至学生……我们那些学生兵有不少当老师的，还有一些分到科研部门，静蕾不是也到了建筑设计院吗？彪哥，我认为有必要提醒大家，不要参加座谈会，不要对党提意见，不要说话！”成义也赞同道：“彪哥，宝儿嫂的直觉一贯很准的，再发一道封口令吧。”

占彪摇摇头，叹道：“封了口就等于把心锁住了……好吧！”接着他再一次向成义一字一顿地口授：“我抗日班官兵，为保身心安宁，在整风运动中，请不要参加讨论，不要写大字报。守口如瓶，远离政治，做好自己的本分工作——占彪即令！”

事态果然让小宝和占彪们猜中了。6月8日，中共中央突然发出了《关于组织力量准备反击右派分子进攻的指示》,《人民日报》也发表了《这是为什么?》的社论。一时间,形势发生了天翻地覆的巨变,向知识分子发起的“铲除毒草”的大反攻开始,“牛鬼蛇神只有让它们出笼,才好歼灭他们;毒草只有让它们出土,才便于锄掉。”此时,发表过言论的知识分子皆呼上当,再夹紧尾巴已经来不及了。凡是提出意见的知识反子一律被坚决打击,当时,中国知识界的一代精英人士瞬间被清除出了人民大众和无产阶级的队伍。

这一大批右派被定性为敌我矛盾,与“地富反坏”并列,成了黑五类“地富反坏右”。他们被逮捕判刑劳改,开除党籍公职,管制控制使用,身心无不受到严重伤害。这批社会的精英最宝贵的年华都在社会最底层消耗掉了,平反时只能是“枯木逢春”了。更让人心酸的是还包括人数更庞大的右派亲属和后代,他们成了“可以教育好的子女”,受到几十年株连。

1958年5月,反右运动结束了。正当占彪们庆幸抗日班官兵成功躲过这场政治劫难的时候,没有收到“封口令”的三德和隋涛处却传来不好的消息,他们那里有十三个人被评为右派。其中,连隋涛九豹中的赵本水也被很可笑地评为右派。赵本水从朝鲜归国后调到铁道兵工程学院当教员,因有次上课讲到隧道时用纽约地铁举了个例子,被揭发为什么不用莫斯科地铁举例子,有反苏情绪,而被评为右派分子。学生们过去称他为“思索者”,现在改叫为“歪脖老右”——赵本水的脖子正巧是往右歪的。这次规模浩大的反右运动与其他历次运动区别最大的地方,主要不是因为右派们干了什么,而是因为他们说了什么写了什么。他们大部分都属于这类“因言获罪”的右派。他们的言论就是“反党反社会主义”言论。静蕾和许多抗日班人员因占彪的“封口令”没有“因言获罪”,实在是侥幸得很。多年以后,静蕾仍为当时的惊险而心有余悸,在“党天下”上画对勾的同事都被打成了右派。小峰、强子、二柱子又出去接人了,这回除把赵本水等十三个人接来,还收了四川省送来的六十多名反革命和一百二十名右派。

就在庆幸抗日班躲过反右运动的五月,中共中央又提出了“鼓足干劲、力争上游,多快好省地建设社会主义”的总路线,又是一个全民总动员。接着,全国农村大刮“浮夸风”,以兵团作战的方式,开始了砸锅卖铁全民大炼钢铁和人民公社化的高潮。

自新中国成立以来的近十年间,中国各种规模的政治运动一直没断,大运动里套着小运动，前一个运动里套着后一个运动。小宝把有关报纸都收集在一起，这天和占彪、成义、小蝶在统计着。占彪琢磨着这些运动说："搞了十来年运动，这大跃进运动还是第一个不整人的运动，总算是要抓经济生产了，不然家底儿都要折腾没了。"但随着大跃进运动的展开，大家马上发现，占彪对大跃进运动一相情愿的判断是错的。大跃进运动给中国人带来的灾难是深重的。全国各地的农村好像一夜之间都变成了人民公社，从5月动员到了8月就成立了大部分，到了10月就全面公社化了。这样惊人的速度与之前多次的运动造成的顺从是不无关系的。连双河镇也要变成双河大队了，成义建议把这个大队书记的位置拿过来。占彪让小峰和车书记沟通了一下，强子便上任为双河大队的党支部书记了。抗美援朝的时候，这三个高机团团长都在火线入了党，不然也无法领导全团。但让占彪们没想到的是，这个"大跃进"让全国人民好像都得了精神妄想症，要"超英赶美"，人民公社化则把农民的房屋财产都"共产"了，吃饭也在大食堂，农民也被全体军事化，用兵团作战的方式干农活。

占彪看到外面的形势，下了一个令人震惊的命令——封闭双河农场！

江南八月，风和日丽。抗日班龙凤虎豹团聚靠山镇后，祖孙五十多人于天府洞里搞完纪念活动后，当晚乘车来到湖州。第二天一早便赶往长兴县境内，省、市、县三级领导相陪着，名义上是游览抗日老战场，但主要领导心里清楚，抗日班能找到些东西，为政府献份礼。

在占彪的默认下，成义和占东东找到省领导委婉提出了希望给些奖励的想法，省委领导经研究请示后，慷慨地答应："如果确有可观的价值，可考虑给予百分之五到十的奖励。"他们不敢相信会有天上掉下来的馅饼，也无从想象掉下来的馅饼有多大。没到废矿井区前，占彪就怕该地区改造后变了模样，但没想到还是老模样，还恢复了生产，是一家私人煤老板继续掏着煤。那煤老板一看来这么多人，以为上面知道自己违规生产来查封，吓得躲的躲，藏的藏。在此情况下，占彪、成义、曹羽、刘阳、隋涛几人对照着当年画下的地形图，找到了那座矿山脚下。山壁上通风口的位置已看不出任何痕迹，斜井上面的地面已建起了二层小楼。好在二百米开外的竖井还在，而且有矿工在出入着。市里领导迅速找来几套矿工装备，当年下过井的成义和刘阳老当益壮，带着占东东、大飞、刘翔和得龙下了井。当地矿工被省领导带来的特警隔离到五百米远的警戒线外。

过了半个小时，占东东微弱的手机断断续续地报告："已找到了重机枪和弹药，前面巷子都塌了，过不去。"占彪听罢命令："先把重机枪带上来吧，增派人手接应你们。"然后，占彪又把聂云龙、聂云飞、赵继忠、宁远、任磊、东光、权子、潘小梦等人派了下去。谭英和单良也申请参战跟着下了井。不一会儿，二十六箱重机枪零件和弹药运到地面。

这时占彪已在研究山壁上的通风口了。他考虑了半天后命令小峰们："你们把重机枪都装上，看看还能使不。"众老兵们一拥而上大展身手，看得孙儿辈们眼花缭乱。一会儿工夫，十二挺重机枪装好了，小峰逐一检查后都能用。占彪叫过成义和刘阳指着一百米开外二十多米高的山壁处："你们还能认出通风口吗？都长死了，试试用枪打透它。"

这时郅县长和焦书记忙请各位领导和年轻人们到百米开外，但孙儿辈中男孩子们根本不动地方，都想目睹重机枪神风英姿。小九凤都躲在小宝、小玉这些身经百战的老九凤怀里。

成义和刘阳开打了，两道弹流三十发子弹呼啸而去，引起各级领导们一片喝彩。占彪手一挥，老兵们齐上阵，孙儿辈们都上前当了副射手。小宝领着九凤上前给弹板压子弹，小曼也随着上前，小九凤们无一人落后，都围在弹药箱旁。

十二挺重机枪一字排开，小峰、强子、三德、成义、刘阳、二柱子、正文、曹羽、隋涛、二民、赵俊凯、宁海等十二人抢先上了阵。占彪拦住了聂排长、彭雪飞和大郅、拴子、潘石头几人站在后面。占彪让大郅站在小玉身边说道："小玉啊，彪哥今天算是还你们婚礼上的礼炮啊，嘿！"小玉一听如同当年孩子般开心地跳了下，回头抱住小宝埋头哭了起来。占彪转而一拧脖子，喝道："目标，成义和刘阳的弹着点，把这山拆了，干！"

这回是十二条重机枪弹流集中在一点，更觉得神风呼啸，惊雷滚滚。老兵们的手法一点没见生疏，几个保弹板打过去，终于在山壁的通风口处掏出一个脸盆大的洞洞。占彪这时又一声喝："停下，换人，东东们上，撕开这个洞口。"占彪早就看到孙儿们跃跃欲试，也早想让东东们体会一下重机枪的感觉，重机枪手的后代们怎么能没接触过重机枪？便下了这个命令。孙儿辈们一阵欢呼，今天不止是看到了爷爷们当年逞威的重机枪，还能正式亲自上手“突突”几下，从形式上看也有一种接班的感觉，和昨天在洞里摸着黑打那几下不能相比的。这回是占东东、大飞、刘翔、德龙、聂云龙、聂云飞、赵继忠、宁远、任磊、东光、权子、潘小梦十二人上了阵，自己的爷爷们都换当了副射手。看大家都准备好了，占东东一声令下，“拆山挖宝，干！”十二挺重机枪又开始狂扫起来。

这些孙儿辈虽然都是第一次正式打重机枪，但感觉他们在梦里开了无数次，手法和气势一点儿不逊老兵。得龙和聂家两兄弟边扫射边狂喊着。小曼这时也上前接过东东的枪打了一个弹板。孩子们打得就是个过瘾啊，虽说准头不如爷爷们，不过也八九不离十，很快洞口被“拆”得可以进去一个人了，占彪下令停止了“拆山”。

占彪们看着全国各地如火如荼的“大跃进”，心里不知道是什么滋味。占彪对大家说：“民以食为天，管不了外面管好自己，我们双河农场关起门来也来个封闭跃进吧。”这样双河农场被占彪关闭了，不受外面的影响，不学外面的事，做自己的事，走自己的路。成义把“封闭跃进”诠释为“封闭远离外面的‘大跃进’，关门发展自己的‘小跃进’”。当然如果没有劳改农场的掩护，占彪想关闭双河农场也不太容易做到。占彪关起门的“大跃进”是要把双河农场建得更好，大家生活得更好，活得更像人样。目标明确且简单。这里没有什么运动，人与人的关系不用强调什么友爱，抗日班当年患难与共的关系已经奠定了牢固的基础。尤其是大家都知道外面是怎么回事，都如躲在台风眼中，享受这世外桃源，人人无比珍惜。所以，双河农场封闭起来的小跃进在人人努力之下取得了实实在在的跃进成果。

双河农场自1955年开春按建筑专家程老师设计的图纸开始全面建设，1956年底就购进了十辆长春刚生产出来的解放牌汽车，源源不断地向农场里运进水泥、砖瓦、木料、柴油机、水泵、电机等材料机械。一批批垂头丧气而来的抗日班官兵，一迈进双河农场的大门就变成了生龙活虎的建设骨干，与劳改犯、右派们打成一片。大家彼此尊重，平等待人，吃得好，睡得安，一支颇有战斗力的建设团队为农场的跃进提供了保障。基础设施建设更是卓有成效，双河农场基本达到设计要求，初具当时现代化的半城半乡的山庄农场雏形。程老师正在按占彪的要求做着低调的“丑化”伪装，砖瓦房舍都披上了草皮草捆，变成了“草房”。小蝶的医院也办起来了，本来就远近闻名的妙手观音称号这回传播得更远，中西医结合的精湛医术拯救了很多人的生命，县里、市里甚至省里的领导慕名求医的越来越多。后来，小蝶把右派中的医生都安排在了双河医院，任命了院长，成立了各医疗科室，使医院规范化、正规化起来。

新收的一百二十名右派让小宝欣喜万分，他们都是货真价实的优秀知识分子啊，各个学科各个行业的人都有，而且大都是权威，正好补充了双河小学的各科教师。右派里优秀的师资将双河小学乃至中学都承担起来了。唯一让小宝遗憾的就是没有美术老师，她常说要是若克在就好了。有个曾在大学教过中文的右派老师知道小宝心思，告诉小宝说：“我们大学的美术系寇主任要是能来就好了，他在重庆一家纸箱厂劳改呢。”小宝一听大喜，马上找占彪和成义商量。为了孩子们的教育，占彪从来是有求必应，敢担风险。好在重庆离这里不远，他让小峰以这里的案犯供出寇主任是同案犯，需要深入调查为由，把寇主任连档案和审讯材料都提了出来，还挺顺利。占彪受此启发，看到报纸上公布的一些知名人士被判刑，便随即派小峰们出去提来。小宝的无意之举又促成抗日班来了个抢救右派行动，保护了一大批右派。

抢救右派行动是小峰场长亲自上阵，因为他在前不久召开的全国劳改农场干部大会上认识了不少各地的劳改场长。成义和正文随行，正文把警卫排的清一水抗日班弟兄的新班带了出来，全副武装开着三辆卡车。事先统计好名单，有根据抗日班弟兄在他们原来的劳改所认识的，有新来的右派们提供的，有在报刊上收集的，其中还有贺市长和车书记提供的他们的六名新四军战友。酷暑中，小峰和成义们拜访了附近省市的十多个劳改农场和相关公安部门，成义有时还灵机一动，向当地劳改部门要来名单从中指认，挑选一批保护价值大的右派。一个多月后，双河劳改农场又多了一批反革命和右派。这回小峰们有经验了，不但把人带回来了，还把他们的档案也要了过来。这样劳改人数达到了三百多人，真可谓精英荟萃。对于劳改犯，占彪不问他们犯的什么错，他只明确一点，打过鬼子的，没害过人的就行了。他要做到尊重他们，让他们生活好，给他们足够的空间自由。有次一名右派突然跑了，正当有人怀疑占彪的宽容平等是否正确时，那右派三天后又回来了，原来是为母办丧去了。从此，占彪又定了一条，有遇父母去世等特殊情况还可以请假奔丧。其实，这里的劳改犯们都清楚，现在全国没有一块儿可以让他们做人的地方，只有双河农场，只有这群重机枪手还拿他们当人。想赶他们走他们都不可能走的。定罪后就来到双河劳改农场的劳改犯们以为全国的劳改部门都是这样优待，等其他地方解救过来的犯人们一到，才知道这里是劳改犯的天堂。担任警卫的解放军战士也没去过别的劳改农场，也以为全国都是这样看管犯人，他们从解放军的优待俘虏政策上理解，觉得党和政府就该这样做。劳改犯们来到这里无不感动有加，一些右派还继续研究起科研项目、著书立说，当然对农场的建设他们发挥了更大的作用。

民以食为天

“先别动了，两个武警中队马上过来接管这里。中央有关部门也下了指示，全力保护文物，等专家到场再动。”一名副省长打了几个电话之后止住了正在向外吊运的占东东们。

那副省长看着和他讲奖励比例的占东东，嘴里动了动，无疑在后悔答应的百分之五到十的奖励，那得是多少钱啊。随后不久，一名武警少将率领几十台军车的武警赶到，马上封锁了现场。又有几路人马火速赶了过来。远处观望的煤老板这回看明白了不是来封煤矿，而是来挖宝藏。心想挖了几十年煤却没有发现宝藏，肠子都悔青了。他挤上前来想一看究竟，却被武警毫不留情地驱赶走。副省长告诉占彪，现在各地纷纷派要员赶过来，有飞过来的，有专车开过来的。这等大事看样子至少要处理一天，明天的抗日战争胜利纪念会先延期两天吧。

副省长一边千恩万谢，一边默许持有海关金属探测仪的一队人对刚从洞里出来的十几人进行检查，生怕有人藏在身上带出来一些归为已有。占东东有些不满地找到副省长，问道："怎么这样对待我们？什么时候兑现给我们的奖励啊？"副省长吞吞吐吐地说："真的是没想到这么多宝藏，这价值，这价值实在是难以估量，恐怕把金条和美元都给你们都不够对你们的奖励。"

成义接话道："那我们先把三箱美元带走吧，以后国家看情况赏吧。"副省长考虑了下点点头："好吧，先把这三百万美元奖励给你们，以后的奖励就不是我所能控制的了。"副省长也是个明白人，他知道如果国家全接过去不知道会有什么变化，或许这三百万美元都不一定奖给他们，自己先冒点险讲究一把诚信吧。

得知抗日战争胜利纪念大会要延期两天后，占彪改变了行动计划，决定先去上海出席民营企业博览（招商）会。当天下午，全体抗日班人员和一直在湖州宾馆等候的大卫、武男和樱子几家人会合，一起乘专车同赴上海。当然，三百万美元马上被占东东和刘翔存进了银行。

自从"右派"们一进入双河农场，占彪就常和他们之中的专家讨论眼前"大跃进"的形势。对全民大炼钢铁，专家们都很激动地斥责："把古城墙和文物建筑拆了砌土炉，把荔枝和苹果树砍了做燃料，把老百姓家的各种铁器都拿去溶化。既不懂炼钢技术，又无炼钢设备，在田间搭起土炉就炼起钢来了，真是天方夜谭，炼出来的只能是废渣，这是在破坏资源，是极大的浪费，简直是祸国殃民！"另一位专家气愤地说："农民不种田，工人不生产，全体去炼什么钢，秋收把作物扔在地里烂掉。城市里各种企业，不管什么印刷厂、农药厂也一律炼钢，这不是本末倒置嘛。"进入秋季后，看到报纸上频频报道各地亩产超万斤的放卫星消息，专家们也纷纷否定："那样的密植，农田是承受不了的，作物根本就抽不了浆结不成果实的。"一个专家指着报纸上介绍天津新立村亩产十二万斤的报道怒道："这也太浮夸了，稻子一棵挨一棵，连点缝隙都没有，还能在上面坐人，这不是成稻子垛了吗，绝对不可能的。"

占彪当天晚上就给在杭州的刘阳打电话，让他安排二民的侦察分队去实地侦察。不到三天，二民四处派出的人马反馈回侦察结果，知道了实情的占彪和专家们皆是无语。一位专家说："这里有一个大隐患，这些地方官员不知道咋想的，你报的产量越高，国家统购的额度就越高，粮食都上缴公粮了，农民吃啥？种子咋留？"另一个成都的农业专家在屋里来回急走了几步，说："今年的冬小麦一定会全面推广密植法，明年春天的收成就很难说了。最可笑的是四川的领导瞎指挥，逼着各地把水田的水放了都种冬小麦。你们想想，水田的水不可能放干，会造成小麦播种时积水歉收，而到明年春天田中无水秧又插不下去，水稻也会大幅度减产。这样两头失着，明年的粮食减产是必然的。然后就会直接影响到后年的收成，农民要没饭吃的。"最后一位专家向天合掌祈愿说："你们都别杞人忧天了，共产党怎么会让人民饿肚子，实在不行就少收点公粮或者返销给农民不就行了嘛！何况还有公共食堂。"占彪听后，马上下令扩大农场封闭范围，把双河镇也封闭了。他先让强子上报村里可种田大幅减少，说让劳改农场征用了，这样会少缴公粮。然后组织村里和农场存粮，嘱咐强子让乡亲们都把家里能装粮的坛坛罐罐都装上粮食。同时他也提醒了车书记，要注意县里的粮食储备。

接着，占彪命令成义开始大量地积攒粮票，把农场的肉蛋大量地换成了粮票，而且是全国粮票。一时间，抗日班开展了未雨绸缪的粮票行动，包括斜阳山庄的刘阳和莎拉也在用各种方法积攒着粮票。有了粮票就有了粮食，当时中国各种生活用品都是凭票购买的，只有钱没有票什么也买不到。占彪把农场经营的产品拉到城里，尽量不卖钱而是换成粮票，同时把农场里的几个小粮库装满了大米和面粉。双河镇每家每户乡亲也储备了足够的粮食和蔬菜。

村里和农场里的冬小麦仍然是按正常的种植方法种的，是全省甚至全国少有的没有推行"密植高产法"的大队，在当时全国各地连山坡洼地都大跃进"密植"的形势下，双河一带真成了水泼不进的"独立王国"了。双河大队和双河劳改农场一起，在"王国"里男耕女织，倔犟地走着自己的发展和生存之路。但仅仅几个月后，占彪们就不得不走出独立王国，"大跃进"的态势果然按专家们的预测发展，1959 年的春天有饿死人的了！抗日班不得不出动救人了！

上海新国际博览中心位于浦东，从2001年开业以来，每年都搞一次民营企业博览会。最初叫中小企业博览会，后来随着民营经济发展迅速，民营企业比中小企业更有涵盖性，便更名为民营企业博览会，主题就是商品交易和招商引资。这届规模最大，十一个无柱展馆爆满，数千个展位销售一空，后来有部分参展企业干脆被安排到室外展区设展。展区都是按地区和行业设置的，其中有不少有特色的展区。在最里面的W5展馆里就有一个很有特色的展区，叫老兵企业区。顾名思义这里的企业都是老兵们办的，给人的感觉是很诚信、很规矩的企业。这是占枪早与博览中心签订的一个集体展区，这里参展的一百多家企业全部是抗日班办的。

占彪这次把抗日班弟兄办的企业全都召集到上海，给每家都办了一个展位，算是一次检阅，也是借此机会让孙儿辈正式接班。所以抗日班弟兄们的儿子们包括十八罗汉和抗日班孤儿们都在这里，由占枪统一管理着。这些抗日班弟兄们的企业五花八门，各行各业，小的有聂排长的木器家具厂、赵本水的健身器械厂、高连长儿子的水泥制品厂，大的有成义和小蝶的济生药业集团、占枪的造纸集团、克克的石材集团、刘力和贾林儿子的兄弟房产集团；近的有若飞的上海汽配集团和浦东时装公司、刘阳在杭州的如归宾馆、秀娟的鱼罐头厂、阿娇的园林绿化产业，远的有小宝在美国的双河教育集团、任磊在北京的网络公司、曹羽在沈阳的绿色酒店……还有几人虽然不是抗日班的人，但心已早属抗日班，如谭勇的新加坡房地产公司，单小平的香港置业集团，于顺水的浙江茶业公司等，还有项工的磨具加工公司，程老师的建筑设计公司，雷科长的无线电元件厂，樊刚的管业建材公司等。原来樊刚这四员干将在帮占枪张罗展会呢。这次博览会会期是五天，今天是第二天，占彪一行下午进入了展馆。远远看到老兵企业区后，孙儿辈们个个像燕子一样飞向自家的展位，和忙碌的爸爸妈妈们亲热不已。原来抗日班老兵的第二代都在这里呢，怪不得没有出现在靠山镇。老兵的企业区确实很忙，这种效果出乎博览中心的意料，第二天很多观展的人直奔里面的老兵企业区。看来人们对军人的信任远超过对一般企业的信任。

在场坐镇的老兵们个个身材挺直，身穿解放军和国军的旧军装，威风不减当年。老兵企业管事的中年管理人员个个精明干练，还有一帮朝气蓬勃的年轻员工。新闻媒体和展会的主办方、承办方一直有人被“陷”在这里，因为这里接连发生着展会上的奇迹。

占彪们是在秋收后出动的。同样的天气，双河大队和双河农场的夏收和秋收却是大丰收，人人衣食无忧。占彪却陆续得知四处的抗日班官兵都陷在饥饿之中。这次救援行动分为两路人马，一路是成义负责，开车走访四川的抗日班官兵，并直接送去粮食；一路是占彪自已亲自带人乘火车远赴江浙和东北，为那里的抗日班官兵送去钱和粮票。

成义轻车熟路地找到了聂家村，在聂排长的小屋里，“外调干部”成义递给聂排长儿子写给爸爸的信。聂排长从浮肿的眼缝里勉强看完内容，激动地对成义说：“多亏孩子在彪哥那里，还有文化了，不然早晚也得饿死在这里。我们村里都饿死二十多人了，县里对外谎说是瘟疫。现在就有死人了，政府再不救济，等明年青黄不接就惨了。唉，这日子连解放前都不如了。”聂排长说完这话，马上回头看看四周。成义劝说聂排长也去农场，聂排长摇头道：“别看我是‘黑五类’，这聂家村许多老聂家的人还都听我的，我要走了他们就更没救了。等我挺不住的时候我会去的。大米，多留两袋吧。”

占彪到斜阳山庄做了安排后，便单枪匹马去了东北，他听到家在辽宁台安、新民县的抗日班士兵汇报那里也饿死了不少人，很担心曹羽的处境。而且，前几次派二柱子等人找过曹羽都没找到，他的从军证明也没给出去。这次，他亲自出马来找他一心牵挂的大羽和春瑶。

到了沈阳后，占彪先找到了曹羽留的父母地址，可这一带已经建起了一批楼房，无从打听。占彪想起春瑶父亲原来的茶庄，便找到中街的静园茶庄，一看柜台里的两个中年男子就是两个练家子，看来是曹羽的师兄弟，但却装做不认识曹羽，一问三不知。但从他们窃语的神态中，占彪就清楚他们知道曹羽的下落。第二天早晨，占彪在北陵公园出现了。他早听曹羽说戳脚、翻子的场子在北陵公园西面的松林。练武人的直觉使占彪径直找到了场子，十多个武把式在生龙活虎地练着戳脚。那两个茶庄的人收了拳脚诧异地盯着占彪喝道:“你怎么找那小子找这儿来了！”占彪嘿嘿一笑:“我是找曹羽来领教戳脚来了，他不在，只好和你们算账了。”众人都围了过来，那茶庄人哈哈一笑："好啊，来踢场子来了，你也不瞪大眼睛看看这是什么场子。"说着便安排人下场与占彪比画起来。

对戳脚、翻子早就了如指掌的占彪接连与三个戳脚高手过招，都是十多个回合没让对方沾到衣服，而一旦出手时都是三两招内将对方放倒。不是戳脚不厉害，而是占彪实在太了解戳脚了。他本身就已是一个戳脚高手，只是他一直没亮出来。占彪见好就撤，临走时说了声"明天我还来！"第二天的早晨，占彪又赢了两个高手，依然见好就撤，放言明天再来。这下可轰动了沈阳武术界，盛传北陵公园有个打擂的南方人，要打遍沈阳高手，踏平奉天武场。

沈阳这支戳脚门派忙四处召集同门，大连的，长春的，甚至信息发到天津和河北一带。接着的几个早晨，占彪面对着不同的面孔皆报胜绩。这时每天上场攻擂的已不止是戳脚门的了，沈阳的其他门派也试探着派出得意弟子上阵，但无一例外的都是听到占彪赛后说的一句"得罪"。占彪这几天打得很过瘾，他过瘾的不是打赢了擂台，而是首次和北方武术做了全方位的接触，变色神龙的本能使他学习和消化了不少招法，在切磋较量中，不觉增加了自己的见识和武艺。占彪早就想好了，如果不把曹羽打出来，就一直这样打下去，打输了也要打。

第七天早晨，占彪一过来就看到今天的阵势不一般，从公园门口就有人跟随，到了场子一看，有很多武林人士压着四周阵脚。占彪以不变应万变，进入圈子。哈，曹羽就靠在场边树上，占彪未等曹羽反应便大喝一声："小子，可找到你了，放马过来，看老子怎么教训你！"曹羽一愣，也不搭话，接手就打起来。曹羽的师兄弟今天聚得最全，加上他们的徒弟足有四五十号人，沈阳几大门派的高手也来了不少观战，附近晨练的人们也过来看热闹，上百号人顿时把场子围了起来。两人一交手就让曹羽的师兄弟连连吃惊，原来他们以为曹羽早就不练了，这也是他们轻视曹羽的一个原因。但看上去曹羽的功夫不但没丢，而且招法中夹杂着很多精湛的南拳路数，南拳北腿的结合使他的功夫远超同门之上，让这些师兄弟心头一凛，汗颜不止。而看占彪今天的打法也十分谨慎，分明是遇到了对手。更让在场的戳脚门人吃惊的是，在曹羽的犀利攻防中，占彪的招法中偶见戳脚的不传绝招，怪不得戳脚门弟子都打不过他。十分钟过去，占彪和曹羽足足交手了上百回合。

在当年的重机枪抗日班，他们都没有这样认真交过手。这正是他们潜意识里十分渴望的事儿，今天就索性打个痛快。两人都是四十岁左右，武功也正处巅峰之时，两人尽展所能，打得酣畅淋漓。场边各门各派的武学高手，全都能看出门道来，这南方汉子不用说是一流高手，但大家都没想到曹羽竟是与其势均力敌。众人面面相觑，怎么都不知道沈阳会有这等隐姓埋名的武术高手！两人又大战了十多分钟，仍然是旗鼓相当，不分胜负。只听两人同喝一声，一起收手，后退一步，然后又都哈哈笑着紧紧拥抱在一起。曹羽的师兄弟们目瞪口呆，这是英雄间的惺惺相惜吗？

原来抗战胜利后曹羽和春瑶成婚而归，引来众师兄弟不满，他不但娶了大家心目中的公主，还成了茶庄主人。曹羽明白大家的心思，便将茶庄拱手相让,与春瑶搬走过着清贫低调的生活。平时他也很少和师兄弟们接触，也从来没提及自己的军旅生涯。前些年几次有人来找曹羽，师兄弟们仍心存芥蒂，都说不认识。这次是有人寻仇来了又打不过，无奈中便把曹羽找来了。曹羽听说有个“南蛮子”来寻仇，心里一动，必是九龙中人，便把三个儿子也领过来。这时曹羽一招手，躲在外圈的三个儿子跑了过来，小的八九岁，大的十二三岁，个个虎头虎脑、骨架壮硕。曹羽指着占彪 :“磕头！拜师！”三个儿子齐刷刷跪下,响头磕个不停。占彪哈哈笑着一一扶起，对曹羽说 :“大羽啊，我的三个儿子看来也得给你磕头啊。”

两人正相拥时，人群分开，一名解放军少将领着两个警卫员走过来，一照面便与曹羽相互捶打起来。占彪这几天和在大连的彭雪飞联系上了，接着又有十几个大汉从四周走过来，纷纷向曹羽敬礼。他们是占彪这几天在沈阳找到的抗日班弟兄，都是当年曹羽的特务连战士，他们也找了曹羽多年了。其中两人，旁边的武学人士认得，是南湖公园和中山公园两个场子的“掌门”。看着曹羽与这些看上去又像武林人士又像军人的壮士们旁若无人地谈笑风生，曹羽的师兄弟们顿生敬畏，才知道曹羽这些年如此示弱是让着他们，从此再不敢与曹羽生隙了。

阿娇和春瑶也喜极而泣，两人七嘴八舌地打听着其他九凤的情况。占彪把带来的钱和粮票交给她们，要她们发给东北的每位抗日班弟兄一百斤粮票和五百元钱。这对每月只发十几斤粮票挣三十几元的大家来说算是天大的接济了，足以渡过眼前的窘困状态。占彪也如数给了彭雪飞和阿娇各一份，让他俩寄回家乡。彭雪飞听到占彪讲的农村各地的实际情况，再不拒绝，马上让阿娇发挂号信把钱和粮票寄给他俩的母亲。

占彪本来想跟彭雪飞和曹羽多聊几天，但留守双河的强子频频来电话告急，说附近乡村出现大批死人，道边田里到处都是。附近乡亲纷纷逃到双河大队，场面勉强应付。占彪一听便起身回川。本想带曹羽走，但曹羽已是沈阳冶炼厂的一个车间主任，三个儿子还小，家里是离不开的。占彪便仍一个人速速返川，途中通知在各地救援的小峰、成义等人都择路返回。占彪在回川的路上百思不得其解，虽然今年闹春荒，但秋季风调雨顺的，也没遇到什么自然灾害，为什么又大批地饿死人了呢？

“反革命铁锹队”

占彪回到双河农场后，马上布置冬小麦的播种，他要坚持这块绿洲的持续大丰收。同时帮助被群众誉为“救命书记”的强子安置四处慕名来逃荒的乡亲。勉强过了1960年的春节后，占彪看到不断加剧的灾情，又开始了再一次的救援行动。这次他让刘阳负责江浙一带的救援，曹羽负责东北一带的救援，这两地的救援以给钱和粮票为主，由赵本水一行保护钱和粮票送过去。自己则亲自负责四川本地的救援，以发粮食为主。这次救援还包括隋涛的铁道兵、三德的海军战士的家乡父母。出发前占彪一狠心，把打鬼子时的五部短波电台启用了，分到了各个组，以便互相联络。雷科长一看到这五部电台眼睛都绿了，多少年没有碰过他的专业了。那种表情，分明是久经失散后的父子重逢！经他两天两夜的改装，五部电台都变成了车载电台，除了可以用手摇发电外，还可以用汽车发电。经雷科长改造的天线不但隐蔽在车厢铁架上，而且性能大大增强，使对讲距离达到五百公里，发报距离达到两千公里，成都到北京的直线距离才一千六百公里。这回就算远在北京，也都可以直接联络了。

号称“天府之国”的四川是这场灾难受灾最重的地区。当时的省委领导好大喜功，还打肿脸充胖子，在四川粮食大幅度减产的情况下继续大量往省外调粮。在四川骄傲宣称外调粮食居“全国之冠”的同时，四川农村大量饿死的人也居“全国之冠”，整整一千万，只多不少。城市也普遍饿饭，粮食定量急剧下降，城乡老百姓怨声载道。

占彪根据上次的经验，把手里的十辆解放牌汽车分成五组，每组两辆车配十四人，装着伪装好的成袋大米、面粉。由占彪、小峰、成义、正文和二柱子各带一组，强子在家留守。占彪指令做积极准备的樊刚、雷科长和项工也参加救援行动，和程老师一起跟着自己的组同行。樊刚四人几乎不相信自己的耳朵，占场长真是用人不疑啊，竟敢把劳改犯带出去。

五路人马分别向绵阳－德阳、宜宾－泸州－攀枝花、重庆、达州、广元等五个方向出发。

正文抽出警卫排抗日班老兵，每车两人，都穿军装佩手枪。小宝和小蝶也上阵继续当报务员。按占彪要求，以救援抗日班士兵为主，兼顾沿途百姓。占彪的救援行动就如五股暖流从双河农场流向四川各地。但都没有流得太远，因为严重的灾情实在是让他们迈不动步了。

老兵企业展台区首先让人称奇的是，有上海很多本地企业家都围在这里不走，他们都以“献身”、“吐血”的方式要与老兵企业合作，比如发货给老兵企业不收定金，而且是售完才返款；比如在老兵企业订货不讲价，早早一次性付给全额货款；还有免费提供办公场所让老兵企业落户上海；更多的是在提出优厚条件洽谈合作。人们最初都没想到，这批本地企业家都是受父母之命而来，他们的父母大都是当年抗日班的自杀救援队在“三反五反”运动中救下来的自杀者,还有一些是在“反右”和“文革”运动中，在双河劳改农场保护过的资本家、当权派。他们在得到救命恩人办企业设展的消息后岂能不全力以赴地支持。而当占彪、成义、刘阳、大郅、正文和二民等人一出现在展区，就被这些企业家围了起来。其中有一位老者拉着占彪的手一直不放，要他身边的儿子下跪磕头。原来他就是上海早年的轴承大王李老板，现在他的轴承事业在他儿子经营下更具规模。渐渐地，占彪看明白了个中原因，向大家默默地致以谢意。

最让主办方和承办方不解的是，一般的展会都会有商家举办现场签约仪式，但大都是事先谈好了的，甚至是半年前就谈成等着在展会上签约造造声势，很少有商家在几天的展会上就能谈拢而签约的。但在老兵企业区却打破了这一规律。从一开始就有一些台商和港商和其他国家的华商围在这里了解情况，后来又吸引了各国的外商，那些担任翻译的俊男靓女是美国那家双河教育集团统一分派的，但有人无意中了解到他们又都是各位老兵的孙子孙女。流畅的沟通，热烈的气氛，这里开始了实实在在的卓有成效的洽谈。主办方在收集着接连洽谈成功的合作意向，交易和合作的资金量一宗比一宗大，已有三十多家老兵企业准备签约了，这可是展会的意外成绩，赶快安排两天后的签约场地。和占彪一起过来的武男、大卫和樱子家族见到这里的盛况大吃一惊，原来抗日班做起了这么多的企业了。拓哉和樱子、麦克马上走遍了所有展位，频繁地与家里打着电话，最后确定了十多项投资和合作意向。拓哉和樱子的父亲马上飞过来签约，麦克则因他已是集团大股东可以做主签约。

敏感的新闻媒体在关注着这种新气象，人们这样信赖老兵，这是在表达当今的中国商务市场在呼唤诚信吗？有的记者边观察边敏锐地分析着：这些七八十岁的老兵们看上去文化并不高，不说是“土”得掉渣，也谈不上是精明的生意人。中年这辈人倒是兢兢业业、勤奋有加，可也不像是商界精英。可是，这批老兵企业凭什么有这样的亲和力和凝聚力呢？倒是第三代这批人，很有现代感觉，一看都是经过高等教育的高级白领，看上去都自信有气质。尤其是下午又进来一批年轻人后，第三代人的活力形成了老兵企业区的主流。这又是一个疑问：为什么他们的第三代如此时尚如此阳光呢？记者是解不开这个迷的，除非他们知道而且懂得“重机枪”这三个字的含义。

五路人马回到双河农场没多久，赵本水一行也在半个月后返回，并带回了江浙和东北地区的情况。在五路人马中，属小峰这路最为奇特，他居然被另一个劳改农场给“劫持”了。

本来不费力地找到几名抗日班老兵发了救济粮后，在一个路口和另一辆汽车相遇。车上跳下来的是另一劳改农场四处筹粮的场长，他以为小峰和他一样也在筹粮，看着小峰两辆汽车的吃重量羡慕地说：“小峰场长还是你们行啊，我可是空手而归啊。走吧，到我家门口了，去我那儿坐坐吧。”小峰本不想去，可想到人家曾痛快给自己转来过十三名右派，便礼貌地随后开车跟去。那场长把车直接开进四周警戒的农场大院。一下车，这场长就哈哈大笑：“对不起了，小峰场长，今天这个忙你不帮也得帮，车上的粮食……”接着大喊：“同志们，救命粮来了，快来卸车！”不待小峰分说，院里的警卫战士们一拥而上，把两辆汽车上还剩下的三吨多大米面粉卸下一大半。那场长还算有点人情味，给小峰剩下了一些。

那场长对黑着脸的小峰说：“小峰兄弟，我这实在是无奈之举，你也知道，犯人每人的口粮标准每月从二十斤降到十五斤，再降到九斤，一天只有三两！这是鸡食水平啊。我这两千多犯人四个月里饿死了三百号人，往后都死没了，我这场长还当个啥劲儿呀。”他看小峰还不吱声，继续说着：“你也知道，我这里都是工程师、科学家、作家、记者、会计师、教员……还有在国外留过学的大学士，个个是宝儿，如果都被活活饿死太可惜了。你看，我这里现在天天都有饿死的，我连做墓牌的木板都不够用了。没办法只在湖边埋他们的小坟前放一块红砖，用粉笔写上这些右派分子的名字，等下场雨后粉笔字就没了，那些死鬼就成了无名野鬼……”他是在努力用这些悲惨词句来打动小峰的良心，他哪知小峰心里在感动得不得了呢。

小峰强忍住要拥抱他的念头，好像吃了亏似的说：“那也没你这样不讲理的，胆敢劫持本场长！看你用什么来补偿了。”那场长打开抽屉，把在押劳改犯名册扔过来：“你随便挑吧，知道你们神神秘秘地建什么厂子，还有啥你能用上的技术人才任你挑走还不行吗！我就当他们饿死了。”小峰嘲讽道：“你可别得便宜卖乖，你扔给我多少人你就少多少人的负担，哼！”虽然嘴上不满，小峰还是认真地挑选了受冤明显、才能和地位显赫的四十多人，临了又问那场长：“把你有病的再给我一批吧，我那里有医院。”那场长感动得骂着小峰：“你他妈的比我还讲共产党的人道主义精神，唉，可惜呀……”说着急忙让手下把病得等死的二十几名右派抬上了小峰的汽车。事后多年，这位场长还一直为当年“劫持”小峰的抢粮事件骄傲，因为从此他的劳改农场再没有饿死人。

回到双河农场后，小宝和成义根据各地抗日班继续反馈回的信息，关在屋里苦苦分析着国内形势。看着报纸上对“大跃进”的鼓吹文章，成义忍不住愤愤地高声说："这也太荒唐了，是不是党中央毛主席真的不知道下面的情况啊？"他们注意到，全国各地的老百姓对共产党是信任的，都相信党中央的政策始终是为了让中国强大起来。小宝迟疑着对众人说："我们能不能向党中央毛主席通点风报个信呢？我就遇到过有个大队书记给毛主席写信被扣押的事儿。"成义点头说："各地都怕死了人被批评，千方百计地捂盖子，我们应该在这方面做点啥，把事儿捅到天上去。让党中央知道下面究竟发生了什么。"

占彪思索着说："这些日子没让大家再出动救援，就是因为我们的能力实在是太渺小了，对千百万濒危的老百姓是杯水车薪。如果能想办法把四川的真实情况报出去，让政府从上到下地纠正错误，这才是办法。好，我们研究一下，如何向党中央毛主席通天告状！把四川的灾情捅出去，把四川的盖子揭开！"于是，小宝和成义把了解到的情况归纳在一起，共同执笔写成了一篇万言书——《一字一泪诉川情》，落款是：希望中国富强的一群抗日老兵。

万言书里没有涉及四川以外，只介绍他们亲眼目睹的四川灾情。先是揭露四川灾情的真实现状，用一半的篇幅描述了四川农村尸横遍野，绝村绝户的具体地区，最后是恳求党中央马上救人的具体要求，还提出几点自救方法。文中充满对党中央的感情和信任，满篇都是受到委屈的孩子向爹娘倾诉的口吻。这也是小宝和成义的共识。占彪下决心向党中央通报灾情后，马上派成义、小宝、小蝶分头到重庆和成都向北京发了十多封万言书。他是想在 11 月以前新一轮大饥饿到来之前达到目的。但大家一直都怀疑毛主席看不到这封信，所以一直在探讨其他更有效的方式。

去重庆发信回来的成义一进门就看到雷科长从地下室维护电台出来，突然一拍脑袋，顾不上洗把脸忙找到占彪商议："能不能用电台发出去呢？"占彪马上把雷科长找来仔细咨询。雷科长深为占彪们忧国忧民的赤胆忠心所感动，他告诉大家，如果用宽频方式或 FM 超短波明码发出去会有很多电台可以收到，这样会给政府造成很大轰动。虽然不能直接发到毛主席手里，但如果接收者知道是骇人的事实是不敢瞒报的，很可能会逐级向上反映，这是一个很冒险但值得一试的方法。他接着又出主意道："为了保护双河农场的安全，可以开车出去在路上发报。只是内容不能太长，要分段发。"经过深思熟虑，占彪大胆地决定，不仅要把万言书发出去，抗日班还要分头深入灾区，把经得起核实和调查的现场事实即时发出！

占彪的决定让大家很振奋，同时又都在手心里捏了一把汗。没有一个犹豫的，都当仁不让地表示坚决参战。抗日班当年的英雄气概在这一刻又爆发出来了！

占彪下令众人组成三个行动分队，占彪和小宝一队，成义和小蝶一队，正文和二柱子一队，各带一部电台，走到哪儿就发到哪儿。每队还是两台车，车上装着粮食掩护，但人员增加到每组二十人。另外两部电台，一部留给在双河配合的小峰和强子，一部速速送到杭州刘阳处建立联系。樊刚、雷科长、程老师和项工仍然与占彪组同行。然后也是最重要的，占彪规定了不许暴露抗日班，不许暴露双河农场的原则。为了应对复杂的形势和可能的危险，占彪、成义、小宝包括雷科长制定了详细的预防措施，做了很多细节的规定，并做了一些实际演练。

占彪们出发的几天后，身为县公安局副局长的小峰就得到了省公安厅协查通报，全省公安系统正全力追查妖言惑众的反革命电台，各地区、县公安局要把查办反革命电台作为第一大案去破。又过了没多久，公安干警掌握了有十多人每到一地便手执铁锹进行调查的规律，向各地通报抓捕命令时竟称占彪一行为“反革命铁锹队”。

公安干警掌握占彪的人大都手执铁锹后，四川各地没事手里有锹的人可都遇到了麻烦。不管是农民还是干部，不问青红皂白好一顿审查关押，但都在占彪下一次行动后莫明其妙被释放。有些基层干部知道这个风声后，见到拿铁锹的人也主动上前诉苦，提供本地饥民情况。

拿铁锹本来是为了掩护身份，也可以防身，但占彪小分队的铁锹在这次行动中还发挥了另外一次重要作用。樊刚在路过一段公路时要求自己开车，他说这是当年押送黄金撤退时的走过的路。樊刚走走停停开到一个公路拐弯处，不远处的一条水渠正修向这里，工地上插的红旗比人还多。樊刚四处观察半天参照物后，拉着占彪走下公路。数着自己的脚步他站定一处，便大口地吸起烟来。占彪知道樊刚有话要说，没有催他。远处的民工也拄着工具，无力地直起腰来向这边望着。樊刚扔掉烟头，望定占彪说：“我樊刚这辈子钦佩的人没有几个，你彪哥是其中一个。”这是樊刚第一次改称“占场长”为“彪哥”。樊刚接着说：“彪哥，你说人的一辈子该怎么活？”占彪看看樊刚，望着天际缓缓说道：“我不知别人，我是没什么志向，不想什么功名成就的，我只求自己对得起兄弟，对得起良心。这就叫‘仰不愧于天，俯不怍于人’吧。”樊刚听罢学了一遍说：“好，我也要做个‘仰不愧于天，俯不怍于人’的人。彪哥，叫弟兄们带锹过来吧，这下面有我十年前撤退时埋下的十八箱黄金！都起出来送给我们农场。”他指着修过来的水渠：“再埋在这里也保不住了。只埋了不到一米深。”十几把铁锹这回才真正派上用场，不到半个小时，十八个铁皮箱抬上了汽车，看着远处围过来的饥饿民工，占彪又让大家搬了几袋大米埋在浮面。樊刚又一次献金，真是为抗日班立下大功一件。成义逗着樊刚：“你小子当年还是对共产党留了一手啊，看来还得继续改造。”

还有让占彪们欣慰的是，天天告御状开始收到电报回应了。因为报告中事实清楚，证据充足，地点人物经得起推敲和调查，不由得人们不相信。回复都很简短，有说：“言之凿凿，确可信据！”有说：“我们尽力向上级转告。”当然也有表示疑问和反驳的，有说：“不可思议，不可能的事情。”“不许污蔑我们的党和政府！”“反革命特务没有好下场！”

雷科长还通过来往的电文得知，追查的公安干警们在对占彪们报告的内容也进行了核实，不得不承认都是事实，而且报告的数字宁可保守也没夸大。他们随即就对饥饿的农民进行了简单救济，对揭露的问题也进行了查办。这样就形成很奇特的局面——占彪们在前面发现危情，政府官员在其后进行补救。当然这里也有怕更高的领导和上级前来核查的心态，亡羊补牢吧。无疑就等于占彪们走了一路救了一路。占彪们还遇到过让他们感动的事儿，就是有几次已和公安干警遭遇了，但公安干警好像故意地避开了他们。公安干警们内心里也希望党中央赶快制止这场全国性的灾难，对占彪一行还是手下留情网开一面的。

占彪们在外行动已经十五天了，有十二天是向党中央毛主席发出了紧急报告，应该是完成了占彪的预定计划。这时众人已在四川的边界附近，追查“反革命铁锹队”的各地公安已在四川周围呈包围之势，如果此时收手会平安回到双河农场。但让成义和小宝们没想到的是，占彪又做出了出人意料的惊人决定：小分队不回农场，而是出省，直奔北京继续一路报告！

占彪的这个决定是有多方面考虑的。一个是他被公安部让各地格杀勿论的指示激怒了，对待说实话的人怎么会是这个态度！一个是他想到了半个月的时间足够四川政府在全省境内张网的了，回双河农场会让人顺藤摸瓜的。最重要的是第三点，他觉得报告了半个月好像没有什么效果，一点儿党中央和毛主席的反馈都没有，必须继续冒死通天！

再往后的行动危险性会加大，占彪也改变了策略。他采取了弃车战术。先通知小峰前来接应，说弄到长兴矿井里的东西。小峰顿悟，马上带着人前来守住六辆卡车，等占彪出省有了行动后开回双河农场，车上拉着黄金和粮食。

出省以后，占彪走河南从中路向北京进发，成义向东走安徽、绕山东，正文和二柱子走甘肃进河北。占彪这次没有继续伪装成一个队，而是大张旗鼓三个队同时发报，因为这次扩大行动是弃车而行，铁锹用不上了，"反革命铁锹队"化整为零，从火车、客车、水路分散前行，更让公安部难寻踪影了。当三部电台同时向党中央、毛主席紧急报告的时候，公安部大乱。因为前一阶段都是用的四川的警力，这回目标突然跨省，新的警力来不及交接，让公安部措手不及。雷科长自然知道这种情形，三部电台乘虚而入大发电报，三路人马经过的地区一份份紧急报告如雪片一样，犹如连城烽火，让全国震惊，让世界震惊。

占彪等人的三部电台每天每部都发出至少两条报告，路线逐渐向北京靠近，北京的各机关单位电台更加清楚地接收到告御状电文，公安部已经调动了数千警力参加追查行动，正在公安部紧锣密鼓布置防守北京时，告状电文突然停止。这天是11月1日了，正当公安部领导为告状电台的寂静感到如释重负的时候，让他们受到重大刺激的事情发生了，"反革命铁锹队"的一部电台竟用公安部的密码和波段，以娴熟的手法发出了最后一篇通天告状电文，用五千多字归纳了他们一路了解的全国饿死人的灾难惨情，满篇血谏泪请、恳望痛求之言。到了这份儿上，再想要瞒过党中央毛主席应该是不可能的了。三天后，也即1960年11月3日夜里，中共中央发出了"十二条"紧急指示信！党中央的"紧急指示"大幅度地调整了"大跃进"的步伐，来了个急刹车。紧接着当月28日，毛主席又作出了"永远不许一平二调"的批示！霎时间，全国各省都开展起"紧急行动起来抢救人命"的保命行动，保人保命十万火急！

赈济饥民的粮食运去了，各地几百万解放军也全力参与着，配合地方挨家挨户送救济粮。然后，国家又在1961年从北美和苏联购进大批粮食。

雷科长最后一封电报发出去后，后期也加入告状的刘阳处的共四部电台同时静默，公安部各级领导恼怒万分，居然密码早被对方破译了，说明以前干警们的行动都被人家了如指掌，还能打赢这场较量吗！四川省公安厅几名主要领导被撤，公安部一名副部长也因此被降职。这一场通天告状战斗以占彪的抗日班——“反革命铁锹队”的全胜而告终。

占彪估计公安部和四川警方不会善罢甘休，便没有领大家马上回川，而是兵分两路消失了。他自己领着成义、小宝、小蝶去了沈阳曹羽处过冬，亲传曹羽的三个儿子和在沈阳的抗日班子弟岳氏散手等武艺，使南拳在东北得到迅速繁衍。另一路正文、二柱子、樊刚、雷科长、程老师、项工等五十多人去了杭州刘阳处，以一支建筑工程队为掩护，在程老师指挥下翻修了斜阳山庄。占彪的“反革命铁锹队”的神秘消失，至今仍是公安部的一件陈年悬案。

1961年春天，学生开学的时候，占彪、小宝等人分批回到双河农场，占彪还带回了曹羽的两个儿子。回来后，占彪要大家低调休整一段时间，埋头学习，埋头生产，埋头教育。但中国的政治运动仍然让他们的精神高度紧张，没有一刻消停。

占彪率领抗日班官兵和一批“地富反坏右”分子，坚守在双河农场的独立王国里，对外面的事情不闻不问，几年里倒也波澜不惊。但这暂时的平静还是被打破了——1966年无产阶级“文化大革命”开始了，而且最先受到冲击的竟然是小宝。

“重机枪造反兵团”

小宝家乡的红卫兵和造反派来了几批，要把小宝当成叛徒揪回批斗。小宝和小玉间的信件往来让他们顺藤摸瓜找到了双河小学。让他们吃惊的是，占彪居然好好当着劳改农场的副场长，而且非常强硬地不许他们带走袁宝。占彪让在校长室围攻小宝的造反派头头看看他的手，那造反派头头不解，占彪恶狠狠地说："我这双手，打死的鬼子流的血，可以让你们这些人游泳！"那些造反派和红卫兵吓得都跑了出去。

当天晚上，强子有些惊慌地赶来向占彪汇报："这些人不死心，准备明天去县里公安局和教育局去联合当地的造反派，一起来揪出你和小宝嫂。如果当地的造反派要是闹起来，现在还没有车书记罩着了，那麻烦可就大了。"小蝶听罢不安地拉着小宝的手。这两天小蝶一直躲藏着，要是那些造反派知道当年的妙手小观音、当地市县最知名反动中医权威的女儿在这里，也会如获至宝，不一定又琢磨出啥名堂来。占彪十分不理解这些狂热的红卫兵和造反派，为什么这样热衷于揪出坏人，热衷于把好人整成坏人呢？中国人的善良和良知都哪儿去了？中国人什么时候变成这样了呢？

小峰激动地说："不行我们哥几个撤吧，腿是自己的，天下这么大。"占彪虽有些焦虑但很坚定地说："双河农场建成这个样了，还有这么多弟兄和孩子们，我们咋能轻易放下说走就走啊，撤是绝对不能撤的。"小蝶也补充道："再说了，这次运动是全国范围的，连山里的和尚都被斗了，到哪里都一样的，我们能撤到哪儿去呀。"

沉思着半天的成义看着小宝说："宝儿嫂，我倒有个主意，而且现在还挺流行的，不过得小蝶来办，还得委屈你一下。"大家听罢成义的主意，小宝无奈地笑了："只有这样做了，要是把彪哥动了可不好办了。"

占彪最后点了头："好，就这么办，能解决得彻底些。然后让莎拉把小宝办去新加坡，在国外给我们设个点。或许是坏事变好事呢。嘿。"无奈的占彪作出了无奈的决定。

中国的这场无产阶级"文化大革命"运动是人类历史上史无前例的。虽然是在和平建设时期又冠以"文化"两字，但在中国人民中间造成的立场之争、人性对立、敌我矛盾和兵戎相见是空前的，给中国造成的灾难和损失也是空前的。全中国每一个角落每一个人都被卷入这场铺天盖地、排山倒海的惊涛骇浪中来。

第二天一大早，双河大队轰动了，造反派头头被告之袁宝跳崖投河自杀了。围在一旁的双河小学师生们全都失声痛哭。这时占彪带人气势汹汹地远远赶过来，三个儿子个个红着眼睛挥着铁锹，造反派们一看不好，都慌不择路一哄而散，跑回老家再不提此事了。只是苦了小玉，得此噩耗后大哭三天，昏死多次。“安葬”小宝的仪式上，抗日班的弟兄们无不心知肚明，占班长亲自下过“不许自杀令”，小宝教导员有一千个原因有一万个理由也不可能自杀的。而正是这次安葬仪式，成了占彪保卫市里弹药库的战斗布置会。

保卫弹药库是贺副市长来电话求援的，他一直分管公安系统和武装部。那时中型以上的国营工厂、农村的人民公社都设有人民武装部和民兵组织，并配备了一定数量的枪支弹药。贺市长在趁自己还没被打倒以前，拼命地保护着各县区公社武装部的枪支弹药，不能让造反派得到。在三个公社武装部的枪支被抢后，贺市长一见不好，忙安排把武器收集到县武装部，然后再集中到市里的军分区弹药库。现在问题是九个县都集中好了，但各县武装部谁也不敢押送上路。一旦出门，就等于把武器送给了无处不在虎视眈眈的造反派。

贺市长在电话里对占彪说：“占班长，我知道你这几年把钢班的老兵都保护在农场了，至少有二百人六个排的兵力，这次一定要出手帮帮我，不然每个县的人武部都有百十条枪，这千八百支枪要是落在造反派手里，我们这里就要大乱了。”占彪爽快地回答：“我就知道你有车书记给你做内线，你就下令吧，我们抗日班还是好使的。”贺书记也哈哈大笑：“车书记在你那里享福呢，下一步我也该去了。这样吧，我还能动用一个排的兵力去三个县，另外六个县就拜托你们重机枪钢班了。不过，任何情况下不能开枪的啊。”占彪回答：“好吧，只是你的一个排去最近的一个县吧，其他八个县都交给我，你打好招呼就行，需要确认身份时直接给你打电话。还有，让各县自己准备两台运输车辆，我每个县去一个排带一辆车护送，大半天完成任务。”贺市长一听大喜。

最近几年，除了从各监狱捞来的抗日班老兵，还有一些老兵自己寻来，加在一起，抗日班旧部人马已有三百号人。除了三德和隋涛的人马都跟着他们服役，曹羽的人马也大都加入隋涛的铁道兵，其他八个连每连都差不多回来三四十人，小峰把大家按原编制缩编为一个排，这样小峰、成义、正文、强子、二柱子都带着自己当年人马，刘阳、大郅和聂排长的排也有本连原来的排长们带着。这八个排天天除了劳动和学文化就是练武。布置任务时占彪让劳改农场警卫排排长正文和双河大队书记强子留守双河，让赵本水带着正文排，又点着樊刚的名说："樊刚，你带强子书记的排。"樊刚乐得蹦了起来："谢谢彪哥信任！我要努力对得起自己和大家。"同时，占彪也同意视武器为生命的项工随队。

占彪要求两个排为一组，一起去相邻两个县，并每组带一部电台，自然雷科长也随队参战。老兵们身着便服，个个系好腰里的板带，戴好护膝护腕。他们为能做些直接保护老百姓的事情而兴奋异常，而且还有可能又接触到武器。这时，小峰和成义领着人开始发铁锹，不许动枪，铁锹可就是最好的武器。占彪嘱咐，这次不带尖锹，一律是只能拍不能劈的方锹。

隔天早晨，在四组八辆汽车悄悄开出双河农场不久，另两辆汽车却是大张旗鼓地出发了。这两辆车的左右厢板上是美术教授寇主任刷的红漆标语："誓死捍卫毛主席！横扫一切牛鬼蛇神！""大海航行靠舵手，干革命靠毛泽东思想！"车顶上打着一面红旗，上面写着"重机枪造反兵团"，每辆车上有九人，都是十八九岁戴着红袖章、毛主席像章的红卫兵，领队的是若克的儿子克克和占彪的三儿子占枪。这群红卫兵里还有占彪的大儿子占仲和二儿子占机，曹羽的两个儿子曹南和曹北。车上还有小峰、刘阳、成义、二柱子、强子、正文、隋涛、聂排长、刘力、贾林和樊刚等人的儿子、长杰的侄子，自称重机枪十八罗汉。这是他们首次执行任务，由占彪装成老成的司机为他们做指导，包括电台实地操作。任务是去聂家庄把又被批斗的聂排长"揪"出来。

这些抗日班子弟个个称得上是文武全才，智勇双全，这十八罗汉更称得上是出类拔萃的尖子。在得知聂排长又被残酷批斗后，被小蝶麻醉假死后躲在农场里的小宝参照来抓她的红卫兵模式，出主意让她的得意学生们也成立红卫兵组织去抢人拉回来"批斗"。他们挥着红宝书一进入聂家庄，就受到贫下中农的热烈欢迎，对他们提出的游斗"黑五类"的要求满口答应。让贫下中农奇怪的是从来不老老实实被批斗的聂排长在看到"重机枪造反兵团"的旗子后变得异常顺从。游斗了一圈，占枪把其他"黑五类分子"放下车后，对贫下中农喊了声"这个历史反革命我们带到市里批斗"，便出村而去。占枪率十八罗汉就这样圆满完成了任务。

车上聂排长与儿子抱头痛哭，接着又冲着占彪含泪大笑，一扫刚才和

“黑五类”站在一起时的委顿形象。这时一直开着的对讲机有了动静，是二柱子的声音，“彪哥，我们接到了两个县武装部的弹药了，两个县的武装部长带着四辆车都跟着呢。但刚一出县就被造反派拦住了，有三四百人，都头戴藤帽手持钢管，而且还在招呼援兵，我们想开拍了。”占彪下令：“那你还等什么，别等他们人都上来了，要边拍边走，保护好武装部的人。”

“彪哥下令，开拍！”二柱子一声令下，让抗日班老兵心头大畅，顿时形势大变。只见六辆弹药车上两个排的老兵几乎同时毛腰，闪电般抄起脚下的方锹，搂头盖脸地向攀在车旁的造反派拍了过去。老兵知道不许打死人，便瞄着藤帽拍过去，一拍一个脑震荡！这一轮霹雳般的铁锹拍击让造反派们顿时傻了，个个摇晃着愣在车旁，铁锹的嗡嗡声还响在耳边呢。眼看着汽车从容地起步缓缓开走，这伙被拍蒙的造反派们没有一人追过来。

小峰、成义、赵本水三个组听到占彪下令开拍了，便都把方锹亮了出来，齐刷刷举在车厢板上。一路上造反派见这阵势都没敢硬拦，车队顺利通过。弹药车安全送到军分区，但问题还是出现了，造反派们居然以更大的声势追到了军分区，二十多个组织共三千多人有组织地围住了军分区大院。他们有一半人冲进了军分区大院，一伙儿包围了军分区机关，逼迫军分区首长和贺市长下令开库分枪，一伙儿围攻弹药库想硬冲进去；另一半人围在军分区大门口呐喊助阵。军分区一个警卫营的兵力让造反派分割成互相不能呼应的三部分，围攻弹药库的一千多名造反派闹得最凶。抗日班老兵与造反派的正面冲突看来是不可避免了。

贺市长看会议室外又闯进来一伙造反派，心想又来了哪路混世魔王，但他一看到“重机枪造反兵团”的旗子就长出了一口气，俯首向军分区司令和政委耳语几句。只见克克打着战旗直奔中心，占仲、占机、占枪和曹南、曹北五人直奔军分区首长和贺市长，其余十二人沿会议室两侧迅速散开。众造反派头头有些莫明其妙，从哪儿出来个“重机枪造反兵团”？是哪派的呢？五兄弟上前就把军分区司令和政委揪住，喝道：“革命无罪，造反有理！走，用实际行动支持我们红卫兵小将！”让造反派们没想到的是，这几名刚才脚下生根的老顽固居然跟着就往外走。几十名造反派顿时不干了，为首一个红脸膛迎头拦住克克：“你们是哪派的，跑这儿动手动脚来了！”克克昂然答道：“我们是人民派的，革命人人有份儿。”另一位为首的造反派打断克克抬手推来："红卫兵小崽子，都给我滚出这个大院，大人的事不许你们插手！"话音未落，从来没挨过骂的克克涨红着脸一声大喝："你让谁滚？你给我滚下看看！"克克抬手一掌拍在那人肩窝处，那人应掌倒在地上打滚儿。占枪一看动了手，把克克向后一拉，占枪五人一字横排站在克克和军分区首长前。占枪三兄弟从小就遵守妈妈教诲，要保护好克克哥哥。红脸膛一看，伸手便从腰间抽出一把带鞘匕首，左手一握刀鞘右手抓住刀柄一拔，指着占枪五人向众造反派命令："都给我打翻在地，再踏上一只脚，让老顽固们知道刚才我们给了他们多大的面子。"众造反派心领神会，这是要把这几个毛头小子打倒给解放军看，刚才耗了大半天工夫，实在是不耐烦了。这些头头们纷纷掏出自己的武器，有钢管，有软鞭，有镐把，有大刀片，一起向五兄弟招呼过来。他们看出来这五人有功夫在身，出手便都是狠招儿。占枪一拧脖子大喝一声"干！"五人刷地闪开如猛虎下山，曹南一个外摆莲脚将红脸膛匕首踢飞，转身一脚戳在其胸口，他便飞到数米开外。占枪飞身袭上三拳打倒三人。五兄弟如五只猛虎，拳脚狂飞挡者必倒，转眼间打到了门口，身后躺倒一大片。这时，另十二名罗汉并没有上手，只是警惕地走出门口站成两列通道，让克克领着军分区首长和贺市长通过。

这时走在殿后的占枪看着有一半在地上挣扎的造反派头头们向门外喝道："等等！该走的不是我们！"原来占枪看到造反派头头们已被打得没了脾气，这是原来没估计到的结果，既然这样，何不就势让他们撤兵呢？占枪是哥仨儿中最受小宝宠爱的，他集占彪的正直侠义、小宝的善良聪颖、成义的神机妙算、刘阳的绵里藏针为一身。才十八岁的他就能审时度势，随机应变了。他把十八罗汉叫了回来，又让军分区首长和贺市长坐在前面，面对头冒冷汗的红脸膛说："痛快地下令，都滚出这个大院，这个大院是重机枪造反兵团的！"这时会议室里的造反派没有再敢动手的了，门外有不明就里的造反派想往里冲，曹北抬腿戳断身边一造反派头头的腿大喊："谁敢进来！进来一个人就弄折一条腿！"那造反派头头鬼哭狼嚎般叫着，门外却是鸦雀无声了。那红脸膛和另外那派的造反派头头，都颤抖着手向门外摆摆："撤，回总部……"混在门外造反派人群中的占彪和成义相互看看，会意地笑了。

这时弹药库方向突然传来一阵激烈的喊杀声，夹杂着咣咣的铁器拍击声。克克和占枪马上率十八罗汉旋风般刮了出去。贺市长在喊着卫生员给满地的伤员包扎，红脸膛被部下搀扶起来向贺市长摆摆手说："谢了贺市长，今天你们不许把枪支都给了……这些不知天高地厚乳臭未干的小子……快走，唉哟——"

占彪和成义保护着军分区首长和贺市长也赶到弹药库之后，一边观战一边组织人员抢救受伤的解放军战士。只见"重机枪造反兵团"的大旗出现在哪里，哪里便是一片鬼哭狼嚎。还有小峰率领的三百只大方锹，个人有个人的章法，集体有集体的队形，一片片清理着大院，不时有硬往上冲的造反派被拍成满脸花。聂排长这只当年的九虎之首也下了场，不减当年神勇，红着眼和小老虎般的儿子搭挡着，左右开弓横扫着那些不可一世的造反派，仿佛把多年被管制被批斗的怨气都释放了出来。小峰则收了手，不时冲自己的儿子和十八罗汉喊着："小子，要敢转身！敢转身才有威力！""都注意，把身子稳住，不要失去重心！"这场仗虽然以三千名造反派的落花流水而告终，但占彪却很不开心。整个过程他一直没有动手，只是心情复杂地在旁观看。他对贺市长，说："这是我们抗日班第一次打中国人，心里很不得劲儿。"贺市长也叹了一口气说："这是一场人为的灾难，我们都左右不了的，这是不得已而为之啊。"

占彪的"重机枪造反兵团"打出了威风，还未等市里造反派调查明白，便被省军区请去。十辆"重机枪造反兵团"的汽车威风凛凛开出市区后，市里的造反派猜测着："原来是省里派来的，怪不得如此厉害，我们认亏吧。"

省军区有三个军械库，军械一库和二库的武器弹药先后被重庆、宜宾和泸州的造反派洗劫，被抢走的有迫击炮、火箭炮、轻重机枪、冲锋枪、手枪、信号枪、手榴弹、子弹等。军械三库规模最大，是省军区拼命要保的。这个仓库的武器装备，可以装备几个步兵师。一旦被抢，整个四川省就要大乱，还会威胁到邻近的省份。可是解放军不能和群众动手，省军区首长听到军分区汇报了成功保住弹药仓库的经验后，马上邀请"重机枪造反兵团"前来帮助守护军械三库。初时占彪有些犹豫，后来在和成义、小峰仔细商量后，决定保持中立，但是仍然接受了任务。一个多月的时间里，他们严守岗位，造反派再没来军械三库闹事。

随着武斗的进一步升级，中央文革对两派群众组织表了态，宣布其中一派是无产阶级革命司令部的，是毛主席这边的人，要开始对另外一派进行无情镇压和专政。这天晚上，占彪、小峰和成义紧急召集各排排长开会，大家都沉默着，气氛凝重。占彪心急如焚，而这时，去侦察动向的占枪三兄弟和曹南两兄弟回来了。占机报告："江北造反派听说中央文革的表态后，从江边后撤到市区，情绪很激动，都要拼死相争，固守决战，证明自己是忠于毛主席的。听他们议论，有很多人都是江南这派同一个单位的，有的是亲属、同学，甚至是对象。"曹北报告："江南这派欢天喜地庆祝一天了。我混进他们晚上的誓师大会，重机枪、迫击炮各种武器都已经装车，有三十多辆。明天早晨他们将直接出发，向江北进攻。"

占彪向大家说："我们不能坐视不管，怎么也得做点事，减少点老百姓的损失。"接着，他向曹南详细问起了具体情况。随后，连夜行动，缴了江南造反派的武器弹药。

当占彪率领缴获的近四十辆军火车开出城区穿过大桥直奔江北后，没有继续向北而是向东拐。占彪计划是向东，上另一座桥再返回江南。谁知刚转弯不远，第二辆车上有人高喊："占——站住，快停车，有情况。"头车立即停下，车队随即都靠在路边。第二辆车上跳下的项工，趴下俯耳贴地一会儿，抬头朝第一辆车下来了的占彪向北一指说："太过分了吧，是坦克！他们把坦克都开出来了，一定是把军工厂抢了。"占彪大吃一惊，看来是江北造反派不甘心束手就擒，想利用坦克和江南造反派火拼。如果这样，江南造反派没有了重武器，又疏于防范，现在正一片混乱，势必将血流成河！想到这里，他毫不犹豫，对着围过来的师兄弟向车上一挥："快，把炮和重机枪弄下来，把娘老子江北造反派的武器也缴了它！"

占彪一声令下，师兄弟间和抗日班老兵间的默契又在关键的时候体现出来。首先所有的汽车都熄了车灯，关了发动机。小峰迅速地调配人手，跟着占彪旋风般刮回南北大道，呈八字形埋伏在大道两侧，迎接着远处驶来的一串汽车灯光。小峰和二柱子两个当年朝鲜战场上的高机团长把着两挺高平两用高射机枪，二人的儿子为副射手。占彪和成义、赵本水和龚班长把着四挺57式重机枪，占彪和成义的儿子四人为副射手。樊刚则领着曹南、曹北和十八罗汉中的其他人抱着十挺56式轻机枪，聂排长带着自己和刘力、贾林的儿子架着无后坐力炮。其他二百多号人则守在远处的卡车上伺机接应。等大家都各就各位后，对方车队的灯光越来越近，两辆坦克在前，后面跟着二十几辆汽车。占彪沉声向大家要求："记住，不许打死人，我们只拆车。切记，别打油箱，坦克只打履带。"接着成义又补充一句："大家把军帽都揣兜里，别让他们误会，以为解放军在打他们。"这时，占枪小声问爸爸："头儿，开打以前是不是和他们打个招呼啊，或许能让他们知难而退。"占彪回头看看占枪："小子，好，动脑筋了。刚才老爹想到这点了，就是没想好用什么办法。"占枪马上说："这事我来，等他们全进入伏击圈后，我一人在前面拦住，说得通就通，说不通再打。必要时你们配合我，给他们点儿威慑。"占彪考虑了一会儿，点点头说："好吧，你要小心，赶快去对面告诉你成义叔。"

几分钟后，车队缓缓驶进埋伏圈，在坦克的隆隆声中，后面车上的造反派还在一车车地集体唱着毛主席语录歌："下定决心，不怕牺牲，排除万难去争取胜利……"占彪低声和成义说："这他娘老子的，哪里是去打仗，简直是儿戏。"话音刚落，在车灯的照耀中，三名解放军突然出现，挡在车队前方，占枪一人赤手空拳在前，曹南曹北二人叉腿背着手在后。占枪右手向前推掌示意坦克停车，嘴里喊着："工人弟兄们，造反派同志们！解放军有话要和你们说。说完你们再打也不迟。"坦克的炮筒几乎顶到了占枪头上才停下，一辆吉普车冲过来，开到坦克前停下，车上的人纷纷跳下与占枪迎面站定。为首一人披着呢子军大衣，大有指挥千军万马运筹帷幄之"范儿"，厉声道："你们解放军不是表态要打我们吗？来打啊，我们十万造反大军要抛头颅洒热血，誓死捍卫毛主席，今天我们要青史留名！"占枪故意压低声音装成大人道："是谁要青史留名？是你吗？你别把十万工人农民的生命当成儿戏！今天只要你们放下这些武器，你们就是革命群众，就是毛主席的好战士，我们就既往不咎。"

"就你们仨人，就想让我们放下武器吗？"占枪退后几步回答："我是代表首长来和你打这个招呼的，如果你拒绝，请看——"占枪把手向前上方一挥，霎时间，天崩地裂般，十六挺轻重机枪从两侧向车队上方扫射起来，"呢子军大衣"顿时"妈呀"一声，几个人连滚带爬地躲到了坦克后。现在的轻重机枪与抗战时的武器不可同日而语，老兵们抱着枪不放，长长的弹流交织在一起，而占彪，谁也没看到他眼角的泪花，他边打边哭着，这世道是咋了，中国人在打中国人呢！这时，占枪看到吉普车空了，灵机一动，手又向吉普车一指，占彪和成义率先把弹流转向，接着全体机枪都打向了吉普车。转眼间，车体被打成了蜂窝，拆得没了模样，但奇怪的是油箱部位丝毫未损。占枪挺立在吉普车前没有后退，任弹流带起的热风扑面，身后的曹南曹北也是纹丝未动，一副凛然风度。这时，占枪把手又向下一按，枪声立刻戛然而止，硝烟和火药味儿中，一片寂静。

经过最初的慌乱，造反派们发现对方没有向人开枪，都站起来，但无不被这凶猛、密集而又准确的火力所慑服，都知道这回解放军是动真格了。“呢子军大衣”向占枪挣扎过来，挺着一口气说：“你们火力再猛，能奈何我的坦克吗？”占枪冷笑道：“想听听我们的炮声吗？”然后威严地喊道：“上穿甲弹！上燃烧弹！”两侧接连传来“咣咣”的炮弹入膛声后，占枪就要举手，那两辆坦克的舱盖突然“砰砰”翻开，里面的工人争先跳出。“呢子军大衣”忙上前拉占枪要举起的手：“解放军同志，我们要是留下这些武器，你们会给我们什么保证？”占枪说：“我不会给你什么保证，但你要清楚，如果不打了，会让很多人活下来，这不值得吗？”这时黑暗中有人边说边走过来：“如果你们放下武器，明天两派可以坐在一起谈判，大家都可以平安回到原单位，抓革命，促生产。”是穿着军装的成义出来支援了，一副首长派头。后面汽车上的造反派听到这里，又看来了个首长，便不待下令，纷纷跳车扔下武器向后跑去。

第二天，两方造反派各自接到建议停火谈判的电话，都得到同意。这电话是成义打的。他还打了个电话，是给贺市长的，请他安排军分区弹药库接收一批即将运抵的重武器，并希望保密一个阶段。贺市长兴奋地说：“不管用什么办法，把这么多重武器收回就是奇功一件！”事后不久，两派的头头们都被请到北京办学习班去了，当地再没有发生大规模的武斗事件。到了9月份，中央发表“九五命令”，即《关于不准抢夺人民解放军武器、装备和各种军用物资的命令》，各地造反派抢军火的形势稍加缓解，占彪的“重机枪造反兵团”才回到双河农场。在这次行动中开过轻重机枪的人大呼过瘾，毕竟是二十多年没有摸枪了啊。项工甚至说死而无憾了，因为他知道了当年他提出的改良设计在新武器中被部分采用了。占彪则心中忐忑，虽然行动很隐秘，但毕竟还是有很多人知道了这里。形势不明，云里雾里地让人看不明白，过去的政治运动最长两年，最短才几个月，这文化大革命也不知道什么时候能结束。还是自己走自己的路吧。于是，占彪和成义把小宝和克克送去了新加坡，莎拉的家人把小宝当做座上宾。但后来，小宝在新加坡没待多久便领着克克去了美国，和早在那里做实业的哥哥袁方会合，筹办起了学校。小宝坚持要搞教育，为抗日班子弟出国学习打基础做准备。接着，占彪抓紧把抗日班子弟中到了十八岁的孩子送去当兵。参军这桩事几年前就在进行了，孩子们被占彪送进了隋涛的铁道兵、三德的海军，还有彭雪飞的部队。占彪觉得，现在的社会太乱，部队还算是一块儿净土。他每次送走几个孩子当兵时都嘱咐道："到部队不是给你们走后门，让你们去享受什么特权，而是要你们百炼成钢，做一个刚强正直的人。这辈子要为国家为老百姓做点事情，别给你们的父亲和叔叔们丢脸。"这批其实也轮到了占枪他们参军，但占彪看到了"重机枪造反兵团"的作用，便暂时没有放他们去。这步棋走对了，占彪终于又带着他们上路了——是刘阳十万火急的报告：在"文革""揪军内一小撮"运动中，谭军长和单师长被迫害致死，其儿女流落上海街头。同时，彭雪飞也在上海被关押批斗，三德也遇到了危险。

晚上封展后，老兵企业区的全体老少回到了上海陆家嘴世纪酒店，占枪在这家三星级商务会展型酒店包了两层楼，安排了抗日班老少三百多人。晚餐后，在陆家嘴世纪饭店的五楼会议室召开会议。与会的有从靠山镇过来的老少人马，有占枪等儿子辈人物，还有樊刚等四名"劳改"兄弟及抗日班各企业管理人员。这回可是抗日班老、中、青三代人坐在一起了。

会议由占东东主持，这是占东东正式接班的一个信号。占枪等十八罗汉这第二代人的年龄都在 55 岁到 60 岁之间，按说还算是年富力强，但为了抗日班企业更好的发展，他们愿意把企业交给年龄在 25 岁到 30 岁间的第三代，然后在幕后把关做后盾。

占东东先把孙儿辈的代表请到台前。男的有占东东、大飞、刘翔、得龙、任磊、郅县长、袁乡长、聂云龙、聂云飞、赵继忠、宁远、谭英、单良、东光、权子和潘小梦，女的有小曼、彭玲、隋静、美英、丹妮、刘海儿、慧儿、晓菲和丽丽共 25 人。占东东站在众青年前面，向占彪和占枪一众长辈人说道："各位爷爷、奶奶、老爹老妈们，孙子孙女、儿子女儿在此向你们请安了。"说罢他带头深鞠一躬，众青年跟着长鞠不起。一直到爷辈父辈满意地喊着"好了好了"，大伙才抬起头来。占东东说道："爷爷奶奶老爹老妈们，你们把以后的责任交给了我们，我们会努力为大家做好服务。爷爷奶奶们好好颐养天年，老爹老妈们做我们的坚强后盾，要说的话都在这里……"说着他从兜里掏出一个小盒，打开后挑起一串金灿灿的项链，身后的二十多人都掏出了项链举着。大家都看清了，项坠是一枚仿造的金质的重机枪子弹头。大飞们的项坠略粗犷些，小九凤们戴的纤秀些。

刘翔捧着一个装满项链的托盘，上前一步讲道："过去我们抗日班的信物是一枚重机枪子弹，为了让重机枪贴得我们更近，我们的信物改成了重机枪弹头项链。我们要说的是：世代发扬重机枪精神，有这条项链的就是我们抗日班的人！有我们其中一人就有抗日班全体！"得龙双拳在胸前做开重机枪状，嘴里"突突"地表示着自己的附和。小曼喊了一嗓子："兄弟姐妹们，给生我们养我们的长辈们戴上重机枪项链。"说罢众青年下台纷纷为自己的长辈们挂上了金项链，然后坐在他们身边。占彪和占枪都笑眯眯地接受着，显然这是经过他们同意的举措。因为过去的信物是重机枪实弹，有一定危险，而且政府有令不能私藏弹药。9999 根足金项链，分男式女式，全带编号。近日要陆续发给全体抗日班老兵和子弟，包括第四代。

为保护一个国家不发生动乱，军队的稳定是至关重要的。谭军长的悲剧就是在这样的背景下产生的，他万万没想到"文化大革命"成了他的终点。本来自和胡岚结婚后他一帆风顺，从朝鲜战场上回来后便任了军分区司令员，陆续又有了两儿两女，两个儿子叫谭勇、谭猛，两个女儿叫谭智、谭慧。胡岚在一家中学当老师，大儿子谭勇上了初一，一家人日子虽过得清贫，但也其乐融融。

"文革"刚开始时，谭军长并没太当回事，还支持儿子谭勇加入了红卫兵。后来越来越觉得不对劲，尤其是上海工人造反派在 1967 年的"一月风暴"里夺了上海市委的权后。他为那么多的好干部、好战友都成了叛徒、特务而鸣不平，自己最后竟被批成是“二月逆流”的黑干将。但刚直不阿的他依然我行我素，成批地保护地方干部，直到有次他出动一个警卫排把正在挨斗的市委书记抢了过来，藏在军营里。后来胡岚告诉谭勇说，爸爸最怀疑的是军分区的刘政委告发了他，因为只有他们俩知道市委书记的藏身处。多亏谭军长反应快，在造反派拿着中央文革小组的命令来抓人的时候把市委书记转移到了三德的军舰上，不然当时就能撤他的职。然而，让人想不到的是，在转移市委书记的第二天，谭军长便在军分区大院里去理发的路上被人打死塞在一口井里。胡岚则被关押起来连续审问，让其交代罪行，逼得胡岚在丧夫之痛中绝望地跳楼自杀。从二把手升到一把手的刘政委马上就把谭军长的房子收回，可怜才十三岁的谭勇领着弟弟妹妹被净身出户，不知去向。单师长的遭遇则更惨，他被揭发为叛徒特务，说他在抗日时期用大烟土从国民党军队里换武器，还多次得到国军的援助，这是与敌人同流合污。然后，他就被拉到地方批斗，还被灌下不知从哪儿搜出的大烟土中毒而死。揭发他的竟是当年县大队的副队长，也就是后来的师政治部主任迟玺。单师长的妻子被逮捕，三个孩子也流落街头。而让刘阳最急的是谭军长被打成的是反党乱军集团，与他要好的军队和地方干部被抓起来一大批,杭州军分区司令彭雪飞也被牵连,目前被拉到上海隔离批斗。而上海海军基地司令员三德因常与谭军长喝酒也被列入清查名单，只是因为是跨兵种还没有被办班批斗。情况很是复杂。

占彪得到消息后当天就率小峰、成义、小蝶、正文、二柱子五人动身，让强子和樊刚们留家。并要占枪的十八罗汉第二天动身，以红卫兵串联的名义跟进，时刻准备要再打一次“重机枪造反兵团”的名头。到上海后，占彪们与正在寻找谭军长、单师长孩子的刘阳、静蕾、莎拉、若飞在三德家会合了。静蕾和若飞平时与胡岚是常走动的，认识谭勇四兄妹。小峰和静蕾这些年一直两地生活，静蕾原本是想把爸爸的廊桥建完就辞职，也去双河农场与儿子和小峰团聚。但“文革”打乱了计划，还没有享受刚建完廊桥的快乐，自己就被打成是反动学术权威，不时被拉去批斗。还要交待设计廊桥的动机，是不是要给当过汉奸的父亲翻案。小峰这次来也是想把静蕾接走，不让她在这里活受罪。刘阳已侦察到彭雪飞的关押地点，同时也发现还有一伙人也在找谭军长的儿女。刘阳在找谭勇的同学和红卫兵战友时得知，有人用一天一斤粮票加一块钱的待遇要学生们帮助找谭勇。三德分析一定是刘政委派出的人，因为谭勇前几天用弹弓崩过他的汽车，当场被抓住后，谭勇跳着脚大骂刘政委，喊着要替爸爸报仇，很可能刘政委怕留下大患，要斩草除根。占彪第二天马上兵分两路，安排静蕾带刚到的十八罗汉以军分区大院为中心向四周搜索，自己和三德、刘阳去打听彭雪飞被批斗的事。

晚上八九点钟，大家返回三德的海军招待所。都没有谭勇的消息，不过占机把单队长的三个孩子找到了。老大叫单小平，也是十三岁。占机看到他在饭店里要到一屉小笼包后，没有像别的乞讨者当场狼吞虎咽，便跟着他，果然找到他的两个妹妹。一听占机提起"重机枪"，单小平马上就说听爸爸讲过这些英雄好汉的故事，便听话地跟来了。但一起出现在占彪眼前的却是八个孩子。占机解释道："这是单小平这几天结识的朋友，这两个孩子的爸妈都是军区的将领，一齐被害了。这三个孩子的爸妈是上海第二军医大学的副校长和教授，都被抓走，生死不明。"最后，他建议说："老爹，我们是不是再去救一些这样的孩子，明天我领这几个男孩一齐去找。"占彪拍拍儿子的肩，表扬道："好儿子，你做得对！"然后他向大家布置，明天找谭勇的时候，都注意找找父母被害的孩子一并领回来。三德在旁补充："都问清楚，只要爸妈是部队的就都领回来。过十五岁的都可以留在我这儿当兵。"一直和小蝶、若飞为孩子们擦脸的静蕾接道："十五岁以下的跟我走，我决定了，去双河小学接宝儿姐的班。"

又是一个上海的早晨，大家分头出发上街寻找谭军长的后代。静蕾和小蝶、若飞一组骑着自行车沿街而行。正路过一座寺庙，小蝶惊呼："看那几个和尚！"便跳下车来。只见寺庙门前有三个和尚拉着一条横幅低着头站在那里请罪，横幅上写着："什么佛经，尽放狗屁！"若飞用车轮碰碰小蝶的车催她边走边说："别看了，这破'四旧'太可怕了！强迫僧尼还俗，禁止宗教生活，勒令民主党派解散，从城市赶走牛鬼蛇神。"静蕾接着低声说："成千上万的人被抄家，金银首饰，藏书字画都被付之一炬，寺院古迹被冲击，神佛塑像、牌坊石碑、国宝文物被捣毁……"小蝶气愤地斥道："这些天不怕地不怕的红卫兵啊，真是伤天害理，总有一天他们会知道他们做了什么，总有一天他们会觉得自己是多么的愚昧可笑！"

这时静蕾轻声急呼："停下停下，看到他们了。"只见马路对面一家大众澡堂里，谭勇兄妹四个在三个便装大汉围领中，向澡堂门口一台吉普车走去。三人忙把自行车架在路边，静蕾说着"完了，不能让他们抓到了！"就要冲上前去，若飞一把拉住说："等等，那领头的眉毛特重的那人是大军区许司令的警卫，我见过的。大司令要是出手了，孩子们就有救了。"

静蕾一听刚放下心来，没想到突然开来两台小汽车，停在吉普车前后。每台车上也钻出四个也便装的大汉，八人围过去后，一人劈头就说："这几个小孩是我们的，跟我们走！"说罢就去拉谭勇。先前那三人大怒，一言不发就和后来这八人打了起来。那时武斗也凶，街头常出现因抢一些走资派去批斗两派打起来的事，人们见怪不怪了。看来许司令的警卫三人非常了得，打得那八人只有招架之功，但毕竟对方人多缠斗在一起。静蕾一见马上向不知所措的谭勇招手："小勇，小勇，快过来，姨在这儿！"谭勇一见这三伙人只有静蕾是认识的，是妈妈的密友，便领着弟弟妹妹向马路这边跑过来。那两伙人本来都一齐来追，但那浓眉毛一看到若飞后，马上又拦住那八人施起拳脚不放，直到静蕾三人驮着孩子们上了自行车钻小胡同没影了。

完成解救谭军长和单师长孩子们的预期任务后，占彪马上就开始了对彭雪飞的营救行动。三德已打探清楚，各驻军和军事院校正在轮流批斗反党乱军集团，今天下午是到空军政治学院。从关押地点军区大院到空军政治学院有一处必经的十字路口，抢人行动就定在这里。占彪选择了批斗回来时动手，那时押运警卫会很疲惫，而且天色稍晚方便撤退。

被批斗的反党乱军集团共有十二人并排站在礼堂的舞台上，都是和谭军长有关系的解放军高级将领。彭雪飞的罪名除了结党，还有在抗战时期与国民党军队为友、阶级界限不清的变节行为。站在彭雪飞旁边的是当年整过彭雪飞的那个师政治部主任，因是谭军长提拔当的师长，所以也被株连归入这个集团，他小声对彭雪飞说："彭军长，再这样整下去我可要挺不住了……"的确，除了精神折磨外还天天被打，饭也不给吃饱，必须交代出罪行才能吃饭，铁打的汉子也熬不起啊，已经有一人自杀一人被打死了。在彭雪飞低头担心在家里的阿娇时，突然听到礼堂外面的马路上响了几声喇叭，在这震耳欲聋的口号声中，顽强地钻进了他的耳朵。仿佛知道他在听，喇叭又响了几下，好像在告诉他：“坚持住，小飞。”彭雪飞不敢相信自己的耳朵，他多么希望这是当年和彪哥的联络信号啊。彭雪飞顿时精神振奋，要坚强地活下去。批斗结束后走出礼堂，彭雪飞在被推搡中坚持抬头巡视着外面，看到一辆轿车缓缓离开，而且按着喇叭：“我是彪哥，在前面等你。”兴奋中的彭雪飞在囚车于十字路口被拦住后一点没有吃惊，车外传来一阵争执后，有人喊道：“彭雪飞，快滚下车来，到陆军学院接受革命群众批斗。”彭雪飞站起身来对另外十一人说道：“不想再被挨整的，跟我下车。”

彭雪飞先下了车，看到一群年轻的解放军学员，打着一面“重机枪造反兵团”的红旗，看着“重机枪”三字不由得他心头不热。前后两辆警卫车的人员看来都被控制住了，虽然枪还都在手里，但弹匣都被卸掉，子弹洒了一地。他一眼就盯住了为首的酷似小宝的占枪，转眼又看到个个都能依稀辨出模样的春瑶、静蕾、小蝶、莎拉……男孩子像妈啊。看到身后陆续下车的“同党”，彭雪飞对占枪说：“要斗就一起斗吧，我们这十多人都是一伙儿的。”

占彪把彭雪飞等十二名高级将领送到了三德的军舰上，隐居了两年多，风头过后，他们才被解放，回到各自的岗位上。上海街头的流浪儿他们带回八十多个，有六十多人是军人后代，有二十几个是走资派、反动权威的后代，其中有三分之二的孩子是因父母被关押无人照料而流落街头。后来父母们官复原职后都被领走，对占彪的千恩万谢自不必说。至于父母被迫害致死的孩子，占彪通过莎拉把他们大都送到了小宝处，凡没爹没妈的孩子小宝都收了做干儿子干女儿。谭勇和单小平就是第一批被送走的。那时小宝还在新加坡，通过莎拉的渠道，一批批孩子来到国外。后来小宝在美国的时候，很多孩子也是先到新加坡，然后转路去美国。谭勇和单小平因过去没有英语的底子，一直留在新加坡。待他们成人开始进入商界后，刘阳把抗战打土匪缴获的新加坡股票和香港股票给了他们，使他们顺利地起步做起了生意。

静蕾也跟着撤回了双河农场，因为她的被斗在逐步升级，要不是有抗日班在支撑着，她也早就有心自杀了。临回来时，占枪领着“重机枪造反兵团”去了静蕾的建筑设计院，把正在台上被批斗的静蕾抢了出来，这样就不会有人追究了。

占彪这次回到双河农场后，和成义仔细核对了抗日班官兵的情况。至此，抗日班老兵，在朝鲜战死的、各次运动整死的、意外和生病死的，加在一起有三百二十人。除此之外，活着的七百多人中，一部分在双河农场，一部分还在隋涛和三德手下当兵，余下的分布在刘阳的斜阳山庄、大郅和小玉的靠山镇，以及曹羽周围。这时占彪下令，潜心避世，休养生息，闭门过日子。

一直到 1976 年 10 月，党中央粉碎“四人帮”，文化大革命这场乱世浩劫才算是结束了。

“大班集团”

抗日班关门避世，一晃儿就是十年。大家也都想明白了，即使被释放出去也是找个工作干，在农场里也是工作，而且占彪从不限制自由，不用担心说错话被人抓尾巴上纲上线，孩子们接受正规教育，中学毕业还送去参军。每年还安排一两次到上海、杭州、北京、沈阳等地旅游。这日子倒也衣食无忧，抗日班众官兵和众劳改兄弟们独处桃花源，皆安心知足。

1978 年 11 月，传来一个喜讯，全国五十五万右派被彻底平反，双河劳改农场沸腾了。接着就是 12 月，中共十一届三中全会召开，吹响了改革开放的号角。已届六十岁的占彪和抗日班弟兄们抬起头来睁大眼睛观察着中国的形势。进入 1979 年，形势发展得让占彪们目不暇接，喜事连连。刚入 1 月，中美宣布建交，从此和小宝的联系可以光明正大了。接着，又批转了《关于落实对国民党起义、投诚人员政策的请示报告》，国军起义人员也解放了！再接着，又陆续有给右倾机会主义分子平反的决定，对原工商业者的资本家摘帽的决定，为“文化大革命”运动中二百万走资派平反的决定……如此一对号，双河劳改农场所有“在押劳改犯”全部都摘帽，重新获得自由。占彪到 1979 年下半年，把“劳改犯”们一批批送走，最后只剩下三百多名抗日班人马和唯一一个说死也不走的“劳改犯”樊刚。他对占彪说：“这辈子最值的就是交了你们这些血性汉子，所以这辈子我和你们是分不开的。”也的确是分不开，樊刚的儿子和占枪一直在部队当兵，女儿在小宝处留学，妻子和静蕾在双河小学教书。其实，占彪和大家也舍不得豪爽正直的樊刚，这些年他在师兄弟里几乎顶替了大郅的位置。

纵观全国形势，占彪深思熟虑后提出了一个想法，得到众师弟的一致拥护。他和大家说："抗战的时候我们就躲躲藏藏地生活，解放后我们还是躲躲藏藏地生活。这辈子我们没有多少时间了，剩下的日子，我们再不躲藏，我们要敞敞亮亮地生活，和国家一起开放，奔小康。我决定，抗日班弟兄全体经商做买卖！把我们最后一把力留给子孙后代和国家建设。"

占彪的战略思想明确了，成义和刘阳们便开始细化落实。经过几个月的准备，1979 年 9 月底，抗日班弟兄欢聚在双河农场，召开了继 1945 年 9 月底释兵后时隔三十四年的第二次"释兵"。参加这次"释兵"的除了原来在农场的三百多弟兄外，三德和隋涛手下早已复员转业的三百多战士也被他俩召集来了。占彪甚至让已在部队当上团长的占枪也转业回乡。当年的十八罗汉除了克克和长杰的侄子去了美国，其余都在 1970 年彭雪飞复出时当了兵。占枪还全程参加了 2 月 17 日至 3 月 16 日的对越自卫反击战，在战斗中他率领自己的加强营敢打敢拼，他亲自用加特林六管重机枪拆毁了越军六辆卡车，战后升至团长，是被军内普遍看好的一颗将星。但老爹一声召唤，占枪便毫不犹豫地放弃了军旅生涯，与其他十六罗汉同时转业，接受父辈交给的新任务。这时他们都做到了营、连长，也都结了婚。占枪是在 1977 年当了爸爸，有了占东东。占彪给这个孙子起的名字"东东"是取于重机枪"咚咚"的声音。会上，在占彪做完"以重机枪精神走致富之路"的报告后，刘阳宣布："为了让弟兄们回家创业，彪哥先让大家成为万元户，每人发给一万元创业费。如果做得顺了想开公司当老板的，有需要资金者可找我——我们自己的抗日班互助银行，可贷给十万元无息贷款，赚了就还我钱，赔了就当交学费了……"老兵们一片掌声，有的老兵还在喊："谢谢彪哥，我那份儿给更需要的弟兄吧，当年的金条我还没用呢。"那时的钱也值钱，有一万元做些小买卖足够了。

双河大队党支部书记强子也宣布为每户双河大队社员发放一万元致富资金，由二柱子的小儿子接了党支部书记的班。

第二次"释兵"后，抗日班弟兄奔赴四面八方，老兵们与儿子们勇敢地在商海中淘金。劳改农场经小峰申请撤销，正好静蕾平反后又回到杭州建筑设计院，小峰全家随着静蕾回到杭州。刘阳继续经营着斜阳山庄。其他兄弟也按占彪要求离开双河四处创业。双河农场当然还是抗日班的根据地，由占彪九兄弟的一部分后代继续经营着。

几年光景，曹南、曹北把沈阳的暖气片发到了俄罗斯，樊刚和儿子也与韩国合资做起了房地产生意，占枪也收购中国各地的废纸送到新加坡，然后在成都合资成立了纸制品厂。等 1992 年 1 月邓小平南巡讲话后，各地抗日班父子兵们更是如虎添翼，家家小生意都做得有声有色。在 1992 年进一步改革开放后，发家致富的道路更加宽阔，民营企业占了国家经济的半壁江山。但一些社会弊端也接连产生。政府中的贪污腐化、吃拿卡要、索贿受贿等现象越来越严重，社会上的走私、贩毒、黑社会也开始泛滥起来。占枪们在经营自己产业的同时，越来越频繁地接到各地的求援信息，奔赴各地施以援手。但占彪万万没想到，自己也遇到了一次黑社会事件。

那是 2000 年入秋后的一个晚上，曹羽把占彪接到沈阳小住。曹羽在“文革”时险被造反派揪出来。那时曹羽受隋涛委托抢出了几名被批斗的东北老干部，被造反派发现欲追根究底，后来占枪和曹南、曹北及时带着“重机枪造反兵团”远赴东北，把老干部抢走，才转移了造反派的注意力。占彪早在 1994 年就在沈阳北陵公园北面的三台子亲自为曹羽买了一个果园，里面有大批果树和可以建几个标准跤场的场地。经过这几年的发展，果园一角已建成一座生态园，有着一处集餐饮住宿一体叫“都市绿洲”的绿色大棚酒店，由曹羽的三儿子曹天经营着。

这晚，占彪和曹羽由沈阳驻军隋军长相陪，到曹天的绿色生态酒店就餐。隋军长是隋涛的儿子，从小占彪和重机枪神风班就是他心目中的偶像，自是对爸爸的老领导和救命恩人毕恭毕敬，而且妈妈秀娟来了几个电话，要儿子一定要亲自陪着占伯伯。占彪和曹羽各喝了九盅酒后，隋军长陪着占彪和曹羽来到当地最大的金龙泉洗浴中心洗火浴，这是从韩国传过来的保健洗浴方式，占彪很喜欢在里面出个透汗，每次来都要来火浴舒服一下。

占彪和曹羽蒸了火浴后到一间包房喝茶，隋军长坐在外面的吸烟区吸烟，也方便两位老人自己说话。这时占彪穿着的宽大浴服不小心挂掉一个杯子，服务员闻声过来就让占彪赔五十元钱。曹羽说：“你这杯子也就四、五块钱一个，最多赔你十元钱，为什么要赔五十元钱？”那服务员二话不说就用对讲机叫来值班经理。精瘦的值班经理进来看到是两个七十多岁的老头就说:“五十元不赔啊,那就赔五百吧,不然你们休想走出金龙泉半步!”

隋军长听到动静忙赶过来,对精瘦经理说:“你知道沈阳军区的隋军长吗?”精瘦经理不屑地说:“什么水军长火军长,谁到这儿来也不好使。”隋军长和蔼地说:“我的意思是说他是隋军长的叔叔,请你放尊重点讲点道理。”那经理嗓门一高:“他是隋军长的叔叔?那我还是隋军长的亲爹呢!你们也不打听打听这地儿是谁开的。”隋军长强压怒火:“谁给你的胆子这样说话!你这洗浴中心是谁开的,把你们总经理叫过来。”精瘦经理哈哈大笑:“你也不撒泡尿照照,就凭你让我们吴老大过来?”隋军长愣了下问:“吴老大?号称黑白两道都好使的黑社会老大吴涌吗?”那经理道:“算你识趣,我们就是黑社会,你能咋地!快点把五百元留下,赶快走人!”隋军长笑了下,抬手把茶几上的另一个茶杯摔在地上,那经理脸色一变,喊道:“啊!你又摔一个啊,这两个,两个茶杯赔一千元!”接着他也用对讲机汇报着:“老大,有两个老头和一个跟班的,打了我们两个茶碗还不赔。”对讲机里清楚地传来回话:“谁这么胆儿肥,也不打听打听这地面是谁的天下。一个杯子赔一千元,给我拉贵宾室去,不赔就打到他赔为止。”隋军长听到后连说:“你们老大真厉害,我赔,我赔。走,换衣服下楼。”三人穿好衣服到了楼下总台时,已有七八个身穿迷彩服的保安大汉守在那里,保安头儿骂骂咧咧地上前推搡了隋军长一把:“就你起刺儿吗?皮紧欠揍是不!”年届五十的隋军长纹丝不动地说:“我都说赔你们了,怎么还这么猖狂!”保安头抬脚踢踢隋军长小腿说:“这主儿还挺有根儿的呢。”曹羽在旁教训他说:“年轻人,要学会怎样做人,要小心你脚下的根儿。”

隋军长没有理保安头儿,翻翻兜只有一千多元钱,扔在吧台上说:“就这些钱了,把账都给我记好,开个收条。”隋军长是想领两位伯伯脱身,然后再派人回来和他们理论。没想到那一直跟在后面的精瘦经理数数钱说:“才一千三百元,不够!俺老大让你赔两千,你也不是没听到。还美得你,想要收条。”然后向保安头儿一挥手:“给他们几下子,让他们家属送钱来。”还没等保安头儿下令,后面上来三个保安不由分说飞腿向占彪、曹羽和隋军长踹来,嘴里嚷着:“死老头子,以后没钱就别来,这是你们来的地方吗?快让家里送钱来。”话音未落,这三个保安都倒飞了出去,哀叫不止。几乎没有人看清占彪三人是怎么出的手。占彪看到隋军长用的就是抗日班的连环手招式，满意地对曹羽说："嘿，这是你编的先上脚那套，还不错嘛。"另外几个保安一看同伴吃了亏，个个想争功表现，"嗷"的一嗓子作势要冲上来，被隋军长大喝一声："站住！"然后对精瘦经理说："别忙，我这就打电话，让家里人来。"说罢拿出手机拨通："老魏吗？今天你的班啊。你给我听好了，我在金龙泉洗浴中心，弄坏两茶杯要我赔两千，还和我的客人动手，你马上率你的手下全体过来，把这个涉黑的窝给我砸了！马上！"曹羽也要打电话调曹天们过来，占彪按住他的手机说："让他们在暗中更好些。"

精瘦经理听得有些发愣，忙打电话："老大，这俩老头看样子有点来头啊，我让他找家人送钱来，他、他告诉家人过来要砸我们场子。好，好，明白了，往死里打！"合上电话后，他向保安头儿下令："按老规矩，往死里打，打死没你们的事儿！真他妈的还反了。"又是一个话音未落，精瘦经理被曹羽回身一戳脚放倒，听那惨叫声肯定是腿折了。那几个保安愣在当地，谁也没敢上前。保安头儿倒是冲了上来，隋军长说道："不是说我腿有根儿吗，来尝尝我的脚跟吧。"抬脚摆开袭来的一拳，将高高扬起的脚跟下落，结结实实砸在保安头儿肩窝处，随着清脆的锁骨骨折声，那保安头儿瘫坐在地上被其他保安架走，还挺着大喊："把前后门都给我堵上，别让他们跑了！"这时临街的大门处传来几辆汽车的刹车声，接着腾腾地跑进来一伙儿人来，隋军长抬眼一看："哦，不是俺家里的人。"这伙人足有三十多个，个个身穿黑衣手执铁棍和片刀，刷地在总台前的大厅里一字摆开。正待这伙儿人要冲占彪三人一拥而上时，门外又传来一阵汽车刹车声，一黑衣人飞跑进来喊着："快，快把刀都扔了！啥话别说，快呀！"这帮打手倒也听话，手里的武器都扔在脚下，胡乱踢向别处。

一队荷枪实弹端着微冲的解放军战士跑步冲进大厅，一个两杠一星的军官鹰眼一扫，便奔隋军长跑去，立正敬礼喝道："报告隋军长，陆军 18 集团军第 39 军警卫营奉命前来听候指示！"这时，又跑来几名两杠三星、四星的军官站在隋军长身后。隋军长背起手，在大厅绕了一小圈，看着一帮不敢吱声的打手，那精瘦经理哆嗦着还在嘴硬："别以为你是解放军就能把俺老大咋地，市公安局就是俺老大开的！不信你就等着。"隋军长听罢冷笑一声，冲少校向楼上一抬手轻吐俩字儿:“砸了！”那魏营长马上下令:“全体执行打黑除恶行动！一连将这里包围不许任何人进入，有违抗者开枪勿论！二连负责一楼、二楼，清完女池客人后进入！三连全体上三楼到五楼！有阻挠者往死里打，别打死就行。开砸！”

顿时金龙泉开了锅。外面有一个连二百多战士手持AK-47全自动步枪和微冲围成一圈，里面两个连四百多号人捡起黑衣人的铁棍，从洗浴区砸到火浴区，从更衣区砸到自助餐区、休息区、公共区、按摩区、足疗区、健身区、棋牌区、包房区、贵宾区，从彩电到装修，从设备到桌椅，凡是能响的东西都听响了。

吴涌也急了，这可是他的大本营啊！他急忙调来自己的人马，有四百多号人手拿铁棍大刀，还有人持着连发猎枪，团团围住解放军，但他们都挤在马路对面，谁也不敢冲向那排枪口。同时吴涌又给110、防暴警察大队的哥儿们、当干爹的市长、当干妈的法院院长都打了电话求援，各路援兵纷纷到场，但一看隋军长和门口几名两杠四星的军官便就都扭头而去。公安局副局长领着数百号全副武装的防暴警察到了现场，一看是隋军长，马上一个立正，原来他是隋军长手下的一个团长，刚刚转业到地方。这副局长体贴地说:“隋军长，您这么做一定有您的道理，只是别打死了人就行。”隋军长眼睛一瞪:“给你一个任务，要打掉这样的黑社会，让这样蛮横无理的团伙横行霸道，老百姓还怎么活。”副局长又一个立正率队收兵，只留下派出所的人拦阻喊着“解放军万岁”的围观群众。后来，这位副局长借这件事切入，因为在金龙泉现场搜查出了毒品，然后又在曹南一伙人的配合下，收集了大量吴涌黑社会团伙的杀人打人、奸淫盗抢、贪污贿赂、走私贩毒、欺行霸市的罪证，一举抓获了吴涌和他的八大金刚及数十名团伙骨干，甚至把吴涌的干爹市长和干妈院长等一批高官都拉下马来。从此，在全国各地“打黑除恶”也成了抗日班子弟在经商过程的一个任务，只要他们遇到了地痞恶霸甚至贪官污吏，便眼里揉不进沙子决然出手。占枪率众罗汉组成了一支秘密的“打黑组”。

又是几年过去，在国家政策的扶持下，在抗日班资金的灵活资助下，在弟兄们的互相支援下，九龙、九虎、九豹、九凤和许多抗日班弟兄大都有了自己的产业，都由儿辈经营着。各企业的员工也大都是抗日班子弟。

也就是说，活着的抗日班弟兄和子孙后代都过上了好日子。到了2005年，是抗日战争胜利六十周年了，年过八十的占彪又考虑起一个问题。他在小宝的提醒下，看到了目前抗日班弟兄企业的局限性。现在的企业规模都不大，大都是手工作坊式企业，管理也大都是家族式管理，管理决策层也都是受到“文革”影响没有学到什么知识的儿子辈儿，只凭着朴素的感觉和吃苦耐劳的精神在经营着，是不是要跟不上形势了呢？

而这时第三代也就是孙子辈却成长起来，他们学的是现代化的知识，接受的是国际化教育，是在小宝的引领下，精心培育出来的优秀人才。此时不扶他们上马还待何时？占彪发出号召，也是命令，第二代儿子辈都退下来让第三代孙子辈接班！让抗日班所有的企业向现代化企管型转变，实现了安居还要做到乐业！为此，占彪宣令抗日班老兵骨干重回靠山镇，一是为了纪念抗战胜利六十周年，二是选好自己最得意的孙辈人才接班。

在给人们带来一个个的惊喜和快乐之后，接班大典继续进行着。

占东东又说道：“现在我把经过我们一个多月的调研和商议确定下来的想法向大家汇报，明天给大家一天时间讨论修改，后天通过……”其实这也是他的“施政”报告。全场抗日班人员聚精会神地听着，这可是抗日班有史以来的第一次长篇报告。

在讲到抗日班今后的总体方向时，占东东说道：“国家在进步，经济在发展，中国会越来越强大。不过形势虽然很有利，但也不容乐观。政府官员的腐败、新官僚阶层的形成、中华传统文化的丢失、国人素质与世界文明的差距、社会公德心淡薄、社会治安不稳定等因素，还要求我们像以前一样小心谨慎地生存。但不同的是，我们要积极主动地安排我们的生活。所以，我们抗日班今后的发展方向是外向型，国际化。我们的根是在中国，但我们的人要接受世界优秀的教育，我们的企业要向国际化转型，我们的生活也要接受地球村的概念……”大家听得眼睛发亮，这些是过去占彪和占枪从没有提过的新概念。小宝微笑着看自己的孙子讲演。占彪和占枪们心里都在感慨：要向国际化发展第二代是做不来的，让第三代接班是势在必行，刚才上台的二十五名孙儿辈，有一大半都由小宝安排在国外留学过。

谈到抗日班的企业，点东东信心十足地介绍："我们要注册一个集团，名称叫'大班集团'。过去抗日班是从九个人发展到几百人上千人的大班，我们现在仍然是一个重机枪大班，要继承抗日班的大班，把我们的大班做下去做好。大班集团的董事会由我们二十五名年轻人组成，常务董事有五人，大飞、刘翔、小曼、丽丽和我。"刘翔插话道："董事长由东东出任。"

占东东抬手压住了掌声，接着说："我们大班集团的徽标是个'Z'字，是'中国'和'重机枪'的汉语拼音字头，Logo是用三颗金灿灿的重机枪子弹摆成的Z形……"大家都会意地点着头，其实大家还知道，"Z"还代表"占"的字头，这是大家公认的也接受的意思。

占东东继续讲下去："大班集团目前确定了十二家直属企业、三十六家骨干企业和八十多家子公司企业。集团基地有五处，四川的双河农场、浙江的靠山镇、杭州的斜阳山庄、沈阳的都市绿洲和上海浦东的金融投资公司。子公司企业资产百分之百归法人所有。各企业员工组成由抗日班子弟为主，凡是有这条重机枪项链的人要优先录用和重用。在政府和军队里做得好的就做下去，不过当公务员的如果没有发展空间就抓紧辞职，当兵的如果不能当军官就趁早转业。"说着，占东东看看大飞、郅县长、得龙、彭玲和隋静等人，几人都点点头表示明白。"大班集团的直属企业有金融、管理、教育、文化等产业。除了正常的企业外，要有几家为我们内部服务的产业。其中有大班集团的金融投资公司，负责所有抗日班企业的资本运作和资金支持。有大班集团的管理咨询实务公司，负责为所有抗日班企业提供财务、税收、法律、海关、出国、移民、旅游、疗养等全方位服务。大班集团的房产建筑公司，为所有抗日班企业建造办公楼、宿舍和厂房。还有大班集团的国际职业教育学院，负责培训抗日班后代以实用技能为主的各行各业的精英……对了，我们的各家企业名称一律不标注大班集团，我们要低调实干，不上报纸，不接受采访，踏踏实实地做事。"

讲到这里，占东东站了起来："讲到最后，我还有三个建议向大家提出，请爷爷奶奶老爹老妈们指点。"他走下台，望着大家恳切地说："第一个建议，希望我们的所有企业，响应抗日班号召，真正让孙儿辈接班。我了解到有些叔叔不放心交班，在这里我代表这代人表个态，我们确实经验不足，经历也浅，但我们会很珍惜前辈们给我们的舞台和空间，在实践中结合我们所学的现代知识，迅速完善自己，在前辈们的支持下一定会把原有的企业发扬光大。请你们放心，我们这代兄弟姐妹更会互相支援互相帮助的，有哪家如果做得不如以前了，我占东东马上领一批人马去打义工。”会场里一片笑声，占枪的眼神扫向十八罗汉中的一些人，被占枪瞄上的人都红着脸憨笑着点头。谭勇和单小平看着自己的儿子更是频频点着头。

占东东返回到台前，转过身继续说道：“第二个建议，我建议取消展会主办方在后天为我们各家老兵企业举办的签约仪式。我们抗日班一直是不显山不露水地埋头做自己的事情，这是我们要继承的传统。而我们那天几十家老兵企业和拓哉的汉和集团、麦克和樱子的家族企业等四十多家外商签约，不错，这是展会的成绩，他们会请来许多媒体报道，这将会是轰动上海滩的一个新闻。但我们不想出这个名，这样会被一些好事的记者挖出我们抗日班过去很多‘对抗’政府的一些事情，包括自杀救援队、双河劳改农场、‘大跃进’冒死通天、‘文革’救援老干部和流浪子女，甚至还会表扬我们上午的‘献金’。但这些可都是中国人的创伤，是揭不得说不得的。所以我们各家企业明天就和外商签约，不要等主办方给我们举办仪式。”占东东这番话讲到一半时，大家就纷纷点头，占枪站起向大家交代着：“明天我们和展会主办方就说外商有事不能等，争取明天全都签完，再有新客户就请他们会后到企业去洽谈。”

占东东开心地说：“这两个建议我们小董事会料到老董事会一定会采纳的。”大家又是一片笑声。不过占彪、成义、刘阳、小宝们都没笑，因为他们看到了小董事会的几个人都很严肃，就知道第三个建议事情不小。果然，占东东严肃地说起：“现在我要说第三个建议，这事还请老董事会的前辈们定夺。”全场都静下来听占东东的下文。

“第三个建议，就是取消省、市筹办的抗战胜利六十周年纪念会。”东东话音一落，场内顿时轰然，这可是政府安排的活动，也是给抗日班正名的一个好机会，占彪这几天可是宁可错过展会也计划率队参加的。

占东东看看爷爷和爸爸一眼，转头看着大家说：“我们知道，最初政府是没有这个纪念活动的，而是因为这几件事促成的：一个是当年被我们救过的飞虎队飞行员大卫来感谢中国来了；一个是我们挖出了战车，成为日军侵略中国的罪证；还有一个是樱子的爷爷前来忏悔，当然还有重机枪钢班当年的神勇战绩及我们的三德爷爷、隋涛爷爷、彭雪飞爷爷三位将军的面子。我想逐一说说我们小董事会的观点。首先是大卫爷爷这件事，当年人家是远道而来帮我们打鬼子来了，为了中国人在这块土地上出生入死，结果现在却成了他们来到中国感谢当年救过他们的人，弄得好像我们对人家有恩，好像他们来寻根。这不是整拧了吗！我们这次一定还要让成义爷爷、大郅爷爷上台讲营救过程的，所以我觉得这个形式实在是不可取，我们应该二话不说，要全体向大卫爷爷敬礼。至于挖出了战车，日军侵略中国的新罪证，我觉得更可笑。日本鬼子当年在中国烧杀抢掠，占我中华河山，这还用证明吗？找到一张日本军用地图、埋藏多年的日本炮弹、杀害中国人的照片就如获宝贝，马上和人家说：你看，你看，这不是证明你们当年侵略中国了吗？我一看到这样的报道就想痛扁写这等文章的记者一顿，就是这些天生被人欺负的窝囊废，把有些日本人惯得拿罪行当理说。至于樱子的爷爷忏悔，那是很自然的事情，他在山谷里自愿的忏悔是真诚的，是发自内心的，可是到大会上去，让人家当众再说一次是不是就变味了啊。

“至于肯定抗日班的战绩，给抗日班正名，我觉得更没这个必要。正名这事爷爷们早做完了，抗日班老兵都办成是离休干部了，我们也不是黑五类崽子了。再说抗日班打鬼子就没想到过要什么表扬嘉奖的。政府只看到了三位将军，可在我们眼里，抗日班老兵个个是将军！”

一阵掌声里传来隋涛的孙女隋静清脆的声音：“我小时候就听爷爷说过，抗战胜利时，占彪爷爷他们谁出来谁都能成为将军的。”大家的掌声更加热烈。

占枪和成义小声说道：“成叔，我也在分析，我们‘献宝’后政府对我们的态度或许会有些变化，微妙的变化……如果我们提出不办活动了，可能和政府不谋而合。”成义拍拍占枪的肩说：“这小子，就凭你能想到这些，就够格继续给东东他们当军师。”占枪狡黠地凑上前说：“成叔您才是抗日班名副其实的老军师，可不许退休啊。”旁边的小峰、曹羽、彭雪飞、隋涛、聂排长、三德、刘阳、强子、大郅、二柱子、正文们都相望着哈哈大笑起来。

这时占彪发话了：“孩子大了俺也管不了了，既然让这些崽子们当了董事，咱们就得听人家的了。”占东东一听大喝：“全体抗日班新兵起立，立正——敬礼！”随着占东东的口令，第三代俊男靓女都腾地站起，一片整齐的脚后跟相碰声，齐刷刷的标准军礼。看来他们早有沟通和默契，以抗日班、大班新兵自勉了。

占彪、小宝、小玉、樊刚们和重机枪神风班的所有老兵都笑了，眼里满是感动……

占枪、谭勇、单小平和十八罗汉的第二代兄弟们也笑了，慈爱地望着他们的孩子……

图书在版编目（CIP）数据

重机枪．Ⅱ／秋林著．—北京：北京理工大学出版社，2011.4
ISBN 978-7-5640-3934-9

Ⅰ．①重…　Ⅱ．①秋…Ⅲ．①长篇小说-中国-当代　Ⅳ．①I247.5

中国版本图书馆CIP数据核字（2010）第213502号

出版发行／北京理工大学出版社
社　　址／北京市海淀区中关村南大街5号
邮　　编／100081
电　　话／（010）68914775（总编室）　68944990（批销中心）
68911084（读者服务部）
网　　址／http://www.bitpress.com.cn
经　　销／全国各地新华书店
印　　刷／三河市汇鑫印务有限公司
开　　本／700毫米×1000毫米　1/16
印　　张／23.75
字　　数／365千字
版　　次／2011年4月第1版　2011年4月第1次印刷　责任校对／王　丹
定　　价／36.00元　责任印制／母长新